Du même auteur

Romans
Et que celui qui a soif, vienne. Un roman de pirates, Rouergue, 2016, Babel n° 1484, 2017.
Le Bonheur pauvre rengaine, Rouergue, 2013, Babel n° 1630, 2019.
Des Impatientes, Rouergue, 2012, Babel n° 1329, 2015.

Documentaires littéraires (narrative non-fiction)
Nous avons arpenté un chemin caillouteux, Plein Jour, 2017.
Beauté Parade, Plein Jour, 2015, Le Livre de Poche, 2016.
Avant de disparaître, chroniques de PSA-Aulnay, Plein Jour, 2013.

Ouvrages historiques
Bons baisers de Paris, 300 ans de tourisme dans la capitale, Paris Bibliothèques/Comité d'histoire de la ville de Paris, 2015.
Tourisme et travail, de l'éducation populaire au secteur marchand (1945-1985), Presses de Sciences Po, 2009.
Les Camarades des frères. Trotskistes et anarchistes dans la guerre d'Algérie, Paris, Syllepse (préface de Mohammed Harbi), 2002 et Alger, Casbah éditions, 2006.

Graphisme de couverture : Olivier Douzou
Photographie de couverture : © Alain Laboile. Primitives, 2017

www.lerouergue.com

Sylvain Pattieu

Forêt-Furieuse

la brune au rouergue

Pour Alma, Lucien et Laureline
ma grande fille qui veut tout faire toute seule
mon petit bonhomme haut comme trois pommes
et la fille fusée.
Pour Thibault Cœur-Doux-Cœur-Bouillant.
Pour mon père et ma mère
Tendrement gardiens, dans mon enfance,
d'une forêt de livres, dont ils m'ont fait sylvain.
Pour Uma Cœur-Sourire.
Pour Justine Cœur-Patience.

À la mémoire de Matthieu, l'ami-il-est-beau-comme-un-dieu,
Avec qui j'aimerais encore discuter.

Pour les derniers arrivés
Lisa Charme-Fou
(on pense à Pascaline)
Isidore Coquin-Bonhomme
Naël Noroît-Sirocco
Nour Qui-Se-Bat-Déjà
Constantin-Courage
Petit cousin Charles
Grande cousine Éloïse
Manon, Maxime, Alice, Victor, Sumru Ann,
Titouan et Georges

…et je danse Monstre je danse
dans la résine des mots et paré d'exuvies
nu

Aimé Césaire, *Monstres*

« Ma vie, ma vie,
Pourquoi petite fleur a fané ?
Elle était belle loin de la jungle
Mais bon la jungle l'a rattrapée »

PNL, *À l'ammoniaque*

On y vit comme on rêve
Et le cœur et la sève
Oubliés, loin du monde
Dans la forêt profonde

Orso Jesenska, *Forêt*

Avant-propos

C'est une histoire d'enfants sauvages, il y en a eu pas mal, déjà, c'est fascinant ces gamins, ça fait peur. Il y a eu *Sa Majesté des mouches*, un livre terrible sur une bande de gamins qui sont dans un avion, l'avion s'écrase sur une île déserte, le pilote meurt, ils sont seuls sans adultes et ils créent leur propre société, une société pas meilleure que celle des grands, tout aussi cruelle, avec des rapports de force, des dominants, des exclus, des injustices. Il est violent ce livre.

Ici aussi donc une bande d'enfants, il y a La-Petite-Elle-Veut-Tout-Faire-Toute-Seule, Destiny-Bienaimée, Méduse, Mohamed-Ali, Tout-Le-Fait-Rire, Brille, Trogne, Espoir et Moufle, des noms bizarres, des noms à rallonge. Parmi eux deux groupes, deux bandes, les strongues et les bitches, ils ne s'entendent pas, ils se battent souvent. Ils vivent dans une maison, une institution, un endroit où ils sont rassemblés et où ils font leur loi, ça s'appelle Les Enfants de Melkisédek, mais tout le monde dit la Colonie, c'est plus court. Il y a des adultes qui tentent de les encadrer, ils ont des noms aussi bizarres que les enfants : La-Femme-Elle-Est-Costaud, La-Femme-Quand-Elle-Parle-Elle-a-Les-Yeux-Qui-Brillent, L'Homme-Il-Sait-S'Amuser-Avec-Un-Bout-De-Craie.

Et puis il y a un village, il y a une forêt et même des montagnes. Des éoliennes, des champs cultivés, un village, à une distance pas négligeable, le tout constitue un val charmant, enserré dans des montagnes peu hautes mais parfois enneigées. Une voie ferrée balafre le val, longe la Colonie, elle relie le village à la ville lointaine. Ça reste assez isolé et l'en-dehors du val on l'appelle l'outre-val ou l'outre-montagne. Comme partout la lutte des classes règne, elle oppose les bergers, les paysans, aux maîtres des forges. Au cœur de ce conflit, il y a la forêt, c'est classique : Marx, le vol du bois, texte dans lequel il dénonce l'interdiction de ramasser du bois mort. Les maîtres des forges veulent contrôler la forêt, les pauvres profiter de ses ressources comme bon leur semble. Les maîtres parlent de velours mais ils agissent en brutes, ils mettent des gardes forestiers pour empêcher la coupe de bois et la chasse, des charbonniers qui brûlent des pans entiers de forêt. Bien sûr, ça se passe mal. Au-dessus il y a le gouvernement provisoire, provisoire parce que la situation est instable, de toute façon il est loin, ce gouvernement, un préfet qui loge dans la grande ville fait un petit tour de temps en temps. Le gouvernement, il soutient les puissants, il est fait par eux. Donc ce sont les maîtres des forges qui ont le pouvoir. Au village, le plus riche est Kylian PetitCœurCouronné. Il contrôle le patelin, il a ses gardes, ses charbonniers, il organise le marché, une de ses employées y attribue les places, elle s'appelle Madame DeLaRocheTaillée. Du côté des bergers, Darnert est le chef, ils connaissent la forêt, ils connaissent la montagne, il y a même des grottes pour s'y cacher, c'est leur domaine qu'on veut leur enlever, ils se défendent, et ils se défendent bien. Ils vivent, eux, dans la forêt et dans la montagne, les autres n'y sont que de passage. Alors les bergers se camouflent le visage, se mettent des robes, se déguisent en femmes, en demoiselles, pour rosser les gardes forestiers et les charbonniers.

Les bergers, les maîtres des forges et leurs sbires, ils s'en mettent plein la figure. C'est classe, la lutte des classes, mais c'est aussi dégueulasse. Ça ne se mène pas tout le temps avec des fleurs et des poèmes, il y a aussi des coups, des coups bas, du mépris, de la colère qui ressort moche. Ça éclabousse, désolé. Les enfants, ils sont un peu loin de tout ça, mais ils y viendront, on y vient toujours, on est rattrapé qu'on le veuille ou non.

Il y a aussi des histoires de religion, dans ce village, il faut les prendre au sérieux, il ne faut pas se dire ce sont des prétextes, l'important est ailleurs. Ceux qui croient, pour eux c'est la foi qui compte, on peut se dire c'est un leurre, une diversion, ils sont dupes d'eux-mêmes, on peut se croire plus intelligent, mais ils ont ça dans leur cœur, dans leur tête, elle a une autonomie, leur croyance. Ce n'est pas archaïque, la religion, c'est une idée qui a du passé et de l'avenir.

Pour l'époque, c'est peut-être bientôt ou alors bien plus tard, c'est indéfini, il y a des réminiscences du passé. L'histoire n'est pas une longue ligne droite, une marche en avant, ce sont des allers-retours, il y a du sens dans l'histoire mais pas un sens de l'histoire. Il ne faut pas croire les progressistes fanatisés, les dogmatiques de l'avenir radieux ou de l'Apocalypse, les naïfs du futur : au contraire il y a des soubresauts, de grandes reculades, des tête-à-queue.

Il y a plusieurs récits croisés, les enfants, les bergers, le village. Il y a des fantômes et des monstres. Pas mal d'impondérables climatiques. Des Grands-Incendies et des Grandes-Vagues, des pluies incessantes ou du soleil qui tape dur. À force qu'on parle de réchauffement climatique, de catastrophes, ça finit bien par arriver, même dans les livres.

Partie I
LA FORÊT

Prends garde, sous mon sein la grenade
Sous mon sein là regarde
Clara Luciani, *La Grenade* (2018)

C’est un jour de Grand-Incendie, les arbres flammèchent, ils crépitent, ils montent en torche vers le ciel puis leurs cendres s’effondrent ou explosent, il y a des animaux qui courent follement, des renards, des lapins, des grenouilles, des loups et des biches, ils se retrouvent finalement cernés par le feu, ils sont une apparence noire d’eux-mêmes puis plus rien, les oiseaux tentent de s’envoler, d’échapper aux fumées mais la plupart sont rattrapés par le gaz ou la chaleur, ils s’évanouissent, leurs corps soudain lourds retombent et ils brûlent aussi sûrement que s’ils n’avaient que leurs pattes pour marcher, leurs becs fondent avant d’arriver au sol, leurs plumes se rabougrissent sans effets, c’est moins spectaculaire que les herbes, vertes ou sèches, elles étincellent, celles à essence provoquent de grandes gerbes, un souffle, une odeur, elles terminent en bouquets jolis, et le feu galope, il escalade, il saute, il prend des vies, il s’arrête brièvement puis traverse les routes, tord les barrières en fer, fait bouillir le goudron et les ruisseaux, il les mêle, il est un cheval de combat, puissamment cuirassé de soufre, on dirait sept anges sonnant de la trompette, une vapeur brûlante, une grande montagne de feu embrasée jetée dans la mer, les braises volent, elles sont une grêle rouge sang, une armée de sauterelles aux dents de lion, dont la morsure torture avant de tuer, l'eau de l'étang survolé par la fournaise devient amère, elle devient sang, celui des pauvres créatures en son sein, le brasier est une étoile ardente qui traverse le ciel et s'abat sur le sol, il est un aigle aux serres puissantes, il attrape et il broie, les pierres rougissent et éclatent à grand bruit, c'est grandiose et pourtant tout semble écrasé par l'épaisse fumée qui remplit le ciel, qui déborde la stricte zone de l'incendie et se répand à des kilomètres, le soleil disparaît, il n'y a pas de lune, c'est un dragon, un long dragon à la queue terrible, à la tête terrible, au corps terrible, qui crache la chaleur et la destruction de partout,

et les enfants de Melkisédek regardent le spectacle, igo, ils en ont vu d'autres mais ça les pétrifie quand même, c'est brutal, la forêt brûle comme des biffs, c'est jour de canicule, propice au Grand-Incendie, alors ils regardent alignés devant la rivière, au bord d'un trou d'eau à moitié vide, ils sont là un plus un plus un plus un, ils regardent et ils noircissent de suie, elle se dépose doucement, en neige, ils transpirent et ça fait des traînées sales sur leurs torses nus, et c'est le premier jour de La-Petite-Elle-Veut-Tout-Faire-Toute-Seule à la Colonie, elle a chaud, comme tout le monde, chaud d'avoir marché vers cette rivière lointaine, loin de la forêt de la Colonie, parce que les adultes espéraient trouver de la fraîcheur, c'est ironique finalement, elle a chaud du chemin et elle a encore plus chaud du Grand-Incendie, la sueur coule sur ses yeux qu'elle essuie, ils sont cinquante gamins, raclis et raclos, abîmés, tordus, esquintés, rapiécés, à s'essuyer mêmement les yeux, et encore plus loin au village la température a augmenté aussi, même si le Grand-Incendie n'est pas proche, les hommes font la chaîne, ils remplissent des seaux dans les puits et arrosent les toits, on a déjà vu des foyers s'allumer promptement par ces temps si secs, Kylian PetitCœurCouronné surveille et les hommes de sa milice sont mobilisés, il y a des hommes-guerre, ils ont déposé leurs armes et retroussé leurs manches, et il y a des christian et des muslim, et des supermuslim, les femmes avec leur voile et les hommes dans leur tunique, Esclarelys aussi aide, sa robe colle à sa peau moite et certains miliciens pensent au feu mais ils ne peuvent s'empêcher de la regarder, elle, d'emmagasiner sa beauté, ce qu'elle en délivre, des villageois, aussi, ont de telles pensées, également Mme DeLaRocheTaillée, qui répartit les places au marché, peut-être d'autres plus discrètement, ils sont plusieurs qui la désirent, elle ne regarde personne, elle soulève des seaux et elle les vide.

Et Darnert court à la lisière du feu, comme s'il n'avait pas peur du Grand-Incendie, mais c'est un péril bien plus grave qu'il redoute, la mort de ses bêtes, il s'aventure, ses sourcils sont roussis, il tousse, il ne voit rien, il n'entend que le crépitement, il se rapproche du feu et il s'éloigne quand il ne peut plus respirer, quand sa peau brûle, il ôte sa chemise et la jette à terre, il l'abandonne en chiffon, il se maudit d'avoir voulu faire paître ses bêtes si loin, avec la même idée que les adultes de la Colonie pour les enfants, chercher la fraîcheur et l'herbe verte, il se frappe les tempes et il se dit elles sont mortes à cause de moi, tout un troupeau, il imagine leur toison s'enflammer, les bêtes crier, se coller les unes aux autres en propageant le feu au lieu de l'éteindre, les femelles essayant maladroitement de protéger leurs petits, les écrasant, toutes les bêtes du troupeau se bousculant et se piétinant et brûlant, un sacrifice involontaire par le feu, un terrible holocauste ovin de dieu monothéiste, il voudrait les rassembler et les ramener,

Et les adultes regroupent les enfants, ils craignent pour eux maintenant, ils ne veulent pas que le chemin vers la Colonie soit coupé par le feu, il est certes loin mais progresse si vite qu'ils ne veulent pas prendre de risques, et La-Petite-Elle-Veut-Tout-Faire-Toute-Seule marche à l'avant de la troupe enfantine, elle semble leur guide alors qu'elle est simplement la première, une bergère.

Et Darnert entend une cloche, il se précipite, ce sont ses bêtes, elles ont échappé, par quel miracle, au Grand-Incendie, elles trottinent à l'écart du danger, il les presse et quand il est sûr d'être assez loin il ferme les yeux et les enlace, il colle sa peau contre la chaleur de leur corps, il les enlace une par une avec une infinie douceur,

Et quand la pluie éclate d'un coup, violente, plus encore que le Grand-Incendie dont elle atténue impitoyablement les flammes, les villageois poussent un grand soupir, un grand rire, ils lèvent les bras au ciel, Esclarelys ne participe pas à la liesse, elle offre néanmoins son visage à la pluie, et les enfants pris par la pluie sur la route crient et jouent, ils s'éclaboussent puis ils grelottent, l'eau dilue et fait disparaître leurs traces noires, elle rouille les fauteuils et les béquilles, elle nettoie les plaies des blessés, les adultes n'aiment pas ça, ils ont déjà assez de malades, assez de fragiles, La-Petite-Elle-Veut-Tout-Faire-Toute-Seule se concentre, elle a l'air sérieux pour ne pas glisser dans la boue, et Darnert le berger serre toujours ses bêtes, il laisse ses larmes couler, elles se mêlent à la pluie, invisibles.

Ici ça se passe pas bulle pour les nouveaux, elle lui dit Destiny-Bienaimée en essuyant le sang de son nez, et d'habitude La-Petite-Elle-Veut-Tout-Faire-Toute-Seule parle et a toujours son mot à dire, mais là elle se tait, elle roule un peu des yeux, incrédule.

Sur le mur l'huile coule doucement, ça fait une traînée grasse, les haricots rouges sont restés compacts et collés un moment, maintenant ils se désagrègent, ils tombent à l'unité ou par petits paquets, et ça pourrait faire réfléchir sur la vie, la destinée, sur comme quoi les plus durs finissent par partir en morceaux, sur qu'y a rien de certain ici-bas, mais ça tout le monde le sait à la Colonie, pas besoin de faire un dessin, de toute façon personne ne regarde, ce qui les intéresse c'est un autre amas, Tout-Le-Fait-Rire et Jambe-Fer se serrent fort et on aurait dit un câlin si c'était pas une bagarre, ils sont mains dans les mains, ils poussent et ils tirent. Jambe-Fer essaye de le faucher avec sa guibolle en métal, faut bien que ça serve, elle fait des cercles avec et lui des petites esquives, alors elle lance de plus en plus fort, si elle le touche il tombe et elle le finit par terre, mais ça la déséquilibre. Tout-Le-Fait-Rire en profite, il libère soudainement une main et il cogne, marteau-pilon tac-tac-tac dans la gueule.

Ça a commencé comme d'habitude, une histoire de ration et de rab, une assiette qui vole, encore une bitche contre un strongue. Tout-Le-Fait-Rire a un pied sur Jambe-Fer maintenant, elle ne bouge plus, elle n'est plus dangereuse alors il lève les bras au-dessus de sa tête et il serre fort ses mains pour qu'on voie ses muscles, il tourne bien autour de son pied qui lui écrase la tête et il les regarde tous dans la pièce. Eh ouais ça se passe comme ça, il dit, faut pas tester les strongues, *fuck off, fuck off* les bitches, dans ta schneck. Il célèbre sa victoire façon mitraillette dans le ciel.

Présentement, La-Petite-Elle-Veut-Tout-Faire-Toute-Seule est cachée derrière une table renversée, histoire de ne pas se prendre un coup perdu dans le nez comme Destiny-Bienaimée, elle ne dit toujours rien mais elle sait et elle observe. Elle sait une chose, qu'elle n'acceptera pas la loi des strongues, la loi de Tout-Le-Fait-Rire. Elle en observe plusieurs autres. Les strongues sont des garçons, des grands, et quelques filles. Les bitches sont des filles et des plus jeunes, ou gringalets. Jambe-Fer est leur cheffe, d'un gabarit digne d'un strongue, avec un avantage dans les bagarres, cette patte métallique, un désavantage, une certaine lourdeur. Quand elle a commencé à se battre avec Tout-Le-Fait-Rire, même quand il a vacillé sous un de ses coups, aucune bitche n'est intervenue autrement que par des oh et des ah, personne ne lui a prêté main-forte. Ce combat, pourtant, semblait prévisible, inévitable, irrémédiablement inscrit dans la vie de la Colonie, dans l'affrontement de ses deux groupes rivaux, et Tout-Le-Fait-Rire est grand et costaud pour son âge, mais pas invincible.

Le cours des pensées de La-Petite-Elle-Veut-Tout-Faire-Toute-Seule s'interrompt car Tout-Le-Fait-Rire saute à pieds joints sur Jambe-Fer et ce faisant semble donner signal, les strongues partout dans la salle se jettent sur les bitches, La-Petite-Elle-Veut-Tout-Faire-Toute-Seule manifestement, et conformément à ses observations, est classée parmi les secondes, et on l'attrape par ses fines tresses, on la frappe, elle se défend, des tabourets, des assiettes, des restes de nourriture, volent dans toute la pièce, elle-même saisit un verre cassé et le plante, par-derrière, dans la plus proche des têtes strongues, l'autre se retourne, éberlué de rouge, et prend pareil côté face.

Après quoi les adultes interviennent, crient et séparent, ils ont fait vite, ça n'a duré que quelques minutes en tout, puis ils soignent, il y a des bleus, des coupures, des entorses, un bras cassé, quelques dents branlantes, une vingtaine de points de suture cousus à vif, dont dix pour le strongue décousu par La-Petite-Elle-Veut-Tout-Faire-Toute-Seule. C'est lui, après Jambe-Fer, qui est le plus amoché.

À cause de la bagarre c'est couvre-feu, comme en période de drones, les strongues et les bitches chacun dans leur dortoir, les lumières éteintes. La-Petite-Elle-Veut-Tout-Faire-Toute-Seule est tête-bêche avec Destiny-Bienaimée dans leur lit, celles qui ont encore mal sanglotent, celles qui ont toujours mal aussi, les crachoteuses toussent, les siffleuses ont du mal à respirer malgré la circulation de l'air par les fenêtres du haut toujours ouvertes. Il y a tous ces reniflements-toux-crachats pendant un moment, il fait bien noir malgré la lumière de la demi-lune à travers les grandes baies vitrées, puis ça farfouille et peu à peu sortent les lampes électriques et les bouteilles, chacun son rhum arrangé à faire goûter aux autres. Les bitches sautent de leur lit et elles convergent vers la masse immobile de Jambe-Fer, sur le dos à cause de son bras en écharpe, demain on le lui plâtrera. Elle pleure comme si elle n'était pas une cheffe, elle ne l'est peut-être plus en effet après sa défaite, mais les autres ne lui règlent pas son compte, elles la câlinent, elles la consolent. Une par une elles lui font boire une gorgée et elles lui disent un mot à l'oreille. L'autre chiale encore un moment. Quand elle a terminé, peut-être qu'elle dort, un minus se met debout et toutes font cercle autour de lui, celles qui peuvent, on prend les roulantes, celles qui sont en fauteuil, par les épaules et on les cale entre deux oreillers, on laisse Jambe-Fer là où elle est, trop douloureuse, et on lui met une couverture sous la tête, qu'elle puisse voir si elle se réveille. Les crachoteuses retiennent leurs poumons, les siffloteuses respirent par la bouche, La-Petite-Elle-Veut-Tout-Faire-Toute-Seule découvre.

Mohamed-Ali se déploie, il n'est pas aussi minus qu'il en a l'air, il paraît plus grand dans la clarté de la lune et des lampes électriques, ses longs bras maigres s'agitent et le démultiplient, l'ombre de sa touffe de cheveux remplit tout le plafond, il raconte et il scande.

Une histoire qu'il a vue autrefois, une histoire d'amour vrai, du temps qu'il était guetteur et qu'il s'ennuyait à scruter le paysage, à regarder au-delà du ter-ter, rien à foutre le taga-taga, alors ce jour-là il a vu, sur une colline voisine, une petite locomotive, des wagons tendrement attachés derrière elle, son fidèle tender en premier, la fosse pleine à ras bord du charbon le plus noir, le plus luisant. Mohamed-Ali secoue la tête et il danse lentement, et les bitches réunies autour de lui dodelinent de la tête au même rythme, celle de Jambe-Fer est trop douloureuse, elle bouge les doigts de son pied valide de sous la couverture, Mohamed-Ali a une voix douce et il continue, la petite locomotive, la colline. Et puis les wagons se détachent, sauf le tender, ils s'ébrouent et ils basculent paisiblement, ils descendent le flanc de la colline à leur rythme, chacun suivant une voie invisible dans l'herbe drue, ils s'égaillent dans la plaine et font leur chemin librement, et la petite locomotive fume, elle envoie dans le ciel des nuages de bonheur. Le récit devient mélopée, Mohamed-Ali bouge, les enfants s'endorment et restent sur les matelas posés au sol, au milieu des oreillers, les corps enchevêtrés les uns aux autres. Quand il se tait il s'endort aussi.

Le petit bouton d'uniforme doré repose sur un tapis de terre humide. Les frondaisons sont hautes et denses, la lumière n'accroche pas sa surface. On le voit à peine, son brillant d'apparat déjà terni par le pas terreux d'un homme. Sans le voir il a marché dessus, l'a enfoncé un peu plus dans le sol. Autour, d'autres hommes courent, écartent et accrochent des branches. Ils soufflent et ils suent. Le bouton reste là, immuablement froid, nul homme ne le réchauffera plus au creux de sa paume. Les feuilles autour de lui sont un cortège glacé, elles l'accueillent et le recouvrent, l'entraînent dans leur nuit.

Ils sont deux à courir éperdus dans cette forêt qu'ils connaissent mal, ils savent qu'ils seront rattrapés et ils ont peur. Ils sont en uniforme bleu, le plus grand a sa veste déchirée et saigne de la joue, éraflée par une ronce ou une branche solide. Ils ne voient rien ni personne d'humain, entendent des craquements, des voix rauques, des ombres et du mouvement. Ils sont dans un cauchemar, ils sont gibier.

Les deux hommes avaient fière allure en entrant dans le bois, leur uniforme de garde forestier leur assurant œillades galantes, au village. Ils viennent d'ailleurs, ne parlent pas l'argot d'ici, s'en moquent bien. Ils disposent d'un beau salaire, payé par le gouvernement provisoire, payé par les maîtres des forges, leurs enfants iront à l'école, ils quitteront la forêt, la montagne, ils iront à la ville. Eux-mêmes finiront sur un lopin de terre. On leur demande seulement de faire valoir le code forestier, d'empêcher les bergers de laisser paître leurs bêtes, les villageois de ramasser du bois, de chasser.

Les gardes forestiers, sans se concerter, cessent de courir. Ils sont fatigués, ils ne savent pas où aller, pas de refuge pour eux ici. Ils ne peuvent pas se blottir dans un terrier, se cacher derrière un tronc, encore moins monter dans un arbre. Les autres les entourent et les pressent. Ils s'arrêtent, ils scrutent, ils marchent encore un peu, entrent dans une clairière. Au moins un peu de lumière.

Dos à dos, les gardes forestiers sont au centre de la clairière, pour se protéger et se rassurer, se réchauffer aussi, peut-être, encore qu'avec la course leur sang circule en jets brûlants. Les silhouettes sont à la lisière, elles sortent de la forêt et les entourent, se rapprochent. Le plus étonnant, ce sont ces robes de femmes sur leurs poursuivants, des hommes pourtant ainsi déguisés en demoiselles, larges chemises blanches, plus encore que les perruques et les foulards. Mais nulle envie de rire, car les visages noircis au charbon sont effrayants et les mains tiennent d'épais bâtons. Le plus petit des gardes roule des yeux, cherche un repère connu, un regard ami ou compatissant. Il n'accroche que le clair-obscur des arbres, il aspire une goulée d'air, les coups pleuvent et brisent son corps.

Au matin une douce musique retentit, un antipode des sonneries d'alerte auxquelles ils sont trop habitués. Le haut-parleur principal est situé sous l'enseigne qui donne son nom au lieu, Les Enfants de Melkisédek, mais personne ne dit comme ça, tout le monde simplifie en la Colonie. Ses habitants disposent d'une quinzaine de minutes avant que les adultes ne s'emparent du lieu. Les baies vitrées sont ouvertes en grand pour chasser les odeurs, les couettes et les oreillers volent, les matelas se remettent d'aplomb dans les sommiers, les bouteilles sont cachées. On se bouscule à la douche, on aide les souffrants ou les estropiés à s'habiller.

La nuit on peut tout faire mais rien ne doit transparaître le jour, quand arrive à la porte un adulte, La-Femme-Quand-Elle-Parle-Elle-a-Les-Yeux-Qui-Brillent, ou L'Homme-Il-Sait-S'Amuser-Avec-Un-Bout-De-Craie, à plus forte raison la directrice, même largement souriante et voix chantante. On l'appelle La-Femme-Quand-Elle-Rigole-C'est-Une-Cascade.

Alors il faut descendre l'escalier du bâtiment des dortoirs, traverser la cour, suivre en file indienne jusqu'au bâtiment principal et au réfectoire. Il est grand comme les deux grandes salles de classe qui l'entourent, ces trois pièces placées au centre d'un dispositif de panneaux de bois amovibles, de vitres immenses. Les cloisons peuvent basculer et s'ouvrir, les enfants ainsi sont presque à l'extérieur. L'air, le soleil, doivent passer, laver les poumons et les gorges malades, fortifier les bien portants, chasser les mauvais rêves. Tout est de plain-pied. Les salles de classe, les deux grandes et les plus petites, sont aussi largement vitrées et lumineuses. Si possible on fait cours dehors. La forêt est proche, ses premiers arbres ombragent la cour. L'été les enfants quittent les dortoirs et dorment dans des tentes, sous les premières frondaisons. Elles se fondent dans la végétation, en deviennent minuscules, invisibles, inexistantes.

Nul ne sait plus exactement le projet initial de la Colonie, mais il est gorgé d'arbres, de plantes, d'air, de soleil. Des architectes, des pédagogues et des médecins ont réfléchi et travaillé de concert. Ils ont déterminé le lieu, à la lisière arrondie du bois. On dirait une vaste clairière bordée de verdure en son nord seulement. Le village le plus proche semble lointain, inaccessible à l'œil, même si la route y conduit en peu de temps. Les leçons ont lieu le matin, puis l'après-midi les enfants ont quartier libre. On les encourage à découvrir la forêt, ou bien à travailler au potager. Certains se rendent jusqu'au village. Ils traversent le potager, dépassent les serres, les champs d'éoliennes, les champs cultivés, puis ils y arrivent et trouvent à s'occuper. Pas très loin de la Colonie sur un talus qui surplombe ils regardent les trains passer, ils sont de toutes les formes, de toutes les couleurs, ils sont proches mais ils roulent et ils ne s'arrêtent jamais.

Aucun adulte ne fait la visite à La-Petite-Elle-Veut-Tout-Faire-Toute-Seule. Elle profite des après-midi pour découvrir ce qui entoure la Colonie, aux heures où tous les enfants vaquent. Elle vole des tomates dans le grand potager. Elle évite la machine à combustible au bruit intense. Elle traverse les champs d'éoliennes, puis les champs de blé, de maïs et de betteraves, elle arrive presque à l'entrée du village mais n'y pénètre pas. Destiny-Bienaimée l'accompagne, ou d'autres bitches, Brille, Peur-Patience, Furette, Trogne, Mohamed-Ali. Parfois les strongues décident des expéditions punitives et il faut se cacher. Ils se peignent le visage en bleu et ils courent, ils traquent, ils ululent quand ils trouvent une bitche et tabassent.

Telles sont les affaires de jour mais le soir chacun rentre au bercail.

En fin d'après-midi, très exactement quand le soleil décline, l'ombre du bâtiment rejoint celle des bois et alors vraiment il semble appartenir à la forêt, il semble possédé, une langue noire qui le rattrape et l'engloutit. Les enfants les plus jeunes frissonnent, leurs aînés cachent mieux leur angoisse sous les blagues et les forfanteries. À ce moment ceux qui jouent loin se rapprochent, les minots se pressent. Ils craignent les monstres des contes, les animaux dévoreurs d'enfants, même ceux pour qui le mal douloureux se niche dans leur pauvre poitrine. Ce moment-là est une trêve, il y a peu de batailles, les strongues et les bitches se retrouvent autour de leurs tables respectives dans le réfectoire.

Les charbonniers veillent autour de leur meule, monticule d'argile et de terre, dans laquelle le bois longuement se consume. Ils sont sales de cendres et de suie, noircis et puants. Ils savent comment chauffer le bois, puis le transporter jusqu'aux forges dans leurs charrettes immondes. Abrutis de fumée, ils ne voient pas les demoiselles qui surgissent et les entourent.

Darnert, le chef des bergers, le chef des demoiselles, lève son bâton sur un charbonnier malingre. Il lui donne des coups sur les jambes, l'autre geint. C'est un gars du pays, les frusques de femme, le noir sur le visage, peu importe, il reconnaît Darnert, il lui pleure des supplications au visage, en l'appelant par son nom. Le berger lui défonce le crâne, à gros bouillons rouges sur tout ce charbon.

Les autres charbonniers se dispersent dans la forêt, ils pensent tirer cachette de son épaisseur, des trous sous des rochers, des buissons touffus. Mais les bergers les débusquent de leurs longs bâtons, ils les rattrapent un à un et les laissent pantelants. Un seul, plus jeune, plus vigoureux, leur échappe encore. Il ne sent pas les griffures, les branches qui heurtent ou déchirent, il court silencieusement. Il est presque surpris d'en sortir quand il arrive à la Colonie, diable noirci échappé du bois, il a un bref cri de triomphe, vite étouffé car les demoiselles arrivent, elles le rattrapent dans le potager. Elles sont cinq, il halète et attend, au milieu des plants de rhubarbe, le charbonnier regarde les larges et rondes feuilles et il pense aux tartes délicieuses, autant finir avec du bon dans la tête. Puis il se jette, empoigne une demoiselle, les autres l'en arrachent, le mettent à terre, le fracassent. De nombreux enfants se sont rassemblés, ils observent le passage à tabac, certains crient ou pleurent un peu, la plupart ne disent rien. Quand les demoiselles partent, le charbonnier reste étendu un moment, puis il se lève, chancelant, regarde autour de lui, essuie un peu le sang et boite en direction du village. On peut suivre son chemin et celui des demoiselles à la trace des légumes abîmés.

Brille a vite compris le changement, depuis qu'il n'a plus ses parents. Tout ce qu'il avait de beau est devenu laid. Les teintes mêlées, châtain brun ou clair, de ses cheveux, dans lesquels ils passaient leurs mains, sont motifs à sobriquet, le premier qu'il a eu, Bicolore. Son nez qu'ils embrassaient a, il s'en rend compte maintenant, l'aspect brut d'une patate. Ils n'ont pas connu ses boutons, ils ne les auraient pas empêchés de le serrer dans leurs bras. Ses lunettes, qu'ils réajustaient avec tendresse, l'appelant doucement mon petit savant, lui valent le surnom définitif qui a supplanté Bicolore, à cause des reflets, ou des yeux souvent mouillés mal dissimulés par les verres.

Alors il va au pied des éoliennes trouver ce qu'il reste de beau dans sa vie. Il aime leur tronc élancé, leurs pales majestueuses qui fouettent et fouettent sans s'arrêter. Elles sont là pour toujours, inébranlables, capables de résister à des tapis de bombes. Brille se niche dans leur ombre, il prend des biscuits et du jus de pomme, ou du rhum, il entend le bruit de vent que font les pales, c'est un vacarme doux, il réfléchit, il dort, il pleure.

Il est fier de cet emplacement, il veut le montrer à La-Petite-Elle-Veut-Tout-Faire-Toute-Seule, il est heureux de l'emmener sur ce qui se rapproche le plus, ici, de son territoire. Avec eux Destiny-Bienaimée, Trogne, Mohamed-Ali, qui discutent et qui rient. Il y a aussi Chien, il est comme l'animal, il ne sait pas parler mais il comprend tout, son nez est humide. Brille fait la roue pour imiter les éoliennes, il tombe au plus près des brins d'herbe. Il n'a plus sa vraie famille mais il a retrouvé une mif, il parle fort et il parle trop, il les appelle *kho*, il leur dit à chacun, l'un après l'autre, *je t'aime, Chico*. Ça fait longtemps qu'il n'a plus dit qu'il aimait. Trogne a du mal à rouler sur l'herbe mais elle fait tourner son fauteuil, très vite, de plus en plus vite, elle tourbillonne, elle est ivre de sa propre vitesse.

Destiny-Bienaimée sort le rhum arrangé, c'est son banane-bergamote, les bergamotes sont arrivées dans un colis, personne n'en voulait au moment de la distribution, sauf elle. Elles ont disparu, fondues dans l'alcool.

Quelqu'un sort un joint et ils font passer.

La-Petite-Elle-Veut-Tout-Faire-Toute-Seule rigole, elle fait tourner l'alcool dans sa bouche pour bien imprégner, puis ça coule dans sa gorge et ça fait chaud. Ensuite la fumée, c'est rauque, elle tousse. Elle est bulle. Ils sont tous bulle. Ils s'allongent et ils regardent le ciel, découpé à intervalles réguliers par les pales. Ils ont tous un truc à oublier, ça fait du bien de ne penser à rien.

Mohamed-Ali se lève d'un coup, il scande et raconte, c'est rare, de jour. Il est heureux alors c'est une histoire joyeuse, il parle des empreintes dans le sol, des traces de pas enfoncées des dinosaures, des traces régulièrement disposées, des traces non pas de fouisseurs pour chercher de la nourriture, non plus des traces d'enlisement dans la boue. Il faut imaginer les dinosaures avec des plumes, il dit, il faut les imaginer comme des oiseaux dont ils sont les ancêtres. Leurs traces de pas sont des pas de danse, des parades nuptiales, une danse amoureuse de géants, de dinosaures bipèdes, les iguanodons dansent, les abélisaures dansent, les pachycéphalosaures dansent, les vélociraptors dansent, les tyrannosaures dansent, les plus méchants de tous les animaux, les plus féroces. Tous les enfants se lèvent à cette évocation, La-Petite-Elle-Veut-Tout-Faire-Toute-Seule se met à danser, une danse d'ours, à pas lourds, une danse d'oiseau, gracieuse, une danse de dinosaure. Mohamed-Ali raconte encore, les oiseaux ne dansent pas seulement, ils chantent, il faut imaginer les dinosaures danser et chanter, et ce faisant leur monde devait trembler, le sol puissamment heurté devait résonner d'amour, de leur voix et de leurs pieds.

Tout ça c'est trop beau, tout ça c'est le monde ou rien.

Brille frotte ses yeux sans ôter ses lunettes, quand il les rouvre c'est le chaos, Tricératops a surgi de derrière un fourré, foncé la tête la première dans le ventre de La-Petite-Elle-Veut-Tout-Faire-Toute-Seule, il l'a pliée en deux, elle gît à moitié assommée, c'est sa spéciale, il n'a pas de cornes mais la tête aussi dure que l'animal de la préhistoire. Ils sont six strongues qui tapent de concert, Tricératops, Tout-Le-Fait-Rire, Kevin-Prince, Bouffe-Crotte, Galeux et Pichichi. Trogne est jetée bas de son fauteuil, Destiny-Bienaimée coup-de-tête-balayette, personne ne touche à Mohamed-Ali, ou bien il court, Brille ne comprend pas bien. Lui-même se précipite vers le tronc de l'éolienne et il grimpe à l'échelle, il voudrait enchaîner les barreaux mais une main agrippe sa cheville, il tombe lourdement, il est rossé, Trogne est rossée, Chien est rossé. La-Petite-Elle-Veut-Tout-Faire-Toute-Seule se prend des coups de pied et des coups de poing, le coup de tête dans l'estomac l'a laissée sans force, ils essayent de lui taper dans la schneck, mais elle a encore assez de conscience pour se recroqueviller, monter ses genoux sur son ventre, ses mains sur sa tête. On l'a déjà battue et elle sait comment faire.

Quand plus personne ne bouge ça n'est plus très drôle, les autres arrêtent et s'en vont.

La-Petite-Elle-Veut-Tout-Faire-Toute-Seule se relève la première, passé le souffle coupé dans le ventre ça va bien. Elle donne la main aux autres, Brille a un verre cassé, le fauteuil de Trogne n'est pas abîmé. Chien fait son air de chien battu, c'est approprié. Mohamed-Ali a disparu.

Ils reviennent vers la Colonie.

J'espère c'est La-Femme-Quand-Elle-Parle-Elle-a-Les-Yeux-Qui-Brillent elle va nous soigner, elle dit Destiny-Bienaimée, alors ils sourient tous. Avant d'arriver ils relèvent leurs t-shirts pour comparer leurs marques. Sur La-Petite-Elle-Veut-Tout-Faire-Toute-Seule et Destiny-Bienaimée les bleus ne se voient pas trop, c'est parce qu'on est noires, elles disent en rigolant. Brille en revanche est marbré de bleu et de vert. Trogne gonfle du visage mais ça ne lui fait pas une tête pire que d'habitude. C'est l'avantage d'être moche quand on se fait taper.

Fais belek, tu peux rien tenter contre les strongues, ils sont trop forts, elle dit Jambe-Fer. Regarde-moi j'ai essayé et voilà.

Depuis son combat contre Tout-Le-Fait-Rire, Jambe-Fer est allongée, fiévreuse. Elle a mal au bras et à la tête. Elle a enlevé sa prothèse qui frottait contre le moignon et la faisait saigner. C'est dur de faire l'obscurité ici, mais les bitches ont obstrué les vitres comme elles ont pu avec des draps, des couvertures, pour la protéger de la lumière. Elle n'est plus leur cheffe mais elles l'aiment.

L'Ancêtre est plus âgée que les autres bitches, au moins quinze ou seize ans, elle n'a pas de bras ni de jambes, mais elle a ses yeux et sa bouche pour raconter. Elle dit, il y a toujours eu des groupes à la Colonie, mais c'était plus équilibré. Il y avait pas les strongues et les bitches, il y avait pas les filles et les garçons. Il y avait des bagarres et des querelles de chefs mais c'était pas dur comme ça.

La-Petite-Elle-Veut-Tout-Faire-Toute-Seule secoue la tête, elle dit ça peut changer, ça se passera pas comme ça. Elle a l'air déterminée mais elle est petite et nouvelle alors Cramée se met devant elle, les cicatrices violettes de son visage lui donnent l'air toujours en colère, elle fait peur mais l'autre ne cille pas, elle lui rend son regard et Cramée parle de sa bouche sans lèvres, t'es pas notre cheffe, elle dit, te la pète pas comme ça, t'es une rien du tout, ta tête elle est noire on dirait t'es plus cramée que moi la Cramée, alors ferme ta gueule, *blafeulmok*, tu dois faire tes preuves. Ensuite elle parle aux autres, moi je le connais, Tout-Le-Fait-Rire, j'étais dans son groupe avant qu'il soit chef, je peux lui parler, si on fait des choses pour eux ça sera moins dur.

Elle dit ça et elle pousse La-Petite-Elle-Veut-Tout-Faire-Toute-Seule de la main à plat sur la poitrine, elle pousse et elle pousse et elle veut la faire déclencher. La-Petite-Elle-Veut-Tout-Faire-Toute-Seule la regarde droit dans les yeux et elle sourit, et elle ne dit rien, et puis d'un coup elle lui prend le poignet, elle le tord, elle la retourne, comme ça elle la tient, le bras de l'autre plié dans son dos que ça fait un mal de chien, Cramée ne peut plus bouger et elle s'en veut de s'être fait avoir, elle ne sait pas d'où l'autre sort cette technique, elle ne peut pas deviner, ça vient de son père qui l'aimait fermement et brutalement.

La-Petite-Elle-Veut-Tout-Faire-Toute-Seule parle doucement entre ses dents, elle dit je suis rien mais je suis plus que toi, tu pleures, hein, ça fait mal, tu vas ramper ou je te casse le bras. Elle dit toi grosse tu seras ma bitche parmi les bitches. Après, elle la lâche et la jette sur un lit, l'autre se masse le bras, elle a mal.

Les bitches regardent La-Petite-Elle-Veut-Tout-Faire-Toute-Seule, ce n'est pas leur cheffe mais elle les impressionne, c'est sûr.

Sur un mur abîmé, près du chemin vers le village, au bord du champ des éoliennes, ont été peints des mickeymouse méchants. Ils ont le sourire sadique, crocs apparents, ils pointent qui les regarde de leur doigt ganté. Il y a écrit sous eux : *I want you to kill civilians*. À chaque fois qu'elle pousse son fauteuil à proximité, Trogne a son rituel. Elle s'arrête, elle tend la main, paume ouverte, elle recueille les mickeymouse, ils sont toute une famille, elle les prend tous puis elle les met dans sa poche. Là ils ont chaud, ils n'ont plus peur, ils ne sont plus menaçants, elle leur donne du fromage et des graines. Elle les fait boire. Elle leur parle. Elle les protège. Elle les ramène à la Colonie.

Quand elle a sa famille de souris dans la main, impossible de la lui faire desserrer. Des strongues la chopent toute seule et lui demandent d'ouvrir sa main, ils veulent savoir ce qu'il y a dedans. Ils sont plusieurs strongues autour d'elle, deux ont mis les pieds dans ses roues pour l'immobiliser, un lui tient le bras, l'autre la tête pour éviter qu'elle ne morde, trois essayent de lui ouvrir la main, elle ne veut pas, elle s'obstine, elle dit *yema* entre ses dents. Finalement Tout-Le-Fait-Rire glisse un bâton dans l'espace entre le pouce et l'index, il fait levier, elle saigne un peu. Les strongues sont déçus, ils ne voient rien, ils ne comprennent pas son obstination. Pour la peine ils renversent son fauteuil, Trogne est par terre, sur le ventre, elle pleure. Elle pense aux petites souris qui courent, perdues, elles se réfugient dans le fossé, dans les recoins, dans le moindre trou.

L'idée c'était la totale autonomie des enfants, les éducateurs habitent dans une petite maison à côté, les professeurs viennent de la ville la plus proche, en passant par le col, en traversant le village, et repartent chaque soir. On leur apprend à lire, à écrire, un peu de littérature et des maths et des sciences, et puis aussi des choses pratiques, sur les carburants, la couture, le charbonnage, les herbiers. On leur apprend les consignes de sécurité, quoi faire quand sonne l'alarme, quand ça bombarde, quand ça tire, s'il y a des blessés ou des morts, on leur montre comment mettre les masques à gaz si c'est toxique, tout ça les fait rire parce qu'ils ont l'expérience et ils sont ensemble, ils se croient plus forts. Ils ont déjà pas mal perdu alors qu'est-ce qu'ils risquent. Ils ne croient pas qu'on va les attaquer, ils n'ont pas d'intérêt stratégique.

Dans les cours, strongues et bitches sont mêlés, les groupes se font par âge ou par niveau. Les plus handicapés ne peuvent pas tout faire, les profs les prennent à part. Dès qu'il fait beau les cloisons basculent et les cours sont en plein air. Les pensionnaires de la Colonie peuvent se lever quand ils le veulent, discuter, ils sont libres de ne pas suivre ce que dit l'enseignant. Il faut les laisser s'exprimer, on dit souvent. Ils apprennent quand même des trucs, ceux qui s'accrochent.

Il y a les heures de cours, peu rigolotes, et puis il y a les activités. En général ils adorent. La-Femme-Quand-Elle-Parle-Elle-a-Les-Yeux-Qui-Brillent leur apprend à dessiner, à peindre, elle leur lit des poèmes et ils en composent. L'Homme-Il-Sait-S'Amuser-Avec-Un-Bout-De-Craie leur apprend des jeux, il les déguise. Avec la directrice, La-Femme-Quand-Elle-Rigole-C'est-Une-Cascade, c'est pâte à modeler, fabrication de machines, électricité. Franck-Ribéry et La-Femme-Elle-Est-Costaud sont les éducateurs sportifs : foot et jeux de balle pour lui, sports de combat et athlétisme pour elle. Il y a aussi des bassins pour les jeux d'eau et c'est joyeuse bousculade, strongues et bitches mêlés, on s'arrose, on saute, on boit même s'il ne faut pas. Le kiné est là pour les estropiés, les amputés, rééducation, massages. Les irradiés, les gazés, ont droit au caisson hyperbare, une heure dans une cabine, on dirait un sous-marin, masque sur le visage, pression qui augmente. Ils en ressortent, ils sont un peu ivres, ils essuient leur nez qui saigne.

Il y a rarement des sorties en forêt. Les arbres ont la taille d'immeubles. Les animaux font des bruits. Les chemins sont encombrés de ronces, mal entretenus. Les enfants aiment et ils ont peur à la fois. L'Ancêtre dit que certains y ont disparu. Elle cite un nom, l'enfant-rasta. Elle l'a connu, on ne l'a jamais retrouvé.

Quand il y en a un qui crie moulon c'est moulon. Moulon sur untel. Il peut y avoir moulon sur un strongue ou une bitche, indifféremment, mais quand même plus souvent sur les bitches. On dit moulon sur Brille, par exemple, il enlève vite ses lunettes, il les file à un copain, s'il peut, il ne cherche même pas à courir, ce n'est pas la peine, il attend, il met ses bras autour de sa tête, les autres arrivent, ils le tapent, coup-de-tête-balayette, une fois mis à terre les pieds remplacent les poings, ou alors ils se jettent, ils l'écrasent. L'idée du moulon c'est quand même de ne pas y aller trop fort, ne pas lâcher complètement les coups, il faut taper pas casser. Il y en a quand même, emportés par l'élan, qui oublient et ils y vont joyeusement, ils prennent de l'élan, ils ajustent, ils cognent. Certaines victimes se débattent, se défendent, essayent de s'échapper. L'effet est de prolonger le moulon, de le rendre plus âpre, plus violent. Le seul moyen de l'empêcher c'est d'aligner les deux premiers qui arrivent, les ajuster et les descendre d'un coup, bien placé, ça peut faire réfléchir les autres, ça peut couper le moulon avant qu'il n'ait commencé. Alors on évite de lancer moulon contre un trop costaud, un trop méchant, il faut choisir un plus faible, un qui attend en tremblant, c'est plus sûr. Les moulons les plus réussis, l'autre ne se relève pas tout de suite, parfois on l'attache à un poteau par les manches de son pull, on lui baisse le pantalon, ou lui retourne le sweat sur la gueule. Ou bien on lui frotte les oreilles ou le crâne avec le poing. Quand ça saigne un peu on lui dit frérot je t'ai refait la gueule paysage, ou bien ma sœur je t'ai mocheté la face. Ça varie quand même, pas toujours les mêmes, mais quand il y a moulon ça peut s'enchaîner, un moulon appelle l'autre, un moulon, deux moulons, trois moulons. Les éducateurs arrivent trop tard. On a rarement vu une telle masse d'enfants se déplacer si rapidement, la Colonie devient un bateau, de tribord à bâbord d'un seul coup pour faire porter tout le poids d'un seul côté de la quille.

Darnert a ôté ses habits de femme. Il lave son visage noir de suie à grande eau, celle glacée du ruisseau. Il est le chef des bergers et il défend sa forêt. Les nouveaux décrets du gouvernement voudraient le priver de son usage. Les maîtres des forges coupent les arbres pour leur charbon de bois, pour chauffer le métal sur lequel tape sans relâche le martinet, pour alimenter les nouveaux trains à vapeur, pour les revendre à tel ou tel chef de guerre. Au village, les maîtres et les gardes, les ouvriers de la forge, paradent et parlent haut. En forêt, Darnert et les siens sont chez eux. Ils revêtent habits de femmes pour mieux humilier ceux qu'ils rossent, ils mènent leur guerre des demoiselles.

Là où paissent ses bêtes, au-delà de la forêt, Darnert est armé pour défendre ses troupeaux. Il y a des bêtes sauvages, et tellement de convoitises pour la bonne viande gratuite. Dans la forêt il préfère les bâtons, sauf pour la chasse. Quand il se rend au village, il se déleste des fusils, des couteaux, il ne garde sous l'aisselle, discrètement, qu'un petit revolver chargé. Sa chemise est sombre et bouffante. Il vernit ses chaussures. Il rase le poil d'ours de ses joues. Il va au village pour le commerce ou pour sa mère. Et surtout, depuis quelque temps, pour Esclarelys. Elle est la plus belle des filles du val, sa fiancée. Elle porte une robe bouffante brodée de fleurs, couleurs vives, jaune, bleu, vert. Sur sa tête la coiffe blanche, noir et or.

Le village remonte de la vallée encaissée et s'accroche au flanc de la montagne. Le gros du bourg est situé au bas des pentes, compact, au contact des premiers champs. Les maisons y sont imposantes, décorées de colonnes nervurées ou fleuries. La plus belle a autour de son porche des atlantes, c'est celle de Kylian PetitCœurCouronné, le maître des forges. Les maisons des plus gros commerçants, celle de l'officier de la garde, quelques autres, tentent de rivaliser, stucs, grilles de fer forgé, blason sculpté. Elles donnent sur la place principale, ornée en son sein du monument du Progrès. Ici se passent les foires, les fêtes, les discours, les exécutions publiques. Il y a aussi la maison de Dieu des christian et dans une rue derrière celle des muslim, plus petite.

Au-delà le village se fait moins dense, les maisons plus modestes, les rues tortueuses. Elles suivent la pente, s'épuisent à monter et se terminent, de fatigue, après les dernières demeures, cessant d'un coup ou se transformant en chemins de terre perdus dans la végétation. Les maisons des hauts sont malingres, leurs façades s'effilochent dans une décrépitude terne. De larges avancées vertes les isolent, les encerclent, pénètrent leurs jardins, fissurent leurs murs. Un géant a joué aux dés et jeté des cubes au hasard de la pente, de façon irrégulière.

La mère de Darnert habite une des maisons des hauts, la dernière, la plus proche de la montagne. Quand il vient la voir, s'il est recherché, Darnert sait qu'il n'aura pas de mal à s'enfuir. Un soupirail de la cave donne sur un tunnel végétal, il peut ramper sous les feuilles, invisible. Les parents d'Esclarelys vivent dans le même chemin, petite, elle jouait avec Darnert dans la pente, ils se couraient après, abîmant leurs genoux quand ils étaient emportés par leur vitesse. Ils ont déchiré leurs habits dans les ronces, observé les cerfs, les renards, les sangliers sortis des bois. Les jours de pluie, leur rue faisait torrent et ils le défiaient, au mépris du danger.

Elle surgit quand il ne s'y attend pas, elle aime le surprendre, elle l'embrasse, et elle sort de sa musette une bouteille de bon vin. Ils vont chez lui, chez sa mère, dans sa chambre d'enfant. Ils s'embrassent et ils boivent, ils font l'amour joyeux, ils font l'amour saouls, sans retenir ni gestes ni baisers. Emmène-moi, elle lui dit, emmène-moi loin de ce village, de cette montagne. Darnert sait châtier les gardes, les charbonniers. Il sait commander aux autres bergers. Il embrasse et il fait l'amour pas trop mal, il en est sûr. Mais il ne sait que répondre à Esclarelys, il ne peut rien lui promettre, rien lui dire. Il frissonne. Elle aime son odeur de la forêt, une odeur de danger, de défi, une odeur de bête, une odeur d'ailleurs et d'autre chose. Il s'est pourtant bien frotté et lavé, et il ne peut rien lui proposer.

Parmi les divers cours, il y en a un qui passionne La-Petite-Elle-Veut-Tout-Faire-Toute-Seule : celui de la Botaniste. Trogne y nettoie les roues de son fauteuil, Galeux et Pichichi bavardent, Destiny-Bienaimée dort la tête entre ses bras. Tout-Le-Fait-Rire règle avec Espoir des histoires de strongues, il partage ses soucis de chef avec son lieutenant. La-Petite-Elle-Veut-Tout-Faire-Toute-Seule note sur son carnet, tout ce qu'elle apprend sur la forêt.

À basse altitude c'est une forêt de chênes et de châtaigniers, de peupliers aussi. Le chêne, c'est l'arbre majestueux. On dit que Saint Louis rendait la justice sous son chêne, dans le bois de Vincennes. Il rendait des jugements dignes de Salomon avec des bébés coupés en deux. Un arbre impressionnant, c'est sûr.

Quand il fait chaud et sec on entend le bruit du train de loin, ça gronde et ça tchouke, alors il y a toujours un enfant pour crier on y va, et ils y vont, ils se précipitent, que ce soit courant roulant ou claudiquant, ils finissent par s'entasser au pied du talus, les plus trompe-la-mort grimpent, se tiennent trop près des rails, les éducateurs gueulent mais on ne les entend pas dans ce fracas, les enfants crient, plus le train est long, plus c'est bon, il y a des petits tortillards, des interminables, aucun ne fait le même bruit mais tous font du bruit, un bruit génial, ça coince, ça crisse, ça fuse, ça change, ça chope au ventre et ça fait frissonner. Les trains il n'y en a jamais deux pareils, les couleurs sont différentes, les formes des wagons, il y a des trains colorés de fret ou de marchandise, des wagons blindés de soldats, des locomotives à l'air pointu et méchant, des carrées, il y a des wagons évidés de transport de véhicules, c'est encore mieux avec les véhicules.

Les gamins font coucou, ils jettent des mottes de terre, des pierres sur les trains blindés pour que ça rebondisse, hyper vite, et bien plus fort, augmenté par la vitesse du train, c'est un jeu supplémentaire, il faut éviter le projectile, sauter et pousser. Même ceux qui prennent le caillou rigolent, ils ont le front ouvert, une dent cassée, un gros bleu sur l'épaule, ils s'en foutent, ça vaut bien le coup. Les trains de soldats répliquent parfois, ils tirent en l'air.

Un jour y en a un qui va y passer, il dit L'Homme-Il-Sait-S'Amuser-Avec-Un-Bout-De-Craie à La-Femme-Quand-Elle-Parle-Elle-a-Les-Yeux-Qui-Brillent, *il se fera happer par un train, il va finir en morceaux, ça sera trop tard, ça sera dégueulasse, d'accord ils en ont vu ces mômes, mais un copain en charpie, que ce soit un obus ou un drone ou un train, c'est toujours bien choquant, je ne crois pas qu'on s'habitue à la mort, je le vois bien que c'est un jeu, ils se croient immortels et pourtant qui peut se croire immortel à notre époque, et eux encore moins que les autres, c'est presque beau qu'ils gardent ce truc de l'enfance de ne pas penser à leur propre destruction, leur propre anéantissement, finalement ça me rendrait presque optimiste, ces jeux au bord de la voie ferrée, si j'avais pas peur pour eux*. La-Femme-Quand-Elle-Parle-Elle-a-Les-Yeux-Qui-Brillent ne répond pas, elle crie, elle leur dit de s'écarter, de faire attention, elle en tire certains par la manche, elle contrevient à ses principes, ne pas les toucher, ne pas faire usage de la moindre force, contre eux, et ça ne marche pas, ils se dégagent, elle les a à peine freinés, ils y retournent et ils rigolent.

Mohamed-Ali aime bien les trains, lui aussi, mais ce jour-là il a prévu de les emmener dans un endroit secret, pas si secret que ça en définitive, ils découvrent en le suivant, il y a Brille, Destiny-Bienaimée, bien sûr La-Petite-Elle-Veut-Tout-Faire-Toute-Seule, et puis Trogne, son fauteuil ne passe pas partout mais ils la poussent, ils la cahotent, elle rebondit ou elle verse sur les cailloux, quand celui qui la pousse sent que ça tangue il appelle, les autres viennent, Trogne se rétablit de justesse ou elle tombe sur eux. Finalement ils arrivent à l'endroit, c'est un pont, l'ancien pont de l'autoroute, avant qu'elle ne soit coupée par des bombes, ça fait des colonnes majestueuses, des fissures, le béton craque, il est couvert de vert par endroits mais garde sa couleur grise. Ils connaissent déjà mais Mohamed-Ali a choisi l'heure pour la lumière, il leur fait voir le lieu de nouveau, il a préparé, ou ça lui vient, et il scande :

Ouais pont de l'autoroute
Tu fais ton dur tu es tout en béton
Sur toi il y avait des sirènes qui passent
Et pas les sirènes d'Ulysse de vraies sirènes de la police
De l'ambulance
Des pompiers
Ouais pont de l'autoroute
Tu es béton mais tu es un tendre
Les voitures ne te parcourent plus
Tu vieillis et à travers tes rides
L'eau s'infiltre
Tu pleures gris
Tu arroses les petites maisons les êtres humains
Ouais pont de l'autoroute
Tes piliers, c'est des arches de notre Atlantide
Si un jour tu disparais
À part les immeubles et les prières
Ici c'est toi le plus proche du ciel.

Ils ne regrettent pas d'avoir raté le train, ils restent là encore un moment, ils regardent le coucher de soleil sur le pont d'autoroute, ils pensent, ils somnolent, Trogne nettoie ses plaies. Il y a une ronce prise dans sa roue et elle tire, elle plante les épines dans sa main et ça fait de petites plaies régulières, un petit chemin de fer rouge.

Franck-Ribéry a décidé qu'il y aurait un match cet après-midi. Tout le monde participe, c'est la règle, même l'Ancêtre qu'on sangle sur une chaise haute de tennis, un sifflet à la bouche, pour faire l'arbitre. C'est un grand cri de joie, strongues et bitches, le ballon sublime les rivalités, il les exacerbe. Avant de commencer il leur passe des vidéos de vieux matches, tous dans la salle commune du réfectoire, sur écran géant : des dribbles et des buts, des tacles. Son préféré, Franck Ribéry, du temps qu'il était à l'OM, au Bayern. Il est parti avec le ballon et on ne l'arrête plus, il passe un joueur puis deux puis trois, dans un petit périmètre il fait ce qu'il veut, il chaloupe le ballon, un coup à droite, un coup à gauche, et quand il marque il a un sourire perpendiculaire à sa cicatrice, il serre le poing et il rigole. Il y a des vidéos où il s'embrouille et ce sont les préférées de Franck-Ribéry, sur l'écran le joueur fait des mouvements de menton, il donne des petits coups de front, le joueur de la Lazio en face s'écrase, le joueur du PSG baisse la tête, il y a carton rouge, il sort, tant pis, tout le monde l'acclame dans le réfectoire, les enfants couturés-balafrés deux fois plus que les autres. Sur l'écran Franck Ribéry crie de joie, la gueule grande ouverte sur ses dents tordues, et dans la salle Franck-Ribéry hurle lui aussi, il dit je l'ai connu, il a été mon entraîneur. Franck-Ribéry a commencé une carrière, il aurait pu être joueur de foot, il en parle souvent, si un éclat d'obus n'avait pas sectionné son pied droit.

On reconnaît les limites du terrain, à la limite du champ des éoliennes, et puis c'est la distribution des maillots. Il y en a trois jeux, du Wu-Chan Superstar, du Tout-Puissant Mbenze et de Al-Attahid, pas assez de chacun pour faire une équipe, alors on panache, les rayures noir et blanc du Wu-Chan avec celles rouge et or d'Al-Attahid, contre le rouge vif du Tout Puissant. Le terrain est mal aplani, il y a des touffes d'herbe, des trous. Les cages sont des sacs posés comme des poteaux, pas de filet, quand le ballon est tiré en hauteur l'arbitre décide si ça rentre dans les cages, les joueurs se précipitent sur la chaise haute et la secouent, on n'entend rien, parfois l'Ancêtre tombe, s'esquinte le visage, sans bras pour se retenir. Elle a une technique pour siffler puis déplacer son sifflet au coin de la bouche et parler en même temps. Elle ne peut pas sortir de cartons mais elle les annonce et Franck-Ribéry s'en charge, même quand il joue avec les gamins.

Avant le match Franck-Ribéry désigne deux capitaines, ils choisissent un par un les membres de leur équipe parmi ceux qui veulent jouer. Des fois il y a onze joueurs de chaque côté, parfois plus, pas de remplaçants sauf les fatigués ou ceux qui se prennent des coups. Puis la balle est lancée et c'est rarement un match de bien positionnés, de rigueur défensive et stratégie offensive. C'est plutôt on lance le ballon d'un côté et de l'autre et tout le monde court après, ça fait des moulons dont la balle s'échappe en chandelle, suit des trajectoires de boule de billard entre les jambes. Franck-Ribéry gueule, il veut de la discipline, du beau jeu, il y arrive cinq minutes et puis ça repart dans tous les sens. L'Ancêtre utilise son imagination pour deviner les fautes, en fonction des joueurs restés à terre, de la proximité avec des adversaires, de leur propension à taper, de leur maladresse balle au pied.

Il y a quelques bons joueurs, Pichichi qui enfile les buts, Espoir qui court avec sa béquille, s'en sert de troisième jambe, multiplie les interceptions, les crocs-en-jambe, les coups au moyen de son ustensile. Tout-Le-Fait-Rire, bien sûr, qui impressionne. Dans les cages on met Mohamed-Ali et Destiny-Bienaimée, le premier sautille et remue les bras, l'autre est plantée, imposante. La-Petite-Elle-Veut-Tout-Faire-Toute-Seule aime le foot, elle y a joué sur des terrains de béton bousillés par les trous d'obus, il fallait slalomer, elle a utilisé des boules de journaux froissés entourés de papier collant, des boîtes de conserve vides, de vrais ballons parfois, vite crevés par le sol défoncé. Elle court vite. Elle change de direction en une fraction de seconde, zigzague. Elle aime tacler, la sensation de lâcher-prise, le moment où l'autre croit t'avoir passé et se retrouve finalement à perdre le ballon. Elle aime tout emporter d'un coup, le ballon et les jambes. Ça lui plaît d'avoir sauvé la balle, quitte à se déchirer les mollets ou les genoux. Saigner, ça fait partie du foot.

Franck-Ribéry lance la balle en l'air et aussitôt ça s'empoigne, normalement ça ne devrait pas, c'est un jeu de pieds, mais quand même. Tout-Le-Fait-Rire a la balle et il avale du terrain, il passe Kevin-Prince et Pipi-Culotte, échappe de peu à la charge de Trogne, elle fait pivoter son fauteuil, le rattrape par le maillot et le percute, la balle passe sous son fauteuil, ressort de l'autre côté, version motorisée du grand pont, Tricératops s'empare du ballon et il charge, alors La-Petite-Elle-Veut-Tout-Faire-Toute-Seule lance sa jambe droite, la gauche repliée sous son corps, elle passe devant lui et prend la balle, le contourne et arrive derrière avant qu'il ait pu réaliser, elle se remet debout, fait une passe à Espoir.

Espoir continue avec le ballon, balance au passage un coup de béquille à Tricératops qui le suit et se tord, se tient le tibia, il a mal. La meute de ses poursuivants augmente, Lumineuse, Mâche-Fleurs, Galeux, Féline, Bouffe-Crotte. La-Petite-Elle-Veut-Tout-Faire-Toute-Seule lui crie *ça vient*, elle a poursuivi sa trajectoire vers le but, à l'exact opposé du terrain par rapport à Espoir, il lève la tête, l'aperçoit, prend un élan désespéré et balance la balle, de toute la puissance de sa jambe valide, il en perd l'équilibre et s'éclate par terre, une partie de ses poursuivants s'écrase sur lui, ils s'enchevêtrent et ne voient même pas la passe limpide que La-Petite-Elle-Veut-Tout-Faire-Toute-Seule adresse à Tout-Le-Fait-Rire, elle a fixé la gardienne et brusquement fait sa passe. Tout-Le-Fait-Rire est surpris un instant, il contrôle, marque dans le but vide.

Dans leur équipe c'est cris de joie, empoignades, embrassades. La-Petite-Elle-Veut-Tout-Faire-Toute-Seule et Tout-Le-Fait-Rire gardent leur contenance, se dirigent l'un vers l'autre vissés du regard, ils se checkent, ça suffit.

La partie continue et La-Petite-Elle-Veut-Tout-Faire-Toute-Seule virevolte, elle voltige, ratisse les ballons, les distribue, elle marque et fait marquer. Elle fait ses preuves, une nouvelle fois mais ça ne suffit pas. Ici il n'est question que de ça, faire ses preuves, les refaire, et puis encore une fois. Le temps du match, les strongues et les bitches se mélangent, maillots du Tout-Puissant, d'Al-Attahid ou du Wu-Chan sur le dos, puis l'Ancêtre siffle une dernière fois, les tenues sont ôtées, dès la douche collective chacun reprend ses positions, sombres regards, poings fermés. Le foot c'est le foot puis tout est comme avant.

Darnert repart de chez Esclarelys et il passe exprès par le centre du village, s'attarde discuter avec des artisans, traîne devant la maison de Kylian PetitCœurCouronné. Soudain il est entouré de quatre hommes-guerre, chacun en bandoulière un pistolet-mitrailleur. Kylian PetitCœurCouronné apparaît. À sa ceinture deux colts, ils dépassent dessus sa veste, ils reposent sur le gilet serré qui fuselle sa taille en toutes circonstances, leur crosse est finement ouvragée. Il est plus âgé que Darnert, le dépasse d'une tête, il toise, c'est sa manière de regarder. Quand il sourit ses dents sont en or, elles prennent une place imposante dans sa bouche. Le maire est à ses côtés, plus petit, élégant, vêtu de couleurs vives, affable, il n'a pas d'arme mais ses propres gardes du corps. Il a un prénom et un nom, Élias Debillet, mais dans le village on dit le maire simplement, depuis le temps qu'il est là. Il salue Darnert comme il salue tout le monde, puis il tente de s'en aller, mais Kylian PetitCœurCouronné retient le maire par le bras, il lui fait de l'entoure-épaules, il manifeste par le corps ce qui n'est un secret pour personne, il le possède, il le tient fermement dans le creux de sa main, il lui fait prendre ses décisions. Il s'adresse à Darnert.

Il y a des gardes, il dit, et des charbonniers qui ont été attaqués. Je pense que toi et tes bergers vous avez à y voir. Darnert ne répond rien mais il pense au petit revolver sous son aisselle, peut-être aurait-il le temps de le sortir et d'en abattre un, il choisirait Kylian PetitCœurCouronné bien sûr, voir sa tête éclater avant de mourir. Il y a suffisamment de pistolets-mitrailleurs pour le transformer en bouillie. Les hommes-guerre savent s'en servir, ils aiment ça. Darnert garde ses mains où elles sont. Il sourit, qu'est-ce qu'il peut faire d'autre ?

Kylian PetitCœurCouronné n'est pas un grand bavard. Il s'est suffisamment fait comprendre. Ses hommes serrent de près Darnert, sans le toucher. Finalement ils s'écartent et il s'en va. Le maire tout du long est resté figé, sourire bloqué sur les lèvres. Darnert est déjà un peu loin mais il l'entend qui commence une phrase, Kylian PetitCœurCouronné le coupe, sans lever la voix, elle porte, une voix qu'on écoute sans besoin de crier, il ajoute, ces demoiselles, je les ferai arrêter, ou je les tuerai. Tu entends, Darnert, *je les tuerai*. Darnert hausse les épaules, il ne se retourne pas, il devine le maire embarqué par ces menaces, témoin forcé et complice, Kylian PetitCœurCouronné lui signifie qu'il est seul, les bergers sont seuls, il n'y a ici d'autre autorité que la sienne, Darnert le savait déjà et il n'a presque pas peur, il quitte le village, son sac est plein, fromage, pain, munitions, il passe à travers les champs, à travers les éoliennes, puis devant la Colonie, il rejoint la forêt, et alors seulement il souffle et il court.

C'est pas parce que tu m'as marqué des buts que ça va changer quelque chose, elle dit Destiny-Bienaimée à La-Petite-Elle-Veut-Tout-Faire-Toute-Seule, c'est toujours la guerre entre les bitches et les strongues. Elle marronne un peu, c'est son côté mauvaise joueuse. Elle lui dit ça mais pourtant elle la tresse, alors elle ne lui en veut pas tant que ça. Elle en profite quand même pour tirer un peu fort sur les mèches, La-Petite-Elle-Veut-Tout-Faire-Toute-Seule ne bronche pas. Ça lui rappelle des souvenirs de se faire tresser, un espace exigu, des femmes, beaucoup de femmes de tous âges qui discutent, plaisantent, des vapeurs de produits cosmétiques, des têtes postiches avec dessus plantées de grandes aiguilles pour coudre les extensions. C'est loin tout ça mais ça lui fait plaisir qu'on prenne soin d'elle, d'être entre les mains de Destiny-Bienaimée et de lui abandonner sa tête, alors elle peut bien tirer trop fort si ça la soulage d'avoir été une passoire. Dans un verre elle a un petit rhum arrangé, un ananas-menthe, elle déguste lentement, d'abord c'est meilleur pour le goût et puis elle ne veut pas être ivre, elle réfléchit.

Elle repense à la rossée sous l'éolienne, elle ne veut plus se faire surprendre. La porte du dortoir est fermée, Trogne et Chien sont devant, ils ne parlent pas, puisque Chien est muet, ils veillent. En cas d'attaque, Chien sera balayé, mais Trogne peut se mettre en travers avec son fauteuil, ça ralentira. Elle repense au combat de Jambe-Fer contre Tout-Le-Fait-Rire. Aucune bitche n'est intervenue, la peur les retient. C'est cette peur qu'elle doit briser. Elle a un plan. Elle doit simplement éviter d'être surprise.

Elle sort du dortoir, sa chevelure nouvellement tressée lui donne un air de buste égyptien. C'est l'après-midi et il y a quartier libre. Féline s'approche d'elle, elle est petite, discrète, elle sait se faire oublier. Elle a espionné, entendu des choses, des strongues doivent attaquer La-Petite-Elle-Veut-Tout-Faire-Toute-Seule, l'humilier de sorte que jamais elle ne devienne la cheffe des bitches. Ils ont compris le danger qu'elle représente. Ils veulent lui montrer qui commande ici. Il est question de déculottage, de barbouillage d'urine et autres déjections. C'est prévu pour aujourd'hui. La-Petite-Elle-Veut-Tout-Faire-Toute-Seule la remercie, elle sera sur ses gardes, elle fait confiance à ses jambes, à sa tête. Elle ne lui avait rien demandé, et l'autre la renseigne, c'est déjà signe d'autorité.

Quand les strongues arrivent, au cœur de l'après-midi, son cœur bat fortement, ils sont quatre à l'entourer, Tout-Le-Fait-Rire a distribué à chacun une fine baguette de noyer, propre à infliger des blessures superficielles mais cinglantes. Il n'y a ni mots ni insultes, La-Petite-Elle-Veut-Tout-Faire-Toute-Seule déploie ses jambes à rythme de ciseaux, elle découpe, découpe, l'air, le terrain, les strongues à ses trousses, les autres enfants suivant de loin, car dans le châtiment délivré doit se jouer une part du destin de la Colonie. La-Petite-Elle-Veut-Tout-Faire-Toute-Seule entre dans le champ de maïs et elle devient invisible, les tiges plus grandes que la plupart des enfants. Elle s'allonge et elle rampe, il n'y a que le bruit du vent agitant les longues tiges vertes et celui des strongues qui s'encouragent. Ils lui indiquent ainsi où ils sont, séparés les uns des autres, vulnérables. Elle s'attaque tout d'abord à Espoir, arrive derrière lui, saisit sa béquille, dès lors tout est fini, il tombe, elle lui donne quelques coups, elle les retient, sans trop savoir pourquoi, elle a tapé assez fort cependant pour qu'il crie. Tricératops fonce à travers champs, vers son copain allongé, il brise les tiges, écrase les épis, se fraie un chemin dévasté. Il est bruyant et La-Petite-Elle-Veut Tout Faire-Toute-Seule n'a aucun mal à se cacher, à mettre sur son chemin la béquille sur laquelle il s'embronche, tombe de tout son poids, elle ne lui laisse aucun répit, tape avec la béquille sur sa nuque, sur ses jambes, il beugle, il a du sang sur le front qui l'empêche de voir. Le dernier coup, elle l'appuie bien fort sur son plexus, de la pointe de la béquille, en mémoire de celui qui lui avait coupé le souffle, sous l'éolienne.

À la lisière du champ les enfants ne voient rien, ils entendent les coups et les cris, c'est un *comics* sans l'image, seulement les bruitages. Il y a des *wip* et des *zam*, des *bing* et des *tac*. Nul ne voit, sinon La-Petite-Elle-Veut-Tout-Faire-Toute-Seule, les strongues allongés en divers points du champ, se tenant la tête, le ventre ou la cheville ; nul ne les voit haleter avant l'impact, perdus dans les épis, désorientés par ces plants tous semblables, frappant à droite ou à gauche sans savoir si c'est le vent ou leur cible qu'ils visent ; nul ne voit Tout-Le-Fait-Rire hésiter, appeler, trembler pour la première fois depuis qu'il est chef, se retrouver finalement le visage dans la terre, sans savoir d'où le coup est venu, étourdi, puis cinglé par sa propre baguette de bois, sur le dos, ensuite retourné par La-Petite-Elle-Veut-Tout-Faire-Toute-Seule, qui lui donne encore un coup en travers du visage.

Ils voient simplement La-Petite-Elle-Veut-Tout-Faire-Toute-Seule sortir du champ, le corps luisant de sueur et d'excitation, balancer derrière elle, dans le champ, la béquille inutile, se diriger tête haute vers la Colonie, puis les strongues clopiner les uns après les autres, Pichichi et Tricératops soutenant Espoir des épaules, Tout-Le-Fait-Rire visage balafré et déformé de colère.

Le fruit du châtaignier est protégé par sa bogue, on découvre si on l'ôte une enveloppe douce et un toupet de lynx. Il nourrit les hommes ici, il nourrit leurs porcs, leurs enfants, on en fait de la farine, de la confiture, de l'alcool. Les feuilles du châtaignier enveloppent les fromages. On le surnomme pain des pauvres.

La-Femme-Elle-Est-Costaud est allée en forêt avec une hachette, elle a coupé un petit sapin, elle l'a charrié en insultant les arbres et leurs grands-mères, parce que ça passait mal, il trône désormais dans la salle commune, il a été décoré par les enfants, ils ont accroché des boules dessinées sur des bouts de papier, des petits ossements, de belles feuilles, des rochers aux formes biscornues. En haut La-Femme-Quand-Elle-Parle-Elle-a-Les-Yeux-Qui-Brillent a accroché une étoile de mer, elle leur parle pas mal de la mer, elle vient de là, ou plutôt elle y a vécu étant petite, ou elle y est allée en vacances. Peu importe, elle en a rapporté des coquillages et cette étoile.

Ça fait bizarre, elle dit Destiny-Bienaimée, ce sapin, il sent pas la résine il sent la mer.

Elle exagère, mais La-Petite-Elle-Veut-Tout-Faire-Toute-Seule rigole, c'est ça qui compte.

Tous les enfants aiment bien le sapin, ils aiment bien Noël, les christian encore plus que les autres parce que c'est leur fête, mais les autres aussi pour les petits cadeaux. Il y en a plusieurs disposés autour du sapin, avec des numéros, chaque enfant tire au sort, il reçoit le cadeau de son numéro, ce sont des petites friandises, des objets bricolés, des étoffes.

C'est L'Homme-Il-Sait-S'Amuser-Avec-Un-Bout-De-Craie qui distribue, il est déguisé en Père Noël, sa barbe blanche est poussiéreuse, elle sert une fois par an, repose au grenier. Il n'y croit pas trop, il essaye de faire une grosse voix mais il est enroué, ça déraille.

Les enfants chantent, quand même.

Ils connaissent un peu Tino Rossi. Ils modifient les paroles.

Ça fait :

Petit Papa Noël quand tu descendras du ciel
Avec des jouets au milieu
Belek à pas trébucher
Mais avant de partir
Il faudra bien te couvrir
Dehors il fait très froid, y a des drones
Si ça pète ton traîneau prend feu.

C'est un mélange de jour et de nuit, dans le ciel et sur les figures, quand arrivent les premières carrioles. Déjà travaillent ceux qui montent les tréteaux et les tubes métalliques sur lesquels seront attachées les bâches, pour protéger les marchandises de la pluie ou bien du soleil, selon le temps. Il change rapidement.

Les marchands sortent des charrettes des caisses remplies de fruits, de légumes, d'objets. Une pastèque en équilibre tombe, semblable à une tête détachée de son tronc elle roule, éclate de chair rouge et s'arrête aux pieds de Mme DeLaRocheTaillée, qui était ici la première. Elle vérifie le travail bien fait, l'ordre bien agencé, elle garantit à chacun sa place. S'il le faut elle mesure, elle corrige, elle crie. Elle collecte ensuite le loyer pour chaque emplacement. Certains marchands tentent de négocier, de payer à la fin du marché, quand leurs caisses seront remplies. Elle est inflexible. D'autres ont des demandes, un meilleur emplacement, plus large ou plus petit, mieux situé. Elle dit oui ou elle dit non. On lui offre des cadeaux, elle les prend. Elle sourit peu. La plupart des marchands sont d'ici, quelques-uns viennent d'autres villages. Leurs productions sont semblables, ils vendent des fruits, des légumes, des poulets vivants ou déjà préparés. Il y a aussi des livres érotiques ou de religion, pour toutes les extases, des outils, des vêtements. Sur les stands de bric-à-brac religieux on trouve des chapelets et des croix, des foulards couvrants ou extra-couvrants, de l'encens, de petits portraits de saints, de quoi faire plaisir aux muslim, aux supermuslim, aux christian. Il y a aussi des objets confisqués à des adeptes cachés des religions interdites, des jew ou des hindous, ils sont vendus à bas prix.

Mme DeLaRocheTaillée a dans une sacoche l'argent qu'elle récupère et derrière elle un des gardes de Kylian PetitCœurCouronné. Il porte en bandoulière, attaché à une sangle, son pistolet-mitrailleur. Elle paye ceux qui ont monté les stands. Ce sont d'anciens enfants de la Colonie, pris parmi les valides. Rieur est le plus taciturne, ainsi nommé pour la cicatrice qui part de ses lèvres et lui donne une apparence de large sourire. Marteau se sert de ses poings comme des outils, on le dit taré mais bon travailleur. Méduse a des cheveux déjà gris malgré son jeune âge, ils serpentent autour de sa tête, elle est plus grande encore que les deux autres. Quand elle se met en colère, elle pétrifie ses adversaires. Mme DeLaRocheTaillée a déjà couché avec elle, du temps où elle est sortie de la Colonie, elle a aimé lui expliquer comment, hors de ce lieu, elle pouvait accorder sa stature avec le monde, corriger ses propensions gauches, le cours pataud de son cheminement. Elle a été sa mentore, sa référence. Elle a moins aimé son corps trop tendu de muscles, sa façon bagarreuse de faire l'amour. Elles gardent de cette période une manière tendre de se voir, de se parler.

Les monteurs de stands quittent le marché lentement, ils regagnent le pauvre foyer où ils dorment tous, ils flânent, achètent de quoi manger ou se distraire. Mme DeLaRocheTaillée les voit s'éloigner mais son regard est détourné car apparaît Esclarelys. Elle ne peut pas s'empêcher. Elle se déplace de façon à toujours la garder dans sa mire. Esclarelys passe de stand en stand, elle achète des herbes diverses, elle les sent, les soupèse, elle choisit des pigments pour ses peintures, elle parle peu et sourit parfois. Certains marchands lui disent de saluer ses parents, ils les connaissent, ils sont du métier, même s'ils occupent leur échoppe plutôt qu'un stand au marché. Elle sait exactement où elle va, on s'écarte autour d'elle, pour laisser place à sa beauté, elle fend le marché. Elle tient joliment accroché à son coude un panier. Mme DeLaRocheTaillée aimerait bouffer ses seins, saisir son cul. Elle voudrait se rapprocher d'elle, lui parler de tout ou de rien, elle prépare des phrases, elle cherche un compliment, son garde du corps la tire par la manche, il interrompt sa rêverie. Il y a des cris, une bousculade. Deux escortes face à face, des hommes armés, ils se tiennent en joue. Leurs chefs sont front contre front et ils se parlent mal, de près. Le maire a les pieds dressés sur leur pointe, pour atteindre la stature plus grande de son antagoniste, Diab-en-Personne, le fils de Kylian PetitCœurCouronné. Ils ne s'aiment pas, tous les deux, quand ils se croisent sur le marché, avec leurs escortes respectives, ils se toisent, ils montrent les muscles, c'est tout proche de dégénérer.

Dans le village on ne pense rien, en général, du maire, on ne dit sur lui rien de mauvais mais pas grand-chose de bon, tous le savent homme lige de Kylian PetitCœurCouronné, c'est ainsi, il a choisi un muslim parce que lui-même est un christian, pour montrer que le pouvoir se partage. Sur Diab-en-Personne en revanche il y a beaucoup à raconter. Il a été enfant terrible, enfant triste, enfant gâté mais délaissé par son père, accaparé par les choses des grands. Pas de mère connue. Des nourrices en pagaille. Des belles-mères, aucune à laquelle s'attacher. Un tempérament querelleur, un goût pour les bagarres au couteau. Il a grandi, il a gagné son surnom. Diab-en-Personne s'entoure de sa propre milice, il récupère des hommes-guerre et aussi des vauriens, des enfants de la Colonie, les plus durs, il leur donne des armes. Ses hommes sont grands et barbus. On dit qu'il est supermuslim, ou parfois on le dit de ses hommes, rien de sûr. Il organise ses propres activités, parallèles à celles de son père. Il fait son biz. Il déteste le maire. Kylian PetitCœurCouronné ne s'en mêle pas. Il les laisse se déchirer. Parfois, il arbitre.

Le maire et Diab-en-Personne se montrent sur le marché. Ils montrent leur puissance, leurs soldats, leurs armes. Ils passent dans les stands et on s'écarte. Ils achètent, ils goûtent, ils plaisantent, ils charment, ils menacent. S'ils se croisent leur chorégraphie devient guerrière. Diab-en-Personne s'en prend à lui plutôt qu'à son père, l'autre a sa fierté, un statut à tenir. Ils vont à la limite, ne la franchissent pas. Mme DeLaRocheTaillée est là pour en être sûre. Elle se met entre eux deux, elle fait cesser les insultes. Elle les retourne et ils partent chacun dans une direction différente.

Petit à petit les bruits du marché reprennent.

Brille est au pied de l'éolienne, il se plante et lève la tête, il inspire, il met ses mains sur l'échelle, puis ses pieds, il commence à monter. C'est long et c'est risqué alors il se concentre, il ne regarde que le métal et ses mains qui se lâchent-posent à tour de rôle. Quand il arrive en haut le passage est délicat. Il faut se dessaisir de l'échelle et à la force des bras se hisser jusqu'à une plateforme, se rétablir, pousser sur les mains, pour se retrouver allongé, ou assis, au sommet de la tige. Il n'y a pas de barrière avant le vide, un peu de place quand même pour son corps frêle, l'horizon est haché par les pales, elles tournent en fonction du vent mais toujours de façon régulière.

Brille est essoufflé par l'ascension, il a toujours là-haut le même sentiment étrange, à la fois peur de l'altitude et joie d'y être. Il se dit pour se rassurer qu'il ne regarde pas en bas mais autour, devant lui les champs et encore après le village, des cases géométriques, derrière la forêt et la Colonie, encore après la montagne et sur un côté la voie ferrée, quand un train passe il fuse, tête triangle, c'est une vipère qui attaque le paysage, mord les champs puis se cache dans les rochers. Les routes et les chemins sont de simples traits, les êtres humains qui circulent sont des points, ils ne le voient pas. Brille ôte et remet ses lunettes, quand il est sans les couleurs se brouillent, tout dépasse et tout tremble, tout se confond. Il perd la vue, il le constate, il le sent, mais ici peu importe car à cette hauteur on ne cherche pas le détail. Ses yeux déclinent, ses yeux font de leur mieux, ils palpitent, les pales tournent et elles mènent leur travail inexorable, elles saccadent ce qu'il y a à voir et c'est hypnotique, ça fait un peu mal à la tête, c'est grand et c'est puissant. Il arrête avec ses lunettes, il ferme les yeux, il les rouvre, il suit le rythme des pales. Il s'allonge et il profite du soleil, le métal est chaud, presque brûlant par endroits, il y met ses paumes, il baisse son pantalon et se réchauffe les fesses, il colle ses joues l'une après l'autre. Il se met debout et il lève les bras, il les fait tournoyer, il prolonge les vibrations de l'éolienne jusqu'au ciel, il la fait plus grande, à peine mais c'est déjà ça. Il crie et c'est emporté par le bruit des pales. Il pleure et c'est séché par le vent. Ensuite il sort de sa poche, maladroitement, un gros spliff et il veut l'allumer, il s'y reprend plusieurs fois à cause du vent qui souffle là-haut, puis il le fume à grosses bouffées, il aspire et recrache, il aspire et ça brûle vite, il se demande si d'en bas on peut voir le point rouge allumé. Quand c'est fini il jette le mégot, il le regarde culbuter et disparaître. Peut-être qu'il s'envole pour aller loin.

Il reste un bon moment, il s'endort presque, sa peur n'est plus qu'une nuance enfouie de sentiment, parmi d'autres, il est bien. Il est minuscule, il ne compte pas. Il s'en fout.

Après, finalement, il se relève, il s'étire, il fait craquer ses doigts, et il redescend comme il est venu, lentement.

Darnert rencontre d'abord les premiers moutons, fracassés dans les rochers, ils respirent encore et ça fait sur leur museau une mousse rougeâtre. Il accélère le pas et il en trouve d'autres, vivants ceux-là, dans les arbres, encore tout affolés. Ils bêlent stupidement. Quand il arrive sur le plateau il peut mesurer le carnage. Une vingtaine d'animaux gisent sur le sol, ventre ou gorge ouverte, certains en partie dévorés, d'autres simplement tués. Les survivants se tiennent compacts, collés les uns contre les autres, dangereusement près de la falaise. Darnert les écarte afin qu'ils ne suivent pas leurs congénères écrasés, les premiers qu'il a vus tout en bas. Puis il abat les moutons mourants, il les rassemble, il met le feu au charnier. Il retourne en forêt, attraper les animaux dispersés et craintifs. Il les remonte, il passe du temps à rassurer ses bêtes, il les soigne et les cajole.

Ensuite il redescend dans sa cabane, il remplit sa gourde au ruisseau, place dans sa musette un morceau de fromage et du pain presque rassis. Il a découpé un filet d'une des bêtes fracassées au pied de la falaise, il le fait cuire, le rajoute au sac. Il s'allonge et il dort, pas plus d'une heure, puis il se relève, il met un colt à sa ceinture, prend un fusil, des munitions dans ses poches.

Il part.

Il ne veut plus voir ses bêtes mourir, son nouveau troupeau est décimé. La horde a déjà attaqué. C'est la deuxième fois. Darnert est en chasse. Il suit les loups à la trace. Il y a d'abord du sang, des branches cassées, des excréments. Dans la meute, sans doute des louveteaux, car plusieurs agneaux ont été égorgés. Il faut bien qu'ils apprennent à tuer. Darnert les destine un jour à l'abattoir, ses moutons, mais les voir ainsi déchirés, ça lui tord le cœur.

Il part seul et ça n'est pas bon, il le sait. Il faudrait organiser une battue, avec d'autres bergers. Prendre le temps, s'organiser. Ratisser la forêt. Il compte sur la chance et sur le bon repas fait par les loups. Ils peuvent parcourir des distances bien plus grandes qu'un homme, mais le ventre repu il espère qu'ils se sont arrêtés, ils se reposent. Ils somnolent et leurs naseaux frétillent encore du sang de ses agneaux.

Darnert marche doucement, patiemment. Il a maculé ses habits, son visage, ses mains de terre pour masquer son odeur. Il est très difficile de tuer un loup. L'animal est intelligent, il a du flair. Leur trace mène plus haut dans la forêt, plus haut dans la montagne, là où la neige est encore présente malgré les débuts du printemps. Darnert marche depuis plusieurs heures, ses chaussures et le bas de son pantalon sont humides, il n'est pas équipé pour marcher dans la neige. Il continue.

Il voit à peine les taches sombres, allongées, sur le sol blanc. Il tient à la main ses petites jumelles et ce sont des images qui vacillent, des silhouettes fantômes qu'on devine derrière un arbre, au creux d'un rocher. Ces loups sont irréels, ils pourraient disparaître, voler sur la neige. Il est trop loin pour espérer les toucher. Il se rapproche, il rampe et de temps en temps il s'arrête, tire ses jumelles de sa poche, vérifie. Tout son corps est mouillé maintenant, il ne sent pas le froid, ses vêtements collent, ils pèsent. Il est à la bonne distance, il place son coude sur un rocher, il prend le temps de viser. Il n'aura droit qu'à un seul coup, un seul mort. Dès la première détonation les loups voleront entre les arbres, ils seront silencieux et disparus, il aurait dû attendre d'autres bergers, sans doute, mais peu importe, il est seul et il n'aura droit qu'à un seul coup pour tuer. Un seul coup mortel.

Il choisit sa bête, un gros animal gris, un costaud, il ferme un œil, il écarquille l'autre, il bloque sa respiration et il tire. Il a touché sa cible, il en est sûr, les silhouettes grises ont eu à peine le temps de vaciller qu'elles ont déjà disparu, il tire d'autres coups de feu, en vain, il le sait bien, mais il préfère les détonations au bruit feutré de la forêt, il veut effrayer les loups, les faire partir loin. Il s'approche, il ne se cache plus et il a soudainement froid, il tremble sans savoir si c'est la tension libérée de son corps ou l'humidité de ses habits trempés. Il a touché le loup, il en est sûr, son corps a troué la neige, il y a du sang, étrangement similaire à celui de ses bêtes, l'animal est un coriace, il s'est relevé, il a tenté de s'échapper. À grandes enjambées désormais Darnert suit les traces de sang, puis il ralentit de fatigue, de froid, il ne s'arrête pas mais tire de sa besace du pain qu'il arrache avec ses dents, à grosses bouchées englouties, il boit aussi. Un moment il s'arrête et il pisse puis il repart, il casse les branches, l'une d'entre elles le blesse, il essuie son front, son pied ripe contre un rocher, il casse une branche pour se faire un bâton et il tâte le sol, il ne voudrait pas tomber dans un trou dissimulé par la neige. Il marche encore deux heures, sans doute, avant de retrouver la bête blessée, agonisante, sur le flanc, langue pendante. Il l'a eue. Les yeux du loup sont vitreux, il est déjà mort sans doute, avant que Darnert le rattrape, dans sa défaite au moins ça. Le berger sort son couteau, il se penche, il arrache une dent de loup, il s'en fera un pendentif, une amulette, ou bien il la mettra dans un tiroir chez sa mère. Il ne sait pas mais il veut garder un objet de cette traque. Il laissera pourrir le cadavre, trop fatigué pour l'emporter sur son dos, pour en faire un trophée. Il y a des chasseurs qui en rêvent, de ce premier loup tué. Ils attendent longtemps, toute une vie de chasseur, sans jamais réussir à en tuer un seul. Lui tient dans sa paume la dent de son premier loup tué. Finalement il sort de nouveau son couteau, il enlève un bon morceau de la peau du loup, il s'en fera une toque.

Il repart. La nuit tombe.

Marmite a toujours une clope à la bouche et il touille, il découpe, il met au four ou sur les plaques. Certainement des cendres tombent parfois dans les plats, il évite tant qu'il peut, mais ça relève, il leur dit. Les enfants de la Colonie aiment sa cuisine, il les laisse y venir mais pas plus de cinq à la fois. Ils font ce qu'il leur demande, avec plaisir. Couper les oignons en cubes, attendrir la viande, dépiauter le poisson. Il leur file des clopes, il leur file du rab, il fait goûter les plats. Pour les gâteaux ils cassent les œufs, ils mesurent la farine ou le sucre, ils mélangent.

Marmite aime la maryse, il rend grâce à cet instrument, le seul capable de racler totalement un plat, de venir à bout des restes de préparation, de la pâte collée au récipient. Tous les jours il explique aux gamins, aux cinq heureux élus, c'est la seule invention utile, mieux que la roue, un simple morceau de bois et son appendice en plastique flexible. Il fallait y penser. Il en a de toutes les couleurs, des bleues, des roses, des vertes, certaines aux teints passés, rendus indéfinissables par la patine de sa cuisine. Quand il fait de la pâte, à gâteau ou à pain, il s'en sert pour dessiner, du tranchant, une petite croix, il dit une petite prière, un *Notre Père*, que tes enfants soient protégés, c'est son petit rituel désespéré, parce qu'il sait bien que tout finira, mal.

En attendant, Marmite fait de son mieux avec ce qu'il reçoit, les arrivages disparates, les pénuries d'huile ou de beurre, les vols, les moisissures. Il ne se plaint jamais sinon de la lenteur des enfants, de leur incapacité à couper aussi petit, aussi régulier, qu'il voudrait.

Il résume la recette sur son petit carnet, ce sera soupe au pistou, il y a de quoi, des ingrédients, puis il ajoute les noms des aide-cuisiniers, pour aujourd'hui. Il y a Brille, Espoir, Tord-Le-Cou, Lumineuse et La-Petite-Elle-Veut-Tout-Faire-Toute-Seule. Trois bitches et deux strongues, mais Marmite s'en fout. C'est terrain neutre.

Quand ils arrivent il donne les instructions. Lumineuse coupe les haricots verts et les carottes. Tord-Le-Cou pèle les tomates et les courgettes. Brille s'occupe des haricots rouges, des blancs. Espoir et La-Petite-Elle-Veut-Tout-Faire-Toute-Seule doivent hacher menu menu le basilic. Il vient du potager de la Colonie. Les enfants travaillent sérieusement, sans parler ou presque. Espoir et La-Petite-Elle-Veut-Tout-Faire-Toute-Seule ont chacun un couteau, bien aiguisé. Ils travaillent l'un en face de l'autre. Espoir ne la regarde pas, à cause du champ de maïs. Elle, en revanche, le fixe, sa main droite régulièrement saisit des brins de basilic, la gauche tient le couteau qui les coupe finement, elle agit en fille qui ne craint pas la blessure, dont les mains ne tremblent pas. À un moment pourtant son doigt dérape et elle saigne. Marmite rigole, ça donnera plus de goût à la soupe, elle passe son doigt sous l'eau, Espoir lui tend un torchon en guise de pansement. Elle en coupe un lambeau et le noue elle-même autour de son doigt.

Voilà, ça te fait une poupée, il dit Marmite.

Alors Espoir ne peut pas se retenir, ça vient du cœur, une poupée qui dit non, il ajoute, à cause de la chanson, il y a un silence, La-Petite-Elle-Veut-Tout-Faire-Toute-Seule fait des yeux bizarres, et puis tout le monde rigole, Marmite le premier, Brille ne peut plus s'arrêter et il en ôte ses lunettes, ça dure bien deux trois minutes.

Ensuite ça va très vite, ils mettent dans un grand chaudron tous les ingrédients, ajoutent l'huile d'olive, les oignons, le sel, le poivre, il n'y a pas de parmesan mais du fromage, c'est joyeux, ça sent bon le pistou, ils ont tous une grande cuillère et ils remuent lentement. Ça cuit quarante-cinq minutes, à feu doux.

Quand ils sortent de la cuisine ils sont contents, ils savent que le repas sera bon, ce soir. Dans le couloir menant aux dortoirs ils partent dans un sens opposé, vers chez les strongues, vers chez les bitches.

L'Homme-Il-Sait-S'Amuser-Avec-Un-Bout-De-Craie craque, il parle sans discontinuer à La-Femme-Quand-Elle-Parle-Elle-a-Les-Yeux-Qui-Brillent, elle hoche la tête, fait de vagues hum hum, elle lui tapote l'épaule.

Ce boulot c'est dur, tu te rends compte ces pauvres gamins, ils ont morflé, ils morflent, ça fait du mal, ils ont pas choisi, leur réalité, leurs cauchemars, je touche les oreillers le matin, moi, je vois qu'ils sont trempés, une transpiration d'angoisse qui suinte pendant la nuit, qui les inonde ces putains d'oreillers, et tu crois que je vois pas les relations entre eux, il y a des clans, des groupes, les plus faibles se font fracasser, on peut pas leur en vouloir, ils reproduisent ce putain de monde qu'ils ont sous leurs pauvres yeux, mais moi ça me choque d'imaginer qu'à leur âge ils ont déjà connu les bombes, une violence pas possible, et les estropiés, les mal foutus, les handicapés, ils sont gâchés d'avance ces mômes, parce que c'est que des mômes, des mômes putain, ils se donnent des airs et ils voudraient être grands mais c'est des mômes gâchés et nous tout ce qu'on peut y faire, toute notre bonne volonté, c'est peanuts *par rapport à ce qu'ils ont vécu, ce qu'ils vivent, et l'ironie, la putain d'ironie, tu te rends compte qu'il y en a un qui s'appelle Espoir, ça me fait pleurer, moi, les parents ils étaient quoi tu crois, ironiques ou naïfs de donner ce nom à leur fils, d'ailleurs peu importe leur intention, la vie a tranché, c'est ironique, Espoir, définitivement putain d'ironique, mais tu te rends compte ce monde qu'on leur propose, c'est un monde où l'espoir c'est seulement un prénom, rien d'autre.*

Il pleurniche, il est grossier, ce n'est pas très beau à voir, on ne sait pas s'il est sincère ou s'il veut l'attendrir pour se la taper, faire briller encore plus ses yeux, c'est qu'elle est émotive, La-Femme-Quand-Elle-Parle-Elle-a-Les-Yeux-Qui-Brillent.

Dans de grands récipients les bitches mélangent les couleurs, les plus beaux pigments, ça donne une sorte de bleu éclatant. Elles sont en slip, elles se peinturlurent le visage, ajoutent délicatement, du bout du doigt, des paillettes sur chaque front. Cette nuit c'est fête, l'anniversaire de Jambe-Fer, elle atteindra bientôt l'âge-vénérable-où-il-faut-rejoindre-le-village, un âge dont seule l'Ancêtre, du fait de son corps mutilé, est éternellement préservée. C'est l'âge où il faut partir et quitter la Colonie. Il y a des bougies parfumées allumées, parfum zeste citron et cannelle-gingembre, des bières et du rhum arrangé, des petits gâteaux refilés par Marmite. C'est une soirée à tatouage, Aiguille et Sixtine, les artistes, préparent leur matériel et leurs dessins. Moufle n'arrive pas, avec ses prothèses, à se peindre le visage. Elle a enlevé les gants qui les cachent mais la peinture ne tient pas sur le plastique. Alors Féline lentement applique sur elle les pigments.

Mohamed-Ali se prépare à scander, ce sera pour plus tard, mais il a déjà les yeux dans le vague et roule la langue dans sa bouche. Destiny-Bienaimée mastique longuement les gâteaux pour faire durer le plaisir. Elle discute avec Féline, laquelle a les joues roses de fierté à mesure qu'elle raconte son dernier coup d'éclat, la façon dont elle a suivi en cachette des villageois jusqu'à leur brasserie clandestine, rameutant ensuite Peur-Patience et Chien pour l'aider à voler plusieurs caisses des délicieuses bières ambrées. Elles coulent dans les gorges et les ravissent, réchauffent doucement les gosiers, laissent sur les langues un petit goût sucré. Féline tourne la tête en tous sens, voudrait voir chaque bitche qui prend une bière, chaque visage renversé pour finir une dernière goutte.

Il y a un vieux lecteur CD avec de la musique, des disques retrouvés dans un endroit quelconque, une cave bombardée, un colis, une valise. Il y a les chansons préférées de la Colonie, les seules disponibles, que les enfants se passent de main en main, pour les fêtes. Les strongues et les bitches les partagent, il y a du Daniel Balavoine et du Polnareff, du Dalida et les Fugees, Princess Nokia, du PNL et Koba LaD. Trogne lance la première danse, elle fait tourner son fauteuil, bouscule Chien, empoigne des deux mains les hanches de Peur-Patience et la fait trémousser. Lumineuse se désordonne de haut en bas, son corps breake et danse, ses muscles ressortent, petits et secs. Rageuse danse le mia, mesurant petitement ses gestes, elle scrute la chambre le regard noir, les doigts passés dans son slip.

La-Petite-Elle-Veut-Tout-Faire-Toute-Seule est assise, elle regarde, un sourire sur son visage mais ses yeux sont ailleurs, ils voient au-delà de la fête, au-delà des enfants qui dansent, en un lieu imaginaire, où se déploient de multiples combinaisons de pensées, des possibilités diverses, des bifurcations, des plans. Elle pèse l'inévitable et le contingent, la volonté possible, dans sa tête se croisent des satellites, des comètes, des vaisseaux épiques, des soleils immuables. Il y a aussi des bouts de passé, les enfants de la Colonie en ont tous, de ces bouts, ils les laissent pantelants la journée, les réveillent de cauchemars la nuit. La-Petite-Elle-Veut-Tout-Faire-Toute-Seule assemble et remue ses souvenirs, elle construit par-dessus cet entrelacs, cette architecture de bric et de broc est née du désordre des adultes, elle devient, redessinée par sa rage et son envie, un solide fondement. Le tout est en permanence mouvant. Jamais de repos.

Destiny-Bienaimée continue à mâcher ses gâteaux, mais elle l'observe, elle est celle qui se tient à ses côtés, pourtant ces yeux-là l'intriguent et l'inquiètent.

Quand on lui prend le bras pour faire un tatouage, La-Petite-Elle-Veut-Tout-Faire-Toute-Seule se laisse faire. C'est la soirée de Jambe-Fer, elle décide de la forme, de l'endroit. Pour La-Petite-Elle-Veut-Tout-Faire-Toute-Seule, Jambe-Fer hésite, elle ne sait pas, elle se décide, elle ordonne à Aiguille et Sixtine, en grand dans son dos, une bergère avec un bâton et une épée.

Le peuplier est un arbre de la famille des salicacées, des sortes de longs saules, en quelque sorte. On dit que son nom vient du latin *Populus*, de l'ancien français *pople*, le peuple. Sans doute est-ce fantaisiste, une autre étymologie parle de « plier », car il résiste aux vents comme dans la fable.

Sur les murs de la grotte secrète des bergers les ombres changent, elles grossissent brusquement, disparaissent, à mesure que les flammes chancellent, que les hommes se lèvent, se penchent ou se déplacent. Elles sont effrayantes et éphémères, paraissent celles de géants, des cyclopes fantastiques de l'*Odyssée*. Les mots rebondissent contre les parois de pierre et quand plusieurs hommes parlent en même temps on dirait du tonnerre qui roule.

L'ombre de Darnert n'est pas différente de celles des autres bergers mais sa voix s'élève et peu à peu le silence se fait. La danse noire sur les parois s'apaise, à peine des tressaillements. Darnert parle, il raconte les menaces de Kylian PetitCœurCouronné, il se rendra au village en cachette, ou bien accompagné de cinq bergers robustes. De nouveaux emplacements de charbonniers ont été repérés, ils brûlent la forêt pour installer leurs meules. Il choisit où et quand auront lieu les attaques contre eux ou contre les gardes forestiers.

Personne ne connaît cette grotte à part les bergers. Son entrée est protégée par la végétation, au cœur profond de la forêt, au flanc de la montagne. Ils y entreposent leurs armes, les munitions, dans des barriques strictement étanches, leurs déguisements de femmes. Ils y dorment quand ils sont recherchés.

Ils gravent parfois leur nom sur les parois. La grotte est longue, ils n'en occupent que la première salle, elle est grande, ils ne s'aventurent guère au-delà.

Quand ils ont fini de discuter des charbonniers et des gendarmes, les hommes boivent, ils partagent des bières artisanales, ils mangent au couteau de larges miches de pain et des fromages odorants. Ils plaisantent, parlent de famille, de bêtes, de guerre. Ils ont grandi ensemble et ils échangent des souvenirs. Darnert se tait, il ne partage pas les bons moments, il a l'esprit encombré de pensées, elles se chassent les unes les autres, se percutent, se chevauchent, elles lui font un brouillon hirsute de tête.

Il se lève soudain, son couteau tombe et tinte parmi les rochers de la grotte, les bergers se taisent, il parle encore, il dit il faut passer à plus fort, pas seulement les charbonniers, les gardes forestiers, les gendarmes. Il faut s'en prendre à une forge. Les hommes tremblent, ils savent que ça sera dangereux, ils n'osent pas protester.

La Colonie va au village et c'est tout un événement. Obligation de s'habiller, de se faire beau, autorisation de se peindre. Il y a des visages ocre ou verts, des étoffes bouffantes, des pantalons serrés. Les cheveux sont tressés, sculptés au gel, gominés ou crêtés, rasés dans des endroits bizarres, avec des dessins. L'Homme-Il-Sait-S'Amuser-Avec-Un-Bout-De-Craie, La-Femme-Quand-Elle-Parle-Elle-a-Les-Yeux-Qui-Brillent et La-Femme-Quand-Elle-Rigole-C'est-Une-Cascade les encadrent, ils marchent deux par deux, sans se tenir la main, quand même. Les valides poussent les roulants, les éclopés se débrouillent, Espoir gambade sur sa béquille, Jambe-Fer se traîne, entre les deux il y a toutes les gammes. C'est une longue procession, ça se tient devant et derrière, ça chahute au milieu, là où il n'y a pas d'adulte pour surveiller. L'Homme-Il-Sait-S'Amuser-Avec-Un-Bout-De-Craie se démène, il passe d'avant en arrière pour gronder ceux qui s'amusent bruyamment, pour calmer les disputes, les débuts de bagarre.

La-Petite-Elle-Veut-Tout-Faire-Toute-Seule est à côté de Brille, il n'arrête pas de parler et elle écoute. Il voudrait tant être intéressant, il est gêné et heureux, si ça pouvait durer longtemps, cette marche, si le village pouvait s'éloigner, reculer dans la vallée, passer derrière la montagne.

Il y a des amoureux et des amoureuses à la Colonie, qui se tiennent par la main, s'embrassent par la bouche ou sur la joue, se tripotent l'oreille, se caressent, contre toutes les règles d'hygiène. Brille n'a pas été l'amoureux de quelqu'un, il ne pense même pas qu'il voudrait être celui de La-Petite-Elle-Veut-Tout-Faire-Toute-Seule, simplement il aime être avec elle, discuter longuement, il est bien et ça commence par le ventre, ça se diffuse dans tout le corps, son sang plus chaud plus fluide et qui circule. Des moments comme ça il en a d'autres, ceux d'avant, avec ses parents, il peut tout lui arriver ça restera, c'est éternel. Alors il sourit bêtement dessous ses lunettes, et il continue à parler.

Quand ils arrivent au village on les met sur la place centrale, ils s'assoient et on les fait boire, et puis il faut se relever parce que Kylian PetitCœurCouronné arrive. Il est grand, il porte son gilet serré et élégant, et autour de lui il y a un prêtre et un imam, il y a d'autres hommes grands et armés, il les passe en revue, une petite armée d'enfants, puis il se plante devant eux et il les remercie d'être venus, il félicite la directrice, les éducateurs, ils sont l'avenir, l'avenir chantant il dit même, l'avenir peut-être sans guerre et sans contamination, ils peuvent compter sur lui, ceux qui font des efforts, il se souviendra d'eux, ils seront ses charbonniers, ses cultivateurs, ses gardes ou ses soldats pour les plus vigoureux, les plus fidèles. Les plus habiles seront démineurs, pour enlever les mines des champs, grâce à eux on cultivera davantage. Il leur dit tout ça et il a les mains posées sur ses deux colts ouvragés, il y a le soleil derrière, on ne voit pas bien son visage, il ressemble à une ombre, mais les crosses finement ciselées se dessinent entre sa veste et son buste.

Ensuite ils ont chacun un chocolat et puis c'est l'heure de repartir. Brille n'est pas à côté de La-Petite-Elle-Veut-Tout-Faire-Toute-Seule. Mohamed-Ali l'a remplacé, il a été plus rapide, il s'est faufilé entre lui et Destiny-Bienaimée, maintenant c'est lui qui parle, qui raconte, La-Petite-Elle-Veut-Tout-Faire-Toute-Seule écoute et Brille ne saisit que des bribes, de loin, le sang chaud de l'aller s'est glacé, chaque pas est difficile jusqu'à la Colonie, il tient quand même sans se plaindre, il a pour lui ce qui a précédé, ces moments de marche rien que tous les deux, ce calme, cette beauté.

Plus haut ce sont des hêtres, arbres froids et feuillus, mélangés aux sapins. Le hêtre, en montagne, sert de bois de chauffage. Les Germains l'utilisaient en bâtonnets pour écrire des runes, et en allemand les mots lettre et livre, *Buchstabe* et *Buch*, viennent directement du hêtre. Les histoires trouvent donc leur origine dans la forêt.

Mohamed-Ali scande et il raconte la guerre,

Il dit il y a le gouvernement provisoire et c'est la force, la loi, les drones,

Il dit il y a les Bourguignons qui passent et repassent, ils ravagent le pays, on les entend venir de loin car ils chantent *Les Cadets de Bourgogne*, ils chantent leur destin sans quignon et leur trogne rougissante, la bouteille et la treille, ils chantent la Bourgogne et veulent qu'on la salue trois fois, sinon ils pendent, ils coupent, ils violent, ils écartèlent, ils sont des conquérants provisoires sitôt venus sitôt repartis, ils aiment mieux piller que conserver,

Il dit face à eux il faut se cacher dans les trous de cochons, il faut se mettre sous les planchers, il faut courir dans des grottes, monter aux arbres, il faut éviter les églises et les mosquées qu'ils ne respectent pas, il faut éteindre les feux pour faire croire qu'il n'y a personne, bien effacer ses traces dans la poussière, traverser des cours d'eau, il faut se mettre au sommet des collines pour les voir venir de loin

Il dit il y a les forces tamoules aux dieux multiples et ils sont réglos

Il dit il y a les christian et les muslim, et les supermuslim, et on dit même qu'il y a les vrais supermuslim mais on ne sait pas s'ils existent, simplement on sait si c'est vrai qu'ils sont plus cruels que des Bourguignons, et plus exaltés, et moins ivres d'alcool,

Il dit il y a la guerre, il y a eu la guerre et il y aura la guerre, il y a des corbeaux qui mangent dans la neige les yeux des cadavres,

Il dit des immeubles et des villes seront rasés avec des habitants dedans

Et des enfants

Il dit s'il y avait une bergère

Même une sévère bergère

Elle nous conduirait loin de tout ça.

Alors Mohamed-Ali cesse de scander, il se rassoit et il pleure.

La-Petite-Elle-Veut-Tout-Faire-Toute-Seule écrit beaucoup sur son carnet, pendant les cours de la Botaniste. Ça ne lui suffit plus. Elle veut voir le vert, elle veut aller dedans. Elle choisit un après-midi où il fait beau, elle esquive les activités, elle prend Brille et Destiny-Bienaimée avec elle. Ils se tiennent un moment à la limite, il n'y a pas de passage progressif, la forêt est tout de suite touffue, il faut oser et entrer, se mettre dedans. Ils s'assoient sur un tronc discuter un moment, ils ne parlent de rien mais la vérité ils ont peur, les enfants craignent la forêt, ils ont peur de choses qui en viendraient, de filaments blêmes qui pourraient se glisser dans les chambres pour les emporter. C'est inédit le projet de La-Petite-Elle-Veut-Tout-Faire-Toute-Seule, cette idée de visiter la forêt, de la connaître. Il y a de quoi asseoir le respect des autres enfants.

Depuis quelque temps, à la Colonie, grâce à sa témérité, grâce à la rossée infligée aux strongues dans le champ de maïs, les bitches relèvent la tête, se laissent moins faire. Elles les obligent à prêter la vieille console PS2 pour des tournois, par exemple. Ça reste pourtant fragile, La-Petite-Elle-Veut-Tout-Faire-Toute-Seule cherche un moyen que ça devienne irréversible, cette position nouvelle des bitches. Elle se dit ça viendra peut-être de la forêt, alors elle y va souvent. Elle risque moins de s'y faire attaquer par surprise, ça lui pend au nez, une expédition punitive. Elle ne veut pas simplement que les bitches soient moins embêtées par les strongues. Elle a l'habitude et la volonté de ne pas rester à sa place, derrière, elle a envie de passer la première, de se servir le plat et le rab s'il y en a, d'avoir l'eau chaude à la douche et la console pour toutes les parties, elle veut choisir le programme, décider ce qui est à elle, ce qu'elle laisse aux autres, elle ne veut pas baisser ni la tête ni les yeux, elle veut parler quand ça lui chante.

Mohamed-Ali les rejoint, La-Petite-Elle-Veut-Tout-Faire-Toute-Seule lui a demandé de venir, il faut quelqu'un qui sache raconter. Il a rempli tant bien que mal une casquette de sa chevelure, le tissu est gonflé et des mèches sortent, il est avant la forêt ce qui se rapproche le plus d'un arbre. Il ne leur dit pas bonjour ni rien, il scande direct.

C'est une histoire d'araignée, la mygale des îles Kangourou, *Moggridgea rainbowi*, elle vit tranquille, dans des petits terriers, elle les ferme d'un opercule de soie, hermétiquement, elle s'isole, elle vit cachée, elle mange ses proies et fait de petites araignées, qui se déplacent à peine, s'installent à quelques pas de leur maman. C'est l'histoire du beau voyage de *Moggridgea rainbowi*, un voyage de quelques milliers de kilomètres. C'est le voyage de la Grande Ancêtre, il y a des milliers d'années, du sud de l'Afrique vers une île du Pacifique. Ça s'est fait sur une souche comme ça, il dit Mohamed-Ali en montrant l'arbre mort où ils sont assis, par une nuit de tempête, de tsunami, une nuit qui envoie tout balader, où les arbres, la terre, les rochers, se retrouvent à l'eau, et un tronc flotte, un tronc garni, dans lequel la Grande Ancêtre avec ses centaines d'œufs est endormie, elle sommeille en attendant des jours meilleurs, on pourrait croire qu'elle est morte mais elle dort profondément, elle s'économise, son trou bien protégé par la soie compacte, elle roule sur les flots dans sa grosse branche, elle ne craint pas l'eau ni le sel, et quand elle arrive sur une nouvelle terre, des mois plus tard, des milliers de kilomètres plus tard, elle libère enfin ses enfants, ils déchirent les fils de soie et ils se répandent, ils courent de leurs huit pattes d'araignée, ils vont vite et ils envahissent cette île, leur maison désormais, c'est vaste une île pour une araignée, la Grande Ancêtre ne se rappelle même plus son rivage originaire, elle meurt dans son trou initial, le devoir accompli, elle a tenu.

Mohamed-Ali bouge tandis qu'il scande, il s'arrête quand il a fini, il pleure, il essuie les larmes de sa manche et il ne scande plus, il leur annonce simplement, Jambe-Fer est morte, une dernière infection l'a emportée, ils doivent rentrer pour l'enterrement. Ils accusent le coup, La-Petite-Elle-Veut-Tout-Faire-Toute-Seule se relève, allez-y sans moi, elle ordonne, et elle entre, toute seule, dans la forêt.

Galeux est dans le cimetière de la Colonie, il y a le discours de la directrice mais il n'écoute pas, il se tient tordu à cause de sa bosse, il a mal, il a mal tout le temps à son dos déformé. Il ne se rappelle plus s'il est né comme ça ou si c'est venu après. Il se souvient d'un coup de pelle, ça lui avait fait mal, il sait plus d'où c'était venu, mais ça ne déforme pas le dos, les coups de pelle. C'est peut-être un bombardement, éclat d'obus ou débris, on en ressort parfois tordu, tout ça se mélange, il ne sait plus.

Il a failli s'appeler Bossu, à la Colonie, heureusement il a eu la gale. Il préfère, comme surnom, ce n'est pas glorieux mais c'est guéri, même s'il a l'impression que ça le démange encore, la vermine sous la peau. Galeux, c'est plus effrayant que Bossu, ça fait moins pitié, ça dégoûte un peu. Quoiqu'il y ait des bossus méchants.

Il pourrait demander à s'asseoir, il aurait le droit, mais il se tient debout comme un piquet, il se dit avec la croissance, ça va peut-être se redresser, il espère, il se voit grand et fort, plus tard. Pour supporter la douleur il croise les bras, il se les gratte, parfois jusqu'au sang.

Il y a ici les tombes des enfants que personne ne demande. Ça faisait trop de tombes pour le village, trop de déséquilibre entre des gens d'ici et des petits d'ailleurs, alors les fondateurs ont négocié ça, un petit lopin de terre clôturé d'un mur, avec des petites tombes, celles des enfants prennent moins de place. Personne n'y va jamais, de la Colonie, sauf aux enterrements.

Elle parle, la directrice, La-Femme-Quand-Elle-Rigole-C'est-Une-Cascade, des petites vies enlevées trop tôt, et Galeux n'écoute pas, il se concentre pour rester debout, il entend quand même un peu et ça le fait sourire il n'aurait pas dit petite vie pour Jambe-Fer, elle prenait de la place, elle ouvrait sa grande gueule. Elle ne s'est jamais vraiment remise de sa rossée par les strongues.

La directrice ne le dit pas mais elle pense qu'elle s'est laissé mourir, comme on disait des vieux, avant. C'est une triste révélation, soudain, pour elle, dans ce petit cimetière, une pensée à ressasser pendant des semaines, ensuite.

Galeux, lui, le sait bien, pas de révélation, il en a vu des frères, des camarades, se laisser mourir, il sait ce que c'est de lâcher, mais lui sa douleur le tient, elle ne lui laisse pas de répit pour souffler, pour se laisser aller.

Il n'écoute pas le discours, qu'est-ce qu'elle pourrait dire de toute façon, il se dandine sur ses jambes et se gratte, il essaye de détendre son dos et il regarde autour de lui, La-Femme-Quand-Elle-Parle-Elle-a-Les-Yeux-Qui-Brillent pleure, L'Homme-Il-Sait-S'Amuser-Avec-Un-Bout-De-Craie lui tient le bras puis la main puis l'épaule, Franck-Ribéry fait craquer ses poings derrière son dos, Tout-Le-Fait-Rire a l'air de rire justement, face à la mort, Tricératops souffle bruyamment, Bouffe-Crotte se cure le nez bien profond et il les mange, Destiny-Bienaimée pleure, Féline pleure, Peur-Patience pleure à gros sanglots, on ne voit pas bien si Brille pleure derrière ses lunettes mais ses joues sont mouillées, toutes les bitches pleurent, Espoir est assis à cause de sa béquille et il s'agite, il regarde autour de lui, il cherche, on dirait il manque quelqu'un, il se dit.

D'un coup elle arrive, tout le monde voit distinctement qu'elle sort de la forêt, elle a un bouquet à la main, des fleurs petites et pâles de forêt, poussées au creux des arbres sans beaucoup de lumière, mais belles. La-Petite-Elle-Veut-Tout-Faire-Toute-Seule sort de la forêt avec son bouquet et elle entre dans le cimetière, elle traverse la foule des enfants qui s'écarte, Tout-Le-Fait-Rire ne rit plus, il est stupéfait, La-Femme-Quand-Elle-Rigole-C'est-Une-Cascade arrête son discours, La-Petite-Elle-Veut-Tout-Faire-Toute-Seule marche lentement et elle pose les fleurs sur le cercueil de Jambe-Fer. Elle ne dit rien, ce n'est pas besoin. Elle se retourne et elle rejoint les autres bitches, elle n'est pas plus grande que les autres, voire plus petite, elle a les tresses toutes desserrées, sans doute accrochées dans les branches, elle a des feuilles ou des herbes collées aux habits.

Galeux a la bouche ouverte d'étonnement et ça lui donne l'air bête, il en oublie même sa douleur.

Encore plus haut, on ne trouve que les arbres les plus résistants, sapins pectinés, bouleaux verruqueux, pins à crochets. Des conifères, des bétulacées, des pinacées, des noms de durs à cuire.

À la Colonie les enfants n'apprennent pas que des savoirs théoriques, il y a aussi des connaissances pratiques. Il faut savoir ramper dans les abris en cas de bombardement. Connaître les rudiments de la recherche de mines dans les champs ou sur les chemins. Enfin surtout ils doivent savoir trouver du carburant, en fabriquer si besoin. La Colonie a un alambic à essence, une machine grise et métallique, des tuyaux qui font virages, cercles et lignes droites, dans une grande puanteur. Il est placé loin du bâtiment principal, il se nourrit de betteraves et d'huile de divers végétaux, tournesol, colza, romarin. On place les légumes ou le liquide dans un large embout, ils suivent ensuite leur chemin de tuyaux, il y a un feu qu'on alimente, un vacarme désagréable, des projections, mais il en sort un carburant grossier. Il encrasse les moteurs de sucs et goudrons, mais il fait rouler, il n'explose pas, il y en a des bidons, prêts à être utilisés ou échangés. Les enfants les remplissent avec un entonnoir.

Ils ne sont pas dupes. La rumeur prétend que des éducateurs utilisent les bidons pour leur marché noir. Ils les revendent, ou ils les échangent, pour leur profit. Grand bien leur fasse. Les enfants, eux, ont le plaisir de sécréter du combustible, de voir jaillir l'essence et de la capturer dans leurs bidons rouges.

Quand ils ont fini de travailler à l'alambic, ils ont la peau grasse d'huile et de carburant. Parfois ça les irrite, ça leur fait des plaies ou des boutons. Marmite les plaint, il considère les projections d'huile de sa cuisine moins dangereuses. Il dit quand même ça vous servira, de savoir vous débrouiller pour le carburant. La mobilité, en ce monde, il leur dit, savoir faire son carburant, savoir en reconnaître du bon, c'est important. Il prend l'air important en disant ça, l'air de celui qui a vécu. Ça les fait rire les enfants, parce qu'il leur dit ça près de l'alambic, et il fait justement ce qu'il faut surtout éviter, il allume sa cigarette, il tire fort dessus.

Les enfants ont dans la salle commune une très vieille console, une PS2, ils se la disputent. Ils essayent des jeux de combat, des jeux de foot, ils dribblent et ils marquent avec d'anciens joueurs oubliés, des clubs disparus.

Poison est le meilleur des strongues, Furette la meilleure des bitches, depuis qu'elles peuvent jouer. Alors on organise un tournoi, c'est signe de la nouvelle position des bitches. Quelque temps avant, on les aurait chassées de la salle, au mieux elles l'auraient vu de dehors, le tournoi, par la fenêtre. Là il y a deux demi-cercles, un pour les strongues, un pour les bitches, chacun acclame son champion. C'est du un contre un, David et Goliath au jeu vidéo, pas d'épée, pas de lance-pierre, quatre mains et deux manettes.

Dans ces moments les enfants se serrent les uns contre les autres, ils sont joyeux. Ils oublient tant qu'ils peuvent les corps qui les lancent, les respirations difficiles, les morts et ceux qui sont loin. Furette a mal dormi. Elle se réveille en cauchemar, dans son immeuble écroulé, les blocs l'enserrent, elle peine à respirer, se voit mourir. Elle entend faiblement des voix, se fraie un passage. Deux fois, ça lui est arrivé, dans deux immeubles différents. Elle a enterré ses parents, des frères et ses sœurs, oncles et tantes, cousins, elle y a gagné son surnom, car chaque fois elle s'est faufilée, elle est sortie au grand air.

Peu importe le manque de sommeil, elle est concentrée sur l'écran. On lui passe un rhum arrangé, elle boit à la bouteille, ça éclabousse, elle s'en fout. On lui allume un joint, elle dit non, elle veut garder ses réflexes. Elle commence par perdre. Elle regagne du terrain. C'est plus animé qu'un vrai match de foot. Ils sont à égalité. Quelqu'un, sans doute un strongue, crie « but en or ! ». Elle fait des passes elle fait des dribbles, elle saigne du pouce, son cal a crevé tellement elle appuie fort. Elle va gagner, elle le sent.

Il y a un bruit bizarre et ça s'arrête, l'électricité, c'est le noir. Plus d'écran, plus de console. Même pas le vert des voyants. Ça crie, ça se bouscule. Furette tient encore sa manette. Putain, elle allait gagner.

Le générateur s'allume et la lumière revient, il a fallu cinq minutes, l'atmosphère est tendue, l'obscurité énerve les enfants, les rend agressifs. L'électricité du générateur est faiblarde, la lumière tremblote, il y a des pains qui partent, ça commence à cogner. Ça sent la bagarre générale.

La-Petite-Elle-Veut-Tout-Faire-Toute-Seule n'en veut pas si tôt. Pas après une partie, sans ordre de bataille, sans préparation. Alors elle va au contact. Tout-Le-Fait-Rire est trop loin, elle chope un lieutenant, c'est Espoir, par le col, elle l'empoigne, elle pousse un cri. Tout se fige, on les regarde. Il lève sa béquille, elle lève son poing. Ils se regardent, temps suspendu, front contre front, il est plus grand mais elle le tire. Ils sont si près que s'ils tapent, ils s'allongent, elle pense, elle ne veut pas, ferme ta gueule, elle lui dit, la putain de ta mère, il répond, elle ne sait pas quoi faire, alors elle l'embrasse, un baiser bref, sur la bouche, du bout des lèvres mais fort, elle retire sa tête très vite, elle le repousse, il fait une drôle de tête incrédule, il en a lâché sa béquille, tout le monde rigole, fort, sans s'arrêter.

Plus possible de se battre après ça. Reprendre un tournoi, personne n'a envie. Alors les enfants sortent les instruments. Harmonica, guitare, tambour, ils jouent et ils chantent, des vieilles chansons, des nouvelles qu'ils inventent. Pichichi fait des beats avec sa bouche, Peur-Patience danse sur les mains, sur la tête, elle roule autour de ses fesses. Trogne fait tourner son fauteuil endiablé.

Espoir ne sait pas s'il est humilié ou flatté. *On danse ou on crève,* elle dit La-Petite-Elle-Veut-Tout-Faire-Toute-Seule, elle répète en boucle les paroles d'une chanson.

Kylian PetitCœurCouronné passe le seuil de sa maison, elle est toujours gardée par des miliciens et des hommes-guerre, il dit à ceux de sa garde qui l'avaient accompagné dehors, d'aller se reposer dans leur salle. Il tâte, par réflexe, ses dents en or, qu'elles soient bien ajustées. Il ne garde auprès de lui, en permanence, que le plus monumental de ses soldats, Grâçadieu. C'est le nom que lui ont choisi ses parents, sa vie d'homme-guerre l'a chargé d'une ironie tragique, il a participé à tant de conflits où il est apparu à ses adversaires non pas grâce mais calamité. Pourtant ses cicatrices témoignent que ce nom n'a pas été si mal choisi, pour chacune d'entre elle on ne sait quelle divinité a préservé les organes vitaux, lui a évité le pire. Il ne vient pas d'ici, il a écumé bien des routes comme tous ses semblables, il avait rang d'officier, jusqu'à atterrir au service de Kylian PetitCœurCouronné, on parle d'une compagnie décimée dans une embuscade dont il fut le seul survivant, ou d'une attaque aérienne dans laquelle tous ses hommes ont péri. Grâçadieu est craint, il est calme et impassible, il ne parle pas plus que le strict nécessaire, il sait maîtriser sa gâchette bien mieux que beaucoup de ses congénères. Il a des dents de vieil animal, jaunies. Kylian PetitCœurCouronné le paye bien et l'autre est son ombre imposante. Lui seul le suit tandis qu'il grimpe au dernier étage de sa maison.

Le palier de cet étage est barré d'une lourde porte de chêne. En arrivant à la dernière marche Kylian PetitCœurCouronné se fige. Grâçadieu fait de même. Ils perçoivent une mélodie, une berceuse chantée à vieille voix, doucement, et c'est miracle qu'elle passe la porte jusqu'à leurs oreilles. Kylian PetitCœurCouronné ouvre en silence, il jette à Grâçadieu un regard pas-de-loup, et l'autre comprend, car il avait l'habitude à la guerre de dire avec les yeux, et aussi parce qu'il connaît Kylian PetitCœurCouronné, depuis qu'il est à son service. Tous les deux dépassent une petite salle où sont deux infirmiers, ils entrent dans une chambre où se trouve une vieille femme, dans ses bras un poupon, elle tient son corps de plastique contre ses seins, elle lui murmure à l'oreille, elle lui chante, elle le bisouille tendrement. Elle lui dit des mots tellement aimants qu'ils en semblent plaintifs, oh Kylian, mon Kylou, mon enfant, oh mon beau bébé, et Kylian PetitCœurCouronné ne bouge plus, sous ses yeux brillants le temps s'est tordu, il contemple une scène du temps d'antan, il voit sa mère vieillie, avec les mots de sa jeunesse, et lui bébé, il a ce privilège et ce malheur d'entendre les mots oubliés des premières années, de voir l'amour, la tendresse ressuscitée par la folie. Sa mère embrasse cet ersatz de lui enfant en plastique, elle le cajole, et pourtant quand elle lève la tête et qu'elle le voit, lui, Kylian PetitCœurCouronné, elle ne le reconnaît pas, son air devient dur et elle lui dit monsieur, monsieur qui êtes-vous, que voulez-vous ?

Alors il soupire et il se détourne, il rajuste son gilet, il serre la mâchoire, les deux infirmiers viennent vers lui, ils sont obséquieux, il ne leur en veut pas car sa mère semble apaisée, avec ce poupon dans les bras, elle n'a plus les crises de folie, de colère qui caractérisaient son mal, sa transformation. Ils ont dû un moment l'attacher, comme dans bien d'autres endroits on traite les vieux fous et les vieilles folles, seul moyen pour éviter qu'elle se blesse. Kylian PetitCœurCouronné ne le supportait pas. Ces deux infirmiers, il les a débauchés à prix d'or, d'un centre de bienveillance situé loin de là, un lieu dont il savait l'existence. Ils sont arrivés et ils l'ont détachée, immédiatement, ils lui ont parlé, ils l'ont massée, ils l'ont habillée, ils lui ont donné ce poupon. Ils ont réussi à l'apaiser, à réduire ses cris incessants à des gémissements épars. Elle sourit parfois, elle chante, elle a les yeux humides. Pour ça Kylian PetitCœurCouronné leur donne beaucoup d'argent et sans regret. Simplement il la tient isolée dans cet étage, il veut que personne d'autre au village ne sache à quel point sa mère est rendue, ni aucun de ses miliciens, de ses hommes-guerre, si ce n'est Grâçadieu qui monte avec lui, et Diab-en-Personne qui vient très peu. Quand il est là, il ne reste pas longtemps, voir sa grand-mère ainsi réduite le met en colère, à taper dans les murs.

Kylian PetitCœurCouronné lui aussi reste peu, il redescend car il a convoqué son fils. L'incident du marché lui déplaît, il sait la rivalité entre Diab-en-Personne et le maire, il l'entretient, mais il ne veut pas qu'elle explose de la sorte en public, pas alors que les demoiselles, déjà, sont facteur de désordre, de remise en cause de son autorité. Il a dû renvoyer les gardes forestiers, la plupart ont ôté leur uniforme, quitté le pays. Il n'a pas besoin en plus d'une querelle domestique. Il tance et son fils fait tête basse, il fait œil-noir-par-dessous, demi-sourire narquois, Kylian PetitCœurCouronné est pris d'envie de le battre, de le frapper lui-même ou d'ordonner à Grâçadieu d'y aller de ses marteaux de poing, il réussit cependant à garder le contrôle, à dominer le niveau de sa voix, toujours parler doucement, lentement, quand on domine et que sa domination n'est pas contestée, car elle n'est pas contestée, alors il appuie les mots, il ralentit, et à la fin il tapote de ses doigts, les plus lourds possible, la joue de son fils, il lui relève la tête et son geste est paternel et menaçant, il est affectueux et violent, il tente d'introduire cette ambiguïté mais il lui semble que l'autre garde son assurance, c'est lui qui est mal à l'aise, il ne le montre pas mais le ressent et c'est une impression nouvelle.

Esclarelys ne veut pas que Darnert reparte. Il dort encore et elle enlève la couverture, elle le regarde nu, il se réveille, elle touche son sexe doucement, elle le remue, le tapote, puis elle s'éloigne, elle lui dit, ce soir tu reviendras, elle montre son pénis du doigt, lui, je vais l'épuiser, il sera gonflé, il sera rouge, il te fera mal. Darnert bredouille, son sexe est plus vif que lui, il se dresse, Darnert fait de même, sur ses avant-bras, ça sera compliqué de revenir si vite, une brebis est proche du terme, les hommes de Kylian PetitCœurCouronné risquent de le coincer, de le corriger. Elle secoue la tête, baise tes brebis, si tu les préfères, baise tes brebis bien profond, abruti, bel abruti, paysan, ignare, tu ne sais pas ta chance, elles sont moins soyeuses que moi, moins douces, elles ne savent pas remuer leur bassin comme je le fais. Esclarelys est furieuse, Darnert est confus, son sexe tombe, puis il se redresse, il ne sait plus quelle direction indiquer, elle crie un peu, il se recroqueville. Darnert promet qu'il reviendra ce soir.

Darnert s'en va, Esclarelys reste seule. Elle a toute la journée. Elle prend un bain dans un baquet en bois, elle en parfume l'eau de senteurs lourdes, elle s'y endort presque. Quand l'eau est froide, elle en sort nue, ouvre son placard. À l'intérieur des herbes et des onguents. Elle hésite entre deux crèmes, peau-de-braise et dresse-toi-direct, elle choisit la deuxième. Elle masse longuement son corps. Elle se parfume de poivre-de-minuit sous les aisselles et dans le cou. Elle mange frugalement le midi, fait la sieste, elle se caresse en se réveillant. Elle jouit puis elle s'habille. Elle met autour de ses hanches une ceinture de fines perles et de métal, s'entraîne à les faire joliment tinter. Puis elle passe aux étoffes, légères, pour certaines transparentes. Elle maquille discrètement ses yeux, ses lèvres. Elle se regarde dans le miroir. Elle est belle.

Elle revêt ensuite un manteau épais, elle met sa coiffe, elle sort. Elle croise peu de villageois, beaucoup sont affairés, mais elle se plaît, devant la maison de Kylian PetitCœurCouronné, à voir les gardes se troubler à son passage. Elle s'approche de l'un d'entre eux sous un prétexte futile, lui demande peu importe quel renseignement. L'homme rougit, il répond brusquement, ses narines aspirent l'air chargé de son parfum. Elle rentre chez elle en riant. Darnert ne tardera pas. Elle brûle dans son entrée un encens fais-moi-rebondir, dans sa chambre du parfum mort-à-la-tâche. Elle attend et s'endort.

Elle entend Darnert venir discrètement, elle le savait, elle sent son odeur de troupeau, de feu de bois, de siestes dans la mousse, de forêt, avant même qu'il soit dans la pièce. Il a dans ses mains un bouquet de fleurs sauvages, elle les jette sur la table, elle l'embrasse. Il proteste, il a marché vite et longtemps pour revenir, il voudrait s'asseoir, il voudrait boire, il voudrait discuter. Elle refuse, fais ton travail d'abord, déjà que je passe après tes brebis. Elle sort de sa poche une poudre coup-démarreur, la place sous son nez, il en aspire une bouffée puis elle referme, elle appuie sur sa tête, la place à hauteur de ses hanches, elle lui dit tu vas manger plutôt que boire, tu vas lécher, j'espère que tu ne t'es pas transformé en brebis, à force de penser au troupeau, que ta langue n'est pas devenue râpeuse, parce mon vagin est fragile, il est humide, il est chaud, et pourtant il va te tuer, ce soir, il va tuer ton sexe entre ses parois, il ne restera rien, de toi, de lui, tu seras un défunt, je fermerai tes yeux, je fermerai le couvercle de ton cercueil car tu seras mort, je fermerai ton caveau et tes ancêtres seront jaloux, elle dit viens, elle attrape ses cheveux, il se baisse, il écarte les étoffes, arrête un moment le regard sur la chaîne de ventre, il entend ce cliquetis, il retient sa respiration, il agrippe ses fesses, il caresse tout ce qu'il peut, cul, ventre, seins, tout ce que le tissu lui laisse saisir, il agite sa langue, elle remue, il oublie sa faim et sa soif, il oublie ses brebis, les agneaux, les demoiselles et les gardes forestiers, il a du sang qui circule dans ses veines, il a sa langue dans le sexe d'Esclarelys, il a le sien dressé dans son pantalon, il voudrait le calmer, tempérer, ne pas partir trop vite, il se concentre des deux côtés pour bien faire, elle gémit, il voudrait lui dire qu'il l'aime mais sa bouche est déjà occupée.

Mohamed-Ali est assis sur un matelas et il lit, avec une tête d'enfant sage, d'enfant sérieux, il lit des aventures de lapins, des enfants seuls sur une île et d'autres, éclopés et mutilés, dans une mystérieuse maison, il lit de vieux livres scientifiques avec images et questions-réponses, il lit l'*Odyssée* et l'*Iliade*, il lit tout ce qui lui tombe sous la main. On dirait un enfant dans sa chambre, ses parents le regarderaient émus, qu'est-ce qu'il lit, ils diraient, ils aimeraient sa petite moue concentrée, le pli de ses sourcils froncés, la façon dont il tourne les pages. Mais c'est Mohamed-Ali, à la Colonie, dans la bibliothèque, presque le seul à la fréquenter, personne pour le contempler, pour le trouver beau quand il lit. Il a déjà grandi depuis le début de l'histoire, il pousse il pousse, les enfants autour de lui ne s'en aperçoivent pas et les adultes n'ont pas le temps.

Il aligne les volumes et les sujets, tout l'intéresse, une curiosité féroce, il dévore. Il se pose tant de questions. Il y a tant de choses qu'il trouve belles. Il en emporte avec lui parfois, des livres, il les lit au réfectoire, au dortoir, chaque soir quelques pages avant de s'endormir. Au foot il fait gardien pour pouvoir réfléchir. Il ne joue pas à la PS2, il préfère laisser les questions trotter dans sa tête. Il ne se bagarre pas, il pourrait, il a les muscles pour, mais pas le vice. Il est plutôt une bitche, mais il est à part, les strongues le considèrent aussi comme un des leurs.

Il tourne dans sa tête les formules de ses scansions mais quand vient le moment il improvise. Ensuite il s'en souvient, presque par cœur, mais il note au cas où, sur des feuillets épars réunis dans une chemise. Il ne sait pas si ça servira. Il ne relit pas. Une scansion c'est une scansion, une fois, c'est tout, et puis fini.

Il partage, Mohamed-Ali. Il parle à ceux intéressés de ce qu'il a trouvé dans ses livres. Ça ne marche pas avec tous. Beaucoup ont peu d'intérêt. La-Petite-Elle-Veut-Tout-Faire-Toute-Seule l'écoute, Brille l'écoute, Peur-Patience, Féline, Trogne, l'écoutent. L'Ancêtre l'écoute mais ça ne veut rien dire, elle n'a rien d'autre à faire, elle ne peut pas bouger. Chien l'écoute aussi, mais il écoute tout le monde. Quand il scande, Mohamed-Ali a un public, les enfants se taisent, ils attendent le conte, l'histoire merveilleuse, vraie ou imaginaire. C'est beau et ils apprennent.

Il est dans la bibliothèque, il est seul mais il est bien, il lit et puis il range, il ordonne les étagères, déjà lu, pas encore lu. À peu près moitié moitié, désormais. Quand il sera plus grand, il faudra qu'il s'en trouve d'autres, des livres.

Il y a aussi des espèces plus rares : merisier, frêne, érable, alisier, noyer. On fabrique, avec le bois du merisier, des pipes. Cet arbre produit des cerises qui sont bonnes, disait-on du temps des Grecs, pour l'intestin. Qui s'est gorgé des fruits ronds et rouges au printemps peut en douter.

La-Petite-Elle-Veut-Tout-Faire-Toute-Seule retourne souvent en forêt, elle l'apprivoise, ou elle se laisse apprivoiser. Elle est toujours étonnée. Les arbres sont plus grands que les immeubles de là où elle était, avant. Mais ici personne ne bicrave au pied. Des fois elle s'arrête et elle regarde les feuilles. Ça fait de la dentelle ou parfois c'est bien net, découpé. Elle regarde les cailloux, elle les touche, elle les soupèse. S'il fait trop chaud elle s'allonge dans la mousse, pas trop longtemps il y a des bêtes. Elle arrache l'écorce des troncs, elle essaye de les escalader pour voir plus loin.

Il y a du silence un truc de ouf, tu te dis, au début. Mais ensuite tu entends les chants des oiseaux, les craquements, le vent dans les feuilles. C'est calme, ça l'apaise, La-Petite-Elle-Veut-Tout-Faire-Toute-Seule, elle sent moins la colère. Elle a un peu peur aussi, mais ça n'est pas désagréable.

Certaines fois elle demande à Mohamed-Ali de l'accompagner, il reconnaît des noms de plantes, et comme c'est son domaine aussi, ils en discutent. Ou alors Brille, Destiny-Bienaimée, qui n'aime pas trop ça. Une fois, Peur-Patience, elle n'est pas revenue, elle s'est sentie mal, tout ce vert. Elle leur dit il faudra construire une cabane, ce sera notre cabane.

Quand il fait chaud l'air est plus frais sous les arbres, quand il pleut les gouttes arrivent, avec un peu de retard, c'est une pluie moins corrosive, elle a été filtrée par les feuilles.

Elle se pose, elle allume un joint, elle est bulle. Elle est faya. Elle voit les couleurs du soleil à travers les feuilles, c'est rouge, c'est vert, c'est brun, ça défile devant ses yeux, ça fait des taches, elles clignotent. Ça tourne, ça dérape, elle s'endort.

Elle est réveillée par des bruits, branches cassées, voix d'hommes. Elle se cache et elle regarde, ce sont les demoiselles, celles qui ont dérouillé le charbonnier, dans le potager. Leur visage est maculé de noir. Elles portent des caisses. Elle les suit, ils marchent longtemps, ils traversent un rideau de végétation. Elle attend un peu, puis elle y va aussi. Elle découvre la grotte. Les demoiselles ouvrent les caisses, il y a des armes. Elle reconnaît les kalaches.

Elle s'éclipse discrètement. Le soir elle revient, en cachette, avec Brille, Destiny-Bienaimée, Mohamed-Ali. Ils ont pris des lampes torches. La-Petite-Elle-Veut-Tout-Faire-Toute-Seule a fixé la sienne sur son front, elle leur montre les armes. Ils vont plus loin, ils parcourent les boyaux. Des fois il faut ramper, se faufiler. Elle ne sait pas ce qui la pousse à continuer, elle est attirée par le fond, plus aventureuse que les bergers, elle veut voir, elle marche, elle rampe, ils la suivent. Leurs lampes les embarrassent, ils les cognent sans le faire exprès contre les parois, ils se râpent les bras, meurtrissent leurs mains contre la roche. Ils continuent.

Soudain, sur une paroi, dans une dernière salle, assez grande, des animaux tracés. Cheval, auroch, bisons, mammouth. Et surtout des félins, muscles bien dessinés, museau moucheté de points. À la lumière des torches ils vacillent, semblent prêts à bondir. Ils sortent de la pierre, ils vivent de ses fissures autant que de la main des hommes d'antan. Ils sont animés.

Les enfants s'arrêtent, ils ne touchent pas, ils regardent.

Cette âme des animaux, elle a traversé le temps jusqu'à eux. Ils ne savent pas si c'est toujours la nuit. Ils n'ont pas faim ni soif. Mohamed-Ali alors se met à scander à la lumière des torches, il leur raconte l'histoire de Simba, le fils du roi Lion, dépossédé de sa couronne par son oncle assassin.

Il est parti en balade, le petit Simba, il n'avait plus de père ni de mère, il est parti sans les siens, loin des siens, il a parcouru la savane, il est entré dans la forêt, il a laissé derrière lui les traîtres et les courtisans. Il est allé dans un lieu où il a grandi, il a appris à chasser, à grogner, à montrer les dents. Il a laissé le ter-ter à son oncle, l'autre faisait du bifton, le bigo sonnait, les ien-cli en leu-leu, bien vi-sser. Il est parti et les siens avaient faim, mais il fallait bien ça, devenir grand par tout seul. Simba s'y est fait des amis, il est revenu, il a repris son trône. Ça lui appartenait mais il était trop tôt, il a su attendre, et son tour est venu. Petits enfants deviennent grands, petits enfants deviennent forts, même s'ils manquent de bras pour bien les entourer. Ils grandissent de haine ou d'amour mais ils grandissent. Ainsi Simba a grandi, l'enfant est devenu roi.

Les enfants repartent, le retour est plus difficile, sans le plaisir de la découverte. Destiny-Bienaimée râle beaucoup, certains passages sont difficiles pour son corps imposant. Elle s'essouffle. Enfin ils voient de la lumière, la première salle, la plus grande, ils pressent le pas. La-Petite-Elle-Veut-Tout-Faire-Toute-Seule passe la première, elle se retrouve d'un coup nez à nez avec une demoiselle.

Darnert est stupéfait de voir débouler les quatre enfants. Il est seul dans la grotte, il a sur la tête sa toque de loup, il vérifie les armes, le nombre, la qualité. Il leur confisque les torches et les braque sur eux. Il a aussi une kalache, pointée dans leur direction. Mais il va faire quoi. Il ne va pas tuer des enfants. Même ceux de la Colonie. Alors il leur dit que voilà il les laisse repartir. Mais s'ils parlent il les tuera. Si ce n'est pas lui, un autre berger. Il les prendra, il les attachera à un arbre. Ils mettront longtemps à mourir.

Les enfants filent. Ils ont eu peur. Le jour commence à se lever, ils se dépêchent. Ils entrent dans le dortoir avant la sonnerie du matin. Ils auront un secret, un truc de plus que les autres, un truc à partager, un truc pour grandir.

Le frêne est un bois dur qui servait dans l'Antiquité à fabriquer des lances. On en a fait ensuite des manches pour pelles, pioches, haches, des cercles à fromage. À l'occasion, taillé en bâton, il permet de casser des têtes.

La-Petite-Elle-Veut-Tout-Faire-Toute-Seule a décidé de retourner dans la forêt, pour construire une cabane. Brille, Mohamed-Ali et Destiny-Bienaimée sont à ses côtés. Elle a tenu à ce que Trogne les accompagne, ils ont caché son fauteuil dans un buisson, fabriqué avec des bâtons et une chaise un siège à porteurs. Au départ Peur-Patience et Chien s'y collent. Chien devant, il se prend les branchages, les insectes, il trébuche sur les cailloux, ses mains ne sont pas libres, il ne peut pas essuyer sa transpiration, mais il ne parle pas alors il ne se plaint pas. Peur-Patience est derrière, la chaise lui bouche la vue, ainsi elle ne craint rien. Furette est en avant-garde, elle se faufile, elle cherche de bons chemins, elle revient, elle repart.

Pourtant c'est La-Petite-Elle-Veut-Tout-Faire-Toute-Seule qui choisit l'arbre. Son tronc est large et noueux, il est proche d'une clairière, il a de belles branches horizontales et solides. Elle met les enfants au travail, il faut couper d'autres branches, ramasser des lianes pour serrer, il faut scier et clouer. Furette file chercher d'autres enfants, elle revient avec Lumineuse, Féline, Moufle et une boîte à outils. Chien découpe, Brille ajuste, Moufle se sert de ses bras comme d'un marteau, tant pis si ça abîme ses prothèses, elle les déteste, alors elle cale et décale avec ses coudes, on passe les morceaux de bois à La-Petite-Elle-Veut-Tout-Faire-Toute-Seule et Mohamed-Ali qui installent la cabane en hauteur.

Toute la journée y passe et à la fin c'est une belle cabane, munie d'une trappe, d'une corde et d'une échelle. Il y a des fenêtres, un hamac, des projectiles au cas où, rochers et bâtons. On hisse Trogne en attachant la corde sous ses épaules. Furette est déjà partie chercher les autres bitches, elles viennent par petits groupes pour ne pas attirer l'attention des strongues. D'en bas on ne voit pas bien la cabane, c'est un endroit de plus où être tranquille, protégé, il suffit de remonter corde et échelle.

C'est la première, elle dit La-Petite-Elle-Veut-Tout-Faire-Toute-Seule, on va en construire d'autres.

Les enfants regardent, ils sont fiers de leur cabane. Les cordes dans les arbres, ça a donné des idées à Furette et Féline, elles se hissent, elles montent et elles descendent, elles s'accrochent à la force des jambes et des bras. Elles sont souples, elles font les acrobates. Trogne s'amuse avec elles, elle ne peut pas bouger les jambes mais elle a la puissance dans les bras. Elle se tient d'une main à une corde, de l'autre, elle tient Féline, puis elle saute de haut, elle atterrit un peu n'importe comment dans sa chaise à porteurs. Les autres enfants applaudissent.

La-Petite-Elle-Veut-Tout-Faire-Toute-Seule est un peu à l'écart, ça lui semble trop facile, tout ça, elle se dit, c'est pas possible, ils lâcheront pas comme ça, les strongues. Son sang bat fort des prochaines batailles qu'elle imagine, elles sont violentes.

Darnert achète du carburant à une famille de trafiquants, ils cultivent ou ils volent des betteraves, et ils ont leur propre machinerie, cachée dans un hangar, pour les transformer. Le père et le fils se ressemblent, ils sont grands et maigres, le fils se tait et laisse le père parler, négocier. Ils connaissent Darnert, lui font un bon prix.

Il garde une partie du carburant, distribue le reste à ses hommes, qu'ils aillent de l'autre côté de la montagne l'échanger contre des armes. Il récupère les bidons qu'il a gardés, les place dans son sac à dos. Il lui faut plusieurs heures pour atteindre le village. Il est prudent. Il se cache. Trois hommes sont avec lui, pour le protéger, ça a été décidé, mais ils l'encombrent, ils sont lents, ils font de leur mieux mais ils sont bruyants. Il leur demande de l'attendre à la lisière de la forêt, il va d'abord chez sa mère. Il l'embrasse, elle lui parle, lui montre des photos anciennes, de vieux souvenirs du temps de son père, il a été un petit garçon, c'était un autre temps. Il ne lui en reste rien qu'une vieille tendresse.

Il laisse un bidon de carburant à sa mère, pour le générateur, au cas où. Puis il passe chez Esclarelys. Elle est contente de le retrouver, elle pensait que c'était devenu trop dangereux, qu'il ne viendrait plus. Ses parents sont absents, ils font plusieurs fois l'amour. Il lui donne plusieurs bidons, de la viande séchée, elle la dévore sans attendre. Il reste deux heures, trois heures, ce n'est pas prudent. Elle devait tenir l'échoppe de ses parents, elle restera fermée, tant pis. L'excitation de le voir laisse place à une bouderie morose. Elle s'ennuie, elle veut partir, voir le monde. Elle a besoin de promesses. Darnert ne lui en fait pas, sinon de l'aimer. Elle pleure, il est fâché, il ne grappille pas quelques heures, il ne risque pas sa propre vie, pour ça, pour ce teint triste, pour cette envie impossible d'ailleurs. Ailleurs c'est dangereux, il lui dit, ailleurs c'est la guerre, ailleurs il y a les Bourguignons, il y a les vrais supermuslim, ailleurs les femmes sont enlevées, on les viole, on les tue. Elle n'a connu d'autre homme que lui, elle le lui reproche. Pour lui aussi, elle est la seule femme, et il s'en fout.

Ils se quittent tristement, un baiser rapide. Il lui donne le colt blanc, au cas où. Elle a un petit sourire, ses yeux brillent quand elle caresse l'arme. Elle l'embrasse de nouveau et c'est plus tendre.

Darnert rejoint ses hommes, son sac est vide. Ils ne se sont pas ennuyés, ce sont des bergers, ils ont l'habitude d'attendre, mais ils se sont inquiétés. Il les rabroue. Ici c'est lui qui commande.

Le mois du jeûne rituel des muslim, ceux qui le font ne boivent plus d'alcool, ils ne mangent que le soir, après la tombée de la nuit, et les autres enfants de la Colonie mangent deux fois plus, midi et soir. Ce n'est pas trop permis, normalement, des enfants qui jeûnent, mais ils y tiennent, et ça fait des économies, niveau bouffe. Il y en a qui prient, pendant cette période, ils posent des tapis partout, ils se mettent à genoux. Ils ne savent pas trop quoi dire alors ils marmonnent.

Ce mois-là Marmite en prend dix en cuisine. Ils font des plats, ils font des gâteaux. Les enfants peuvent proposer, en fonction des denrées disponibles. Il y a souvent des œufs, des tomates. Alors Destiny-Bienaimée se lance dans son cari z'œuf. C'est un plat qui lui reste de sa mère, de quand elle avait une famille. Elle était la plus petite, alors elle aidait. Les grands sont partis, sa mère est malade. Un jour elle viendra la chercher. Et ce jour-là elle lui fera un cari z'œuf. Elle coupera les tomates et un gros oignon, elle mettra plein d'épices, curcuma, clous de girofle. Elle écalera les œufs, elle servira avec du riz. Ce soir il n'y a pas de riz alors on fait avec du blé. Ça pique la bouche, c'est bon, il y a ensuite les sucreries pour adoucir.

La nourriture est mise sur de grandes tables, au réfectoire. Au moment de rompre le jeûne ça court dans tous les sens, personne ne sait trop l'heure exacte et les premiers arrivés se goinfrent alors il fait parfois encore jour, quand ils commencent à manger. Il y a fouillis de mains sur les tables, les assiettes volent, les miettes, on renverse l'eau bue à grandes gorgées, les boules se percutent et se poussent. Les éducateurs participent, ils ont faim eux aussi, ils poussent autant que les autres.

Mohamed-Ali a de grands bras rapides et il a bien mangé. Il fait sombre dehors, il fait froid, c'est une nuit à raconter des histoires qui font peur. Il a prévu des effets spéciaux, il sort un bidon d'essence et il commence.

Vous l'aimez bien, ce coquillage sur mon bidon, c'est un sigle, il vous rassure. C'est le signe qu'il y a du carburant, vous n'aurez pas froid la nuit. On fera marcher le radiateur, ou le générateur. La bagnole ou la camionnette, elle continue à avancer, on peut faire deux cents kilomètres, on est sauvés. On peut faire cuire, avec le bidon au coquillage, on mangera chaud. On fera marcher le tracteur, la machine, ça va sentir bon le carburant brûlé, une bonne odeur de riche dans les cheveux.

Vous croyez c'est ça, les coquillages, vous croyez c'est rassurant, mais c'est flippant. Imaginez un champ de bivalves, comme sur le bidon, ce sont des vaches pacifiques, ils regardent passer le sable. Un troupeau pareil c'est une cible, il y a des coquillages rusés, des malins, des ambitieux. Ne croyez pas au monde paisible de la mer, c'est comme ici, sang, meurtre, malheur.

Les olives sont des mollusques, elles se cachent dans le sable, enterrent leur proie.

Les conus sont venimeux, ils éjectent sur leur victime une langue-dent chitineuse, c'est un harpon, la proie est paralysée puis ramenée dans leur bouche extensible, lentement digérée.

Les xénophores agrègent sur leur coquille des graviers, des algues, et d'autres coquillages, condamnés à mourir accrochés.

Les buccinidae se nourrissent la nuit du sang des poissons perroquets endormis dans leur cocon. Ils les vident.

Les muricidae, les natices radula et les bursas ont une longue trompe, une langue perceuse, ils creusent des trous dans les coquilles pour mieux tout aspirer.

Les céphalopodes ont un dur bec sur la bouche, ils s'en servent pour casser, ils font de la bouillie et ils mangent.

N'y allez pas, dans la mer, ne vous mettez pas au ras du sable, restez à la surface, je vous en prie. Là-dessous ça perfore, ça détruit, ça casse menu menu, ça aspire, ça suce, ça boulotte en silence, car ils ne crient pas, ils meurent, ils sont mangés. Sous la mer, les amis, c'est terrible.

Les éducateurs n'ont pas l'habitude, Mohamed-Ali habituellement ne scande pas en leur présence. Il avait promis des effets spéciaux. Alors il met le feu au bidon, qui met le feu à la nappe, tout le monde court, c'est l'affolement, Trogne renverse son fauteuil en travers de la porte, elle crie, les premiers l'écrasent, les autres trébuchent, Moufle essaye de la relever avec ses prothèses, ses moufles prennent feu, bientôt personne ne peut passer et il y a de la fumée partout, Franck-Ribéry revient avec une couverture, étouffe l'incendie, on ouvre grand les fenêtres, personne n'est blessé, sauf Trogne, des égratignures.

L'Homme-Il-Sait-S'Amuser-Avec-Un-Bout-De-Craie nettoie le visage terni par la suie de La-Femme-Quand-Elle-Parle-Elle-a-Les-Yeux-Qui-Brillent. La directrice s'énerve, demain il n'y aura pas de cours, pas d'activités, seulement de la peinture pour tous, pour réparer les dégâts. Poison tremble, il a connu des attaques chimiques, il a revu ces moments, le sentiment d'étouffer, de ne pas pouvoir s'échapper. Petit-Bonheur pleure, il a cramé son t-shirt préféré. Pichichi et Galeux se dessinent des peintures de guerre, avec la suie, comme des Indiens en noir et blanc. La-Petite-Elle-Veut-Tout-Faire-Toute-Seule a eu peur un moment que le feu soit une diversion, une ruse des strongues. C'est simplement la maladresse de Mohamed-Ali, ses effets spéciaux mal maîtrisés, alors la tension retombe, elle fait un bruit bizarre, un hoquet, on ne sait pas si elle tousse ou si elle rigole, pendant longtemps, longtemps.

L'érable donne un fruit sec, ou samare, qui se partage en deux ailettes, et qu'on appelle donc disamare. Pour faire simple, des hélices d'hélicoptères. Les enfants aiment les voir tourbillonner jusqu'au sol. Du temps où les appareils volants n'existaient pas, on ne sait pas ce qu'en faisaient les enfants.

Les gamins sont tous dans le bassin ou autour, L'Homme-Il-Sait-S'Amuser-Avec-Un-Bout-De-Craie, La-Femme-Quand-Elle-Parle-Elle-a-Les-Yeux-Qui-Brillent et Franck-Ribéry leur ont mis des maillots, il n'y en avait pas assez alors certains sont cul nu, ou en slip, et puis ils ont mis du plastique autour des prothèses métalliques, avec consigne de ne pas les mouiller, ils savent bien que c'est illusoire, elles finiront trempées, mais ça peut limiter les dégâts. L'essentiel c'est au moins de ne pas mouiller la mousse des fauteuils. Moufle a enlevé ses moufles et mis des sacs en plastique à la place pour protéger ses prothèses cramées, un rose et un vert, elle est contente des couleurs, ça change du bleu de ses gants, elle les agite circulairement, elle salue et elle marionnette à la fois. Les valides se jettent à l'eau, ils se bombent et ils se ploufent, ça éclabousse, ça rigole. Ils ont pied partout, normalement, sauf les plus petits, mais ils se débrouillent parfois pour s'allonger, pour se couler, pour maintenir des têtes sous l'eau et les sortir suffoquantes, chialantes et morvantes, c'est rigolo. Avec la tranche de la main au bord de l'eau certains balayent et ça fait mitraillette, ça met de l'eau partout, d'autres envoient fort les jambes et les ressortent, tous les enfants crient.

Le bassin a des formes irrégulières, des recoins, des rochers et des pans de béton soulevés pour faire des plages, des plats, des arbustes, des buissons, des monticules à escalader pour sauter, ce n'est pas facile de tout surveiller mais c'est essentiel pour la santé des enfants, pour leur bien-être, on leur a dit à L'Homme-Il-Sait-S'Amuser-Avec-Un-Bout-De-Craie et à La-Femme-Quand-Elle-Parle-Elle-a-Les-Yeux-Qui-Brillent, ils ont pour consigne de laisser faire, de surveiller, de ramasser et d'essuyer quand un enfant s'éclate et saigne. Ils essayent de calmer ceux qui courent, de modérer ceux qui chahutent, c'est-à-dire tous, ils tentent de garder un œil sur tous les coins du bassin, derrière les plantes, les rochers.

La-Petite-Elle-Veut-Tout-Faire-Toute-Seule s'amuse bien, quand même, il fait très chaud, elle oublie un peu ses craintes par rapport aux strongues, elle se dit ils ne me régleront pas mon compte maintenant. Elle est contente d'être dans l'eau, elle en prend en coupe dans sa main et la renverse sur sa tête, elle met son visage sous une imitation de cascade et elle présente au ciel son cou. Destiny-Bienaimée se met à côté d'elle, elle l'arrose un peu et puis brusquement elle la prend dans ses bras, elle lui dit *toi-même tu le sais, je te kiffe, toi et moi c'est à la vie à la mort, tu es mon amie*. Elle répète *tu es mon amie*. La-Petite-Elle-Veut-Tout-Faire-Toute-Seule rigole un peu, mais Destiny-Bienaimée la serre bien fort et elle est stock, alors La-Petite-Elle-Veut-Tout-Faire-Toute-Seule étouffe un peu, elle contracte ses muscles, puis les relâche et finalement elle apprécie, elle l'enlace elle-même et outre le soleil qui tape, outre leurs peaux collées, elle ressent une chaleur de l'intérieur, ça part du ventre et ça remonte. Alors elle lui dit aussi des mots gentils, elle en dit peu, ils sortent maladroitement de sa bouche, elle n'en a pas l'habitude et ils sont moins assurés que les mots de courage ou les menaces. Ses jambes s'accordent à sa langue et elle trébuche, elles perdent toutes deux l'équilibre et elles éclaboussent en tombant, elles restent assises, de l'eau jusqu'aux épaules et elles rigolent, elles moulinent des bras et boivent un peu la tasse, elles se donnent les mains, elles s'attirent l'une vers l'autre et elles rient de rires déments, front contre front. Destiny-Bienaimée dit bien fort, et elle répète : c'est la famille, quoi.

Féline et Furette ont installé des architectures de corde à l'orée de la forêt, elles ont planté de drôles d'échelles, mis des poutres, elles s'entraînent avec Trogne à leurs acrobaties, elles se hissent, elles soulèvent, elles sautent et elles portent. Elles mettent sans cesse sur leurs mains et leurs avant-bras de la magnésie blanche pour ne pas glisser, à cause de la transpiration. La-Femme-Elle-Est-Costaud la leur a donnée avec quelques conseils, elle les a aidées à tout installer, il faut trouver un nom à votre cirque, elle leur a dit.

Les enfants viennent voir les entraînements. Ils attendent un spectacle. Ils se regroupent pour regarder.

Tout-Le-Fait-Rire ne les regarde même pas, les petites acrobates. Il reste à l'écart avec ses lieutenants, ils ont des gueules de comploteurs. Tout-Le-Fait-Rire veut se venger, humilier, zébrer de rouge la peau sombre de La-Petite-Elle-Veut-Tout-Faire-Toute-Seule. Il faudra frapper fort. On sait, à la Colonie, qu'elle a eu le courage d'aller en forêt. C'est là qu'il veut la choper. Il veut la battre sur son terrain, pour lui apprendre. Il a taillé dans le bois, de nouveau, de fins bâtons cinglants. Il n'aime pas son refus de se soumettre. C'est pour lui apprendre.

Il distribue les bâtons à ceux qui l'entourent. Ils attendront qu'elle parte vers la forêt. Ils la poursuivront. Ils seront chasseurs et elle gibier. C'est pour demain, il leur dit.

Espoir a pris son bâton, comme les autres, mais le soir ses pas le dirigent vers le dortoir des bitches, ses pas ou sa tête ou son ventre, il ne sait pas, en tout cas ça se situe dans ces endroits-là, qui le lancent quand il pense à elle. Ce n'est pas une poucave, Espoir, alors il traîne vers chez les bitches, Peur-Patience et Destiny-Bienaimée à l'entrée du dortoir le bloquent, elles lui demandent ce qu'il veut, pas commodes, il ne dit rien, il dit juste *dites à La-Petite-Elle-Veut-Tout-Faire-Toute-Seule de courir quand il le faudra, je me fais pas de souci pour elle*. Elles ne savent pas choisir entre avertissement, menace, dans le doute Peur-Patience balance un coup dans sa béquille, il chancelle et se rattrape, Destiny-Bienaimée dit *dégage*, elle n'a pas digéré le coup du bisou, ça c'est sûr. Espoir s'en va et il a la poitrine comme une forge, ça souffle fort et ça martèle, il s'allonge sur son lit, il suffoque, il a mal, mais le lendemain il est bien là à côté de son chef, pour lui donner la correction qu'elle mérite, à La-Petite-Elle-Veut-Tout-Faire-Toute-Seule.

Il y a encore entraînement des acrobates, pas mal d'enfants regardent, et parmi eux La-Petite-Elle-Veut-Tout-Faire-Toute-Seule. Les strongues vengeurs ne se cachent pas, ils arrivent tranquillement, ils avancent lentement vers elle, avec leurs bâtons, que tout le monde les voie, ils ne sont pas pressés, ils vont la choper, ils savent où elle ira et qu'ils la suivront dans la forêt, ils la ramèneront les habits et la peau déchirée, ils la foutront à poil devant tout le monde si ça ne suffit pas. Tricératops pousse des petits grognements, il fouaille déjà de la tête comme s'il fonçait, on dirait vraiment un tricératops, son nom l'indique. Kevin-Prince bombe le torse, Galeux s'y efforce malgré sa bosse, les autres suivent et font les malins. Tout-Le-Fait-Rire a un t-shirt qui fait peur, dessus écrit *ton mal mon bien*, les paroles d'une vieille chanson. Ils la connaissent tous, alors quand il s'avance La-Petite-Elle-Veut-Tout-Faire-Toute-Seule crie bien fort la suite, pour se moquer : *tout pour les miens !*

Tous les enfants regardent, les acrobates cessent leurs tours, les bavards se taisent, les taiseux ouvrent la bouche, les souffreteux toussent quand même.

La-Petite-Elle-Veut-Tout-Faire-Toute-Seule se met un peu de côté, elle ne veut pas que les bitches la défendent pour cette fois, elles ne sont pas assez préparées, elle se met comme prévu, entre les strongues et la forêt. Elle a le temps de les voir arriver, elle les fixe un moment, Brille et Destiny-Bienaimée essayent de s'interposer, les autres les fouettent et les poussent, La-Petite-Elle-Veut-Tout-Faire-Toute-Seule tourne les talons, elle détale vers la forêt.

Elle a imaginé sa bataille contre les strongues dans la forêt, mais elle n'en sait pas plus. Elle savait que ça allait arriver, cette expédition punitive, mais elle n'a rien prévu de plus, sinon filer et espérer. Elle a confiance en la forêt. Elle s'y sent forte. Elle passe les buissons et les ronces, elle court, ou ça ressemble à une course, très ralentie. Les branches et les ronces la griffent, entament à peine sa peau, elle se dit ça sera pareil pour les strongues. Elle ne passe pas par les chemins habituels, elle traverse une partie de la forêt qu'elle ne connaît pas, elle est perdue. Parfois elle se couche, poitrine dans la mousse, elle scrute ses poursuivants, reprend haleine, repart. Ce sont de grandes et précautionneuses enjambées plutôt qu'une course lente.

Pichichi a déchiré son plus beau maillot, un du Tout-Puissant Mbenze, il en pleure, il reste accroché, une branche le percute en pleine face, il arrête. Galeux pareil, il ne tient pas la course, il tousse et tousse sans s'arrêter, il tombe, son poitrail se soulève et chaque fois ça fait mal. Bouffe-Crotte s'est foulé la cheville. Espoir a perdu sa béquille, il la retrouve et continue, il est distancé par les autres mais il veut voir, il veut rester, il ne sait pas s'il veut la voir supplier, vaincue, ou s'il a peur pour elle. Kevin-Prince tient mieux la route, il colle Tout-Le-Fait-Rire, tous deux suivent Tricératops qui emporte tout sur son passage, il peste et il sue, il saigne du front. La distance se réduit désormais, ils l'attraperont, ils le savent. Tout-Le-Fait-Rire et Kevin-Prince l'appellent, ils font de petits bruits avec leur bouche, avec leur langue.

Tous ont oublié la forêt, il n'y a que la chasse.

Ils tiennent fort leurs bâtons dans les mains, les jointures se serrent à blanc.

La-Petite-Elle-Veut-Tout-Faire-Toute-Seule prend dans une main un gros caillou, elle casse une branche pour s'en faire un bâton. Elle a le long du nez une estafilade sanglante. Elle n'en peut plus, elle réfléchit où faire face, elle regarde autour d'elle, encore quelques secondes d'avance. Elle aperçoit un rocher à travers les arbres, elle reprend espoir. En s'y adossant, elle protégera au moins ses arrières, elle aura tous ses adversaires de face. Tout-Le-Fait-Rire a compris, il écarte Tricératops, il passe devant, exhorte les autres strongues, presse le pas sans se préoccuper des griffures, de la douleur de ses poumons.

La-Petite-Elle-Veut-Tout-Faire-Toute-Seule arrive au rocher, elle le touche de la main.

Elle entend les halètements des autres

Elle se retourne et s'adosse

Tricératops est à genoux, il a du mal à respirer et il râle

Kevin-Prince hurle des menaces, Tout-Le-Fait-Rire la regarde droit dans les yeux

Espoir tient sa béquille, il ne sait pas s'il va la taper ou la défendre

La-Petite-Elle-Veut-Tout-Faire-Toute-Seule ferme les yeux, elle lève son caillou, pour lancer ou pour frapper

Elle appuie son dos

Le rocher cède

Derrière, une grotte, occultée par une mince paroi de terre et d'argile

Kevin-Prince gémit de joie et de défi

Elle est sur les fesses, ils la tiennent.

Une ombre surgit pourtant et c'est une femme-arbre. De ses mains sortent des souches noueuses, sur son visage des filaments de branches explosent et dressent de sa tête des contours inhabituels. La femme-arbre rugit, elle avance d'un pas lourd car ses pieds sont alourdis, ils ont une structure de pattes. La femme-arbre est un édifice, et ses bras troncs s'abattent et s'abattent sur Tout-Le-Fait-Rire qui pousse un cri, sifflant, un cri étouffé car la femme-arbre du poing écrase sa trachée. Il porte ses mains à son cou et il s'enfuit, il garde cette force de tourner le dos et de partir, malgré les plaies nouvelles, malgré la douleur. Kevin-Prince insulte et pleure, de rage, il se prend des coups puissants, il saigne du nez. La femme-arbre l'enlace alors, elle l'étouffe, elle le mord, arrache de lui un morceau et recrache, le surgissement du sang l'apaise, elle relâche la pression de ses bras, Kevin-Prince couine et tourne le dos, il s'échappe à quatre pattes, se tâte, ne sait pas ce qui manque de lui, s'il va mourir. Espoir fait face, l'autre balaye sa béquille, le saisit, ses bras-troncs font tenaille, elle soulève, le jette au loin, contre un arbre. Il reste sans bouger, le souffle court, ferme les yeux. Il dort de peur ou il est assommé.

La femme-arbre se retourne et regarde La-Petite-Elle-Veut-Tout-Faire-Toute-Seule. Elle a un regard noir de bille.

La-Petite-Elle-Veut-Tout-Faire-Toute-Seule ne comprend pas bien si elle la sauve ou si elle veut la manger.

L'Homme-Il-Sait-S'Amuser-Avec-Un-Bout-De-Craie parle à La-Femme-Quand-Elle-Parle-Elle-a-Les-Yeux-Qui-Brillent, il voudrait bien ne pas que parler, mais il s'en contente, il se dit c'est une voie, elle m'écoute, c'est bon signe, alors il se concentre, parler peu mais clair, dire des choses incisives, ça lui plaira. Montrer qu'il est profond.

Tu sais, j'ai compris une chose, à force de m'occuper des gamins. Ça s'en va vite, l'enfance, et ça revient. Ils arrivent ils sont abîmés, ils ont morflé, ils ont perdu l'innocence et les rires, ils sont tristes ou sérieux, et puis ça change, des fois en quelques jours, ou bien en quelques mois, d'être ici, dans un lieu sûr, des fois c'est quelques secondes, seulement, ces quelques secondes on les gagne, on les arrache. Dans ces moments-là ils sont heureux, je t'assure, ils sont de nouveau des enfants, ils sont beaux, tu leur donnerais le monde si tu l'avais. Moi c'est pour ça que je fais ce métier, pas pour manger, pas seulement pour manger. Mais tout ça c'est fragile, ça peut disparaître, ça peut vite partir.

Il avance peu à peu vers elle, il dit les derniers mots en lui prenant la taille, elle se dégage doucement.

La brume dans l'esprit du premier soldat est composée de souvenirs et de soucis épars, étreinte maternelle, amours fugaces, bombardements, jalousies diverses, repas de la veille et du soir, envie de pisser. Elle se dissipe d'un coup quand émergent de la forêt les habits de femmes, les visages noirs de suie, kalaches en bandoulière ou colts à la ceinture. Tous ont de solides bâtons, certains des couteaux. Il comprend aussitôt qu'il n'a pas la moindre chance, lâche son arme, lève les bras. Les demoiselles sont disposées comme Darnert a décidé, elles entourent la forge. Elles n'ont pas l'habitude de se servir d'armes à feu, sinon des fusils pour chasser, mais l'impression d'ensemble est effrayante. Les autres gardes en tout cas sont effrayés, comme le premier ils lâchent leurs armes. Ils sont peu nombreux, peu payés, peu attentifs, contre la forge on imagine des vols, pas une attaque, et Kylian PetitCœurCouronné a gardé les meilleurs, les hommes-guerre, auprès de lui.

Les demoiselles entrent dans la forge. Les forgerons ont leurs salopettes brunes et leurs grands tabliers de cuir, ils frappent le métal, tandis qu'ils martèlent, leur peau se couvre d'une moiteur aigre. Ils ont de grandes bouteilles qu'ils portent régulièrement à leur bouche, eau, vin ou bière selon les tempéraments et les croyances. Ils prennent à grandes pelletées du charbon pour alimenter leur brasier. Leurs muscles sont tendus et mouillés, leur face éclairée d'orange, leur dos froid. C'est un métier difficile et d'ordinaire, quand ils ne sont pas ligotés comme présentement, les gardes sont heureux de garder, de n'avoir plus grand effort que de passer leur poids d'un pied sur l'autre, de s'étirer, d'échanger quelques mots quand leurs rondes se croisent.

Le minimum de morts, a dit Darnert, c'est mieux pour eux et pour nous. Le but c'est de détruire la forge, car ils l'alimentent avec le charbon de notre forêt, pas de tuer des gardes ou des forgerons. Elles se ressemblent toutes, les demoiselles, simplement Darnert est un peu plus effrayant avec sa toque de loup sur la tête.

Il faut quand même un peu de spectacle. Quand Darnert lève la main, les demoiselles tirent leurs rafales, pas bien longtemps pour ne pas gaspiller de munitions, assez pour marquer le coup. Les gardes qui restent à l'intérieur se couchent, agitent encore les bras, les bergers les attachent, prennent leurs armes. Darnert le premier met le pied dans l'antre rougeoyant, de métal et de pierre. Il fait si chaud qu'on respire mal. Il se dit tout se passe bien. À ce moment un forgeron sort d'où il est caché, précipite sa masse, frôle Darnert, éclate le crâne de la demoiselle à côté. Darnert l'abat, une seule balle en plein front. Ça résonne dans la forge, ça fait deux morts, un de chaque côté. Les autres forgerons se tiennent tranquilles, on les fait sortir, on les met avec les gardes.

Darnert est presque déçu, leur haut fait n'est guère spectaculaire. Il sort de son sac un bidon de carburant, le vide dans la forge. Il met le feu, ça prend bien, il sort.

Darnert se sent tout-puissant, l'incendie lui chauffe le visage. Il a envie de faire l'amour. Il ordonne à ses hommes de partir, de rapporter les armes à la grotte, il ne veut personne pour le suivre. Il marche vers chez Esclarelys, se cache à peine. Il est fier et content.

Ce sont des coups frappés à la porte, très fort et très tôt. Deux milices sont mobilisées, celle de Kylian PetitCœurCouronné et celle du maire. Étrangement celle de Diab-en-Personne participe peu, ses hommes se tiennent sur la place du village, ils regardent goguenards les autres amener leurs prisonniers. Les maisons fouillées sont celles des muslim et celles des bergers. On bouscule les enfants, on arrête les femmes et les hommes. Il y en a deux qui tentent de s'échapper et on les tue, on leur tire dans le dos. Grâçadieu déniche un jew caché par une famille muslim et il laisse ses hommes se défouler, à coups de poing et à coups de pied. Kylian PetitCœurCouronné est en colère qu'il y en ait encore un, il pensait son territoire débarrassé, il réfléchit un moment à leur coller l'attaque sur le dos mais tout le monde sait bien que c'est un coup des demoiselles.

Les miliciens rassemblent tout ce monde, une vingtaine, sur la place, ils sont à genoux, les mains derrière le dos, et si quelqu'un flanche il est tapé à coups de bâton, jusqu'à ce qu'il se relève ou qu'il se couche. L'ambiance est joyeuse, les miliciens plaisantent, ceux qui surveillent se moquent et les autres partagent ce qu'ils ont pillé. Il y a des habitants tout autour, certains réclament vengeance pour la forge, d'autres sont calmes. Couchée par terre, la mère de Darnert hoche la tête, elle saigne du front, elle a les yeux fermés.

Kylian PetitCœurCouronné aperçoit la vieille femme à terre et sa colère redouble. Il ordonne qu'on la ramasse, on ne touche pas aux mères, il dit, qu'on la libère, qu'on lui donne à boire et qu'elle rentre chez elle. Puis il saisit aux épaules le père d'un berger, un homme solide, il le secoue, deux de ses hommes le prennent et l'emmènent dans sa grande maison. Méduse se penche à l'oreille de Mme DeLaRocheTaillée, toutes les deux font partie des spectateurs assemblés sur la place, elle lui murmure à l'oreille : « celui-là, il est bon pour les caves ».

Dans la lumière du petit matin, les formes se détachent lentement, elles s'arrachent à la nuit, reprennent couleurs. Quand elle en sort, La-Petite-Elle-Veut-Tout-Faire-Toute-Seule est nimbée de forêt, les limites de son corps sont incertaines, elles tremblent. Elle a consistance de mirage, d'abord floue, puis de plus en plus précise au fil de sa marche. Par la large baie vitrée du dortoir, Brille veille. À ses côtés Destiny-Bienaimée est endormie, elle ronfle. Lui ne dort pas. Ils ont prévu d'aller chercher leur amie le matin, de laisser passer la nuit, parce qu'ils ont peur, puis de se tenir la main et d'y aller.

Alors il est le premier à voir revenir La-Petite-Elle-Veut-Tout-Faire-Toute-Seule, il croit en un fantôme, il réveille Destiny-Bienaimée, elle crie, tout le dortoir rapplique, toutes les bitches.

Les strongues sont calfeutrés dans leur chambre. Tricératops a des yeux fous et ne parle plus depuis son retour. Kevin-Prince tremble de colère, Espoir de peur. Tout-Le-Fait-Rire pleure sans s'arrêter. On les a soignés, ils ont raconté par petits bouts. Ils ont bu pas mal de rhum arrangé, ils ont fumé. Quand ils entendent les cris, ils rappliquent dans le dortoir des bitches.

La-Petite-Elle-Veut-Tout-Faire-Toute-Seule avance sans se presser. Elle a un petit sourire malin, bouche serrée, mains ouvertes devant elle. Ils sortent tous, en pyjama, ils l'attendent alignés devant la Colonie, personne ne dit un mot, quand elle arrive, elle est vivante, c'est certain. Brille ne voit plus rien, il a des larmes dans ses lunettes, il veut la prendre dans ses bras, la serrer.

Elle le repousse, tu crois je suis Roméo et toi Juliette ? Elle a des choses plus importantes à dire. Elle est revenue de la forêt, elle est revenue du monstre, ce n'est pas pour rien.

Écoutez tous, elle leur dit, maintenant c'est moi qui commande, et c'est fini les bitches et les strongues. C'est fini les dortoirs, on mélange. Maintenant il y a des raclis des raclos et puis c'est tout. Personne devant, personne au-dessus, à part moi.

Elle montre Tout-Le-Fait-Rire du doigt.

Toi, c'est fini, tu n'es plus rien du tout. C'est moi qui vais dans la forêt, c'est moi qui en ressors, je suis votre cheffe. Je choisis mes lieutenants, je décide de tout. Et si un jour ça pète, je sais où y a des armes.

Elle ne parle pas plus, elle va direct se coucher. Quand elle se réveille, elle fait elle-même les transferts, de strongues et de bitches, dans chaque dortoir. Elle dit toi tu vas là, toi tu vas là. Et dans son dortoir, elle met Espoir.

Esclarelys regarde par sa fenêtre. La veille elle a vu la fumée de la forge incendiée, elle a entendu les coups de feu. Puis ce matin les coups aux portes et les cris quand les miliciens recherchaient des bergers ou leurs proches à châtier. Elle n'est pas allée sur la place. Elle regarde vers la forêt, vers l'endroit où Darnert sortira, s'il vient la rejoindre. Il est assez fou pour le faire.

Il apparaît, exactement là où elle pensait le voir. Il a attendu le petit matin, il a laissé passer la nuit pour être en forme, pour retrouver sa bien-aimée. Il a le sang bouillant de sa victoire, il veut faire fêter l'incendie de la forge, ce bon coup joué à Kylian PetitCœurCouronné. Il est ivre de sa puissance et de celle des demoiselles. Il en devient imprudent. Il ne pense même pas que sa mère a pu être arrêtée, il ne prend pas de précautions, il marche au milieu de la rue, de leur rue. Il lui fait signe de la main, elle répond, derrière sa vitre. Elle ne sort pas sur le balcon.

Darnert avance, le regard levé vers elle, et les gardes de Kylian PetitCœurCouronné arrivent de toutes parts, sortent de leurs cachettes et le mettent en joue. Il a les mains en l'air mais continue à avancer vers elle, ils se jettent sur lui, coups de crosse, coups de pied. Enfin il baisse la tête, ses habits sont déchirés, il a des hoquets de douleur. Elle n'aime pas le voir vaincu, tête baissée et abîmée. Il ne la regarde plus. Elle se demande s'il maudit sa stupidité, d'être venu là où tout le monde le chercherait.

Les gardes l'emportent, elle s'habille, elle descend, elle avance vers la place centrale. Il a les mains et la tête prises dans un pilori. Les soldats de Kylian PetitCœurCouronné se moquent de lui, ils crachent et insultent. Darnert ne répond pas, il ferme ses yeux gonflés par les coups, il est vaincu. Son corps est affaissé, épuisé. Il lui manque des touffes de cheveux, son visage est lacéré par les lames des hommes-guerre. Il n'a plus rien du chef des bergers, du beau bandit. Il fait peine, il est pitoyable.

Une main la saisit par le poignet, durement, elle se retourne. Kylian PetitCœurCouronné la tient très fort, il lui fait mal, il la regarde dans les yeux, tu veux le rejoindre, il lui dit, tu veux ta place dans un autre pilori, dis-moi un seul mot et j'en fais apporter un autre. Je le sais bien, que tu es son amoureuse. Esclarelys n'essaye pas de se dégager, elle lui rend son regard, c'est fini, elle lui dit, c'est fini entre nous. Kylian PetitCœurCouronné a un sourire méchant, je ne te crois pas, il lui dit, mais je connais tes parents, je l'ai lui, ça me suffit, je ne m'attaque pas aux femmes. Il lui lâche le poignet. Il s'éloigne avec ses gardes, sans plus la regarder.

Elle se masse le poignet. Elle n'a pas agi par peur. Elle n'a pas peur du pilori. Elle n'est pas sûre de l'aimer encore, Darnert. Ce visage bête et défait qu'il a, il ne lui plaît pas du tout. Elle le renie sincèrement.

L'alisier, en forêt, est parfois accolé à de gros chênes. Il aime les sols pauvres, se reproduit par semis mais surtout par drageonnage, c'est-à-dire qu'il se clone, à partir des racines. Ses baies soignent les coliques, son bois sert à faire des luths.

La-Petite-Elle-Veut-Tout-Faire-Toute-Seule est partie en forêt sans prévenir personne. Brille et Destiny-Bienaimée la suivent autant que leur souffle court le permet. Ils sont concurrents d'amitié mais leur crainte pour elle les unit dans cette entreprise commune : la suivre en forêt.

Elle veut revoir la femme-arbre, celle qui l'a sauvée des strongues. Elle est restée avec elle après leur fuite. La femme-arbre lui a parlé d'une drôle de voix, elle n'a plus l'habitude de dire des mots, depuis qu'elle est dans la forêt. Elle a laissé La-Petite-Elle-Veut-Tout-Faire-Toute-Seule toucher sa peau dure. La femme-arbre a des verrues comme de l'écorce et elle vit dans les bois comme parmi les siens. Elle a honte de ses excroissances et ne veut plus être vue par les hommes. La-Petite-Elle-Veut-Tout-Faire-Toute-Seule lui donne son regard franc, sans dégoût. L'autre raconte, heureuse de retrouver sa voix, elle connaît des pommades pour guérir les blessures, elle chasse, elle cueille, autant que ses mains boursouflées le lui permettent. Elle veut expliquer à La-Petite-Elle-Veut-Tout-Faire-Toute-Seule ce qui se mange, ce qui se crée, ce qu'il faut éviter, dans la forêt.

Quand Brille et Destiny-Bienaimée les voient disparaître dans la grotte, ils ont peur, ils n'osent pas bouger. Quand elle ressort ils sont rassurés, La-Petite-Elle-Veut-Tout-Faire-Toute-Seule se dirige droit vers leur pauvre cachette, elle dit simplement, on rentre à la Colonie.

La fois d'après La-Petite-Elle-Veut-Tout-Faire-Toute-Seule demande à Espoir et Mohamed-Ali de l'accompagner, et elle apporte à manger. Face à la femme-arbre Mohamed-Ali ne dit rien, il écoute seulement.

Le soir La-Petite-Elle-Veut-Tout-Faire-Toute-Seule réunit tous les enfants dans un seul dortoir, ils allument des bougies, il se partagent les bouteilles de rhum arrangé, elle leur dit Mohamed-Ali va scander, il va raconter l'histoire de la femme-arbre. Alors il se lève et il scande :

C'est l'histoire d'une femme qui court

Elle est dans la forêt et elle saute elle grimpe

Elle s'endort dans les clairières

Elle boit au ruisseau et elle rigole souvent

Elle est belle et un homme la voit

Il tombe amoureux il la suit

Elle presse le pas elle écarte les buissons se fait griffer par les ronces

L'homme la suit

Elle escalade des rochers accroche des branches elle traverse elle nage

L'homme la suit

Elle court

Il court plus vite

Il la rattrape doucement
Il crie je suis amoureux
Elle crie je ne veux pas
L'homme la suit
Elle prie elle pleure
Elle dit pourvu qu'il se passe quelque chose
N'importe quoi
Que je sois délivrée de cet homme
L'homme la suit
Elle prie plus fort elle pleure plus fort elle a mal
L'homme la suit
Mais doucement son sang se fait moins limpide
Il se fait sève
Il coule dans des veines plus dures
Elle ne court plus elle fait de grands pas lourds
Sa peau durcit
Des branches poussent des bourgeons poussent des feuilles poussent
Ses yeux deviennent opaques
L'homme s'est arrêté
Il ne court plus et il ne veut pas d'une femme-arbre
Elle est plantée dans le sol elle tient par de solides racines
Il s'en va il ne veut pas d'une femme-arbre
La femme-arbre lui a échappé
Elle est seule
Dans la forêt
Elle ne court plus
Elle ne rit plus
Elle a gagné d'une victoire amère
Elle a gagné mais elle ne bouge plus elle ne saute plus elle ne grimpe plus

Elle déplace très lentement, au gré du vent, ses bras-branches.

Il termine et on n'entend plus rien aux Enfants de Melkisédek, sinon le bruit des grenouilles dehors.

Il ne vient pas souvent, le préfet, il a d'autres tâches à remplir pour le gouvernement provisoire, ce village dans un val isolé n'est pas une priorité. Il est là parce que ça barde avec les demoiselles, cette agitation n'est pas bonne. Pour lui, Kylian PetitCœurCouronné a trouvé du whiskey. Le maire aussi est présent. Ils en ont chacun un verre rempli. Le préfet tient fermement le sien, il fait tourner le liquide, il prend son temps pour parler. Il est venu de la grande ville pour donner des ordres précis sur cette affaire des demoiselles.

Il comprend la situation, le gouvernement provisoire lointain, la nécessité pour ceux qui le peuvent, sur place, de faire respecter la loi. Mais rien n'est stable. Certes il n'y a plus de jew, dans la région, mais il y a d'autres dangers. La guerre n'est pas loin. Il y a une cinquième colonne, ça c'est sûr, des traîtres, des fanatiques, certains peut-être au sein même des gardes. *Ne vous croyez pas protégés par votre isolement*, il répète deux fois. *Ne pensez pas que ce que vous faites ici n'a pas de conséquences ailleurs.*

Le gouvernement provisoire ne veut pas de crise avec les bergers. Les demoiselles le ridiculisent. Le décret sur la réglementation des forêts, qui empêchait les bergers d'y faire paître leurs bêtes, est suspendu. Les gardes forestiers ne servent plus à rien, ils sont renvoyés. Le charbonnage en forêt doit cesser. Il y aura compensation, une autorisation pour rouvrir les mines de charbon. De l'argent pour construire des éoliennes supplémentaires. Mais il ne faut plus d'agitation.

Kylian PetitCœurCouronné a dû ôter ses colts pour recevoir le préfet. Ils lui manquent. Il a pris habitude de caresser leur crosse quand il réfléchit. Il touche les boutons de son gilet impeccable. Il est maître dans sa vallée, mais le gouvernement provisoire peut être un appui. La réouverture des mines de charbon est une bonne nouvelle.

Il ne demande qu'une chose, en compensation, elle lui est accordée. Il veut carte blanche sur le sort de Darnert.

Il l'obtient. S'il faut faire un exemple, il l'aura.

Le préfet avale son whiskey, cul sec, sans le garder en bouche, tellement vite que ça en est du gâchis.

Le noyer est le dernier arbre de cette forêt. Le plus rare et le plus inquiétant. Il empêche de croître les plantes de son entourage. Il sécrète un composé, le juglon, qui inhibe la germination des graines, autour de lui. On dit que son étymologie vient du latin *nocere*, nuire, on lui associe les sorcières, les divinités infernales. On l'utilise en ébénisterie, pour faire des meubles et des crosses.

C'est un dernier tour de piste pour les demoiselles. Une dernière fois, pensent-elles, elles mettent leurs habits de femmes, leurs masques noirs de suie. Elles auraient voulu fêter leur grand acte, le départ des gardes forestiers, des charbonniers, mais il manque Darnert. Elles se sont réunies dans la grotte secrète, elles ont décidé de le libérer. Elles n'abandonneront pas leur chef. Un dispositif léger a été choisi, pour éviter de mettre trop de bergers en danger : deux demoiselles, parmi les plus dégourdies, sont désignées pour aller le sauver.

Les demoiselles sont arrivées en silence, par le côté de la forêt, vers chez Darnert, elles sont cachées, elles observent la place. Elles sont loin de leur élément, loin de la forêt. Mais elles connaissent bien le village. Kylian PetitCœurCouronné n'imagine pas qu'elles tentent une action aussi audacieuse, il n'a placé que deux gardes autour du pilori. Ils sont bien armés mais assoupis. Les demoiselles ont mis du tissu autour de leurs bottes, pour amortir le bruit. Elles approchent doucement, saisissent les gardes sans leur laisser le temps de crier. Elles ôtent les planches de bois du pilori, Darnert est faible, elles le débarrassent de ses chaînes.

Au début elles l'aident à marcher, puis il s'en sort tout seul. Il n'est pas beau à voir, il le sait, il boit à la gourde qu'elles lui ont donnée, il dévore un bout de fromage, il aimerait manger calmement mais il est fébrile, ses mains tremblent. L'évasion a été facile, cependant elle est vite découverte. L'alarme retentit quand ils en sont à peine aux champs, même pas aux éoliennes, alors elles lui disent tu vas y aller tout seul, nous on reste, on se cache, on tire et on les ralentit.

Il leur dit merci, je vais m'en sortir, ne vous inquiétez pas, mais chaque pas est un calvaire, son ventre lui fait mal, son dos lui fait mal, ses jambes tétanisent. Il entend les coups de feu derrière lui, il sait que ses hommes se sacrifient, il doit survivre, lui. Quand il arrive à la forêt il n'en peut plus, il progresse encore de quelques mètres et il s'effondre. Il se traîne sous un buisson, il s'endort.

Au matin c'est La-Petite-Elle-Veut-Tout-Faire-Toute-Seule qui le trouve. Elle reconnaît l'homme de la grotte. Elle disparaît et elle revient avec Brille, à deux ils le prennent aux épaules. Il est dans un semi-coma, il voudrait parler mais il ne dit rien. Quand il ouvre les yeux il perçoit très distinctement les détails des feuilles, de la terre, il voit les nervures des branches. À chaque pause La-Petite-Elle-Veut-Tout-Faire-Toute-Seule lui donne une gorgée de rhum arrangé, si bien qu'il est saoul en plus d'être malade.

Il est trop lourd pour l'emmener dans la grotte des bergers. Elle le porte dans celle de la femme-arbre.

La femme-arbre promet, elle prendra soin de Darnert. Déjà elle penche ses mains épaisses sur lui, pour appliquer un baume réparateur.

Les enfants sont assis devant la petite estrade, le théâtre miniature prêt à s'ouvrir. Les petits sont devant, les fauteuils roulants sur le côté, les grands derrière.

Le spectacle est gracieusement offert par Kylian PetitCœurCouronné, pour les enfants de la Colonie. *Vous en avez de la chance qu'il pense à vous,* elle dit la directrice. On préfère le spectacle de nos petites acrobates, elle répond La-Petite-Elle-Veut-Tout-Faire-Toute-Seule. Mais en vrai ça les change.

Kylian PetitCœurCouronné n'est pas là mais il y a un conseiller en costume, rasé de près. C'est un spectacle pédagogique, il explique, vous allez apprendre des choses, il faudra s'en souvenir. Un jour vous quitterez Les Enfants de Melkisédek, un jour vous travaillerez pour le village, un jour vous travaillerez pour Kylian PetitCœurCouronné. Il a besoin de gardes, il y a besoin de cultivateurs, il y aura besoin de mineurs, bientôt, si tout va bien. Profitez bien du spectacle.

Derrière le rideau rouge il y a des marionnettes. Guignol est un bon vivant, il aime le vin et la rigolade, il a son ami Gnafron, il faut l'aider à retrouver Darnert, l'infâme voleur, qui a pris son bien à Canezou, le bon propriétaire. Le voleur est condamné par le juge, pris par le gendarme Chibroc, mais il s'échappe dans la forêt.

Heureusement Guignol a un bon bâton pour lui taper sur la tête. Il demande où est Darnert, les enfants l'ont vu, ils disent par là ou par là, Guignol le frappe avec son bâton, les enfants, encore un coup ? Les enfants disent ouiiii. Les enfants, vous voulez qu'il aille en prison ? Ouiiii. J'appelle le gendarme ? Ouiiii.

Ils crient et c'est excitant, certains crachent, jettent des cailloux sur Darnert, on se calme les enfants, on se calme.

Poison se lève, on va l'aider, Guignol. Ils sont plusieurs à faire comme lui, ils prennent ce qu'ils peuvent par terre, des cailloux, des branches, des tabourets, Espoir a sa béquille, ils se précipitent sur le petit théâtre, ils crient et ils tapent, sur Darnert, sur Guignol, sur le marionnettiste. Le petit théâtre vole en éclats, l'estrade chancelle, elle se casse, le marionnettiste part en courant, Trogne roule sur tout ce qu'elle peut, les bouts de bois, les mains, les pieds, Franck-Ribéry s'interpose, le conseiller de Kylian PetitCœurCouronné se cache, la directrice crie, L'Homme-Il-Sait-S'Amuser-Avec-Un-Bout-De-Craie ramasse les débris des marionnettes, La-Femme-Quand-Elle-Parle-Elle-a-Les-Yeux-Qui-Brillent pleure.

La-Petite-Elle-Veut-Tout-Faire-Toute-Seule applaudit, elle frappe bien fort des deux mains, elle rit, Destiny-Bienaimée et Brille à ses côtés. Elle rit et elle crie encore, encore, allez Guignol.

Ils ont taillé dans le bois des épieux, durci la pointe au feu. Ils sont nus, le corps entièrement peint. Leurs yeux ressortent blancs, leurs yeux semblent rouler perdus. Ils sont chasseurs. Tous des strongues déchus, Tricératops, Kevin-Prince, le garçon raide, Toc-Toc.

Ils ont peur de la forêt. La forêt les attire.

Au début ils y sont allés de temps en temps, de dépit d'avoir perdu le contrôle de la Colonie. Ces quatre strongues-là seulement, ils se disaient, elle y est allée, elle, La-Petite-Elle-Veut-Tout-Faire-Toute-Seule, et elle en est sortie plus forte, plus forte que nous les strongues. Les autres strongues acceptaient, ils se résignaient. Eux ne voulaient pas. Elle les a fait rosser, parfois par des anciens strongues, pour qu'ils comprennent.

Ils sont allés de plus en plus souvent dans la forêt. Ils y étaient mieux qu'à la Colonie, finalement. Elle leur est devenue indifférente. Dans la forêt ils sont les maîtres d'eux-mêmes, les maîtres des arbres et des animaux.

Ils y restent, de plus en plus souvent. Ils se peignent, ils prennent leurs épieux, et ils partent chasser. La-Petite-Elle-Veut-Tout-Faire-Toute-Seule laisse faire. Ils ne la contestent plus, ils se sont mis de côté. Les éducateurs sont effrayés, ils ne peuvent pas les empêcher. Ils partent une journée entière, parfois deux. Ils reviennent avec un cochon sauvage, avec un cerf. Ils sont blessés parfois, des plaies profondes, on les recoud.

Ils dansent et chantent autour de leurs proies, ils les cuisent. Ils mangent tout ce qu'ils peuvent puis distribuent le reste.

Ils sont les chasseurs et ils sont à part. Brille les appelle les strongues sauvages. Ils passent du temps dans la forêt et de moins en moins à la Colonie.

Mohamed-Ali scande, il raconte l'histoire de la forêt qui rend fou.

Charles VI est un roi bien-aimé, il a déjoué des complots, il y a la guerre. Il traverse la forêt du Mans, il fait si chaud, tout est vert, dans leurs étoffes les chevaliers transpirent. Un vieillard accroche le cheval du roi, il crie le roi est trahi, il dit protégez-vous mon bon roi, on l'écarte. Le cortège avance dans une somnolence moite, le roi est seul devant, la forêt est inextricable, la forêt est hostile, quand le soleil passe à travers les branches, ça fait des trouées de lumière aveuglantes, des taches rouges, des taches vertes, le roi est fouetté par des branches, il est fouetté par des ronces, il voit des corps en feu qui dansent devant lui, ce bal des ardents, ces jeunes compagnons habillés en sauvages, d'étoupe et de poix enflammés par une torche, ça sera dans un an mais il les voit déjà, ils crient et ils se tordent, la forêt lui dit qu'ils vont mourir, la forêt lui dit qu'il est trahi, il a peur, il saisit son épée, il fonce sur sa suite, il tue six chevaliers avant qu'on le maîtrise, posé sur le sol, tous ses habits ôtés pour lui donner de la fraîcheur, il est étrangement calme et il est fou, le roi fou, le roi rendu fou par la forêt.

Les chasseurs n'entendent pas sa scansion, les chasseurs traquent, suivent les traces, ils encerclent et ils tuent.

Ça sent la merde et la mort un kilomètre autour, on entend les cris, les gémissements. Les moutons le sentent et ils rechignent, Darnert les pousse, son chien se démène. L'abattoir, pour Darnert, ce n'est pas de gaieté de cœur, mais il est recherché, il ne peut pas s'embarrasser de ses bêtes, il veut de l'argent pour la lutte, il doit sacrifier son troupeau. La viande vaut cher en ce moment. Avec l'argent il achètera des armes, du carburant, il en mettra de côté et quand ça sera fini il reprendra un troupeau.

Il tire ses bêtes, il les pousse, il leur murmure des mots rassurants à l'oreille, il les caresse et les calme. Il y a deux bouchers pour l'accueillir, deux carcasses géantes, l'un barbu, l'autre pas. Ils lui sourient, lui serrent la main, et dans une enveloppe donnent tout de suite l'argent. Ils sont contents, le prix est bon, les bêtes sont saines, Darnert s'en occupe bien. Le boucher barbu rigole, il demande s'ils prennent le chien, pour le compte, Darnert ne sourit pas. Les animaux bêlent, le troupeau est partagé en deux, deux corridors, deux mises à mort, avec ou sans rituel. Dans le premier couloir, les bêtes avancent, on les pousse, une décharge électrique leur grille le cerveau, elles tombent sur un tapis roulant et sont dépecées. L'installation est vieille, les bêtes ont peur, il y a des pattes cassées. Le boucher barbu est là, avec une masse, pour relever les bêtes blessées, pour tuer, d'un coup bien précis, celles qui survivent à l'électricité. L'autre boucher a un tablier plein de sang, un grand couteau. Il attend les bêtes pour l'abattage rituel, elles doivent être égorgées conscientes, il explique à Darnert, il a la main ferme et le couteau ne ripe pas, il faut saisir la tête et bien serrer, couper lentement mais fermement. Ça prend plus de temps, forcément, ensuite l'animal est suspendu par les pieds, son sang goutte dans une bassine.

Ici on fait tout, le barbu il dit, boucherie, équarrissage, conditionnement. Et même on la fait sécher, la viande, quand il faut, et même on la mange. Et puis on surveille. Ils ont des gros flingues, au cas où, bien visibles dans leur salopette noire, par-dessous les tabliers.

Darnert voit partir ses bêtes, il doit aider à les pousser dans le corridor, certaines retournent leur tête, il sait que c'est pas ça mais il a l'impression qu'elles lui demandent de l'aide, il les a abandonnées. Il tâte dans sa poche le gros paquet de fric. Il a pris aussi de la viande, pas celle de son troupeau, il ne pourrait pas la manger. Il a dormi à la belle étoile avec ses bêtes, elles lui ont tenu chaud, il les a soignées, tondues, protégées, il les voit partir, il a les yeux humides.

Il ne va pas rester là toute la journée, il tourne le dos, il s'en va, il renifle l'odeur des bêtes et il entend leurs cris, il presse le pas. Il récupère une carriole, il va acheter du carburant, de l'essence de betterave, les gars sont armés, ils sont nerveux, il les connaît, le père et son fils et quelques autres de plus, ce sont des gars de par ici. Ils ne lui font pas de cadeau, il a droit à tant de bidons et pas un de plus, il les remplit avec attention, jusqu'au plus haut possible, il ne veut pas perdre une goutte.

Il en met dans sa carriole et dans son sac à dos, il retourne aux grottes, d'autres bergers viennent l'aider, il répartit l'argent pour les armes, les munitions. Il ne peut pas acheter à Kylian PetitCœurCouronné, bien sûr, alors il partage les sommes entre cinq hommes, ils iront dans d'autres vallées, voir ce qu'ils trouvent. Avant de repartir avec son sac à dos, il choisit une arme, un nouveau beau colt nacré, le même qu'offert à Esclarelys, la crosse blanche, tout petit.

Il y a une tache orange au creux d'un buisson, La-Petite-Elle-Veut-Tout-Faire-Toute-Seule se penche, elle brunit de terre les genoux de son pantalon, écarte les branchages et ramène vers elle un renard mort. Un beau renard, poil lisse, sans plaie apparente, sa petite bouche entrouverte sur des crocs qui dépassent à peine. Il n'y a nulle trace de ce qui a causé sa mort, il est déjà raide. Elle pense à la toque-loup de Darnert, elle sort de sa poche deux cordelettes, accroche le corps du renard à une branche solide. Elle prend son couteau et découpe la peau au plus près, elle s'applique pour ne pas la déchirer, progresse lentement pour détacher la fourrure du corps. Elle fait particulièrement attention à la peau touffue. Ensuite elle coud, ça prend du temps, elle se dépêche avant que la nuit ne tombe. Quand elle a terminé elle pose sur sa tête un chapeau-renard. Il fait le tour de son front et la queue orange et blanche tombe derrière elle. Elle se dit, ça fait bien cheffe, elle se dit je la mettrai pour les grandes occasions.

L'Homme-Il-Sait-S'Amuser-Avec-Un-Bout-De-Craie entre silencieusement dans le dortoir. Il regarde les enfants qui dorment, leurs positions étonnantes : savate endormie, arc-en-rêve, pioche-sol.

Il sort doucement de sa poche un appareil photo, prend des images rapidement. Il capture les enfants endormis et silencieux. Si jamais l'un bouge ou s'éveille, il fait l'air de rien, je ne fais que passer, je vérifie que vous dormez bien.

Ensuite il regarde, il est ému, certains enfants ont des poses, en dormant, de tableaux, il y a des Saint Sébastien, des Sainte Marie, des Saint François et des Sainte Sarah. Il les montre à La-Femme-Quand-Elle-Parle-Elle-a-Les-Yeux-Qui-Brillent, ils font défiler sur l'écran, elle se rapproche de lui, imperceptiblement.

La-Petite-Elle-Veut-Tout-Faire-Toute-Seule parle à la femme-arbre, elle lui dit tu es une reine, tu es ma reine, tu as une couronne sur la tête. Ta grotte est une boîte à chaussures. C'est bizarre mais c'est comme ça.

La reine lui caresse la tête, c'est rugueux mais pas contagieux, elle lui dit tu es bien avec moi, je te caresse, dors, repose-toi, donne-moi tes mauvais rêves, laisse-les passer dans mes doigts, j'en ferai des rêves doux, des rêves fous.

Alors La-Petite-Elle-Veut-Tout-Faire-Toute-Seule se redresse, elle dit :

Laisse-moi mes rêves, ce sont les miens, mes rêves mauvais, mes rêves doux, mes rêves fous, laisse-les-moi, c'est mon passé, c'est ma journée, je veux les affronter de sommeil, je veux me battre contre eux, ne me les prends pas, j'y retrouve ceux que j'ai perdus, laisse-moi mes recoins, mes endroits étranges, ma fumée. Laisse-moi m'agiter et serrer les poings, me retourner, laisse-moi taper dans le vide, baver un peu ou pisser au lit, j'ouvre parfois les yeux et je les referme pour y retourner, quand je bois et j'aspire avant de dormir, c'est encore plus fort, c'est violent, c'est coloré, ça coince, ça recommence. Laisse-moi ne pas trouver la sortie, m'obstiner, laisse-moi croire que c'est vrai même quand c'est triste.

Je t'en prie ne les enferme pas dans ta grotte dans ta boîte à chaussures. Ô ma reine ma bonne reine.

Mohamed-Ali est tout seul, c'est un anniversaire dont il est le seul à se souvenir, il est le seul à le connaître encore, alors il se rappelle et il scande pour lui-même :

Mon père est un enfant terrible
J'aime jouer avec lui
Il aime aussi
Il est vraiment triste quand il perd
J'ai peur de ses colères soudaines
Je l'aime et je le crains
Ses colères se déclenchent et elles ne tarissent pas
Elles explosent et elles rebondissent
Elles cascadent et elles éclaboussent
Chaque mot que je dis est un rocher qui accélère son cours
Mon père me prend dans ses bras
Ils sont longs et larges
Il m'enveloppe et je tremble
Parce que tout bascule en peu de temps

Il joue et il rit
Ou alors il a les yeux dans le vide
Je parle il n'écoute pas
Je saute
Je le tire par le bras
Et soudain il me parle de près
Il me tient par le col
Il me jette
Je vole
Il me jette
Je tombe
Je me ramasse
Ça ne lui suffit pas
Il revient à la charge
Il répète
Il serre fort mon oreille
Il crie
Il serre fort mon cou
Parfois il tape
Pas souvent
Parfois il tape fort
Rarement mais ça existe
Je me roule en boule
Je pleure il me dit d'arrêter
De ravaler mes larmes
Il essuie mes yeux gonflés
Puis il colle son visage au mien pour vérifier
Il scrute l'humidité
Il me prend par les épaules
Il me jette
Il me pointe du doigt

Je l'aime
Il me dit des mots méchants
Je l'aime
Il me pousse
Je me mords les lèvres
Je ravale ma salive
Je serre les poings
Pour ne pas pleurer
Quand la colère disparaît son visage s'apaise
Ma peur reste.

Le tonnerre n'en finit plus de rouler contre les montagnes, le bruit se propage et s'amplifie, les enfants frémissent, la plupart ont connu des sons pires et ça devrait les soulager, simplement l'orage, mais ça leur rappelle au contraire, ils se sentent petits, c'est puissant l'orage, et ça les dépasse. Il était prévu qu'ils dorment dehors, sous des tentes, pour leur donner un peu de grand air. Tout est annulé. Les éducateurs s'affairent, donnent des ordres aux enfants, il faut plier les tentes, rapatrier tout le monde à l'intérieur, il y a des pluies corrosives, sait-on jamais. Ils ont presque fini quand les premières gouttes tombent, elles sont grosses et chaudes, leur impact soulève des petits cratères de terre. Les enfants se bousculent pour rentrer, ils poussent des cris, ils rient. Les éclairs éclairent soudainement de blanc leurs visages de sceptres à la queue leu leu.

La pluie tombe aussi dans la forêt et ça occupe Darnert de regarder les gouttes depuis l'entrée de la grotte secrète des bergers. La femme-arbre a mis sur ses plaies de la pommade, puis les bergers sont venus le chercher. Ils s'occupent bien de lui, continuent à lui mettre de la pommade, ils lui font boire de bonnes tisanes, il n'arrête pas de pisser et au début ça lui faisait mal. Il cicatrise, il ne boite plus, il a gagné son combat, les gardes forestiers et les charbonniers sont partis. Il a mal cependant de penser à Esclarelys, il aurait aimé qu'elle le libère, qu'elle éponge ses plaies avec une éponge et de l'eau. Il aurait aimé un signe d'elle. Il est souvent seul désormais, les autres bergers ne sont pas traqués, ils rentrent parfois prudemment chez eux. Kylian PetitCœurCouronné veut seulement leur chef, il doit préserver pour les autres bergers les équilibres du village, mais à Darnert il ne pardonnera pas, il est condamné à vivre dans la forêt. La pluie fait goutter les parois de la grotte, ça sent une odeur de terre et de rocher mouillé, une odeur métallique, celle des armes. Darnert sait que pour ceux de son rang la victoire est toujours provisoire et fragile. Il pense à ses bêtes qu'il aimait et qui sont mortes, il pense à Esclarelys, il l'aime aussi, il l'a perdue, il le sent. Il se dit c'est moins définitif. Il n'est pas sûr.

L'eau coule et elle creuse des sillons dans le sol, elle déplace la terre, elle rebondit sur les rochers. Les endroits creux se remplissent et débordent. Les strongues sauvages, les chasseurs, ne sont pas rentrés, ils sentent à peine la pluie qui fait couler leurs peintures de guerre, leurs cheveux sont plaqués et dégoulinent, ils marchent lentement, en file indienne, ils pointent leurs épieux, ils se tournent parfois brusquement vers une ombre, un mouvement, ils ont des gestes saccadés et violents.

L'eau ne trouble pas le cours lent et majestueux des éoliennes, elle fait sur elles un bruit métallique, leurs pales fouettent les gouttes sans dévier leur rotation éternelle.

La-Petite-Elle-Veut-Tout-Faire-Toute-Seule est assise sur son lit, on l'entoure, on la tresse, elle demande de l'eau et on lui apporte de l'eau, elle demande à manger et on lui apporte à manger. Elle n'a pas besoin de tant parler parce qu'on lui propose. Elle s'est fait graver sur la peau un deuxième tatouage, sur le bras, un arbre dont les racines s'étendent sur sa main.

Les bois comptent d'autres dieux. On associe, en grec ancien, le noyer, *karya,* aux Kères, divinités apparentées aux Furies, qui hantent les champs de bataille et boivent le sang des mourants. Elles apportent la destruction, conduisent les âmes des morts aux enfers. On les vêt d'un long manteau rougi.

La colonne de fourmis avance au pas de charge, des officières la commandent et laissent leurs phéromones puissantes baliser la terre du sentier. Des soldates bien plus petites mais tout aussi déterminées suivent. L'éclaireure les conduit, elle a repéré un terrain de ravitaillement de termites, ils ont construit au-dessus une fragile carapace de terre, un tunnel les relie à leur termitière. Ils ont pris leurs précautions mais ne sont pas à l'abri des fourmis, des cinq cents soldates dévouées à la chasse qui foncent sur eux.

Les termites travaillent à récolter, sous la carapace de terre, les feuilles et les écorces qui leur serviront à nourrir leurs champignonnières. Il fait frais dans la cavité ainsi créée, les ouvrières s'activent, découpent en morceaux petits et transportent, en file indienne, jusqu'à la termitière, bien plus loin.

Les fourmis arrivent à proximité, elles s'arrêtent, se regroupent. Les antennes des officières frémissent, leurs mandibules claquent dans le vide. On ne sait quel signal les dirige mais elles se précipitent toutes en même temps à l'assaut de la carapace qui protège les termites. Elles sont rapides et puissantes, elles ouvrent de terribles brèches par lesquelles s'engouffrent les soldates.

Les soldats termites se sacrifient pour sauver les ouvriers, ils coupent des pattes, des antennes, ils tranchent des bouts de fourmis, mais ils doivent se mettre à plusieurs sur une seule, elles se débattent, ils sont ridiculement agrippés et elles secouent leurs pattes, d'autres viennent à leur rescousse, elles les décrochent, certaines fourmis meurent mais ils sont submergés, attaqués de toutes parts, les soldates fondent sur les ouvriers, certains ont réussi à fuir par le tunnel mais il en reste, ils sont pataudss, ne savent pas s'ils doivent lâcher leur cargaison. Ils se font découper et meurent sans avoir rien compris. Le noir des fourmis, la couleur miel des termites, se mêlent terriblement, c'est une peinture mouvante de carnage.

Le combat a été rapide et féroce, il s'arrête net faute de combattants termites, tués ou en fuite. Les fourmis ne s'attaquent pas à la termitière, trop bien protégée, mais elles ont mis à terre assez de termites pour garnir les réserves de la colonie. Dans l'air flottent des relents d'acide formique, sur le sol reposent des membres et des corps détachés, des insectes recroquevillés.

Les officières ramassent les termites morts, elles sont capables d'en porter plusieurs à la fois. Elles font aussi le tri entre les soldates blessées et irrécupérables, elles sentent les signaux de détresse émis, elles portent les premières dans leur bouche jusqu'à la fourmilière, elles ne les abandonnent pas sur le champ de bataille, elles les sauvent.

Les blessées sont prises en charge, enduites de salive, leurs plaies nettoyées à l'acide formique, on leur enlève les mandibules de termites, les têtes de termites encore prises dans leur corps, on leur donne les restes de leurs adversaires à manger, on les requinque. Les fourmis soignantes lèchent ou pulvérisent selon la gravité de la blessure, selon le risque de maladie ou de contagion. Elles sont des cellules, elles sont les mini-corps d'un grand corps prêt à sacrifier ou à régénérer.

La colonne de chasseuses a été efficace. Elles se reposent. Elles repartiront en chasse demain. Peu leur importe le terrible fracas des hommes et des enfants.

Partie II
LES VRAIS SUPERMUSLIM

« Je ne sais pas combien de temps j'ai couru. Je me suis retrouvée sous les arbres. Je me suis arrêtée quand je ne pouvais presque plus respirer. J'ai regardé en arrière. Je devinais encore la longue haie broussailleuse où je l'avais laissée, la route en retrait. Quelque chose en moi refusait de partir. Longtemps, je me suis tenue là, à la lisière, le cœur battant comme si sa silhouette allait brusquement apparaître sur le plateau et me rejoindre. Rien de tel ne s'est produit. Plus tard, je ne sais pas comment, je me suis retrouvée dans la forêt. »

Olivia Rosenthal, *Mécanismes de survie en milieu hostile*, Verticales, 2014

Le minibus cahote sur le chemin en terre, il y a des enfants qui crient *Olé* et d'autres répondent *Vos Gueules* et d'autres encore toussent, les plus malades, Le Mat, lui, ne dit rien, mais il serre la main de la petite à côté de lui, elle serre fort elle aussi, ils sont mêmement embarqués et cette pression réciproque vaut plus que maintes paroles, ainsi ils partagent l'angoisse et l'espoir, ils s'accordent, le hasard qui les a placés sur ces sièges voisins est heureux. La petite a un teint de fantôme et après tout ça n'en ferait qu'un de plus parmi ceux qui rôdent dans ces têtes d'enfants. Sa pâleur verdâtre tient de l'hérédité ou de la maladie, Le Mat ne sait pas, simplement elle tranche l'obscurité du véhicule, il se demande la couleur de son sang.

Ils arrivent aux Enfants de Melkisédek en fin de journée, quand les ombres s'étirent, celle du bâtiment semble rejoindre les bois et c'est la première impression du Mat, une maison qui appartient à la forêt, elle en est possédée, une langue noire la rattrape et l'engloutit. Les enfants sortent du véhicule, ils se dégourdissent en moulinant, des bras et des jambes, ils font craquer leurs os, ils montrent des figures impassibles aux pensionnaires alignés devant la Colonie, bras croisés, têtes doucement hochées en guise d'accueil. Il y a quelques adultes, ils ne portent pas encore de noms, mais Le Mat apprendra, il y a La-Femme-Quand-Elle-Rigole-C'est-Une-Cascade en tout premier lieu et derrière elle, la seule largement souriante, La-Femme-Quand-Elle-Parle-Elle-a-Les-Yeux-Qui-Brillent, et puis encore un peu en retrait L'Homme-Il-Sait-S'Amuser-Avec-Un-Bout-De-Craie.

Les pensionnaires sont là depuis à peine plus longtemps qu'eux, pour certains, mais ils portent déjà l'air je-sais-comment-ça-marche-ici, un air supérieur, un air je-vais-t'en-faire-voir-igo. Le Mat fait l'air de rien, il ne peut pas en baver plus, il se dit. La directrice a préparé un discours de bienvenue, elle raconte le soleil, la lumière, l'air et la forêt, tout pour guérir, panser les plaies de la maladie et les plaies de la guerre. Ensuite on les déshabille, comme d'habitude ça en fait rigoler certains, de voir les deux trucs du Mat, qu'on ne sait pas très bien s'il est garçon ou bien fille, il s'en fout il ne dit rien, et puis on les passe dans une cabine de poudre qui désinfecte, exactement comme avant de monter dans le minibus. Ça fait tousser même ceux qui ont encore de bons poumons et ensuite on les nettoie au jet d'eau, on les sèche et on leur donne de nouveaux vêtements.

Le premier a un casque de motocross et il l'enlève, l'autre un chèche enroulé, laissant seulement la place pour les yeux, mais il n'y a pas d'yeux, des lunettes de soleil seulement, de style aviateur bien qu'il soit sur une moto. Celui-ci rabat un peu son chèche au-dessous de sa bouche une fois descendu de la moto. Ils sont deux sur la même, ils sont arrivés en petite pétarade, personne ne les a remarqués vraiment, deux voyageurs barbus, carrés, vêtements amples. Ils entrent discrètement dans le village, ils posent leur moto dans une rue et ils se promènent, ils passent et repassent, parfois ils s'arrêtent et regardent on ne sait quoi. Ils ne parlent pas beaucoup, ni aux autres ni entre eux, quelques regards et ils se lèvent ensemble ou s'arrêtent ensemble. Celui qui a le chèche marche devant. Ils achètent quelques légumes au marché. Deux poulets vivants, ils les mettent dans un panier en osier. Ils ont de l'argent pour payer. En fin de journée ils remontent sur leur moto et repartent. Ça commence de cette façon.

Deux jours après ils reviennent, les mêmes sur la même moto. Une belle moto tout-terrain qui laisse des ornières dans la terre si on lui donne du bon carburant. Ils la posent dans un autre endroit, une ruelle, ils recommencent leur arpentage. Ils reprennent des légumes, du poulet. Ils parlent avec des villageois. Peut-être qu'ils en connaissent. À une certaine heure ils sortent de leurs sacs à dos des tapis et ils les mettent sur la place centrale, ils s'agenouillent et ils prient. Ils le font rapidement, efficacement, ils prient et ils psalmodient. Puis ils remontent en selle et ils repartent avant que les hommes-guerre de Kylian PetitCœurCouronné n'aient eu le temps de venir voir.

Le premier repas à la Colonie, les nouveaux sont ensemble, tous à la même table, ils mangent en silence, les yeux des autres enfants plantent leurs dos et leurs nuques, les contournent pour scruter les faces, de temps en temps une main devant une bouche, un chuchotement et un rire. Le Mat tient sous la table la main de son amie, tous deux regardent leur assiette et ils dévorent, ils n'avaient pas mangé autant de tout le chemin.

Le repas fini les adultes s'en vont et les nouveaux restent sans savoir quoi faire, sans oser bouger. Les autres enfants les entourent. On les pousse, on les regroupe sur un seul banc, petit troupeau assis. Les autres prennent leur temps, pour mieux impressionner, ils posent leurs fesses lentement, ils ne sourient pas, ils ne les touchent pas mais ils sont une présence menaçante. On entend seulement les roues qui grincent, les béquilles, quelques toux. En face du petit troupeau s'installe une grande fille et plusieurs enfants l'entourent. Une autre se place derrière elle et recoiffe les tresses qu'elle porte longues et serrées. Elle attend encore un moment et commence à parler, elle se nomme Onyx, elle dit, et autour d'elle Brille et Destiny-Bienaimée, Espoir et Trogne, et bien d'autres encore, tant que Le Mat mélange, il veut retenir, car pouvoir nommer, pouvoir désigner, est un atout, mais il ne retient pas. Elle dit ici c'est un nouveau monde, et vous aurez un nouveau nom, et c'est moi qui le donne. C'est moi et personne d'autre et ce droit je l'ai conquis, et je me suis nommée moi-même, Onyx. Et si ça vous va pas c'est comme ça, la forêt est par là, allez et crevez seuls. Chassez comme les enfants sauvages qui nous ont quittés.

Les enfants qui l'entourent rigolent, elle se permet un sourire bref et crispé, elle reprend et elle désigne les irradiés, tous serrés les uns contre les autres, elle montre du doigt, Tchernobyl, Fukushima, Hiroshima, Nagasaki, Fessenheim, et puis elle dit les gars vous êtes trop nombreux, on va manquer de centrales et de bombes pour vous désigner, un grand touffu derrière elle crie, moi j'en connais d'autres, elle se tourne, place sa main devant sa bouche, puis elle dit au dernier toi tu seras Soleil.

Elle a d'autres idées en tête, elle montre un gamin qui joue, de son pied, avec une boule de papier, elle dit toi tu seras Chyen-Boul, celui qui fait de tout un ballon, on a déjà Chien tout court, ça fait presque une meute, et puis vous, les poupées, vous serez Petite-Jolie, Petite-Rigolote, La-Plus-Sage, et Le Mat frémit, parce qu'elle arrive à son amie, elle semble hésiter un peu, et puis doucement, toi la petite si blanche-verte, tu as un teint de fantôme, tu me rappelles tous ceux qui ont disparu, tu seras Petite-Opaline. Tu as de petites mains, délicates, et comme je suis Onyx, tu viendras me tresser, Petite-Opaline et Onyx, des pierres complémentaires. Elle continue, toi je te donne un nom de princesse, Rose-Bouledeneige, profite de cette chance, et toi petite on a envie de tout te dire, tu seras Confidence, et à un garçon, toi tu seras Cœur-Vaillant, si tu es intrépide, et sinon on changera, en Cœur-Mouillé. Il reste Le Mat, elle plisse son front, elle réfléchit, il ne lui laisse pas le temps de parler, il aspire de l'air courageux et il dit moi j'ai déjà un nom, je le garde, je suis Le Mat. Il y a des anciennes qui tchipent, Petite-Jolie et Cœur-Vaillant-Cœur-Mouillé à proximité s'écartent de lui, effrayés, seule Petite-Opaline lui serre bien fort la main.

Onyx fait des gros yeux, elle croise les mains sur son torse, elle a un arbre dessiné sur la peau, il pense qu'elle pourrait l'écraser, ou dire à ceux autour de lui de l'écraser, mais elle se moque, elle dit, toi tu es Le Mat, mais tu es moins mat que moi, ou bien alors, tu es de sombre tempérament, elle a un gros rire, les autres rient aussi, tu veux être Le Mat, sois Le Mat. Et puis elle s'approche, elle lui parle tout près, moi si je t'avais nommé, tu serais le-garçon-il-est-beau-comme-un-dieu.

Et puis elle claque des mains, on va répartir les nouveaux par dortoir, dans le mien je prends Petite-Opaline, Petite-Jolie, Fukushima et Le Mat.

Le grand échalas touffu se lève aussi, il a encore grandi depuis le début du livre, Onyx s'assoit, les anciens crient Mohamed-Ali, il sourit, il ouvre grand la bouche, et il scande :

Capuche il fait froid dehors tu réchauffes
Capuche il y a du bruit dehors tu affaiblis
Capuche tu te sens seul tu réchauffes
Capuche les lumières sont vives tu fais filtre
Capuche les gens sont méchants tu réchauffes
Capuche le soleil tape tu ramollis
Capuche la nuit tape tu réchauffes
Capuche tu couvres tu protèges

Capuche j'ai peur cache mon visage
Capuche je suis laid cache ma face
Capuche je veux faire peur je te mets
Capuche j'ai trop de tifs ça ne rentre pas
Capuche toi tu es mon kiff
Tu es ronde et sombre
Tu ressembles à la lune
Merci capuche.

Darnert est caché, allongé sur le sol, la terre le gratte, l'herbe le chatouille. Autour de lui trois autres bergers, tout aussi allongés, tout aussi attentifs. Quand on l'a appelé pour voir la troupe qui a investi la forêt, il a cru à la milice de Kylian PetitCœurCouronné, il a craint un moment que le préfet n'ait fait venir des soldats gouvernementaux, mais le gouvernement provisoire n'a pas les moyens, sauf si c'était pour protéger les mines de charbon. Elles sont loin d'ici.

Il se souvient des invasions bourguignonnes, et les bandes de pillards de l'époque ont peu à voir avec la troupe qui s'organise sous ses yeux. Les hommes sont barbus, leurs pantalons sont courts, certains portent des tuniques, d'autres des treillis. Ils arrivent à moto ou sur des quads, il y a aussi des pick-up équipés, à l'arrière, d'une mitrailleuse. Ils plaisantent et chahutent, dépassements, roues arrière, ça fait de la poussière et du bruit. Ils s'en foutent, ils sont loin du village. À un moment donné un chef donne un ordre, ils arrêtent les véhicules. Ils rangent précautionneusement une charrette dans laquelle est placé un bras en métal, articulé.

Puis ils sortent de petits tapis, s'agenouillent et leur chef lance des prières, ils se prosternent, ils répètent, ils psalmodient. Seuls quelques-uns se tiennent à l'écart, kalaches bien en évidence et yeux aux aguets. Un des bergers chuchote à l'oreille de Darnert, il n'entend pas, l'autre répète, un peu plus fort, ce sont des vrais supermuslim. Darnert hoche la tête. Il est impressionné par leurs armes. Ils ont aussi des captifs, des hommes et des femmes.

Ils s'affairent, montent de petites tentes. Les captifs cuisinent pour eux, creusent des tranchées autour du campement. Les vrais supermuslim sont par petits groupes, ils discutent, quand la nuit tombe, ils regagnent leurs tentes, certains emmènent des captives. Darnert repart, il indique à deux bergers de rester là, toute la nuit, pour surveiller. Darnert ne sait pas quoi penser alors il vaut mieux dormir, il retourne à la grotte.

Le lendemain, au réveil, un des bergers laissés sur place le réveille, il arrive avec une captive, elle a profité de la nuit et du sommeil de ses tourmenteurs pour s'enfuir de leur tente, elle a échappé aux gardes qui ont tiré, ils l'ont blessée. Elle est mal en point, mal nourrie, les yeux tristes, elle a des plaies et des bleus, elle a le ventre abîmé, les seins abîmés, la schneck abîmée, elle tremble et elle pleure. Darnert lui pose des questions, elle a du mal à faire de vraies phrases, elle dit l'émir, elle dit les vrais supermuslim, elle dit ils vont s'emparer du village.

Darnert la laisse sous une couverture, il prend à part ses bergers. Elle va rien nous dire de plus, il dit Darnert, elle est finie, on peut pas la garder. On peut pas la soigner ? il dit un des bergers. On peut pas, il répond Darnert. Il dit vous inquiétez pas, c'est moi qui vais le faire, elle va s'endormir doucement. Il sort une bouteille de rhum et son couteau. Et on fait quoi alors pour les vrais supermuslim, il demande encore, l'autre berger. On fait rien, qu'est-ce que tu veux faire ? On prévient nos familles, on les fait partir du village.

Les bergers sont mal à l'aise, ils détournent la tête. Darnert fait boire la captive, il la fait boire beaucoup, elle ne veut pas au début et ça coule autour de ses lèvres, il l'essuie et il continue. Finalement elle s'endort, toujours en tremblant, puis il la porte loin dans la forêt, il lui coupe doucement la gorge, il creuse un trou, il la pose dedans, il rebouche.

Il change d'habits, il se fait propre, il met sa toque de loup. Il se dirige vers le village. C'est dangereux mais il veut prévenir Esclarelys.

Ils ont des accents différents, ils ne parlent pas tous la même langue, ils finissent par se comprendre, ils sont plutôt jeunes, en général, ils ont des couleurs de barbes, des teintes de peau, différentes, mais ils portent les mêmes vêtements, la même tunique ample au-dessus des chevilles. Ils s'en foutent du gouvernement provisoire, des Bourguignons, des maîtres des forges et des charbonniers. Ils prient ensemble quand ils peuvent, à genoux, ils se prosternent dans la même direction. Ils disent Dieu est le plus grand, ils le répètent, ils ont le sourire quand ils disent ça, ils sont solennels, ils se rengorgent de ces mots, ils les disent sérieusement, ils les disent joyeusement.

Ils obéissent aux émirs, à l'émir des émirs, ils veulent instaurer sur terre le califat, ils en vénèrent un, de calife, il est loin, il est caché, chaque bout de terrain libéré, pour eux, est un califat en soi, est un lieu où faire régner la Vraie Loi de Dieu, la Vraie Foi.

Ils n'ont pas peur de mourir, ils aiment la mort car elle a des bienfaits pour ceux qui croient, elle est l'éternité heureuse, l'éternité délicieuse, si les balles les touchent, c'est que Dieu le veut.

Ils veulent une épouse ou plusieurs épouses s'ils peuvent les entretenir, mais ils ne se consacrent pas à la vie sur terre, ils préfèrent la vie au ciel.

Ils prient comme il faut prier, ils mangent comme il faut manger, ils font l'amour selon les préceptes, par un seul orifice, ils sont rassemblés par la Vraie Religion, s'ils ont des enfants ils les aiment mais moins que Dieu, ils les aiment mais ils les feront mourir si Dieu veut des martyrs. Ils posent des questions à l'émir, ils posent des questions à l'imam, ils ont les réponses. Au fond de leur cœur ils savent.

Ils craignent Dieu et ils l'aiment, ils craignent leur émir et ils l'aiment, ils méprisent les christian, ils tuent les jew, ils veulent mettre les muslim égarés et les supermuslim trompés sur la voie de la Vraie Religion, sinon ils les tueront. Ils aiment tuer des *kouffar*, tuer un ennemi de Dieu n'est pas un péché, c'est un acte licite.

Ils sont rassemblés par un grand espoir, celui de voir le règne de Dieu sur terre, celui de voir la mère de toutes les batailles, l'affrontement final du bien et du mal, des Vrais Croyants et des *kouffar*, celui de voir triompher Dieu. Ils sont dans le dîn. Ils savent qu'ils vont souffrir, qu'ils vont mourir, mais les souffrances et la mort ne sont pour eux pas des larmes, ce sont des rires, car elles annoncent la vie éternelle pour ceux qui suivent la Voie Droite.

Ils veulent vivre selon la Vraie Loi, la Loi de Dieu.

Ils sont rassemblés, ils sont une force et une armée. Ils ont un bras reliquaire et le doigt sacré du premier martyr, ils ont des armes et des munitions, des pick-up et des motos, ils ont des prisonniers et des esclaves, et ils en jouissent comme bon leur semble.

Ils sont puissants car ils sont au service du Tout-Puissant.

La fois d'après, plusieurs quads arrivent en même temps par plusieurs entrées de la ville. Les hommes sont habillés en noir, leurs visages sont masqués. Ils font des roues arrière, ils crient fort des prières et puis ils tirent en l'air. Ils se rejoignent devant la petite maison de dieu des muslim, ils criblent la façade de balles, l'un d'eux descend, tague à la bombe de peinture *mauvais croyants*, ils remontent, font la même devant la maison de dieu des christian, ils inscrivent : *idolâtres*.

Les miliciens ont plus de temps pour s'organiser cette fois mais Grâçadieu est prudent, il craint le piège. Ses hommes avancent groupés, ils se cachent derrière les coins des maisons, derrière les colonnes. Quand le cortège bruyant repart, ils tirent dans leur direction, les autres répliquent, mais ils ne les poursuivent pas, ils laissent filer.

Kylian PetitCœurCouronné se rend sur les lieux, il est furieux, à ses côtés le maire et Diab-en-Personne, il l'a exigé, son fils a un petit sourire narquois sur la face, le père ne comprend pas pourquoi, il ne cherche même pas. Kylian PetitCœurCouronné a les mains sur ses colts, il caresse les crosses, ça le calme, il a une voix froide quand il ordonne à Grâçadieu, au maire, à Diab-en-Personne, de mettre tous les miliciens au service du village, de surveiller les entrées, tenir des barrages. Il faut aussi protéger les mines, ceux qui y travaillent dorment sur place, dans des tentes ou des baraquements. Pour éviter les problèmes, ils rentreront au village une fois par semaine, tous ensemble, en convoi protégé.

Il ne veut pas prévenir le préfet, il ne sait pas qui sont ces hommes, ce ne sont pas les bergers, il se dit, ils sont spectaculaires mais peu nombreux. Il ordonne qu'on arrête quelques supermuslim, pour les interroger. Il demande au maire de le faire, puisque c'est un muslim.

Darnert arrive par le haut du village, il sort directement de la forêt, par le tunnel de végétation qui arrive dans la cave de sa mère, il évite ainsi les barrages installés sur les routes. Dans sa rue il n'a pas peur, les voisins le connaissent depuis tout petit, et aucun milicien ne le pense assez fou pour venir ici alors qu'il est recherché. Il ignore cette triste vérité des fuyards toujours repris. Il a de la chance, pourtant, parce que deux jours avant encore, un homme était caché, en faction, derrière un muret où a été creusée une meurtrière. Pour surveiller devant chez sa mère, pour l'attendre. Mais Darnert n'est plus la priorité, l'homme a été appelé aux barrages.

Darnert embrasse sa mère, elle est très inquiète, elle est très fatiguée, heureuse de le voir malgré tout. Elle lui dit ça te perdra, de venir me voir, ils savent, ils te guettent, et il n'ose pas lui répondre que c'est Esclarelys qu'il vient voir. Il ne propose pas à sa mère de partir, elle est trop vieille, elle ne quittera jamais cette maison. Il la prévient tout de même, une bande armée, dans la forêt, elle en a vu d'autres, elle a vu passer les Bourguignons, les forces du gouvernement, elle a perdu son mari, le père de Darnert, sous les drones, elle n'a pas peur.

Darnert ne repart pas par son tunnel végétal mais par l'entrée principale, il sort dans la rue, escalade le mur de la maison d'Esclarelys. Il regarde par la fenêtre, ses parents ne sont pas là, sans doute dans leur échoppe, il grimpe à l'arbre qu'il connaît bien, la branche mène à la fenêtre de sa chambre, il tape doucement. Elle est bien là, sur son établi elle peint avec ses mains et elles sont colorées de teintes multiples, une œuvre à pâte épaisse qui explose dans tous les sens. Elle ouvre quand même la fenêtre, elle porte seulement une ample chemise qui descend à peine sous ses fesses, les manches retroussées pour ne pas les salir. Elle ne l'a pas vu depuis des mois ou des années, il ne sait même plus, elle ne sourit pas, elle se dérobe à son baiser, elle lui demande ce qu'il veut, nulle joie en elle de voir le berger blessé, le berger humilié, de nouveau face à elle, sa belle figure retrouvée. Il ne lui reproche rien, il lui explique les hommes en armes, les captifs et les captives, de vrais supermuslim, sans doute, il lui dit tu devrais être terrifiée, moi je n'ai pas peur sinon pour toi, viens avec moi, je t'emmène.

Il met ses mains sur ses épaules.

Elle le repousse avec ses avant-bras, tu veux m'emmener où ?

Il remet les mains, je connais la forêt, je connais les grottes.

Elle avance sur lui cette fois elle colle sur sa poitrine ses mains peinturlurées, elle dessine de nouveaux motifs sur ses habits à chaque mot qu'elle dit, me prends-tu pour un animal, crois-tu que je sois destinée à vivre dans une tanière, me prends-tu pour une ourse, ou bien pour une louve ?

Il ne dit rien.

Je t'ai demandé de m'emmener loin, et toi tu veux m'enterrer, veux-tu que je me nécrose, veux-tu que je pourrisse, veux-tu me tuer ?

Elle lui dit je ne viendrai pas avec toi, tu ne proposes rien, plutôt mourir, mais tu es venu jusqu'ici, tu m'as dérangée, tu me dois une dernière danse.

Elle ôte sa chemise, elle ôte les frusques de Darnert, il est nu devant elle maintenant, il pleure,

Elle dit j'aurais voulu peindre ton corps, elle y trace avec la peinture qui reste sur ses mains de grandes traînées, des lignes qui s'achèvent d'un coup, elle martèle des points, elle frotte ses joues et les larmes dessinent leur chemin.

Puis elle saisit son sexe et l'agite fort, elle le remue, elle arrête brusquement et elle le met à genoux, elle prend sa tête, la place entre ses jambes à elle et elle agrippe ses cheveux, elle lui dit vas-y, plutôt que chialer, fais-moi un peu plaisir, et puis va-t'en.

Il obéit, il remue la langue du mieux qu'il peut, et ce faisant il essaye de reconstituer dans sa tête le dernier sourire qu'elle lui a fait.

Il n'y arrive pas bien, il pleure encore plus.

Quand Le Mat se réveille, Trogne est en face de lui. Elle le surplombe de son fauteuil, et tout de suite il s'inquiète, Petite-Opaline a disparu.

T'inquiète pas, elle lui dit Trogne, elle est avec Onyx, elle la tresse. C'est leur moment à elles, laisse-les.

Le dortoir n'est pas vide, certains enfants dorment encore, d'autres se réveillent doucement.

T'as une famille, elle demande Trogne.

Le Mat ne veut pas répondre à cette question. Elle s'en fout qu'il réponde.

Moi j'ai une famille, elle dit.

Il ne répond pas. Il a l'œil mauvais.

Elle est ici ma famille.

Ici ? Il ne peut pas s'empêcher de dire, il est trop étonné.

Ici, elle tape sur sa poche.

Il s'assoit, il voudrait se lever, trouver Petite-Opaline.

Elle sort des bouts de papier, elle lui montre des personnages découpés dans de vieux journaux, de taille différente, il y a des hommes et des femmes, elle lui présente maman et papa, ses frères et ses sœurs, elle a aussi des cousins, des oncles et des tantes.

Elle dit c'est ma famille de papier, c'est ma petite famille, je les aime. Elle les remet dans sa poche, précautionneusement bien qu'ils soient tout froissés. Ils me protègent et je les protège.

Le Mat veut vite se lever, conséquemment sa tête tourne, il s'agrippe aux poignées du fauteuil, Trogne proteste, je peux y arriver seule, tu sais. Elle le guide vers le réfectoire, Onyx trône, Petite-Opaline la tresse, elle fait doucement avec ses petites mains et Onyx l'encourage à tirer un peu fort. En voyant Le Mat et Trogne elle leur sourit, elle leur dit prenez-vous quelque chose à manger, ensuite on va visiter et puis on va explorer.

Les enfants arrivent par petits paquets, à leur rythme, aujourd'hui pas de leçons à la Colonie, c'est comme ça après une arrivée, on laisse aux enfants le temps de s'acclimater, de se familiariser avec le lieu. Depuis la fin des bitches et des strongues il y a moins de bagarres, tant que c'est Onyx qui commande. Les éducateurs laissent faire, ils ne veulent pas interférer dans les rythmes propres des enfants, il est important pour eux de recréer leur microsociété, avec des règles, des rapports de force, simplement il faut éviter que ça dégénère. Franck-Ribéry et La-Femme-Elle-Est-Costaud ont proposé des activités sportives, des petits jeux, Onyx a décliné, elle a dit merci on se débrouillera seuls.

Maintenant elle a pris les nouveaux, il y a aussi Destiny-Bienaimée, Mohamed-Ali, Trogne, Espoir, Brille,

Peur-Prudence. Le Mat a repris la main de Petite-Opaline, ensemble ils découvrent le potager, la machine à carburant, les champs de maïs et le champ d'éoliennes. À cet endroit ils font une pause et sortent des sacs biscuits et rhum arrangé, il y a un joint qui tourne, Le Mat se sent bien, il se détend, Petite-Opaline est toujours aussi blanche-verte mais elle sourit, elle aspire de la fumée et elle blanchit-verdit encore mais elle rigole, ils rigolent tous. Les plus stone s'allongent, ils voient des trucs dans les nuages, Trogne a chopé sur la route, sur le mur où les mickeymouse méchants sont peints, ses petites souris et elle les libère, elle leur dit allez, courez, amusez-vous.

Petite-Opaline s'endort, Petite-Jolie s'endort, Fukushima dort, Petite-Rigolote fait des pitreries, Rose-Bouledeneige danse lentement et elle fait de drôles de mouvements avec ses bras, Chyen-Boul a chopé un ballon et il joue, il jongle, il dribble les éoliennes et c'est facile mais il est content. Beaucoup font la sieste et Brille grimpe en haut de l'éolienne, Le Mat le suit, il ne regarde pas en bas, ils arrivent sur la plate-forme, ils se serrent, ils regardent tout autour, d'abord sans parler, et puis Brille lui demande si c'est vrai qu'il a deux trucs entre ses jambes, il dit oui, si c'est un garçon ou une fille, il lui dit je sais pas trop, c'est quoi un garçon, c'est quoi une fille, je suis Le Mat, je suis un enfant, je suis comme je suis, je suis les deux, un garçon et une fille, c'est quoi ta question. Brille insiste, mais comment tu pisses, je pisse assis, c'est tout. J'ai pas honte tu sais je m'en fous, et peut-être j'aurai des seins et peut-être j'aurai de la barbe, il se lève sur la plate-forme, il fait face au vent, il se déshabille, il a les bras en croix, et il renverse la tête, il fait des cris de loup, les autres en bas, inquiets, se réveillent, puis referment les yeux. Brille se met debout aussi, il enlève son haut, au bout d'un moment ils ont un peu froid tous les deux à cause du vent alors ils se plaquent contre le métal chauffé par le soleil.

D'en bas Onyx leur fait des signes, il faut descendre, elle les emmène en forêt. À la lisière elle leur dit faudra pas avoir peur, je suis là, faudra me suivre, faudra faire ce que je dis. Les petits sont impressionnés, Petite-Opaline se serre contre Le Mat, les arbres et les buissons sont serrés, il fait plus sombre, il y a des épines et des petites bêtes, ça gratte. À un moment donné un arbre qui ressemble à tous les autres, mais Onyx s'arrête, elle tire une corde, il y a une échelle qui descend, ils montent tous, on pousse d'en bas les fesses des plus petits qui hésitent, Fessenheim se casse la gueule et quand il se lève il a de la terre, des feuilles et des aiguilles, Espoir dit finalement tu es mieux comme ça, frérot, et tous les enfants se tapent des barres, ils frappent leurs cuisses, Chyen-Boul roule par terre, ils en font trop parce qu'ils ne sont pas rassurés et ça fait du bien.

Onyx leur fait visiter la cabane mais quand Espoir veut ressortir les bouteilles et les joints, elle refuse, elle dit on a encore du chemin à faire, ils descendent. Ils marchent encore un bout de temps dans la forêt, par des sentiers dissimulés que seule Onyx semble connaître. Enfin ils arrivent près d'une paroi de pierre, et là elle s'arrête, elle leur dit faut pas avoir peur, je vais vous présenter la femme-arbre, c'est ma reine, c'est la reine de la forêt. Ils ne savent pas à quoi s'attendre et quand elle vient elle semble sortir de la pierre elle-même, les enfants ne reculent pas, ils sont fascinés, les irradiés ont trouvé plus difforme, les estropiés plus abîmée, mais sa laideur est majestueuse, elle est végétale, plus qu'humaine, ses nœuds sont autant d'étoiles de bois, ses branches se développent infiniment, elle avance d'une lenteur incroyable et déterminée.

Onyx s'approche d'elle et prend ce qui a été sa main, elle la caresse, la reine-arbre dit des mots depuis le trou de sa bouche mais ils sont difficiles à comprendre, c'est un souffle, Onyx penche son oreille et elle traduit, elle explique, bienvenue dans la forêt, la reine-arbre est heureuse de vous voir, elle a du mal à bouger, elle avait la force d'un chêne mais ses forces la quittent, elle tremble, ainsi que font les saules au bord de l'eau, elle persévère même si ses pas sont lourds, elle partira bientôt, sans doute, mais vous êtes la sève, vous êtes la vie, les plus abîmés, les plus laids, les tristes, vous êtes ceux qui grandissent, ceux qui rêvent, ceux dont les cauchemars s'achèvent, ceux qui peuvent recommencer, ceux qui prennent la suite. Elle leur dit, et Onyx répète, vous êtes beaux.

Alors les enfants se rapprochent, un à un, ils la touchent, ils la câlinent, ils l'entourent de leurs histoires, ils lui disent des secrets, ils cachent leurs nez dans ses anfractuosités, ils y déposent leurs larmes minuscules, leur morvelle, la salive de leurs rires. Ils sont plusieurs autour d'elle, sur elle, ils caressent les mèches de ses cheveux qui persistent. Elle passe autour d'eux, tant bien que mal, ses bras, elle tourne la tête en fonction de qui la sollicite, elle est débordée mais depuis longtemps elle ne s'était pas sentie aussi bien. Elle n'oublie pas son mal qui est toujours là, qui la tourmente sans cesse, elle y ajoute ces petits bonheurs, elle se dit si je n'étais pas malade, je les ferais sauter dans mes bras, mais si elle n'était pas malade tout ça n'aurait pas lieu.

Soudain les enfants se figent dans ses bras, ils ont peur, Onyx se dresse sur ses jambes et serre les poings, les strongues sauvages déboulent et leur farandole est féroce. C'est devenu une habitude les échanges entre eux et la Colonie, depuis qu'ils n'y viennent plus du tout, qu'ils habitent la forêt.

Ils brandissent leurs épieux au bout noirci, ils sont à peine habillés, peinturlurés de boues multicolores, leurs cheveux sont secs, durs et mêlés, deux d'entre eux, Tricératops et Toc-Toc, portent un chevreuil mort accroché par les pattes à une branche solide. Ils tournent plusieurs fois en courant autour de la femme-arbre et des autres enfants, puis Kevin-Prince se plante en face d'Onyx, un autre strongue sauvage, le garçon raide, est à ses côtés, il tente l'air menaçant mais ses frusques le rendent pitoyable et effrayant à la fois. Il a plus de voix que la femme-arbre mais il semble avoir oublié les mots, les avoir mélangés dans une langue-bouillie. Onyx comprend, elle répond doucement, il lui tape dans la main. Elle donne des ordres et Brille, Espoir, Peur-Prudence, Destiny-Bienaimée, sortent des sacs qu'ils avaient portés sur leur dos quantité de nourritures diverses, volées dans les cuisines. Il y a aussi des bières et des rhums arrangés. Kevin-Prince s'attarde devant chaque mets, il regarde et parfois il désigne. Il fait son choix pour les strongues sauvages, le prix du chevreuil qu'ils ont chassé. Puis ils découpent la bête en fines tranches, que les enfants de la Colonie placent dans des récipients remplis de sel, pour sécher la viande. Ils les mettent dans la grotte de la femme-arbre, elle en gardera une partie pour elle. Ils récupèrent la viande déjà séchée, de la fois d'avant, la placent dans les sacs vidés de leurs victuailles.

Les strongues sauvages font une dernière farandole, ils disparaissent ensuite dans la forêt, Onyx rassemble sa petite troupe, il est temps de rentrer à la Colonie. Les petits nouveaux sont fatigués, certains montent sur les épaules des grands, mais Le Mat tient à marcher, et il garde au creux de sa main celle de Petite-Opaline.

Brille se dit qu'il aime Onyx et c'est un sentiment qui galope, il ne part pas du cœur, il part de l'estomac, il est un lierre grimpant qui s'agrippe à l'arbre, une glycine fleurie, elle déploie ses feuilles et ses spirales, elle fait de l'ombre, ses fleurs éclosent, c'est une étincelle qui crépite, se propage en petit feu dans les herbes sèches, continue en Grand-Incendie ravageur, ne laisse que des cendres, Brille pense à Onyx et il se sent rempli, c'est chaud et apaisant, c'est une tasse de thé bien chaude quand il fait froid, c'est un sommeil calme dans un endroit où il n'y a pas de bombes, se réveiller et savoir qu'on peut dormir encore, et s'endormir encore, c'est ce demi-sommeil-là, ça lui rappelle les câlins de ses parents, oh ses parents, comme ils lui manquent, s'ils étaient là ils lui diraient qu'il est beau, et il serait beau, il murmure Onyx, Noxy, Ynox, Xyno, il joue avec ses lettres, parfois il prononce son ancien nom, celui qu'il ne faut plus dire, il le chuchote, son amour galope, il saute des haies, il ne s'arrête pas aux buissons, aux écorchures, c'est un amour sans peur, c'est un morceau de chocolat qui fond sous la langue,

Il se dit je l'aime et c'est se mettre au soleil, sur un rocher, au bord d'une rivière, ou tout en haut de son éolienne, laisser la chaleur venir sur la peau, s'assoupir doucement, son amour gambade, il fait ses soubresauts, il l'endort puis il ne le laisse pas tranquille, il fait des demi-tours, il roule dans l'herbe, il roule dans la terre, il allume un grand feu de joie dans une clairière, Brille y jette bâton après bâton et les regarde brûler, son amour remplit le ciel, il lui donne de nouvelles couleurs, il donne aux nuages des formes d'animaux tendres,

Il est de la bonne terre, celle dans laquelle on patouille comme si c'était du sable, pour construire des forteresses, des canaux, des collines, celle dans laquelle on plonge avec plaisir les mains,

Mais c'est un amour changeant
Quand il voit Onyx embrasser Espoir
Petite-Opaline la tresser
Destiny-Bienaimée la serrer dans ses bras
Mohamed-Ali lui raconter ses histoires

Alors l'amour lui fait mal à la tête, il lui tire les cheveux, il le vrille et il le tord,

Son amour est un vent de montagne, il pousse et il arrache tout, il renverse les arbres de la forêt, il effraie les cerfs et les biches, les sangliers et les renards se terrent, il fait tomber les oiseaux, il transforme les insectes en poussière, il fracasse les pierres, il fait rugir l'eau des ruisseaux, il s'engouffre dans le moindre interstice, il dévale les pentes, il s'immisce au sommet des arbres et au ras du sol, il fait du froid, il claque les portes et il fissure les murs, il emporte tout ce qui pèse peu, il gronde, il fait peur, il a un bruit de fantôme furieux, de train qui passe,

Brille ne peut plus s'enlever la tristesse de la tête, il a besoin de marcher vite, il fait le tour de la Colonie, il va jusqu'à son éolienne, il grimpe au sommet et il crie, il est trop à l'étroit, il redescend, il marche encore, il est fatigué mais il ne veut pas dormir, il se dit j'aime Onyx mais ça lui fait mal, il court, il ne sait pas où il va, il court.

Il se dit j'aime Onyx et il essaye de retrouver le plein, de retrouver le bien, il se dit je vais dormir et je penserai à autre chose, il ne sait pas quoi faire de ce malheur qu'il a dans le ventre, il se dit si mes parents étaient là, ils lui diraient que je suis beau, ils me le diraient, et je serais beau. Mais ils ne sont pas là, Onyx n'est pas son amoureuse, il en vient à détester les autres et à ne plus s'aimer.

Les demoiselles sont réunies dans une clairière, Darnert et les autres bergers ont revêtu leurs frusques de filles et leur maquillage. Ils ont posé leurs armes, la nuit tombe. Ils allument un feu de bois, ils font cuire des légumes et des bêtes, sur de longues broches. Ils les mangent sans couverts, sans assiettes, simplement en coupant avec les dents.

Darnert met sa toque-loup, il prend une longue torsade de céramique, creuse, il souffle dans un bout et le son produit est puissant, il traverse la forêt, jusqu'à la vallée, les bergers se redressent, ils écoutent. Darnert a placé devant lui ses instruments, il les taille dans le métal ou dans le bois de la forêt. Il y a des flûtiaux de diverses envergures. Des claque-cannes, tuyaux de bois évidés, à l'embout biseauté, une longue encoche symétrique creusée dans deux côtés : on les saisit par le milieu et on tape du doigt le bout non biseauté. Il y a de fines pailles dans lesquelles Darnert souffle pour produire un son vrillant, il subsiste désagréablement à l'oreille, persiste dans les mélodies suivantes. Il frappe sur des tambourins, tendus de peaux diverses. Il remue du pied et du genou une sorte d'accordéon. Il souffle dans d'autres céramiques, des figures de femmes aux seins démesurés, aux fesses protubérantes. Il tourne des assemblages de bois et métaux dont les grincements s'accordent au reste. Il y a de grandes feuilles métalliques qui vibrent longuement et ressemblent au tonnerre.

Et par-dessus, il y a ses pieds qui claquent, il a mis des sabots, il y a sa voix, ce n'est pas une voix si profonde, ce n'est pas une belle voix, c'est une voix tremblante et émouvante, Darnert chante les contes de son pays, il chante sa peine d'amour, il chante la dure vie avec ses bêtes, et il y a aussi des chants dont on ne sait s'ils sont nouveaux ou anciens, des chants de guerre, des chants de luttes perdues ou victorieuses, et encore des chants d'amour. Parfois les demoiselles reprennent les refrains, parfois Darnert se lève et danse lourdement, les autres imitent ses pas dans une transe paresseuse. Parfois ils s'étreignent à deux, ils passent de l'un à l'autre.

La nuit décuple les sons, elle les propage, le grand feu déploie les ombres, les cimes des arbres s'élèvent vers le ciel et bougent avec le vent, tout est déformé, tout paraît immense, le concert des bergers devient une cérémonie gigantesque.

Darnert chante, il chante à pleine voix, il chante cette chanson, une chanson de bergers :

Les garçons sont volages, comme la pluie au vent,
Les filles sont charmantes comme l'or et l'argent.
Amusez-vous fillettes, profitez des beaux jours,
Le temps des amourettes, ne dure pas toujours.

Je suis fillette à plaindre, j'ai perdu mon amant,
Et l'on vient de m'apprendre, qu'il est au régiment.

« Bonjour mon capitaine, bonjour mon commandant,
Donnez-moi des nouvelles, de mon fidèle amant. »

« Ton cher amant la belle, il est bien loin d'ici,
Il est dedans les îles, cent mille lieues d'ici. »

Trente-six jours de marche, y a bien de quoi marcher,
Pour une pauvre fille, qu'y a perdu son berger.

En arrivant aux îles, elle trouva son amant,
Qui faisait l'exercice à la rigueur du temps.

« Tiens te voilà la belle, tiens te voilà ici,
Donne-moi des nouvelles des garçons du pays. »

« Les garçons du village, se sont tous mariés,
Y a rien que toi volage, que tu m'as délaissée. »

« Va-t'en, va-t'en la belle, va-t'en dans ton pays,
Au bout de six semaines, j'y serai moi aussi. »

Au bout de six semaines, l'amant est arrivé,
Croit de trouver sa belle, elle s'était mariée.

Les garçons sont volages, comme la pluie au vent,
Les filles sont charmantes, comme l'or et l'argent.
Amusez-vous fillettes, profitez des beaux jours,
Le temps des amourettes, ne dure pas toujours.

Moufle a reçu de nouvelles prothèses puisque les autres avaient cramé, elles sont moitié plastique moitié métallique, elle peut bouger le pouce comme une pince, c'est nouveau, c'est pratique, et elle a le droit de les peindre dans la couleur qu'elle veut. Elle est à côté du bassin pour ne pas les abîmer. Petite-Jolie et Rose-Bouledeneige lui donnent des conseils, elles disent peins-les en rose, mets-y des fleurs, accroche des bagues. Moufle ne leur répond pas, elle a son pinceau coincé dans sa bouche et elle choisit des couleurs sur sa palette, c'est La-Femme-Quand-Elle-Parle-Elle-a-Les-Yeux-Qui-Brillent qui lui a installé tout ça. Moufle aime les couleurs pastel, elle aime le vert, elle essaye de mélanger la peinture pour trouver ce qui correspond le plus à son idée dans sa tête, elle voudrait des prothèses camouflages pour se cacher dans la forêt, mais il les lui faudrait belles, pour aller avec de beaux habits. Elle ne veut pas une couleur salissante, elle les a pour longtemps et elle les utilise tellement. Elle pourrait repeindre bien sûr mais elle veut que ça tienne.

Elle fait ses mélanges, elle trempe son pinceau et elle s'applique pour ne pas dépasser des prothèses, pour ne pas faire de gros amas de peinture. Le babillage de Petite-Jolie et Rose-Bouledeneige l'empêche de se concentrer, elle leur demande de se taire, elles continuent, elle souffle bruyamment, elle essaye de ne pas les écouter. Elle pourrait les taper, avec les prothèses ça fait mal mais ça risquerait de faire couler la peinture.

Elle n'est pas contente du vert qu'elle a obtenu, elle réfléchit, elle y rajoute des paillettes, ça fait beau, elle trouve, un vert presque pastel avec à peine de gros amas et des paillettes qui brillent. Elle fait tourner ses prothèses, elle les met à la lumière, elle les lève vers le ciel, elle les croise. C'est du plus bel effet. Elle sourit. Petite-Jolie et Rose-Bouledeneige se sont enfin tues. Moufle s'allonge dans l'herbe, il faut laisser le temps aux bras de sécher, le soleil lui chauffe le visage, il fixe la peinture, elle ferme les yeux, elle s'endort. Rose-Bouledeneige met la tête sur son ventre elle dort aussi, Petite-Jolie s'assoit en tailleur, elle joue avec des brins d'herbe, elle embête des insectes, elle s'ennuie un peu mais elle ne bouge pas tant que ses copines ne sont pas réveillées.

Ça lui fait bizarre, au Mat, d'être entouré d'autres enfants toute la journée. Surtout autant, il n'a pas l'habitude. Lui il serait bien resté avec Petite-Opaline, simplement. Dans l'ensemble il s'entend bien, on ne l'embête pas trop à lui demander t'es un raclo ou une racli, un seul s'est moqué, Galeux, et Le Mat l'a vite foutu par terre, il l'a tapé, les autres ont fait un cercle, il n'y en a plus tellement, des bonnes bagarres, depuis la défaite des strongues, alors ça leur a fait du bien de crier, d'insulter. Onyx est arrivée avant les éducateurs, elle a dit ça suffit et ça s'est arrêté, Galeux était par terre, de toute façon, il avait perdu. Le Mat n'est pas épais mais il cogne dur, il a des petits poings mais il les ferme bien, le pouce à l'extérieur des autres doigts, et il sait où frapper. Lui on peut taper il s'en fout, quand il est en colère, il a la couleur et la solidité de la brique. Pendant qu'on relève Galeux il veut avoir quand même le dernier mot et qu'on le laisse tranquille avec ça, alors il dit je suis ni raclo ni racli mais fais comme si j'étais un raclo, je crois que ça vaut mieux, et si un jour je change d'avis je te dirai, et je serai une racli. Onyx elle l'approuve, elle dit c'est aussi simple que ça, mais elle ajoute ici racli ou raclo c'est pareil, elle dit aussi soyez pas jaloux les estropiés, les amputés, vous avez moins et il a plus.

Ça il aime bien chez Onyx, mais il aime moins tout le temps que Petite-Opaline passe avec elle, tous ces moments où elle la tresse, où elle est autour d'elle, petite chose, poupée perdue. Alors il ouvre encore sa gueule, il dit, à Onyx, mais tout le monde entend, y a pas de raclo et de racli mais y a celles qui te tressent, y a celles qui te parlent, y a les proches de toi, ceux que tu as choisis, et y a les autres.

Onyx se retourne et elle avance vers lui, elle est plus grande, elle lève la main brusquement, il croit qu'elle va taper, elle lui prend les cheveux, elle chope sa tignasse bien bien et elle tire, mais pas pour faire mal, c'est amical, ça fait mal quand même, elle rigole bien fort et elle lui dit j'ai mené ma guerre, j'ai délivré la Colonie des strongues, je choisis les miens, je choisis ceux qui ont prouvé et je choisis ceux que je préfère, même s'ils ont rien prouvé, fais ta guerre, s'il y a une guerre à faire, tu choisiras, et sinon profite de la paix, ramasse mes miettes, prouve-moi, et tant pis si y en a qui doivent plus prouver que les autres. Et puis elle l'embrasse sur le front.

Les enfants rigolent, et Le Mat s'en fout, Petite-Opaline hésite un peu, et puis elle rigole, et ça lui fait de la peine, au Mat, alors il tourne le dos, il claque la porte, il marche, il ne sait pas où il va, il se retrouve devant la forêt, il a un peu peur, il continue, il franchit la lisière, il se dit je vais pas aller loin, je vais me perdre, il s'arrête au bout de trois arbres, il arrache l'écorce pour se calmer. À ses pieds des fourmis attaquent une termitière, il les écrase, il les disperse du bout de sa chaussure, il se calme, il rétablit l'équilibre.

Brille lui tape sur l'épaule, tu n'es pas seul, il dit, merci j'avais remarqué, Brille poursuit, tu n'es pas seul à avoir de la peine, je l'aime, Onyx, je voudrais être le préféré. Je voudrais pas la partager mais il y a Destiny-Bienaimée qu'elle aime encore plus que moi, Espoir qui est plus son amoureux, Mohamed-Ali qui est plus intéressant, Trogne qui a plus besoin d'elle, et maintenant Petite-Opaline qui est plus émouvante. Il y a toujours quelqu'un qui est plus et moi je suis moins, moi je suis Brille et je mendie ses gestes, et je voudrais être beau, je voudrais être courageux, je voudrais être grand, je voudrais courir vite, je voudrais m'en foutre de tout sauf du ballon comme Chyen-Boul. Une fois elle m'a dit toi tu es Brille et tu poses des questions, c'est le plus beau compliment qu'elle m'ait fait.

Le Mat essaye de ne pas penser à quand Petite-Opaline a rigolé, il pense aux fourmis qui ont détalé quand il leur a marché dessus, il pense à Galeux qui pleurait par terre en disant pardon, il pense à la peine de Brille.

Brille, il lui dit, Petite-Opaline elle aime Onyx, c'est sûr, mais c'est bien toi son préféré, c'est toi son frère. Il lui donne la main. Ils restent un moment comme ça, ils ont l'air vraiment con, ils passent à autre chose, une bataille de pommes de pin, ou de glands, ça dépend ce qu'ils trouvent, ils se cachent derrière les arbres, les buissons, ils sont essoufflés, c'est super, comme jeu. Le Mat est plus petit mais meilleur, à un moment il touche Brille à l'oreille et Brille pleure un peu, ça lui a fait mal, alors Le Mat lui dit c'est vrai que tu es nul, mais en faisant ça, il lui reprend la main, il le console, et Brille comprend qu'il ne le pense pas.

Ils rentrent ensemble à la Colonie et quand ils s'approchent ils voient la petite silhouette translucide de Petite-Opaline qui court vers eux, elle lui saute dans les bras, au Mat, ils font un gros câlin, ils finissent le chemin ensemble, et elle dit, je vous laisse, je mange à la table d'Onyx, ce soir. Le Mat veut dire quelque chose, mais elle est partie, tellement frêle qu'elle ne déplace même pas d'air, il reste seulement sa petite odeur dans son cou.

Onyx dit non, on ne viendra pas, non on n'ira pas, on reste dans notre dortoir, ce soir, on bouge pas. La-Femme-Quand-Elle-Rigole-C'est-Une-Cascade soupire, elle a demandé que tous les enfants restent, le soir, dans la salle commune, celle où ils prennent les repas, et tout le monde sait ce qu'elle a à dire, c'est l'âge-vénérable-où-il-faut-rejoindre-le-village pour certains des pensionnaires de la Colonie, c'est l'heure du départ, de la séparation, du grand monde et du travail, aux mines ou sur le marché, dans une milice ou dans les champs, dans une forge ou sur une route. Ils sont plusieurs à être partis la dernière fois, ils seront un peu moins cette fois, mais il en faut qui partent, parce qu'ils sont trop grands, ils ne sont plus des enfants, il faut laisser de la place aux nouveaux, on ne peut pas rester à la Colonie toute sa vie, sauf l'Ancêtre, et encore on cherche pour elle des solutions.

Onyx dit pas question, on reste ensemble, elle viendra si elle veut, La-Femme-Quand-Elle-Rigole-C'est-Une-Cascade, elle remplira son rôle de directrice pour nous annoncer ce qu'elle doit nous annoncer, la liste. La journée se passe mal, les enfants sont nerveux, il y a des bagarres, Franck-Ribéry organise un match de foot, La-Femme-Elle-Est-Costaud propose une olympiade, ça ne prend pas, on dévisage les plus grands, les plus formés, en se disant ça peut être l'âge-vénérable pour lui, il y a des chuchotements, des suppositions, des inquiétudes.

Le soir venu tous les enfants sont regroupés dans le dortoir autour d'Onyx. La-Femme-Quand-Elle-Rigole-C'est-Une-Cascade a reçu la liste, ou elle l'a faite elle-même, on ne sait pas bien. Quand elle constate l'absence des enfants dans la salle principale, elle demande à L'Homme-Il-Sait-S'Amuser-Avec-Un-Bout-De-Craie et à La-Femme-Quand-Elle-Parle-Elle-a-Les-Yeux-Qui-Brillent de venir avec elle. Ils se déplacent jusqu'au dortoir. Il fait sombre, il y a des bougies. On distingue seulement des yeux, on les devine hostiles, et au milieu Onyx, ses tresses découpées dans l'obscurité, autour d'elle il y a Destiny-Bienaimée et Espoir.

La-Femme-Quand-Elle-Rigole-C'est-Une-Cascade ne tergiverse pas, elle dit ce qu'elle a à dire, l'âge-vénérable-où-il-faut-rejoindre-le-village comme une nouvelle naissance, une nouvelle chance, la vie inexorable qui se poursuit et c'est très bien, la possibilité de tracer un chemin à soi et d'en être fier, ou d'en être fière, elle précise, les possibilités auxquelles il faut croire. Elle dit vous êtes les enfants de Melkisédek, il était sans père ni mère, sans origine connue, il est devenu le roi de Salem, le roi de justice, le Grand Prêtre, celui qui a accueilli Abraham de retour de la guerre avec des offrandes, celui qui a donné le pain et le vin, il est celui qui s'est sacrifié et qui a offert. Il partait de nulle part et il a eu belle descendance, de même vous allez offrir, de même vous allez peupler ce monde. De même vous en serez, je l'espère, je le crois, les rédempteurs.

Elle se tait un moment. C'est le grand silence parce que chaque enfant attend qu'elle donne la liste. Elle sort de sa poche un papier avec les noms écrits dessus, ceux qui quittent la Colonie, les éjectés. Sept noms sont écrits. Elle lit lentement, elle articule, il faut du temps pour faire correspondre les vrais noms aux surnoms, il y a des cris, des pleurs, et puis le dernier nom sur la liste, Destiny-Bienaimée, elle pleure, Onyx rugit, elle rugit littéralement, ça vient de la gorge et ça fait peur. Pour la première fois elle voudrait tordre le temps, le retourner, elle voudrait que ça reste en arrière, c'est un premier sentiment hors enfance et c'est encore pire que tout. Même Le Mat, même Petite-Opaline, même les nouveaux arrivés qui n'ont pas encore l'habitude, comprennent que c'est terrible, l'âge-vénérable-où-il-faut-rejoindre-le-village.

La-Femme-Quand-Elle-Rigole-C'est-Une-Cascade ne sait pas quoi rajouter, elle sort précipitamment, La-Femme-Quand-Elle-Parle-Elle-a-Les-Yeux-Qui-Brillent pleure et elle la suit, L'Homme-Il-Sait-S'Amuser-Avec-Un-Bout-De-Craie essaye de lui attraper la main et il la suit, il n'y a plus d'adultes, il n'y a plus que des enfants de la Colonie et des enfants qui ont atteint l'âge-vénérable-où-il-faut-rejoindre-le-village.

Il n'y a plus qu'une grande tristesse désespérée.

Ils arrivent à toute vitesse, le visage dissimulé par des chèches, ils sont à moto, par deux, ou sur des quads. À la vue du barrage ils mitraillent, au hasard, sans toucher personne, mais les miliciens ne sont pas très organisés, ils sont peu nombreux, ils s'abritent et les laissent passer. Ils foncent vers la maison de Dieu des muslim et ils tirent, ils tuent deux fidèles qui en sortent, ils lancent des cris à la gloire de Dieu, ils lèvent le doigt noirci de poudre vers le ciel, puis ils repartent aussi vite, par le même barrage, pas encore réorganisé.

Kylian PetitCœurCouronné convoque en sa maison le maire, Diab-en-Personne, l'archiprêtre, l'imam, les divers notables et chefs de milice. Il est furieux. Il reproche à son fils d'avoir dégarni les barrages, notamment celui que les assassins ont passé. Il reproche aux autres d'avoir fui. Tandis qu'il parle il tire les pans de son gilet, il caresse les crosses de ses armes, il rajuste ses dents dorées. Il transpire. Il donne tous les signes mauvais que connaissent ceux qui le craignent. Il ordonne. Plus personne ne doit rentrer dans le village, la garde doit être encore renforcée.

Diab-en-Personne est le seul à garder le sourire au visage, il propose d'envoyer sa troupe traquer les assaillants, jusque dans la forêt. Kylian PetitCœurCouronné hésite. Il n'a pas assez de soldats, il n'a pas réussi à débusquer les bergers. Ses hommes connaissent la forêt sans doute mieux que les attaquants mais ces derniers ont des motos et des quads. Il demande à Diab-en-Personne d'envoyer des espions mais pas de troupe, de renforcer plutôt les gardes de la mine, il voudrait bien rajouter qu'il s'enlève ce sourire narquois du visage, mais il n'en dit pas plus, il s'économise, il disperse rapidement les hommes assemblés là. Le maire passera voir les familles des victimes, Kylian PetitCœurCouronné monte les étages de sa maison, Grâçadieu le suit plus que jamais, dans ce contexte incertain, il ouvre la porte, les infirmiers sont là, sa mère est là, elle parle à son poupon, étrangement cette situation l'apaise. Il la regarde un moment, elle est cinquante ans en arrière, elle est à une époque où il était bébé, à une époque où il ne pensait pas, il ne dirigeait pas, il était simplement dans ses bras, entre ses seins, sur ses genoux. Kylian PetitCœurCouronné est attendri, il ne pense plus à l'attentat, aux barrages inutiles ou incompétents, à la mine qui doit produire du charbon en pagaille, aux bergers qui ont nargué son autorité.

Les enfants éteignent la lumière, allument les bougies, ils s'agenouillent, ils se mettent accroupis, ils croisent les jambes, certains se couchent sur les autres, on sort les invalides de leurs fauteuils et on les pose délicatement. Mohamed-Ali seul reste debout un moment, aucun enfant ne parle, puis il s'assoit lui aussi, et il chante Christophe dans un murmure, tous l'écoutent en silence, il y a des larmes mais pas de sanglot :

Une femme pleure son enfant perdu à tout jamais
Elle se souvient du temps passé où l'enfant lui disait
Maman maman aujourd'hui c'est ta fête
Pour toi je suis allé cueillir ces petites fleurs
Qui te porteront bonheur ce ne sont que des coquelicots

Une femme pleure son enfant perdu à tout jamais
Elle se souvient du temps passé où l'enfant lui chantait
Ta badabadaba ta badabadaba tabadabadabada

À la fin les enfants murmurent le refrain avec lui, la chanson s'éteint doucement, Mohamed-Ali prend Destiny-Bienaimée par la main, il reprend sans chanter, d'une voix à peine plus forte :

C'est le grand cap, l'enfant disparaît, la vie continue, la douleur continue, le jeu s'arrête, la guerre continue, plus près, la joie continue mais pas la même, la forêt continue, les sourcils se froncent, adieu la Colonie, nous, la plupart, personne ne nous pleure, on croit ça, mais les copains nous pleurent, adieu les copains, bientôt il y a des plis sur le front, bientôt il y a des plis aux coins des lèvres, bientôt il y a peut-être un autre enfant, bientôt il y a peut-être une autre femme qui rit, elle est joyeuse, puis une femme qui pleure son enfant perdu, c'est le grand cap, c'est la grande navigation, c'est le grand cap sans phare, c'est la femme, c'est l'enfant, c'est avant la Colonie, c'est après la Colonie, c'est le grand cap.

Et il se tait et tous s'étreignent.

Le sol est intensément noir sur des kilomètres, à tel point qu'on distingue mal, au début, les monticules, gros blocs et petits cailloux mêlés, une fumée épaisse s'ajoute, rend la respiration difficile, Tout-Le-Fait-Rire mouche son nez et il ne sait si les particules qui en sortent sont de la cendre ou du charbon. Peut-être simplement de la cendre de charbon. La morve de ceux restés là trop longtemps se colore souvent de rouge, c'est le cas pour les mineurs qui avancent en file désolée, fuligineuse, il les regarde avec mépris, leurs têtes baissées, leurs cheveux grassement noués de saleté, leur peau noire aussi, indélébilement recouverte d'une pellicule charbonnée. Il préfère être à sa place qu'à la leur.

Rien ne pousse, aucune végétation, pas d'eau sauf quand il pleut, et elle se transforme en boue noirâtre avant même d'arriver au sol, en agglomérant les poussières. Des feux s'allument en permanence, souvent circonscrits plus qu'éteints, ça fait une chaleur poisseuse. Les mineurs cassent les blocs de charbon à la pioche, ils remplissent des paniers en osier qu'ils mettent ensuite sur leur tête, transportent jusqu'aux pick-up, aux carrioles, qui ensuite apporteront le charbon au train ou au village. C'est un pauvre miracle qui les fait tenir en équilibre sur leurs maigres épaules, ou au sommet de leur crâne. Les mineurs sont noirs et décharnés, ils toussent, leur peau parfois s'arrache par plaques.

Tout-Le-Fait-Rire rajuste la bandoulière de son arme. Elle conditionne sa position, sans elle peut-être serait-il dans la misérable file des mineurs. Cette arme, il aime bien, dans sa nouvelle vie. Quand il la pointe il est respecté comme du temps où il était le chef des strongues. Recevoir des ordres, qu'on lui dise d'aller ici ou là, de faire ci ou ça, il aime moins. Il se fait bien à la proximité avec les autres miliciens, grailler ensemble, dormir ensemble, servir les autres comme on se sert soi-même. C'est que la famille. Ça lui rappelle la Colonie, sauf qu'ils mangent mieux, on leur distribue des clopes et de l'alcool, des fois ils ont des filles. Surtout il apprécie son chef Diab-en-Personne. Il s'y connaît en cheffage et c'est un bon chef, qui partage avec ses hommes, qui sait rigoler, qui peut être dur quand il faut. Il est capable, s'il le faut, de se battre ou de dégainer. Il a des principes niveau religion et ça il faut s'y plier, mais Tout-Le-Fait-Rire ne regrette pas d'avoir été choisi, quand il a atteint l'âge-vénérable-où-il-faut-rejoindre-le-village. Il craignait un peu bien sûr même s'il ne l'aurait jamais dit, il a fumé et bu comme jamais la veille. Ils sont partis en cohorte au village, des strongues et des bitches mêlés vu que ça ne faisait plus de différence, depuis La-Petite-Elle-Veut-Tout-Faire-Toute-Seule, et puis sur la grande place du marché ils ont été choisis, qui pour la mine, qui pour les travaux des champs. Lui bien costaud ça a été la milice, celle du fils de

Kylian PetitCœurCouronné, il savait quand même qui c'est et ça l'a flatté.

Surveiller la mine ce n'est pas le meilleur poste, il fait très chaud, c'est salissant, il faut être ferme. Il y a une longue colonne de mineurs, au lever du jour, quand il fait encore frais. Ils travaillent pour enrichir Kylian PetitCœurCouronné. Les gardes sont là pour éviter les vols, pour éviter les fuites. Le matin, quand ils prennent leur poste, il y a toujours des pauvres hères qui volent des morceaux de charbon, on leur tire parfois dessus mais en général on les laisse partir. Ils doivent prévenir des vols plus importants, organisés, ou des tentatives de destruction. Ils surveillent aussi les mineurs, faire attention qu'ils travaillent, que la pause ne soit pas trop longue. Tout-Le-Fait-Rire n'hésite pas à être dur, il hausse la voix, il menace de la pointe de sa kalache ceux qui mettent du temps à repartir.

Une silhouette sale se détache et Tout-Le-Fait-Rire reconnaît Pichichi qui a atteint l'âge-vénérable-où-il-faut-rejoindre-le-village en même temps que lui. Il est plus maigre qu'à la Colonie, ses traits gommés par le charbon, son nez luisant de noir, l'intérieur humide, on le dirait humecté de peinture. On ne voit plus la couleur de ses cheveux, la couleur de sa peau, on voit seulement la couleur de ses yeux gainés de noir. Il s'approche de Tout-Le-Fait-Rire, il ne regarde pas le canon de son arme, il le fixe dans les yeux, il reconnaît son ancien chef et il lui demande de l'eau, sa gourde est vide, sa gorge encombrée de poussière, il tousse, il crache, et Tout-Le-Fait-Rire se souvient comme il était bon au football et il se dit quel gâchis, il a des cuisses si frêles que frapper dans un ballon pourrait les briser, alors il lui tend sa propre gourde, simplement il lui dit bois vite, et une femme suit Pichichi et tend aussi la main, Tout-Le-Fait-Rire lui balance un coup de crosse au visage, elle chancelle, puis elle rebrousse chemin. Il arrache la gourde des mains de Pichichi, il lui dit retourne travailler, nique le temps d'avant, *fuck off fuck off*, demande-moi encore de l'eau et je t'abats. La gourde est foutue, souillée de bave noire alors il la lui balance à la gueule, sans la reboucher, il lui dit garde-la, souviens-toi de moi.

Les autres gardes ne disent rien, les mineurs frappent leurs pierres et soulèvent leurs paniers en osier, Tout-Le-Fait-Rire frotte ses mains sur son pantalon, il crache par terre, un mollard noir.

Les étals sont installés et les premiers clients sont déjà là. Dans un coin du marché, Mme DeLaRocheTaillée est avec Méduse et Marteau, elle règle un problème d'emplacement, une querelle entre deux maraîchers. Rieur est de l'autre côté, il rajuste une toile d'auvent mal installée. Quelques miliciens du maire ont les armes à la main, ils veillent paresseusement, regardent les marchandises, les badauds, ils épongent leur front car il fait chaud, ça leur donne une contenance autre que militaire, une contenance semblable à celle de tous ceux qui font le marché et qui s'épongent pareillement le front. Peu à peu ils se rapprochent pour discuter, deux d'un côté, trois de l'autre, ils ne sont pas aux barrages, ils ne s'inquiètent pas.

La petite famille avance et ils semblent hésiter, le père les guide, ils ont tous les quatre, le père, la mère et les deux enfants, les yeux qui roulent, ils sont une famille mais ils se connaissent peu, pas de vrais liens, entre eux, on les a assemblés, un faux père, une fausse mère, seuls les enfants sont vraiment frère et sœur. On leur a dit qu'on les surveille de loin, un tireur prêt à les abattre s'ils sont trop longs, ou s'ils s'échappent, aucun moyen de savoir si c'est vrai. Ils portent chacun sous leur chemise un ceinturon d'explosifs, avec pour consigne d'aller tous à un coin différent du marché, mais ils ont oublié cet ordre, ou ils ne le respectent pas, ils font cercle tous les quatre et ils semblent hésiter, ils n'ont pas l'air très sûrs d'eux, de toute façon personne ne les regarde, sinon Rieur pas très loin d'eux qui retrouve peut-être dans le regard des petits des souvenirs de son enfance à la Colonie, ou simplement il les trouve étranges ou émouvants, peut-être qu'il les envie d'être quatre, ils ne le voient même pas, ils n'échangent de regards qu'entre eux, leurs gestes ne sont pas assurés, un des enfants sourit, la mère murmure, ou elle prie, le père aspire l'air à grandes goulées et ils ne se livrent pas à de grandes postures, ils ne prononcent aucun discours, ils se font timidement exploser, et encore, le premier détonateur actionné par un des enfants n'explose pas, il n'a pas le temps d'y penser, d'être soulagé ou déçu, car les trois autres explosent, deux mal posés réduisent seulement en purée celui qui les porte, mais le dernier, celui de l'autre enfant, délivre toute sa puissance, il brûle et il souffle, il rafale de petits clous et autres objets métalliques, il meurtrit et il pulvérise.

Mme DeLaRocheTaillée ne voit rien et ne comprend rien, elle n'entend plus rien sinon son oreille qui siffle, elle se retrouve projetée sur les fesses contre le mur d'une maison, elle tousse des débris par la bouche, elle en souffle par le nez, et seulement quand la poussière se dissipe elle aperçoit entre ses jambes, simplement posée là, la tête de Rieur et sa grande cicatrice qui semble trouver ça encore plus cocasse. Autour d'elle on s'agite, Méduse lui prend le menton, elle lui crie des mots, elle entend de façon aquatique, elle tente de se lever mais tout bascule, tout est flou.

La chevelure grise de Méduse s'accorde aux cendres qui flottent dans l'air, elle saigne du nez, elle ne comprend pas comment, alors qu'elles étaient à côté, elle a pu se retrouver à plusieurs mètres de Mme DeLaRocheTaillée, sous un étal qui l'a percutée ou protégée, elle ne sait pas, elle allonge sa patronne qui est occasionnellement son amante, puis elle repart là où on ne voit rien, là où les bombes ont explosé. Elle s'empare de tissus épars pour éteindre des flammèches, elle soutient un milicien à qui il manque un bras, elle le fait passer dans d'autres mains, elle croise deux morts allongés, ils ont une expression incrédule et elle se demande s'ils ne reflètent pas, en définitive, la sienne, elle marche sur des fruits éclatés, elle marche sur des planches de bois, elle marche sur du sang et elle croit marcher sur un membre mais c'est un légume, elle trébuche contre un autre cadavre, puis encore un, elle entend des pleurs, elle entend des cris, elle entend des coups de feu, et au milieu du carnage un milicien au visage en sang décharge son arme en l'air, il ne sait pas vraiment où, elle lui saisit le bras, le tord, le désarme, il ne se calme pas, elle l'assomme. Elle est enfin là où les bombes ont explosé, là où se tenait la famille hésitante, les kamikazes. Ils ont fait la *dogma*, elle pense. Et à leur place il y a un trou.

Quand la poussière se dissipe, il y a des miliciens de partout, des hommes-guerre nerveux, il y a dix morts et vingt blessés, et leurs familles qui crient et qui pleurent. Kylian PetitCœurCouronné a envoyé les infirmiers de sa mère pour seconder les docteurs du village, il y a aussi les vétérinaires, le boucher, l'archiprêtre et l'imam, tous ceux qui savent recoudre, suturer, couper, garrotter, consoler, calmer.

Méduse a fait sa part, on la soigne sommairement, elle n'est pas vraiment blessée, seulement des égratignures, elle est soudain très fatiguée, elle s'assoit sur les marches d'une maison, elle prend sa tête dans ses mains. Quand elle les enlève ses cheveux sont des serpents tordus, son visage a une expression si furieuse qu'on pourrait la graver sur un bouclier.

Onyx se couche près de Destiny-Bienaimée dans le dortoir, elles font souvent ça mais là c'est la dernière nuit, elle se rapproche d'elle, met ses bras autour de son ventre et elle lui murmure à l'oreille, elle lui dit sans toi ça sera pas pareil, ce qui me plaît c'est comment tu rigoles, c'est comment tu me regardes, c'est quand on est côte à côte et qu'on parle pas, j'aime bien tes doigts aussi parce qu'ils sont gros par rapport aux miens, tu peux attraper plus de choses, tu peux serrer mes mains dans les tiennes et elles disparaissent, t'es une géante en vrai, et pourtant c'est avec ces mains que tu tresses mes cheveux hyper fin, et tu me suis toujours, mais pas comme un clebs, tu mets la tête sur ton épaule, la tête droite, tu fais des *Oh my God*, et tu te dis elle est folle, elle devrait pas faire ça, elle va trop loin, mais tu viens quand même, tu te mets devant moi, ou tu te mets à côté de moi, tu me protèges, tu me fais rigoler, il peut se passer des trucs, toujours tu souris, tu prends ma rage et tu la transformes en sentiment plus doux, j'aime tes délires, t'es une ouf ma copine, tu danses comme pas deux, tu me donnes envie de trémousser mes fesses, on parle pas trop de nos vies d'avant, on se rappelle pas tout, mais on sait, je te trouve belle, j'ai envie de tirer sur tes joues, de les malaxer, je suis la cheffe je le fais pas, j'aime parler, avec toi,

Destiny-Bienaimée ne dit rien mais elle a les yeux ouverts dans le noir, elle se dit ça vaut presque le coup d'atteindre l'âge-vénérable-où-il-faut-rejoindre-le-village pour entendre ça,

Onyx la serre fort, je me l'incruste, elle dit, je me tatoue son noir contre mon noir, je nous fais fondre, on se liquide et on se mélange, j'emmêle ma tête dans la tienne, tes cheveux c'est mes cheveux, ta bouche c'est ma bouche, on n'a pas besoin de conneries aiguille-sang contre sang, tu es mon sang, tu es la famille, tu es de la pure, tu es de la belle, tu me rends cool, tu es ma *weed*, tu me mets bien, tu es mon rhum arrangé, tu es un petit feu dans mon ventre,

Tu es ma guerrière tu es ma meuf *number one*,

Onyx chuchote encore, ce que je te fais là, c'est une déclaration d'amitié.

Elles s'endorment et le lendemain Onyx se réveille tôt et elle réveille Destiny-Bienaimée, elles se mettent sous les draps, elles chuchotent, elles profitent de ces derniers moments ensemble, et Onyx sort de sa poche un cadeau, elle a tissé un bracelet dans la forêt, avec du cuir, du bois et des herbes, elle le lui attache doucement autour du poignet, elle lui dit, fais un vœu, quand le bracelet cassera, il sera exaucé.

Kylian PetitCœurCouronné a laissé le maire aller voir les blessés, il est trop en colère, c'est une colère bâtarde, moitié peur, moitié incompréhension, il a encore réuni les chefs de milice et les notables, et l'imam et l'archiprêtre qui voudraient bien ne pas être là mais auprès des familles. Il a les mains sur ses colts, il les tient ferme pour ne pas que son corps tremble, il demande qui a fait ça, Grâçadieu rapporte lentement ce que ses hommes ont collecté, il parle en homme qui n'a pas l'habitude que tant d'yeux convergent vers son discours, à la guerre ce qui compte plus que les mots ce sont les actes. La famille de kamikazes est entrée par un barrage, mais on ne se méfie pas des familles, ou bien on les a laissés passer, les dégâts auraient pu être pires, ce qui précède, les imprécations, les doigts dressés vers le ciel, la façon de s'en prendre aux muslim et aux christian, tout converge, tout accuse les vrais supermuslim Ils fondent des enclaves au nom du calife dans divers endroits, ils s'emparent de villages ou de villes, ils se cachent, ils réapparaissent, ils déplacent leur caravane meurtrière, ils vont et viennent au gré de leurs défaites et de leurs victoires.

Kylian PetitCœurCouronné coupe son homme-guerre, il a le verbe plus tranchant, il dit chopez-moi n'importe qui, chopez-moi des bergers, chopez-moi des réfugiés, chopez-moi des supermuslim, faites un exemple, pendez-les, qu'on soit sûr ou pas sûr.

Le maire arrive à ce moment-là, et Kylian PetitCœurCouronné s'en prend à lui, parce qu'il est muslim, il y a parmi les siens des tueurs, des vrais supermuslim déguisés en sages croyants, il doit les débusquer, les amener à la potence.

Chacun alors obéit, le maire donne des ordres, Grâçadieu donne des ordres, Diab-en-Personne petit sourire en coin donne des ordres, chacun fait des efforts de son côté.

On va chercher dans la forêt, on trouve un berger armé, on le ramène et on le pend.

On fouille dans les maisons, on trouve des supermuslim, ou des muslim qu'on soupçonne de pencher vers la Vraie Foi, on les ramène et on les pend.

On fouille dans la montagne, on trouve un maigre groupe de réfugiés, transis de froid et de faim dans une grotte, on ne leur demande pas d'où ils viennent, on ne leur demande pas ce qu'ils fuient, on les ramène et on les pend.

On s'empare d'un milicien qui semble suspect, il proteste tant qu'on lui coupe la langue puis on le pend.

Ce sont de belles pendaisons, on monte pour l'occasion une grande potence sur la place du village, là même où a eu lieu l'attentat, et de nombreux villageois viennent voir, il y a cinq cordes et comme on en pend quinze, le tout se déroule raisonnablement en trois jours, ce qui est le temps nécessaire pour laisser infuser le deuil, pour ne pas laisser les corps suspendus à leur corde plus d'un jour chacun, afin d'éviter les odeurs, mais que chaque villageois ait le temps de les regarder balancer. Les exécutés sont dignes, ils se laissent pendre avec gravité, conscients, même s'ils sont innocents, de participer à une édifiante entreprise d'exorcisation collective. Tous sauf le milicien dont les gargouillis infâmes, fort heureusement, ne dépassent pas quelques mètres autour de l'échafaud.

On enterre les exécutés dans une fosse commune, sans stèle à leur nom, pour les autres une cérémonie à laquelle tous participent, l'archiprêtre et l'imam y prononcent chacun un discours de consolation, ils se tiennent la main, le maire et Kylian PetitCœurCouronné se taisent, leur présence suffit.

Ils se disent que ça suffira, pour le moment, que le danger est écarté. On double quand même la garde aux barrages.

Des hommes-guerre viennent chercher les enfants de la Colonie qui ont atteint l'âge-vénérable-où-il-faut-rejoindre-le-village, parce qu'on ne sait jamais, avec eux, on se méfie. Ils ne sont pas très nombreux à partir cette fois, une carriole suffit, plutôt que le minibus utilisé pour Le Mat et les irradiés et toutes les petites, Petite-Opaline, Petite-Jolie, Petite-Rigolote, La-Plus-Sage, Rose-Bouledeneige.

Destiny-Bienaimée a été très courageuse, elle n'a pas pleuré, simplement elle a serré fort dans ses bras Onyx son amie, et fort aussi Brille, Mohamed-Ali, Trogne, Espoir, et puis elle a embrassé les autres et puis elle est partie. Elle n'a pas fait un geste pour les éducateurs, et La-Femme-Quand-Elle-Parle-Elle-a-Les-Yeux-Qui-Brillent a trouvé ça vache, quand même.

Les enfants se sont tous alignés devant la Colonie, les anciens et les nouveaux, ils ont regardé Destiny-Bienaimée et les autres monter dans la carriole, ils n'ont pas chanté ni crié, ni agité les mains ou les bras, pas de bisous avec les mains, pas de cœurs, c'était un atroce silence. Le Mat serre bien fort la main de Petite-Opaline, il craint que ça leur arrive un jour, une telle séparation. Ça arrive plus tôt pour les filles que pour les garçons, souvent dès qu'elles ont Le-Sang-Qui-Vient, on lui a dit, et lui il ne sait pas trop comment ça va évoluer, son affaire.

La carriole s'est ébranlée lentement, ainsi font les carrioles, dans toutes les histoires, les bœufs étaient déjà fatigués de l'aller et plus encore du poids supplémentaire de ceux qui quittaient la Colonie. Les hommes-guerre fumaient leur clope sans dire un mot, ils avaient l'air soucieux, mais ils sont rarement très expressifs.

Les enfants ont attendu que la carriole ait disparu au détour du chemin, puis Onyx a poussé un cri, elle a couru. Les enfants l'ont suivie, ils ont bousculé La-Femme-Quand-Elle-Parle-Elle-a-Les-Yeux-Qui-Brillent qui pleurait, ils ont bousculé L'Homme-Il-Sait-S'Amuser-Avec-Un-Bout-De-Craie qui cherchait à la consoler en entourant son épaule de ses bras, ils ont chopé la prothèse de Franck-Ribéry et Franck-Ribéry est tombé, ils ont essayé de percuter La-Femme-Elle-Est-Costaud mais elle était trop costaude, elle en a mis deux ou trois à terre simplement en bloquant ses muscles, alors ils l'ont contournée, elle a pu en attraper un, deux, puis elle a abandonné. Ils ont déboulé dans le bureau de La-Femme-Quand-Elle-Rigole-C'est-Une-Cascade, elle s'y était réfugiée, elle ne voulait pas voir le départ de ses mômes, elle dit ses mômes quand bien même elle ne peut rien faire pour empêcher l'âge-vénérable-où-il-faut-rejoindre-le-village d'arriver, ils ont tout saccagé, Onyx devant, ils ont renversé les meubles, dispersé les papiers, on aurait dit des gros papillons, ils ont jeté par terre tout ce qui sert à écrire, ils sont ensuite allés dans la cuisine, Marmite fumait sa clope tranquille, il se disait ils vont pas toucher à la bouffe, ils n'y ont pas touché mais ils ont renversé toutes les casseroles, les poêles, les culottées et les moins culottées, ils ont évité le frigo, les étagères de la réserve, en revanche ils ont poursuivi dans le local de sport, ils ont pris les ballons, les dossards, les plots, tout foutu dans le bassin, et puis encore les draps de la buanderie, propres et bientôt maculés de boue, de morve, de crachats, de traces de fauteuils roulants.

Ils ont fait tout ça devant les adultes impuissants, tous et toutes, même les nouveaux, même les plus estropiés, et ensuite ils sont partis dans la forêt, dans leurs cabanes, Onyx les dirigeait, toujours.

Ils ont tous besoin de forêt, les enfants de la Colonie, après leur saccage, le vert ça leur fait du bien, ça les calme. Ils vont jusqu'aux cabanes, Le Mat organise une expédition, surtout des petits, pour fracasser des fourmis, Fouine et Féline sortent des réserves la bière et le rhum arrangé. Ils ont déjà bu mais ça leur fait du bien de boire encore, ils ont oublié de voler à manger, ils ont quelques provisions dans les cabanes mais pas grand-chose, ils reboivent encore. Au final ils n'ont plus rien, ni à manger ni à boire, alors Onyx ordonne qu'on aille voir la femme-arbre, elle braille, elle dit ma reine, une partie des enfants sont incapables de la suivre, ils dorment déjà, ou ils n'arrivent pas à suivre, Le Mat s'obstine, il colle aux pas d'Onyx, il tire Petite-Opaline, autour d'Onyx les plus valides de sa cour, ils se prennent dans la tête les branches qu'elle ne retient pas, ils ont le front et les joues griffés, heureusement ça épargne les yeux. Il y a pas mal d'enfants aux genoux ensanglantés, aussi, les enfants tombent, certains sanglotent maintenant et on ne sait pas s'ils ont vraiment mal ou s'ils commencent à cuver, et forcément, les pensées tristes, elles remontent.

Quand ils arrivent chez la femme-arbre, ça fait un barouf d'enfer, elle sort, elle n'a pas l'air content mais c'est difficile d'être sûr entre les nœuds de son visage. Elle a du mal à parler alors Onyx se colle à son oreille, elle ne braille plus, elle écoute, la colère de la femme-arbre, c'est une colère bienveillante, une colère-conseil.

Elle écoute et l'autre lui dit de rentrer à la Colonie, elle lui dit pars un jour mais réfléchis bien où aller, réfléchis où tu mènes ta troupe, elle dit ça mais Onyx seule entend car c'est un souffle, un oracle qu'elle seule peut traduire, et pas tout de suite, car le lendemain seulement elle dit à Mohamed-Ali, et à Trogne, et à Brille, qui répète au Mat, ce que la femme-arbre lui a murmuré.

Avant de rentrer Onyx se colle contre elle, elle s'endort et tous ils s'endorment. Le lendemain dès que le soleil se lève, Onyx met son chapeau-renard et elle passe doucement, elle réveille elle-même chaque enfant, en lui bougeant l'épaule, en lui parlant, et elle dit hier c'était jour de colère et aujourd'hui ce sera jour de douceur, car Destiny-Bienaimée était tout ça, on rentre à la Colonie, on va faire une boum.

Il y a des enfants qui ne comprennent pas, ils pensent qu'il s'agit de tout exploser, ou d'un feu d'artifice que certains rapprochent des missiles, il y en a qui ont peur, il y en a qui pleurent, alors Onyx explique, on va ranger la salle à manger, on va nettoyer, on va mettre de la bouffe, des enceintes et on va danser.

Les enfants sortent de la forêt hagards, de fatigue et d'alcool, les éducateurs ne sont pas revenus, ils doivent être réfugiés dans leurs maisons. Les enfants rangent la salle principale et ils récupèrent ce qu'ils peuvent en cuisine, ils bricolent les enceintes de L'Homme-Il-Sait-S'Amuser-Avec-Un-Bout-De-Craie, quand il leur explique la musique, ou de La-Femme-Quand-Elle-Parle-Elle-a-Les-Yeux-Qui-Brillent, quand elle organise de la relaxation. Ça marche, ça crache bien. Ils obturent les fenêtres tant qu'ils peuvent pour faire du noir, heureusement le ciel est couvert, ils mettent de la musique. C'est Mohamed-Ali qui s'en charge, il a le matos et il lui manque seulement un smoking blanc cassé, il aurait aimé une tenue aussi classe. Il est bien quand même. Niveau musique il mélange, Christophe, bien sûr, PNL, de l'afro-trap, les enfants miment des guitares, Princess Nokia, Aya Nakamura, Eden Dillinger, Amy Winehouse, Kendji Girac, Juliette Armanet, il y a de belles chansons françaises que tous reprennent en chœur, il y a du rap et du rock, des morceaux qui n'existent pas encore, des slows antédiluviens, et c'est le meilleur, les enfants se prennent par la taille ou les épaules, par les bras, ils se collent, ils se galochent. Onyx embrasse Espoir et elle lui dit ne va pas croire n'importe quoi, je t'embrasse mais ce sentiment pour toi, c'est moins que mon amitié pour Destiny-Bienaimée, c'est pas grand-chose, c'est un baiser avec la langue pour le plaisir et parce qu'il faut bien de l'affection, mais t'es pas mon mari, tu le seras jamais.

Et Le Mat embrasse Féline, puis il embrasse Peur-Prudence et c'est plus agréable, puis il embrasse Brille, pour pas qu'il se sente seul, et c'est pas si mal pour une première fois, mais il n'embrasse pas Petite-Opaline parce qu'il lui dit tu es ma sœur, il s'amuse bien, et Trogne fait tourner Chyen-Boul sur son fauteuil et elle l'embrasse, et entre chaque baiser elle pousse un cri, et Chien n'embrasse personne et repousse, sans un mot, tous ceux qui tentent, et les petits picotent seulement les bouches, ils sont de petits oiseaux, il y a des baisers de toutes sortes, baisers-esquimaux, baisers-papillons, baisers-tigres, baisers-mitraillettes. C'est tendre et c'est tout, quelques grands se caressent un peu mais ça ne va pas plus loin, ils boivent et ils fument encore, ils ont trouvé d'autres réserves à la Colonie, au final ils rentrent tous dans leur dortoir, un par un, ils s'endorment, Le Mat tout contre Petite-Opaline, Onyx entre Espoir et Brille, Trogne dans son fauteuil, il ne reste que Mohamed-Ali, il continue à passer de la musique, pour les aider à dormir sans réfléchir, finalement il arrête et il scande tout seul l'histoire des petits césars.

On a tous notre petit césar.

Ton petit césar parfois il est mignon mais souvent il est énervant.

Il te dit fais ci fais ça il te prend de haut tu as envie de lui enlever sa couronne de lauriers de la tête.

Des fois il s'énerve et il crie il tape du pied il marche à la tête de son armée il se la joue.

Il dépense sans compter.

Il se drape dans sa toge eh ben dis donc eh mon gars tu te prends pour un prince mais t'es rien d'autre qu'une salade.

C'est plus rare mais il y a des petits césars blottis dans tes bras qui tiennent chaud.

Ne te laisse pas impressionner par ton petit césar parles-en compare-le avec d'autres.

Sculpte-le, fais-lui une petite statue,

Dis aux autres de faire pareil,

Et puis tu le prends et tu l'alignes avec les autres,

Il ne sera plus un il sera dix ou douze,

Il ne te fera plus peur du tout,

Ton petit césar,

Il deviendra vaguement ridicule.

Mohamed-Ali fait quelques bruits de beat-box avec sa bouche, puis il éteint la sono, il rabat sa casquette sur sa tête, il s'affale, il s'endort.

Il a taillé soigneusement sa barbe, bien rasé sa lèvre supérieure, il s'est épilé, entièrement lavé, il sent bon le savon et le propre. Ses compagnons l'embrassent chacun leur tour, ils lui murmurent des prières à l'oreille, ils finissent en pointant un doigt vers le ciel. On lui fait toucher le bras reliquaire soigneusement conservé, celui qui contient la phalange du premier kamikaze de la brigade, un farouche combattant *inghimasi*, qui a plongé les armes à la main sur un bataillon de l'armée du gouvernement provisoire, il a tiré, il a tailladé et quand il n'avait plus de munitions, quand son couteau s'était émoussé contre tant de corps, quand ses ennemis, voulant le prendre vivant pour l'interroger, l'entouraient, il a actionné le détonateur de sa ceinture explosive, et il en a envoyé encore plusieurs en enfer, que l'âme de ces chiens brûle jusqu'à la fin des temps. La brigade a seulement retrouvé sa phalange. Elle est brièvement sortie pour l'occasion du bras reliquaire, signe d'une mission de la plus haute importance, l'homme l'embrasse, il sourit à ses compagnons, on lui donne à mâcher des feuilles euphorisantes, mais l'énergie vient de là, de ce bout de doigt conservé, de la certitude du paradis bientôt.

L'Ingénieur se penche vers lui, le chef de la brigade qui jusque-là ne lui a jamais adressé la parole directement, il lui tient les mains, il l'embrasse, il lui répète des prières et puis des mots plus stratégiques, sa voix est douce, attendre le dernier moment pour appuyer sur le bouton rouge, ne pas craindre les balles, pousser toujours à fond sur l'accélérateur, le quad est solidement monté de plaques métalliques, il ne craint rien, le Tout-Puissant est avec lui, il aura sa récompense éternelle. Il sait tout ça, ses instructeurs le lui ont répété tant de fois.

Il prend place sur son siège et on l'attache, qu'il n'ait pas la tentation, ou le réflexe, de se précipiter au dernier moment hors du véhicule, au risque de le faire dévier. Il comprend ses compagnons, on ne sait jamais ce qui se passe dans la tête d'un frère à l'instant crucial, certains, et pas de moindre valeur, flanchent.

Il a jeûné depuis deux jours, pour se préparer, mais on le fait boire, on lui porte à la bouche un bon gâteau sucré qui dégouline, qui remplit sa bouche d'une saveur délicieuse, il sourit encore plus, il est temps d'y aller, il démarre, ses compagnons chantent pour accompagner son départ.

Il est concentré sur la route, il l'a reconnue les jours d'avant, discrètement, pour ne pas éveiller l'attention, il conduit d'abord lentement pour ne pas risquer un cahot qui ferait exploser sa cargaison, après plusieurs lacets il arrive en vue du village, il accélère alors, il fonce, les miliciens du barrage ne remarquent d'abord rien, ils contrôlent une carriole, puis ils s'agitent, il voit de loin des visages, les balles fusent et rebondissent contre son quad cuirassé, les balles font un bruit d'abeilles, il sent une piqûre dans son bras, dans son mollet, il a été touché mais peu importe, son pied est bloqué sur l'accélérateur, il percute le barrage et le choc est terrible, les explosifs ne se sont pas déclenchés, le quad se retourne, il ne poursuivra pas plus loin dans le village, il a mal, il sent qu'il va perdre connaissance mais il sourit, il a le temps et la force d'appuyer sur le bouton.

On entend l'explosion dans tout le village, chacun se fige, des morceaux de barrage s'envolent et retombent un peu partout, pluie tragique.

Une partie des hommes-guerre a déjà déserté, ils sont partis se faire embaucher ailleurs, dans un endroit où on peut porter des armes sans se faire tuer. Diab-en-Personne parcourt le village, il dit que le châtiment des impies guette, il faut revenir à la Vraie Foi, il est encore temps. Ses hommes se font pousser la barbe. Kylian PetitCœurCouronné voudrait espérer encore que ce sont des calomnies des ennemis de son fils. Il a envoyé un messager lui demander de venir le voir, de venir s'expliquer, il n'est pas venu. Il pourrait envoyer des hommes le chercher dans sa maison, mais elle est fortifiée, il y aurait encore des morts, il ne veut pas.

Une situation aussi grave est remontée en haut lieu, le préfet est annoncé, il craint pour la mine, bien sûr. Peut-être va-t-il proposer des soldats gouvernementaux pour maintenir l'ordre, il faudra les payer, bien plus que les hommes-guerre, Kylian PetitCœurCouronné aimerait éviter. Le maire a mis en place un couvre-feu, sur ses conseils, de toute façon les villageois restent chez eux autant que possible, ils ont peur, de mourir ou d'être arrêtés, ils évitent la rue, la route. Ceux qui doivent travailler aux champs ou à la mine sortent discrètement, le matin, ils se confondent avec les ombres des murs. La plupart des mineurs sont logés loin, près de la mine, dans des baraquements spéciaux et gardés. Les maisons de Dieu, en revanche, sont remplies, les villageois s'y pressent, ils écoutent les prêches, ils prient ou ils supplient.

Le marché est réduit à quelques étals, les clients sont rares, Mme DeLaRocheTaillée finit tôt et c'est nouveau pour elle d'avoir ce temps libre. Elle n'a pas remplacé Rieur, sa part de travail a disparu avec lui, Marteau et Méduse suffisent. Elle a le corps couvert de plaies et elle boite mais elle est vivante, bien vivante, il y a même en elle une envie supérieure, un désir de manger, elle dévore, un désir de boire du vin, elle s'enivre, un désir de faire l'amour, elle couche chaque jour avec Méduse. Elles travaillent ensemble au marché puis elles rentrent, Mme DeLaRocheTaillée a un logis d'une taille respectable, un grand lit où elles s'ébattent. Ça a relancé leur relation, toutes les deux, cette histoire d'attentat, d'avoir failli être mortes tout proche, que Mme DeLaRocheTaillée soit blessée. Avant, Méduse avait le désir fugace. Mme DeLaRocheTaillée la caressait longuement, elle embrassait des lèvres et de la langue les points de son corps qu'elle savait sensibles, elle persévérait parfois sans provoquer plus que quelques frissons, Méduse s'endormait doucement, un sourire aux lèvres, et Mme DeLaRocheTaillée devait remiser ses ardeurs. Quand elle parvenait à donner envie à Méduse, il ne fallait ni tarder ni précipiter, ajuster ses gestes à la volonté de sa partenaire, à son désir, dans ces moments-là, insatiable. Méduse restait alors déçue de la durée, qu'elle jugeait trop brève, de leur étreinte.

Depuis l'attentat, tout s'est inversé, Mme DeLaRocheTaillée est plus rétive et Méduse plus passionnée.

Ce jour-là Méduse la déshabille précautionneusement, afin de ne rouvrir aucune plaie, elle enlève les pansements, elle nettoie les plaies, puis elle replace les bandages. Elles vont lentement, doucement. Méduse caresse de très petits endroits, aux interstices des pansements, des croûtes, elle fait de petits baisers, des lèvres et de la langue. Elle utilise des baumes pour certaines plaies, et déborde largement, elle en profite pour caresser, pour masser. Elle suit du doigt ou de la langue les rides de Mme DeLaRocheTaillée, elle a l'impression de parcourir les chemins de sa vie, elle la connaît peu, elle imagine. Elle aime que ce soit par endroits un cuir plus qu'une peau, tandis que d'autres ont presque conservé leur douceur originelle, une peau d'ancêtre et une peau de nouvelle née. Elle efface du pouce les rides autour de ses yeux mais c'est un combat perdu contre le temps, les rides restent. Elle plonge sa tête dans ses cheveux, elle seule a le privilège de les voir déployés, ils sont habituellement regroupés en chignon, elle respire, ils ont l'odeur aigre des cheveux trop fermement attachés, elle s'éloigne et elle regarde, ils sont moins striés de blanc que les siens. Elle embrasse le cou de Mme DeLaRocheTaillée, elle aime déclencher ses frissons, de mille façons, mais particulièrement de cette manière, simplement en posant ses lèvres dans sa nuque. Elle caresse les lobes d'oreille, elle les mordille, elle y passe sa langue et ça chatouille, Mme DeLaRocheTaillée secoue la tête. Elle pose la main sur son ventre, elle agrippe sa peau qui déborde, elle lèche ses fesses, elle lèche son clitoris, elle l'aspire, elle fait tourner sa langue, elle se détourne brièvement pour cracher discrètement, dans ses doigts, un poil. Mme DeLaRocheTaillée se tortille, elle se cambre, elle murmure des mots crus, personne sur le marché ne l'imaginerait, elle se retourne et elle colle son pubis sur celui de Méduse, elles se frottent, elles se font du bien de la langue et des doigts, elles sont tendrement essoufflées, elles respirent des herbes du marché, du réveille-mort, du viens-me-prendre, du secouezézette, chacune provoque un regain, de nouvelles caresses, de nouvelles prises douces, de nouveaux soupirs, et puis au bout de plusieurs heures il fait chaud, il faut dormir, elles restent nues, leurs bras et leurs jambes mêlées, et de temps en temps, sans la réveiller, une plaie fait souffrir Mme DeLaRocheTaillée, elle grimace, elle gémit, elle change de position. Ou bien ce sont des rêves érotiques.

L'Homme-Il-Sait-S'Amuser-Avec-Un-Bout-De-Craie débarque dans le dortoir le soir après la fin de la boum, c'est le premier adulte qu'ils voient depuis leur saccage, le premier à avoir eu le courage de débarquer là, à avoir dit aux autres on ne va pas faire appel au village, quand même, ils ont assez à faire avec ce qui se passe, c'est des gamins, merde. Ils ont tous entendu la musique, quand ça s'est arrêté il a attendu encore longtemps, il bouillait et finalement ça éclate, il sort de leurs petites maisons, aux éducateurs, il dit je vous laisse à votre confort, il est grandiloquent, il fait de grandes enjambées, et il est furieux, à mesure qu'il découvre les salles détruites, et quand il arrive dans le dortoir les enfants émergent de leur sommeil d'après la fête, un drôle de sommeil diurne et alcoolisé, il leur dit aux enfants ce qu'il en pense de leur putain d'attitude, de leurs putains de destructions comme s'il n'y en avait pas assez, et de leur putain de forêt, qu'ils y restent. Je vais vous raconter des histoires, les gosses, vous allez voir, vous allez voir que c'est dangereux la forêt,

Et il leur raconte

L'histoire du Petit Chaperon rouge qui va voir sa mère-grand, il prend un raccourci et croise le loup, et il se fait dévorer, et la mère-grand aussi, et il ajoute une autre version de l'histoire, où le loup mange la mère-grand et fait déguster à la jeune fille le cœur et les ovaires, il leur dit elle prend la place de la vieille, elle lui bouffe symboliquement ce qui fait d'elle une femme, elle se tape le loup ensuite, ou elle se fait baiser par lui, et c'est ce que vous voulez, nous bouffer en fin de compte, prendre nos places, baiser à notre place

Et il leur raconte encore

L'histoire de cette conne de Boucle d'or qui va dans la maison des trois ours et qui pique leur chaise, leur soupe, leur lit, dans la vraie vie elle se ferait manger, dans la vraie vie c'est ce qui arrive à ceux qui ne savent pas rester à leur place

Et il leur raconte encore

L'histoire de ces chiards d'Hansel et Gretel qui croquent la maison de la sorcière et qui se font croquer, touche pas à la maison des autres, ou alors ne t'étonne pas,

L'histoire du Petit Poucet tellement con que ses parents l'abandonnent, et il le mérite, et ses connards de frères aussi, on peut pas tout emporter, on peut pas tout sauver, il les comprend, lui, les parents, et dans la vraie vie les gosses ils crèvent en forêt.

Et des enfants commencent à pleurer, et un enfant pisse au lit, de peur, et un deuxième, parce qu'il n'ose pas se lever, et L'Homme-Il-Sait-S'Amuser-Avec-Un-Bout-De-Craie continue, il leur raconte encore

L'histoire de la Belle au bois dormant qui s'endort dans son château dans la forêt et qui est envahie de ronces, de plantes sauvages, de branches, normalement elle pourrit sur place, il retrouve un cadavre ce connard de prince charmant, sa princesse est morte, elle pue

Et il leur raconte encore

L'histoire d'un mec qui avait mis à l'abri ses parents et ses enfants dans un coin où il se disait ça craint pas, la guerre n'arrivera pas jusque-là, et quand elle est arrivée ils sont morts, tous en même temps, et il leur dit ce pauvre type c'est moi,

Et il leur raconte encore

L'histoire de la chèvre de monsieur Seguin qu'on attache près de la forêt et qui passe toute la nuit à se battre contre le loup, et qui succombe, parce que c'est comme ça on se bat et on crève à la fin,

Il le répète, il hurle, on crève à la fin,

Et il n'a plus d'histoire et il ne raconte plus mais il crie,

Les enfants ne font rien, certains pleurent, Onyx ne pleure pas mais elle le regarde seulement, elle a les yeux grands ouverts, et Le Mat serre les poings, il a les larmes aux yeux de colère, Mohamed-Ali prend des notes, il cherchera toutes ces histoires, Brille pleure depuis le passage sur les parents de Poucet, pourtant les siens ne l'ont pas abandonné mais ça lui fait ça quand on parle de parents, Petite-Jolie pleure, Fukushima pleure, Petite-Opaline se gratte la tête, soit elle a des poux soit elle est perplexe,

Rien n'arrête L'Homme-Il-Sait-S'Amuser-Avec-Un-Bout-De-Craie que nul à la Colonie n'a jamais vu comme ça

Rien ne l'arrête sauf l'arrivée de La-Femme-Quand-Elle-Parle-Elle-a-Les-Yeux-Qui-Brillent, elle le regarde horrifiée et enfin il se tait.

Destiny-Bienaimée fait les lits, elle bêche le potager, elle lave les enfants, elle les borde, elle se réveille la nuit s'ils pleurent, elle lave la cuisine, elle lave le salon, elle lave les chambres. Elle ne fait pas à manger mais elle nettoie les assiettes. Elle est servante dans une grande famille du village, les GrandRaoul, ses maîtres la traitent bien, la Colonie lui manque, Onyx lui manque, elle ne comprend pas bien les enfants de cette maison, ce sont des enfants sans problème, des enfants doux, des enfants qui ne lèvent pas la voix. Elle commence à les aimer, un peu. Elle dort dans un lit confortable. Elle mange bien. Elle a quand même le cœur gros.

Le convoi du préfet a croisé quelques familles de riches villageois qui fuyaient, ils se réfugient temporairement au chef-lieu, de l'autre côté des montagnes. Ils étaient chargés de malles, accompagnés de quelques hommes-guerre. Le préfet est de fort méchante humeur et il le montre à Kylian PetitCœurCouronné qui l'attend sur le quai, sa silhouette doublée par celle, plus imposante, de Grâçadieu. Le préfet lui serre simplement la main, il ne parle pas, il grommelle, ils se rendent sur les lieux où ont explosé les bombes, puis à la mairie où le maire empressé a fait disposer des victuailles. Le préfet mange et il boit, il mastique lentement et ses grosses joues se gonflent et s'affaissent, Kylian PetitCœurCouronné s'impatiente, il ne dit rien cependant, il caresse la crosse de ses colts et il boit, il vide un verre, le remplit, le revide. Parfois il regarde Grâçadieu qui derrière lui ne bronche jamais et cette vue l'apaise quelques secondes. Puis lui revient à l'esprit l'absence de Diab-en-Personne, son fils, et alors il ne peut s'empêcher de cligner des yeux.

Le préfet prend bien le temps de manger tout ce dont il a envie puis il interroge Kylian PetitCœurCouronné sur la mine, la façon dont elle est protégée, dont le charbon est convenablement transporté en train. Il lui reproche ensuite de ne pas avoir su mater les bergers, l'exemple de faiblesse qui a été donné a sans doute inspiré les vrais supermuslim, qui à n'en pas douter sont responsables des événements, et dont les groupes ont essaimé à travers tout le pays, alors même que les Bourguignons avaient été vaincus, définitivement on l'espère. Il ne comprend pas pourquoi les hommes-guerre de Kylian PetitCœurCouronné n'ont pas battu la forêt, battu la montagne, pour retrouver ceux qui ont dévasté le village. Il annonce que compte tenu de la situation, des divers fronts, le gouvernement provisoire ne peut pas envoyer de troupes dans l'immédiat, sauf si Kylian PetitCœurCouronné se décidait enfin à accroître considérablement ses livraisons de charbon. Il souhaite prendre congé rapidement, il dormira une nuit dans le village et prendra le train du lendemain.

Kylian PetitCœurCouronné est trop fier pour argumenter, il sait de toute façon ne pouvoir compter que sur lui-même, sur ses propres forces, ses soldats, ses armes, ses ressources, ses villageois. Il quitte la mairie, il visite sa mère, il se couche tôt, il ne saluera pas le préfet le lendemain.

Tôt le matin le préfet se lève et son escorte l'accompagne, il est mécontent, il le dit au maire venu lui dire au revoir, il aurait espéré que Kylian PetitCœurCouronné lui témoigne plus d'égards. Il en référera en haut lieu. Sitôt le train parti le maire rapporte la colère du préfet à Kylian PetitCœurCouronné qui hoche la tête, il a son premier sourire depuis plusieurs jours. Il se sert un whiskey. Quand l'explosion retentit, le verre tombe au sol, déployant dans le bureau ses fragments argentés. Tout le village a tremblé.

La mère de Darnert est sortie sur son palier, elle scrute le ciel, au loin une colonne de fumée.

Grâçadieu gonfle ses muscles, il donne l'ordre à ses hommes de parcourir le village, de renforcer les barrages.

Les parents d'Esclarelys ferment leur échoppe et rentrent précipitamment chez eux.

Marmite et Mme DeLaRocheTaillée se réveillent, elles sursautent, elles s'étreignent.

Esclarelys est allongée sur son lit, elle a la fièvre, elle a des rêves mauvais, elle ne se réveille pas, des tourbillons secouent son crâne.

Dans la forêt les bergers ont entendu l'explosion, ils voient la fumée, ils se dirigent sans se concerter vers le même haut point de vue, à flanc de montagne.

Les enfants de la Colonie et les éducateurs, cessent leurs occupations, ils interrompent leur laborieux travail de rangement, de réparation, Onyx fronce terriblement les sourcils.

Grâçadieu rend compte à Kylian PetitCœurCouronné, il semble que la voie ferrée ait sauté, le train aussi sans doute. Une colonne armée s'organise. Les hommes ont peur mais il faut aller voir. Grâçadieu leur ordonne de réviser méticuleusement leurs armes, tant pour les occuper que par mesure de sûreté. Ils ne sont pas encore partis quand les gardiens d'un barrage donnent l'alerte, une moto est arrivée, elle a pilé à distance du barrage, hors de portée des armes, le passager est descendu, il a levé l'index au ciel, lancé des imprécations, balancé un sac qui a roulé sur quelques mètres en direction du barrage. Puis la moto a fait demi-tour et filé à grande vitesse. Les miliciens n'ont su que faire, poursuivre la moto, aller voir le sac, ils ont décidé de rester où ils sont, d'en appeler à Grâçadieu. Il est mécontent de l'absence d'initiative de ses soldats, irrité car il aime les situations claires, dans lesquelles nul n'est besoin de réfléchir mais de tirer, ou de se cacher, les vrais supermuslim ont réussi au moins ça, les paralyser.

Kylian PetitCœurCouronné tient à l'accompagner au barrage, c'est très imprudent, il n'en démord pas, ils s'abritent derrière des sacs de sable, se passent rapidement une paire de petites jumelles qui ne leur révèle que ce sac informe. Les miliciens s'agitent, ils murmurent, tout ça n'est pas bon, Grâçadieu ordonne, les ordres servent à ça, rétablir la clarté, l'officier décide, le soldat exécute, il envoie un homme chercher le sac.

Celui qui est désigné a visiblement peur mais tous les autres sont soulagés. Il se prépare, ajuste un casque sur sa tête, il tient son arme des deux mains blanchement serrées. Ses camarades l'encouragent, ils promettent de le couvrir, de l'abattre s'il doit souffrir. Il part et trois soldats supplémentaires le suivent à quelques pas, fusils pointés vers les points cardinaux. Le soldat arrive au sac, il se retourne, il regarde autour de lui, nul secours ne vient, ni catastrophe. Grâçadieu lui crie d'ouvrir le sac, il n'entend pas ou ne veut pas entendre, Grâçadieu contourne le barrage, il avance à grandes enjambées, il pousse le soldat, il l'éloigne de lui, il prend le sac, il l'ouvre. Il découvre son contenu dans un rictus, qui disparaît aussitôt qu'il se retourne et fait face, il tient le sac, le donne brutalement au soldat qu'il avait choisi, trace sa route vers le barrage, Kylian PetitCœurCouronné le regarde, il n'a pas le temps de poser la question que Grâçadieu lui dit, c'est la tête coupée du préfet.

Darnert a réuni les bergers. Ils savent bien sûr pour les attentats, ils ont amis et famille au village. L'un dit c'est une autre affaire que les gardes forestiers, c'est une autre affaire que les demoiselles. Darnert dit nous sommes des pâtres, c'est nous pour notre village, pour nos bêtes. Si le village tombe on le défendra, si Kylian PetitCœurCouronné tombe on prendra bien sa place. En attendant on va bien voir, comment il défend le village face aux vrais supermuslim. Si on se bat contre eux on reste en demoiselles, nos robes contre leurs faux habits de prophète.

Les bergers ont peur pour les leurs, sans train le village ne reçoit plus de nourriture, les paysans n'osent plus aller aux champs, les pénuries guettent. Darnert propose qu'ils cueillent, qu'ils chassent, qu'ils récoltent, qu'ils fassent des provisions pour les temps difficiles, pour les combats, et ceux qui veulent en apporteront au village, à leur famille, à leurs amis.

Les bergers sont d'accord, ils préparent une soupe, ils coupent de grosses miches de pain. Ils discutent, plus relâchés. Ils n'ont pas peur, en attendant. Ceux qui en ont saisissent leurs instruments, d'autres cognent leurs sabots en rythme, Darnert chante, les bergers dansent :

Y a rien de si charmant
Que la bergère aux champs.
Ell' voit venir la pluie,
Désire le beau temps.
Voilà comm' la bergère
Aime à passer son temps.

Son berger va la voir
Le matin et le soir.
« Oh ! levez-vous, bergère !
Bergère, levez-vous.
Les moutons sont en plaine,
Le soleil lui partout. »

Quand la bergère entend
La voix de son amant,
Ell' met sa jupe rouge,
Son joli cotillon,
S'en va-t-ouvrir la porte
À son berger mignon.

« Berger, mon doux berger,
Où irons-nous garder ?
– Là-haut sur la montagne,
Le soleil y fait beau ;

Cueill'rons la violette,
Le romarin nouveau.

Berger, mon doux berger,
Qu'aurons-nous à manger ?
– Des perdrix et des cailles
Et de petits gâteaux ;
Du vin de la bouteille
Que j'ai sous mon manteau.

Berger, mon doux berger,
Où irons-nous loger ?– Là-haut sur la montagne
Un beau château l'y a :
Nous logerons ensemble
Parlera qui voudra.

Berger, mon doux berger,
J'entends quelqu'un marcher.
C'est peut-être mon père
Qui vient pour me chercher ;
Couchons-nous sur l'herbette
Et laissons-le passer.

Berger, mon doux berger,
Si quelqu'un nous voyait !
Allons dessus l'herbette
À l'ombre d'un buisson,
Filant ma colognette,
Chantant une chanson.

Darnert a les yeux humides en chantant, sa voix est éraillée mais émouvante, elle touche le cœur des bergers, ils aiment la mélodie, ils se tiennent les bras et les mains. Ils sont à peine éclairés par le feu et la lune. Tout le temps que ça dure, Darnert pense à celle qu'il aime, il pense à Esclarelys.

Trois sont partis hier, deux ont été rattrapés ce matin, pendus. Il y a des jours où c'est pire. Les hommes-guerre s'enfuient et c'est mauvais signe. Les miliciens désertent et on ne peut pas tous les punir de mort, car ils sont du village, Kylian PetitCœurCouronné ne peut se mettre à dos tant de familles. On les fouette, c'est plus doux. Les soldats qui restent sont concentrés à la mine, il faut continuer de produire, et aux entrées du village, sur les barrages. Diab-en-Personne est introuvable.

Kylian PetitCœurCouronné caresse ses colts, il se ronge les ongles, il boit son whiskey, il visite sa mère. Un des infirmiers a disparu, l'autre a le regard inquiet. Sa mère serre toujours son poupon, elle lui sourit plus tendrement que dans n'importe lequel de ses souvenirs. Il était trop petit pour se rappeler, du temps où il avait la taille du bébé.

Beaucoup prient, au village. Ils se réunissent chez les uns chez les autres quand ils ont trop peur pour visiter les maisons de Dieu, ou bien ils prient seuls, chez eux. Mieux vaut prier avec qui on connaît, en qui on a confiance, alors ils se mélangent entre muslim et christian. Mieux vaut éviter un endroit public alors ceux qui ont de grandes maisons proposent à leurs amis de venir, il y a des embrassades, des cérémonies œcuméniques, mais dans l'ensemble c'est la peur qui domine, les prières sont prononcées par des bouches tordues de crainte, elles sont blanchies aux jointures par les poings crispés. Elles sont compressées par des cuisses serrées, par des mollets tendus.

Les parents d'Esclarelys vont dans les maisons de Dieu et ils l'emmènent, elle est réticente mais elle les suit. Ils sont d'anciens christian devenus muslim, elle-même a toujours prié, toujours senti que Dieu était à ses côtés, car elle se sait exceptionnelle. Elle s'ennuie aux cérémonies, habituellement, mais dans ce contexte particulier, ces assemblées de craignants plus encore que croyants, elle ressent la présence invisible des vrais supermuslim, la fascinante terreur qu'ils exercent à distance, la façon dont les poitrines sont écrasées, les souffles courts, et elle aime étrangement cette puissance, elle aime ce Dieu bientôt vainqueur, elle imagine les hommes qui viendront et qui emporteront tout. Ce sentiment est nouveau, il l'exalte. Elle en oublie sa peinture et ses herbes, elle s'essaye à prier, toute seule, dans sa chambre.

Destiny-Bienaimée est dans la grande maison des GrandRaoul, ils sont partis, ils ne pouvaient pas l'emmener mais ils ont pris la cuisinière, ils lui ont demandé de rester, de garder la maison, elle en profite, elle dort dans leur lit, mais elle a peur, elle ne sait pas, elle ne comprend pas, elle a pensé revenir à la Colonie mais les gardes au barrage lui ont raconté des histoires de voyageurs torturés, d'esclaves, des histoires terribles de survivants, elle a eu peur, elle est retournée chez les GrandRaoul. Il y a de quoi manger, elle bêche un peu le jardin pour s'occuper, elle ne laisse pas la poussière s'installer, la nuit la maison craque, elle vit, Destiny-Bienaimée voit des fantômes, elle touche son bracelet et ça lui rappelle Onyx, elle pleure alors, elle ne sait pas ce qu'elle va devenir.

Tout-Le-Fait-Rire joue du couteau avec les prisonniers, il s'amuse, pose des questions, tranche ou coupe, tape, il regarde s'agiter ceux qui n'y sont pas encore passés. Celui qui l'occupe en ce moment ne répond pas, il le bat, puis il répond, il le bat quand même, il lui dit je vais peut-être te laisser partir, il lui dit *kouffar*, va niquer ta mère, cours si tu peux, enfuis-toi, retourne voir les autres *kouffar*, l'autre hésite, Tout-Le-Fait-Rire le chope brusquement et l'égorge d'une oreille à l'autre, avec son grand couteau. Les premiers capturés ont donné des renseignements sur le village, le nombre d'hommes-guerre, leurs positions, il n'y a plus rien à apprendre, seulement passer le temps.

Il ne garde plus la mine, il a suivi son chef, Diab-en-Personne. Il leur a fait un vrai discours, avec de grands mots, il leur a parlé de la religion, la seule, ils sont de vrais super-muslim, les *kouffar* leur seront soumis, ils seront leurs esclaves, et les faux muslim doivent périr. Diab-en-Personne leur a dit on part dans la forêt, le prophète lui-même est parti à Médine, pour vaincre, pour mieux revenir, pour appliquer la Loi de Dieu. Diab-en-Personne leur a promis du butin. Ils ont gueulé, ils étaient enthousiastes, il leur a dit à genoux nous allons prier, et ils ont prié, ensemble, dans sa direction, et il a encore parlé après ça. Ils ont rejoint le camp des vrais supermuslim, ils ont été bien accueillis, on leur est tombé dans les bras, on les a fêtés, on les a accolés et embrassés. Leur émir, l'Ingénieur, a fait un autre discours, Diab-en-Personne à ses côtés, il leur a parlé du temps nouveau qui s'annonçait sur la terre, de la chaleur de l'enfer qui allait brûler les *kouffar*, ratatiner leur peau sur leurs os, les transformer en cendre à peine bonne à rendre les champs fertiles, il leur a dit ça commence ici, dans cette forêt, dans cette vallée, dans ce village. Il faut bien un commencement pour qui veut accomplir l'œuvre de Dieu. Ensuite ils se sont encore agenouillés et ils ont prié, en direction de l'émir, il menait leur prière et elle résonnait dans la forêt entière, et les prisonniers tremblaient. Puis ils se sont relevés, ils ont repris leurs armes, et ils ont festoyé. On leur a prêté, pour la nuit, des prisonnières.

Le lendemain il a fallu reprendre sérieux, récupérer son arme et garder, encore. Tout-Le-Fait-Rire attrape ceux qui fuient le village, ils étaient nombreux au début, il les passait à ses chefs, mais désormais ça n'a plus d'importance, fais-en ce que tu veux, on lui a dit, et parfois il en laisse même passer. Il attend l'assaut, il attend la prise du village, il sait que ça viendra.

Petite-Opaline bat des bras, elle danse, elle secoue sa tête façon queue-de-cheval, ça brasse l'air autour et ça fouette quand ça touche, elle plisse les yeux puis elle les ouvre grand. Elle a vu Le Mat et lui saute dans les bras, elle lui dit je t'aime et elle l'embrasse, il la fait tourner et au bout d'un moment ils s'effondrent en riant.

On dirait un frère et une sœur, Espoir il dit, et il se rappelle la sienne, petite, puis disparue. Alors il arrête de parler et il pense. Onyx regarde Petite-Opaline et Le Mat, elle a un demi-sourire dont l'autre moitié est dure à définir, finalement elle les appelle. Ils s'arrêtent de chahuter, ils viennent et aussi Brille, Trogne, Petite-Jolie, Fukushima, Furette, Peur-Prudence. On ne va pas tous les citer, il y en a d'autres.

Ils savent tous que c'est inquiétant, il n'y a plus de train et c'est un bruit qui leur manque, ils aimaient voir leurs formes passer rapidement devant la Colonie. Il n'y a plus d'enseignants, ils ne viennent plus de la ville lointaine, ne restent que les éducateurs. Depuis plusieurs jours les rations baissent, les adultes n'osent plus aller au village, la route est dangereuse, Marmite n'a plus de quoi cuisiner, il puise dans la réserve. Heureusement il reste le potager, il est productif. La-Femme-Quand-Elle-Rigole-C'est-Une-Cascade les a réunis dans la salle commune, elle avait les yeux humides, elle leur a dit de ne pas avoir peur, qu'ils seraient là, ce qui se passe au village ne les concerne pas, eux-mêmes et la plupart des enfants viennent d'ailleurs, même si beaucoup font ensuite leur vie là, il ne se passera rien, rien d'inquiétant, rien de terrible, qu'ils ne croient pas que la guerre les a rattrapés, de toute manière, eux, les éducateurs, sont là, ils restent, les adultes restent, ils sont là pour les protéger. Il y a des enfants qui ont commencé à pleurer, d'autres à respirer trop vite, ils suffoquaient, La-Femme-Elle-Est-Costaud les prenait dans les bras, les uns après les autres, à son contact ils se calmaient, puis L'Homme-Il-Sait-S'Amuser-Avec-Un-Bout-De-Craie et La-Femme-Quand-Elle-Parle-Elle-a-Les-Yeux-Qui-Brillent ont proposé de faire des jeux, ils ont dit aujourd'hui sera une journée particulière, ils avaient sorti aussi des découpages, de la colle, de la peinture, de quoi s'exprimer ils ont dit, de quoi créer. Les enfants, ça les a encore plus inquiétés, parce qu'ils savent bien que d'habitude les adultes n'aiment pas leurs dessins, ils sont trop gris et détruits, alors deux ou trois sont partis à l'infirmerie, se faire soigner un peu, qu'on leur donne de quoi dormir, ne pas penser, et puis d'autres ont suivi Onyx qui n'a rien dit mais est partie en forêt, vers les cabanes, ils étaient nombreux derrière elle, des anciens et des nouveaux.

Le lendemain Franck-Ribéry était introuvable, il avait quitté Les Enfants de Melkisédek, il s'était enfui.

Alors ce jour Onyx leur dit il faut qu'on mange, on va chercher dans la forêt de quoi remplir nos cuisines. Il nous faut des galettes et de la viande séchée, des fruits à conserver, des racines pour faire cuire. Elle a vu la femme-arbre, elle a fait une liste. Il faut ramasser des plantes et des fruits secs, des baies, acheter aux strongues sauvages, contre du rhum arrangé, des chevreuils et des sangliers, bien séparer les deux pour respecter les muslim, il faut des légumes sauvages. Elle constitue des binômes, ils auront un sac, ou deux, ils ont toute la journée pour bien ramasser. Elle a fait des dessins sur des feuilles pour que chacun sache ce qu'il doit recueillir, une ou deux variétés par binôme, pas plus. Elle désigne Le Mat et Petite-Opaline pour y aller ensemble. Le Mat est satisfait. Il a eu peur qu'elle ne les sépare, qu'elle ne parte elle-même avec Petite-Opaline. Ils sont les seuls nouveaux à être ensemble, car souvent sont assemblés un ancien, qui connaît mieux la forêt, et un nouveau. Petite-Opaline lui donne la main et elle le tient bien fortement, elle lui sourit, elle lui dit qu'elle n'a pas peur, avec lui.

Leur mission est de ramasser des châtaignes, ils scrutent le sol à la recherche de bogues, quand ils en trouvent ils les dépiautent, libèrent le fruit enveloppé de son tan dur et brun. On dirait un écureuil, elle dit Petite-Opaline à cause du toupet. Ça la fait rire. J'en ai mangé des écureuils, il dit Le Mat. Il mime un lance-pierre. J'aimais pas ça, y avait des petits os, et puis c'est mignon.

Petite-Opaline se pique sur une bogue mais elle ne pleure pas, elle est très courageuse, Le Mat essaye d'ouvrir les bogues à sa place, elle ne le laisse pas faire, elle dit moi toute seule, chacun leur petit couteau ils veulent en faire le plus possible, glisser ensuite la châtaigne dans leur sac en toile. Elle ramasse aussi plusieurs longues feuilles, elle les lisse, les plaque contre ses yeux pour voir quelle lumière ça fait. Elle essaie, quand les feuilles lui semblent moins jolies, de détacher le tissu vert entre les nervures. Elle garde alors en main des squelettes de feuilles, elle les conserve aussi. Elle trouve tout beau, elle est contente.

Ils s'arrêtent pour le casse-croûte, ils ont du pain et du fromage, ils mangent sans parler, simplement ils se regardent. Ils sont assis sur un gros rocher, ils suivent les rais de lumière qui apparaissent, trouent les frondaisons, et leur tiennent chaud, donnent vie à leur peau. Celle de Petite-Opaline translucide et celle du Mat bien foncée. Ensuite Petite-Opaline bâille, elle pose sa tête sur les genoux du Mat, il ne bouge plus, elle s'endort, ça fait des fourmis dans sa cuisse mais il tient.

Elle se réveille au bout d'une heure et ils vont de plus en plus loin dans la forêt, ils n'ont pas peur, ils trouvent aussi des myrtilles, elles ne sont pas indiquées dans leur liste alors ils les mangent et ça leur fait bouche bleue et ça déborde, joue bleue. Tout le monde saura qu'on a mangé, il dit Le Mat, il s'inquiète, il ne sait pas s'ils avaient le droit, de manger tous les deux les bons fruits, il ne regrette pas mais il ne veut pas qu'Onyx sache, alors il dit on cherche un point d'eau, une flaque, un ruisseau, on se nettoie. Ils marchent, le sac est lourd, Le Mat dit on a assez de châtaignes. Finalement ils trouvent une flaque, l'eau est un peu croupie, c'est moins enchanteur qu'un ruisseau, ils se badigeonnent le visage de ce liquide sale, frottent et essuient avec de la mousse, on ne dirait plus qu'ils ont mangé des myrtilles mais se sont roulés dans la boue.

Le Mat n'en tire aucune conclusion sur la beauté flétrie des bons souvenirs, il est content de sa journée passée en forêt avec Petite-Opaline, le reste est oublié.

Onyx fait l'état des ressources, chaque binôme apporte sa récolte et elle explique ce qu'il faut en faire. Les châtaignes du Mat et de Petite-Opaline seront broyées et transformées en farine. Marmite observe clope au coin de la bouche, ça l'empêche de finir bouche bée, il est impressionné par les enfants. Il en accepte plus que d'habitude dans sa cuisine, pour l'aider à tout préparer, à moudre, à fumer, à cuire à la poêle ou à mijoter dans d'immenses casseroles.

Onyx est assise à une table, elle prépare un rhum arrangé avec des plantes aromatiques qu'elle a demandées. Elle est impatiente de goûter mais il faut attendre plusieurs mois, elle se contente de renifler sa mixture, l'odeur lui plaît. Puis elle se cale sur un fauteuil, dans la grande salle, elle appelle Petite-Opaline et Rose-Bouledeneige, elle demande qu'on la tresse. Le Mat boude. Brille à qui on n'a rien demandé masse les pieds d'Onyx. Elle s'endort.

Elle rêve de La-Grande-Vague, celle qui emporte sur son passage, elle prend les arbres, elle les tord, elle saisit les véhicules et elle les retourne, elle noie les parents, les frères et les sœurs, elle tourbillonne, elle secoue, elle entre dans les maisons, elle soulève les toits, elle brise les fenêtres, elle envoie valdinguer les animaux, elle cache le soleil, elle retourne la terre, elle fait du bruit tantôt et puis c'est étouffé, parce que l'eau te remplit les oreilles, elle te roule, elle te met sens dessus dessous, elle te cogne contre un palmier, elle t'assomme, tu te réveilles tout est détruit. La-Grande-Vague laisse un décor de désordre, elle laisse des flaques et des cadavres, des fringues et des arbres brisés, elle laisse beaucoup de boue et un peu du sable. Elle prend et elle renvoie, elle reprend, elle ne rend pas toujours, des fois elle garde au large et tu ne revois plus jamais. La-Grande-Vague remue dans la tête d'Onyx et ça lui fait de mauvais rêves, ça lui fait mal au ventre, c'est une force, on ne peut pas lutter, La-Grande-Vague vient doucement, ça n'est pas la tempête, tu ne la vois pas, elle saisit sans donner l'impression de te prendre et elle ne lâche plus, ça ne sert à rien de s'agripper, ça ne sert à rien de pleurer, ça ne sert à rien d'appeler ceux qui ne sont plus là. Onyx ouvre les yeux et elle est sous l'eau, c'est sombre vers le fond et lumineux vers la surface, elle ouvre grand les yeux mais c'est seulement La-Grande-Vague qui décide, tu peux voir ton destin mais tu ne vois rien, tu ne mènes rien, tu te retrouves vivant tu ne sais pas comment.

Ce n'est pas si souvent qu'elle y rêve mais à chaque fois ça fait mal, alors elle se relève du canapé, elle boit une gorgée de rhum arrangé, celui aux épices, ça pique mais c'est bon, elle boit une deuxième gorgée, elle va se faire quelqu'un, elle veut retrouver le contrôle, retrouver la vie plutôt que cet enfermement aquatique. Elle parcourt des yeux le salon, les uns et les autres vaquent, ils jouent, ils lisent, ils ne l'ont pas vue se réveiller, sinon Brille mais il ne compte pas. Dans son coin Le Mat boude, il sera parfait.

Onyx se met debout, elle l'appelle, elle n'a pas crié, elle a parlé suffisamment fort pour que tout le monde comprenne que ça se passe, les conversations se taisent, les jeux cessent, elle lui dit viens, Le Mat, dis-nous pourquoi tu fais la gueule, alors que grâce à la forêt on va faire bombance.

Le Mat a compris l'alerte, ce n'est pas une simple discussion, il ne s'est jamais dégonflé, il ne se dégonfle pas.

Il se dit après tout je vais pas me taire, alors il parle, pas véhément mais ferme, il dit laisse-moi Petite-Opaline, lui demande pas de venir te tresser ou d'aller de-ci de-là, toi tu en as plein des petites filles, tu en as autant que tu veux, des belles, Petite-Jolie, Petite-Rigolote, La-Plus-Sage, Rose-Bouledeneige, Confidence, des petits garçons abîmés si tu préfères, Fukushima ou Tchernobyl, tu peux les emmener dans la forêt, les faire monter sur ton dos, les perdre, leur faire chanter des chansons, leur donner à manger ou leur apprendre la vie, moi j'ai que Petite-Opaline, c'est ma sœur, c'est elle que je tiens par la main, je suis là pour elle, je me bats pour elle s'il le faut, laisse-la tranquille, il y avait les strongues et les bitches, à ce qu'on dit, avant, maintenant il n'y a plus qu'une strongue, c'est toi.

Onyx est raide tandis qu'il parle, elle a les bras tendus, poings serrés vers le bas, on se demande si elle veut l'emplâtrer ou lui bousiller un os, elle a l'air vraiment mauvaise, narines pincées, sourcils froncés, et sur la bouche un dessin inquiétant.

Le Mat a terminé, Onyx ne parle pas, elle le fixe, presque ça le gêne, quand elle se met à parler il respire, en elle

La-Grande-Vague se retire, elle prend de petits canaux de terre et de sable, elle suit des cours qu'elle a creusés, elle part et elle emporte des petits et des plus grands cadavres, des jouets d'enfants et des vêtements, elle se retire et Onyx parle calmement, et elle lui dit tu sais, j'aime ça chez toi, qu'on sait pas trop si tu es une fille ou un garçon, j'aime que tu as un truc bizarre entre les jambes ; mais j'aime pas trop si tu veux décider de tout pour Petite-Opaline, parce qu'elle fait ce qu'elle a envie, et si elle veut me tresser elle me tresse, point c'est tout.

Le Mat ne sait plus quoi répondre, il ne baisse pas les yeux, il laisse passer un silence et puis il reprend, que tu m'aimes ou que tu m'aimes pas je m'en fiche, si ce qui te plaît c'est mon double truc, tu es aussi bête que les autres, Petite-Opaline elle s'en fout, je suis son frère-sœur, sa sœur-frère, je suis celui qu'elle en a besoin, et moi j'ai pas besoin que tu m'aimes ou que tu m'autorises ou que tu me dises fais ci fais ça, t'es pas ma cheffe, même si t'es la cheffe d'ici, moi personne me commande même pas les adultes. Et toi aussi tu as deux trucs entre les jambes, comme moi, tu as ton trou-pipi et ton petit bouton qui fait du bien.

Pendant qu'il parle les autres se déplacent, ils entourent Onyx, il y a Espoir, Brille, Trogne, Peur-Prudence, Furette vraiment à ses côtés, et les autres encore autour. Ils se touchent presque les épaules, ils font bloc, Le Mat est tout seul, ça ne diminue pas sa colère, au contraire, il est debout-tendu, un fil vibrant, parce qu'il tremble légèrement, il vacille, il clignote, mais il ne détourne pas la tête, il n'ouvre pas les poings.

Tu crois je suis une strongue, elle dit Onyx, mais regarde autour de moi, j'impose pas, ils m'ont choisie, je donne pas des ordres fais ci fais ça, je demande c'est tout, je tape pas si on refuse, me tresser ça leur plaît, boire mon rhum arrangé ça leur plaît, aller avec moi dans la forêt ça leur plaît, construire des cabanes ça leur plaît, si ça te plaît pas reste dans ton coin, reste tout seul, personne ne viendra te chercher, personne ne te pleurera quand arrivera l'âge-vénérable-où-il-faut-rejoindre-le-village et puis c'est tout. Si t'es tout seul t'es rien et puis c'est tout.

Petite-Opaline alors se met entre les deux, entre Le Mat et Onyx, elle pleure et elle leur donne des petits coups de ses petits poings, elle dit, faites pas la guerre, pas la guerre entre vous, elle dit j'aime Le Mat et j'aime Onyx, c'est pareil et c'est pas pareil, ça vaut pas la peine de vous disputer, elle dit ici on est tranquille, vous battez pas, vous criez pas dessus, vous parlez pas, moi ça me plaît d'aller en forêt avec Le Mat, ça me plaît de tenir sa main et de dormir sur ses genoux, ça me plaît de tresser Onyx, de l'écouter si elle parle, de la regarder tellement elle est belle. Au fur et à mesure elle s'essouffle et on ne comprend plus rien, et puis elle s'arrête, elle met son visage dans ses mains.

Onyx et Le Mat se regardent bêtement. Qu'est-ce que tu peux dire après ça ? elle dit Onyx, elle a quand même le dernier mot.

Puis elle prend Petite-Opaline dans ses bras, elle la console, elle la met sur ses genoux et elle la brosse longuement, pour bien étirer ses cheveux lisses, ça la calme.

Mohamed-Ali a ramassé des beaux bâtons qui lui plaisent, il a ramassé des glands, il n'a pas de binôme, il a un grand caddie, il est seul, il est fatigué. Il a bifurqué, il a quitté la forêt pour aller dans un verger. Ça lui fait une trotte alors il allonge les jambes, il se souvient de celles de son père, elles étaient grandes, il fallait suivre, les siennes étaient toutes petites, il était traîné par la main, il allongeait, il allongeait, jamais assez alors parfois il trébuchait, son père tirait sa main et il volait, il retombait, il recommençait, il allait vite, mais pas assez vite. Il était grand son père peut-être plus grand que lui maintenant même avec sa nouvelle taille, sa nouvelle grande taille qui continue, s'il l'avait déjà eue cette taille il aurait vu sa figure, à son père, il aurait su s'il était amusé ou énervé, qu'il ne suive pas, ou s'il s'en fichait, il aurait lu son visage plutôt que regarder ses pieds maladroits l'un devant l'autre, plutôt que ses pieds qui pédalaient et s'embronchaient.

Il scande tout seul, il scande pour lui, personne n'entend mais il y a la musique dans sa tête.

Il dit :
Papa tu n'étais pas là
Pour me dire quoi faire
Avec maman qui pleurait
Papa tu n'étais pas là pour me dire quoi faire
Avec mon duvet par-dessus ma lèvre

Il dit :
Papa j'ai appris
Papa j'ai appris sans toi
J'ai appris tout seul
À me raser
À couper ce duvet
J'ai appris à couper dans le sens du poil
À mettre le rasoir perpendiculaire
À faire mousser le savon
Avant
À l'étaler
J'ai appris à caresser mes joues douces
À les tapoter
À les crémer

Il dit :
Tu m'as dit papa que tu aimais
Et tu es parti
Tu aimais je ne sais pas je ne sais qui
Elle était belle tu as dit
Tu comprendras plus tard tu as dit
Papa c'est plus tard et je n'ai pas compris

Il dit :
Papa il y a eu la guerre
Il y a eu les tremblements de terre
Il y a eu les morts
Mais papa si j'ai mal
C'est de quand tu es parti
De quand tu m'as dit tu comprendras

Il dit :
Papa tu avais dans l'œil
Un éclat joyeux
Un éclat fou
Et tu parlais tu parlais
Tu soufflais
Tu étais pressé
Tu voulais peut-être la rejoindre
C'était beau j'étais triste
Papa tu étais un enfant pressé
Un vieil amoureux fou
J'ai vu tes grandes jambes faire de grands ciseaux
Loin loin

Il dit :
Papa je n'étais plus ta vie
Mais tu m'aimais tu m'as dit

Il dit :
Papa tu ne m'as pas dit
Comment me raser
Comment m'habiller
Comment m'aimer

Papa tu es parti
Papa c'est trop tard
Papa tu me manques
Mais t'es parti.

Il scande plusieurs fois pour mieux retenir, il arrive au verger, il se cache, être sûr qu'il n'y a pas de paysans, pas de villageois. Il avance avec son caddie, il roule bien, il a des couleurs voyantes, mais il n'y a personne.

Il grimpe aux arbres, il fait tomber les pommes, certaines sont assez basses pour sa haute stature, désormais, il remplit son caddie, c'est lourd mais il tire, il repart vite sur le chemin de la Colonie.

Il pleurait en venant mais désormais il est content, il pense aux tartes aux pommes, il pense aux compotes, il pense aux pommes croquées à pleines dents, il en prend une, tiens, il la croque, il mange les pépins, il mange le trognon, il n'en reste rien. Il essuie ses dents avec sa langue, il débloque les petits morceaux de peau coincés, il scande :

Caddie je te regardais de haut
Car tu es petit et tiré par des petites vieilles sur le marché
Caddie
Je te voyais archaïque
Petites roues moches et sournoises
Et puis je t'ai redécouvert
Tu es pratique tu as sauvé mon dos
Tu es de la technologie de pointe
C'est pas ta faute si on laisse des œufs dessous et ils sont écrasés par les pommes de terre
Tu t'en fous de tes couleurs moches

Caddie je t'aime

Et mon préféré c'est celui rouge en métal que papa et maman tiraient

Sur le marché

Je te pardonne caddie quand tu me tords le poignet

Merci de porter mes pommes.

Il est parti longtemps, plus longtemps que les autres. Quand il arrive devant Onyx, il fait presque nuit, elle pointe ce qu'il a rapporté, rien à voir avec ce qu'elle avait demandé, elle le regarde d'en bas, il est plus grand qu'elle désormais, il lui fait un beau sourire, elle sourit pareil, elle pense qu'il va scander, mais il ne scande pas, il est trop fatigué, il boit un grand verre d'eau et puis il dort.

Rose-Bouledeneige caresse ses tresses, elle est contente de les avoir, Petite-Jolie les lui a faites. Elles ne sont pas parfaites, il y a des mèches qui sortent, ça n'est pas tellement symétrique, mais elle préfère encore ça que les couettes. Elle voudrait des cheveux qui descendent jusqu'aux fesses. Des fois elle voudrait qu'ils bouclent mais souvent elle est contente qu'ils soient lisses.

Elle se souvient de ses mamans, Maman Cathy lui faisait les plus belles tresses, elle prenait du temps, elle lui brossait longuement les cheveux avant, puis elle mêlait mèche après mèche entre ses doigts. Elle l'embrassait dans le cou, elle lui disait des mots tendres à l'oreille. Maman Viviane lui faisait plutôt des couettes, elle lui disait je porte un nom de fée, je suis une fée de la forêt, une dame du lac, grâce à mes sortilèges tu es la plus jolie des petites filles. Elle se souvient de son visage, de ses cheveux rouges, mais elle ne parvient plus à distinguer les traits de Maman Cathy, elle a simplement mémoire de son corps enveloppant et doux. Pourtant, elle se dit, c'est pas si loin, c'est pas si longtemps, ce temps d'avant la Colonie. Elle est triste de les avoir perdues, mais joyeuse de les avoir eues, ses deux mamans. Elle dit à Petite-Jolie moi j'avais deux mamans qui étaient belles et qui s'aimaient, et elles m'aimaient encore plus. Moi ma maman c'était une reine, elle dit Petite-Jolie, une reine des neiges, tout ce qu'elle touchait se transformait en froid, et elle était amie avec un bonhomme de neige. Toi ta maman elle était peut-être la reine des neiges mais elle a brûlé dans une bombe, elle dit Rose-Bouledeneige, moi mes mamans elles sont peut-être pas mortes, personne m'a dit, elles sont peut-être seulement en prison, un jour je les retrouverai plus que ta reine des neiges toute fondue.

Petite-Jolie pleure doucement, Rose-Bouledeneige fait toucher les deux extrémités de ses tresses, elle se dit si je faisais un nœud, elle se dit Maman Cathy en faisait des plus belles, elle regrette un peu, aussi, d'avoir fait de la peine à sa copine. Elle lui met un bras autour de l'épaule, elle lui tire gentiment l'oreille, elle l'embrasse. Tout doucement elle lui dit je t'aime bien tu sais et je suis contente que tu fermes enfin ta gueule.

Le soir, après avoir fini le travail à la mine, les sapeurs, les haveurs, les galibots, les porions, ils rejoignent leur baraquement, leur famille, tous et toutes alors ils quittent leur saleté de bête de somme, à grand renfort d'eau, en frottant bien, ils tentent de retrouver une peau d'homme, une peau de femme, des gestes et des pensées de même, ils se débarrassent comme ils peuvent des glaviots noirs qui leur encombrent la gorge, et alors ils retrouvent l'usage de leur voix, ils se laissent aller à parler, à rire, ils serrent leurs enfants dans leurs bras, ils se touchent, ils ont des mots doux, parfois ils s'embrassent ou font l'amour, ils soignent leurs plaies, s'ils en ont, par de petits tamponnements délicats, avec du coton, ils préparent à manger et ils dégustent, si c'est bon, ou bien simplement ils se couchent, ils ferment les yeux et ils dorment. Ils sont dans de petites maisons en torchis dont les murs sont noircis, dont les meubles sont noircis, mais ils sont chez eux, ils peuvent choisir si leurs portes et fenêtres restent ouvertes ou se ferment, ils rangent à leur goût quelques bibelots, quelques souvenirs, ils lavent et plient leurs vêtements, ceux pour en dehors de la mine, ceux pour après, s'ils en sortent un jour. Ils vont chercher où il se niche l'espoir des humains, la farouche volonté de vivre et de persévérer, la faculté étonnante de se réjouir, d'aimer, de partager.

Pichichi n'a pas encore de lieu à lui mais un vieux couple de mineurs, incapables de se rendre encore à la mine, incapables de la quitter, lui louent un lit dans leur pièce principale, un petit lit, pas bien confortable, mais il épouse agréablement la forme de son corps, il lui offre du sommeil et quelques rêves, il relaxe ses muscles endoloris. Les deux hommes ne sont pas bavards, l'un des deux est malade, ses poumons sont brûlants, il mourra sans doute bientôt, il n'en prend pas ombrage, il passe le temps qui lui reste à sculpter le bois. Son compagnon prend bien soin de lui, il l'embrasse, il lui prépare à manger, il le plaint, il oublie ainsi son propre corps bien abîmé.

Pichichi a mangé rapidement, il voulait dormir, il est en train de s'endormir quand il entend les crépitements, il ne saisit rien de ce qui se passe, il continue de suivre son sommeil. Puis progressivement il distingue la menace, le tac-tac-tac des mitraillettes, les cris des blessés. Il est assis en sursaut, il transpire, il ne comprend pas. Il met rapidement ses habits, ses chaussures, il va voir les vieux, ils n'en savent pas plus que lui, dans l'obscurité le blanc de leurs yeux contraste avec leurs pupilles, quatre petites cibles qui roulent. Les sons se rapprochent et le vieux malade parle d'une voix rauque, il dit c'est fini pour nous, de toute façon, toi tu peux partir, ouvre la porte, file, Pichichi a tant de fois décidé en quelques fractions de seconde de quel côté il allait taper la balle, à droite ou à gauche, de quelle façon du pied il allait la reprendre et la propulser dans les filets, présentement pourtant il ne parvient pas à bouger, à décider, il est figé, il a peur, les bruits se rapprochent encore, ils sont terribles, inexorables, c'est seulement quand la rafale déchire la porte que Pichichi retrouve son corps vif, il plonge sous le lit des deux vieux, il s'abrite et il ferme les yeux inutilement comme si ça pouvait changer quelque chose. Il entend Dieu est le plus grand, ce sont des voix jeunes, il entend les balles, il sent leur impact dans les murs de la misérable maison, son dos se crible d'éclats de bois, les deux vieux ne disent rien, ils se tenaient l'un contre l'autre et Pichichi, toujours sans ouvrir les yeux, a tout un côté humide, goutte par goutte il s'imbibe, odeur de sang, il sait que ce n'est pas le sien mais celui de ses hôtes, il contracte ses muscles, surtout ceux des paupières pour bien garder les yeux clos, mais aussi les poings à se rentrer les ongles dans la chair. Il attend. Il ne s'endort pas. Il se dit ce sont des jeunes qui ont massacré des vieux, ça doit être une étrange puissance d'éteindre ainsi les anciens, de manifester sa jeunesse avec l'arrogance des balles.

Il reste jusqu'au lendemain sous le lit. Les coups de feu et les cris continuent toute la nuit, puis se transforment en râles et en cris de victoire. Il n'ose pas bouger. Il ouvre les yeux, le sang des deux vieux mineurs ne goutte plus. Le sang a refroidi, il se gèle. Au matin des prisonniers, encadrés par des assaillants qui leur donnent des ordres, viennent regarder les deux vieux. Pichichi entend que les cadavres et les maisons seront brûlés. C'est le moment de sortir. Il rampe, ne regarde surtout pas le lit où sont morts les deux vieux, il se relève, ses os craquent, il tousse, il a l'impression de faire beaucoup de bruit, il lance les jambes dans le vide pour les déverrouiller, il a du mal à tenir debout au début puis la circulation revient, il ouvre la porte et il sort avec précaution. Dehors c'est le même paysage noir que d'habitude. Il y a plus de fumée, des petits incendies brûlent un peu partout. Et des soldats barbus, dont les pantalons courts s'arrêtent aux chevilles. Ils discutent et ils patrouillent. Aussi des prisonniers agenouillés, les bras posés sur la tête. Dans une déclivité du sol un amas de cadavres, certains décapités. Pichichi presse le pas. Sa silhouette décharnée et grise, ses yeux tournés vers le sol, lui permettent, espère-t-il, de passer inaperçu.

Il est vite repéré par des combattants, ils l'appellent, ils lui ordonnent de s'arrêter, Pichichi court, il retrouve la vitesse qui était la sienne sur les terrains, il saute par-dessus les blocs noirs, il évite les trous, il est tellement léger, il se cache à l'angle d'une bicoque, bifurque derrière une deuxième, les autres ont tiré quelques balles, ils ne l'ont pas atteint, la fumée des incendies lui profite, il court, il rampe, il se cache, il met derrière lui le territoire dévasté de la mine, il retrouve le chemin qui mène au village, il se doute qu'il ne peut pas y rester, il y aura des barrages, il marche accroupi derrière les buissons, c'est lent mais vital, car il aperçoit sur la route des patrouilles de vrais supermuslim, il a soif, il a faim, ses vêtements poisseux de sang lui collent à la peau, il se rend compte que ses pas le mènent vers la Colonie, il est troublé, il l'évite cependant et se cache dans la forêt. Il creuse le sol, il est un animal et il veut survivre, il trouve des racines qu'il mâche, il a encore la force de marcher et de boire au cours d'eau, puis il s'effondre, le corps dans l'herbe et la tête dans un rocher, il s'endort.

Mohamed-Ali a encore grandi, il a mal aux genoux la nuit, mal aux cuisses, mal aux bras, de grandir de cette manière, ses pieds dépassent des matelas et des lits, il est démesurément grand et il se déplie sans difficulté apparente, sa voix tressaille, elle hésite entre l'enfant et l'adulte, il a lu, il a encore lu, il a beaucoup lu, il scande :

C'est l'histoire de ceux qui sont devenus les jew
Au pays de Canaan
Dans les montagnes de Samarie
Un ter-ter stratégique
Convoité par les Égyptiens
Un pays de clans et de tribus
Chaque *crew* a ses habitudes ses coutumes
Ses façons de *checker* de manger de se marier
Quand elles se figent, ça fait un peuple
Le peuple de Ceux-Qui-Ne-mangent-Pas-De-Porc

C'est un terrible paysage
Des montagnes et des plateaux, quelques paysans et beaucoup de bergers
Des forêts
Des canyons encaissés et des grottes
De quoi se cacher.
C'est une histoire qui se raconte plus tard
Du temps où ceux qui racontent,
Des prêtres,
Sont défaits
Du temps où ils sont otages.
Alors ils se souviennent des anciens roitelets
Brigands
Chefs de bande
Ils en font des monarques choisis par Dieu
Ils transforment des hameaux, des gros villages fortifiés,
En villes et en palais.
Ils inventent un passé glorieux.
Les prêtres se souviennent du temps où leur peuple avait deux royaumes
Le royaume de Saül au nord
Le royaume de David au sud
Saül est un roitelet
David est un bandit
Ils se combattent
Ils deviennent par la foi des prêtres des rois sacrés
Garants de leur peuple contre les Philistins
C'était rustique, ça devient épopée
Ça devient l'histoire d'un vieux roi corrompu
Le roi Saül
Un roi qui a oublié Dieu.

David fédère, dans le sud, ceux qui s'opposent au roi
Il a avec lui d'autres bandits
Paysans déclassés et rebelles
Il rançonne les notables, les riches éleveurs de son peuple
Il prend leurs femmes
Il est mercenaire des ennemis philistins
Puis il les combat
Il tue le géant Goliath
Quand Saül meurt, il prend son royaume
Il prend Jérusalem
C'est un gros bled
Mais c'est son centre du monde
Alors on chante sa légende.
Ces bouts d'histoire, ils sont d'abord rassemblés sous le roi Josias
Il vient après Saül et David
Il est couronné à huit ans
Le royaume du Nord a été conquis par les Assyriens
Le royaume du Sud s'appelle Juda
Il est seul
Isolé
Y viennent les réfugiés du royaume du Nord
Chassés par les colons assyriens.
Josias veut reconquérir
Alors les prêtres et les conteurs racontent
Les exploits de son ancêtre David
Ils racontent l'histoire d'un seul peuple
Uni et puissant
Ils mêlent les histoires du nord et du sud
Saül et David
L'histoire ne passe pas toujours crème

Pour les princes ambitieux
Josias plus tard est tué par les Égyptiens
Sur le mont Megiddo
Har Megiddo
Armageddon
L'Apocalypse
C'est la fin des espoirs d'un royaume puissant, unifié
La fin d'un monde.
L'histoire des prêtres devient sombre
Elle devient triste et terrible
Vengeresse
Les rois sont punis, les rois sont trahis
Devenant vieux ils sont concupiscents
Séniles
Ils prennent trop de femmes
Ils adorent des dieux païens
Saül, David, Salomon
Ils sont punis
Josias devait fonder un empire et il est mort.
Peu après les Babyloniens prennent Jérusalem
Ils la brûlent
Ils emmènent les prêtres
Les nobles
Pour cinquante ans d'exil
Les prêtres rassemblent les récits épars
Ils construisent l'épopée
Une triste et sombre épopée
Ils unifient les règles
Ils les durcissent pour mieux préserver
Il y a des Lois
Ils donnent cohérence

Ils en mettent un peu pour le nord un peu pour le sud
Pour Salomon, pour Saül, pour David.
Les combats les souffrances et les prophètes
Le récit national devient fermement religion
Ils font naître et persister le peuple des jew.
Plus tard le roi de Babylone les laisse repartir
Ils rentrent à Jérusalem
Il n'y a plus de royaume
Plus de prospérité
Il y a le Temple
Qu'ils peuvent reconstruire
Il n'y a plus de roi mais il y a les prêtres
Ils ont la puissance des Lois.

C'est l'histoire de ceux qui sont devenus les christian
L'histoire d'un prédicateur
On l'appelle Jésus
Un évergète
Il distribue du pain et du vin
Les siens, à sa mort, entrent dans le palais
Ils y ont donc des appuis, sans doute.
À cette époque il y a de nombreux troubles parmi les jew
Les Romains dominent
Les prêtres ne sont pas d'accord
Ceux du Temple dominent
Il y a plusieurs versions de ce que doivent être les Lois
Plusieurs opinions
Il y a des groupes
Des sectes
Des prophètes
L'évergète est condamné à mort

Il est un dieu souffrant
Sur la croix
Et puis, dit-on, il ressuscite
Aucune histoire ne dit ça pour David
Pour Salomon.
Le groupe de ceux qui adorent le dieu souffrant persiste
Sa bande lui est fidèle
Un groupe de jew
Une secte particulière
Il y en a d'autres
Peu d'échos
Des controverses et des divisions
L'Empire romain s'en fout un peu
Le christianisme se distingue peu de la religion des jew
Les christian se tournent vers l'empereur
Vers les autorités
Quand il y a des problèmes,
Des dissensions.
L'Église de Rome
Reconnaît une hiérarchie
Des évêques
Calqués sur le pouvoir civil.
Au Bas Empire,
L'empereur se saisit de cette religion docile
Hiérarchisée
Il les avale, il les engloutit
Il se saisit de leurs principes
Le gros mange les petits
L'Empire se saisit de la religion des christian
Comme d'une petite boutique
Il la fait prospérer à son profit

Il fixe le dogme
Choisit les évêques
Condamne les hérétiques
Le dieu souffrant s'est fait homme
L'empereur, de même, est d'essence divine
Il prend en main l'Église
Il la développe
Religion d'État
Il prend en main les christian
L'évêque est un notable
Un rouage
L'empereur est christian
Les nobles sont christian
Le peuple doit être christian
Le divin est dans le quotidien.
Le pouvoir du monarque
La propriété des possédants
Tout est sanctifié
Amen.

C'est l'histoire de ceux qui sont devenus les muslim

Ça part d'un lieu où le soleil brûle les faces, brûle les corps, dessèche les os.

Le sol brûle, l'eau est chaude, il y a peu de plantes

L'ombre est précieuse, elle est rare

On prise les jujubiers pour s'abriter du soleil

C'est un lieu où tu meurs de perdre ton chemin

Un lieu où tu partages l'eau et la nourriture avec le voyageur égaré

Il y a des points : les endroits où les hommes se regroupent

Et des parcours : les endroits où ils passent

Il faut connaître précisément les chemins

Être sûr de son guide

Sinon tu meurs

Il faut des points d'eau

Sinon tu meurs.

Il y a la mort mais il y a pire

La dislocation la dispersion
La fin de la tribu
L'individu seul, sans son groupe, face au soleil qui brûle.
Disparaître sans laisser de traces, recouvertes, érodées par le sable.
Il y a des djinns qui protègent les puits et les routes
Il faut conclure avec les divinités des alliances
Il faut conclure avec les tribus des alliances
Car il y a des tribus, des clans rassemblés
Dépendants les uns des autres
Les ressources manquent
Ils sont peu dans ce désert
Une vie est une vie, elle compte.
On ne tue pas
Car quand on tue, on venge, impitoyablement
Au risque de disparaître.
On menace plutôt, on négocie.
Face au plus fort, on reste fier mais on se soumet.

Les dieux sont des dieux utiles, ils aident les hommes, on s'allie avec eux et ils font tomber la pluie, ils protègent les routes, ils font pousser ce qui nourrit et ce qui rafraîchit, ils rendent prospères les jardins, ils irriguent, ils sauvegardent les troupeaux, ils creusent des chemins entre les montagnes.

C'est l'histoire d'un homme sans père, d'un homme sans fils, un homme du désert,
Un homme des tribus qui choisit une nouvelle alliance
Une nouvelle guidance
Pour le bien-être de la tribu

C'est l'histoire d'Abû-l-Qâsim, Muhammad de son nom de gloire, le Louangé par Dieu, l'avertisseur.

Il vit dans le désert et dans la tribu son clan décline,

Il n'a pas de père, son fils est mort jeune, il n'est pas reconnu dans sa ville, dans sa tribu

Il parle mais on ne l'écoute pas

C'est La Mekke et ça n'est pas une oasis

Un simple point d'eau

Pas d'agriculture, il faut commercer, il faut échanger avec les autres tribus.

Les Quraysh sont le clan dominant

Un clan florissant

Ils ne partagent pas assez

Ils enfreignent la règle du désert, la règle de la tribu

Muhammad parle, il prêche, il prône la nouvelle alliance

Il y a plusieurs dieux

Le dieu du bétyle

Les déesses des pistes

Elles sécurisent les parcours

C'est le désert

Un espace aride

Qui ne pardonne pas

On peut mourir si on manque d'eau

On peut mourir si on se perd

On peut mourir si on ne partage pas

L'eau les ressources les richesses.

Il faut être sûr de la bonne route

Il faut être sûr des alliances

Il faut partager il faut donner

Muhammad n'est pas satisfait

De sa place, de sa tribu

Il veut resserrer l'alliance autour du seul bétyle, le gardien de l'eau

Le seigneur de leur maison

Il s'appelle Rabb puis Rahmân puis Allah

Abû-l-Qâsim dit Muhammad parle pendant douze ans et on ne l'écoute pas

Il veut changer d'allié divin

Il faut bien tenir la corde

Sabab

Une corde en poil de chameau, on la fixe sur un piquet et on descend le long des falaises pour recueillir du miel

On descend dans le puits, et on remonte.

Une corde tendue à saisir, ne jamais la lâcher

Une corde du ciel

Plusieurs cordes du ciel

Envoyées par le maître de la maison

Par le seigneur de cette pierre.

Abû-l-Qâsim dit Muhammad dit que sa parole vient de Dieu et on ne l'écoute pas.

Alors il en ajoute

Le Dieu créateur

Le Jugement dernier

La récompense après la mort

Il dit : entrez dans ma nouvelle alliance

Il dit : les ralliés seront pardonnés

On moque son absence de postérité

On dit qu'il est châtré

Puisqu'il n'a pas de fils
Car seuls les fils comptent
Ce sont des pasteurs
Des éleveurs de chameaux
Pas des agriculteurs
Leur parole est crue
On le chasse, on le bannit
Il se réfugie à Médine
Il est protégé par un clan
Il est habile
Il parle et il veut rassembler
Créer de nouvelles alliances pour retourner à La Mekke
On le moque encore
Il se querelle autour d'un puits et son rival lui dit : homme de rien, moi je suis homme puissant.
Muhammad exhorte
Venez combattre avec moi
Laissez votre troupeau, votre famille
Faites l'effort, faites le jihad
Vous serez récompensés
Vous aurez du butin
À ceux qui rechignent il promet la brûlure éternelle
Il le répète plusieurs fois
Sans doute n'a-t-il pas toujours convaincu
Sinon pourquoi répéter ?
Comme à La Mekke on l'humilie on l'insulte
Il a des alliés et parmi eux des hypocrites
Des *munâfiqûn*
Mais il poursuit son œuvre
Patiemment il construit des alliances
Il aide les Médinois à mettre de l'ordre dans leurs affaires

Il calme leurs différends
Il remporte des victoires audacieuses
Il agit comme dans n'importe quelle structure
N'importe quelle organisation humaine
Fondée sur le pouvoir sur la hiérarchie sur les possessions
Il enrichit les siens
Il maintient la paix entre les tribus
Il fait exécuter les poètes et les poétesses qui le moquent
Mais toujours il paye l'impôt du sang pour éviter les vendettas.
Il couche avec les captives
Ou il les épouse
Il introduit pour lui-même des règles spéciales
Il peut épouser plus de femmes que les autres
Il a le droit d'épouser la femme de son fils adoptif.
Il bannit les tribus réfractaires
Ce sont des tribus de jew qui l'ont contesté
Les Banû Qaynuqâ
Les Banû Nadîr
Il massacre les Banû Qurayza
Il remporte des victoires et il négocie
Il fragilise ses ennemis
Il se présente en pèlerin dans sa ville natale
Et il peut de nouveau entrer à La Mekke.
Il a convaincu les tribus.
Il a réussi.
Il épouse la fille de son ennemi
La fille d'Abû Sufyân.
Muhammad a prouvé par ses razzias, ses victoires, son alliance efficace,
Il prouve le nom qu'il s'est donné ou qu'on lui a donné

Le Louangé par Dieu.
Il menace, il convainc,
Il détruit les tribus récalcitrantes
Il construit sa nouvelle alliance
L'alliance de Médine et La Mekke
L'alliance des tribus d'Arabie
L'alliance avec le dieu du bétyle
Le seigneur du point d'eau
Allah
C'est la nouvelle religion des tribus
Ils ne sont pas encore vraiment des muslim il n'y a pas de supermuslim ni de vrais supermuslim
Pas encore d'empire, ça vient après
Il y a un homme du désert qui voulait changer d'alliance
Guider sa tribu sur une nouvelle route
Partager les richesses les ressources
Dans un lieu où le soleil brûle les faces, brûle les corps, dessèche les os.

Mohamed-Ali ne se rassoit pas mais il boit, une bouteille d'eau entière, puis il continue à parler,

Il dit :

C'était des histoires d'épée et de sable
De croix cimetières
De soleil brûlant
De genoux qui ploient
De têtes dressées
Aujourd'hui il n'y a plus de jew ici
Ou ils se cachent
Aujourd'hui il y a des christian
Il y a des muslim et des supermuslim
Ils craignent les vrais supermuslim
S'ils arrivent ils se cachent

Il dit encore et il scande :

Il y a des croyants qui font la guerre
Ils sont soldats de la foi
Soldats cimetières
Soldats carnages
Ils pensent comme Moïse Moussa
Dans le Livre des Nombres
Quand le seigneur lui dit de détruire le peuple des Madianites
Quand le seigneur lui ordonne de venger Israël au moyen de douze mille hommes, mille par tribu,
Ils ont des trompettes et des épées
Ils accomplissent leur devoir
Ils tuent
Ils prennent le bétail
Ils prennent les femmes et les enfants
Ils mettent le feu aux villes
Puis les généraux rendent compte
Des destructions et des prisonniers
Moïse Moussa
Courroucé
Ordonne aux officiers
Tuez aussi les femmes
Tuez les petits garçons
Ne laissez vivre que les petites filles
Que vous prendrez pour esclaves
Ainsi fut fait
Puis ils brûlent les objets en poil de chèvre les objets en bois les objets en peau
Ainsi tout fut purifié

Ainsi tout sera purifié.

Mohamed-Ali s'assoit enfin, il a tant parlé qu'il n'a plus de souffle, il bat des bras, il cogne ses genoux, il est si fatigué qu'il boit encore, et qu'il s'endort ensuite.

Les enfants n'osent plus parler, dans leurs têtes défilent de féroces soldats cimetières.

L'Homme-Il-Sait-S'Amuser-Avec-Un-Bout-De-Craie voit bien que les enfants sont nerveux, il propose aux autres adultes de leur montrer un film, dans la grande salle. La-Femme-Quand-Elle-Parle-Elle-a-Les-Yeux-Qui-Brillent installe avec lui le grand écran et le projecteur, ils alignent les petites chaises. Marmite fait du pop-corn. Il a choisi un film de pirates, L'Homme-Il-Sait-S'Amuser-Avec-Un-Bout-De-Craie, un très vieux film qu'il n'a jamais vu mais il se dit, ça leur plaira, c'est bien pour les enfants, les pirates.

Les enfants renâclent mais le pop-corn les attire, Onyx se met au fond, bien sûr, Mohamed-Ali est à côté d'elle, il est trop grand et il a des cheveux trop massifs pour que quiconque se place derrière lui.

Au début les enfants rigolent, ils chahutent, et puis le film commence et ils sont rivés aux images, ils aiment ça.

C'est une histoire d'enfants à la Jamaïque, il y a un ouragan et les esclaves ont peur, ils psalmodient leurs rites vaudous et les enfants participent, ils sont six frères et sœurs, ils sont terribles et turbulents. Ils inquiètent leurs parents, qui ont peur de voir sur eux les effets de la terrible magie vaudoue, ils les renvoient en Europe, sur un bateau.

Entre ces enfants il y en a une qui se distingue, la plus grande des sœurs, elle est déterminée, elle commande, elle est terrible. Onyx aime bien.

Leur bateau est pris par des pirates, ils les embarquent sans savoir, ils ont ces enfants sur leur navire et on craint pour eux, aux mains de terribles forbans, mais leur capitaine est ému, il voit les tours de ces enfants et il ne s'énerve pas, il sourit, il se rappelle ses propres espiègleries, son destin désormais de chef pirate sérieux, impitoyable, peut-être qu'il le regrette, et parmi ces enfants il aime particulièrement Emily, la grande sœur, il lui passe toutes ses facéties et ses impertinences, il la regarde comme si elle était sa propre fille, la fille du chef pirate.

Et les enfants font peur aux pirates
Ils organisent des cérémonies funèbres pour s'amuser
Ils parlent de noyade et de naufrage
Toutes choses interdites sur un bateau
Ils sont cruels
Ils aiment inspirer la crainte
Ils leur portent malheur
Du moins les pirates le croient-ils
Et ils supplient leur chef de les jeter par-dessus bord
Ou de les débarquer
Il faut débarrasser le bateau des enfants
Mais le capitaine refuse
Il les aime bien
Il les protège
Et bien sûr le malheur arrive

Un enfant meurt, par accident

La marine anglaise rattrape les pirates, car toujours les pirates sont rattrapés, elle les arrête et les juge.

Ils sont dans le tribunal, leur liberté perdue, ils sont les accusés

Et les enfants sont là aussi

Moins sauvages qu'à leur bord

Vêtus d'habits bourgeois

Propres et peignés

Les enfants sont là et ils sont un signe pire que des corbeaux

Ils sont quasiment des sceptres

Des poupées plantées d'épingles

Ils ont des visages impassibles

Ils assistent à la condamnation des pirates

Ils seront pendus.

Une dernière fois le capitaine regarde Emily

Avec rien d'autre en lui qu'une tendresse.

Le film s'achève et les enfants restent silencieux. L'Homme-Il-Sait-S'Amuser-Avec-Un-Bout-De-Craie n'avait pas vu le film et il se demande s'il a bien fait. Il n'est vraiment pas sûr. Les enfants peu à peu se lèvent, la lumière est revenue, certes encore tamisée, ils sont encore dans un rêve, dans la tempête, sur les bateaux. Ils voient des pirates et des enfants dans les taches qui dansent devant leurs yeux.

C'était un merveilleux film, elle dit La-Femme-Quand-Elle-Parle-Elle-a-Les-Yeux-Qui-Brillent à L'Homme-Il-Sait-S'Amuser-Avec-Un-Bout-De-Craie, et il ne se pose plus la moindre question.

L'Ingénieur a tenu discours à ses hommes
Il les a exhortés
Il leur a dit la fin est proche
Nous allons prendre ce village
Ce sera un lieu sûr
Un abri
Un lieu de Loi
Le renard a sa tanière
L'oiseau du ciel a son nid
Nous aurons de même
Il dit les hommes sont des chamelons
Dispersés par la tempête de sable
Ils ne voient rien ils ne sentent rien
Ils ne savent pas où aller et ils se cognent
Nous les vrais supermuslim sommes ensemble
Nous savons la bonne direction
Nous avons un but nous aurons un lieu

Mais notre vrai lieu n'est pas sur terre
Il est près de Dieu
Où nous serons tous rappelés
Et jugés
Ce jour-là les montagnes seront semblables à de la laine qui vole
Et les mers à des gouttes qui giclent
Le ciel sera fendu
Les morts sortiront de terre
Ils marcheront
Il y aura des hommes forts et des hommes de rien
Ta parenté ne pourra rien pour toi
Ni tes alliés
Ceux qui auront en balance leurs actes solidaires
Leurs actes de vrais supermuslim
Ceux-là seront récompensés
Pour l'éternité
Les autres
Ceux qui ont manqué de partage et d'assistance, alors qu'ils en avaient les moyens
Ceux qui ont tourné le dos
Les lâches
Les apostats
Les mécréants
Les païens
Les hypocrites
Ils seront dans la fosse
Un piège à loups ou à lions
Un lieu de soleil ardent
Les premiers seront guidés par la lune
Une lune pleine et fraîche de nuit d'été

Les autres seront dans la nuit noire
Sans lune
Seuls et perdus
Ils seront noyés
Relégués dans un lieu de feu
Je suis l'avertisseur
Allah m'a envoyé
La terre est un tapis, les égarés, les injustes, seront punis
Pour les autres le jugement sera doux-lumière de la lune
Croyez et agissez
Soyez sans pitié car il n'y en aura pas le jour du Jugement
Pour les faibles
Les hésitants
Les retournés
Les lâches
Vous êtes des hommes puissants
Des forts
Ils courberont la tête devant vous
Ils auront peur
Ils trembleront, ils céderont
Ils seront soudainement faibles
Face à la Foi
Face à la Loi
Vos balles et vos lames auront raison de leurs cris
Ils ne peuvent rien car la vie véritable
Elle n'est pas ici
Pas sur cette terre où ils grouillent
Elle est dans l'au-delà.
Les hommes l'acclament
Il les corrige
N'applaudissez pas

Ne scandez pas mon nom
Dites simplement
Dieu est le plus grand
Et ils répètent
Et ils répètent

Alors il leur dit :
Demain nous attaquerons la mine.

Demain par notre action nous ferons voir aux mécréants où est la force

Le messager a dit : « Le croyant est le miroir du croyant ».

On les a flanqués par deux pour plus de cohésion, on leur a dit, un milicien de Diab-en-Personne et un vrai supermuslim, pour mieux vous connaître entre frères, sauf que Tout-Le-Fait-Rire se considère désormais comme un vrai supermuslim, alors il ne voit pas l'intérêt. On l'a mis avec le Boucher, ainsi appelé parce qu'ancien boucher, pourtant mauvais massacreur, piètre soldat, à ce qu'il peut en juger. Tout-Le-Fait-Rire a la barbe plus longue bien qu'éparse, il a plus d'assurance, plus de religion, aussi, à force d'écouter l'émir, de discuter avec les frères. Il dit à l'autre je tiendrai les deux kalaches, tu rechargeras, et l'autre accepte, il n'insiste pas pour manifester sa foi par une attitude plus combattive, il a un air à se terrer dans un trou de gibier, un air de *munâfiqûn* qui tourne le dos à l'approche du combat, il n'a pas l'air fier d'un vrai supermuslim, pourtant il connaît la religion, c'est son ventre qui le lâche, il le trahit de façon nauséabonde. Tout-Le-Fait-Rire se moque, il lui dit moi j'ai pas peur de la mort, moi la mort je l'aime, il sort son poignard et il entaille son bras, il dit regarde je ne crains pas les blessures, je vais où Dieu me dit, je fais ce que Dieu me dit, si je dois mourir, je meurs, si je dois tuer, je tue. L'autre dit aussi j'ai pas peur mais il tremble, il est jaune de teint, ses yeux clignotent.

Avant le combat c'était tard le soir et l'émir leur a fait un discours, il avait des beaux mots, ensuite ils ont avancé en silence absolu, ils se sont cachés, lui Tout-Le-Fait-Rire était fier d'être devant parce qu'il connaît la mine, il savait où arriver depuis la forêt, derrière quels rochers se cacher pour parvenir tout près des gardes, ils n'étaient pas aussi nombreux que du temps où c'était lui qui gardait, ils les ont cueillis en un rien de temps, Dieu guidait les balles pour faire éclater leurs cœurs et leurs têtes, ils ont cherché à se cacher, à se rendre, plutôt qu'à se défendre, et l'émir avait été bien clair, pas de prisonniers parmi ceux-là, que les défenseurs du village sachent qu'ils ne doivent attendre aucune pitié, on en a laissé un vivant pour qu'il coure jusqu'au village, et puis sinon les mineurs, l'émir avait dit tuez les faibles, tuez les inutiles, les autres seront impressionnés, ils auront plus d'ardeur pour travailler pour nous, l'émir a dit tuez aussi ceux qui soutiennent le regard, ceux qui ne courbent pas la tête devant la Vraie Foi, tuez les immoraux, les impies manifestes, tuez ceux qui ne vous plaisent pas, nous aurons d'autres prisonniers, Dieu pourvoira, il nous en donnera d'autres, dont nous userons les bras dans les mines, et ceux-là travailleront, et nous prendrons leurs filles et leurs femmes et elles seront nos esclaves.

Alors Tout-Le-Fait-Rire a tué, il a visé sans relâche et ses balles faisaient mouche, le boucher rechargeait, il mettait les munitions en prenant bien garde de ne pas se brûler au canon encore chaud, Tout-Le-Fait-Rire n'avait pas de telles préoccupations, il tirait et il le faisait sourire aux lèvres, il aime la mort pour lui et il aime la donner aux autres, il aime voir les lèvres esquisser des suppliques, ou des insultes, il aime les derniers espoirs, insensés, dans les yeux, il aime laisser derrière lui des corps désarticulés, des mécréants pleins de pisse et de merde et de sang.

Au village les habitants se terrent ou ils se rassemblent, selon les tempéraments. Les premiers sont les plus nombreux. Les autres discutent ou ils prient. La chute de la mine a eu un effet terrible, les fuyards survivants ont raconté, plus personne ne croit que le village sera sauvé, plus personne ne sait quoi faire, il est trop tard pour fuir, trop dangereux. Beaucoup amassent des réserves, ils pillent les potagers, les vergers, en s'efforçant de ne pas trop s'éloigner du village. Ceux qui ont du carburant le cachent, ceux qui chassent fument la viande, pour mieux la conserver. Ceux qui ont des enfants profitent, ils les caressent, les cajolent, ce sont des câlins inquiets, ils leur disent les temps seront durs, ils les cachent, ou ils s'entraînent à les cacher, les filles surtout.

Destiny-Bienaimée se fait petite, c'est difficile en temps normal mais dans la grande maison, elle y parvient. Elle observe par la fenêtre, elle ne sort presque plus, elle joue avec les jouets oubliés des enfants, ils sont beaux, elle regarde leurs livres, elle mange, beaucoup, les provisions se sont réduites, elle partira quand elle aura fini, elle ne sait pas où, elle ne sait pas si elle aura le temps.

Les parents d'Esclarelys ont fermé la boutique, ils l'ont vidée pour éviter les pillages, ils ont des provisions, ne craignent pas les pénuries, mais ils ont peur pour leur fille, elle semble animée d'une foi inédite, elle prie à voix haute, elle a adopté les vêtements amples, couvrants et longs d'une vraie supermuslim, elle leur parle de Dieu comme jamais. Petite elle aimait Dieu, ils s'en souviennent, puis elle a grandi, elle a fait ses mixtures, elle a eu cet amant berger. Ils ne savent pas ce qu'il y a dans sa tête, ils n'imaginent pas, ils ne voient pas l'évidence, soudain, pour elle, d'un autre monde bien meilleur, d'une force nouvelle qui l'anime, qui rend puissantes ses respirations, un sentiment clairvoyant lui vient de la poitrine, il lui vient du cœur, il la remplit, il la submerge, il la rend joyeuse, elle attend, impatiemment, l'arrivée des propagateurs de la Vraie Foi.

Mme DeLaRocheTaillée et Méduse font l'amour. Méduse passe ses cheveux sur le corps de son amante et ça la fait frissonner, les boucles nombreuses se répandent sur le ventre, sur le dos, sur les fesses. Elle embrasse ses cuisses, elle passe le bout des doigts sur les petites rides de ses joues, elles l'émeuvent du temps qui passe, elle les embrasse. Mme DeLaRocheTaillée aime, elle, les cicatrices de Méduse, les traces de sa vie d'enfant tourmentée, d'enfant de la Colonie. Elles s'embrassent, tellement de fougue que les dents s'entrechoquent, elles rigolent. Méduse lui prend les mains, elle mêle ses doigts à ses doigts, puis elle les plaque sur ses fesses, Mme DeLaRocheTaillée les caresse, elles sont belles, elles sont musclées et fermes, Méduse lui mord le ventre, elle lui embrasse l'aisselle, puis l'épaule, puis la nuque, elle passe sa langue sur l'oreille et Mme DeLaRocheTaillée gémit, Méduse la caresse entre les jambes, doucement, longuement, avec ses doigts d'abord puis avec la langue, elle lui empoigne les fesses, elle passe main devant-main dessous son ventre, du bout des ongles elle effleure les épaules, puis sa main redescend, elle met lentement, profondément, ses doigts, elle caresse, elle tourne, elle va loin, Mme DeLaRocheTaillée a des sursauts de plaisir, elle la caresse aussi, passe la main dans sa nuque, attrape les cheveux, atteint la peau, elle crie, Méduse grogne de désir, sans s'interrompre, elles sont bien, elles sont des amantes amoureuses. Ça pourrait ne jamais finir sinon d'épuisement.

Kylian PetitCœurCouronné boit encore plus de whiskey, il a perdu pas mal d'hommes, il a perdu la mine, les chefs des familles des maîtres des forges, ceux qui ne se sont pas enfuis à la ville, sont venus le voir, ils lui ont dit de négocier. Il ne veut pas, il a répondu en sortant ses colts, la seule discussion avec les vrais supermuslim, une balle dans la bouche, et il en a tiré une, vraiment, les autres ont sursauté, Grâçadieu n'a pas cillé mais il a doucement pris les colts, il les a remis dans leur étui, il y en a un alors qui a osé prendre la parole, il lui a dit négocier, ce n'est pas une balle dans la bouche, votre fils est parmi eux, vous pouvez discuter, vous pouvez le voir. Sa voix tremblait, Kylian PetitCœurCouronné n'a trouvé à répondre que son visage empourpré, sa gorge soudain tellement sèche, il les a tous chassés de la main, ils se sont envolés, il reste seul, dans la même pièce, il boit. Il crie soudain, appelle Grâçadieu, qui accourt, il demande qu'on distribue des armes, qu'on tue tous les vrais supermuslim qui entreront au village, qu'on les éparpille, qu'on s'acharne sur eux. Grâçadieu opine, il ne parle pas, il n'y a rien à dire, c'est la fin. Les quelques hommes qui ne sont pas partis, ils ont peur, il le sait, lui reste, il a seul survécu à des bombes, il ne craint pas, il est fort, il est utile, il ne croit pas être vulnérable. Kylian PetitCœurCouronné se lève, son pas est lourd d'alcool, il va voir sa mère et il peine dans l'escalier.

Le lendemain de la prise de la mine, ils entrent dans le village en procession de motos, de side-cars, de quads, il y a aussi quelques pick-up. Tous les véhicules sont chargés d'hommes. Ils scrutent et ils dévisagent. Certains font des signes de victoire, ils lèvent le doigt en l'air vers Dieu. Ils ont l'accoutrement des vrais supermuslim, ils ont les armes, ils tirent de temps en temps une rafale, pour faire du bruit. Dans un pick-up doré, sur un socle de bois entouré de métal, la phalange du premier martyr conservée dans un bras reliquaire, un bras articulé en fer, une prothèse sacrée. Plusieurs hommes armés et barbus sont autour de lui, sur leur visage un air à la fois farouche et béat.

Aux barrages les soldats ont quitté leur poste, il reste quelques gardes autour de la maison de Kylian PetitCœurCouronné, derrière des sacs de sable. Il y a des combats brefs mais violents pour les balayer, les pick-up entourent la place, les kalaches crépitent, les soldats se rendent, ils sont mis à genoux, les yeux bandés. Des vrais supermuslim entrent dans la demeure, ils en sortent quelques soldats encore, et Grâçadieu, et Kylian PetitCœurCouronné. On lui a ôté ses colts, deux vrais supermuslim jouent avec, ils les mettent dans la bouche des captifs. On agenouille Grâçadieu et Kylian PetitCœurCouronné comme les autres prisonniers, on les enchaîne, ils sont attachés aux pick-up, c'est un défilé des vainqueurs, ils passent dans chaque rue, sous chaque fenêtre, les blessés trébuchent, il y a des villageois qui pleurent, quelques-uns, rares, qui applaudissent. Parmi eux, de sa fenêtre, Esclarelys, en vêtements de vraie supermuslim, la robe noire couvrante, le voile cachant cheveux et visage, ses yeux intensément dardés. Elle applaudit. Devant certaines maisons, les vrais supermuslim s'arrêtent, ils en extraient à coups de crosse divers individus qu'on leur a désignés, ils ont des partisans parmi les villageois, qui dénoncent, qui montrent. Ils prennent l'imam des muslim, l'imam des supermuslim, l'archiprêtre, deux ou trois bergers, des fortes têtes. Ils entrent chez Mme DeLaRocheTaillée, elle est allongée dans son lit, avec Méduse, elle a de la fièvre, un gant sur le front, les vrais supermuslim les saisissent, toutes les deux, ils les enchaînent.

Ensuite, ils reviennent sur la place centrale, ils dressent une estrade, ils placent sur un côté le bras reliquaire, bien mis en valeur, puis l'Ingénieur prend la parole, avec lui, silencieux, Diab-en-Personne. Les habitants sont sortis des maisons, de force et de curiosité, il y a eu peu de tirs, pas de destructions, ils sont plus rassurés que la veille mais toujours inquiets.

L'émir a une voix profonde, il a une voix qui porte, il a des yeux clairs et beaux, sa barbe délimite harmonieusement son visage régulier, les villageois ont peur, dès ses premiers mots ils l'écoutent, il leur dit,

Rassurez-vous, vous êtes des bienheureux, car vous voici désormais au sein du califat

Votre village est une wilaya,
Je suis votre wali
Votre émir
Rassurez-vous, il y a les lois des hommes et il y a la Loi de Dieu,
Les unes sont fausses, iniques,
Elles sont des chemins faux qui vous détournent,
Des tentations.
La Loi de Dieu édifie
Elle simplifie
Chacun sait
Chacun doit savoir
Ce qui est beau et ce qui est bien
Ce qui est licite
Ce qui est interdit
En châtiment nous appliquerons le *hudûd*
Les règles de punition
Les coups de fouet, la mort
La Loi de Dieu est facile
La Loi de Dieu donne une place aux forts et aux faibles
Aux hommes et aux femmes
Elle indique comment se conduire
Comment être bien dirigé
Comment ne pas se tromper
Ou être trompé

Elle prévoit des châtiments pour les faibles pour les pervers pour les apostats pour les menteurs

Mais la récompense est dans l'au-delà
Elle est au jour du Jugement
Elle est éternelle

Nous serons purifiés

Nous serons sains

Soumettez-vous

Craignez

Et vous vivrez

Sinon vous allez mourir et ce ne sera pas plus difficile pour nous que d'écraser des insectes.

Le Louangé par Dieu a parlé de deux yeux interdits d'être touchés par le feu

L'un qui pleurait de crainte d'Allah

L'autre qui surveillait les gens de la Vraie Religion contre la mécréance

Contre la mauvaise alliance

Dieu est le plus grand.

Et tous ses soldats répètent Dieu est le plus grand, et Diab-en-personne le répète aussi, et certains villageois le murmurent ou le disent à voix haute, parmi eux Esclarelys le dit le plus fort, les mots rapidement scandés sont mélodieux, ils emportent, Tout-Le-Fait-Rire est fier, sentiment rarement éprouvé, il reconnaît à ses yeux Esclarelys, parfois croisée à ses débuts au village, il se rappelle comme elle est belle, il est un vainqueur, Dieu est puissant qui convertit à la Vraie Foi de telles femmes, Dieu est puissant qui leur a donné cette victoire sans presque combattre.

Ensuite on amène à l'émir différents prisonniers, des soldats, il en acquitte, il en condamne au fouet, il en condamne à mort, puis l'imam des muslim, condamné à mort, l'imam des supermuslim, condamné à mort, les soldats crient mort aux *kouffar*, on les couche au sol, on les fouette, on les égorge, on porte bien haut leurs têtes.

L'archiprêtre est amené de force, ses jambes ne le tiennent pas, il bafouille, on lui ferme sa gueule, l'émir dit libérez-le, nous protégerons les christian, s'ils restent à leur place, inférieure, s'ils payent la taxe, ils seront nos *dhimmis*, ils seront nos serviteurs mais pas nos esclaves, s'ils nous craignent. Les soldats qui entourent l'archiprêtre lui donnent à boire, ils le bousculent de leurs bourrades, il vacille, ils le retiennent, ils rigolent, ils lui tapent doucement derrière la tête. Il pensait mourir et il repart libre, humilié.

Ensuite viennent Méduse et Mme DeLaRocheTaillée, entravées, Méduse bouillonnante, l'autre accablée. Elles ont le visage griffé, des crachats dans les cheveux. Elles pleurent.

L'émir prend la parole, il dit :

Il y a de mauvaises femmes, de mauvaises natures
Des gestes interdits
Des actes inspirés par *sheitan*
Des actes qui méritent le feu
La brûlure éternelle de la souffrance
Un trou dans la terre
Au soleil
Un Grand-Incendie
Elles ont joui de l'illicite
Elles en ont souri
Dieu a créé les femmes pour les hommes
Et les hommes pour les femmes
Les femmes pour engendrer
Pour garder le foyer
Les hommes pour combattre
Pour protéger
Elles ont choisi l'illicite
Elles vont payer.

Elles ont cru toucher le ciel, jetez-les du haut de la plus haute maison du village

Jetez-les et qu'elles s'écrasent.

Les soldats disent Dieu est le plus grand.

L'émir s'interrompt puis reprend.

Nous sommes des soldats de la miséricorde.

La femme vieille, qu'elle meure.

La femme jeune, qu'elle vive, qu'elle écoute la parole de Dieu, qu'elle se repente, elle donnera des enfants aux hommes de la Vraie Foi, elle renforcera les nôtres.

Méduse hurle, on lui bande la bouche, on lui dénude le dos et on la fouette, tandis que Mme DeLaRocheTaillée est emportée sur le toit de la maison de Kylian PetitCœurCouronné, elle ne se débat pas, elle ne proteste pas, elle ferme les yeux, elle secoue la tête, elle tremble, ils sont deux qui la portent, qui la jettent, dans le silence on entend le bruit de ses os qui se brisent, puis son bruit à elle venu de sa gorge, son agonie, elle dure de longues minutes, pendant lesquelles Méduse convulse, elle a des sursauts sur la chaussée, plus forts que les sursauts de plaisir de la nuit d'avant, on lui tient les membres, pour ne pas qu'elle se fracasse, un soldat la bat, elle perd connaissance, ils l'emmènent.

L'émir parle :

Nous sommes des hommes qui protégeons les femmes

Il y a les filles

Elles restent avec leur père, avec leurs frères

Il y a les femmes

Elles sont mariées

Elles sont des mères
Les femmes non mariées
Elles auront leur maison
Elles devront y rester
Elles rencontreront nos combattants
Nos fidèles
Pour trouver un mari.
Leurs enfants seront nos lionceaux
Nos petits combattants
Ils se battront pour la Vraie Foi
Sur la Route Droite

Il reste à juger Grâçadieu, et le maire, et Kylian PetitCœurCouronné, dans cet ordre.

Au premier l'émir dit :
Les hommes ne peuvent pas abattre une montagne.
Tu es une montagne
Un homme-guerre renommé
Épargné jusque-là par la mort,
Parce que tu ne t'étais jamais attaqué aux hommes de Dieu
À ceux de la Voie Droite
Tu t'attaquais à des faibles
Jamais aux forts
Tu connais donc désormais la défaite
L'humiliation
Tu sens la mort
Elle te frôle
Les hommes ne peuvent pas abattre une montagne
Mais Dieu le peut
Le Louangé a réuni les tribus
Il a gagné des batailles qu'on aurait crues perdues

Il a gouverné au sable
Tu as vécu longtemps par la guerre
Tu t'es cru invulnérable
Car selon le *hadith* le Louangé disait
Le fond de l'enfer est loin
Une pierre peut y tomber longtemps
Mais sa chaleur est intense
Ses massues sont de fer.

Alors ils se mettent à quatre, à cinq, à dix, car il remue, il tente de sauver sa peau avec désespoir, c'est chose étrange, cet homme au sourire si rare, qui tient tant à la vie. La lame le coupe lentement à la gorge, il a le temps de voir son sang, de se voir mourir, il sait que tout est perdu, alors il ne supplie pas, il insulte, il a des mots crus de soldat, ils volent haut sur la place, certains villageois se réjouissent en silence, de les entendre. Il meurt ainsi d'une mort mémorable.

Le maire tremblant est amené devant l'émir.

Alors voici cet homme
Qui prétendait vous diriger
Un homme qui se dit muslim
Sans appliquer la Vraie Loi.
Il est pire que le précédent
Car il est hypocrite
Il est trompeur
Il est apostat
Il a lu le Livre
Il connaît la Foi
Et il ne respecte pas
Il bafoue
Il trahit

Il doit mourir.
Ainsi mourront les faux muslim.

L'exécution du maire est plus rapide, il est rapidement tranché et ses yeux drôlement écarquillés.

Enfin c'est au tour de Kylian PetitCœurCouronné. On lui a barré la bouche d'un chiffon bien serré, il essaye de parler, sans doute ses insultes sont-elles aussi terribles que celles de Grâçadieu, mais personne ne peut les entendre.

L'émir prend Diab-en-Personne par l'épaule, il l'entoure de son bras, il tapote, et puis il dit :

Un homme doit être bon avec ses parents
Il doit obéir à son père
La seule limite
C'est la Vraie Foi
Celui dont les parents cherchent à l'en éloigner
S'ils font des efforts pour l'en dissocier
S'ils transmettent de fausses connaissances envers Dieu
Alors il ne doit pas leur obéir
Il ne doit pas être bon
Il doit faire effort contre eux
Sans hésiter.

Diab-en-Personne bondit en bas de l'estrade, il saisit son père, le remonte. Il lui tape dans la gueule. Il met sa main dans sa bouche et tape encore, il tire, il lui arrache ses dents en or, sa main saigne, la bouche de son père saigne, il s'en fout, c'est à lui, c'est son prêche. Il dit :

J'ai tapé mon père, j'ai extrait l'or de sa bouche, j'ai enlevé l'orgueil de sa mâchoire, il vous a tant rabaissé, il a fait de même pour moi, il n'a pas respecté Dieu, ni la Vraie Foi, il a cependant été bon avec sa mère, il est mon père, je ne veux pas sa mort, je veux sa place, je dirigerai bien ses entreprises, la mine, la forêt, je suis bien dirigé car je suis le Droit Chemin, la Droite Route, il vivra mais il a perdu ses crocs, il a perdu ses colts, il ne boira plus la boisson interdite, il ne vous nuira plus, et s'il parle trop on lui enlèvera la langue, on l'arrachera, on lui coupera les mains, il est mon père mais un pécheur est un pécheur, un *kouffar* est un *kouffar*, un hypocrite est un hypocrite.

Kylian PetitCœurCouronné tord son corps de douleur, il n'a plus son chapeau, il n'a plus sa prestance, il n'a plus ses colts, son fils l'a frappé, ses dents gisent au sol, il est brisé, on le relève et il se laisse faire, on le transporte au dernier étage, celui de sa mère, on le couche, on l'attache au lit, l'infirmier restant lui fait une piqûre, il se calme, il s'affaisse, il dort.

Les villageois ne l'aiment pas, pourtant, à voir sa chute, un frisson parcourt les dos.

C'est le premier matin du califat au village.

Il fait très beau, le ciel est très bleu.

On entend bien la voix du muezzin qui s'élève, tôt, pour appeler à la prière.

Esclarelys l'entend, elle est encore couchée dans son lit, elle se dit c'est la voix profonde de Dieu, c'est l'appel, elle ressent un bonheur très intense, elle regarde autour d'elle, l'obscurité est triturée de lumière, elle s'immisce à travers les volets et les rideaux, il ne fait plus noir du tout, elle aperçoit les détails des meubles de sa chambre, cette chambre où elle a été enfant, où elle a grandi, elle distingue les taches sombres de ses toiles, les silhouettes de ses bocaux à mixtures, tout est encore difficile à discerner précisément, mais ce flou même est embelli par la Vraie Religion, par la Vraie Foi. Elle ne peindra plus. Elle sent battre ses veines, elle entend son cœur, elle a dans le ventre un nœud puissant, elle a les yeux grands ouverts et elle sourit, elle se lève, elle se prosterne et elle prie.

Diab-en-Personne entend la voix du muezzin, il est dans la maison de son père, sa maison désormais, il se lève, il fait les gestes, il a ses soldats autour de lui, il sait que le vieux est tout en haut, avec la très vieille et très folle, Diab-en-Personne a envie de rire, il se contente de faire ses ablutions, de faire ses prières, il murmure les mots, ils sont répétés par ses hommes et prennent une résonance de rumeur sourde.

L'homme qu'on appelle l'Ingénieur qu'on appelle l'émir entend l'appel à la prière et il prie consciencieusement, il remercie Dieu de l'avoir choisi, lui, pour faire advenir son œuvre, il le remercie de lui avoir donné cette victoire facile, ces combattants valeureux, il ne regrette pas sa vie d'avant, il veut comprendre encore mieux Sa parole, il a l'estomac gonflé de la victoire, de l'honneur, il est satisfait et inquiet, il promet d'appliquer la Vraie Loi. Il a sur le front un cal dont il est fier, signe de sa piété, il le caresse du pouce puis il se relève.

Le boucher l'entend, il dort avec d'autres soldats dans la même pièce d'une maison réquisitionnée, ils se réveillent ensemble, ils s'agenouillent et ils prient, il est content d'avoir pris le village mais il supplie Dieu de lui donner du courage, il voudrait être un combattant valeureux mais il a peur, ça lui dévore le ventre et il salit ses vêtements, il ne se retient pas et il tremble, il voit bien comment les frères le regardent, ils lui disent avec ton ancien métier tu as peur du sang, il espère que la guerre sera gagnée, le califat instauré, il reprendra alors son couteau et il coupera les animaux selon les préceptes de la religion, il pourvoira ses frères de bonne viande hallal. Il en a parlé à l'émir, et l'émir l'a regardé, il lui a dit le califat n'est pas fait pour durer, il prépare la fin du monde, la Résurrection et le Jugement, et avant ça il y aura la grande bataille qui opposera deux armées, tu seras martyr ou damné mon frère, car nous sommes au temps où les miséreux et les bergers, les gueux et les va-nu-pieds, rivalisent pour construire des maisons de plus en plus hautes. Il a plissé les yeux et il lui a dit tu es un mort mon frère, nous sommes tous des morts, et ceux qui auront une belle mort seulement, auront la vie éternelle dans l'au-delà, et chacun d'entre eux pourra sauver cinquante personnes parmi ses amis et sa famille, sois brave mon frère. Le boucher est à côté de ses compagnons de combat et il prie à toute ferveur, sa jambe tremble cependant, ses yeux clignent, son index bat une mesure folle.

Tout-Le-Fait-Rire entend le muezzin, il a pris la place des miliciens de Kylian PetitCœurCouronné à un barrage, il est avec des frères et ils surveillent l'intérieur et l'extérieur du village, l'émir a parlé du danger qui peut venir de villageois téméraires ou de soldats venus en renfort, il a dit vous gardez, vous ne priez pas, Dieu sait. Pourtant certains frères au barrage se mettent à genoux, ils gardent leur arme mais ils prient, Tout-Le-Fait-Rire observe autour de lui, s'il était un ennemi il attaquerait maintenant, il entend les murmures des frères, il entend l'appel du muezzin et il se dit que c'est beau, il se dit moi j'ai participé à prendre la mine, à prendre une mine, les *kouffar* sont des faibles, ils étaient armés mais terrifiés par la force de Dieu, ils n'ont pas su résister, il se dit je suis une route désormais, une route droite, l'émir a promis, ils auront une femme, ils en auront deux, ils auront des esclaves s'ils se battent avec courage. Il est joyeux, il ne l'a jamais été autant, même du temps de la Colonie, il ne craint plus rien, il aura tout.

Les villageois entendent l'appel, ils sont cloîtrés dans leurs maisons, ils se cachent, ils attendent le jour nouveau pour sortir, pour voir comment seront leurs nouveaux maîtres, ils espèrent que c'est la fin des combats, la fin des attentats. Ils ont peur, pour la plupart.

Les femmes de la brigade l'ont surprise avec une cigarette, elle est devant Esclarelys, il n'y a pas d'hommes alors on lui a enlevé son foulard, on voit son visage, Esclarelys la reconnaît, une fille du village avec qui elle parlait peu, avant. Elle la gifle, pour commencer. Elle lui dit c'est interdit, c'est illicite, contrôle tes désirs, chienne, sous le regard de Dieu. Tu ne dois pas fumer. Elle sort son petit colt, le cadeau de Darnert, elle le lui met sous le nez pour l'effrayer. Dix coups de fouet. Tu n'as pas d'homme, pas de père, pas de frère, pas de mari. Tu dois aller au couvent, dans la maison des femmes, pour trouver un mari. La fille est emmenée, elle remercie Esclarelys de sa clémence, elle ne péchera plus.

Esclarelys ne sourit pas, elle ne félicite pas les filles de la brigade, elle dirige la police des femmes, celles qu'elle a sous ses ordres patrouillent, elles surveillent, elles traquent, un vêtement trop court, une mèche de cheveux, un comportement illicite. Si des hommes sont en cause, elles appellent les frères. Si ce sont des femmes, elles s'en chargent.

Esclarelys rend la justice, pour les femmes. Elle est crainte, elle est respectée. Elle prie. Elle surveille aussi la maison des femmes, une maison d'une grande famille, enfuie, réquisitionnée, elle y dispose d'une chambre. On l'appelle le couvent. Les femmes célibataires y sont rassemblées, dans des dortoirs, elles ne peuvent pas sortir, elles attendent, on leur présente des frères dans la vaste pièce du bas, des vrais supermuslim qui ont fait leurs preuves, des futurs martyrs, des combattants. Si les deux sont d'accord le mariage est rapide, elles sortent, rejoignent la demeure commune, les soldats ont pris les plus belles maisons, les plus spacieuses, celles abandonnées par leurs familles, ou par ceux qu'on a chassés, exécutés.

Esclarelys est mariée, elle a choisi vite, elle voulait un homme, un combattant, elle n'avait pas encore, au début, la position qu'elle occupe, elle a accepté le boucher, elle a aimé ses yeux verts, son crâne lisse. Il est un mari décevant, rongé de doutes, un piètre combattant. Un amant maladroit, pas à sa mesure. Il mourra en martyr, si Dieu veut, elle en prendra un autre. Elle est une bonne épouse, elle a dans sa maison deux esclaves qui nettoient et qui rangent, elles cuisinent, elles ont une pièce pour elle, dans laquelle elles dorment.

Elle est une bonne fille, le magasin de ses parents a rouvert, ils y vendent des vêtements à la façon vrai supermuslim, des voiles pour couvrir têtes et visages, des épices et des onguents, aussi, elle continue à les fabriquer. Les produits arrivent on ne sait comment, ils passent les vallées, les montagnes, malgré le chemin de fer coupé, malgré l'isolement du village. Il y en a peu, ils se vendent cher.

Esclarelys prie, plusieurs fois par jour. Elle y trouve son souffle, elle y trouve sa voix. Elle remercie Dieu. Elle a été longtemps perdue et il l'a remise sur le chemin.

Il y a une femme qui ronfle et elle empêche Destiny-Bienaimée de dormir. Elle se retourne, le matelas trop fin est inconfortable. Dans le dortoir une autre femme gémit, elle pleure dans son sommeil. Ce ne sont pas les nuits de la Colonie, des nuits chaudes de l'amitié, des discussions, des rigolades, des plans échafaudés, des chagrins. Ce ne sont pas les nuits solitaires de la maison désertée de ses maîtres, dans le grand lit moelleux. Ici c'est le couvent et les nuits sont confuses, elles sont inquiètes, elles sont nuageuses à cacher la lune, ce sont des nuits au couteau qui tranchent le ventre, qui tordent les yeux à chercher la lumière. Ici c'est le couvent et il n'y a que des femmes, des femmes seules, c'est-à-dire des femmes sans homme mais ensemble, entre femmes, avec enfants parfois. L'émir a dit pas de femme seule, ni vierge ni fille ni veuve. On les a mises au couvent, elles veulent en sortir, un homme seul peut les en extraire.

Chaque jour ils viennent par poignées, ils les rencontrent dans une grande salle où sont disposées des tables, une demi-heure chacune, ils font leur choix, ils font leur demande, ils expliquent les conditions, combien d'épouses déjà, chacune veut être la première, combien d'esclaves, combien d'enfants, quelle maison du village. Ils exhibent leurs vêtements de pieux, de combattants, leurs cicatrices, leurs munitions et leurs armes, leur courage et leurs prières. Elles ne montrent que leurs yeux par la fente mais elles parlent, elles posent des questions, elles font voix suave si l'homme est à leur goût, elles négocient parfois les conditions. Si elles acceptent, elles sont rapidement mariées par l'imam et elles partent avec leur vrai supermuslim. Si elles refusent, elles restent, elles en voient d'autres. Elles peuvent vivre ici longtemps, on ne les force pas à prendre mari, certaines cependant ont déjà réputation d'un caractère difficile. Celles-là, Esclarelys les voit, elle les sermonne, à quoi bon être une femme enfermée, faire le bonheur d'un homme c'est faire son bonheur à soi, c'est accomplir l'œuvre de Dieu, s'occuper d'un foyer, se faire obéir des esclaves, partager joies et tristesses avec ses coépouses. C'est donner pour le califat des lionceaux prêts à défendre la Vraie Foi.

On ne les maltraite pas mais on diminue les rations. On les relègue dans les dortoirs les plus froids, les plus bruyants. On leur donne les corvées les plus ennuyeuses, les plus difficiles.

Esclarelys les réunit parfois, elle explique à celles qui vont partir les joies de la chair avec son mari, l'extase cent fois renouvelée, elle leur donne des conseils, des poudres, des onguents. Elle ordonne qu'on fouette celles qui transgressent les règles. Elle a fait mettre dans une chambre des tentures colorées, elle les a enduites de parfums capiteux, de poudres stimulantes. Celles qui vont partir, qui ont trouvé un mari, y ont droit à une nuit, à un repas copieux.

Esclarelys leur dit :

Réjouis-toi
Par la volonté de Dieu tu as trouvé un protecteur
Un défenseur
Sous son autorité
Tu feras la prière
Tu feras des enfants.
Où que tu sois la mort t'atteindra
Même dans une tour fortifiée
La jouissance en ce monde est instable
Elle n'est pas sûre
Dans l'autre monde ta vie future sera éternelle
Obéis
Sois patiente
Sois dévouée
Sois pieuse
Tu perdras moins qu'une pellicule de datte.
Tu offriras à Dieu un culte pur.

Il y en a qui reviennent, quand leur mari meurt en martyr, elles pleurent parfois.

Esclarelys leur dit ce n'est pas triste, il est au paradis, il est mort pour la Vraie Foi, tu trouveras un autre mari.

Certaines femmes ne plaisent plus à leur mari, elles sont désagréables avec lui, elles ne supportent pas les coépouses, les esclaves. Elles sont facilement répudiées au bout de quelques jours, quelques semaines. Le mari va voir l'imam et il prononce plusieurs fois la formule, le mariage est dissous, elles repartent, elles en trouveront un autre. Esclarelys les accueille, elle les console, elle dit ce n'est pas grave, tu seras un autre vêtement, sur un autre corps.

C'est le couvent et les femmes ne parlent pas beaucoup durant la journée, ni pendant la nuit, car il y a des mouchardes, elles jouent cependant, car jouer leur permet d'éprouver sans rien livrer, de passer le temps. Elles ont des cartes et des jetons, des damiers, elles parient. Elles se massent, elles cuisinent. Elles prennent le temps de se coiffer, se tresser, quand bien même leur chevelure est recouverte quand elles sortent. Mais elles ne sortent pas du couvent, sinon au bras d'un mari.

Quand Destiny-Bienaimée a été trouvée, elle n'osait plus sortir de la maison de ses maîtres. Les vrais supermuslim ont investi la demeure. Ils ne lui ont pas fait de mal, ils l'ont couverte selon les nouvelles règles en vigueur, ils l'ont amenée au couvent et elle a été soulagée, de se retrouver entre femmes, de ne pas être maltraitée.

C'est le couvent et souvent les femmes se soutiennent mais parfois

Elles se battent, les plus faibles morflent, les autres font des cercles, elles regardent, elles crient.

Elles se dénoncent, celles qui fument, celles qui montrent leurs bras, ou leurs chevilles, celles qui disent du mal de l'émir, ou des vrais supermuslim.

Elles se jalousent, celle qui a été mariée quatre fois, celle qui beaux yeux belle voix peut dire non à plusieurs maris, en choisir un que d'autres auraient bien aimé.

C'est le couvent c'est surtout l'ennui, c'est bien long, c'est bien bruyant, entre les femmes et les mômes, c'est petit, il fait chaud ou il fait froid, c'est plutôt triste.

Elles sont beaucoup à vouloir sortir.

L'Homme-Il-Sait-S'Amuser-Avec-Un-Bout-De-Craie parle à La-Femme-Quand-Elle-Parle-Elle-a-Les-Yeux-Qui-Brillent, il lui dit *on est dans un putain d'aquarium, on entend les bruits du village étouffés, les explosions, les attentats, tout ça étouffé, la guerre, elle nous a rattrapés, la guerre, mais ça vient de trop loin pour être menaçant, c'est doux, c'est feutré, on est là avec les gamins et on ne se rend compte de rien, putain quand ça va arriver ça va fracasser les parois, il y aura du verre partout, de l'eau et du sable et des plantes vertes étalées, nous on sera le ventre en l'air et la gueule ouverte à chercher de l'oxygène et à crever.*

La-Femme-Quand-Elle-Parle-Elle-a-Les-Yeux-Qui-Brillent ne dit rien mais elle respire fort fort.

Destiny-Bienaimée est assise, l'homme arrive, il a une longue barbe, bien fournie, le teint jaunâtre, de beaux yeux bleus, il lui dit :

Dieu accordera aux croyants une récompense sans limites, je veux mourir en martyr. Je veux une femme qui croie en Dieu et en ses prophètes. Je veux que tu élèves mes enfants dans la mémoire de mon combat afin qu'ils reprennent mes armes.

Elle ne répond pas, elle ne sait pas quoi dire, il se lève, il passe à une autre femme.

Destiny-Bienaimée est assise, l'homme arrive, il a une barbe clairsemée, maladive, son visage est de lignes, bouche d'un seul trait, presque en symétrie une cicatrice sur le front, son nez est tordu en zigzag, il lui dit :

J'aimerais voir à quoi tu ressembles, sous ta robe, décris-moi, dis-moi quelles sont tes formes, parle-moi de la douceur de ta peau, dis-moi comment sont tes mains sous tes gants, si tu es ma femme je pourrai te voir nue devant moi, je serai le seul homme, je te caresserai, je te baiserai, je te promets que tu seras ma seule épouse, mais avant ça dis-moi à quoi ressemblent tes seins, regarde mes mains, est-ce que ton cul y tient ?

Destiny-Bienaimée est très mal à l'aise, elle dit je suis bien en chair, j'ai de grosses cuisses et de grosses fesses, j'aime avoir les cheveux tressés, j'ai besoin de patience.

L'homme se lève, il passe à une autre femme.

Destiny-Bienaimée est assise, l'homme arrive, il est petit, tellement petit, elle s'imagine avec lui et elle rigole, elle éclate de rire de penser qu'il serait écrasé, elle pourrait l'étouffer, elle pourrait le croquer.

L'homme est vexé, il commence à s'asseoir puis se relève, il passe à une autre femme.

Destiny-Bienaimée est assise, l'homme arrive, il est grand, tellement grand, elle s'imagine avec lui et elle rigole, elle paraîtrait presque chétive, elle semblerait fragile. Il a des yeux enfoncés loin dans sa peau de charbon brûlé, sa barbe est courte, bien taillée, sa voix est grave, il lui dit :

Je ne veux pas une débauchée, je cherche une femme vertueuse, une femme de bonne condition, de bonne famille. J'aurai plusieurs femmes mais je serai équitable. Si je cajole l'une, les autres seront choyées aussi. Si j'offre un cadeau, il y en aura deux ou trois ou quatre le lendemain. Je vous visiterai un soir chacune, vous ferez des efforts pour me plaire. J'irai aussi avec mes esclaves, mais sans les respecter, car elles ne sont qu'un trésor de guerre. Elles vous obéiront, vous pourrez les frapper. Je ne veux pas de bagarre, en revanche, entre mes coépouses.

Destiny-Bienaimée dit qu'elle ne veut pas, pas d'esclaves, pas d'autres épouses, l'homme se lève, il passe à une autre femme.

Destiny-Bienaimée est assise, l'homme arrive, il a une barbe propre et bouclée, elle prend tout son visage, seule émerge une paire de lunettes qui grossit ses yeux. Avant de parler il inspire comme s'il tirait sur une cigarette mais il n'a pas de cigarette. Il lui dit :

La vraie beauté est cachée. Tu es femme issue d'une côte et la côte a une partie tordue. Mais si on la redresse on la casse, aussi je te prendrai avec moi telle que tu es. Je n'aurai pas d'autre femme je me marie pour être humble pour baisser le regard pour le sexe chaste avec toi. Tu satisferas mes besoins, ainsi je me contenterai de toi, je n'aurai pas le regard de luxure pour les autres femmes, libres ou captives.

Destiny-Bienaimée dit qu'elle ne veut pas être la seule femme, elle veut des amies, une grande famille, elle aimerait des coépouses, l'homme se lève, il passe à une autre femme.

Destiny-Bienaimée est assise, l'homme arrive, sa barbe est grasse, il a un œil qui pleure et un autre qui rit, il s'assoit et il dit :

Je veux une femme douce et docile, je t'appellerai et tu répondras, tu laisseras le pain dans le four, l'enfant dans son bain, tu poseras ton labeur, tu viendras. Je ne veux pas une femme orgueilleuse ni une femme hypocrite ni une femme qui montre son corps à d'autres hommes.

Destiny-Bienaimée parle, au son de sa grosse voix l'homme a un geste de la main, il rajuste sa ceinture de munitions, il se lève, il passe à une autre femme.

On la ramène dans le dortoir, elle est surveillée par une fille de la police des femmes, la chaperonne soupire, ma sœur si tu y mettais un peu du tien, tu serais déjà mariée, accepte, même s'il n'est pas parfait, ils ne durent pas nos maris, ils sont vite martyrs, tu peux être heureuse si tu deviens maman, mets-y un peu du tien, ma sœur, sinon tu resteras au couvent, tu vas oublier le jour.

La farandole de petites filles entoure les irradiés, elles forment une ronde inexpugnable, elles chantent doucement une comptine cruelle :

Face brûlée
Tu sens le cramé
Face de lune
Tu m'importunes
Face de Mars
Tu es une garce.

Il y a Petite-Jolie, Petite-Rigolote, La-Plus-Sage, Rose-Bouledeneige, Confidence, Cœur Vaillant-Cœur Mouillé. Certaines crachent parfois du sang mais elles n'ont pas la face abîmée, elles ont parfois le visage long, tiré, fatigué, mais pas de cicatrices, ou de très petites, pas de longues surfaces brûlées, pas de crevasses ni de rouges molles peaux. On reconnaît leurs traits, on ne détourne pas le regard. Elles moquent facilement les petits irradiés, leurs cicatrices rouges, Tchernobyl,

Fukushima, Hiroshima, Nagasaki, Fessenheim, Soleil. Elles les regardent l'air dégoûté.

Tchernobyl, Soleil et Fessenheim restent figés, ils ne bougent pas. Hiroshima n'a que des moignons de mains pour se défendre, il tape du tranchant de l'os ou de la pointe. La-Plus-Sage et Rose-Bouledeneige se mettent à deux pour le repousser, il tombe. Nagasaki lance des insultes de sa bouche sans lèvres, Petite-Jolie fait mine de l'embrasser, puis elle recule en riant. Fukushima pleure des larmes chaudes de colère, ses poings sont impuissants, ils sont faibles et il les serre.

Le Mat et Petite-Opaline sont à l'écart de ces moqueries, Chyen-Boul de même, il joue tête baissée avec une boule de papier, il donne l'impression de dribbler mais personne ne joue avec lui, il tire, son pseudo-ballon rebondit, il est incontrôlable et incontrôlé, il cogne Tchernobyl à la tempe. Chyen-Boul est penaud, il rompt le cercle de petites filles, il vient chercher sa balle, les irradiés l'entourent, eux-mêmes entourés par les petites filles, Chyen-Boul ne fuit pas, il ne les regarde pas, il cherche des yeux le ballon, alors ils se vengent sur lui, ils le frappent, ils lui crachent dessus, ils le coup-de-tête-balayette, une fois, il résiste, deux fois, il tombe à terre, ils continuent. Les petites filles cessent leur comptine, elles crient, elles frappent elles aussi, sur les irradiés, sur Chyen-Boul, il y a des cheveux tirés par poignées, des griffures, des bleus, des habits déchirés. Chyen-Boul pleure.

Le Mat crie, Petite-Opaline crie, ils lancent des bras écarteurs pour séparer les combattants, ils ne sont pas assez forts, ils se prennent des coups, leurs cris ajoutent au brouhaha ambiant.

Onyx arrive avec d'autres grands et elle tire des bras et des jambes, elle donne des coups d'un bâton ramassé dans la cour, elle chope des oreilles, elle jette, elle disperse, elle envoie valdinguer les enfants aux quatre coins de la pièce, il reste seulement au milieu Chyen-Boul la tête entre les mains, et Le Mat et Petite-Opaline. Elle ne dit pas un mot, elle les sépare seulement et elle s'en va, les sourcils froncés.

Les enfants tremblent, ils pleurnichent, ils lèchent leurs plaies quand ça fait mal, ils se tiennent le bras, ou la jambe, ils se cachent le visage. Cœur-Vaillant-Cœur-Mouillé tire l'oreille de Petite-Jolie et de Rose-Bouledeneige, il le fait quand il est inquiet, il faisait pareil à sa mère mais elle n'est plus là, elles sont les deux plus proches de lui maintenant.

Mohamed-Ali reste seul au milieu du désastre et il scande.

Il dit :

Je rêve d'un animal aux longs bras
Un poulpe
Des bras sensibles des bras doux
Des bras qui peuvent saisir
Affectueux
Des bras qui caressent
Je rêve d'un animal qui change de couleur en fonction du danger
Un animal intelligent
Il sait ouvrir un bocal
Il sait se cacher dans une noix de coco
Et entrouvrir la coque
Pour observer ce qui se passe
Un animal qui dispose des coquilles des appâts
Pour attirer les crabes
Il a des neurones dans les tentacules
Moi je n'ai pas de neurones dans mes bras

Ils se concentrent dans ma tête

Je rêve du poulpe parce que ses bras repoussent quand on les lui coupe

Ça serait bien à la Colonie

Il nous faudrait en manger pour voir nos moignons repousser

Pour voir Trogne marcher

Je rêve du poulpe parce qu'il se propulse, c'est tous les jours toboggan

Tous les jours ça va vite

Un nuage d'encre noire

Un camouflage

Je voudrais plusieurs bras

Je voudrais lancer mes tentacules

Je voudrais sentir le sable

Sentir les rochers

Je voudrais changer de couleur

Pour m'adapter.

Il me faudrait des yeux ronds une tête ronde

Je voudrais trouver un abri

Je rêve du poulpe.

Elle dort à côté de lui et Tout-Le-Fait-Rire touche sa femme. Doucement, de peur de la réveiller. Il aime sa peau, il aime son visage et ses cheveux, il ne pensait pas avoir une femme, il était puceau et le voilà marié, il ne touchait même pas aux esclaves, il ne savait pas comment faire, il ne voulait pas avoir l'air idiot devant ses frères, ses camarades de combat. Il se dit c'est ma femme, ma femme à moi, je peux tout lui faire, c'est une femme de la Vraie Religion, je vais avoir des enfants. Il se dit je peux faire l'amour avec elle, quand j'ai envie, c'est ma femme. Elle ne peut pas refuser.

Il a un appartement et une esclave, et elle aussi il peut tout lui faire, elle a peur de lui, elle obéit, elle le sert. Elle sert sa femme.

Il pense où il était et où il est, il voit où conduit la Vraie Foi, la Foi des vrais supermuslim, pas celle des hypocrites, il a parfois peur d'être hypocrite, mais s'il l'était, il ne serait pas dans ce lit, avec cette femme, il n'aurait pas cette kalache accrochée à son mur, pas ce flingue accroché au sommier sous son lit, les *kouffar* dehors ne le craindraient pas, les villageois ne détourneraient pas la tête quand il passe.

Quand ils ont pris le village l'émir lui a dit tu dois te marier, tu dois avoir des enfants qui seront élevés dans la Vraie Foi, une femme qui t'attend, qui prend soin de ton foyer, qui te conforte et te réconforte. Il lui a dit au paradis tu auras d'autres femmes, elles chanteront pour toi d'une voix si douce, elles seront vertueuses et elles ne mourront pas, mais ici-bas il te faut une femme, ou bien deux, tu feras selon tes moyens, elle ne sera pas parfaite, cette femme, elle ne chantera peut-être pas pour toi, mais elle sera croyante, tu ne devras pas la détester, si tu n'aimes pas un de ses comportements, tu seras satisfait par un autre.

Alors il est allé au couvent, il s'est assis, il a parlé à des femmes, il ne savait pas comment choisir, toutes elles lui semblaient désirables, et effrayantes, il en a pris une menue, une dont il fait le tour avec un bras. On les a mariés et il l'a ramenée, sitôt chez lui il a voulu savoir, il a enlevé sa tunique, il l'a déshabillée, elle était belle, elle ne le craignait pas, elle semblait même le désirer, il lui a dit montre-moi, sois ma femme, alors elle a mis les mains entre ses jambes, elle s'est couchée sous lui et elle l'a saisi, elle l'a guidé, il ne sait pas si elle était vierge, les vierges sont pour les commandants, elles sont pour les chefs, ça a été très court mais ils ont recommencé, plusieurs fois, pendant la nuit, de plus en plus long, et encore le lendemain. Ensuite il a dû reprendre son arme, retourner à la garde ou au combat, ou surveiller les prisonniers, mais dès qu'il peut, il revient, il rentre chez lui.

Il ne veut pas d'autre femme, pour le moment. Il y a sa prisonnière, mais les esclaves ne comptent pas.

Elle dort, il la regarde, il essaye d'imaginer leur enfant, il dit ça sera un lionceau, il repense à lui petit, hargneux, bagarreur, son fils sera comme ça mais il sera guidé par la Vraie Foi, guidé par son père s'il n'est pas mort en martyr, guidé par sa mère qui est une Vraie Croyante.

Il n'a pas vraiment de nostalgie, mais ça lui fait repenser à la Colonie. Il faudra bien en parler à l'émir.

Le Mat est allé chercher tous les enfants, tous les petits, il les a pris un à un par la main, les petites filles et les irradiés, Chyen-Boul, Petite-Opaline, depuis la bagarre elle a les yeux humides, il n'a rien dit à ceux qui ne demandaient pas et les autres il leur a dit on va faire un truc ensemble, sans expliquer, il les a conduits dans la forêt, tous l'ont suivi, trop étonnés, trop curieux, un peu excités peut-être par la balade. Onyx les a vus partir, elle fumait un joint en buvant du rhum arrangé, Furette la tressait, elle a laissé faire. Espoir les suit de loin, à cause de sa patte folle, peut-être aussi pour leur laisser du champ. Le Mat a trouvé la veille un lieu approprié, un bout de rivière, de l'herbe, des arbres, des rochers. Il les emmène là et il pense à la fois rien que Petite-Opaline et lui, quand ils cherchaient des châtaignes puis un endroit pour se baigner.

Quand ils arrivent certains sont fatigués, ils se laissent tomber, les autres font pareil, ils s'assoient dans l'herbe, tant pis si ça mouille, sur les rochers, tant pis si c'est rugueux et trop chaud. Petite-Opaline s'adosse à un arbre, elle renverse la tête en arrière, vers la cime. Espoir se pose on dirait qu'il se laisse tomber, avec sa mauvaise jambe, il sort direct sa bouteille et il continue à regarder, à écouter, mais il boit.

Le Mat il leur dit, kho, sistas, racli raclo, go et gars, on va prendre des pierres, on va faire un barrage, tous ensemble, je veux pas les petites filles d'un côté les irradiés de l'autre, c'est ton barrage c'est mon barrage c'est notre barrage. Tu vas pas nous faire les conjugaisons, elle dit Rose-Bouledeneige, ton idée est super, on y va. Les petites filles crient de joie, les irradiés crient de joie, Chyen-Boul cherche un ballon, il n'y en a pas, il shoote dans un rocher, il s'en fout du barrage mais il est content d'être avec les autres, Petite-Opaline retrousse sa veste, elle retrousse sa robe, Le Mat dit non, pas question de mouiller nos habits, on se met tous en culotte. Ils tombent tous les vêtements, ils font un tas, mais c'est un tas n'importe comment, avec des pantalons à l'autre bout, des robes perchées dans les arbres, c'est un tas qui s'étale. Ce n'est pas plié pas rangé.

Le Mat met les pieds dans l'eau le premier, c'est très froid, ça fait du bien, il a l'impression que ça lui coupe les pieds, il ne sent plus rien, tant qu'à faire il s'allonge, il se mouille en entier, même la tête sous l'eau et il faut le faire en deux fois, devant derrière, parce que ça n'est pas profond du tout. Mais il a bien repéré, Le Mat, les hautes parois de pierre, il a bien calculé, il y a de quoi faire une vasque, une baignoire pour se tremper les jours de grand chaud, si l'eau coule encore. Alors il prend aussi la première pierre et il la met, il a bien choisi, une pierre grise et rose, en triangle, assez plate, de quoi en mettre plein d'autres dessus, et les enfants marchent dans l'eau, les petits cailloux les piquent, ils s'arrosent un peu mais pas trop car ils ont une tâche. Ils chopent les cailloux au fond de l'eau et ils les déplacent, ils vont jusqu'à la forêt pour prendre des grosses pierres, ils comblent les interstices avec des petits gravats, avec des branches et des feuilles, il y a quelques doigts coincés mais pas trop, Espoir les a longtemps regardés en tisant, puis il s'est endormi, Petite-Opaline et Petite-Jolie placent sous sa tête un tapis de feuilles, elles arrachent des plaques de mousse pour combler les trous du barrage, ça ne marche pas bien, la mousse part en morceaux qui flottent, Hiroshima dit on dirait des bateaux, alors ils font tous des bateaux, en bois, en feuilles, en mousse, et Chyen-Boul sans le faire exprès fait un bateau de pierre, il envoie celle qui lui sert de ballon, elle coule, on sent qu'il va pleurer alors on lui en trouve une autre. Au bout d'un moment le barrage est fini, l'eau ne passe presque plus et la vasque se remplit. Les enfants se reposent dans l'herbe puis ils se baignent, ils s'arrosent, l'eau fait mal mais c'est bon, elle est plus fraîche que celle du bassin de la Colonie, mais là c'est leur bassin, celui qu'ils ont construit.

Il se fait tard alors ils rentrent, Espoir s'est réveillé, il marche encore derrière la troupe, il s'est fait une béquille en bâton car il a égaré la sienne, il a trop bu et il a mal à la tête. Rose-Bouledeneige donne la main à Nagasaki, elle se penche vers son oreille, lui fredonne la petite comptine moqueuse, il pleure, elle rigole.

Le Mat est content, il tient fort dans la sienne la main de Petite-Opaline, il lui dit, tu sais quoi, c'était une bonne journée. Elle sourit.

Destiny-Bienaimée n'a toujours pas de mari et ça énerve Esclarelys, ça énerve les chaperonnes qui commandent le couvent, on lui donne les tâches les plus salissantes, les plus fatigantes. Elle nettoie le sol, elle frotte, ses bras sont mouillés d'eau savonneuse, il y a des marques au sol qui ne partent pas, elle insiste, elle frotte plus fort. Son bracelet casse. Elle se rappelle qu'Onyx lui avait dit de faire un vœu, en prévision de ce jour-là, elle pense, elle pense, elle ne se souvient plus lequel. Elle se dit de toute façon ça devait être dérisoire, mais quand même elle pleure.

Mohamed-Ali est seul et il scande pour lui-même, il pense à son père, il dit :

Je ne sais pas où il est
Depuis qu'il est parti
J'imagine mon père dévoré par des passions soudaines
Qui lui font l'œil jeune
Amour Grand Amour Foi Jardin Potager Roman au Souffle Irrépressible Course à Pied Peinture à la Gouache Nouvel Enfant Nouvelle Femme
Je l'imagine fébrile
Prêt à tout quitter pour ça
Prêt à tout saccager
Un sourire juvénile effrayant sur ses traits
Je l'imagine danser sur un champ de ruines
Sur une avalanche
Sur un rocher qui tombe

Je l'imagine détruire à grandes bouffées de bonheur égoïste
Couper et découper
J'imagine sa joie incisive
Débordant de sa bouche et de ses mains
Sa joie imbécile
Sa façon d'aller toujours de l'avant
En emportant tout sur son passage
Son pas à pas devant l'autre sans jamais retourner
Sans jamais attendre ni écouter
Autre chose que le bruit profond et changeant de sa tête
Je l'imagine heureux passionnément heureux à l'ammoniaque
Il ne sait pas mais il creuse à trous profonds dans mon ventre.

Méduse, ils la sortent de sa cellule et ils ne la ménagent pas, petites bourrades, pincements, ils tirent sur sa tignasse, mais elle ne sent rien parce qu'ils l'ont déjà beaucoup tapée.

Depuis que Mme DeLaRocheTaillée est morte ils lui ont dit toi tu vis parce que tu es jeune toi tu vis parce qu'on va te marier, tu seras à nous, à nous les hommes du califat, à nous les vrais supermuslim, tu nous serviras et tu nous donneras des enfants et c'est pour ça seulement que tu es en vie,

Ils lui ont dit ça en lui donnant des coups beaucoup de coups en lui disant tu ne mérites même pas qu'on te baise tu mérites seulement qu'on te frappe en lui disant tu n'as pas honte tu as fait ça avec une femme tu as de la chance d'être jeune sinon on t'aurait jetée toi aussi du haut de l'immeuble tu as de la chance d'être bientôt mariée sinon on t'aurait baisée comme une esclave, mais on ne peut pas faire ça à un frère, on ne peut pas baiser sa femme comme une esclave, en revanche on peut t'apprendre à obéir, on peut t'apprendre le respect, on peut t'apprendre à baisser la tête

Et ils l'ont tellement frappée qu'elle baisse la tête en effet

Elle baisse la tête mais elle bande ses muscles et elle bout en dedans

Elle sait prendre les coups elle relâche au moment de l'impact elle protège les parties vitales ça sert d'avoir vécu dans la rue ça sert d'avoir vécu à la Colonie du temps des strongues ça sert d'avoir la rage et la tête froide à la fois

Ils l'ont tapée mais ils ont veillé à ne pas l'abîmer à ne rien casser

Aussi quand elle sort elle a mal en de nombreux endroits mais elle est capable de mettre un pas devant l'autre elle ne boite pas elle sent ses bras elle sent ses mains ligotées, de façon ténue car ils ont serré fort, de sorte que le sang passe à peine, elles sont meurtries ses mains car au début elle a rendu quelques coups, pour leur montrer que ça cogne une femme qui se bat, pour venger son amante, mais elle a vite compris que ça ne servait à rien, ils sont nombreux, ils sont forts, ils sont armés,

Alors elle a attendu, elle a fait bonne figure sous les coups, elle a serré les dents, elle a pleuré, parce que certains coups faisaient sacrément mal, quand même, elle a protégé ses parties vitales, elle a relâché ses muscles, elle a essayé de respirer le plus lentement possible, elle n'a presque pas crié, et tant mieux parce que ses cris les gênaient, et certains devenaient presque fous, ils ne se retenaient plus, ils oubliaient qu'elle était une femme promise à un frère

Quand elle sort donc elle a mal mais elle marche, elle a mal mais son cerveau fonctionne, ses oreilles et ses yeux, même si elle a compris et qu'elle garde la tête baissée,

On ne sait plus quoi faire d'elle après l'avoir frappée, on ne sait plus s'il faut la marier tout de suite, comme ça avec ses bleus, ou bien attendre, ou bien la frapper encore,

On l'amène à l'émir et quand elle sort dans les rues du village, il pleut à verse, ses cheveux dégoulinent, ses vêtements serpillent, les silhouettes des vrais supermuslim sont floues, les maisons sont floues, elle ne sait pas si ce sont les coups ou la pluie qui dérèglent sa vision, mais ça lui fait du bien toute cette eau, ça coule sur ses plaies, sur ses bosses, elle se sent nettoyée, elle a soif car ils ont fait exprès de mal la nourrir, de peu lui donner à boire, elle ouvre la bouche, elle s'en fout si c'est de la pluie corrosive, pas l'impression, plutôt une bonne et vive pluie qui lui fait frais dans la gorge, ils ont menacé de lui faire manger sa merde, ils l'ont laissée mijoter dans sa pisse,

Elle est contente d'être mouillée et ses tortionnaires l'emmènent à l'émir, il est abrité sous un préau, elle reconnaît à ses côtés un ancien de la Colonie, elle entend parler d'enfants, beaucoup d'enfants, et l'émir parle de lionceaux, des enfants qui sont bons pour le califat, il dit on ira, mon frère, on va envoyer des soldats,

Il est encore en train de parler quand elle arrive avec ses gardes et l'émir semble courroucé, qu'on le dérange pour cette bonne femme, elle a sans doute piteuse allure, son grand corps tête baissée et mouillée, ses liasses de cheveux collés dans le cou, sur le front, son air cassé,

Il dit débarrassez-moi d'elle, mettez-la au couvent, mettez-la dans cette maison des femmes et on lui trouvera un mari, un qui aime les récalcitrantes, là-bas elles la soigneront s'il faut la soigner, elles la fouetteront s'il faut la fouetter, elles l'habilleront, mettez-lui un fichu,

Et les soldats se rendent compte qu'elle est tête nue, elle est tellement leur prisonnière qu'ils ne la voient plus comme une femme, l'un d'eux lui accroche un tissu, ils placent sur son corps une tunique longue, ils lui mettent péniblement des gants, péniblement parce que l'eau poisse et gêne, elle a ces linges mouillés sur la bouche et elle étouffe, les habits trempés sont lourds, ils sont deux à la tenir par le bras et à l'accompagner dans les rues, en direction du couvent, ils sont deux, ne parlent pas, ils regardent leurs pieds pour éviter les flaques, pour éviter les cours d'eau de pluie dans les rigoles,

Elle pense c'est le moment, ils ne sont que deux pour m'emmener, ils croient que je suis trop faible, que je ne suis plus une menace, elle pense il n'y aura pas d'autre occasion, s'ils l'enferment dans cette maison des femmes elle ne sortira jamais, sinon pour prendre un mari, il la tuera ou elle le tuera,

Elle en a bavé mais elle n'est pas résignée

Elle a vu la mort de près elle a vu son amante mourir

Elle a une féroce envie de vivre

C'est étrange

Elle pourrait rester mourir ici, pour se venger, pour tuer, emporter avec elle un mari qui aimerait les récalcitrantes

Elle le déchirerait

Ce serait sanglant et plaisant

Mais dans un coin de son esprit aussi elle se dit il faut prévenir la Colonie, je dois prévenir mes frères et mes sœurs, les vrais supermuslim savent maintenant qu'ils existent, ils vont s'emparer de la Colonie, je ne dois pas laisser faire,

Méduse envoie son coude côté gauche sur le premier soldat et elle le touche de la pointe à la tempe, un coup sec et net, il tombe direct sans un bruit,

Puis elle se jette sur l'autre encore surpris, elle ne voit pas bien car l'étroite fenêtre de tissu sur ses yeux a tourné dans le mouvement, elle a de l'étoffe mouillée devant elle, elle se fait la plus lourde possible et l'homme tombe, malgré ses bras entravés elle soulève le lourd tissu qui la recouvre, elle le déchire, elle en entoure la tête de son adversaire, elle tâtonne, elle parvient à sortir sa tête de la robe, elle continue à l'en entourer, ça étouffe ses cris, ça l'étouffe, ça prend longtemps, heureusement il pleut et personne ne passe dans cette rue du village, heureusement elle est lourde et musclée malgré les derniers jours qu'elle a subis, l'homme est pris de convulsions, le tissu imbibé d'eau obstrue ses narines et sa bouche, il panique et il meurt à la fois, il a des mouvements désordonnés des jambes mais elle tient bon

Ça dure longtemps, elle se dit, et pendant tout ce temps la pluie continue, elle redouble, elle est tellement violente qu'elle fait presque mal, Méduse cependant est contente, quand l'homme ne bouge plus elle défait la couverture dont elle l'a enveloppé et elle trouve à sa ceinture un couteau, elle défait ses liens, ses poignets saignent, elle s'en fout, la pluie lave le sang,

Le premier combattant assommé bouge un peu, il semble se réveiller, il geint, on l'entend à peine du fait de la pluie, elle lui prend la barbe, qu'il a opulente, et elle cogne sa tête contre le pavé, elle n'arrête plus, transforme sa nuque en bouillie, elle a les manches tachées de sang, le sien et celui du soldat mêlés, soudain elle rigole, elle vient de se rappeler qu'elle a un couteau, elle aurait pu l'égorger proprement, c'est exactement l'expression qu'elle pense, elle en rigole encore plus, elle se moque d'elle-même, utiliser ce mot, proprement, alors qu'il y a tout ce sang, et puis trancher une gorge plutôt qu'éclater une tête, belle affaire,

Elle se relève, elle a froid maintenant, trempée et glacée de sa chevelure désormais nue à ses pieds solidement chaussés de cuir, elle se dit je dois me cacher, puis je dois partir,

Il y a des patrouilles, il y a des mouchards aux fenêtres, il y a des barrages,

Il pleut tellement fort qu'elle reconnaît à peine le village mais elle marche d'un pas décidé, vers une des sorties, les hommes du barrage la voient au dernier moment, du fait de la pluie, ils lui disent d'arrêter mais elle est déjà lancée, elle court, elle saute, elle les contourne, ils ont sorti leurs armes mais ils ne voient pas bien où tirer,

Ils sont quelques-uns à la poursuivre, elle ne sait pas combien, au moins trois, ils ont tiré au jugé, ils l'ont ratée, elle court, ils courent, elle entend surtout la pluie, plus que leurs pas, parfois le tonnerre, un éclair, il illumine sa silhouette et renseigne ses poursuivants,

Elle ne court pas en zigzag comme il faudrait pour éviter les balles, elle court droit, elle file,

Elle est une fille fusée

Elle court sur le chemin, elle coupe par un champ, elle approche de la forêt, elle trace, les branches la griffent, peu importe,

Soudain la montagne, un pierrier immense, qui mène à un plateau, elle saute de pierre en pierre, elles sont mouillées et ça glisse, elle entend un cri, elle se retourne, un de ses poursuivants, plus près qu'elle aurait pu l'imaginer, vient de glisser sur un rocher, il s'est fracassé, il tient sa jambe et son flanc,

Elle saute de pierre en pierre, elle glisse mais elle se rattrape,

Elle tombe mais pas de haut, elle prend appui pour immédiatement se relever, elle est presque au sommet, elle entend des détonations, un de ses poursuivants s'est arrêté au milieu du pierrier, il a mis sa kalache en semi-automatique et il canarde, il prend le temps de viser, coup par coup,

Méduse alors baisse la tête, elle se dit avec cette pluie il ne peut pas viser, elle se dit ils sont endurants de m'avoir suivie, elle se dit ils sont quatre, celui qui est tombé, celui qui tire, deux autres qui essayent de monter,

Elle arrive enfin en haut, elle respire très fort, elle sent le manque de sommeil, le manque de nourriture, les coups, elle aura du mal à aller plus loin,

Elle fait alors rouler de gros blocs de pierre, elle utilise un bâton en guise de levier, elles dégringolent, les vrais supermuslim les évitent mais ils grimpent avec plus de difficulté, celui qui la visait a posé son arme.

Elle bascule encore un gros rocher, puis un autre, elle n'en peut plus, les cailloux en entraînent d'autres, il y a un nuage de poussière et de pluie, ses poursuivants lèvent les bras, ils se baissent, ils se cachent, ils n'échappent pas à la terrible avalanche de pierres, ils sont broyés, on n'entend pas leurs cris, on entend les rochers et la pluie, c'est pour eux une mort humide et dure,

Méduse regarde, elle veut être bien sûre, elle voudrait bien se reposer mais il peut en venir d'autres,

Elle reprend sa course,

Elle trottine désormais des maigres forces qui lui restent,

Elle redescend vers la forêt,

En direction de la Colonie, ça n'est pas prudent, elle va quand même dans cette direction,

Elle écarte les branches, elle est protégée de la pluie par les arbres, mais tout est humide néanmoins,

Elle marche au moins une heure, il lui semble,

Voire deux,

Elle arrive enfin à la lisière, elle reconnaît la bâtisse familière, les grandes baies vitrées, par ce temps elles ne peuvent laisser passer beaucoup de lumière,

Les enfants et les éducateurs sont tous à l'intérieur, elle se précipite contre une grande vitre, elle s'y effondre, ça fait un son mat et une longue trace humide, elle tombe, elle est à genoux,

À l'intérieur les enfants la voient, certains ont peur, Onyx reconnaît une ancienne, elle sort avec deux autres pour la récupérer, elles la prennent délicatement sous les aisselles, elles la rentrent, elles la couchent sur un matelas sorti du dortoir, elle s'y effondre, elle leur dit seulement,

Ils arrivent

Elle perd conscience

Elle s'endort.

L'émir est furieux de l'évasion, il ne comprend pas comment ses hommes ont pu laisser échapper une femme, il y a du *sheitan* là-dessous, ce n'est pas une femme ordinaire, c'est un djinn. Il ordonne qu'on la retrouve mais il ne peut pas dégarnir trop le village, il ne peut pas envoyer tous ses hommes dans une forêt qu'il connaît mal.

Le milicien qui lui a parlé de la Colonie est un soldat de Diab-en-Personne, c'est Tout-Le-Fait-Rire, il est fier de parler encore à l'émir, il lui dit que Méduse est une ancienne de la Colonie, il réexplique, elle se situe à quelque distance du village, Méduse s'est peut-être réfugiée là-bas.

L'émir y croit peu, les djinns se cachent dans les éléments, les arbres, les cours d'eau ou les rochers, ainsi effrayaient-ils les anciens, ainsi inspiraient-ils la crainte et les religions des païens. Mais il faut bien réagir, et s'il y a des enfants abandonnés, ce sont des soldats potentiels, des épouses potentielles.

Il ordonne qu'une colonne se mette en marche pour s'emparer de la Colonie.

Les pick-up et les motos font des dérapages dans la terre trempée, il y a des glissades, des grandes giclées d'eau et de boue. Les quads rugissent. Tous ceux de la Colonie entendent d'abord ce bourdonnement des véhicules, qui supplante le bruit de la pluie, elle ne cesse pas, tout est mouillé, les murs mêmes suintent.

Brille est en haut d'une éolienne, il les voit arriver de loin et il descend précautionneusement car les barreaux glissent, il manque tomber deux trois fois, les verres de ses lunettes sont obstrués d'eau et de buée, il les enlève, les glisse dans sa poche, et tout le reste lui apparaît dans un brouillard. Il court tant bien que mal vers la Colonie, pour prévenir, mais les autres savent déjà, ils entendent.

Méduse a passé la nuit dans le dortoir, ils lui ont donné de nouveaux vêtements trop petits pour elle, elle a bu et mangé, un peu, elle frissonne encore de peur et de fatigue, elle a des marques sur tout le corps, elle dit, il faut partir, il faut tout de suite aller dans la forêt, il faut tout laisser, elle se lève, elle veut partir

On fait trois groupes, elle dit Onyx, un premier part dans la forêt tout de suite, avec Méduse, un deuxième nous suit le plus vite possible, un troisième reste le plus tard possible à la Colonie pour prendre des provisions, des couvertures, tout ce dont on aura besoin. Il y a des enfants qui rechignent, parce qu'il pleut, parce qu'ils ne veulent pas aller encore dans la forêt, Onyx ne prend pas le temps de discuter, elle partage les enfants selon les groupes, elle dit toi tu vas là toi tu vas là, pour le premier elle prend Féline, qui court vite, Mohamed-Ali Peur-Prudence, et Moufle qui se rajoute au dernier moment. Elle demande à Espoir et à Trogne de diriger le second groupe, elle y met tous les éclopés, qu'ils aient le temps de venir, puis elle demande à Brille et à Sixtine pour le troisième.

Onyx suit Méduse qui est partie en courant, elle veut la raisonner puis retourner à la Colonie, pour aider. Quand elle rebrousse chemin il y a Rose-Bouledeneige et Petite-Jolie, elles l'ont suivie, elles trouvent Méduse tellement belle, avec sa chevelure. Vous encombrez, elle dit Onyx, mais elle ne peut pas les laisser seules en forêt, sous la pluie, elle leur dit suivez bien ma toque, mon chapeau-renard, vous le voyez bien même sous la pluie. Ils sont une toute petite troupe autour de Méduse, il est trop dangereux de rentrer avec elles à la Colonie, Onyx sans même y penser les amène dans la tanière de la femme-arbre, elles marchent lentement, c'est boueux, c'est mousseux, c'est spongieux de feuilles mortes tombées par terre en bouillie, ça glisse. Onyx se concentre sur le chemin, sur les petites filles, sur Méduse, sur ses pas l'un devant l'autre, à aucun moment elle ne se dit, je les ai abandonnés, j'ai laissé ceux de la Colonie.

Espoir et Trogne ont rassemblé dans la grande salle les enfants en fauteuil, ceux qui marchent avec des béquilles, les manchots, les irradiés, les souffreteux. Il y en a qui pleurent, qui se plaignent, ils veulent tous prendre quelque chose, un habit, un doudou, une photo, un sandwich. Ils ne veulent pas aller dehors sous la pluie. Espoir et Trogne sont obligés de gueuler.

Brille et Sixtine ont encore plus de mal, ils ne savent pas quoi prendre en priorité, ils se disputent, ils remplissent des sacs trop lourds, ils les vident, ils se disent qu'ils ont peu de temps. Brille est en colère, il aurait voulu partir avec Onyx, il se dit elle ne m'aime pas, elle me fait partir avec les derniers, je ne compte pas. Il est triste et il est moins efficace.

La-Femme-Quand-Elle-Rigole-C'est-Une-Cascade leur dit mes enfants ne sortez pas, s'ils arrivent on parlera pour vous, on vous protégera, vous êtes des enfants, ils ne pourront rien vous faire. Autour d'elle L'Homme-Il-Sait-S'Amuser-Avec-Un-Bout-De-Craie et La-Femme-Quand-Elle-Parle-Elle-a-

Les-Yeux-Qui-Brillent ont l'air moins convaincus, Marmite est enfermé dans sa cuisine, les autres sont dans la maison des éducateurs, ils n'en sortent pas. La-Femme-Quand-Elle-Rigole-C'est-Une-Cascade leur dit mes enfants vous allez prendre froid.

Personne ne regarde alentour.

Personne ne s'étonne de ne plus entendre les moteurs des véhicules qui arrivent.

Ils ont encerclé la Colonie. Ils ont mis pied à terre de leurs motos, de leurs pick-up. Ceux qui sortent des habitacles ont le corps chaud, ça fume autour d'eux au contact de l'eau, ils ont leurs tenues de vrais supermuslim et des ponchos par-dessus, ils sont mal protégés mais à ce moment précis ils sont des vainqueurs et ils n'ont peur de rien.

Ils apparaissent aux fenêtres les armes pointées, ils sont flous et fumants, on distingue les barbes variées sous les capuches, mais à peine les traits. On voit de grandes bouches qui sourient.

Ils poussent les portes et ils entrent, c'est le grand silence dans le réfectoire, les grandes baies vitrées d'habitude laissent passer la lumière mais elles sont obstruées de buée dégoulinante,

Dans le dortoir le groupe de Sixtine et de Brille comprend que c'est trop tard, ils restent figés, ne sachant que faire,

Le Mat dans le réfectoire entoure fort Petite-Opaline de ses bras, il lui dit on s'enfuira, on retournera là où on a construit notre barrage,

L'Homme-Il-Sait-S'Amuser-Avec-Un-Bout-De-Craie s'avance vers les vrais supermuslim, il a les bras ouverts en signe de paix, il ouvre la bouche pour parler et il se prend un coup de crosse de kalache dans la gueule,

La-Femme-Quand-Elle-Rigole-C'est-Une-Cascade dit je suis la directrice, je suis responsable de ces enfants, et L'Homme-Il-Sait-S'Amuser-Avec-Un-Bout-De-Craie se prend un deuxième coup de crosse, dans la tempe cette fois,

La-Femme-Quand-Elle-Parle-Elle-a-Les-Yeux-Qui-Brillent pousse un grand cri, les vrais supermuslim la prennent et la frappent, ils embarquent tous les adultes, à coups de pied, à coups de crosse, ils ramassent L'Homme-Il-Sait-S'Amuser-Avec-Un-Bout-De-Craie qui est KO, ils les prennent tous et ils les emmènent sous la pluie, ils attrapent les hommes par les cheveux et ils leur coupent la gorge,

Les enfants voient à travers les baies vitrées, ils n'osent ni bouger ni rien dire, même s'il y a des larmes qui coulent, ils ne voient que des ombres à travers la buée, des silhouettes, mais le sang gicle jusque sur les vitres, ça fait de grandes traînées,

Et puis ils mènent les femmes qui crient jusque dans la maison des éducateurs, les enfants restent encore sans bouger, Brille et son équipe sont redescendus, ils prennent place sagement, discrètement, parmi les autres,

Seule Sixtine a fui par le toit, par un vasistas qu'elle a déjà emprunté pour fumer, elle a dans sa capuche des paquets de clopes et dans son sac deux bouteilles de rhum arrangé, elle a peur de glisser sur les tuiles, elle entend les cris en bas des hommes qui agonisent, elle rampe pour ne pas glisser, elle est trempée, elle atteint l'échelle, elle se fait toute petite pour descendre et personne ne la voit, elle court vers la forêt, elle répète dans sa tête une seule phrase, prévenir Onyx,

Dès qu'un enfant sanglote, ou se mouche, ou dit un mot, un des soldats tire en l'air, ils sont tous assis en tailleur, un long moment

Un long moment
Un long moment
Plus long encore
Pire encore

Pour les éducatrices, pour la directrice, qui ressortent nues de la maison, les soldats les entourent et ils rient, ils leur balancent de grandes bourrades, de grands coups de crosse et ils leur disent esclaves, on s'est amusé avec vous, on va vous pendre, vous n'êtes même pas bonnes pour travailler à la mine, votre vie ne vaut rien,

Et ils le font, immédiatement, ils entourent leurs cous de grands nœuds de grandes cordes, les enfants reconnaissent celles que Franck-Ribéry et La-Femme-Elle-Est-Costaud utilisaient pour les faire grimper, ils les accrochent aux branches des arbres et ils tirent bien fort, ils les laissent pendues là, les jambes encore tressautantes,

Puis ils reviennent voir les enfants
C'est leur émir qui parle, c'est l'Ingénieur,
Il a une voix douce
Il les rassure après toutes ces horreurs
Même si c'est lui qui les a ordonnées.
Il leur dit :
Mes enfants
Ceux qui vous gardaient ont péri
Ils ont été châtiés
Ils étaient ceux qui vous commandaient
Ils ne sont rien face au pouvoir de Dieu
Face à la force de ceux qui se battent pour la Vraie Foi

Il leur dit :

J'étais ingénieur
Je fabriquais des machines puissantes
Je faisais gagner de l'argent
J'en gagnais
Je fabriquais des machines plus grosses que cette demeure
Ou alors des petites mais capables de soulever des collines
De péter des montagnes
Leur force n'était rien face à l'appel de Dieu
Qui m'a touché
J'ai compris
Vous n'avez rien
Vous êtes des orphelins
Des éclopés
S'il faut chercher des biens
Aimez ceux que vous aurez sans fin
Si vous craignez des maux
Craignez ceux qui durent éternellement
Vous êtes importants
Vous comptez dans le dessein de Dieu
Vous pouvez devenir les petits soldats de mon califat
Soyez mes lionceaux
J'abattrai ceux qui vous feront du mal
Comme j'ai abattu ces adultes incapables
Avec la Vraie Foi
Vous êtes des lionceaux
Vous êtes invincibles
Les grands ne vous font pas peur
Car la Vraie Foi vous guide.

Il est interrompu par ses gardes qui ont trouvé Marmite caché dans la cuisine, dans une grande marmite, ça fait rire l'émir, ses hommes veulent l'emmener dehors pour l'égorger, il dit on a toujours besoin d'un cuisinier, on va le garder, il nous fera des plats selon les principes de la Vraie Foi. Il lui donne une tape sur la tête, tu as compris ?

Il lui dit, va préparer pour ces enfants un festin, on va fêter notre arrivée.

Les vrais supermuslim retournent au pick-up, ils ont apporté des provisions, ils se dépêchent à cause de la pluie, ils rentrent tout, ils mettent Marmite au travail.

Ils trouvent le caisson hyperbare, ils regrettent de n'avoir pas gardé un éducateur pour le mettre dedans, mais ça n'aurait peut-être pas été une mise à mort licite. Ils poussent la pression du caisson à fond, à vide. Ça explose sans faire de flammes.

Ils fracassent les lettres à l'entrée de la Colonie, Les Enfants de Melkisédek, ils disent c'est illicite, cette appellation est illicite. Ils récupèrent tous les instruments de musique, ils en font un tas dans la grande cheminée, ils expliquent aux enfants, c'est illicite, c'est dangereux pour les âmes, ils mettent le feu, les instruments crépitent, certains résistent et brûlent difficilement, mais ils finissent tous par disparaître en cendres, en morceaux de bois noircis.

Espoir est soulagé d'avoir caché la console, la PS2, dans un endroit connu de lui seul.

Les enfants n'osent plus bouger
Ils sont saisis
Ils sont choqués
Ils écoutent
Il y aura un dortoir de filles un dortoir de garçons
Les garçons apprendront à se battre
Ils apprendront les armes

Les filles apprendront à être de bonnes épouses
De vraies femmes de vrais supermuslim
On leur apprendra à s'habiller avec pudeur
À agir discrètement
Avec pudeur
Dès qu'elles seront prêtes
Elles rejoindront la maison des femmes
Au village
Elles trouveront un mari
Elles donneront des enfants
Il y aura des bienheureux
Garçons et filles
Choisis parmi les meilleurs pour devenir martyrs
Ils sauront faire exploser leurs bombes
Être au plus vite au paradis
Il y aura des repas copieux
Des punitions pour ceux qui ne marchent pas droit
Petite-Opaline a les yeux dans le vide
Elle pense à La-Femme-Quand-Elle-Parle-Elle-a-Les-Yeux-Qui-Brillent qu'elle aimait bien et qui pendouille, fouettée par le vent et la pluie
Le Mat ne sait pas où aller
Dortoir des garçons ou dortoir des filles
Il se dit vaut mieux pas qu'ils sachent
Brille tremble
Pas de peur
De la même manière que lorsqu'en haut de son éolienne, il contemple le sol
Il a l'impression de tout voir de haut
De comprendre
De saisir les grandes routes et les petits chemins

Il a l'impression de voir une grande œuvre se dessiner
Il sent l'amour de Dieu il sent sa force
C'est aussi fort que du temps où il aimait Onyx
Il pense que cet amour est passé
C'est plus fort
Ça part de l'estomac et ça galope tout autant
Ça rassure ça raffermit
Ça lui fait du bien
Je ne serai plus trahi, il se dit
Je rejoindrai mes parents
Je leur ouvrirai les portes du paradis.
À travers ces soldats mouillés et fumants
Il se sent habité par la puissance de Dieu
Il veut être comme eux
Il aime la voix de l'Ingénieur
Il aime sa voix douce
Il aime ses beaux yeux
Ils sont doux aussi
Il se dit j'ai retrouvé un père
Un père bienveillant pour m'accompagner
Pour me dire où aller
Il s'approche d'un pas
Deux soldats lui barrent la route
L'émir dit laissez passer

Et Brille chuchote, il y en a d'autres, il y a des enfants dans la forêt.

On a chassé les gardes forestiers, il dit Darnert, on chassera aussi les vrais supermuslim.

Ils sont dans leur grotte, tous les bergers assemblés, il y en a qui se sont échappés du village, d'autres qui restaient dans la forêt, de toute façon.

Un des bergers du village se lève, il tousse, il est gêné :

Tu sais, Darnert, c'est pas les gardes forestiers, ils sont plus dangereux, ils ont pris la mine, ils ont pris le village.

Je le sais bien, il répond Darnert, les gardes c'était des larbins, à peine capables de tenir un gourdin. Là c'est la guerre, là c'est des soldats avec des kalaches. Mais la guerre, on l'a tous faite, ici. Ce village, c'est le nôtre. Ils sont venus à bout de Kylian PetitCœurCouronné, y a personne d'indestructible, sur cette terre, y a toujours le pot de grès et le pot de fer, reste à savoir qui vous voulez être. Moi je suis de l'âge de fer.

Les bergers se taisent. Il continue.

On va pas les laisser faire la loi chez nous. Nous on s'habille en demoiselles, si on veut, mais eux on va pas les laisser habiller les femmes comme ils veulent. On va pas les laisser jeter qui ils veulent du haut des immeubles, on va pas leur laisser leurs esclaves à la mine. Ils nous ont débarrassés des maîtres des forges, de certains, parce qu'y en a qui se sont enfuis, d'autres qui se sont ralliés à eux. On va pas attendre qu'ils reviennent avec le gouvernement provisoire. On va faire le travail nous-mêmes, avec nos bâtons, avec nos habits de demoiselles, avec nos mitraillettes.

Un autre berger se lève.

Moi je suis muslim. Ils ont tué notre imam.

Un autre encore

Moi je suis christian. On doit marcher tête baissée quand on les croise. On doit payer ou se convertir.

Une bergère se lève.

Moi je suis déjà une femme, je m'habille en demoiselle ou je mets un pantalon ?

Tout le monde rigole. Darnert reprend la parole.

On va pas faire une grande bataille. On va faire des escarmouches. Ceux qui sont au village, vous allez les piéger quand ils sont isolés. Ceux qui sont en forêt, on les laissera venir. J'ai des armes à vous distribuer, j'ai vendu mes bêtes à l'abattoir, avant que ça arrive. On va les tuer un par un et le village, il est à nous.

Les bergers approuvent par des hourras, ils lèvent leurs bâtons ou leurs armes. Darnert propose de manger, de chanter et danser.

Il y a des bergers qui ont perdu des amis ou des proches, il y en a qui sont inquiets d'y retourner, au village. Mais ils se mettent à chanter, ils se mettent à danser. Darnert leur a donné du cœur.

Il y en a un qui a l'air gêné, il se dandine d'un pied sur l'autre. Finalement il s'avance vers Darnert, il s'appelle Souleymane-Diawara, il a toujours des gants, quelle que soit la saison, personne ne sait s'il a été brûlé, si c'est une tradition familiale, s'il est frileux des doigts. Il se penche vers Darnert qui s'amuse, il lui demande s'il veut des nouvelles d'Esclarelys.

Darnert lui saisit les mains, il l'entraîne dans un coin d'ombre, il abandonne sa belle figure pour laisser venir son visage de linceul, et il lui dit dis-moi où, dis-moi ce qu'elle fait, je t'en prie, je pense à elle.

Souleymane-Diawara lui raconte ce qu'elle est devenue, il hésite un peu mais il dit tout, elle est mariée avec l'un d'entre eux, elle est une vraie supermuslim.

Darnert s'assoit sur un rocher, il ne sait pas si son cœur bat trop vite ou s'il s'arrête, il reprend les mains de Souleymane-Diawara, il les lui tord, ça fait mal, il se rapproche de lui tête contre tête et il lui dit promets-moi, jure-moi plutôt que c'est vrai, que tu as bien vu, bien entendu, si tu m'as menti je te tue, je t'attache à un arbre dans cette forêt et je te tue, avec un bâton effilé, je te le rentre par les trous de nez, par les oreilles, tu as compris, ne me mens pas parce que tu joues avec ma vie, avec la tienne.

Souleymane-Diawara a peur mais il hoche la tête, il dit je ne te mens pas, viens vérifier, si tu veux, je te jure.

Darnert le lâche, ses yeux ne sont plus là, sa bouche se tord, Souleymane-Diawara commence à s'éloigner, Darnert le rattrape, il lui dit je vais te donner une mission, une seule mission, je veux savoir qui c'est, qui est son mari, je veux le savoir avant qu'on attaque le village, parce qu'on l'attaquera, je viens de décider, si on veut le reprendre on ne se contentera pas d'embuscades, dis-moi qui est cet homme, son mari, dis-moi où ils habitent. Puis il retourne dans l'ombre, la fête continue, elle se fait sans lui.

Destiny-Bienaimée est assise, l'homme arrive, elle reconnaît Tout-Le-Fait-Rire, il a une barbe courte, elle laisse des trous où on voit ses joues, il s'assoit, il lui dit :

Je suis un bon soldat du califat, j'ai une femme déjà, je la traite bien, j'en voudrais une deuxième, j'ai une grande maison, il y a de la place pour deux

Elle le coupe, Tout-Le-Fait-Rire, c'est moi, c'est Destiny-Bienaimée

Tout-Le-Fait-Rire ouvre la bouche, il la regarde précisément, il essaye de percer son *niqab*, de creuser ses yeux, il ne voit que quelques bouts de peau, des éclairs d'yeux, il lui dit :

Tout-Le-Fait-Rire, c'est fini, je suis un vrai supermuslim maintenant, regarde comme je suis devenu droit, regarde comme je marche juste, regarde comme je suis puissant

Tu ne pensais pas que je pouvais faire le bien et pourtant je le fais, je *hagar* les *kouffar*,

Je leur tranche la gorge

La femme-arbre était le *sheitan*,

Elle m'avait écrasé la gorge,

Je ne savais pas la puissance de Dieu

J'étais le chef des strongues mais j'étais seul,

Je suis avec mes frères désormais,

Nous sommes venus à bout d'elle,

Comme nous serions venus à bout des bitches si les strongues avaient eu la Vraie Foi.

Tu peux refuser de te marier avec moi,

De toute façon je ne veux pas de toi

Je ne veux pas une grosse, une *karlouche*

Je te laisse à d'autres

Pour te tringler ou pour t'épouser

Ils font ce qu'ils veulent de ta schneck

Je ne te veux pas pour femme et même pas pour esclave

Il se lève, il va passer à une autre femme, il se ravise, il se rassoit, il la regarde bien en face

Tu ne sais peut-être pas ? On a pris la Colonie, elle est à nous, c'est fini les strongues et les bitches, mais c'est fini aussi le petit pouvoir d'Onyx. Si ça se trouve elle est morte, ou elle est esclave. Compte sur moi, si je la retrouve, je lui mets une balle entre les deux yeux.

Destiny-Bienaimée a peur, elle dit simplement, vrai supermuslim j'en sais rien, t'es un strongue, t'es resté un strongue.

Il rigole, il ajuste ses couilles et son arme, il passe à une autre femme.

Ils sont trois, ventripotents, l'air pas si effrayés, habillés simplement, presque à la mode vrai supermuslim. Une ébauche de barbe sur leurs joues. L'émir a convoqué les maîtres des forges, ceux qui restent, sauf Kylian PetitCœurCouronné qui ne vaut plus rien.

Il leur offre des fruits et du thé, il va droit au sujet, ensuite. Il parle doucement pour les forcer à tendre l'oreille, à se pencher un peu. Il leur dit, je sais que vous gardez contact avec l'outre-vallée, avec l'outre-montagne. Les trois commencent à protester, il les arrête. Je m'en fous, ce qui compte c'est l'application de la Loi de Dieu dans le califat, dans ce village. Laissez-moi m'occuper des âmes et je vous laisse vous occuper du commerce. Moins vingt pour cent pour l'œuvre de Dieu. Je vous laisse la mine, je vous donne des esclaves, vendez le charbon, avec j'achèterai des armes, des véhicules. Vendez le charbon à qui vous voulez, aux *kouffar*, aux christian, au gouvernement provisoire, peu m'importe, simplement rapportez-moi l'argent. Faites vos affaires que je fasse les miennes. Ne me trahissez pas ou vous mourrez.

Les maîtres des forges sont rassurés, ils se voyaient déjà dépossédés de leurs maisons, de leurs richesses, ils se disent qu'ils ont eu raison de rester.

L'un des trois demande pour le train, pour la voie ferrée, il dit ça serait bien de la réparer, ça serait bien de commercer de nouveau avec le bourg, avec les villes, avec la capitale.

L'émir lui fait un grand sourire, il lui masse l'épaule. Il dit, ça sera fait, mon frère, quand nous aurons étendu le califat au-delà de cette vallée, alors nous restaurerons le chemin de fer, alors nous pourrons commercer avec les villes. Nous ne sommes qu'un petit bout d'un grand œuvre, de l'œuvre de Dieu.

La *katiba* du boucher, sa brigade, a été convoquée pour renforcer les troupes sur le col, il doit aller à la frontière, le *ribat*, il a déjà vu revenir des blessés et des morts, il dit à Esclarelys qu'il ne sait pas, il ne sait plus, il voulait la Vraie Foi, il voulait la Loi de Dieu sur terre, il ne voulait pas lui-même faire la guerre, il tremble, il vomit de savoir qu'il a été choisi, il pensait exercer comme avant sa profession de boucher, il porte mal les armes. Il lui dit on pourrait partir, vivre dans la Vraie Foi tous les deux, loin de ce village, loin de l'Ingénieur et de Diab-en-Personne. Il ne sait pas s'il pourra encore tuer, ou voir tuer, s'il pourra encore affronter les balles. Il a peur de craquer, d'être faible sous le regard de Dieu. Il dit laisse-moi t'emmener.

Esclarelys se penche à l'oreille de son mari, elle lui chuchote aussi doucement qu'elle lui chuchotait les mots de l'amour et elle lui dit Chien, lâche, mécréant, je ne partirai pas avec toi comme une vaincue, je ne suis pas une souris pour fuir au premier bruit, elle lui dit si tu trahis, si tu fuis, tu vas brûler, tu vas sentir le souffle du brasier, tu seras immortel dans ce feu, la langue tordue, tu subiras la torture, les mille et une pointes, les anges frapperont ton visage et ton dos, ils les flagelleront, ils marqueront ton flanc d'un métal incandescent, retourne combattre sinon ton châtiment sera permanent, tu demanderas pardon soixante-dix fois et tu ne seras pas pardonné, tu connaîtras la chaleur éternelle, pire que celle du désert, tu te souviendras des jours où tu disais, je ne sors pas, il fait trop chaud, le soleil brûle, car le feu que tu subiras sera encore plus ardent, tu pleureras, abondamment,

Va combattre, mon amour, si tu veux le rester, va combattre si tu crains Dieu, vas si tu l'adores,

Tu savais tuer les bêtes et ce n'est pas plus dur de tuer un humain, un mécréant,

Si tu restes, si tu recules, tu auras soif, tu auras faim, tu seras fatigué, tu seras souillé, recouvert de boue,

Tu seras dans le feu et ta boisson sera brûlante,

Tu seras humilié, ton visage couvert de lambeaux de ténèbres nocturnes,

Incrédule, tu éprouveras les conséquences, dans ton corps, dans ton âme

Pars, sinon je me détournerai de toi, tout se détournera

Tu seras seul, tu seras désespéré et ingrat

Ta demeure sera détestable

Un trou une grotte

Tu seras une bête

Tu n'auras pas d'eau

Ou bien une eau fétide à boire par petites gorgées

Une eau qui jamais ne désaltère

Un fruit pourri

Ta face sera exposée au soleil

Tu seras loin des tiens, loin de ceux que tu aimes
Tu seras séparé, tu seras seul.
Tu auras froid et ta couverture sera de feu
Il pleuvra sur toi des pierres d'argile
Tu pleureras.

Le boucher tremble encore plus, elle prend son sexe, elle le caresse, il a moins peur, son désir supplante sa peur, il lui dit tu as raison, je me ressaisis, je te prouverai, je prouverai à Dieu. Il lui dit tu es belle.

Dans *The Lost City of Z*, de James Gray, Percy Fawcett veut trouver les vestiges d'une civilisation disparue dans la jungle amazonienne, il y consacre plusieurs expéditions, pour la dernière il part avec son fils aîné, ils font la route ensemble, ils défrichent, c'est une belle aventure père-fils, ils se rapprochent, et dans les dernières images du film ils sont capturés par une tribu inconnue, on les attache, on les enduit, on scande et on chante, ils ne comprennent rien, et à la fin on les soulève pour Dieu sait quoi faire, sans doute les sacrifier, et durant tout ce temps, toute cette agitation, Percy tente d'accrocher le regard de son fils, tous deux se dévisagent, Percy a peur et il ne comprend rien mais il essaye de le rassurer, de lui dire qu'il est là, ils sont ensemble et il l'aime, ça n'empêche rien car il ne contrôle rien, il essaye seulement d'aller au-delà des bruits et des sons tout autour, de s'en extraire et finalement tout le reste n'est qu'habillage et décorum, seule compte leur relation réduite à ce moment précis à ces regards, car ils ne se touchent pas, ils ne peuvent pas se toucher, ils ne parlent pas, il n'y a que les yeux qui se cherchent et se perdent, se retrouvent. Et ces yeux, ceux du fils, roulent, son visage se crispe, et le père comprend qu'ils vont mourir sans doute, que son fils va mourir à cause de lui, mais jusqu'au bout, contre toutes circonstances, il doit lui offrir cette bonne figure.

Les yeux du trafiquant de carburant et d'armes recèlent le même type de sentiments, les vrais supermuslim l'ont enlevé et jugé, lui et son grand maigre de fils, ils les agenouillent désormais, mains liées derrière le dos, ils leur ont ôté la cagoule qui les masquait, pour qu'ils puissent affronter la mort en face, ils ne peuvent plus vraiment se regarder, car ils sont côte à côte, chacun un soldat derrière lui, en cagoule, un grand couteau à viande, qu'ils font coulisser lentement pour trancher la gorge. Le trafiquant cherche encore les yeux de son fils tandis que file la lame, il les trouve, il lui adresse un sourire, le dernier.

Les vrais supermuslim font régner dans le village la Vraie Loi de Dieu, selon les règles de la Vraie Foi. Il y a des coups de fouet, des mains coupées, des langues arrachées. Il y a des pendus et des décapités, des lapidées.

On fait venir tous les villageois les jours d'exécution sur la place principale, les jours de châtiment. Une estrade a été dressée juste à côté du monument du Progrès. Les bourreaux ont la main ferme. Esclarelys amène les femmes qui sont accusées, elles sont sommairement jugées puis punies ou acquittées. Esclarelys est en deuil du boucher, il est mort au combat, un des premiers tués contre les gardes gouvernementaux. Une balle au milieu du front. Elle ne veut pas rester veuve. Elle attend la fin des exécutions, elle cherche l'émir, elle cherche l'Ingénieur dont elle apprécie les prêches et la voix douce, il la connaît, elle dirige impitoyablement la police des femmes et son travail est apprécié.

Elle va droit vers lui, il apprécie la franchise.

Esclarelys lui dit :

Tu as déjà deux femmes, je serai la troisième

Revêts-moi, tu seras un vêtement pour moi et je serai un vêtement pour toi,

Cohabite avec moi partage ma nourriture

Je suis assoiffée de toi

Je suis assoiffée de ton amour j'en suis enivrée il est meilleur que n'importe quelle ivresse, meilleur que la meilleure des nourritures

Il est ma source et mon estuaire

La femme vient de la poitrine de l'homme

De là vient l'affection

Nous serons un nœud solide

Dans l'ombre de Dieu.

L'émir est touché. Il dit pourquoi pas. Il n'est pas bon qu'une femme jeune reste veuve. Je serai ton mari. Il appelle l'imam, il prend deux soldats pour témoins, il dit tu es ma femme désormais. Obéis-moi et je te protégerai.

Je serai une bonne femme, tu ne le regretteras pas.

Tout-Le-Fait-Rire nettoie son arme, il a dit au revoir à ses deux femmes, la nouvelle est déjà enceinte et elle en est fière. L'émir l'envoie vers le nord, vers le col en direction de l'outre-vallée, il y a eu des escarmouches avec les forces du gouvernement provisoire. Il préfère ça que la forêt, il y a eu aussi des combats, des frères enlevés retrouvés pendus, on dit que ce sont les bergers, les demoiselles. Il préfère se battre contre des soldats que contre des hommes déguisés en femmes. La veille il est allé prier devant le bras reliquaire. Ça l'a exalté. Il n'a pas peur de mourir, il se dit si je meurs je meurs en martyr.

Le Mat a choisi d'être une fille. Quand les vrais supermuslim ont dit les garçons d'un côté et les filles de l'autre, elle n'a pas vraiment hésité, elle veut être avec Petite-Opaline, comme une vraie grande sœur, pour la protéger. De toute façon à son âge fille ou garçon ça fait quoi, ça ne se voit pas. De toute façon ils ne vont pas aller regarder entre ses jambes. Pas tout de suite. De toute façon si elle voulait leur expliquer elle ne rentrerait pas dans leur Vraie Foi, elle serait pendue à un arbre ou précipitée du haut d'un immeuble, elle en sait assez pour savoir ça. Normalement elle se disait je suis plutôt un garçon, il y a plein d'avantages, mais là elle se dit tant pis, je veux pas apprendre la guerre, je veux rester avec Petite-Opaline, je suis une fille. Au fond d'elle fille ou garçon elle s'en fout, elle a une drôle de schneck et un petit zguègue, elle est Le Mat et puis c'est tout.

Ils ont dit les filles on va vous apprendre à être des filles et puis quand vous aurez l'âge on vous mariera. Vous aurez l'âge bientôt. On vous mariera à des héros, des vrais supermuslim des combattants des martyrs. Et vous aurez avec eux des petits enfants à qui on apprendra aussi à être des croyants et des martyrs. Vous serez des filles décentes et pieuses et humbles ce qui veut dire des filles couvertes et obéissantes, et celles qui n'obéissent pas elles connaîtront le fouet, mais donné par d'autres femmes, ne vous inquiétez pas. Rageuse a rigolé trop fort, elle a été fouettée devant toutes les autres.

Ils ne savent pas quoi faire de l'Ancêtre, pas de bras ni de jambes elle ne peut être ni une épouse ni une esclave, ils hésitent à la tuer, mais ils ne savent pas si c'est licite ou illicite, dans le doute ils préfèrent attendre, ils demandent aux filles de la nourrir, de s'occuper d'elle, sinon ils la balanceront dans la forêt.

Ils leur donnent des habits de vraies supermuslim, ça tient chaud et ça n'est pas pratique, Le Mat n'a pas l'habitude d'être en robe, elle a l'impression d'étouffer, Petite-Opaline se blottit contre elle et elle lui donne encore plus chaud, mais Le Mat ne dit rien, elle la laisse faire, elle est rassurée de la sentir contre elle. On leur demande d'aller aider Marmite en cuisine. Il ne parle plus depuis qu'ils lui ont coupé la langue, ils l'ont surpris avec une cigarette, il montre les ingrédients du doigt, il explique avec les mains, il a l'air triste. On leur fait nettoyer la Colonie, ça n'a jamais été aussi propre, elles doivent frotter et récurer, on leur dit quand votre mari reviendra du combat, il sera content d'être bien dans sa maison. On les encourage à travailler à plusieurs, vous serez des coépouses, il faudra vous entraider, ne pas se chercher querelle. Elles ne sortent pas vraiment de la Colonie, on leur dit c'est dangereux, ce n'est pas une place pour des filles. Régulièrement on les fait prier, celles qui ne sont pas muslim ont appris les mots et les gestes.

Par la fenêtre, par des interstices, Le Mat voit l'entraînement des garçons. Les vrais supermuslim les font beaucoup courir, ils tiennent dans leurs mains des bâtons comme des fusils, ils ont des exercices physiques, des pompes et des abdos, on leur apprend à se battre. Ils crient et ils chantent, ils prient. Ils répètent plusieurs fois par jour :

Avec la Vraie Foi
Nous sommes des lionceaux
Nous sommes invincibles
Les grands ne nous font pas peur
Car la Vraie Foi nous guide.

Le Mat est sûre que certains aiment ça, apprendre à se battre, avoir des bâtons, courir et sauter. Elle-même ne regrette pas, elle n'aurait pas aimé. Elle a cependant taillé une pointe dans un morceau de plastique, elle la tient à l'intérieur de ses habits, au cas où un vrai supermuslim voudrait lui enlever Petite-Opaline. Ou si un lionceau prenait trop de graine.

Le Mat a entendu parler du temps des strongues et des bitches, elle se dit c'est revenu pire qu'avant. Elle pense à s'enfuir. Elle a surpris des conversations, les vrais supermuslim ne savent pas quoi faire des handicapées, des mutilées, ils ont dit elles ne vont pas trouver de mari, il faudrait peut-être s'en débarrasser, ils voient cependant qu'elles sont capables de faire leur part des tâches. Ils ont parlé d'en faire des esclaves, ou des domestiques. Ou alors des martyres, ils veulent envoyer des enfants avec des explosifs sur les ennemis, c'est imparable. Le Mat a tremblé quand elle a entendu ça.

Mohamed-Ali ouvre un œil et il en croise un autre, celui de l'oiseau, il marche sur un rocher, il a les pattes graciles et l'air pédant, il regarde l'enfant, Mohamed-Ali se demande ce qu'il recherche, prend-il sa tignasse pour un buisson, est-il un oiseau ignorant des frondes enfantines, il a la sienne au fond de sa poche, est-il un oiseau fatigué, un oiseau malade, Mohamed-Ali a ouvert les deux yeux, il se retient de les frotter, il avance doucement sa main, alerté par ce mouvement infime l'oiseau s'envole et disparaît. C'est bien la peine de descendre des dinosaures, il se dit, pour avoir l'air si bête, pour se sentir si stupidement supérieur, tu n'es qu'une poule légère, oiseau, même pas digne d'être mangé.

Il s'assoit, ses habits sont humides d'avoir dormi dans l'herbe, malgré la couverture et la bâche plastique placée sous son corps, les autres enfants sont encore assoupis, il commence à faire clair et il distingue un bout du visage d'Onyx, plaqué par terre, il entend les ronflements de Sixtine, Moufle a la tête sur ses moignons, Petite-Jolie et Rose-Bouledeneige sont collées l'une à l'autre, elles se tiennent chaud, Peur-Prudence a les bras en croix, Féline bouge les lèvres, elle rêve ou elle mâche dans son sommeil, Méduse, elle, envoie les bras et les jambes, elle a des accès désordonnés, elle cauchemarde, elle court, elle tombe.

Mohamed-Ali déploie son corps, il l'étire en veillant à ne pas faire craquer les os, il a mal, quel que soit son lit, il se dit c'est parce qu'il grandit, ses membres tirent, ils forcent, ils n'en finissent plus. Il se dit si je revoyais mon père je lui mangerais la soupe sur la tête, je marcherais à grandes enjambées et il me suivrait péniblement. Il cherche de quoi boire dans son sac, il s'assoit sur le rocher où paradait l'oiseau, il attend, il regarde le soleil se lever.

La veille ils ont marché jusqu'à la grotte de la femme-arbre. Rose-Bouledeneige parlait beaucoup, au début, elle racontait l'histoire d'une reine des neiges, d'un petit bonhomme de neige, du pouvoir de transformer en glace ce qu'on touche et ce qui fait peur, elle ne s'arrêtait plus de parler, elle racontait les tresses blondes formidables dont elle rêvait, elle disait je veux des cheveux jusqu'aux fesses, elle disait je veux une robe, et puis à force de parler elle a trébuché, elle s'est fait mal à la cheville, à partir de ce moment, elle et Petite-Jolie se sont plaintes beaucoup, elles avaient mal aux pieds, Mohamed-Ali les a portées chacune leur tour, elles se plaignaient encore, que ses os étaient durs, qu'il faisait mal en les serrant trop fort avec ses mains, qu'il marchait par à-coups, ça les faisait sauter, ou alors elles pleuraient quand il les reposait.

En chemin Sixtine les a rattrapés, elle leur a dit que la Colonie était prise, elle a raconté les tourments des éducateurs, les bribes des discours des vrais supermuslim qu'elle a saisies.

Elle a égrené les noms de tous ceux qui étaient pris et c'était long parce qu'elle sanglotait entre chaque. Les petites filles pleuraient encore mais elles n'osaient plus se plaindre. Elles appelaient leurs copines, La-Plus-Sage, Petite-Rigolote, Petite-Opaline, Onyx leur a dit de se taire enfin, elle a dit on emmène Méduse d'abord, on ne peut rien faire pour le moment pour les autres, elle tournait une tresse entre ses doigts, elle était contrariée comme jamais, Mohamed-Ali lui a dit tu t'en veux, tu devrais pas, tu t'en veux d'être là et eux pris, mais on ne pouvait pas partir tous, pas aussi vite, il vaut mieux que tu sois dehors pour réfléchir à comment les sortir. Il ne l'a pas convaincue.

Arrivés à la grotte, la femme-arbre était allongée, elle respirait mal, ça faisait un bruit moche, elle parlait dans un souffle et seule Onyx comprenait, son oreille penchée vers elle. Alors elle répétait, et la femme-arbre bougeait lentement la tête pour confirmer, c'était bien ce qu'elle avait dit, c'était dangereux ici, il ne fallait surtout pas retourner à la Colonie, sur tous les enfants prisonniers il y en aurait bien un qui parlerait de sa cachette, il fallait partir, la laisser, elle saurait se défendre, pour elle de toute façon c'était fini, ses branches poussaient à l'intérieur, elles l'étouffaient, elle a dit à Onyx emmène-les dans un endroit que toi seule connais, un endroit de la forêt, cachez-vous, protégez-vous, ensuite vous irez trouver les autres, vous les délivrerez, ils ne rigolent pas, ceux qui les ont pris, ce sont des ogres des légendes, ils ont des grandes dents et de grands couteaux aiguisés. Elle a dit encore prenez tout ce que j'ai amassé, mes provisions, mes sacs et mes couvertures, je ne viendrai pas avec vous, je ne peux plus marcher, qu'ils me trouvent et qu'ils me tuent, il n'y a plus d'espoir. Onyx ne voulait pas, elle a secoué la tête, mais la femme-arbre l'a agrippée de ses branches, elle a tenu sa nuque et lui a soulevé la tête, elle semblait prête à rompre, elle lui a chuchoté simplement à l'oreille, s'il te plaît, survis, sauve les enfants que tu peux.

Alors Onyx a essuyé ses yeux mouillés et elle a donné l'ordre, on y va, je vous emmène dans un endroit que moi seule connais, et ils sont repartis, ils se sont à peine reposés, ils ont aidé Méduse à se lever, elle avait les yeux vides. Onyx les a emmenés sur un plateau, il y a de l'herbe et des rochers, il faut monter pour y arriver, on voit arriver des poursuivants de loin. Ils ont mangé, sans faire de feu, ils se sont endormis.

Brutalement Onyx se réveille, elle a cauchemardé, Mohamed-Ali est déjà assis les yeux vers l'horizon, elle vient à côté de lui, elle lui dit c'est pas ma faute, igo, je les ai pas abandonnés, je pensais pas que les vrais supermuslim arriveraient si vite. Elle remonte ses jambes sur sa poitrine, elle serre ses mains autour des tibias. Elle dit normalement une cheffe c'est la dernière à partir. Ça redevient humide dans ses yeux mais elle ne pleure pas.

Trogne se doutait bien qu'il valait mieux la cacher, sa famille de papier, mais elle ne peut pas s'empêcher de la regarder de temps en temps, de leur parler ou de les embrasser, avec ses vêtements de vraie supermuslim elle n'y voit pas bien et elle a dû les porter à ses yeux, les chaperonnes ont remarqué son manège, elles ont dû s'y mettre à toutes les deux pour les récupérer, Trogne les tenait serrées fort contre son ventre. Elles ont vu ces figurines de papier, Trogne criait, elle pleurait, c'est ma famille, mon papa ma maman mes frères et sœurs, mes tontons et tatas, la chaperonne la plus âgée lui a dit c'est illicite, tu ne dois pas vénérer des idoles, tu ne dois pas garder ces images sur toi, tu iras en enfer. Elles l'ont mise à bas de son fauteuil roulant pour la neutraliser, elles ont mis le feu à sa famille, tout a brûlé.

Trogne hurlait maintenant, elle levait les bras et c'était vain, elle disait les noms, elle pleurait, les autres filles regardaient, elles ne pouvaient pas lui venir en aide, tout était déjà consumé. La chaperonne la plus jeune écrase les cendres avec son pied, elle lui dit la prochaine fois ça sera le fouet, tu y échappes à cause de ton fauteuil, sois reconnaissante à Dieu.

Trogne reste prostrée, elle pleure longtemps, les autres cherchent à la relever, elle refuse, elle a un mouvement de va-et-vient de la tête, elle la tient dans ses bras. Elle reste comme ça un moment interminable, puis elle s'assoit, elle s'adosse au mur. Elle est dans un couloir, il n'y a plus personne autour d'elle, elle regarde bien autour puis dans le creux de sa main, il lui reste une image, froissée, elle a sauvé son petit frère, son bébé, au moins lui. Elle l'embrasse.

Souleymane-Diawara aimerait être un oiseau et voler par-dessus les barrages, voir ce qui se passe au village depuis le ciel, repartir sans encombre. Mais il a de grosses chaussures et de lourdes semelles qui le collent au sol, elles lui semblent retentir à chaque pas, annoncer trompettes son arrivée. Il connaît les chemins secrets des bergers pour entrer dans le village, à travers la forêt, les tunnels, par-dessus les branches. Il a revêtu une tenue de vrai supermuslim, elle est obligatoire désormais. Il porte depuis longtemps une barbe courte mais drue, il ne la taille plus. Il connaît les prières et la profession de foi, son père les lui récitait, il n'a jamais pratiqué mais les a toujours gardées dedans lui, prononcées dans les moments de tristesse ou de danger. Il retient sa respiration et se répète les mots au moment d'entrer dans le village. Il bouge doucement ses lèvres et avoir Dieu à la bouche le réconforte. Il se dit ils ne peuvent pas tout surveiller. Il a le nez qui coule et il se l'essuie de ses gants, il se nettoie aussi la bouche, il se met bien, figure propre avant d'entrer au village.

Il prend le temps de bien tout parcourir, il ne voit pas grand-chose de changé sinon les banderoles affichées avec les slogans des vrais supermuslim, sinon les gibets et leurs morts accrochés. Il y a des patrouilles dans les rues, des hommes armés et des femmes entièrement recouvertes. Tous vérifient la bonne application de la Loi de la Vraie Foi. Il y a des prières collectives et des distributions de nourriture pour les plus pauvres. Souleymane-Diawara passe chez ses parents, ils sont habitués à le savoir en forêt, il leur apporte du fromage, de la viande, une couverture. Ils sont effrayés pour la viande, ils la mangent très vite, ils lui expliquent, les animaux doivent désormais être tués selon les règles de la Vraie Foi, il est interdit de manger une autre viande. Sa mère ne sort plus de chez eux, elle a peur d'être emmenée au couvent, d'être enlevée, d'être remariée. Elle ne supporte pas les tenues des femmes vraies supermuslim, elle y étouffe. Son père s'occupe de leur subsistance. Ils se plaignent pour l'imam qui a été tué. Ils craignent pour lui, leur fils, ils disent sois prudent, de ne pas retourner en forêt, il pourrait être pris pour un hérétique, pour un soldat du gouvernement provisoire, pour un espion. À ce dernier mot Souleymane-Diawara a un brusque mouvement d'épaule, sa main gauche tremble, elle ne s'arrête pas, il la place sous la table, sur sa cuisse. Il questionne, parle de tel ou tel au village. Il y en a qui se terrent, d'autres qui profitent. Certains se découvrent vrais supermuslim. Diab-en-Personne parcourt la ville, entouré de ses soldats, il lève la tête comme un conquérant. Il y a des bagarres, parfois, entre ses hommes et ceux de l'émir. Kylian PetitCœurCouronné a disparu, on le dit cloîtré chez lui, au dernier étage. Certains pensent qu'il est mort. Les christian doivent baisser la tête quand ils croisent des vrais supermuslim, ils payent une taxe, plusieurs se sont convertis. D'autres ont été exécutés, accusés d'être des jew en secret. Les vrais supermuslim ont récupéré leurs maisons, ils ont récupéré celles de ceux qui se sont enfuis, de ceux qui sont morts, ils ont pris les plus belles maisons et ils y font bombance, ils s'amusent sous couvert de religion, ils goûtent au luxe. La police des femmes est particulièrement active, elle fouette pour une manche trop relevée, pour une parole imprudente. Esclarelys la dirige impitoyablement, elle est mariée à l'émir, l'Ingénieur à la voix si douce.

Souleymane-Diawara leur demande de répéter, de préciser ce qu'ils ont dit sur Esclarelys. Ils le font d'un ton hésitant, c'est une femme très puissante désormais, une Vraie Croyante, elle prouve tous les jours sa Foi dans la Vraie Religion. Ils l'admirent et ils la craignent. Ils sont perdus, ils ne savent pas si c'est la volonté de Dieu, qu'ils occupent le village, ils disent tel est peut-être son dessein, ils ont peut-être raison tandis que nous sommes des pécheurs. Car les vainqueurs voient leur crédit augmenter, ils emportent des indécis, des inquiets, les parents de Souleymane-Diawara freinent encore mais ils ont peur, ils voudraient croire que ce qui arrive est le meilleur.

Souleymane-Diawara est couché sur un matelas posé dans la cuisine, ses parents dorment, il regarde les fantômes des meubles familiers, contours dessinés par la lumière de la lune et des étoiles, il savoure le silence, la tranquillité provisoire de ce foyer, celui où il était petit. Le lendemain il doit repartir, il sait que ce sera la guerre, il est prêt à la faire. Ce qu'il dira à Darnert ne la déclenchera pas, elle est déjà en cours, simplement il craint de transformer sa détermination en rage irréductible, il craint d'ajouter la destruction à la destruction, il est loyal cependant, il a été chargé d'une mission et il l'a remplie. Il se dit que ce n'est pas un temps à bonnes nouvelles, la sienne sera mauvaise, il annoncera à Darnert, ta fiancée est mariée à leur chef, à leur émir. Il pense au chemin de retour à suivre, à ses parents qu'il ne reverra pas de sitôt, s'il les revoit, à ses bêtes laissées à la garde d'un autre berger. Il est bien sur ce matelas modeste mais les chaudes fourrures des bêtes de son troupeau lui manquent. Et son chien qui s'appelle Fidèle.

On fait courir les garçons, beaucoup. On leur donne un bâton et ils doivent taper dans des sacs, en criant. On les habille avec la tunique longue au ras des chevilles, on guette leurs poils qui poussent, on leur apprend à se battre au couteau, à trancher proprement une gorge. On leur enseigne la religion, les prières, ils doivent apprendre des passages par cœur. Ils doivent faire leurs ablutions avant les prières, sinon c'est illicite. Ils ne doivent pas porter la nourriture à la bouche de la main gauche, c'est illicite. Ils doivent porter leur montre au poignet droit. Ils courent, beaucoup. Ils rampent. Au début ça les amuse. Après ils sont fatigués, ils ont mal. Les plus esquintés s'accrochent, ils ne veulent pas finir esclaves, les vrais supermuslim le disent en rigolant, mais les enfants ne sont pas sûrs que ça ne soit pas vrai. Espoir se sert le moins possible de sa béquille, il fait tout avec son pied mal tourné, il force, il souffre, il n'est pas dans les meilleurs, mais il n'est pas dans les derniers.

On leur fait crier les mots des vrais supermuslim et ils les crient, ils ont des voix de petits garçons et ça pourrait sembler pas très sérieux, mais ils les répètent, ça fait briller leurs yeux, ça résonne, ça n'est pas si ridicule. Petit-Bonheur crie et ça lui fait de la peine, il n'aime pas, pareil pour Espoir, Galeux crie et il ne comprend pas, sa bosse lui fait mal, Ficelle crie et il aime bien ça, Brille crie et il sent la puissance de Dieu, il se sent fort et nombreux. Pipi-Culotte est fatigué. Poison commence à croire en Dieu.

Espoir montre trop de mauvaise volonté, il est battu, il est enfermé, au bout de quelques jours on le laisse sortir.

Les repas sont corrects. On leur apprend ce qu'ils peuvent manger et ne pas manger. On leur explique le sens du monde. On leur parle des martyrs, des farouches combattants *inghimasi*, du paradis. On leur dit vous ferez *dogma*. On leur dit ce que doit faire un garçon, ce que doit faire une fille. On leur raconte des histoires, celle du martyr dont on conserve le doigt dans un bras reliquaire, celle du mécréant qui est puni, celle de l'homme perdu qui retrouve la Vraie Foi et se met au service de la Loi de Dieu. Ils aiment bien, quand ça en vient aux histoires, même ceux qui n'aiment pas le reste.

On leur apprend à conduire des pick-up, à faire de la moto. C'est très amusant. On leur montre comment maintenir le frein si un jour ils doivent finir en martyr. Ils aident à cuirasser des véhicules, ils coupent les plaques de tôle, ils soudent. Ils confectionnent des explosifs, ils ont des doigts petits et délicats, pour ceux qui ont des doigts, ça tombe bien. Fukushima se fait exploser une charge à la gueule, une petite charge heureusement, ça lui constelle le visage d'éclats, ça ne lui change pas grand-chose sauf la douleur, finalement ça tombe bien que ça soit arrivé à un visage abîmé comme le sien.

On leur explique comment couper une gorge. On amène deux prisonniers, deux soldats gouvernementaux. Ils ont été battus, ou ils sont drogués, parce qu'ils ne bougent presque pas, ils ne regardent pas, ils ont les yeux vides. Un vrai supermuslim montre sur le premier comment trancher sans que lame ne ripe. Puis c'est au tour de Brille. Il veut montrer de quoi il est capable, il voudrait avoir du couteau sous sa main le tranchant d'une lame d'éolienne, mais pas dans l'air. Son prisonnier a un dernier éclat de survie, il se débat soudainement et il pousse des cris, il supplie, il pleure, un vrai supermuslim vient aider Brille à tenir fermement le couteau, deux autres maintiennent le prisonnier, ça n'est pas glorieux du tout, beaucoup d'enfants détournent la tête, Espoir a envie de vomir. Il y en a quand même qui murmurent, il est courageux, il agit vraiment pour la Vraie Foi, ils parlent de Brille.

Il se détache peu à peu des autres enfants, les vrais supermuslim décèlent sa foi, sa volonté. Ils choisissent parmi les enfants des chefs de brigade, placés sous l'autorité d'un adulte. Brille est un de ces chefs, il a dix enfants sous ses ordres, on lui promet tu seras un combattant, tu seras un émir, plus tard, tu commanderas une *katiba*, tu seras quelqu'un, tu auras plusieurs femmes. Ou bien tu mourras avant, héroïquement, à un contre cent, tu seras un martyr, on mettra peut-être ton doigt dans un bras reliquaire, tu seras un exemple. Tu ouvriras la porte du paradis pour toi et cinquante de tes proches. Tu les sauveras de l'enfer, des tourments brûlants éternels. Il se dit je sauverai mes parents je sauverai Onyx j'en sauverai peut-être quelques-uns de la Colonie. Ils verront ce que je vaux.

Il apprend les mots sacrés du Livre sacré et ça lui plaît. Il apprend bien. Il récite, il explique à ses camarades. L'émir lui tapote la joue quand il vient visiter la Colonie. Il le prend par l'épaule devant les autres. Il lui dit mon jeune frère. Il lui offre une arme, Brille est le seul enfant à en avoir une vraie, sans munitions, sauf quand on l'entraîne au tir. C'est ce que préfèrent les enfants, après les histoires, on leur prête des armes, on leur donne des cibles, on leur explique et ils s'entraînent. Ils comparent leurs tirs, ils se moquent, ils prennent des poses menaçantes. Brille lui reste sérieux, il imagine, c'est ainsi que se comportent les chefs. Des fois quand même il aimerait viser Espoir, il aimerait l'abattre, il sait que ça n'est pas bien, c'est un frère, peut-être, avec sa jambe folle, un futur martyr. C'est un frère et si Dieu veut ça sera un frère mort. Brille parfois lui souhaite la vie, il ne veut pas qu'il rejoigne en premier le paradis, des fois qu'il y accueillerait Onyx avant lui. Il a donné des informations pour la débusquer, il voudrait qu'on l'attrape et il ne voudrait pas. Quand c'est confus il prie.

Le soir il fait sa prière, il lit un peu le Livre sacré, il range ses lunettes et il s'endort avec son arme sous l'oreiller.

Au petit matin une troupe se dirige vers la forêt, il fait encore presque nuit et on ne les distingue pas bien, ils se confondent avec les cauchemars, avec les ombres qui font peur, avec les bruits inquiétants. Ils sont trente vrais supermuslim et ils ont pour mission de ramener les enfants cachés dans la forêt, ceux dont leur a parlé Brille. Il a été récompensé par une double ration, il est un lionceau particulièrement appliqué, pas le plus fort c'est certain mais le plus féroce, le plus malin peut-être. Il parle exclusivement à l'émir ou à Esclarelys. Il discute de la Vraie Foi avec eux, des récompenses, des règles à suivre de la religion. Il ne vient pas pour cette expédition, les lionceaux ne sont pas encore prêts, mais il leur a expliqué pour les cabanes, pour la cachette de la femme-arbre, la grotte secrète des bergers.

Ils ont commencé par les cabanes, c'était facile, ils ont tout détruit, ils avaient des masses pour fracasser les planches de bois, une hache pour abattre les arbres. Ils ont mis le feu puis ils l'ont éteint, ils ne veulent pas incendier la forêt, ni attirer des ennemis qui verraient la fumée.

Le chef ordonne ensuite de se diriger vers la grotte. Les soldats avancent, ils se montrent précautionneux, ils écartent les branches, ils ne craignent pas vraiment de piège, ils sont sûrs d'eux, mais la description de la femme-arbre les inquiète, l'émir leur parle des djinns, du *sheitan*. Ils ne connaissent pas cette forêt, elle est sombre.

Soudain des branches bougent
Des formes traversent les buissons
Se fondent de tronc en tronc
Les vrais supermuslim tournent la tête
Ils n'osent pas bouger
Ils visent mais ils ne savent pas quoi
Leur chef donne un ordre bref
Ils s'agenouillent
Ils se dispersent deux par deux
Ils se cachent
Ils entendent des cris
Ils ne savent si ça vient d'un homme ou d'une bête
Un nouveau cri
Le cri d'un des leurs
Il tient ses mains autour d'un bâton
Une sagaie
Plantée dans son ventre
Du rouge s'en déverse
Un autre cri, une sagaie plantée dans une autre cuisse
Les hurlements viennent du haut des arbres
De derrière les rochers
Des buissons
Attendez pour tirer, crie leur chef

Soudain surgissent les strongues sauvages
Tricératops fonce tête baissée dans thorax
Kevin-Prince saute d'un arbre
Le garçon raide arrive pointe en avant
Il la plante dans un cou
Toc-Toc glisse, il s'étale et le soldat devant lui l'assomme avec sa crosse
Tricératops se relève
Sa victime est à terre, le souffle coupé
Il donne un coup de tête à un autre soldat
Lui fait sauter les dents
Kevin-Prince a un poignard
Il l'utilise
Il blesse deux soldats
Il casse sa lame dans le dernier et les autres l'immobilisent
Tricératops fonce vers le chef
Il est arrêté net d'une rafale dans les jambes
Il est par terre et il gémit
Un autre soldat ajuste le garçon raide
Il l'exécute
Il avait un beau visage
On ne le reconnaît plus.

Le bruit des combats et des balles a fait taire les animaux. Plus d'oiseaux.

Les soldats reprennent leur souffle. Ils ont eu peur. Ils ont un mort, quatre blessés, deux assommés. Ils ont fait trois prisonniers.

Leur chef a su garder son sang-froid. Il leur dit Dieu est avec nous. Nous avons vaincu des djinns. Ils protègent la femme-arbre.

Il regarde les strongues sauvages évanouis ou maîtrisés. Ils sont sales, leur corps est peint ou crasseux. Ils n'ont pas de vêtements, des haillons seulement. Ils le dégoûtent.

Il fait attacher les prisonniers, il désigne sept soldats pour retourner à la Colonie avec les morts, les blessés, les captifs. Il dit aux autres on continue.

Les deux groupes de soldats se séparent, le chef suit les indications de Brille, il cherche la grotte. Certains des soldats prient entre leurs lèvres, ils ont vraiment peur, maintenant, de cette forêt, ils sont aussi exaltés à l'idée de finir peut-être en martyrs. À l'approche de la grotte, le chef passe en premier. Il écarte un rideau de branches, l'odeur est pestilentielle. Il entend un ronflement, un râle sourd. Il a deux soldats autour de lui qui pointent leur kalache, il allume sa lampe-torche.

La femme-arbre repose sur un lit de fougères. On ne sait pas bien si elle agonise ou si elle dort. Elle a les yeux entrouverts mais on peut dormir sans les fermer. Elle ne bouge pas. Le chef s'approche, il la touche du bout du pied d'abord, puis il frappe. Elle ne gémit pas. Elle est ailleurs. Le chef sourit largement.

Le *sheitan* est à terre, il dit. Coupez des branches, attachez-les, faites un traîneau. On la ramène au camp.

Féline fait un signe de la main, Onyx la rejoint sans faire de bruit, elles sont à couvert d'un arbre, Féline lui montre l'étrange forme. Ça n'est pas un animal. On distingue mal sa peau mais il ne s'agit pas de fourrure, c'est de la crasse. Mohamed-Ali peine à garder camouflée sa grande carcasse, il se glisse à côté d'elles néanmoins et c'est lui qui le reconnaît, c'est Pichichi, il dit, c'est celui qui marquait des buts. Onyx revoit sa façon de dribbler et courir, chaloupée, elle se rappelle la façon dont il célébrait, droit, la main sur le front en salut militaire. Pour le stopper il fallait crocheter sa patte, ou tirer son maillot.

Pichichi est une ombre d'enfant, une créature sortie de la boue, un minuscule golem recouvert de poussière de charbon, de terre de la forêt, de saleté. Ses yeux sont des trous cerclés de blanc, ils apparaissent dans son visage crasseux, ils luisent de peur et de fatigue. Ils déboulent tous les trois et ils l'entourent, il ne bouge pas, il ne se défend pas, il tremble. Ils le rassurent, ils le questionnent, il leur raconte la mine, l'attaque, sa fuite. Il leur dit prenez-moi avec vous, je veux vivre, j'ai vu des morts et c'est hideux.

Onyx est prudente, elle lui bande les yeux, elle le ramène dans la cachette qu'ils ont trouvée, une grotte humide entre forêt et montagne, un lieu découvert par elle, connu seulement par elle. Il y a de l'eau pas loin, ils le nettoient avant que les autres le voient, surtout les petites filles, elles sont délicates, ou elles y jouent. Pichichi a encore l'air d'un fou, il est un survivant décharné, il a les yeux creux et les joues creuses, Sixtine en le voyant dit ça fait deux, Féline ne comprend pas, elle précise, deux cinglés avec Méduse qui ne parle plus.

Ne dis pas ça, elle dit Onyx, elle est vraiment énervée, ça s'entend, une cheffe doit défendre les plus faibles du groupe, dans sa conception, alors elle les défend, mais elle est inquiète, c'est sûr. Elle a peur d'avoir deux poids morts. On va leur parler, on va les rassurer, on va leur donner à manger. On a besoin de Pichichi et Méduse si on veut délivrer les autres. On n'est déjà pas beaucoup, deux de plus c'est vital, une aussi forte que Méduse, un aussi rapide que Pichichi.

Comme souvent elle a raison, Onyx. Ça prend un peu de temps, quelques jours, Méduse recommence à parler, Pichichi ne tremble plus, chaque jour les enfants grattent sa peau pour faire disparaître la couleur du charbon. Onyx envoie Féline, Sixtine, Mohamed-Ali en mission. Ils doivent s'approcher de la Colonie, éviter les patrouilles, observer. Elle apprend des techniques à Petite-Jolie et Rose-Bouledeneige, comment avancer sans laisser de traces, comment ne pas se faire repérer.

On n'est pas assez pour tous les libérer, elle dit Onyx, mais il faut guetter. Il y aura bien un moment. Il faut être prêts. Ils ont des ennemis, les vrais supermuslim. Ils livrent une guerre.

Elle dit attendez-moi là, faites des rondes, observez, approchez-vous mais pas trop, notez tout et repartez. Je reviens, je ne vous laisse pas, je vais rencontrer le chef des bergers.

Il y a dans les musées des sculptures de captifs attachés. Ils représentent les peuples des quatre points cardinaux, ils illustrent la puissance victorieuse des rois de guerre. Leurs barbes et leurs cheveux sont hirsutes, leurs mains liées dans le dos, ils reposent à genoux, l'air grave, épuisés, la tête parfois baissée. Torse nu, leurs muscles sont l'occasion de démontrer le talent et la précision de l'artiste, leurs traits sont nobles, ils laissent ainsi, malgré leur défaite, une impression de dignité. Ils sont voués au sacrifice, ils sont un élément du triomphe, ils sont Vercingétorix ou Zénobie enchaînés.

Les trois strongues sauvages survivants, la femme-arbre, apparaissent de cette manière pour qui saurait les voir. L'émir les présente autrement.

Il a regroupé ses hommes dans la cour de la Colonie, transformée en camp d'entraînement des lionceaux. Les installations des petites acrobates ont été ôtées, leurs éléments récupérés pour en faire un parcours du combattant. La femme-arbre est trop lourde, on ne la transportera pas jusqu'au village. Les vrais supermuslim ont regroupé tous les enfants. Les lionceaux d'un côté, les filles de l'autre.

L'émir leur parle. Il veut les édifier. Il leur dit, on a trouvé le démon et ses djinns. Ils ne sont rien face à la puissance de Dieu. Ils ont tué un de nos soldats, c'est un martyr. Nous les avons brisés. Ainsi nous briserons les *kouffar*. Ils ne sont rien et ils vont mourir de nos mains. Il désigne la femme-arbre. Ce monstre va mourir de nos mains. Son corps est un blasphème, son âme est noire. Elle n'est plus une femme, elle ne l'a peut-être jamais été. Regardez ces diables. Ils étaient des enfants comme vous, ils ont choisi la sauvagerie plutôt que le chemin de Dieu. Ils sont retournés à l'état de bête. Nous allons accomplir la Voie Droite, la Voie des Pieux. Nous allons les exécuter.

Quatre bourreaux se placent derrière chaque strongue sauvage et derrière la femme-arbre. Ils portent des cagoules, ils ont de grands couteaux. La femme-arbre ne tient pas assise, elle est appuyée contre un poteau, attachée. Tricératops rue, il porte sa tête d'un côté ou de l'autre. Kevin-Prince et Toc-Toc semblent résignés, ils ont été battus, peut-être ne comprennent-ils pas tout.

Les enfants sont alignés, ils prient, ils chantent, les vrais supermuslim guident leurs mots, ils voient les coutelas des bourreaux glisser le long des gorges, puis brandir les têtes, celle de la femme-arbre ressemble à une souche, Le Mat se dit que chaque nœud correspond à une souffrance, à un mal qu'elle a subi. Elle pleure, et Petite-Opaline assise à côté d'elle pleure aussi, elles dissimulent leurs larmes sous le tissu dont elles sont couvertes.

À ce moment on entend des sifflements, des courtes ombres passent dans le ciel, deux des bourreaux tiennent leur cou, transpercé par une flèche, il y en a d'autres plantées dans le sol, l'une est passée de justesse à côté de l'émir. Les enfants se couchent sur le sol, les vrais supermuslim tirent des coups de feu en direction de la forêt, ils s'organisent pour se protéger et pour s'en rapprocher. Quand ils arrivent à l'orée du bois il est trop tard, les bergers sont déjà partis.

Darnert a eu l'idée de cette attaque à l'arc, il a dit l'objectif c'est de les terrifier, d'être plus silencieux que des balles, plus terribles. Il n'était pas question de sauver les condamnés, de délivrer les enfants. Ne gaspillons pas nos munitions, nous en aurons besoin. On lance une bordée de flèches et on s'en va. On leur a fait du mal, on leur a fait peur. On reviendra.

Mohamed-Ali fait une ronde dans la forêt, comme elle veut Onyx, il n'a pas de plan précis, il marche en suivant les arbres dont la mousse lui plaît, il a déjà espionné la Colonie, vu de loin le camp des lionceaux, pas de ça aujourd'hui, il vagabonde simplement, il est tout seul. Il pense au temps d'antan, il cherche la mélancolie, la nostalgie douce au cœur, pour être bien, tout simplement. Il n'y arrive pas, il y a trop de mauvais dans ce passé maintenant. Il chante la chanson du jour où sa mère a voulu sauter de la voiture, du jour où son père a dit je vais partir, du jour où il les a abandonnés, la voiture roulait, il les ramenait à la maison mais il avait dit moi je repars, on entendait cette chanson à la radio et Mohamed-Ali faisait semblant de dormir, il se rappelle bien, il entend encore dans sa tête la voix de Nancy Holloway, il ne sait même pas à quoi elle ressemble, il chante à sa façon, il scande, il n'a pas vraiment l'air, il est dans la forêt et les animaux s'en foutent de comment il chante, et les arbres et les mousses s'en foutent, il saute des paroles, ça fait :

T'en vas pas comme ça
Sans me donner la moindre chance
T'en vas pas comme ça
En ignorant mon existence
T'en vas pas comme ça
À chaque instant chaque seconde
Tu étais pour moi le seul amour
Le seul au monde
Je t'en supplie
T'en vas pas comme ça
T'en vas pas comme ça
Accepte-moi comme je suis
Accepte-moi comme je suis mon amour
À chaque instant chaque seconde.

Mohamed-Ali se souvient du bruit de la ceinture de sécurité qu'on déclipse, de la portière qui s'ouvre, son père retenait sa mère, lui-même gardait les yeux fermés, il hésitait, faire semblant de se réveiller, faire semblant de continuer à dormir. La voiture a freiné, la portière s'est refermée. Ils ont roulé. Mohamed-Ali s'est endormi pour de bon. Il y repense et il marche dans la forêt, il est tout seul, il n'en parle à personne, il écarte les branches, il ne les sent même pas.

Esclarelys allume les bâtonnets d'encens langue-pendouille, elle s'en parfume les poignets avec la cendre, elle ne voit pas souvent l'Ingénieur, il est en première ligne, ou avec ses commandants, il parcourt le village, il rend des jugements. Il essaye d'honorer ses épouses à parts égales et elle voudrait qu'il en soit autrement, qu'il la préfère. Il a prévenu qu'il viendrait la visiter, elle a préparé sa parure, il est désormais le seul homme qui la voit. Elle a épilé ses aisselles et son pubis, ainsi que stipulé dans les *hadiths*, elle a parfumé son corps de capiteux pousse-au-crime. Elle a prévu du *siwak*, des bâtonnets de bois d'*araq*, pour donner à son mari, car il revient souvent goût d'oignon à la bouche des moments passés avec ses soldats.

Quand elle l'entend arriver elle ajuste son vêtement, elle cache strictement ses cheveux et son visage. Elle met ses gants. Il enlève ses chaussures et ses ceintures de munitions, il pose sa kalache près de la porte et il met un revolver sous l'oreiller. Il mâche le *siwak*. Ils ne parlent pas. Puis ils prient ensemble, longuement. Ils font leurs ablutions. Esclarelys alors enlève sa lourde tunique, elle montre son visage, son teint est devenu pâle, sa beauté est un don de Dieu, elle est une épée dégainée, elle jaillit hors de son fourreau et l'émir est atteint, à chaque fois. Il se déshabille, d'habitude si calme il trahit son empressement, elle le caresse, elle l'embrasse, il la déshabille, les rideaux sont tirés, la chambre est sombre mais elle voit son corps mince, elle touche son ventre, ses fesses. Il la regarde aussi, il a dit mari et femme peuvent se contempler nus, ainsi le prophète prenait-il le bain avec ses épouses.

Elle le caresse, elle pose sa bouche sur tout son corps et il a un frisson, de plaisir mais aussi de terreur, car il craint toujours l'illicite avec elle, elle lui murmure à l'oreille, je suis ton champ, laboure-moi comme tu l'entends, comme Dieu l'entend, c'est ton devoir, tu dois satisfaire les désirs de ton épouse, jouis de moi par un seul orifice, ainsi que Dieu le prescrit, mais jouis de moi, et ne te retire pas, laisse-moi prendre plaisir comme tu as pris le tien, elle agrippe ses fesses, elle se retourne, elle lui dit mets ton zob dans ma schneck, viens vite, il a tant de désir pour elle qu'il ne pense plus, en cet instant, au califat, à la grandeur de l'œuvre qu'il réalise, il respire fort, il tient ses hanches entre ses mains, il caresse son ventre autant qu'il peut, il va et vient, elle pousse des cris, elle se retourne et elle lui dit viens sur moi, c'est délicat, il essaye de ne pas sortir son zob, il le sort quand même et le remet dedans, il caresse ses seins, il les tète, elle lui dit emmène-moi loin, l'ordre de Dieu règne dans ce village et il faut le répandre ailleurs, il ne faut pas arrêter, propager la Vraie Foi, il continue son va-et-vient, elle lui dit encore de ne pas arrêter, il ne sait plus de quoi elle parle, il gémit, il n'est plus l'Ingénieur si calme, il n'est plus l'émir respecté de ses hommes, il est son amant, elle entoure son torse de ses bras, il se dégage brusquement et retombe sur le dos, il n'en peut plus, il voudrait dormir, elle voudrait encore, elle pose sa tête sur son épaule, elle s'endort. Il se dit que le désir est trop fort, il ne doit pas la voir trop souvent, il doit rester maître de lui-même, soumis à Dieu seulement. Il se lève doucement, il quitte la chambre, il va dormir avec une autre de ses épouses.

Moufle s'amuse à faire des oh et des ah, elle écoute la façon dont ça résonne, Onyx devrait être furieuse de tant d'imprudence mais elle est surtout contrariée, la grotte secrète des bergers est vide, il n'y a plus d'armes, plus âme qui vive, seulement les battements d'ailes des chauves-souris. Moufle fait tinter les stalagmites de ses prothèses, elle est fière d'avoir été choisie pour accompagner Onyx, elle ne se soucie pas du bruit.

Elles ne s'attardent pas et elles sont cueillies en sortant de la grotte, quatre bergers les entourent, ils pointent des kalaches farouches, ils sont en demoiselles, le visage peint de noir et les robes tombantes. Ils attachent Onyx les mains derrière le dos, ils sont plus circonspects pour Moufle, ne savent que faire de ses prothèses, ils les lient mais font aussi passer une corde entre les avant-bras, ils entravent ses pieds d'une corde plus lâche qui la fait marcher en clopinant. Ils leur bandent les yeux, à toutes les deux, pour les amener à Darnert.

Quand ils enlèvent son bandeau à Onyx Darnert a des yeux terribles et il la fixe.

Sale petite espionne, il lui dit, tu fricotes avec les vrais supermuslim, dis-le-moi, que je t'achève, tu as déjà un pied dans la tombe.

Tu sais très bien que je suis pas avec eux, elle lui répond, tu sais que je t'ai sauvé la vie quand tu voulais échapper aux miliciens du village, détache-moi, donne-moi des armes, je veux délivrer les enfants de la Colonie.

Darnert rigole, j'en ai rien à foutre de tes morveux, ce qui m'intéresse c'est mon village, je vais pas dépenser des munitions ou des flingues pour des gamins brinquebalants, ils sont même pas entiers, tes copains.

J'ai pas des copains j'ai surtout des copines, elle s'énerve Onyx, et puis je t'ai déjà aidé une fois, avec mes raclis et mes raclos, tu sais pas si je peux pas le faire une autre fois. Tu sais pas si des fois les plus faibles viennent au secours des plus forts, et t'es pas tellement plus fort vu que t'en es au même point, dans la forêt, caché, pendant que les autres font les malins dans ton village et dans ma Colonie.

Il dit je vais te laisser partir, pour une seule raison, parce que je t'aime bien, petite, parce que tes estropiés, ils me font pitié. Mais y a l'un des tiens qui a parlé, heureusement je suis prudent, j'avais vidé ma grotte, mais on les a vu débouler, ils ont fouillé. Celui qui a les lunettes, il était avec eux.

Il dit encore ceux de la Colonie, ils les transforment, ils les appellent les lionceaux. Ils vont finir martyrs, en soldats, en attentats-suicides. Un qui est passé entre leurs mains, je te préviens, ami à toi ou pas, c'est la même balle dans la tête, ou mon couteau contre sa gorge. Écoute-moi bien, va-t'en, tu les sauveras pas, sauve-toi toi-même.

Moufle a gardé son bandeau, elle entend seulement, elle devine la colère d'Onyx au son de sa voix, à sa façon de répondre. Elle-même se tait. Elle espère qu'avec leurs cordes ils ne vont pas lui abîmer ses prothèses.

Darnert tient à ramener lui-même Onyx dans un autre coin de forêt, les bergers lui ont remis son bandeau, il lui dit c'est pas contre toi, c'est pas que j'ai pas confiance, sinon je t'aurais tuée, et j'aurais tué la fille aux pinces, avec toi, c'est un drôle de crabe, sans carapace. C'est pas que j'ai pas confiance mais ces autres-là, les vrais supermuslim, ils peuvent te torturer, pour te faire parler, comme moi je les torturerais si j'en chopais un. Ou ils peuvent faire encore pire, ils peuvent te gagner le cœur, ils peuvent te faire rejoindre leur royaume, ils peuvent te faire croire qu'ensuite ce sera mieux, après la mort, après leur califat, après le jugement de Dieu.

Elle ne répond pas elle crache.

Vas-y, arrose, il lui dit, j'ai un peu du cœur, quand même, je t'ai fait un petit cadeau, pour ta protection, pour les enfants qui te rejoindront, de la part des pâtres.

Les bergers s'en vont en silence, ils ont laissé une main libre à Onyx, elle arrache son bandeau, elle enlève les cordes qui retiennent son poignet, elle ne délivre pas Moufle tout de suite, elle regarde dans le petit chariot, il est bourré d'armes et de munitions, une faible partie de la réserve des bergers, sans doute, mais ça lui dessine sur la bouche un assez large sourire.

Rose-Bouledeneige s'ennuie, elle dit c'est quand qu'on part de la forêt, elle dit j'ai faim, elle taquine Petite-Jolie, elle la fait pleurer puis elle la console, elle la cajole, elle lui dit tu es moche, tu t'appelles Petite-Jolie mais tu es moche, c'est bizarre. Elle dit moi je veux dessiner, moi j'aime la reine des neiges et Camélia Jordana, elle fredonne de ses chansons, elle chante trop fort libérée-délivrée, Mohamed-Ali commence à scander et elle l'interrompt, elle lui dit moi je veux l'histoire de la reine des neiges, il ne sait pas à quoi ça correspond, il est troublé, sa large culture est mise en défaut. Elle tire les boucles de Méduse qui ne se défend pas. Elle a envie de faire pipi et elle se déculotte, elle pisse là où elle est, Petite-Jolie a envie aussi et elle fait pareil, ça sent mauvais pas loin de là où ils dorment, Féline s'énerve, Sixtine les gronde, Peur-Prudence les tape, elles pleurent, elles se prennent dans les bras et elles pleurent encore plus fort.

Elles disent on veut pas rester dans la forêt, on veut attaquer, on veut libérer nos amis, on n'a pas peur, nous, Rose-Bouledeneige dit moi j'aime les princesses et les paillettes, moi je suis une princesse, je vais les délivrer toute seule avec Petite-Jolie, elle lui prend la main, elles partent, les autres rigolent, Rose-Bouledeneige les insulte, elle traîne Petite-Jolie qui finalement a peur, ne veut plus partir, Rose-Bouledeneige la pousse, elle tombe sur un tapis d'aiguilles, elle dit ça m'a piquée, Rose-Bouledeneige l'insulte, elle dit tu es mon valet, tu es nulle comme valet, je vais partir sans toi.

À ce moment Onyx rentre avec Moufle, elles tirent comme elles peuvent la petite caisse d'armes, une roue du chariot est cassée, Onyx n'a pas l'air contente, elle fait les yeux noirs pour regarder Rose-Bouledeneige, elle dit j'ai besoin de calme, je dois réfléchir.

Ça calme les deux petites, elles ne disent plus rien, elles reniflent encore un peu, elles se disputent à voix basse, elles se réconcilient tout aussi doucement, elles s'endorment collées l'une contre l'autre. Elles ronflent, on dirait des petits cochons, elle dit Moufle, des petits cochons maigres et roses, c'est mignon.

Elles sont fatiguées, il dit Mohamed-Ali, je vais faire des recherches, si on rentre à la Colonie, pour savoir plus exactement qui c'est, la reine des neiges.

L'émir est mécontent de la mauvaise qualité des enfants, il dit on n'a jamais vu des lionceaux en fauteuil roulant, on ne va pas faire des bonnes épouses avec des estropiées, on ne va pas faire de bons soldats avec des boiteux, on fera des domestiques ou des esclaves, des attentats-suicides. Ses lieutenants acquiescent.

L'offensive du gouvernement provisoire ne cesse pas, ils envoient leurs soldats sur le col, bientôt ils enverront des avions, l'Ingénieur le sait, sauf si d'autres califats se créent ailleurs, il espère. Il veut économiser ses soldats, alors il décide d'utiliser un premier lionceau. Ceux qui les entraînent ont choisi Bouffe-Crotte. Il est vigoureux mais il a encore vraiment un air d'enfant. L'un de ses bras est nécrosé, il se recroqueville en virgule sombre, il vient vers l'intérieur, c'est un crochet mou qui ne peut rien attraper. Il ne serait pas un bon soldat.

L'Ingénieur a gardé de son ancien métier le goût pour la précision, l'habileté pour l'assemblage de divers mécanismes. Il tient autant que possible à régler lui-même les explosifs. Bouffe-Crotte ne sait pas s'il est flatté ou inquiet d'avoir été choisi, on lui parle du paradis, on lui demande en riant de laisser une place. La veille il a pu tourner sur un pick-up, il est monté sur une moto et le conducteur a conduit roue arrière, on lui a donné à manger des gâteaux sucrés. L'émir a pris sa tête entre ses mains, il lui a parlé de très près, il l'a appelé mon fils, mon frère, il lui a dit c'est très important, ce que tu vas faire, c'est une chance que Dieu t'ait choisi, c'est un privilège. Ne nous déçois pas, il y aura un tireur pour t'abattre si tu fais défection, ce serait une mort ignominieuse, tu peux choisir la mort glorieuse. Il a répondu pas besoin de tireur, je le ferai, je me ferai exploser et si j'en emporte cent en enfer, je serai content.

Brille est jaloux, il aurait voulu qu'on le choisisse lui, il est venu le saluer, quand même, Bouffe-Crotte a regardé de haut cet arrogant à lunettes, il le déteste.

On l'a épilé autour du zguègue, on lui a mis de beaux habits, une chemise de soie, et par-dessus on a accroché l'armature métallique de la bombe, et on a mis des fils, des explosifs, au dernier moment. Le détonateur est un bouton relié à sa main valide. On a caché le dispositif avec une ample tunique, en soie également, il faut être beau quand on est assuré de rejoindre Dieu. On lui a mis autour des reins un sabre de vrai combattant, on lui a dit empoigne-le, quand tu appuieras, que tu meures les armes à la main. Il a prié ensuite devant le bras reliquaire, il a pensé longuement à ce premier martyr du califat, à ce doigt subsistant et il s'est demandé ce qu'il resterait de lui, si son âme était au paradis.

Ensuite il a eu droit à un bon repas chaud, il a accompagné les soldats jusqu'au front. Parmi la patrouille chargée de le convoyer, il y avait un sniper, au long fusil à viseur. Il est venu rigoler avec lui, il lui a dit mon frère, j'espère ne pas avoir à tirer sur toi, je préfère te voir en martyr qu'en victime. Bouffe-Crotte a rigolé, il a dit t'inquiète, tu peux compter sur moi.

Quand ils ont rejoint les *katiba* au front ça tirait de partout, les vrais supermuslim tenaient le col mais au prix de lourdes pertes, et les soldats du gouvernement provisoire arrivaient toujours plus nombreux. Bouffe-Crotte a répété le petit discours qu'il devait crier, il était prêt, on lui a servi un dernier thé, les soldats ont fait une dernière prière avec lui, ils l'ont pris chacun contre eux, épaule contre épaule, ils lui ont dit des mots à l'oreille, des encouragements, des au revoir, des prières. Il les a rassurés, Bouffe-Crotte, il a dit j'ai vu la vie, j'ai pas peur de la mort, vous inquiétez pas les frérots, bientôt vous viendrez avec moi, ça sera le règne de Dieu tout-puissant, ça sera le paradis, le miel, le lait, les gâteaux sucrés. Les soldats ont rigolé, il a bien vu qu'il les impressionnait.

Il est parti dans le *no man's land* et il a crié ne tirez pas, je me suis échappé, ne tirez pas je suis un pauvre enfant du village. Il a avancé lentement vers les avant-postes gouvernementaux, il pensait à Dieu et au paradis, et puis il y a des souvenirs de la Colonie qui sont venus en flash, il s'est rappelé les cuisines avec Marmite, les parties de foot, quelques éclats de bonnes bagarres, un baiser donné. Il est arrivé à hauteur des soldats, ils l'ont entouré en lui demandant s'il allait bien, parmi eux il y avait un officier, avec des épaulettes dorées, Bouffe-Crotte a pris une grande inspiration, il a crié bien fort Dieu est le plus grand, il a appuyé sur le bouton.

Ils ont entendu l'explosion, ils ont vu les éclats et la fumée, ils ont entendu les cris de douleur. Les vrais supermuslim ont crié Dieu est le plus grand, ils ont levé les bras en l'air, ils ont dit honneur au martyr, honneur à celui qui a fait *dogma*.

Brille est réveillé en pleine nuit, des hommes cagoulés lui donnent des coups, ils lui mettent une cagoule sur la tête, ils l'emportent. Ils le jettent dans une petite pièce, ils le frappent encore. Brille ne comprend pas, il pleure doucement. Au bout de longues heures un homme arrive, il est cagoulé, il lui dit j'ai appris que tu es un espion, tu es un homme du gouvernement provisoire, tu as trahi tes frères. Brille proteste, il dit non. L'homme le frappe. Il y en a deux autres qui viennent, ils le frappent, ils l'attachent, ils lui enlèvent ses chaussures et ils tapent sur ses pieds avec un tuyau. Ils lui répètent parle-nous, raconte-nous ton histoire, dis-le, que tu es un espion. Brille crie je ne suis pas un espion, ils le frappent, il ne dit plus rien, au bout d'un moment ses yeux montent vers le haut, on dirait qu'ils veulent passer de l'autre côté de la tête, son teint bleuit, il devient mou, il perd connaissance. Il est réveillé par de l'eau glacée et des gifles, les coups recommencent.

Le soir on le laisse dormir recroquevillé, les mains et les pieds entravés. Il prie dans sa tête, il demande pourquoi à Dieu. Pour manger, un quignon de pain. On lui pose encore des questions toute la journée, sans le frapper. On lui offre du café, du thé.

Le lendemain, encore les coups. Il ne dit pas qu'il est un espion. Il prie quand il est tout seul.

Le quatrième jour on lui met une ceinture avec des fils autour, on lui dit tu vas nous prouver, tu vas te faire exploser pour nous montrer ta Foi, on le transporte dans un pick-up, on l'amène près de la voie ferrée, on lui dit tu vas là-bas, il faut faire exploser cette portion, on a besoin de toi, kamikaze. Il ne pense plus, il ne réfléchit plus, il y va. Il appuie sur le bouton. Rien ne se passe. Les hommes viennent le rechercher, ils sont plus gentils avec lui, ils lui donnent à boire, des biscuits. Lui pleure, il dit j'ai appuyé sur le bouton, je ne suis pas un espion, je suis la Voie Droite, je voulais me faire exploser.

On le met dans une nouvelle cellule, avec un vrai lit, le lendemain c'est l'émir en personne qui entre, il le prend dans ses bras, il lui dit c'était un leurre, une fausse ceinture explosive, on a voulu tester ta Foi, tu as réussi, tu comprends on doit se méfier, il y a des espions, ils guident les tirs des avions du gouvernement provisoire, je suis sûr maintenant que tu es l'un des nôtres. On lui sert de bons repas, on soigne ses blessures, on le cajole de mots.

Le lendemain il repart pour la Colonie. Il remercie Dieu de lui avoir donné la force.

Un matin Méduse va mieux, elle se laissait mettre debout, elle suivait, sans manifester aucune volonté. Elle a souvent dormi lors des étapes, la nuit, sans être gênée par les cris des animaux, par la mousse mouillée sur laquelle ils reposent. Ce jour-là elle se réveille les cheveux emmêlés, personne ne la peigne et ils forment au-dessus de sa tête, et autour, des nœuds inextricables. Elle n'a plus son regard éteint, sa peau est moins blême, elle commence par manger, méthodiquement, en mâchant bien, puis elle se coiffe, ça prend du temps, ça fait mal, de temps en temps elle pousse de petits cris, parce que ça tire. Ensuite elle place autour de sa chevelure un bandeau, elle serre bien fort, elle se met torse nu, elle ajuste un autre bandeau autour de sa poitrine, puis elle fait des pompes, des abdos, elle part courir, elle grimpe à flanc de colline, elle écarte les branches. Elle fait des tractions sur une branche, la branche craque, elle en choisit une autre. Elle escalade un rocher, elle descend, elle en escalade un autre, plus grand.

Elle transpire, ses deux bandeaux sont bien mouillés, elle fait encore quelques exercices, elle revient en courant. Elle n'a pas dit un mot, elle n'a plus rien dit depuis qu'elle s'est évadée. Elle se plante devant Onyx, presque au garde-à-vous, elle lui dit, ça va mieux, je suis là de nouveau, je suis avec toi, tu peux compter sur moi, je suis ta meuf sûre.

Onyx la checke, elle lui dit super Méduse, merci sincèrement, maintenant tu schnoufes, va te laver dans le ruisseau.

Souleymane-Diawara a plus l'habitude de ses bêtes que des sentiments, alors, à peine il arrive au camp secret des bergers, il va voir Darnert, il lui dit, Esclarelys elle est avec leur chef.

Darnert change de couleur du visage, elle est avec, tu veux dire qu'on l'a forcée ?

Souleymane-Diawara ne sait pas mentir, alors il dit la vérité, il dit c'est elle qui l'a choisi, à ce que ça raconte au village, elle est la cheffe de leur police des femmes, elle fait bien ses prières, on ne voit plus ses mains ni son visage.

Darnert ne répond rien, il a sa toque-loup sur la tête, il l'enlève, il la met dans sa poche, Souleymane-Diawara se dandine, il ne sait pas quoi dire, il voudrait aller voir ses bêtes, il a toujours peur, quand il est absent, qu'elles se perdent, qu'elles s'échappent, c'est la guerre, il le sait, c'est pas un temps à s'occuper des bêtes, mais elles le soucient quand même.

Finalement Darnert le prend par l'épaule, il lui dit merci, mais Souleymane-Diawara sait bien que c'est fini entre eux, que pour Darnert il sera toujours le porteur de mauvaises nouvelles, il n'y a pas assez d'amitié, pas assez de souvenirs, pour placer autre chose dans leur relation. Il m'évitera, il se dit Souleymane-Diawara, il ne le saura même pas lui-même mais il fera tout pour ne pas me voir. En attendant Darnert lui dit viens avec moi, Souleymane-Diawara ne voudrait pas y aller, mais c'est difficile de dire non à un homme quand c'est son chef, quand on a pour lui une grande admiration, quand on lui a annoncé que sa fiancée est mariée au chef de ses ennemis.

Ils vont sur un chemin dans la forêt, Darnert a sa kalache en bandoulière mais il a pris au passage une hache. Ils marchent un petit moment et puis Darnert lui demande, veux-tu bien chanter pour moi, une chanson nostalgique de bergers, une chanson belle, il lui dit s'il te plaît et c'est vrai que Souleymane-Diawara a une belle voix, alors il chante, et Darnert ôte son manteau, il pose sa kalache, il retrousse ses manches et il lève ses bras bien haut pour couper un noyer au tronc épais, il ahane au fil de la chanson et de l'effort, ça lui prend pas tant de temps, finalement, il est costaud, et quand le noyer s'écroule il lui arrache les racines, il les pose à côté de lui. Et il en coupe un deuxième, pas trop loin, même taille de tronc, Souleymane-Diawara voudrait s'arrêter de chanter mais il n'ose pas, il a mal à la gorge, sa voix est toute petite, ce n'est plus un chant de berger, c'est une berceuse pour les agneaux, pour les chiots, pour les animaux malades, et Darnert coupe, il ahane et il coupe, il transpire, il ne dit rien, sa hache est bien aiguisée, ses muscles sont solides, il ne ripe pas, il vise bien à chaque fois et met son coup dans le coup d'avant, le deuxième noyer est vite expédié, il se fracasse, Darnert arrache les racines.

Il se pose sur un des troncs, il boit un peu de sa gourde et il sort son poignard. Il taille les racines finement, en angle droit, il fait très attention, il fabrique dans le bois dur deux beaux sabots, d'une espèce que jamais Souleymane-Diawara n'a vue par ici, ils se recourbent en leur extrémité, une pointe effilée qui se dresse longuement vers le ciel. Souleymane-Diawara a été chasseur d'isards et la pointe des sabots ressemble étrangement aux cornes de l'animal. Darnert continue à graver, il travaille très précautionneusement, c'est très beau, de la belle ouvrage, une œuvre d'art de sabot. Souleymane-Diawara s'arrête de chanter, Darnert lève les yeux, Souleymane-Diawara se sent obligé de reprendre une nouvelle chanson, d'un filet de voix. Darnert est concentré, des larmes coulent sur ses joues. Le soleil décline, on n'y voit plus très bien mais il continue, il lève les sabots pour les contempler, il dessine des formes géométriques, il aiguise encore la pointe.

Il a fini, il les montre à Souleymane-Diawara qui ne dit rien, qui arrête une nouvelle fois de chanter, pour de bon, puis Darnert range les sabots dans sa besace.

Ils repartent silencieusement vers le camp.

Presque arrivés, Darnert se retourne, il lui dit, je vais faire un discours, il faut intensifier les attaques, le village est à nous, on doit le reprendre.

On a mis à Brille une belle tunique, il s'est lavé, on l'a amené au village, il est fier, l'émir veut lui parler. Il a eu le temps d'oublier les coups, l'emprisonnement. Il a compris, il faut bien démasquer les traîtres, Dieu reconnaît les vrais. L'émir lui prend l'épaule, il le serre contre son torse et puis ils prient ensemble. Ensuite seulement ils parlent, l'émir lui dit, j'ai une bonne nouvelle, tu seras martyr, mon frère, plus vite qu'on pensait. Il y a les attaques du gouvernement provisoire et il y a maintenant les attaques des bergers, ils tendent des pièges à nos frères, ils leur lancent des flèches, ils les rossent à mort dans la forêt où ils les attirent par mille ruses. Ils ont fait exploser un mouton, ils nous ont vendu de la viande empoisonnée. Tu vas entrer dans la forêt, mon frère, tu diras que tu es un enfant égaré, tu leur feras du mal, tu te feras exploser. Mais avant ça on va te donner une épouse, elle sera veuve d'un martyr, c'est un grand honneur, elle honorera ta mémoire et elle te rejoindra au paradis.

L'émir lui raconte, c'est la guerre et il y a l'odeur de la guerre, de la poudre et des bombes, du métal chaud, l'odeur du sang, de la merde, il y a la poussière qui remplit les narines et bouche les oreilles. Mais quand un frère meurt en martyr, il ne sent pas le cadavre, il ne sent pas la mort, il sent le musc, son corps est parfumé, il est déjà au paradis et sur ses lèvres il y a un sourire, le frère il est heureux, il sent bon, il est apaisé. L'émir ferme ses beaux yeux, il les plisse, il a sur le visage une expression douce et nostalgique, il se souvient du parfum des frères tombés martyrs.

Brille remercie, il voudrait être un frère solide mais ses yeux se mouillent, il se dit c'est le bonheur.

Il mange un bon repas à la table de l'émir, ensuite il est conduit au couvent. Tu choisiras la fille qui te plaira, ils lui ont dit pendant le repas, tu peux prendre une jeune sœur, ou une veuve de martyr, ils ont fait des plaisanteries, il n'a pas tout compris. Celui qui est martyr en étant marié, il a une double récompense au paradis, parce qu'il perd deux fois plus en ce monde.

Il entre dans la pièce, il voit les tables, il voit les filles, il a peur, il récite une prière intérieurement, pour se calmer.

Une fille est assise, Brille arrive, il n'a pas de barbe, à peine un duvet naissant sur la lèvre supérieure, des poils désordonnés et doux, pas très beaux, il s'assoit, il dit :

Je suis un bon soldat du califat, je fais bien mes prières, on m'a choisi comme martyr, je serai un *inghimasi*, je vais faire *dogma*, on se connaîtra peu mais tu seras fière de moi, je serai courageux, on parlera de moi, je vais tuer des *kouffar*, j'aurai ma place au paradis, j'en garderai une pour toi, pour tes parents

Elle dit des parents j'en ai plus, j'étais la plus petite, je suis la dernière qui reste, faut croire

Elle dit je te reconnais, Brille, si tu crois que ça me fait plaisir, si tu savais, si Onyx te voyait, tu fais l'homme mais tu es un enfant, Brille

Il reconnaît Destiny-Bienaimée malgré sa tunique, malgré son visage caché, il voit un peu ses yeux, il ne sait pas quoi lui répondre, ça se bouscule, la puissance de Dieu, son amour passé pour Onyx, il la revoit qui embrasse Espoir, tout ça c'est vanité, c'est orgueil, ce n'est rien face à la force de Dieu, face à la Vraie Foi, il est en haut de son éolienne, le soleil chauffe, il crie, ses parents l'embrassent, ils lui disent tu es beau, tu es très beau, tu es gentil, il a Dieu qui le remplit, le Devoir, la Loi, la Foi, il se lève, il tourne le dos à Destiny-Bienaimée sans avoir prononcé un mot, il s'accroche à la poignée de la porte, elle ne tourne pas, il veut sortir.

Quand il est dehors ses frères rigolent, puceau ils lui disent, gamin, elles te font peur, les femmes, mais c'est elles qui doivent avoir peur de toi, on va t'en trouver une qui va t'apprendre, une expérimentée, une sœur qui a déjà eu des maris. Il ne parle toujours pas, il a mal au ventre, il est inquiet, il craint Dieu, on le met devant une autre femme, en lui disant c'est celle-là ton épouse, il y a deux témoins et un imam, le mariage est célébré, on lui tape dans le dos.

Ensuite il va dans une chambre avec sa femme, dans une grande maison qui sera la sienne mais qui ne sera pas la sienne, car il en a la propriété mais il ne l'habitera pas. Il doit repartir tout de suite à la Colonie, pour préparer son martyre, alors il faut aller vite.

Elle le déshabille et elle se déshabille, elle est jeune mais plus vieille que lui, il ne sait pas quoi faire, il ne sait pas comment faire, il tremble un peu, elle le regarde, elle est attendrie, que tu es courageux, elle lui dit, tu es mon mari, mon martyr, tu es si jeune, elle lui dit, elle l'embrasse, elle passe sa langue sur son corps, je ne vais pas pouvoir faire grand-chose avec toi, elle lui dit, elle a un sourire doux et triste, elle est belle, mais il pense à Onyx, elle a de grands yeux, elle prend son zguègue dans sa main, elle le masse, elle dit il est si petit, tu es encore un enfant, elle met un peu sa bouche dessus et elle le tire, elle le caresse, ça lui fait du bien, ça lui fait chaud, elle lui dit viens entre mes jambes mais il ne comprend pas, elle le guide, elle dit décidément, tu es vraiment trop petit, il éjacule très vite, il regarde étonné, il a fait ça entre ses jambes mais pas dedans, elle l'embrasse, elle lui dit tu ne me donneras pas mon petit lionceau, elle le serre dans ses bras, c'est toi mon lionceau, c'est toi mon enfant-mari, mon courageux petit homme-enfant. Elle lui a enlevé ses lunettes alors il ne voit plus bien mais pour la première fois de la journée il sourit vraiment, il l'embrasse lui aussi, il y met la langue, elle rigole et elle dit mon petit mari fougueux. Déjà on tape à la porte et elle se rhabille, elle remet sa longue tunique sombre, il se rhabille aussi, les frères le récupèrent et se moquent gentiment de son sourire niais, ils disent elle viendra avec toi au paradis, elle est ta femme éternelle, elle aura un bout de ton corps s'il en reste, elle aura cette maison, ta maison.

On le rembarque dans un pick-up, ils repartent vers la Colonie, il enlève encore ses lunettes, les met dans sa poche, la nuit tombe, tout est flou.

Petite-Opaline lui dit on y va et elles y vont, Le Mat et elle. Ça fait plusieurs jours que Le Mat lui parle de leur évasion, et elle n'imaginait pas autrement qu'elle prenant l'initiative, en grande sœur, échafaudant un plan, lui disant comment faire. Le Mat se disait il faut que ça vienne de moi, Petite-Opaline est trop petite, elle n'osera jamais. Finalement ce n'est pas une affaire de plan mais d'opportunité, de moment à saisir et Le Mat est surprise par Petite-Opaline, par sa capacité à prendre l'initiative quand elle-même est paralysée par la volonté de réfléchir, de peser les choses et les chances.

Les filles ont droit à une promenade, sauf l'Ancêtre, elles sortent de la Colonie, en font le tour, passent devant le bassin où elles s'amusaient du temps des éducateurs, à côté des potences dont les cadavres ont fini par être décrochés, près du potager délaissé, elles voient au loin les éoliennes du champ. Elles sont gardées par deux chaperonnes, deux femmes pieuses et sévères. Elles leur donnent des ordres, elles les battent si elles désobéissent, si elles parlent, si elles rient quand il ne faut pas rire. Il y a plus à l'écart des soldats, des hommes, des vrais supermuslim qui les regardent mais n'interviennent pas.

Il y a d'abord un bruit lointain, on dirait un roulement de tonnerre, mais il n'y a pas d'orage, les têtes se tournent, les soldats ont empoigné leurs armes, le grondement se précise, et puis soudain apparaissent dans le ciel les avions, ils ne sont pas apparus progressivement, de petits insectes éloignés en ombres menaçantes, ils sont grossement là d'un coup. Alors c'est la panique, des filles se couchent, d'autres courent, les chaperonnes ne savent que faire, elles sont empêtrées dans leur tunique, elles ne voient pas bien, les soldats lèvent leurs armes vers le ciel, ils tirent quelques rafales inutiles et stupides, sans détourner les avions qui se dirigent vers le village, ils crient des insultes et Dieu le plus grand, c'est alors que Petite-Opaline prend la main gantée du Mat et elles courent, personne ne les remarque dans le chaos général, elles rejoignent en quelques enjambées la forêt, sa lisère autrefois inquiétante est protectrice, il semble que personne n'ait rien remarqué, déjà on entend les fracas des bombes au loin sur le village, des spirales de fumée montent vers le ciel, jolies arabesques mortelles qui apparaissent à travers les cimes.

Elles courent encore un peu puis Le Mat dit attends, elle enlève à Petite-Opaline sa lourde tunique, elle enlève la sienne, elles sont toutes les deux en culotte dans la forêt, au milieu de la terre, elle est très brune, et des feuilles, il y en a des très rouges et des très jaunes, beaucoup sur le sol, certaines encore attachées aux arbres, ça fait beaucoup de couleurs, c'est superbe. Le Mat en prend des brassées et elle les propulse en l'air, elle rit, elle enlace Petite-Opaline et elles se rhabillent quand même, elles déchirent des bouts de tunique pour s'en faire des hardes, elles gardent leur tête libre, leurs bras et leurs mains libres, puis elles recommencent leur course.

On retourne au barrage, elle dit Le Mat, notre barrage qu'on a fait toutes les deux, tu te rappelles. Elle dit super, Petite-Opaline, elle est un peu essoufflée.

Elles se perdent, elles retrouvent leur chemin, elles sont tellement contentes d'y arriver, au barrage, il a plutôt bien tenu, ça fait un vrai bassin, elles se déshabillent encore, elles se regardent, elles s'y jettent. Elles ne savent pas vraiment nager mais elles ont pied, elles s'éclaboussent. On pourra pas rester ici longtemps, elle dit Le Mat, il faut aller plus loin.

Quand elles ressortent elles s'essuient avec leur tunique. Elles ne se sont rendu compte de rien, il y a quelqu'un d'assis sur l'une des grosses pierres du barrage, à l'extrémité. Petite-Opaline se fige, Le Mat sursaute, elle lève les poings.

C'est moi, elle dit Onyx. Viens me tresser, Petite-Opaline, viens dans mes bras. Petite-Opaline court et saute dans ses bras, elle lui caresse le cou. Le Mat reste comme une imbécile, elle ne sait pas quoi dire.

Psartek, le barrage, elle dit Onyx. C'était une bonne idée, il est pas si mal, je sais pas si je te l'ai dit. Ils ont détruit nos cabanes. *Psartek*, votre évasion, ça fait plaisir de vous revoir. Il reste les autres.

Là Le Mat retrouve la parole, elle lui dit tout, elle lui dit d'abord tu sais, finalement, je suis plutôt une fille, je pense, s'il faut choisir, mais c'est pas complètement sûr, on verra bien. Ensuite elle lui raconte la Colonie, les lionceaux, les futures épouses, elle lui dit les gardes, elle lui dit Brille et les vrais supermuslim. Et quand elle a fini de parler elle lui saute dans les bras, elle aussi, c'est un câlin un peu gêné, un vrai câlin quand même.

Il y en a quelques autres qui se sont évadés, elle dit Onyx, je vais vous emmener dans notre campement, vous allez encore tout nous raconter, on va faire ce qu'on peut pour sauver les autres.

Et puis elle ajoute, en tout cas, ceux qui veulent bien être sauvés.

Onyx rassemble les enfants, on va libérer la Colonie, elle dit, même si on n'est pas beaucoup, on essaye, on réussit. Ceux qui savent tirer, prenez des flingues, ceux qui savent couper, prenez des couteaux, ceux qui savent taper, des bâtons. Les autres vous soignerez les blessés. Peignez-vous le visage, c'est la guerre.

Chaque enfant fait son paquetage, choisit son arme, puis ils appliquent les peintures de guerre. Ils utilisent de la terre, des feuilles broyées, de la rouille, des fruits. Les petites prennent ça à l'amusement. Rose-Bouledeneige veut prendre la peinture rose, c'est sa couleur préférée. Tu as de la chance de t'appeler Rose, elle dit Petite-Jolie, moi j'aime le rose, j'aime le chocolat, j'aime les licornes, si je pouvais choisir mon nom ce serait Rose-Chocolat Licorne. J'aurais tout ce que j'aime dans mon nom.

Dépêchez-vous les raclis, elle les gronde Onyx. Je suis pas une racli, elle répond Rose-Bouledeneige, je suis une fille.

Au début les villageois étaient contents de voir les avions, ça leur plaisait bien de voir les vrais supermuslim déguerpir, se cacher, tirer vainement dans le ciel. Mais les bombes détruisent aveuglément les maisons, surtout celles du centre. Celles des hauts sont aussi touchées. Dans la rue d'Esclarelys et Darnert, un missile a dévasté deux maisons, ses parents à elle sont morts, on n'a même pas retrouvé sa mère à lui. Ils pourraient être unis par ce deuil, s'ils étaient ensemble. L'émir l'a consolée, il lui a dit tu les retrouveras, ils sont morts des bombes du gouvernement provisoire, du gouvernement impie, ils sont devenus des martyrs même s'ils ne combattaient pas.

Les villageois se cachent dans les caves, à chaque accalmie ils cherchent les blessés dans les décombres, ils enterrent les morts. Les vrais supermuslim ont les meilleurs abris, les chefs en tout cas, les autres se cachent avec les habitants, ils se mélangent et leurs prières sont insupportables, leur joie de se savoir bientôt martyrs. Quand il y en a un blessé, un qui se vide de son sang ou de ses entrailles, il y a des villageois qui rigolent, qui sont contents, de ce martyre dégueulasse, de ce chemin de douleur vers leur paradis.

Ils voudraient bien voir Diab-en-Personne crever, il est le pire des vrais supermuslim, il a volé plusieurs filles pour en faire ses épouses, il paradait dans tout le village, entouré de ses gardes du corps. On ne le voit plus depuis le début des bombardements, peut-être a-t-il disparu, peut-être a-t-il flairé la défaite.

Tout-Le-Fait-Rire a perdu une jambe, coupée par un éclat de tôle, dans un bombardement. Il n'a jamais eu aussi mal de sa vie. On l'a soigné, sa femme a pris bien soin de lui, on lui a mis une prothèse, il ressemble à certains de ses anciens camarades de la Colonie. Il se rappelle Jambe-Fer qu'il avait vaincue. Il se dit j'ai Dieu en plus, je suis un combattant de la foi, ça vaut bien de perdre une jambe. Quand même il aurait préféré monter entier au paradis. Il n'a plus de nouvelles de Diab-en-Personne, il s'est caché ou il s'est enfui. L'Ingénieur en personne le commande désormais, il a eu ses ordres, il tient son poste à un des barrages, il est au *ribat*, il est parmi ses frères, il a son arme à la main. Il est moins mobile mais il n'est pas censé bouger. Une seule jambe suffit, il a dit, car je ne compte pas fuir, les autres ont rigolé, ils ont dit Dieu est le plus grand, tu emporteras des *kouffar* avec toi.

L'Ingénieur était à la Colonie quand les bombardements ont commencé, il a laissé les lionceaux sous la garde de deux soldats, tâche pour eux de finir de les préparer, puis de les amener au village pour les combats finaux, pour en faire des martyrs. Il a fait un discours à ses hommes, il est écrit que nous ne gagnerons pas toutes les batailles, les *kouffar* reprendront confiance, mais avec Dieu nous les écraserons encore plus fort, le châtiment sera plus implacable.

Une bombe est tombée sur la maison de Kylian PetitCœurCouronné, les atlantes qui tiennent le porche sont défoncés, ils ne portent plus rien, la bombe a cependant laissé les murs intacts, la façade intacte mais trouée, on l'a retrouvé au dernier étage, dans les bras de sa mère, aussi fou qu'elle est folle, l'infirmier le crâne écrasé par une poutre à leurs côtés. Les maîtres des forges restants ont leurs propres abris, ou ils se sont enfuis, les troupes gouvernementales progressent. Pourtant les vrais supermuslim tiennent encore les barrages à l'entrée de la ville, nul ne sort, ceux qui sont partis ont dû payer, ou bien peut-être ont-ils des souterrains, les rumeurs se répandent, elles font ressurgir des fantômes de châteaux et de tunnels secrets.

Ça sent le cramé des obus, le sang des morts, la pourriture des mal enterrés, la fumée des incendies, ça sent le crépuscule, c'est une petite apocalypse, ça leur plaît, aux vrais supermuslim, ils l'attendent, leur fin du monde, ils disent d'autant plus nous aimons la mort, nous aimons la Voie Droite, la Voie de Dieu.

Les enfants sont à l'orée de la forêt, ils ont des visages effrayants, peints en bleu, en vert ou en rose, ils surveillent la Colonie, ils ont leurs armes, ils savent qu'il y a peu de gardes. Mohamed-Ali est venu le premier, il a longuement observé en attendant les autres, c'était long, comme du temps où il guettait, arrimé au ter-ter, bibi, baba, il s'en est passé beaucoup, depuis, il est content d'avoir laissé derrière lui cet ennui, cette partie-là du passé.

Quand Onyx et les autres arrivent Mohamed-Ali leur fait des checks et il scande :

Il y a le Dieu des vrais supermuslim, il y a le Dieu des christian, celui des muslim et des supermuslim

Il y a le Dieu tamoul et le Dieu jew

Les bois comptent encore d'autres dieux.

Il y a un arbre, le noyer, on dit *karya* en grec ancien, il est associé aux Kères, ce sont des dieux-Furies

Elles hantent les champs de bataille

Elles boivent le sang des mourants
Elles apportent la destruction
Elles conduisent les âmes des morts aux enfers
On les vêt d'un long manteau rougi.

Onyx rajuste son chapeau-renard et elle avance vers la Colonie.

Brille se dit c'est bientôt la fin, je vais faire *dogma*, il essaye d'imaginer l'amour de Dieu au paradis, il a des flashs, il se rappelle lui sur les genoux de son père, il le prenait dans ses bras, il serrait fort, je t'aimerai toujours, il lui disait son père, quoi que tu fasses, je t'aime même quand je te gronde, je t'aime quand tu dors, je t'aime quand tu joues. Sa mère avait des gestes affectueux mais il se souvient surtout des mots de son père, de la façon dont ils le faisaient se sentir important, se sentir grand. Il prie pour les retrouver, pour leur ouvrir la porte du paradis, il dit fais qu'il ne soit pas trop tard, rends-les-moi Seigneur, s'il te plaît rends-les-moi.

Il est question dans les textes sacrés, dans les légendes, de gigantesque dernière bataille, il y a des cavaliers, des dragons, des trompettes, des tourbillons, les étoiles et la lune pâlissent, l'obscurité gagne, une porte s'ouvre ou descend du ciel, des plaies tombent sur les hommes, elles les accablent, des bêtes sauvages surgissent, des murailles se dressent, la terre tremble, le métal fond, la mer s'ouvre et explose, il y a du cristal, des sceaux et des ailes, un souffle terrible surgit des nuages, le ciel se fend, la terre se fend, la mer se fend.

C'est grandiose.

Le combat final du règne des vrais supermuslim sur le village, sur la Colonie, est moins glorieux. Il y a bien les avions descendus du ciel, les bombes, les rafales. Il y a les bergers. Ils entourent le village, ils marchent de nuit et attendent le petit matin, alors seulement ils tirent leurs flèches, leurs balles, abattent les gardiens des barrages. Ils sont seuls, les soldats gouvernementaux retenus dans la forêt, plus loin, par une escouade de martyrs. Les bergers sont habillés en demoiselles, ils en ont remis les habits et la suie sur le visage, ça leur fait drôle, aux vrais supermuslim, d'avoir l'impression d'être tués par des femmes. D'après leurs croyances ça n'est pas très glorieux, c'est même honteux. Les bergers avancent rue par rue, leurs ennemis se terrent, ils se battent jusqu'à la mort. Les villageois renseignent les demoiselles, ils leur disent dans telle ou telle maison, ils sont cinq, ils sont trois, ils sont dans cette chambre, derrière cette fenêtre. Ça prend du temps mais les bergers en viennent à bout, ils s'emparent du village. À eux la gloire.

Onyx et son escouade d'enfants sont loin de ce combat, à la lisière de la forêt, ils sont prêts, ils ont quelques armes, du courage. Ils se préparent pour un assaut désespéré quand le camp des lionceaux est attaqué depuis le ciel, les bombes frappent leur ancien logis, elles dévastent tout. Ils se couchent dans la mousse, ils attendent, ils sont sonnés, ils tremblent.

Les deux soldats vrais supermuslim restants, laissés là par l'émir pour garder la Colonie, sont indemnes, leur poste de garde n'a pas été touché. Ils ne se réjouissent pas d'être vivants. Ils entendent les bruits du combat au village, ils veulent mourir en martyrs plutôt que veiller sur des enfants, plutôt que creuser dans les débris pour retrouver vivants de futurs kamikazes, de futures esclaves. Ils prennent une moto, ils foncent, ils lancent des cris, ils brûlent de prendre part à la bataille. Ils espèrent attaquer à revers les bergers, ils les surprendront peut-être, en tueront quelques-uns, mais ils ne sont deux, ils vont mourir et ils sont contents.

Les enfants comprennent qu'il n'y a plus personne pour garder la Colonie. Elle s'est transformée en tombeau pour leurs compagnons enterrés sous les décombres. Les vitres de verre ont explosé, il y en a partout. Le bassin dans lequel ils jouaient est rempli de débris qui se mêlent à l'eau en une boue atroce. Il y a des poutres en bois cassées, de la poussière, des flammèches, des morceaux de pierre nus, leur peinture raclée par la force des bombes.

La foudre ne frappe jamais deux fois au même endroit, on dit, alors trois fois, qu'est-ce qu'on dirait, on dit beaucoup de conneries, elle pense Furette, ça fait trois fois pour moi, trois maisons que j'habite et qui s'effondrent, qui sont bombardées, elle pense ça mais elle ne le dit à personne car elle est entourée de gravats, enfouie, toute seule à tenter de s'en dépêtrer.

Un premier fantôme se lève dans les décombres de la Colonie, il est couvert de plâtre blanc, les habits déchirés, on voit un trou noir pour ses yeux, il tousse, il appelle, dans la poussière qui retombe on voit sa silhouette. On ne le reconnaît pas immédiatement mais c'est Espoir, il a un pied esquinté par un parpaing, heureusement c'est celui qui boitait déjà, il gémit, il appelle, il pleure et il rigole à la fois, étonné d'être vivant.

Onyx et les enfants assaillants sortent de la forêt. Ils avancent précautionneusement pour éviter les débris, Onyx vient donner la main à Espoir, elle le prend dans ses bras, il la blanchit de sa poussière, il ne comprend pas pourquoi elle est là, il dit, c'est le paradis ou bien quoi ?

Il y a d'autres fantômes qui sortent, certains sont abîmés, tous ont les habits déchirés. Chien sort sans rien dire, il s'époussette, Chyen-Boul sort en pleurant, Fouine a les mains ensanglantées, Confidence a une oreille arrachée, on la nettoie et on la lui recoud. Cœur-Vaillant-Cœur-Mouillé est tremblant. Il saute au cou de Rose-Bouledeneige et Petite-Jolie, il leur tire l'oreille, il leur gratte le pouce, ça lui a manqué. Mâche-Fleurs a trop de blessures, il s'extirpe et puis il meurt. Petite-Rigolote et La-Plus-Sage sont blotties l'une contre l'autre, deux poutres imbriquées leur ont ménagé un espace, il faut deux bonnes heures pour les dégager. On ne retrouve aucune trace de Fessenheim et de Soleil, en revanche il reste le tronc et la tête d'Hiroshima. Pipi-Culotte a souillé une dernière fois ses vêtements, définitivement. Rageuse est morte. Aiguille est toute cassée. Lumineuse a seulement une jambe cassée. Tord-le-Cou n'a jamais si bien mérité son nom, c'est fini pour lui. On décroche d'un arbre la tête de Galeux, on ne retrouve pas sa bosse. Cramée l'a échappé belle, elle donnait la main à Rageuse quand le bombardement a commencé, le morceau de plafond l'a pourtant épargnée, à quelques centimètres. Tchernobyl et Fukushima sont indemnes. Nagasaki a une bouillie de main, on tente de le soigner. Poison est blessé à la tête, il crie, il s'agite beaucoup, puis de moins en moins, on se presse autour de lui, il meurt entouré. On dégage l'Ancêtre, elle a roulé sous une table, ça l'a sauvée, elle a mal à la tête. À l'emplacement de la cuisine, Marmite a été écrasé par son four, les enfants reconnaissent son tablier flottant sur son corps amaigri, il avait toujours l'air triste depuis qu'on lui avait coupé la langue, de ne plus pouvoir bien goûter, ni donner ses instructions de vive voix.

Sixtine trouve la pharmacie presque intacte, on récupère tout ce qu'on peut pour soigner les blessés.

En ôtant une poutre on trouve les deux chaperonnes, complètement écrasées. Furette crache dessus.

Ils sont presque vingt à avoir survécu, certains blessés, peu gravement. Beaucoup pleurent ou sont sous le choc. La dernière à sortir est Trogne, elle pousse des cris, elle est coincée sous son fauteuil, il lui a sauvé la vie, se transformant, renversé, en un abri. Il a les roues tordues, il faut s'employer à les redresser, ça ne roulera plus comme avant.

Les enfants pleurent leurs amis morts, ils fouillent les décombres et récupèrent ce qu'ils peuvent, jouets, livres. Espoir déblaye sa cachette secrète, il en sort la console, la PS2 avec tous ses jeux. Mohamed-Ali tient entre sa chemise et son ventre la pochette où sont rassemblés tous ses poèmes. Il ne prend pas d'autre livre.

En fouillant autour de la Colonie Méduse découvre trois pick-up et deux motos, cachés sous les arbres pour échapper aux bombes. Ils sont quelques-uns assez grands pour savoir conduire, ils se mettent au volant, ils font des tours pour voir si ça marche. On n'a plus rien à faire ici, elle dit Onyx, on s'en va, on quitte la Colonie, on quitte la vallée, je vous emmène. On reste pas là où il y a la guerre. À vingt on rentre dans trois pick-up, on se serre, on prend des provisions, on en met quatre de plus sur les motos. Elle dit c'est parti.

Mais à ce moment Féline et Mohamed-Ali en ramènent un qui se cachait, un que les soldats n'ont pas pris, ils lui ont dit tu restes là, tu t'occupes des martyrs, on viendra te chercher. C'est Brille avec ses lunettes cassées, les verres étoilés, il pleure parce que les vrais supermuslim sont partis à moto sans lui laisser de place, il devait finir en martyr, il est tout seul dans les décombres, même pas blessé.

Onyx lui dit charogne je sais tout, je sais que tu es devenu un des leurs, un vrai supermuslim, tu nous as dénoncés, tu as donné les bergers, à cause de toi ils ont pris les strongues sauvages et la femme-arbre.

Brille il répond je m'en fous, Dieu est le plus grand, je suis sa Voie, vous brûlerez en enfer et je serai au paradis, je te ferai peut-être une place, Onyx, parce que je t'aimais avant d'aimer Dieu, j'étais égaré, tu es une *kouffar*, vous êtes tous des *kouffar*, moi je suis quelqu'un, je suis un soldat de Dieu, je suis marié, j'ai une femme et on a fait des choses avec mon zguègue, des choses que vous ne pouvez même pas imaginer, je suis un homme, je suis un vrai supermuslim et je respecte la Loi, je vois droit et je vois loin, je suis plus haut que vous, je suis plus haut que sur mon éolienne, je fais bien mes prières, je suis le préféré de l'émir, je suis un lionceau, je suis invincible, les grands ne me font pas peur, car la Vraie Foi me guide.

Onyx lui rigole au nez, elle lui crache à la face, elle le gifle, il est tout petit et tremblant face à elle, il dit je sens la puissance de Dieu et elle le frappe encore, elle lui dit ta gueule, *blafeulmok* ou je te frappe encore, tu resteras seul ici, tu seras le dernier enfant de la Colonie, reste parmi les cadavres, enterre-les ou mange-les, allonge-toi au milieu des parpaings, tu peux crever, Brille, tu n'es plus une bitche, tu n'es plus mon ami, tu es un vrai supermuslim tout seul car tes amis sont en train de crever. Nous on s'en va, *adios amigo*.

Les enfants montent dans le pick-up, Brille frotte ses joues, il ne dit plus rien, Onyx tourne les talons, elle se rappelle quand ils buvaient du rhum arrangé, quand il montait en haut de son éolienne, elle se souvient qu'il était timide et qu'il avait peur, avant de monter dans le pick-up elle revient vers lui, elle lui fait un bisou sur la joue, elle lui dit, ça, c'est parce que je t'aimais bien.

Brille est ébahi, il ouvre la bouche, il la referme, il rappelle Onyx, il lui dit, attends, laisse-moi te dire un dernier truc, Destiny-Bienaimée, elle est vivante, elle est au village, elle est dans la maison des femmes où elles attendent un mari.

Onyx le prend par les épaules, elle le secoue, elle lui demande des détails, il explique, il voudrait qu'elle crève et il ne veut pas, il ne sait pas, il la regarde monter dans le pick-up, siège passager, fermer la portière, ils partent dans un nuage de poussière, il se retrouve seul, il s'assoit dans la poussière, il met les mains sur ses genoux, il enlève ses lunettes, il frotte ses yeux très fort, il appuie, il voudrait faire surgir la lumière.

Les lambeaux de maisons émergent de la fumée. Certaines tiennent bien debout mais il y en a de détruites, les rues sont défoncées de cratères, Onyx a laissé les siens à l'abri, ils gardent les véhicules, elle a dit j'y vais seule, Méduse et Mohamed-Ali sont quand même venus avec elle, Méduse parce qu'elle est forte et elle connaît les lieux, Mohamed-Ali pour raconter, ensuite.

Le couvent a été touché par les bombes mais pas détruit, les vrais supermuslim en ont fait un hôpital, les enfants et Méduse l'approchent facilement, il n'y a plus de combats dans les rues, ils se tiennent près cependant des murs qui restent, ils font belek parce que ça serait bête de se prendre une balle perdue.

Onyx est impatiente de revoir son amie, de savoir si elle est vivante. Il n'y a plus personne pour garder le couvent. Les trois y pénètrent, Méduse revoit les salles sinistres, elle a repris sa force et ses esprits, depuis son évasion, mais elle est nerveuse néanmoins. Elle se rappelle les coups, la peur, la mort de Mme DeLaRocheTaillée.

Les femmes à l'intérieur du couvent ont gardé leur tenue de vraie supermuslim, par conviction ou par prudence. Les blessés sont allongés à même le sol, villageois et vrais supermuslim, sans pouvoir distinguer les uns des autres.

Destiny-Bienaimée est la première à les voir, elle a le corps entièrement caché par sa tunique, elle porte un bandage à un bras, légèrement blessée, elle se précipite sur Onyx, qui reconnaît sa carrure, sa voix, elles s'enlacent, je leur ai résisté, elle dit Destiny-Bienaimée, je me suis pas mariée, je suis restée dans ce couvent merdique, mais je n'ai épousé aucun de ces rats. Elle lui dit merci, je savais que tu viendrais me chercher, je savais que tu es mon amie, que tu ne m'as pas oubliée même si j'ai atteint l'âge-vénérable-où-on-rejoint-le-village.

Il faut partir vite, elle dit Méduse, on reste pas ici, on se casse.

Il y a quatre silhouettes qui se pressent désormais au milieu des ruines. Deux soutiennent leur copine, affaiblie. Quand ils traversent la place principale dévastée, les enfants entendent des bruits de pas, des clameurs. Ils se mettent de côté, se cachent un peu. Ils voient la parade des bergers victorieux en sabots et kalaches.

Les bergers ont remporté leur assaut, libéré leur village. Les vrais supermuslim sont morts ou ils ont fui, il en viendra peut-être d'autres, en attendant c'est un défilé de joie à hauts cris. Les hommes du gouvernement provisoire ne sont pas encore là, ce sont les bergers qui ont libéré le village, ils en sont fiers. Ils ont pendu les vrais supermuslim prisonniers, les blessés, ils laissent les cadavres en évidence, exhibés, les habitants leur crachent dessus. On leur a accroché au cou des pancartes obscènes. Les bergers ont souillé le bras reliquaire, puis ils l'ont piétiné et démantibulé. Le bout de phalange du premier martyr pourrit dans la boue et les débris.

Peut-être que le gouvernement provisoire enverra ses soldats pour contrôler le village, plus tard. Rien de sûr, ils en ont peut-être besoin dans leurs casernes, ou en d'autres lieux. En attendant, les hommes des maîtres des forges sont morts ou partis. Darnert est le chef des bergers, il les précède. Il est seul et il marche. On ne l'approche pas, on l'observe de loin, d'un regard d'admiration et d'effroi. Il est solennel, il pèse ses pas. Il regarde droit devant lui. Il ne sourit pas. Sur chaque pointe féroce de ses solides sabots de noyer, recourbés, un cœur sanglant est accroché, celui de l'émir et celui d'Esclarelys.

Quand Onyx, Méduse et Mohamed-Ali ramènent Destiny-Bienaimée aux pick-up, elle est accueillie avec joie, embrassades, checks, baisers. Espoir lui dit on va te faire de la place, on va se serrer. Elle rigole, on pourrait balancer ta jambe pourrie par-dessus bord.

Il faut partir vite, profiter du chaos de la défaite des vrais supermuslim pour passer par le col, y embringuer les pick-up à toute allure. Méduse va voir à moto, elle revient, la voie est libre, il faut se dépêcher. La grande peur est d'être pris pour des vrais supermuslim en fuite, d'être visés par les avions. Arrivés en haut du col, Onyx regarde une dernière fois la vallée, la forêt, les montagnes. Mohamed-Ali est à côté d'elle. On met toutes les armes dans une malle en fer, avec un cadenas, Onyx accroche la clef autour de son cou, elle dit pas d'armes entre nous, on ne les sort que si on en a besoin.

Ça redémarre, de l'autre côté du versant la forêt continue, on roule quelques heures puis on cache les pick-up, on déplie les tentes, on fait à manger.

Mohamed-Ali se lève, il ouvre ses bras et ce sont des ailes, il fait de ses mains une visière pour voir loin, il scande :

Onyx nous guide
Onyx bergère
La-Petite-Elle-Veut-Tout-Faire-Toute-Seule
Il y en avait une
Une prophétesse
Des temps de trouble
Des temps de guerre
Elle était paysanne
Elle était bergère
Elle est allée voir son roi
Elle a dit stop
Les pauvres ont trop souffert
Il faut gagner cette guerre, elle a dit
Elle a mis une armure
Elle a pris une épée
Elle a parlé aux nobles
Elle leur a tenu tête
Juste avant le bûcher elle a répondu à ses juges
Sans insolence mais fermement
Intelligemment
Elle était adroite
Elle parlait et on l'écoutait
Elle s'appelait Jeanne
Elle a fait couronner son roi
Elle a fait la guerre pour faire cesser la guerre
Elle était femme et elle s'est habillée en homme
Elle a participé aux batailles
Elle a été blessée
Onyx tu es notre Jeanne

Mène-nous où tu veux
Prends ton bâton ou ton épée
Montre-nous un chemin
Nous sommes un cortège d'enfants
Face à la guerre
Nous sommes enfants, *pueri*
Des pauvres
Des orphelins
Des abandonnés et des blessés
Il y a des Grands-Incendies, des morts et les hommes oublient
Il y a des explosions et les hommes oublient
Il y a des irradiés, ils sont monstrueux, on les met de côté
Il y a des tsunamis, des morts, et les hommes oublient
Il y a des massacres des inondations des tremblements de terre des éboulements des maisons qui s'effondrent des épidémies des empoisonnements
Et les hommes oublient
Je ne veux pas oublier mes amis qui sont morts
Je veux jouer sans les oublier
Je veux rire je veux danser
Qu'ils soient dans un recoin de moi, toujours là,
Je veux partager avec eux
Qu'ils soient dans la vie
Je veux continuer mais je ne veux pas oublier.
Dis-nous Onyx où aller. Dis-nous quoi faire.

Mohamed-Ali replie ses ailes. Il s'assoit. Onyx se lève.

J'ai pas d'armure, elle dit Onyx. J'ai pas de roi. Je vais pas aller voir le gouvernement provisoire, pour lui dire quoi ?

Elle dit, on va faire la route. On va aller dans une ville dont je connais le nom, il est beau, il me plaît, Cordes-sur-Ciel. On verra bien avec un nom pareil si on peut revoir ceux qu'on aimait, ceux qui sont partis. On montera les chercher dans la lune et les étoiles avec la force des bras. Et pour ceux qui n'en ont pas, on poussera.

Elle dit encore, c'est un joli nom, Cordes-sur-Ciel. C'est là qu'on va.

Partie 3
CORDES-SUR-CIEL

Le temps est un enfant qui s'amuse, il joue au tric-trac.
À l'enfant la royauté.
Héraclite

Dans les premiers jours du Grand-Voyage, Onyx invente ce double mot, Grand-Voyage, elle leur dit ce qu'on fait là, racli, raclo, c'est pas une fuite, c'est pas la défaite, c'est notre Grand-Voyage, on a déjà grand-voyagé, pour venir à la Colonie, mais cette fois on choisit, on décide, on grand-voyage tout seuls, sans adultes, Méduse elle a les cheveux blancs mais c'est pas une adulte, Destiny-Bienaimée non plus. Elle dit pour ce Grand-Voyage on est en Grande-Caravane et c'est bien, et aussi on ira voir la mer, parce qu'il y en a parmi vous ils connaissent pas, ils ont jamais vu, et c'est pas acceptable, on se baignera, avec le sel ça pique, on s'arrosera, on n'ira pas trop loin, à cause de La-Grande-Vague, on partira vite, je vous promets. La troisième chose qu'elle dit, on ira à Cordes-sur-Ciel, s'il y a vraiment des cordes on tirera, on va s'accrocher, ça sera peut-être la vie éternelle, ou le retour des nôtres, on verra bien.

Personne ne comprend trop bien tout ça, sauf Mohamed-Ali peut-être, mais il se tait, alors tout le monde se tait. Le Mat elle ne veut pas contredire tout le temps, elle a Petite-Opaline avec elle, c'est l'important.

La journée il faut rouler, quand il n'y a plus de carburant on remplit le réservoir avec un bidon, il y a ceux récupérés à la machine de la Colonie, quelques autres chourés au village, en profitant du chaos général. Ça roule doucement, en sens inverse de vers la capitale du gouvernement provisoire, ce n'est pas entretenu, il y a des trous dans la route, des bosses sur les chemins. Il y a des risques d'embuscades dans certains endroits, Onyx ne le sent pas, elle envoie des éclaireurs à moto, ils disent y a rien, elle se méfie quand même, ils font des détours.

Le soir c'est bivouac et c'est le meilleur moment de la journée, parce qu'avec bivouac il y a pitance, soit les réserves soit de la petite chasse. Ils s'endorment les uns contre les autres, il y a des tours de garde, les gardes s'endorment souvent et si Onyx les voit elle les réveille à coups de pied.

Certains matins Onyx ne dit pas bonjour mais elle dénombre, elle rappelle les noms des vivants.

Ça commence toujours par Espoir, elle dit Espoir tu es vivant, et tout le monde comprend l'espoir est vivant, c'est un début de prière, de litanie.

Ensuite elle a un mot pour tous.

Elle dit :

Chien tu parles pas mais tu es là.

Chyen-Boul ta tête c'est un gros ballon ton cul aussi

Fouine ma grande je veux plus que le ciel te tombe sur la tête

Confidence tu as de grandes oreilles pour bien nous entendre murmurer, dont une recousue

Lumineuse éclaire-nous ou mets-toi en veilleuse

Cœur-Vaillant-Cœur-Mouillé tu es plus mouillé que vaillant mets tes langes mets ta couche

Petite-Rigolote tu es une licorne

La-Plus-Sage tu es une sirène qui casse les oreilles

Aiguille encore un jour, c'est bien, tiens bon

Cramée grâce à toi on voit l'intérieur d'un four

Tchernobyl tu fais vieux parchemin en dehors et jeune en dedans

Fukushima ton visage a de petits éclats, ils scintillent

Nagasaki RIP ta main mais toi tu es là

Pichichi tu as changé mais je n'oublie pas les matches de foot, comment tu plantais

L'Ancêtre, les dinosaures tu les as connus, tu nous as précédés tu nous enterreras

Sixtine t'es ma chapelle meuf je te prie je te prie

Furette j'aime comme tu te faufiles

Trogne ta famille elle est en papier tes souris elles sont dans ta main tes jambes c'est des roues, ma parole t'es pas une meuf t'es une voiture en plastique

Féline j'aime quand tu ronronnes

Peur-Prudence tes yeux craignent ton cœur murmure tu flippes

Rose-Bouledeneige si tu es vraiment une princesse elle est où ta couronne ?

Petite-Jolie si tu grandis tu seras un jour Grande-Jolie

Moufle, comme tu as de grandes prothèses, c'est pour mieux te curer le nez mon enfant ?

Le Mat on a laissé ton barrage derrière nous, tu crois il va inonder la vallée ?

Petite-Opaline tellement t'es chou on te veut tous en petite sœur

Destiny-Bienaimée t'es là t'es bien là, me laisse plus jamais
Méduse pour qui sont ces serpents qui sifflent sur ta tête ?
Mohamed-Ali tu scandes tu scandes tu vois je scande aussi

Ensuite les enfants applaudissent, puis ils montent dans les véhicules. C'est toujours pareil ou presque.

On accroche l'Ancêtre avec des sangles. On pose précautionneusement Aiguille et Lumineuse. Puis les autres s'assoient, ils sont les uns contre les autres. Il n'y en a pas beaucoup qui conduisent, surtout des anciens lionceaux, ils ont appris, que des raclos. Espoir y arrive malgré son mauvais pied. Destiny-Bienaimée et Méduse savent aussi, on leur a expliqué du temps où elles vivaient au village. Destiny-Bienaimée conduit le pick-up d'Onyx, Méduse préfère la moto, sauf exception. Mohamed-Ali prend l'autre moto. Ils ont toujours les mêmes derrière eux, en général, Moufle pour Méduse et Furette pour Mohamed-Ali.

Dans le pick-up 1, Destiny-Bienaimée est au volant, Onyx à côté d'elle, le troisième siège est pour Sixtine. Derrière, assis sur la plate-forme, l'Ancêtre, Chien, Trogne, son fauteuil replié contre elle, Le Mat, Petite-Opaline et Nagasaki prennent le vent. Ça leur décoiffe les cheveux, ça leur pique les yeux de sable et de terre, ils bouffent des insectes, ils ont frais sur le visage et quand le soleil chauffe ça leur fait grave du bien.

Le pick-up 2 est conduit par Espoir, il conduit mal car sa jambe folle fatigue, elle patine, ça l'énerve, il fait des écarts, il ralentit ou il cale, il pousse sa jambe avec sa main et ça accélère, il dit des mots pas beaux, il insulte les mères, les pères, les grands-pères. À ses côtés Rose-Bouledeneige note tous les vilains mots, elle emmagasine, elle répète ensuite, elle susurre à l'oreille de Petite-Jolie qu'elle a réussi à imposer dans la cabine, à côté d'elle, et elles rigolent, Espoir ça l'énerve mais qu'est-ce que tu veux faire, il ne peut pas conduire et les engueuler vraiment, il les engueule un peu, il dit vos gueules, ce n'est pas très efficace. Massées derrière il y a Féline, Furette, Peur-Prudence, Petite-Rigolote, La-Plus-Sage, et allongée au fond Aiguille qui geint. Dans ce pick-up, les bords de la plate-forme sont surélevés, ça coupe le vent, il est possible de discuter, d'ouvrir les yeux et même la bouche, mais les enfants se taisent, rapport à Aiguille qui a très mal et qui pleure, Aiguille qui meurt, à son rythme, tranquillement, elle n'est pas pressée, elle accroche chaque nouveau jour, elle tient désespérément.

Le pick-up 3 a tout le devant blindé, un large pare-chocs arrache-buffles chromé, il a du métal brillant, Tchernobyl voulait absolument le conduire, il le trouve beau, son pick-up, chaque soir au bivouac il en nettoie la carrosserie, les autres se moquent, lui dans sa tête continue de prier Dieu, comme quand il était lionceau, il dit merci de me laisser le conduire, ce beau pick-up, merci il est beau comme un train, il est puissant, dans mon pick-up je n'ai pas peur, partout ailleurs j'ai peur, je l'aime ce pick-up, c'est mon refuge antiatomique si jamais ça explose encore. Il dit ça dans sa tête mais des fois il murmure, des fois il murmure en conduisant, des fois il parle à Dieu à voix haute, il est flippant mais il conduit bien, il conduit putain de drôlement bien pour un petit bonhomme rogné de son âge, il a sa gueule passée à l'acide, passée aux rayons, il a sa petite gueule chauve ridée d'enfant vieillard et il ne fait pas un cahot, pas un soubresaut, il tourne à peine le volant, il appuie à peine sur les pédales, tu croirais il conduit pas un pick-up, tu croirais il conduit une fleur, si elles roulaient. À côté de lui on a mis les faces abîmées pour ne pas dépareiller, Cramée avec ses oreilles rabougries, elle n'entend pas bien, à cause du bruit de la route elle ne se rend compte de ses murmures que si elle voit bouger ses lèvres, mais elle préfère regarder devant, parce qu'elle vomit en voiture ; et Fukushima, il dort souvent, il a besoin de pas mal de sommeil, la voiture le berce, sa tête dodeline, bascule d'un côté puis rebondit, puis retombe, il est trop occupé à ses microsiestes pour prêter attention à Tchernobyl, pour écouter ses prières, c'est tant mieux. Ce pick-up 3 a une grande cabine, de six sièges, mais ceux de derrière n'entendent pas ce qui se passe devant, avec le bruit du moteur. C'est souvent Fouine, Confidence et Chyen-Boul qui sont assis là, ils font des jeux avec leurs mains, des pierre-feuille-ciseaux inépuisables, ils ne s'en lassent pas même si Chyen-Boul préférerait un ballon. Derrière encore, sur la plate-forme, Lumineuse aimerait bien s'étaler de tout son long, pour soulager sa jambe cassée, mais il n'y a pas la place, alors elle dit c'est trop petit, ma jambe est tordue, elle va se recoller de traviole et je serai boiteuse, j'étais déjà un peu bossue, un peu tordue, ça ne va pas s'arranger, elle dit ça avec ses grands yeux grands ouverts, ils sont vert profond et ils éclairent, ils expliquent son surnom, on dirait des puits, deux puits avec de l'eau qui clapote au fond et ça fait des petits reflets brillants, des diamants, on regarde ses yeux et on regarde pas le reste, on s'accroche aux longs cils pour ne pas tanguer, on lui dit ma pauvre, ta pauvre jambe. C'est surtout Cœur Vaillant-Cœur Mouillé qui lui dit ça, vu qu'il est seul avec elle et Pichichi sur cette plate-forme réduite, vu que ça lui fait de la peine de la voir souffrir, de la voir être triste, vu que ça lui fait du bien de river ses yeux aux siens, vu que Pichichi ne parle plus beaucoup.

Voilà c'est ça leur équipée, leur caravane, trois pick-up qui roulent sans s'arrêter, un qui fait des écarts, un qui file droit, assuré, le troisième entre les deux, et puis deux motos qui vont et viennent, elles avancent, éclaireuses, elles ralentissent et Méduse crie des trucs à Onyx, personne n'entend, elles se comprennent avec les yeux, de soldate à cheffe, et puis les motos repartent, elles font des roues arrière, des dérapages, Mohamed-Ali scande et c'est bien dommage, c'est perdu, impossible d'entendre avec tout ce raffut.

Elle n'est pas très discrète cette caravane, elle fait ramdam et poussière, des fois un enfant sur la moto, ou un enfant de derrière, pousse un yippie strident, ou un youyou, surtout au soleil couchant, au soleil rasant, quand le ciel se teinte de rose, ou de violet, quand ils passent près d'une montagne, ou d'une rivière, ou d'une usine à grandes cheminées, quand c'est beau. Quand c'est beau ça youyoute, les pick-up roulent, les motos roulent, personne ne regarde trop en arrière.

Rose-Bouledeneige raconte des histoires à Petite-Jolie, ce sont des histoires courtes et intenses, pour les deux petites filles. Elle raconte des histoires qui font peur et des histoires qui rassurent, des histoires avec des héroïnes, des princesses, des guerrières, des sirènes, un petit chaperon rose plus fort que le loup et des animaux. Elle fait des mélanges, il y a *Star Wars* animaux, *Hello Kitty* rencontre le prince, la reine des neiges cambriole. Il y a des voleuses et des espionnes. Des mamans perdues, on les retrouve ou elles meurent, parfois on les retrouve et elles meurent. Il y a des cabanes, des pains d'épice, des maisons avec un feu de cheminée.

Rose-Bouledeneige parle souvent de la princesse Leia, une fille avec des paillettes et des cheveux longs, elle se les coiffe en macarons pour ne pas prendre de place. Leia est bien car elle a une famille, elle a une maman, Amidala, c'est une reine, elle a un frère, Luke Skywalker. Elle n'a pas de papa, ou bien il est méchant, mais pas besoin de papa. Elle se promène toujours dans la forêt, elle y rencontre souvent un petit écureuil, il cherche sa maman disparue, Leia a faim mais elle ne le mange pas, elle range son lance-pierre et elle lui met ses bras autour du cou, elle lui dit c'est pas grave, petit écureuil, ne t'inquiète pas, on va la retrouver ta maman. Elle met l'écureuil dans sa capuche et elle promet : si elle est morte, je t'adopte, ça sera moi ta maman.

Certains soirs de bivouac Onyx et Espoir partent faire un tour, ils s'embrassent. Ils se caressent peu à peu, ils touchent des morceaux du corps de l'autre, ils se frottent, ils découvrent. Ils mettent les mains sous les vêtements, dans les cheveux. Espoir est plus téméraire que dans les autres moments, ceux avec tous les autres, ceux où ils parlent. Onyx ne sait pas si elle aime ou si elle n'aime pas, c'est un peu des deux, elle n'est pas très à l'aise, elle ne contrôle pas, ni lui ni elle-même.

Onyx perd sa toque-renard au beau milieu d'une piste où les pick-up roulent vite, elle a décidé de monter sur la plate-forme, pour voir, elle s'est mise debout, les mains accrochées à la barre du toit, et la vitesse fait du vent, elle ferme les yeux de larmes chaudes, elle ne se rend même pas compte que sa toque est partie, elle s'est envolée pour vivre sa vie de toque sur les grands chemins.

Onyx hésite, elle pourrait faire demi-tour, retourner fouiller la piste pour la retrouver, sa couleur orange ne rendrait pas la tâche si difficile. Elle y tient, à sa toque, elle vient de la forêt et c'était sa forêt, elle lui manque. Nique sa fourrure, elle se dit, il faut laisser des choses pour aller de l'avant, elle laisse sa toque, elle l'abandonne, peut-être que quelqu'un la trouvera, sinon elle retournera à sa destinée de peau de bête crevée, renard malin, renard mort, à sa disparition, dépecée par les insectes, usée par les intempéries, enfouie par la poussière et bientôt recouverte d'herbe verte. N'empêche, c'est moche, elle lui tenait bien chaud à la tête.

Onyx s'écarte des pick-up pour aller pisser, elle quitte la route et elle se cache derrière des buissons. Elle pisse et ça confirme ce qu'elle craint depuis quelques jours, ce n'est pas jaune, c'est rouge, c'est Le-Sang-Qui-Vient. Elle a le ventre dur, les seins durs. Elle se dit si j'étais à la Colonie j'aurais l'âge-vénérable, si j'étais dans le califat des vrais supermuslim on me marierait, elle se dit merde, je suis une enfant qui pourrait avoir un enfant, elle ne veut pas que les autres le sachent, elle se dit je vais putain tacher mes habits, je vais salir mes culottes, elle se doutait que ça arriverait bientôt, elle a chopé des tampons dans la pharmacie détruite de la Colonie. Elle remonte sa culotte et son pantalon, elle rejoint le bivouac. Elle en parle à Destiny-Bienaimée, à Méduse et Mohamed-Ali, elle a envie d'en parler, elle ne sait pas tout, elle se dit, elle veut en savoir plus. Destiny-Bienaimée lui raconte des choses, Méduse lui en raconte d'autres. Mohamed-Ali ne connaît pas bien le sujet mais il a lu un vieux truc, il scande doucement, pour elles trois seulement :

C'est l'histoire des petites reines
Tôt mariées à de vieux barbons
Ce sont des reines-enfants mariées à des vieillards
Car il faut perpétuer la race
Enfanter le plus tôt possible
Le plus possible
Mettre au monde des garçons et des filles
Pour échanger avec d'autres familles
Pour conclure des traités pour construire un empire
C'est l'histoire des petites reines tôt mariées
Avant même Le-Sang-Qui-Vient
Alors une vieille femme
Une dame de compagnie
Guette chaque matin le sang sur les draps
Et si c'est rouge elle lui envoie le roi
Si c'est rouge elle envoie le vieux barbon
Il vient dans son lit
Il vient sur elle
Il vient faire un enfant
Puis un autre puis un autre
Jusqu'à ce qu'elle en meure
De perpétuer la race.
Ah qu'elles sont heureuses, les veuves précoces.

Onyx pleure doucement, elle cache sa main dans son visage, ils sont tous les trois étonnés, ils ne la voient pas souvent pleurer, sinon de rage. Ce sont de petits sanglots, ils ne durent pas longtemps, elle s'essuie avec sa manche, elle regarde Mohamed-Ali, elle a le seum dans les yeux, elle lui dit merci, merci vraiment.

Il ne leur faut pas des semaines pour arriver à un premier village. C'est assez rapide. Ils le voient de loin, c'est un village qui ressemble à celui qu'ils ont quitté, il y a des champs tout autour, des éoliennes. Onyx elle pense à Brille puis elle débarrasse sa tête parce qu'il lui faut réfléchir à ses instructions. Elle demande à Destiny-Bienaimée de stopper le pick-up, les autres s'arrêtent, elle dit on se prépare pour entrer, on ne sait pas comment ils vont nous recevoir, on ne connaît rien, en dehors de la Colonie, en dehors de la vie, parce que la Colonie c'était la vie. Elle fait ouvrir la malle avec les armes, elle les distribue, les enfants les cachent sous des couvertures, ils peuvent les attraper facilement, si besoin. Elle en choisit quelques-uns, les plus grands, qui les gardent à la main.

Ils entrent doucement dans le village, par la rue principale, il n'y en a pas beaucoup d'autres, il y a quelques villageois dehors, ils ne sont pas armés, ils les regardent, ils ont des visages stupéfaits et inquiets, autant de gamins, certains armés, dans des pick-up, en plus certains vraiment pas beaux à voir. Ils roulent très lentement, ils ont des visages farouches, ce n'est pas leur faute, c'est impressionnant d'entrer dans un nouveau village, d'y entrer non pas encadrés par des adultes mais de façon autonome, librement. Ils s'arrêtent sur la place du village, il y a des volets qui se ferment, des gens qui courent se cacher, d'autres qui restent à distance. Ils se mettent au centre de la place, à côté de la grande statue de la Paix, c'est une femme qui lève les bras en l'air, son visage est rouillé et on dirait des larmes, on dirait qu'elle se rend, c'est une prisonnière, c'est une esclave, ça ne fait pas trop envie d'avoir la paix.

Au bout d'un moment il y a un homme qui s'avance, il a l'air d'avoir peur, c'est un vioque, cheveux blancs, rides, il a une voix de vioque et il leur dit qu'il est le maire, il leur demande ce qu'ils veulent, ici c'est un village tranquille, on vit en paix tant qu'on peut, il ne faut pas poser de problèmes. Enfin, il leur dit, il dit à Espoir, il parle à Espoir, comme si c'était leur chef, Onyx ça l'énerve. C'est son premier sentiment, elle se dit il voit des raclos et des raclis et pour lui forcément le chef c'est un raclo. Puis elle se rend compte qu'il a peur. Ils ont tous peur alors ils l'envoient lui parce que c'est leur chef ou parce que c'est un vioque ou les deux. Elle se dit ils ont plus peur même que si on était des Bourguignons ou des vrais supermuslim, parce que des enfants avec des mitraillettes, des vraies mitraillettes, et des pick-up, ils ne connaissent pas, c'est la première fois. Elle a bien envie d'en profiter, c'est agréable de faire peur, elle se sent forte, elle est puissante. Elle n'a qu'un geste à faire, il suffit d'ordonner à ceux qui sont armés de pointer leurs armes, et le vioque part en courant, il trébuche, il souffle bruyamment, ou alors il ne peut plus bouger, il s'agenouille, il supplie, il pleure. Elle voit tout ça Onyx, ça tourbillonne, elle pourrait décider très vite de le terroriser encore plus, le vioque, et tout le village.

Elle dit seulement on veut voir la mer, dites-nous par où elle est la mer. Elle dit on a des provisions, on a du carburant, on vous fera pas de mal si vous nous en faites pas. Ce soir on dort dans votre village, on met nos pick-up et nos motos sur votre place, on fait un cercle, on fait un feu, on met des gardes et on dort.

Le vioque a l'air soulagé, il dit merci, merci, de quoi, elle se demande Onyx, il leur indique la direction de la mer, il dit je vais faire venir quelqu'un qui connaît bien la route, ça n'est pas très loin, il vous indiquera, c'est bien la mer, ça pique un peu si on a des blessures mais ça rafraîchit, ici elle n'est pas polluée, c'est une mer très saine, une mer sans pétrole, sans algues vertes, sans requins. Il faut faire attention aux marées, quand même. Le vioque il a soudain les yeux qui brillent, il dit les vagues, ça va vous plaire, vous allez vous amuser, vous êtes des gamins, c'est bien la mer pour vous, c'est mieux que les mitraillettes. Il s'éloigne en reculant, il va prévenir les autres villageois, sans doute. Onyx elle donne les ordres, tout le monde descend, sauf ceux qui conduisent qui garent les pick-up, en cercle comme elle a dit, elle désigne les gardes, elle désigne ceux qui font la popote. Petit à petit des villageois s'approchent, ils viennent leur parler, c'est beaucoup de vioques mais pas que. Ils posent des questions, ils racontent des histoires, finalement certains amènent une grosse marmite, ils la mettent sur le feu avec de l'eau, ils mettent dedans des légumes, fèves, courgettes, haricots, des grains d'épeautre, des épices, ça bouillonne et ils touillent. Les enfants et les villageois mangent ensemble, il y a aussi des enfants villageois, ça leur fait bizarre à ceux de la Colonie de voir des enfants avec leurs parents, les leurs sont loin ou morts ou perdus, oubliés des fois. Les bols de soupe sont gros et goûteux, l'épeautre cuite *al dente* craque sous la dent, c'est agréable, les épices explosent, ça rappelle du temps de Marmite et de ses petits plats d'avant qu'on lui coupe la langue, d'avant qu'il ne finisse écrasé sous les décombres de la Colonie. Après la soupe un couple de vioques portent dans un grand saladier des fruits coupés en morceaux, avec du sirop et du sucre et de petits morceaux de menthe hachée, ça rafraîchit les bouches, il y a de jolies couleurs, du vert, du blanc, du rouge. Alors Onyx détend les muscles de son dos, elle fait craquer sa nuque, elle dit on va partager nos trésors, elle ouvre une malle et elle en sort trois bouteilles de rhum arrangé, il y a menthe-ananas, bergamote de Nancy-vanille, et puis épices. Les anciens de la Colonie se passent le goulot, les villageois boivent dans des verres, les trois bouteilles tournent et sont vidées, il y a aussi des spliffs qui tournent, des plaisanteries, des nouvelles de la guerre qui va qui vient, du gouvernement provisoire qui abuse, de tel ou tel groupe qui terrifie. On parle de Grand-Incendie, de Grande-Vague, de pluies corrosives, d'explosions industrielles. On parle du travail qui est dur et rapporte peu, sauf à ceux qui dirigent, dans les champs ou à l'usine, à la forge ou dans l'échoppe. Un des villageois parle de la mer, il dit qu'elle est belle, il chante de vieilles chansons, ça fait :

Mais qu'elle est belle mais qu'elle est belle mais qu'elle est belle, mais qu'elle est bleue, elle est bleue comme tes yeux,

ou ça fait

La maman des poissons elle est bien gentille,

ou ça fait

Un petit poisson un petit oiseau s'aimaient d'amour tendre.

Et puis Mohamed-Ali se lève, il a bien mangé, il est content, le feu le rallonge d'ombres qui bougent, elles le rendent encore plus grand, encore plus maigre, il agite les bras et ils remplissent toute la place du village, les premières maisons autour, le cercle avec les pick-up, les gardes, les motos, les villageois et les enfants et les enfants de villageois, les bras de Mohamed-Ali et l'ombre de ses bras rassemblent tous ceux qui sont là, c'est sombre comme la nuit mais sans la peur, c'est doux, il y a des enfants qui s'endorment sur les genoux des autres, sur les genoux de villageois, tandis que Mohamed-Ali parle les enfants somnolent et ils font des rêves, ils dorment comme dorment les enfants dont les parents ont invité des amis, ils sont là sur le canapé et ils sont bercés par les conversations, par les récits dont on ne saisit que des bribes, simplement on est bien, on est en sécurité.

Mohamed-Ali annonce, je vais vous parler d'un retour à la mer, en grec ancien ça s'appelle *Anabase*

C'est l'histoire d'une troupe de Grecs

Des mercenaires

Au service d'un roi perse contre un autre roi perse

Dans un pays lointain

Ils sont forts

Leurs armes brillent

Ils vont gagner de l'argent

Leurs chefs paradent

Leurs chefs sont fiers de les avoir amenés là

Quand s'engage la bataille

Les lames coupent

Elles tranchent et percent

Les Perses ont de jolis titres

Ils ont des satrapes

Ils ont de jolis noms
Cyrus Artaxerxès Tissapherne
Darius et Pharnabaze.
Les Grecs sont organisés
Ils n'ont pas peur
Ils font des ravages
Grâce à eux la bataille bascule
Ils sont vainqueurs
Leur roi perse est vainqueur
Contre l'autre roi perse
Hélas
Le destin facétieux
Leur joue un tour
Le roi perse vaincu ne fuit pas
Il se retourne
Il vient au contact du roi perse qui les a engagés
Il veut le duel
L'autre a son épée dégainée
Ou bien une hache
Il est victorieux et tuer l'autre roi
Ajouterait un surcroît de gloire
Alors il lance son cheval
Il poursuit l'autre roi
Son frère
Il se bat
Mais il perd et il meurt
Un javelot le transperce
Le roi vainqueur tombe
Les Grecs ont l'air bête
Ils ont gagné la bataille mais leur roi est mort
Celui qui les paye

Celui qui les a engagés
Il gît à terre
Le visage encore crispé par l'*hybris*
Le vertige orgueilleux de celui qui pensait être arrivé
Avoir gagné sa couronne
Il est mort, il gît dans le sable ou sur l'herbe.
Il gît sur la terre labourée par les pieds des combattants.
Il gît peut-être sur la roche.
Le vainqueur est vaincu, il est mort,
Son armée se débande, ses officiers s'enfuient, ses courtisans se cachent.
Les soldats rentrent dans leurs masures
Ils partent écumer ailleurs.
Il ne reste que les Grecs, les mercenaires.
Ils ne sont pas chez eux
Ils ont leur campement
Ils ont leurs marmites et leurs femmes
Ils ont remporté la bataille mais ils ont perdu
Ils ne savent pas quoi faire
Ils sont désemparés.
Le roi vainqueur alors convoque leurs chefs
Sous sa tente de commandement
Il les convoque et ils s'y rendent
Ils n'ont pas peur
Ils sont forts
Ils se disent il va nous payer
Il va nous recruter peut-être
Ou bien nous dédommager et nous renvoyer
Le plus loin possible de son pays
Ils entrent dans la tente de commandement
Et c'est un piège

Des soldats les égorgent
Tous les chefs grecs des mercenaires
C'est une traîtrise un acte lâche un immonde assassinat
Disent les Grecs
C'est vrai mais c'est efficace.
Les mercenaires replient leurs tentes
Ils rangent leurs marmites
Leurs femmes rentrent dans les chariots
Ou bien elles marchent
Ils se mettent en route
Ils n'ont pas de chevaux
Ils n'ont plus de chefs
Ils sont dix mille dit-on
Ils font face aux soldats du roi vaincu vainqueur
Aux soldats de son satrape
Ils se protègent et ils s'enfuient
Ils n'ont pas de chevaux
Ils marchent
Ils portent leurs armes et leurs boucliers
Ils ont un peu de butin, sans doute
Ils marchent mille kilomètres jusqu'à la mer Noire
Ils sont heureux quand ils la voient
Thalassa Thalassa, ce qui veut dire la mer,
Et ils marchent mille kilomètres encore jusqu'au Bosphore.
Ils rencontrent des peuples hostiles
Ils pillent
Ils se disputent
Ils élisent de nouveaux chefs
Ils se querellent et ils se battent presque
Mais ils marchent et ils marchent
Ils se battent

Ils sont engagés ils sont trahis
Ils sont payés ou pas payés
Ils font du butin
Ils rencontrent des peuples bizarres
Ils ne trouvent pas de bateaux
Alors ils marchent
Ils se faufilent
Ils parcourent l'immense Empire
Ils le décrivent
Ils exploitent ses divisions pour sauver leur peau
Ils échappent au roi vaincu vainqueur
C'est un exploit
Ils rentrent chez eux
Beaucoup de leurs compagnons sont morts
Enterrés dans une terre inconnue
Une terre hostile
Peu importe, ils sont crevés
Ils s'en foutent
Mais ça embête les vivants
De laisser ainsi les camarades.
Ils retournent à Pergame et ils font encore la guerre
Ils s'engagent pour d'autres rois
Pour d'autres cités
Ils se battent encore et ils tuent ils pillent et ils meurent
Ils se font du butin
Et l'un d'entre eux, Xénophon, écrit cette histoire, l'*Anabase*.

Le feu crépite encore, les enfants dorment, les villageois dorment, Mohamed-Ali replie sa carcasse et il s'endort, Onyx dort la tête sur le ventre de Destiny-Bienaimée, Petite-Opaline repose sur la cuisse du Mat, on pourrait tous les énumérer en quinconce, en dos contre dos, en membres mêlés, seuls les gardes veillent, ils tiennent la crosse froide de leurs armes, ils ont les yeux qui scrutent et ils envient le sommeil paisible de leurs camarades assoupis.

C'est une sacrée bonne nuit.

Le Mat se réveille avant le soleil, sa jambe fourmille, la tête de Petite-Opaline repose lourdement, elle ronfle. Le Mat n'ose pas se déplacer, elle le fait pourtant car elle a mal, elle se lève, elle est tellement engourdie qu'elle peine à marcher, elle fait quelques pas en sautillant, Sixtine qui garde lui fait un signe de tête, elle l'aime bien. Elle aussi est engourdie, sa main crispée sur son arme, elle se lève avec elle, elles font le tour de la place, elles mangent un peu. Elles parlent de la soirée de la veille, c'était bien. Sixtine se méfie quand même encore un peu, elle dit on sait jamais. Elle lui raconte une histoire de Bourguignons déguisés en marchands ambulants, dans son village, ils étaient joviaux, ils offraient des cadeaux et des petits bonbons, une fois entrés, et accueillis, ils ont pillé, ils ont tué, ils ont pris des femmes et des filles. Là c'est nous on rentre dans le village, elle dit Le Mat. Là c'est nous la menace. Sixtine la regarde un peu bizarre, elle dit, tu m'accompagnes, je sors, je vais pisser, tu tiendras mon arme. Elles s'éloignent toutes les deux, elles passent la grand-rue, les premières maisons, elles sont sur la route et il y a quelques buissons au bord des champs. Sixtine s'accroupit, Le Mat tient l'arme, elle prend des poses menaçantes, Sixtine lui dit déconne pas, rends-moi l'arme. Le Mat pisse aussi, accroupie, et là Sixtine lui dit, tu sais, si je vois des Bourguignons, là, qui passent, je les tatatatata, elle fait le mouvement avec sa mitraillette, je venge mon village, je venge ma mère, je les tatatatata et ensuite je m'approche, pour les voir crever. Qu'est-ce qu'elle pourrait répondre Le Mat elle ne répond rien, elle finit de pisser, elle s'essuie avec des feuilles, elle se dit je schnoufe, faudrait que je me lave, vivement la mer.

Sixtine lui dit tu schnoufes, faudrait que tu te laves, vivement la mer, Le Mat pense dans sa tête putain c'est une magicienne, une magicienne vengeresse anti-Bourguignons, avec un nom de chapelle, elle se dit on est bien protégées, si c'est elle qui nous garde la nuit. Le Mat, elle l'aime bien Sixtine, mais ça lui pèse ces histoires de mitraillettes et de vengeance, elle regrette d'avoir joué à la dure avec l'arme tout à l'heure, elle se dit pourvu que j'aie jamais à tirer, pourvu que je fasse ma vie sans plus de flingues, sans plus de coups de feu, pourvu que Petite-Opaline en soit préservée, et moi aussi. Elle se dit Onyx et Sixtine et Méduse c'est des dures, moi je suis simplement têtue, je suis déterminée mais je suis pas violente, je veux du calme, pourvu que le calme vienne, et que ça soit pas la mort, pourvu que je puisse dormir sans garde et sans kalache, pourvu que ça s'arrête un jour. Sixtine lui donne un coup de crosse sur l'épaule, pour rigoler, elle dit aujourd'hui c'est la mer, c'est pas si loin, ils ont dit les villageois, c'est bien la mer, ça cicatrise toutes les blessures. Peut-être que ça fera tomber ton zguègue ou que ça bouchera ta schneck, tu seras peut-être définitivement racli ou raclo. Merci, ça va très bien comme ça, elle dit Le Mat, racli-raclo je m'en fous, zguègue et schneck c'est parfait pour moi. Sixtine elle dit je sais, je te charrie, faut rigoler, on va jouer dans la mer, c'est bien.

À leur retour sur la place il fait jour et tout le monde se réveille, ils plient les duvets, le feu chauffe et dans des récipients il y a du thé, des céréales, chacun sort sa petite tasse et son petit bol, il y en a beaucoup d'ébréchés, faut pas trop les remplir. Le Mat fait un câlin à Petite-Opaline, elle aime bien en se levant, elle a un peu froid, elle a faim et elle a soif.

Furette, Féline et Trogne sont déjà levées depuis un moment et elles s'agitent autour de la statue, elles ont blanchi leurs mains de magnésie et ça faisait longtemps, elles sont acrobates, on l'avait oublié. Elles se hissent, elles s'accrochent et elles tournent. Les petites acrobates ne se sont pas entraînées depuis bien longtemps, mais elles sont assez bien ici pour montrer ce qu'elles savent faire. Les villageois sont un peu inquiets, au début, de les voir grimper à leur statue de la Paix, ils sont étonnés de voir Trogne participer aussi, alors qu'elle ne peut pas marcher. Les petites acrobates ont perdu en souplesse, à force de dormir au bivouac et de passer la journée dans leur pick-up, mais elles se débrouillent. Ce n'est pas du niveau des entraînements de la Colonie, mais c'est bien, tous, enfants et villageois, apprécient. Furette se suspend au bras de la Paix, elle a la tête en bas, elle tombe sans mettre les mains, tous les spectateurs retiennent leur souffle et c'est Féline, au pied du monument, qui la rattrape de ses bras, qui la serre contre elle. C'est très impressionnant. Puis Trogne se laisse tomber dans son fauteuil, les acrobates sont applaudies, elles sont contentes, elles se débrouillent encore bien.

Les villageois apportent aux enfants des œufs, du chou, des tranches de jambon grillé, pour ceux qui ne sont pas muslim. Ils leur donnent aussi des couvertures, des vêtements. Il y en a même un qui amène un ballon, Chyen-Boul se précipite, il fait le tour de la place, il est rapide, il passe entre les obstacles sans perdre contrôle, il jongle du pied, du genou, il crie, il est heureux. Il y a une femme médecin au village qui ausculte Aiguille et Lumineuse, elle n'est pas très optimiste pour la première, elle dit elle va souffrir et elle va mourir, elle donne des médicaments contre la douleur. Elle soigne les autres blessures, elle nettoie le pied abîmé d'Espoir, elle dit il va se remettre.

Quand tout le monde a mangé, que Chyen-Boul a bien couru, Espoir et Destiny-Bienaimée déplacent les pick-up, ils délimitent un terrain, ils font des cages avec des duvets et ils improvisent un petit match. Onyx elle dit vous touchez pas la balle, on fait à la brésilienne, c'est les paroles d'une chanson. Il y a des enfants, ceux qui veulent, des villageois, c'est désorganisé, il manque un Franck-Ribéry pour mettre de l'ordre, là c'est moulon après le ballon, il y a des joueurs plus techniques mais ils sont vite submergés. Chyen-Boul ne veut jamais lâcher le ballon, il faut le tacler, le bourrer de coups d'épaule pour le faire tomber, alors il roule et se relève et il repart à la poursuite de la balle. Il y a dix buts d'un côté, quinze de l'autre, pas de goal, les équipes sont indéterminées, Chyen-Boul est tout seul d'un bout à l'autre du terrain, il saigne des genoux et des coudes mais il rigole beaucoup. Finalement les joueurs s'épuisent les uns après les autres, à la fin il reste seulement Onyx à qui Chyen-Boul essaye de prendre la balle, à un moment elle met le pied dessus et elle dit c'était bien, on y va. Alors les enfants rangent, ils replient, ils sont contents.

Le vioque de la veille leur dit attendez les enfants, je veux vous parler, il se met sur le socle de la statue ratée de la Paix, de la statue rouillée avec ses bras en l'air, et il sort un papier, il a écrit dessus les mots qu'il veut lire, il n'y arrive pas, c'est écrit trop petit, alors il replie, il le range dans sa poche et il improvise, il parle lentement et il a tendance à ne pas finir ses phrases, à laisser des mots en suspens, ça n'est pas très agréable mais une idée émerge de son galimatias, une question de révolte, que ça suffit le gouvernement provisoire, que les enfants sont l'avenir et qu'ils se joignent au mouvement s'il émerge, mais sans armes, sans violence. Onyx sourit poliment, elle dit merci au vioque, elle dit merci mais on lâche pas nos armes, merci pour la mer quand même, merci pour la soirée et pour le match, il est bien votre village, sauf votre statue pourrie, elle dit faut qu'on parte, on veut atteindre la mer avant la nuit. Le vioque la serre dans ses bras, elle est surprise, elle monte dans son pick-up. Le Mat derrière, sur la plate-forme, tient fort Petite-Opaline bien contre elle, elle voit le village s'éloigner et ça lui fait un peu de la peine quand même, elle se dit il était bien ce village malgré sa statue moche. Petite-Opaline se rendort, Le Mat se lève, elle regarde devant, il y a un villageois sur un quad qui leur montre le début de la route, il va très lentement, au bout d'un moment il s'écarte, les laisse passer, il fait de grands signes de la main, c'est un grand échalas, pas aussi grand ni autant échalas que Mohamed-Ali, mais il y a un petit air, et quand il agite les bras on dirait une éolienne. Le Mat le dit à haute voix, l'Ancêtre et Trogne rigolent, Nagasaki dort aussi, comme Petite-Opaline. Elle soupire Le Mat, elle a mal aux fesses. Si elle reste debout le vent la fouette, lui sèche les yeux, mais finalement ces larmes qui coulent sur sa joue ça fait du bien.

Rose-Bouledeneige a des attributs, ils expriment le pouvoir d'être fille, l'avantage incommensurable que ça représente, la beauté. Elle les détaille à Petite-Jolie, elle dit nous ce qu'on aime c'est le rose, les licornes, les princesses, la princesse Leia, la reine des neiges.

Elle a des principes, elle dit on ne range pas, on ne nettoie pas, on n'écoute pas, on n'obéit pas, on ne court pas si on veut marcher, on s'habille comme on veut, on se fait des tresses, on se met des barrettes, on se fait des couettes, on attache nos cheveux avec un foulard, on les secoue, on les coupe, on ne fait pas ce qu'on nous dit.

Elle dit ne laisse personne croire que tu es un garçon.

Trogne a un peu peur d'aller à la mer. Elle serre dans ses mains ses petites souris. Elle a dans la poche son bébé de papier. Elle a eu du mal à récupérer ses souris, quand ils ont quitté les ruines de la Colonie, elle a demandé à passer près du pont où étaient peints les mickeymouse méchants, dans sa main ils se transforment en petites souris, elle seule le sait, elle a exigé une pause, sinon elle pissait sur la plate-forme. Onyx a râlé mais elle a accepté, elle disait faut speeder, faut quitter la vallée, laisser les vrais supermuslim et les soldats gouvernementaux, tu nous ralentis. C'est parce que je suis en fauteuil, elle a dit Trogne, pour lui rabattre son caquet, parce qu'elle l'aime, Onyx, mais elle ne sait rien de ses petites souris, elle ne sait pas la responsabilité, de toutes ces petites bêtes, tellement gentilles. Accroupie à côté du pick-up, deux camarades la tenaient par les bras, elle s'est concentrée, elle a jeté loin son regard supersonique, elle a percé les buissons pour voir le pont tout droit, et sous le pont les petites souris, elle a étendu un bras et elle a appelé dans un murmure, petites, petites, elle a ouvert la main et elles ont déboulé, les unes après les autres, elles ont remonté les camarades, elles ont marché sur sa main et elles sont entrées dans sa manche, elles se sont blotties sur son ventre, alors seulement Trogne a dit j'ai fini, elle s'était tellement concentrée sur les souris qu'il n'y avait pas une goutte de pisse, Le Mat et Nagasaki qui la soutenaient n'ont rien dit, ils étaient soulagés que ça soit fini et qu'ils puissent remonter et partir. Mon fauteuil il est cassé, elle a dit Trogne pour qu'on la plaigne et que personne ne l'emmerde pour la pause pipi, je sais pas comment je vais faire. On va le réparer ton fauteuil, elle a dit l'Ancêtre, ah oui toi sans bras tu peux parler, tu vas me le réparer peut-être, c'était un on général, elle a dit l'Ancêtre, tu m'as comprise, et Le Mat a dit oui, elle a raison, on va te le réparer, on va redresser les roues, changer les pièces s'il le faut, tu vas rouler. Elle a souri, Trogne, mais ce n'était pas à cause du fauteuil, c'était qu'elle sentait les chatouilles sur son ventre, les petites bêtes, ses petites amies, en sécurité dans ses habits. Faites pas de crottes sur mon ventre, elle a dit tout haut, et personne n'a compris.

Depuis elle leur file des miettes chaque soir, au moment du bivouac, des miettes ça leur suffit, elles ne sont pas exigeantes, ces souris. Elles s'occupent du bébé de papier quand Trogne doit le mettre dans sa poche, il est tout froissé, tout effacé, tout déchiré, mais c'est son bébé.

Ils roulent une bonne partie de la journée, les routes ne sont pas en bon état, ils ne vont pas très vite. Trogne rebondit sur la plate-forme, ses jambes immobiles ne lui permettent pas de bien se caler, mais elle pense surtout aux petites souris, elle sent de l'humidité sur son ventre, il y en a une qui a gerbé, c'est sûr. À côté d'elle Moufle est très concentrée, elle n'est pas sur la moto pour une fois, elle a changé avec Chien, elle entoure ses prothèses de sacs plastiques, pour ne pas les abîmer dans l'eau. On lui a dit que l'eau de mer était corrosive, alors elle fait des tours de plastique et elle scotche, elle tire avec la bouche, elle coupe avec les dents, elle tire bien fort pour ne pas laisser d'espace, pour que l'eau ne puisse pas pénétrer. Petite-Opaline pose des questions au Mat, est-ce que l'eau sera froide, est-ce qu'il y aura des poissons, est-ce que le sable ça pique, est-ce qu'elle sait nager.

Dans les autres pick-up beaucoup dorment, ils se sont couchés tard la veille, le sommeil est une arme, elle leur dit souvent

Onyx, elle a vu ça dans des films, alors ils pioncent. Ce sont d'abord des cris d'oiseau qui les réveillent, il y a des mouettes dans le ciel, ils ont peur au début parce qu'ils pensent à des drones, mais les drones ne crient pas, ils ne poussent pas des cris aigus, ils ne rient pas en tournoyant. Il y a aussi l'odeur, ça sent lourd, ça poisse les narines, ça attache la peau. Il y en a qui connaissent, ils disent ça sent le sel, ça sent les algues, ça sent l'air marin. Les autres ont peur, ils sont un peu dégoûtés. Finalement ils voient des panneaux « la mer », ils garent les véhicules, il faut finir à pied, par un petit sentier qui traverse un bois, une pinède résineuse. Onyx en laisse deux pour garder les pick-up, elle promet qu'ils seront relevés, puis elle dit aux autres on y va, ils avancent sur le petit chemin, ils font crisser les aiguilles et puis derrière une barrière de dunes, ça y est, c'est la mer.

C'est vrai, c'est beau et bleu.

Thalassa, Thalassa, il dit Mohamed-Ali, pour faire son malin, rapport à l'*Anabase*. Mais personne ne comprend, il n'a pas envie d'expliquer, il enlève ses chaussures, il enlève son pantalon, il enlève son t-shirt, il regarde un peu autour et il enlève son slip, et il court, il vole avec ses grandes jambes et il est le premier à sauter dans l'eau, il éclabousse, tous les autres le suivent, ils enlèvent leurs fringues, ils posent en désordre ou bien plié, selon les tempéraments, mais le vent défait le travail des appliqués, c'est à dégoûter d'être sage. Finalement ils sont tous nus et à l'eau, il y a peu de pudiques, simplement Cramée qui n'aime pas montrer ses brûlures, Aiguille qu'ils ont oubliée, posée sur une serviette, avec l'Ancêtre, et Trogne qui hésite, elle ne veut pas se mettre nue, elle ne veut pas mouiller son bébé en papier ni ses petites souris, elle enlève ses habits précautionneusement, elle garde sa culotte, elle chuchote aux petites souris de pas bouger, de rester assises sur leurs petites fesses, sur ses habits, de veiller sur le bébé en papier. Puis elle crie bien fort, elle appelle, elle dit deux costauds avec moi, portez-moi, je veux aller à l'eau. Sixtine et Mohamed-Ali viennent la chercher, Onyx et Destiny-Bienaimée portent l'Ancêtre, Méduse saisit toute seule Aiguille, elle la porte lentement, elle la tient contre son corps. Aiguille ouvre les yeux, elle dit ça fait du bien, l'eau, elle dit tu diras merci à Onyx, je voulais voir ça. L'eau de la mer ça la pique mais ce n'est pas la même douleur que ses blessures, ce sont des picotis agréables. Méduse joue avec elle, elle la laisse être portée par l'eau, elle la tient sous le dos et sous les genoux et elle tourne, très doucement. Ensuite elle la ramène sur le sable.

Onyx et Destiny-Bienaimée jettent l'Ancêtre en l'air, elle retombe et elle éclabousse, elle rigole, elle dit on dirait le bassin de la Colonie, Trogne utilise ses mains pour éclabousser tous ceux qui l'entourent. Les enfants jouent, ils se jettent dans les vagues, ils ressortent, ils essayent de plonger, ceux qui savent nagent. Puis quand ils sont fatigués ils s'étendent trempés sur la plage, ils dessinent des canaux et des trous, ils s'enterrent, ils se balancent des poignées de sable piquant.

Aiguille râle, elle a aimé la mer mais maintenant la douleur revient, elle pense à ses frères soldats, partis un à un de la maison, elle les confond, ne se rappelle pas de tous, ils étaient si grands, ils étaient forts et ils sont partis, chacun leur tour, ils ne sont jamais revenus, elle ne sait même plus pour qui ils ont combattu, elle ne sait pas si elle va mourir avant eux, elle prie, elle dit mon Dieu faites que je les retrouve, ces frères indéterminés, faites qu'eux me reconnaissent et qu'ils m'emportent, qu'ils me racontent des histoires. À choisir elle préférerait retrouver ses frères que ses parents, elle pense ça, elle dit je vous donne mes parents, mon Dieu, gardez-les, mais rendez-moi mes frères, ils étaient trois ou quatre, ils étaient tous beaux, tous semblables, la même tête que la mienne, ils avaient des os solides comme les miens que les bombes ont brisés. Elle délire maintenant, lui sort une bave rouge qui tache le sable, les autres enfants jouent, ils courent, ils somnolent, ils ne la remarquent pas, depuis le départ de la Colonie ils détournent le regard, si l'un d'eux se penchait sur elle à ce moment elle le prendrait pour son frère, elle en aurait une bouffée de bonheur et d'espoir.

Onyx saisit Espoir par l'épaule, elle le lève de sa sieste dans le sable, elle lui dit va te passer dans l'eau et viens avec moi, il obéit, il pense elle va peut-être m'embrasser, ou bien me donner une mission difficile, il se frotte avec l'eau de mer et il la rejoint. Elle l'emmène dans la pinède, elle choisit un coin tranquille, elle l'embrasse. Il aime ça qu'elle l'embrasse, il l'entoure avec ses bras, il tangue vu sa jambe folle, mais elle est solide. Tu as le goût du sel, elle lui dit, ça me plaît, ta peau salée, tes lèvres salées, ta langue salée. Merci, il dit. Descends plus bas, elle lui dit, et elle lui appuie sur la tête, il trébuche, il se baisse comme elle dit. Ça te plaît toi aussi le goût du sel, elle demande. Ben oui, il dit, qu'est-ce qu'il peut dire, en vrai il s'en fout, il a seulement envie de l'embrasser, salée pas salée.

Ils s'embrassent un bon moment mais ensuite Onyx ne sait pas trop comment faire. Ils se collent, ils se frottent, ça leur fait pousser des petits cris tellement c'est agréable, ils se sentent bien dans le ventre. Ils se caressent mais ils ne savent pas trop les endroits alors ils tâtent, ils tâtonnent. À un moment donné Espoir gémit et il a le maillot tout mouillé, c'est visqueux, elle dit c'est dégoûtant, va te plonger dans la mer et tu reviens. Il est un peu honteux alors elle lui dit quand même un truc gentil, tu seras encore plus salé, et il y va. Pendant ce temps elle réfléchit, elle ne sait plus trop quoi faire, elle a entendu des histoires, elle a discuté avec Méduse qui en a des choses à raconter. Les soirs de bivouac, quand ils se promènent, elle ne contrôle plus rien, Espoir a les mains et les lèvres aventureuses. Elle se dit ici, au bord de la mer, c'est bien, je suis bulle, je veux décider de tout. Elle se dit ça et pourtant elle aime bien cet Espoir différent des câlins, cet Espoir qui ne se contente pas d'obéir, qui propose.

Quand il revient il est mouillé et salé, ils s'embrassent et se caressent, ils se refrottent mais le sel finit par irriter la peau d'Onyx, elle lui dit on va essayer autrement, elle baisse sa culotte, descends ta tête, elle lui dit. Il le fait. Maintenant lèche avec ta langue mon petit bouton à plaisir, à côté de la schneck, c'est ça qui fait le plus de bien, elle dit Méduse. Tu vas voir c'est salé. Il y va doucement au début, il colle trop son nez et ça l'étouffe un peu, il recule, il continue. Au début ça lui fait bizarre, elle frémit, mais finalement ça lui plaît bien, elle frissonne, elle pousse des petits cris, il lève la tête, il a peur de lui faire mal mais non ça va, continue, idiot. Elle lui dit c'est bien quand tu lèches avec la langue, tourne-la bien, essaye aussi de la mettre dans ma schneck. Elle ne dit pas tout ça tranquille, elle halète un peu. Il hésite, il ne s'y attendait pas, il fait ce qu'elle a dit. Les aiguilles de pin la piquent, c'est désagréable et ça distrait son plaisir, attends, attends, elle dit. Il relève la tête. Elle prend sa serviette roulée en boule, elle la pose à plat, elle s'allonge dessus. Allonge-toi aussi, elle dit, et continue tes léchouilles, dépêche-toi, je veux pas perdre l'envie.

Alors il s'y remet, ça lui plaît aussi. Il est content, ça le rend encore plus téméraire, il prend la main d'Onyx, il la met sur son zguègue, elle le caresse et elle dit il bave encore. Ensuite elle ne parle plus parce qu'elle a du plaisir en saccade, elle bouge et elle se fige sur la serviette. Je peux essayer de mettre mon zguègue dans ta schneck, il demande. Elle panique, elle n'est pas sûre, elle sait bien que ça se fait, elle n'est pas certaine d'avoir envie, elle réfléchit très très vite. Finalement elle lui remonte la tête et elle l'embrasse, on n'a qu'à essayer, elle lui dit. Il se dépêche avant que son zguègue n'ait trop bavé, avant qu'il ne ramollisse. Il n'arrive pas trop, il ne sait pas trop comment faire. Elle essaye de l'aider, de le guider, ça ne marche pas bien alors elle le pousse, elle le renverse, elle se met sur lui, elle met son zguègue dans sa schneck, elle y arrive, elle, ça lui plaît bien à Espoir, c'est chaud, elle aime bien aussi, elle se tortille, il lui dit tourne tes fesses, je tourne mon zguègue. Il essaye de bouger mais ce n'est pas facile parce qu'il est couché, il relève ses fesses, il fait des tours, il fait des va-et-vient, elle met ses mains sur ses épaules, elle ferme les yeux, elle lui prend les fesses à un moment où il les soulève, elle caresse ou elle malaxe, il ne sait pas trop. Elle ferme les yeux alors il ferme les yeux, il a l'impression que ça dure longtemps mais ça ne dure pas longtemps.

Son zguègue se ramollit et il ne sait plus quoi faire, elle non plus, alors elle se met dos sur la serviette, elle le pousse, elle prend toute la place, ils transpirent, ils sont trempés, ils sont collants, il a la moitié du corps sur la terre mais il s'en fout il est content. Il regarde le ciel, il en voit des bouts à travers les pins, ça sent bon la résine. Onyx fait une petite sieste, elle a un bras sur son ventre, la tête un peu sur ses épaules, il ne dort pas mais il n'ose pas bouger. Après un moment elle se réveille, elle s'étire, elle se moque de lui, elle l'appelle statue de pierre parce qu'il est pétrifié, elle se relève, elle lui tend la main pour le relever, elle enlève sa main au dernier moment et il tombe, elle rigole, elle dit bon j'y vais, à tout de suite, n'oublie pas de replier la serviette.

Le Mat est étendue sur le sable et elle a chaud. Petite-Opaline est dans l'eau, elle ne veut pas la quitter, elle joue avec Rose-Bouledeneige et Petite-Jolie, elles sautent dans les vagues, elles s'arrosent, elles se jettent du sable. Méduse les surveille car elles ne savent pas vraiment nager. Le Mat a fermé les yeux, elle somnole, le soleil l'empêche de dormir complètement, ça fait du bien sur la peau mais la luminosité n'est pas très agréable, elle plisse les yeux. Elle est gênée aussi par les gémissements d'Aiguille, comme elle n'est pas dans son pick-up, Le Mat n'a pas l'habitude, elle ne la connaissait pas bien, même avant, elle ne sait pas quoi lui dire, quoi lui faire, elle est fatiguée. Elle ne la regarde pas, le soleil l'éblouirait, elle ne sait pas qu'Aiguille a des taches devant les yeux, des ombres qui se penchent, elle délire, elle voit ses frères qui l'emportent, elle souffre elle souffre et puis plus rien.

Le Mat met un moment à remarquer que les gémissements ont cessé, elle a ce sommeil inquiet et léger de celles qui se sentent toujours en responsabilité, qui n'arrêtent pas de penser à l'après et aux autres, elle a du mal pourtant à se lever pour aller voir, il faut du temps pour que sa tête reprenne le contrôle, ordonne au corps de se lever. Elle se penche sur Aiguille qui ne respire plus, ne voit plus, ne pense plus. Le Mat appelle les autres, à grands cris d'abord, puis elle voit les petites qui jouent dans l'eau et elle se dit protégeons-les un peu, accordons-leur ce moment de jeu encore. Elle va voir Onyx, Destiny-Bienaimée, Sixtine, Mohamed-Ali, Espoir, Moufle, elle alerte ceux et celles qui comptent dans cette caravane, et ils viennent, ils se rassemblent autour du pauvre corps.

Onyx appelle les autres enfants, bientôt ils font tous et toutes cercle autour du cadavre d'Aiguille. Ils chantent des chansons qu'elle aimait bien. Ils lui prennent la main ou un morceau de pied et ils l'embrassent. Onyx elle dit c'est trop beau ici, elle est morte dans la beauté, on l'enterre ici, sous les dunes. Elle aura ce soleil et la mer. Elle va se faire bouffer par les crabes, elle dit Sixtine. Et alors, elle dit Destiny-Bienaimée, par les crabes ou par les vers de terre, tu préfères quoi ?

Ils prennent des pelles dans le pick-up, il n'y en a que deux alors ils se relaient, Méduse abat le travail de trois enfants alors à la fin elle creuse seule, elle fait de grands mouvements avec ses bras et ses cheveux bougent dans tous les sens, les boucles se déroulent et reviennent, elle mérite son surnom, elle est à ce moment-là la mort qui se prépare à engloutir un corps. On met Aiguille au fond du trou, certains rajoutent des fleurs, d'autres des aiguilles de pin, des galets ou des jolis coquillages. Puis on rebouche, c'est plus facile.

Onyx se tient droite et elle pense Éros et Thanatos, elle ne dit pas comme ça mais ça revient à ça, ce qu'il y a dans sa tête. Elle voudrait bien trouver des mots, elle voudrait bien ne pas penser que ça lui a plu de se mettre sur la serviette avec Espoir, dans la pinède.

Finalement c'est encore et toujours Mohamed-Ali qui scande, il a la voix cassée parce qu'il aimait bien Aiguille, elle l'avait embrassé, une fois, il dit

On est la chèvre de M. Seguin on est courageux
Accrochés à une corde dans notre pré
On tient bon on n'a pas peur
Ou plutôt si on a peur mais on tient bon quand même
Contre le loup
Sabots dents cornes ruades esquives
On se bat
On se bat
À l'aube on est bouffé
À l'aube on est toujours bouffé.

Il ébouriffe sa touffe de cheveux. Onyx serre les dents. Elle tire sur ses tresses. Les autres enfants se taisent, il y a seulement de petits sanglots. Il y a le bruit des vagues, le bruit des mouettes.

Onyx ouvre la bouche et elle parle bien fort, que tout le monde entende.

Nique sa mère le loup. Nique sa mère.

Rose-Bouledeneige a peur de certains monstres, surtout dans les histoires de *Star Wars* animaux. Il y a un méchant, Dark Vador, il n'a pas de tête, pas de bouche, pas d'oreilles, il a un casque, il met les petits écureuils en prison, ils crient au secours. Heureusement dans beaucoup d'histoires Leia lui coupe le bras.

On lui coud des mains, à Moufle, ça fait atrocement mal, elle dit non merci, c'est pas la peine, je suis habituée, mais les docteurs en blouse blanche n'écoutent pas, elle ne voit que la moitié de leur visage, le reste est caché par un masque blanc, elle ne voit que leurs yeux, ils sont froids, ils ont de grosses aiguilles et ils pointent vers elle des lampes puissantes qui l'éblouissent.

Elle se réveille elle a envie de pisser, elle fait souvent des cauchemars avec des mains, elle fait un lien cauchemar-envie de pisser, les deux sont liés elle en est certaine, ça lui tord le ventre, elle ne peut pas se retenir. Elle sort du duvet, elle s'éloigne du bivouac pliée en deux, elle ne va pas trop loin, surtout pas trop loin, par prudence et parce que c'est pressé. Elle a ôté ses prothèses pour dormir, sans elles c'est compliqué de baisser son pantalon, sa culotte. Elle pisse, ça fait une petite rigole luisante de lumière de lune, elle n'a rien pour s'essuyer, elle secoue les fesses, elle les lève et elle les baisse pour faire tomber les gouttes, comme si elle se tapait le cul par terre. Et puis elle voit les rats, ils sont des centaines, ils avancent tranquillement, ils ont de petites pattes, une longue queue visqueuse, ils ne s'intéressent aucunement à elle qui se rembraille, ils ont de petits yeux, ils sont laids, elle se dit pourvu qu'ils n'attaquent pas nos provisions, mais ils se déplacent sans animosité, sans volonté de rapine. Elle n'a pas eu le temps d'avoir vraiment peur et déjà ils s'éloignent. Elle rentre vite se coucher, elle retourne dans son duvet.

Le lendemain Moufle se réveille en sueur. Elle ajuste ses prothèses tranquillement, c'est sa façon d'émerger du sommeil. Il fait très chaud. Les enfants se lèvent, ils sont presque tous torse nu, ça n'est pas une chaleur habituelle, c'est une chaleur de Grosse-Canicule, avec risque de Grand-Incendie, il faut déguerpir. On se bouge le boule, elle dit Onyx.

La chaleur sèche les gorges, elle craquelle les lèvres, elle fait transpirer en moins de deux. Moufle fixe du tissu à ses poignets-prothèses, elle s'essuie le front avec. Elle aide à ranger les affaires, la popote, le carburant, les armes. Elle monte dans son pick-up. Elle se dit les rats ils savaient, elles sont intelligentes ces bêtes, elles sont parties parce qu'ici ça chauffe.

Les pick-up démarrent. Il y a des lignes électriques sur la route et elles grésillent. Ça fait des étincelles. Comme il y a des branches sèches qui touchent à un moment ça se met à brûler. Les conducteurs accélèrent. Destiny-Bienaimée double le pick-up de Tchernobyl, Moufle par la fenêtre croise le regard de Cramée, elle a des yeux qui tentent de s'échapper, bien plus agités que les rats de la veille, ils tourbillonnent.

Cramée accroche puis quitte le visage de Moufle, avant même que le pick-up n'ait complètement dépassé le sien elle est ailleurs, elle regarde devant puis derrière, elle renifle, elle sent l'odeur du feu et elle a peur. Elle connaît la douleur qui lui est associée, elle sait que c'est un mal qui dure, détruit la peau et les formes, ronge à l'intérieur des chairs. Elle tremble, elle porte ses doigts tronqués à sa bouche sans lèvres, elle ne pleure pas, elle a les yeux secs depuis qu'elle a été brûlée. Elle les ferme, elle sent le vent de la vitesse sur son visage, ça la rassure et ça la rafraîchit. Elle craint le Grand-Incendie. Elle garde les yeux fermés et elle crie, elle hurle à Tchernobyl d'accélérer, de vite quitter le brasier, elle sent son corps qui chauffe et elle se dit je brûle, je brûle déjà, dans sa tête résonnent les prêches des chaperonnes vraies supermuslim, elles leur parlaient du feu de l'Apocalypse, de l'enfer, elle crie plus fort, elle dit on aurait dû rester là-bas, j'aurais dû attendre et me marier, j'aurais été protégée, j'aurais échappé à ces flammes. Elle veut sauter, elle appuie ses mains sur le rebord du pick-up, Confidence la retient, de toute façon elle ne voit rien les yeux fermés, ne saurait pas où sauter.

Tchernobyl roule vite, il roule précisément, il tient fermement le volant sur lequel il a bricolé une gaine de cuir, sur ses doigts des mitaines de vrai conducteur. Il aime ça, la course-poursuite, échapper au feu. Les pick-up traversent un nuage de suie, elle se dépose dans les cheveux, elle remplit les nez et les gorges, elle fait tousser et cracher. Tchernobyl n'est pas troublé, il ne freine pas, il allume les phares.

Cramée hurle et elles sont deux désormais à la retenir, elle se griffe les joues, heureusement elle n'a pas d'ongles au bout de ses bouts de doigts. Tchernobyl a envie de crier lui aussi, un yipie qui serait long sur le deuxième i, son sang circule chaudement dans ses veines, il voudrait ouvrir la fenêtre, taper sur la portière, féliciter sa voiture, bonne bête.

Onyx est inquiète, le carburant pourrait prendre feu, les pneus exploser, elle a peur que le nuage de suie ne débouche sur l'incendie, elle craint que les enfants ne soient empoisonnés par la fumée. Méduse est allée voir plus loin, à moto, elle revient, fait crisser les roues, ses phares sont pleinement allumés, elle fait un grand signe du bras à Destiny-Bienaimée, par ici, on peut s'en sortir par ici.

Les pick-up sortent enfin du nuage, ils mettent de la distance entre eux et la chaleur, le feu est loin mais Onyx dit on continue à rouler, on avance, faut pas qu'on se fasse rattraper. Ils roulent depuis déjà deux heures de plus quand le pneu éclate et Onyx se dit j'y avais pensé. C'est le pick-up de Tchernobyl, heureusement il parvient à éviter l'accident, le pick-up zigzague, il frétille du cul, il s'immobilise.

Onyx descend, Tchernobyl est déjà penché sur la roue. On l'abandonne, elle dit, on se répartit dans les autres pick-up et on s'en va. On peut pas se laisser rattraper par le feu. Nique sa mère, il dit Tchernobyl, c'est mon pick-up préféré, c'est le plus beau, je répare, je change la roue, on le garde. Comment tu me parles, elle dit Onyx, Tchernobyl se lève, ils sont front contre front. Le Mat s'interpose, elle met sa main sur une poitrine et sa main sur un ventre, elle les pousse, vous allez pas vous battre. Me touche pas, elle dit Onyx, nique ta mère, il dit Tchernobyl. Il varie peu ses répliques. Destiny-Bienaimée arrive et elle se met aussi entre les deux, c'est beaucoup plus imposant, elle parle elle est énervée, elle dit on l'a échappé belle, tu vas pas nous faire crever pour un pick-up, Tchernobyl. Elle le pousse, tu dégages, tu contredis pas Onyx, tu fermes ta gueule.

C'est bon, elle dit Onyx, elle s'est calmée en deux secondes, elle a pensé très vite, ils ne tiendront jamais tous dans deux pick-up. Il faut réparer, c'est d'accord, elle dit, mais tu fais vite. Sinon on part et on t'embarque. Il a les larmes aux yeux, Tchernobyl, d'énervement, d'amour pour son pick-up. Il dit vous descendez tous de mon pick-up, vous dégagez, vous me laissez réparer. Fouine, Fukushima, Destiny-Bienaimée, vous restez là, vous m'aidez. Ils sont ces quatre-là à s'affairer, à sortir la roue de secours, le cric, à sortir le pneu qui est bien tordu, ils tapent comme des malades sur la roue pour la remettre d'aplomb, ils dévissent les écrous, ils posent, ils revissent. Tchernobyl ne peut pas s'empêcher de donner un coup de chiffon sur la carrosserie noircie.

Pendant ce temps les autres vont pisser, ils boivent, ils se nettoient comme ils peuvent, ils sentent tous un mélange de feu de bois et de feu de plastique, ils puent. Cramée ne bouge plus, elle a revécu trop de mauvais souvenirs, avec ce feu, elle n'a plus de force. Confidence la berce doucement, elle lui embrasse le front. Sixtine vient voir Le Mat, elle lui dit tu as été courageux, courageuse elle dit Le Mat, courageuse, elle reprend, c'est bien de t'être mise entre Onyx et Tchernobyl avant qu'ils se tapent. Elle lui tire doucement l'oreille, elle lui dit merci, et merci aussi pour ton barrage, je t'avais jamais dit, mais merci, il était bien.

Tchernobyl a fini, il remballe les outils, Onyx dit on y va, on repart, on se dépêche, on roule une partie de la nuit, faut s'éloigner.

Le pick-up roule, Cramée est allongée derrière, elle s'endort, elle fait de mauvais rêves, elle transpire.

Ça lui a bien plu à Onyx ce qu'ils ont fait avec Espoir dans la pinède, alors presque chaque soir, au bivouac, elle lui dit viens avec moi, elle l'emmène à l'écart et elle lui dit embrasse-moi, lèche-moi, mets ton zguègue dans ma schneck. S'il se fatigue trop vite elle râle, moi j'ai encore envie, alors tu continues avec la langue, avec les doigts, s'il te plaît. Aiguille est enterrée depuis deux semaines, ils ont quitté la mer, ils roulent un peu chaque jour, ils commencent à avoir moins de carburant, moins de provisions. Ils évitent les villages, ils ne veulent pas se faire trop voir.

C'est beaucoup de responsabilités pour Onyx, beaucoup de réflexion, beaucoup de tracas. Elle est assise dans le pick-up une partie de la journée, ça l'énerve, alors elle est contente le soir de prendre Espoir et de faire des câlins avec lui. Ils refont souvent ce qu'ils ont déjà fait, ils sont mal assurés, ils essayent parfois de nouvelles choses. Ils rigolent aussi, ils se touchent et ils jouent, ils se moquent gentiment. Onyx est plus tendre que dans la journée, elle le caresse. Il ne contrôle pas bien son zguègue, il ne parvient pas à en faire ce qu'il voudrait. Il rêve parfois de lui sur Onyx, d'Onyx sur lui, de mouvements incroyables. C'est différent quand ça arrive, il est plus hésitant, plus fragile. Heureusement il a sa langue. Elle ne se débrouille pas vraiment mieux que lui, elle tâtonne et ça l'énerve, alors elle l'engueule. Elle lui dit c'est trop court, ton zguègue il bave vite, il est trop mou. Ou bien : je vais m'endormir tu sais. Il se défend, elle le casse, qui c'est qui voudrait d'un boiteux comme toi, elle lui dit, personne en voudrait, tu devrais être content, remercie-moi, et sinon tu peux le garder ton zguègue tordu, mets-le dans ta bouche si t'es souple, ça t'occupera. Je voudrais plus de tendresse, il lui dit, nique sa mère la tendresse, elle lui dit, je t'en donne déjà assez, je te rappelle que t'étais un strongue, et maintenant tu pleures la tendresse, nique ta mère.

Des fois elle l'aime vraiment bien, Espoir, elle l'embrasse dans le cou, elle lui prend la main, elle le serre dans ses bras. Elle dit fais belek avec ta moto.

Ils s'arrêtent tard dans la nuit, ils font un feu même s'ils sont fatigués, ils mangent un peu. Ils ont peur, personne n'a envie de dormir, sauf quelques bienheureux. À un moment Cœur-Vaillant-Cœur-Mouillé commence à pleurer, il dit désolé, je pense à Aiguille, elle était toute cassée, elle a été courageuse.

Mohamed-Ali sait qu'ils ne dormiront presque pas, alors pourquoi pas scander, ça fait un moment, il se déploie, son visage est encore souillé par la suie, il s'est à peine essuyé parce qu'il composait ses strophes dans sa tête, ils sont tous soulagés quand il commence, ça fait du bien.

C'est l'histoire d'un bal des ardents
L'histoire d'un roi qui danse avec ses plus fidèles compagnons
Déguisés en sauvages ils sont enduits de poix et d'étoupe
Identiques, ils dansent dans leur château
Je ne sais pas quels sont leurs mouvements

Je ne sais pas comment on danse en ce temps-là, quand on est le roi
Je n'aime pas les rois mais ce qui suit me touche
Parce qu'un noble curieux approche sa torche d'un peu trop près
Et les compagnons prennent feu
Ils flambent aussi joliment qu'ils dansaient
D'une beauté atroce
Le roi seul, à l'écart, est sauvé
On dit qu'il ne s'en est jamais remis
De voir ses compagnons brûler
Il est devenu le roi fou
Il l'était un peu déjà sans doute
Un an plus tôt il commençait à perdre la tête, en traversant une forêt
Pris de folie furieuse
Mais quand même
Roi ou pas
Fou ou pas
Comment on fait après ça
Après ceux qui étaient proches et qui s'en vont

Je ne veux pas que les miens se consument
Je ne veux pas danser, rire, les toucher,
Et puis soudain les voir se tordre et partir en fumée

Tchernobyl a longuement nettoyé les pick-up, lors du premier long bivouac après l'incendie. Il fait moins chaud, il a trouvé de l'eau quand ils se sont posés près d'une rivière. Il a commencé par le sien, méticuleusement, il l'a briqué comme il a pu, ensuite il a fait les autres, il est bon camarade, et il aime tellement les voitures. Méduse et Mohamed-Ali lui ont demandé s'il voulait bien faire les motos aussi, ils l'ont aidé. C'est quand même le sien le plus propre. Il a réussi à faire briller le capot. Il s'accroupit devant une portière, il se voit dedans, il se recoiffe, il fait des mines, il se trouve presque beau, tiens, en reflet de métal.

Les trois pick-up roulent, les enfants dedans. Il y a aussi les motos.

Ils croisent encore des rats qui sortent surtout la nuit mais ne se cachent même pas le jour. Ils sont nombreux, ils ne montrent pas les dents, ils ont des queues comme si c'était des vers.

Ils croisent des meutes de chiens sauvages, des meutes disparates où dominent néanmoins les gros spécimens. Des meutes de chiens avec des dominants, des mâles et des femelles alpha, des chiens qui semblent retrouver des réflexes de loups. Pourtant génétiquement ils restent des chiens domestiques. Ils se battent, ils sont menaçants, les enfants sont au bord d'en abattre quelques-uns, ils fuient toujours avant qu'on leur tire dessus.

Ils croisent des chats, dans certains endroits vides d'hommes ils sont les maîtres des lieux. Ils paressent, ils se nettoient délicatement, ils mangent d'un air dédaigneux, ils se battent. Quand on les approche leurs poils se hérissent et ils crachent, ils hésitent entre attaquer et détaler, finalement ils détalent.

Dans le ciel les oiseaux tracent des lignes et des courbes, ils parcourent l'espace dans des chorégraphies à la Yvann Alexandre, avec des accélérations collectives, du mouvement, de la grâce, des lignes, des brisures, des virages à angle droit, ils dansent des signes que les enfants ne comprennent pas, pourtant ils ont le temps, ceux des pick-up, pour les observer.

Il y a de jeunes pousses d'arbres alignées dans un champ, très nombreuses, et ça ressemble à un cimetière, elle se dit Onyx. Chaque arbre une croix ou une stèle, multipliées par leurs ombres, ça pourrait ressembler à tous ceux qui nous manquent, elle pense, à tous ceux qui nous manquent à tous additionnés. Ça serait beau que la peine elle se transforme en arbres qui poussent, parce que la peine elle reste, elle ne s'en va pas avec le temps, simplement elle change, elle se transforme, elle a ses branches et ses tiges qui poussent et se ramifient. Des fois ça fait des fleurs ou des fruits. Elle ne sait même pas c'est quoi les arbres dans le champ, elle espère des amandiers ou des pommiers. Mais si ça se trouve ils ne font ni fleurs ni fruits, des feuilles seulement.

Ainsi vont les pensées-paysages des enfants des pick-up.

Ils croisent un château, il est abandonné, ils décident de bivouaquer dedans. Ils explorent.

Mohamed-Ali trouve une salle à grande tapisserie, accrochée sur les murs elle parcourt plusieurs vingtaines de mètres.

C'est une tapisserie d'Apocalypse et les enfants passent de tableau en tableau, ils reconnaissent leurs maux dans ceux qui ont été tissés.

Il y a

des trompettes

des démons

un agneau égorgé pour racheter les péchés, mais il ne rachète rien

des vieillards

des squelettes, ou bien est-ce la mort ?

des anges,

un baldaquin,

des dragons et des bêtes, ils possèdent plusieurs têtes,

une grande prostituée, son miroir,
des damnés tourmentés par le feu,
des petits lapins et des oiseaux dans les bordures,
un naufrage et des noyés,
des sauterelles,
des chevaliers, leurs lances déchirent des hommes,
des ressuscités,
une femme vêtue du soleil,
du feu tombé du ciel,
des malades,
des endormis,
une ville qui chute,
une autre qui s'écroule,
des moissons et des vendanges.

Les couleurs sont terribles, le rouge domine mais il y a aussi un bleu vif, c'est merveille de tisser de telle manière, et c'est ancien.

Ça se termine par une ville nouvelle suspendue entre ciel et terre, une ville idéale de paix, un doux fleuve y arrose des collines, il y a dedans des gens fidèles, récompensés.

Ce dernier tableau ne suffit pas à rassurer les enfants, ils sont fascinés, c'est beau, tellement beau que plusieurs esquissent de petits pas de danse, c'est une prouesse technique, c'est un témoignage des temps anciens, c'est magnifique, cependant ils n'aiment pas ce qu'ils voient, ils remplacent les tableaux par leurs propres images, leurs souvenirs terribles. Ils ont peur, ils ont mal. Certains ne peuvent retenir leur vessie.

Ils décident de ne pas rester. Ils sortent de cette salle de l'Apocalypse, ils quittent le château, ils bivouaquent dehors. Cette nuit-là ils sont nombreux à faire de mauvais rêves.

Il arrive à l'épaule d'Espoir, à la tête de Confidence, il est plus grand que Chien, ils sont tous les trois face à lui, c'est un sacré clebs, un air rogue sur la tête, c'est un sacré clebs au poil marron. Alors ils ne disent rien, de toute façon Chien ne dit jamais rien, ils s'éloignent à reculons, en gardant l'œil fixé sur lui, et ils retournent aux pick-up, pour prévenir les autres.

On a vu un clebs, un gros clebs, il dit Espoir, et Confidence elle ajoute, on s'était un peu éloignés, pour aller pisser. On s'en fout, que c'était pour pisser, il dit Espoir, ça l'énerve un peu les détails, faut l'abattre et c'est tout, c'est un monstre clebs, une bête sauvage. On s'en fout pas, que c'était pour pisser, ça l'énerve Confidence quand on la contredit, c'est pour expliquer, il est pas méchant ce clebs, sinon il nous aurait bouffés c'est tout.

Onyx a peur des chiens, en vrai, mais elle ne veut pas le montrer, alors elle dit j'y vais, Méduse viens avec moi, Espoir et Confidence venez avec moi, il vous connaît déjà, ce clebs.

Ou alors il vous trouve pas bons. Ils avancent, c'est un petit sentier dans un petit bois, le chien les attend paisiblement, il est vraiment grand, il a le poil court et beau, propre, il s'avance vers eux et il n'a pas l'air méchant, pas commode mais pas méchant. Onyx prend sa respiration et elle le caresse, elle vainc sa peur, elle est courageuse. Il a l'air content, il la lèche, ça la chatouille, il place sa grosse trogne dans sa main.

C'est un bon chien tout bêta, elle dit Onyx, il nous kiffe, on le garde. Elle lui dit viens le chien, viens avec nous, on va te faire une place sur un pick-up. Le chien remue la queue, il les suit, il n'aime pas la vie sauvage, elle dit Méduse.

Quand Mohamed-Ali le voit, il dit cane corso, c'est un cane corso votre clebs. Ça veut dire chien de cour, c'est un chien protecteur, c'était un chien de ferme, un chien de garde, un chien de garde ou de jeux dans les cirques, il se battait contre des lions. C'est un chien fidèle de soldat ou de paysan, un molosse. Onyx elle dit depuis quand tu t'y connais en chiens. Je m'y connais en tout, il dit Mohamed-Ali, et il rigole. Le cane corso dresse les oreilles, Onyx elle dit on va pas compliquer, on l'appelle Cane-Corso, c'est son nom maintenant. Il est impressionnant, il a de sacrées dents, une méga mâchoire, il vaut plusieurs kalaches si on fait de mauvaises rencontres et il est affectueux. Elle l'installe à ses pieds dans son pick-up, ça laisse moins de place dans l'habitacle et c'est quand même un chien qui sent fort le chien. Elle est contente Onyx, elle a vaincu sa peur des chiens, elle caresse son poil doux, au bivouac elle part courir avec lui, elle le nourrit, elle joue avec lui.

Elle a un peu moins de temps pour Espoir.

Rose-Bouledeneige chante une comptine, il est question de bateau sur l'eau et d'enfants qui tombent dans la rivière. Soudain elle est inquiète, elle demande à Petite-Jolie, on fait comment dans un bateau quand il chavire. Petite-Jolie ne s'est jamais posé la question, elle dit il y a un canot de sauvetage, un gilet de sauvetage. Rose-Bouledeneige s'imagine soudain sur le bateau, elle a très peur, il n'y a pas de canot pas de gilet, elle ne sait pas nager. Elle tremble et elle crie. Attends, elle dit Petite-Jolie, je vois une planche qui flotte. Et elle la sauve.

Ils passent dans des villages abandonnés, ou même des petites villes désertes. Ils ne savent pas pourquoi tout le monde est parti. Ils ouvrent les portes des maisons et ils dorment dedans. Dans certaines, les pillards sont déjà passés. Ils trouvent quand même des couvertures, des habits, ils en prennent. Ils cherchent du carburant, ils en dénichent toujours un peu, caché. Ils dorment sur de vrais matelas, dans de vrais lits. Ils peuvent avoir leur chambre pour eux tous seuls, bon, plutôt pour trois ou quatre, mais ça change des dortoirs et du bivouac. Ça fait du bien. Trogne récupère des poupées, elle les distribue aux petites, elle n'abandonne pas pour autant son bébé de papier et ses petites souris.

Des fois ils restent deux ou trois jours mais Onyx insiste pour qu'ils ne restent pas. Elle dit à quoi ça sert de rester de toute façon il faudra bien partir, on continue, on va plus loin.

Ils passent dans d'anciennes zones industrielles, il y a de grands entrepôts vides, ou remplis de débris de carton, de papier, de métal. Quand c'est humide ça fait de la boue, de la rouille, de la pâte à papier qui colle aux pieds. Il y a des légions de rats qui arpentent le sol, qui creusent des galeries dans les anciennes halles. Ils ont des chefs, ils fondent des familles, ils n'ont pas peur des enfants quand ils arrivent. Ils doivent faire du bruit avec leurs casseroles, allumer des feux, pour les faire partir. Alors les rats reculent lentement, ils rentrent dans leurs trous et leurs cachettes, sans précipitation.

Dès qu'il le peut Mohamed-Ali explore, il lit les inscriptions sur les murs. Il y a des slogans politiques et religieux, des insultes, des œuvres d'art.

Une fois il trouve sur plusieurs murs un long poème, la peinture est usée, abîmée, difficile à lire par endroits, ce n'est pas signé, Mohamed-Ali le recopie dans un petit carnet :

J'habitais au centre du monde
Le nouveau monde de l'an I de l'ère Kylian Mbappé
À une rue de Bondy, la ville où il est né
J'ai vu le jour de sa victoire les manifestations de la joie
Roues arrière
Drapeaux bleu blanc rouge vert jaune
Pneus qui crissent aux ronds-points
Pétards extincteurs cris klaxons.

C'est l'histoire d'un berger fils de roi
Pâris
Abandonné à peine né par son père Priam
Parce que sa mère Hécube a vu en songe, enceinte, qu'il détruirait la ville de Troie dont son père est le souverain.

Il garde ses troupeaux et un jour des nobles lui prennent ses bœufs
Pour servir de récompense lors des jeux.
Ils sont les fils de Priam, ses frères, il ne le sait pas.
Pâris prend mal la perte de ses bêtes
Il s'entraîne
Il s'invite à Troie pour les épreuves
Et il gagne
Lui le berger
Contre tous les princes ses frères
Alors il est reconnu par son père
Fêté par tous
Il change de vie.

Hey footballeur tu es comme un pâtre grec
Berger devenu prince
Tu regardes les princes de loin
Tu les admires
Tu traînes à côté d'eux
Tu les défies
Tu les égales
Tu les tutoies

Mohamed-Ali répète ces mots dans sa tête, il a l'impression d'aspirer une grande bouffée d'air du temps d'antan.

Rose-Bouledeneige a trouvé dans une maison abandonnée une peluche licorne et un sac licorne, elle les garde avec elle. Elle en est fière, elle raconte à Petite-Jolie. Elle imagine, sa licorne aime le sac licorne, car elle aime les licornes, car elle s'aime bien. Petite-Jolie dit que c'est vrai, elle est belle, elle voudrait toucher la licorne, elle se met à taper des mains, elle pousse des petits cris. Rose-Bouledeneige la pousse, elle pose la licorne, elle prend Petite-Jolie par le col. Tais-toi, elle dit, elle dort ma licorne, tu la réveilles je te tue.

Le Mat regarde la casserole sur le feu, Petite-Opaline joue autour du feu avec Petite-Jolie et Rose-Bouledeneige, elles font une ronde, elles dansent. Le Mat se rapproche de la marmite, il y a des graines et des légumes qui cuisent, ils bouillonnent, soudain le clapotis de l'eau s'arrête, les légumes et les graines se calment, Le Mat se dit ils sont pétrifiés par mon regard, je les impressionne, ils s'arrêtent de faire les imbéciles, ils se calment, c'est fou ce pouvoir que j'ai sur les légumes et les graines. Le bouillonnement recommence, ils reprennent le cours de leur cuisson, Le Mat ferme les yeux, elle s'imagine déjà les graines qui craquent sous sa dent, les légumes qui fondent dans sa bouche.

Sixtine lui tape sur l'épaule. Viens, elle lui dit, faut que je te parle. Elle l'entraîne un peu plus loin, derrière les pick-up, dans l'obscurité. Avec le reflet du feu et de la lune ils se voient un peu le visage. Embrasse-moi, elle lui dit. Embrasse-moi je te kiffe.

Elle ne répond pas, elle ne l'embrasse pas.

Tu es la seule qui tient tête à Onyx, elle lui dit, ça me plaît. À toi elle te dit pas fais ci fais ça. À moi non plus mais moi je dis rien, toi tu dis. Tu me plais.

Je sais pas si je veux t'embrasser, elle dit Le Mat. Je suis trop jeune. Je sais pas si je te plais, je sais pas si je vais avoir des seins ou des poils, j'aurai peut-être les deux, je sais pas où on va arriver avec nos pick-up.

Je m'en fous que tu aies des seins ou des poils, je te demande de m'embrasser pas de me marier avec toi. Tu l'as déjà fait ? Tu as déjà embrassé ?

Elle ne répond pas.

Regarde c'est simple tu colles tes lèvres et tu mets la langue. C'est comme elles font les fourmis si tu observes, quand deux fourmis se rencontrent elles s'embrassent, elles se passent de la nourriture, des informations, toi je te demande pas de la bouffe, je te demande de l'affection, fais-moi passer des sentiments, serre-moi quand tu m'embrasses et ça durera le temps que ça durera, même les fourmis elles le font, tu ne vaux pas moins qu'une fourmi je trouve.

Elle dit encore.

Je suis une « de quelque chose » dans mon nom de famille, j'ai grandi dans une grande maison, qu'est-ce que tu crois, j'ai un nom de chapelle c'est pas rien, mes parents m'aimaient, ils me faisaient des câlins et des bisous, tu vois le genre, ils étaient là pour moi, ils avaient des domestiques, ils étaient là pour moi aussi. Ils sont venus chercher mon père, je ne sais pas qui, c'était des hommes, j'étais petite, ils ont saccagé notre maison, ils ont pris mon père, ils ont pris ma mère, ils ont tué les domestiques ou ils se sont enfuis, ma mère est revenue, elle était triste, elle n'était plus pareille, elle s'est pendue, j'étais leur enfant chérie et personne ne peut me l'enlever, ça reste, ça reste là,

Elle touche son cœur, elle tape sur son cœur, elle prend la main du Mat et elle lui fait taper aussi,

C'est là pour toujours mes bons souvenirs, l'amour de mes parents, on ne peut pas me détruire parce que ça restera toujours là, même si je finis comme l'Ancêtre, j'y penserai, pourquoi je te dis ça, je te dis ça parce que si tu m'embrasses ça restera là, et là,

Elle tape sur son cœur et sur sa tête, doucement, c'est une tape-caresse,

Il pourra t'arriver ce que tu veux, tu y penseras et tu diras j'ai embrassé Sixtine, avec la langue, c'était bien, on ne peut pas me l'enlever, tu seras plus fort, embrasse-moi, je te rends plus fort si tu m'embrasses.

OK, elle dit Le Mat.

Elle se rapproche et elle l'embrasse.

Penche la tête, voilà comme ça, elle dit Sixtine, et puis après elle dit plus rien, elle tourne sa langue.

Ça dure un petit moment, ça lui plaît. Elle a raison Sixtine, c'est bien.

Allez, c'est bon, elle dit Sixtine, ça suffit pour une première fois, on rejoint le bivouac.

Ils retournent, elle lui tient la main jusqu'au feu, puis elle l'enlève doucement, d'une petite caresse.

La route devient meilleure, goudronnée, peu de trous, quelques débris de voitures calcinées. Tchernobyl se régale, il conduit le plus vite qu'il peut, il fait des zigzags quand la route est assez large.

Il freine juste à temps, la route est morcelée par un grand mur en béton, plusieurs mètres de haut. Les autres pick-up ralentissent, ils s'arrêtent. Il faut rouler au pas pour le contourner, et il y en a d'autres, ils s'enchaînent, des dizaines de *T-Walls*, des murs anti-kamikaze, ils coupent la lumière, le paysage, ils sont gris et sales, sans aucune forme de végétation. Les enfants contournent tous les murs, ils suivent ce chemin fractionné, ils arrivent à un grand bâtiment. Il est en métal et en verre, un verre fumé qui ne permet pas de voir à l'intérieur.

Ceux qui ont construit ces murs, ils voulaient protéger ça, elle dit Méduse.

C'est bien construit, quasi-militaire, il y a des postes de garde, des sacs de jute pourris, des trépieds pour mitrailleuses.

Les portes sont blindées, les vitres aussi. Il y a des barbelés mais ils sont recouverts par des herbes, par de la mousse. Les parois de verre ont morflé, elles sont brisées par endroits.

On entre, elle dit Onyx, on regarde ce qu'il y a là-dedans.

Espoir et Méduse trafiquent la porte. Elle a morflé aussi, elle était prévue résistante mais ceux qui devaient la garder sont partis, ils ont mal fermé, la porte s'ouvre, et celle derrière s'ouvre aussi. Ils entrent les uns après les autres, prudemment, ils sont un peu intimidés, à l'intérieur tout est froid et précis, tout est blanc.

On dirait un hôpital, il dit Espoir.

Mohamed-Ali appuie sur un interrupteur, ça fait un bruit de grippe, de secousse de moteur, le générateur s'enclenche, tout s'allume, il y a de l'électricité ici, et des écrans télé, Espoir fait le lien tout de suite, il retourne dans le pick-up choper la console, ils sont une dizaine d'enfants qui se branchent et qui jouent, ça faisait un bail, ça leur manquait. Pour l'occasion Sixtine a sorti une des bouteilles de rhum arrangé, ils s'en passent de pleines goulées, ils jouent aux jeux de foot, aux jeux de guerre.

Onyx, Méduse, Le Mat, Destiny-Bienaimée, Mohamed-Ali, Moufle et Trogne continuent à explorer. Les couloirs sont larges et lisses, c'est parfait pour le fauteuil de Trogne, ça fait longtemps qu'elle n'a pas eu un parcours aussi facile, elle en profite, elle accélère, elle freine, elle fait tourner son fauteuil.

C'est pas un hôpital, elle dit Onyx, c'est autre chose. Je sais pas quoi mais j'aime pas.

Ils arrivent dans une grande salle fermée par une porte blindée, il y a un volant métallique pour ouvrir, ça prend du temps parce que Moufle tient à le faire elle-même et ça n'est pas pratique avec ses prothèses, elle s'obstine, elle fait levier, elle y arrive. Ils sont dans une grande salle, haute de plafond, la lumière est allumée et il y a des alvéoles, dans chaque alvéole un corps, comme endormi, baignant dans un liquide, intubé. On dirait des tuyaux et les corps sont alignés, les uns au-dessus des autres, des dizaines, ils montent vers le plafond en longues lignes. Ils sont nus, ils sont beaux, pas mal ont des rides mais elles sont adoucies par le liquide, ce sont surtout des corps de vieux et de vieilles. Leurs yeux sont clos, sauf une très jeune fille, elle a de longs cheveux blonds qui paraissent translucides dans ce liquide, des yeux bleus très clairs, elle est très maigre, maladive, elle semble les regarder. Ils la regardent eux aussi, ils ne voient que du vide. Sa bouche est légèrement ouverte et on lui voit à peine les dents.

Ce sont les tombes de Ceux-Qui-Veulent-Vivre-Toujours, il dit Mohamed-Ali. Ils étaient riches et ils ont construit ces machines pour devenir immortels, ils ont construit un tombeau où ils ont mis leurs corps en espérant revivre un jour, ils l'ont scellé, ils se sont assurés que l'électricité fonctionne pour longtemps, ils avaient mis des gardes, on dirait, des techniciens, tout le monde est parti, ça a bien tenu, il reste leurs corps et leurs machines.

Destiny-Bienaimée tchipe. Trogne crache par terre et elle roule sur son crachat avec son fauteuil.

Ils ont voulu se mettre à l'écart du monde, il dit Mohamed-Ali, ils ont vu que tout partait en charpie et ils se sont dit on se sauve au moins nous, on se congèle, on voit si on revit, plus tard.

Ils se sont pas occupés des autres, ils ont pensé qu'à eux, elle dit Onyx. Ça a coûté combien, leur truc ? ça sert à quoi ? ça sert à rien, leur truc, on est mort on est mort, on revit pas tout seul, on revit seulement par les autres.

Les autres se taisent, ils ne savent pas quoi répondre.

On détruit tout, elle dit Onyx, on bousille leur immortalité, on casse leurs sarcophages. Sauf la fille sceptre, elle a un air tellement triste, on la laisse.

Trogne fonce sur son fauteuil pour chercher les autres, ils mettent pause sur la console, ils viennent dans la salle des sarcophages, ils prennent des bâtons, des tubes métalliques, des chaises, ils fracassent. Ils ont pris des bouteilles de rhum arrangé et ils les boivent entièrement, ils les lancent contre les machines et les parois de verre, les fruits imbibés d'alcool coulent lentement parce qu'ils poissent, ça fait des traînées et de la bouillie une fois par terre. Les sarcophages se brisent et répandent sur le sol les éclats de verre et le liquide bizarre, les corps se désarticulent sans grâce, ils gisent les uns sur les autres, au bout d'un moment le liquide grille le système électrique, il n'y a que la salle des sarcophages qui reste allumée, ailleurs l'électricité est coupée, la console ne marche plus. Ils rapatrient la télé et la console dans la salle mais le sol est humide, les corps par terre c'est dégoûtant, le verre dangereux, il y a des enfants qui ont trop bu et qui vomissent. Ils arrêtent de taper, le cœur n'y est plus, ils abandonnent la télé, elle prend trop de place, ils remettent la console et les jeux dans le pick-up.

Même s'il fait noir désormais ils passent une nuit dans le bâtiment de Ceux-Qui-Veulent-Vivre-Toujours, le lendemain ils repartent, Onyx se lève tôt et elle reste un moment dans la pièce des sarcophages, ses yeux dans ceux de la fille-spectre. Ensuite elle rejoint les autres qui chargent les pick-up, elle s'assoit dans le sien, à sa place, elle tape sur la portière, démarre, elle dit à Destiny-Bienaimée.

Des fois Espoir en a marre d'Onyx, elle lui dit viens avec moi et il vient, elle lui dit dégage et il dégage, les mots gentils c'est pas souvent, ça le peine. Ce qu'ils font ensemble il aime mais il n'a pas choisi. Il est jaloux de Cane-Corso, il est jaloux de Destiny-Bienaimée, tous ceux pour qui ça semble plus facile, avec Onyx. Il la regarde il se dit elle est belle, il se dit elle a raison, il se dit elle sait ce qu'il faut faire et comment le faire. Elle a des tresses il aime ses tresses, elle les défait il aime ses cheveux.

Il la regarde ça lui fait des trucs au ventre, des trucs au zguègue, parfois elle est contre lui, elle lui tient seulement la main et il coule, il a honte, il va pisser, il se nettoie. Simplement il sent sa cuisse et ça lui fait ça, simplement il sent son bras, simplement elle le regarde et elle lui parle.

Il ne sait pas à qui en parler, il en parle à Méduse, elle se moque de lui, il en parle à Mohamed-Ali, il l'écoute. Il lui dit mon gars c'est l'amour, mon gars si ça te fait mal il faut que tu scandes, que tu exultes, que tu craches. Merci, il dit Espoir, mais il n'a rien compris. Il s'en va, Mohamed-Ali le rattrape, rappelle-toi Brille, il dit, il a gardé et ça l'a bouffé, ça l'a poussé à l'intérieur de lui.

Espoir ne sait pas quoi faire de ces mots.

A un moment Onyx lui parle mal et ça suffit, il se dit je vais plus lui parler, je vais essayer de lui faire la gueule. Il détourne le regard quand elle le cherche, il répond à peine, il a l'air triste. Au bout de deux jours elle remarque, elle lui demande si ça va. Il voudrait pleurer, il y a les sanglots dans sa gorge et il résiste, mais parler il ne peut pas. Ça fait trop mal. Onyx passe à autre chose, elle s'éloigne, il a laissé passer l'occasion.

Le jour d'après il attend, il espère une caresse sur la joue, un baiser, il voudrait qu'elle lui prenne la main et lui dise arrête, c'est pas grave, je suis là pour toi.

Elle joue avec son putain de clebs, elle lui met son poing à l'intérieur de la gueule et il mordille, elle rigole, elle fourre sa tête dans son cou. Elle parle avec Destiny-Bienaimée, elles se checkent, elles se prennent dans les bras.

Il a le seum, Espoir. C'est guez, il se dit, je lui parle plus jamais. Je prends un pick-up je me casse, je pars à pied je me casse, je me perds dans la forêt, elle se demandera où je suis, je trouve un barrage et je saute, je fais un trou dans la terre, je m'allonge. La prochaine fois qu'elle m'emmène à part, je lui dis non, je veux pas de câlin, j'ai pas envie.

Mohamed-Ali le voit triste et il s'assoit, il scande pour lui, une fois, deux fois, il lui dit répète avec moi, ils scandent à deux, Espoir ne comprend pas tout, il n'est pas sûr des intentions des mots, mais bizarrement ça l'apaise :

Il y a des fois je voudrais lancer des coquillages

Griller des fleurs

Les abandonner moitié cuites aux becs des colibris
Jongler avec des cacahuètes
Laisser pourrir des fruits mûrs
Des goyaves des caramboles des maracujas
J'ai envie de peindre des arbres avec des croix rouges et des ronds
Pour dire
Ne vous endormez pas dessous
Ne restez pas dessous quand il pleut
Ou alors de prendre des pierres dans mes mains, les serrer fort, puis les noyer en les jetant dans la mer
Un mélange de cogner et de partir loin.

Ça fait quatre jours qu'il fait la gueule, il va voir Onyx, elle lui dit alors tu me parles, ça t'a passé ? Elle ne sourit pas. Lui il sourit, j'ai compris, il lui dit, tu es la cheffe, tu es ma cheffe. J'ai essayé autrement mais j'y arrive pas. Je suis pas un *rough boy*, je peux pas faire comme si, je peux pas me passer de toi. S'il te plaît parle-moi mieux, s'il te plaît sois gentille. Mais j'ai compris. Elle ne sait pas trop si elle doit sourire ou être vénère, ça ne lui plaît pas trop, ce qu'il dit. Ça la gêne un peu quand même. Si je suis trop méchante casse-toi, elle dit. Mais je peux pas, il répète, tant pis pour moi. Il prend sa main. Il l'embrasse. Elle l'embrasse, finalement, pas longtemps. Elle se dégage. C'est bien tout ça, elle lui dit, il faut préparer le bivouac, maintenant.

Elle s'éloigne, il sait qu'elle l'aime bien, il y aura des moments, il se dit, des moments où elle sera tendre, ils seront peu nombreux, ces moments, ils seront précieux.

Rose-Bouledeneige raconte à Petite-Jolie des histoires où des bâtiments sont détruits.

Il y a une petite tour Eiffel qui explose, elle était belle, un train passe sur ses débris, alors on la reconstruit en plus solide, en plus grande, en plus belle, en plus rose.

Il y a un pont coupé en deux et des petites filles se retrouvent dans l'eau, il faut nager, il faut s'accrocher au cou des canards, il faut tirer le poil des ours.

Il y a une école qui ressemble à la Colonie mais tous les enfants sont dehors, accrochés à des arbres, ils regardent la bâtisse s'effondrer et dedans il n'y a que des adultes, parmi lesquels aucune maman. Les enfants de l'histoire attendent que la poussière se dissipe et ils apportent des fleurs, ils les dispersent sur les ruines. Une licorne les emporte.

Il y a une belle maison, un ouragan la dévaste, elle est jonchée de livres, de flaques d'eau, ça sent tellement mauvais. L'héroïne s'appelle Princesse Rose et elle y met des pétales de roses pour enlever les odeurs. Rose-Bouledeneige interrompt un moment son histoire, elles sentaient comme ça, mes mamans, elle dit.

Il y a encore des villages abandonnés, des petites villes. Ils sont fatigués de rouler tout le temps, ils s'y attardent. Les enfants se reposent dans les maisons, ils sont protégés du soleil et de la pluie, ils trouvent des matelas pour dormir. Mohamed-Ali ne se repose pas, il se promène, il cherche des bibliothèques, des librairies. Elles ont été peu pillées, il y a encore beaucoup de livres. Il ne fait pas trop froid dans les alentours, ils ont échappé à un destin d'allume-feu. Mohamed-Ali fouille, il regarde les rayonnages, il sort les livres, il est si grand qu'il n'a pas besoin d'échelle même pour les livres les plus hauts. Le Mat l'accompagne parfois, elle cherche des histoires à raconter à Petite-Opaline. Mohamed-Ali cherche les livres qui parlent du passé, des mythes et des religions, des sciences. Il n'a pas de temps à perdre, il se plonge dedans, à même le sol, sur des sofas défoncés, sur des chaises en bois élimées. De temps en temps il rapporte un livre particulièrement précieux, il connaît la règle, peu de place pour les livres, s'il en rentre un il en sort un. Il fait des choix déchirants. Il hésite, il déchire des chapitres, il en cache dans les vide-poches du pick-up, dans les portières, sous la roue de secours.

Le Mat n'hésite pas à laisser derrière elle, dans les restes du bivouac, les livres choisis par Petite-Opaline. Elle retient les histoires une fois racontées, elle en a les images dans la tête. Souvent autour du Mat et de Petite-Opaline, les autres petites s'agglutinent, elles se penchent et elles écoutent. Le Mat a deux genoux, il y en a un pour Petite-Opaline, un pour une autre petite. Il y a aussi des grands qui s'installent et qui somnolent, il y a Sixtine, Espoir, Destiny-Bienaimée, Lumineuse, Pichichi, il y a même Onyx.

Le Mat raconte bien, elle a la voix claire, elle fait bien les voix des personnages, elle sait mettre les intonations. Elle choisit les histoires les plus poétiques, elle veut faire rêver les petites, leur mettre de la beauté dans la tête, il y a des animaux et des humains, des animaux avec des corps d'humains, des comportements d'humains. Ensuite les petites regardent les livres, leurs images et leurs mots, et puis quand c'est fini elles les jettent parce qu'il n'y a rien d'autre à faire.

Mohamed-Ali a lu des livres de sciences naturelles, il sait qu'Onyx aime la botanique, alors un soir au bivouac il dit je vais vous parler de plantes, de plantes qui nous sentent, elles savent qu'on est là. Elles sont immobiles mais elles sont là, elles parlent, il ne faut pas croire.

Tu scandes ou tu discutes, elle dit bien fort Destiny-Bienaimée, et tout le monde rigole.

Je scande, il répond Mohamed-Ali, sans se vexer. Et il commence.

Il faut se méfier de l'eau qui dort, on dit
Elle peut se réveiller faire ses remous et te noyer
Cacher un crocodile ou du sable mouvant
Une vive à la crête terrible

Il faut se méfier de l'eau qui dort, on dit
Ce qui n'a l'air de rien

Pas menaçant
Pas impressionnant
Rien du tout.

Ce n'est pas que l'eau soit sournoise
Mais elle ne montre pas toutes ses défenses
Ce n'est pas qu'elle veuille envahir tes poumons
Les gonfler
Les vider de leur air qui s'échappe par tes narines
Toi tu as les yeux exorbités
Tu suffoques de peur de l'inexorable
C'est fini
Il faut se méfier de l'eau qui dort, on dit.

Il faut faire attention à ce qui est posé
Ça ne bouge pas
Ça ne dit rien
Ça n'a pas d'yeux
Contrairement aux tiens
Il faut se méfier de l'eau qui dort ou de ce qu'on ne remarque pas.

Les koudous ne se sont pas méfiés des acacias
Ils broutaient broutaient
Les feuilles
Ils ne savaient pas, bêtes antilopes
Ils ne se sont pas méfiés de l'eau qui dort
De la plante.

Ils ont croqué les feuilles et l'acacia a produit du tanin
Il a averti ses congénères
Tout ça chimiquement
Il a dit à ses congénères
Par de la chimie dispersée par le vent
Attention
Les koudous attaquent
Attention
Ils nous croquent
Ils ne savent rien
Ils ne se rendent compte de rien.

Il faut se méfier de l'eau qui dort
Et des plantes
Qui empoisonnent les koudous avec le tanin de leur sève
Le tanin soudain produit, face à la menace, dans des proportions inédites
Des proportions jamais vues de mémoire de koudou
Il faut se méfier des plantes, elles ont empoisonné les koudous
Elles ont prévenu
Chimiquement
Leurs congénères de leur arrivée
Elles ont senti les koudous
Elles ont réagi
Elles sont devenues meurtrières.

Il faut se méfier des plantes qui ne laissent rien à brouter
Et de l'eau qui dort.

Pichichi a toujours faim et il est toujours maigre, il a mal au ventre de manger, il a trop morflé dans la mine, son corps ne comprend plus rien. Il y a de longs moments où il ne peut plus bouger, il reste allongé seulement, dans le pick-up, au bivouac, il essaye de fermer les yeux mais il y a de mauvaises images qui viennent, alors il les garde ouverts, il regarde le paysage. Ça défile. Ça le fait pleurer.

Il vomit de temps en temps, il chie beaucoup, il pisse parfois du sang, ou il pisse noir. Il crache. Il a mangé n'importe quoi quand il était seul en forêt, des champignons, des racines, des petits animaux quand il les attrapait. Le lézard c'est dégueulasse.

Il n'aide pas beaucoup au bivouac, parce qu'il est faible, parce qu'il se dit je ne travaillerai plus jamais, plus jamais comme on m'a fait travailler. Je ne descendrai plus jamais sous la terre. Il ne touche pas au feu, il ne nettoie pas les cendres.

Des fois il pense aux deux vieux, ils étaient gentils avec lui, il se dit c'était facile, ils étaient dans leur lit, pourtant leurs tueurs étaient fiers, ils avaient des voix arrogantes, ils sont morts sans doute depuis, mais ils ont eu ce moment où ils ont tué des vieux et ils avaient l'impression de faire la guerre. Il réfléchit aux moments à la Colonie où il parlait à Tout-Le-Fait-Rire, où il jouait avec lui, où il l'écoutait, il l'admirait même, une admiration peureuse.

Des fois il se met debout et il joue au foot avec Chyen-Boul, il lui fait deux trois passes, c'est mou, l'autre attaque le ballon, il le mord, il court pour que la balle ne sorte pas, il ne s'arrête pas, il rigole. Pichichi s'arrête vite, ça le fatigue trop, il s'assoit, Chyen-Boul pose aussi le ballon, il vient à côté de lui, et ils parlent. Ils ne savent pas trop quoi se raconter, au début, mais il y a toujours des trucs à dire, ils aiment ça, de se parler, de s'écouter.

Le ballon, finalement Chyen-Boul ça l'intéresse de moins en moins, il préfère ces discussions, il préfère les histoires du Mat, ou même les nettoyages méticuleux des pick-up par Tchernobyl. Une fois il demande à Mohamed-Ali et au Mat de les accompagner, à la recherche des livres, ils sont étonnés mais ils disent oui, il prend Pichichi par la main, viens avec nous, il lui dit. Pichichi avance lentement, ça les ralentit, il tousse dès qu'il y a de la poussière, mais il aide un peu, il sort des livres, il les regarde.

Rose-Bouledeneige commence à parler en to, les autres petites font pareil. Elles disent toi t'es ma copine-to, regarde l'oiseau-to qui se pose, tais-toi sinon je vais te taper-to, elles appellent Onyx-to, Destiny-Bienaimée-to, Mohamed-Ali-to, Espoir-to, Trogne-to, ça dure toute la journée, les autres en ont marre, elles rigolent-to, elles sont contentes de leur bonne blague-to, elles continuent et elles cassent les oreilles de tout le monde-to, quand elles s'endorment-to, le soir au bivouac-to, il y a enfin du silence-to, sinon le feu qui crépite-to.

Le lendemain les autres flippent, heureusement elles ont oublié, elles changent de jeu.

Onyx danse avec Cane-Corso, ce n'est pas un chien tu lui jettes ton bâton il rapporte, c'est plutôt un chien-bagarre, elle lui met le poing à l'intérieur de la gueule, il mordille, il saute, elle passe derrière lui, il se retourne et la bouscule, elle ne tombe pas, il revient à la charge, elle esquive, il est par terre ce gros balourd de chien, il se relève et il lui flanque sa queue dans la figure, elle bouffe du poil, elle lui prend ses grosses pattes et elle le balance, ça fait un gros wouf quand il touche le sol, il feinte, il saute, elle est surprise et elle se retrouve sous lui, il fait mine de la mordre à la gorge, elle chope sa mâchoire et elle lui tourne la tête, elle se lève et elle l'enjambe, il ne sait plus comment faire, il tourne en rond, il rue, elle se tient à ses oreilles, il a mal et il geint, il jappe, il se couche, elle lui dit c'est qui la cheffe, elle le lâche.

Ensuite ils sont tous les deux essoufflés et couchés par terre, ils se sont bien amusés. Quand ils se relèvent les petites sont là, elles viennent caresser Cane-Corso, elles y vont doucement puis plus hardiment, il ne leur fait pas peur avec ses grosses bajoues mais il est tellement gros qu'à peine il les frôle elles risquent de tomber. Les unes après les autres, Onyx les prend et leur fait faire un petit tour de chien. Il va tout lentement, Onyx les tient par une épaule. Elles sont contentes, elles sont sages, elles attendent leur tour. Brave clebs, elle dit Onyx, tu es plus gentil que bien des humains. C'est niais comme phrase, ça la fait rire.

Elle le caresse encore, mais il veut dormir, il se couche, il met sa tête entre ses pattes, il dort. Il ronfle. De temps en temps il frétille des oreilles ou de la truffe. Onyx et les petites s'assoient en cercle, l'une derrière l'autre, elles se tressent.

Onyx a des nausées depuis plusieurs jours, il se passe des choses. Ses boobs sont durs, ils ont grossi, ils lui font mal. Elle n'a plus Le-Sang-Qui-Vient. Elle demande à Destiny-Bienaimée, elle demande à Méduse. Elles savent. Tu as un bébé dans ton ventre, elles disent. C'est pas possible, elle dit Onyx. Je suis encore une enfant, je peux pas avoir un bébé. Tu changes, elle dit Méduse, tu n'es plus complètement une enfant, tu es presque une grande.

Je veux pas accueillir un bébé, elle dit Onyx.

Je sais comment faire, elle dit Destiny-Bienaimée, j'ai appris au couvent. Il y a des femmes qui ne voulaient pas d'enfant de leur mari mort, elles m'ont appris les herbes pour faire passer. Ça va faire mal.

Le mal, tant pis, je veux qu'il passe.

La Grande-Caravane s'arrête près d'une forêt, une grande forêt, on ne voit pas où finissent les arbres, ça fait du bien, ça leur rappelle la Colonie. On fait une pause, elle dit Onyx, on cueille et on chasse, on amasse des réserves.

Elle s'isole en forêt, avec Méduse et Destiny-Bienaimée elle dit on part chasser, Espoir voudrait venir, tu gardes les pick-up, et fais pas la gueule, elle le remballe.

Dans la forêt Méduse et Destiny-Bienaimée l'accompagnent, il n'y a pas vraiment de chemin, elles écartent les branches et les ronces. Elles passent une journée à chercher les herbes, Destiny-Bienaimée se rappelle bien, heureusement, elle reconnaît les formes, mais ce sont des herbes rares, il y en a peu. Le soir elles ont tout rassemblé, elles allument un feu. Destiny-Bienaimée lui touche le ventre, tu es belle, elle lui dit, ton ventre il est encore petit, ça devrait bien passer, ce n'est pas encore un bébé, simplement un œuf un peu plus gros. Elle lui masse le ventre et pendant ce temps Méduse entretient le feu, elle remplit d'eau une casserole, elle y met les herbes, ça infuse, ça sent bon, elles ont ajouté des fleurs odorantes, des branches de thym, quand c'est prêt elles font boire la décoction à Onyx, Onyx grimace, c'est dégueulasse, elle dit, elles rajoutent du sucre et une portion de rhum arrangé, tout de suite ça a meilleur goût, elle dit Onyx, elle sait qu'elle aura mal, elle veut faire bonne figure.

Pendant la nuit elle se tord le ventre, elle vomit, elle pisse et elle chie, elle saigne, elle veut rester seule, dégagez, elle dit à Méduse et Destiny-Bienaimée, elles dégagent mais pas loin, putain d'Espoir, elle crie Onyx, sa putain de tendresse, je lui nique sa mère, nique sa race, sa putain de tendresse et c'est moi qui vomis, c'est moi qui saigne, c'est moi qui ai mal, ça n'en finit jamais, elle se dit, les strongues et les bitches, je suis la cheffe mais je suis une bitche, je lui dis fais ci fais ça mais au final c'est moi qui souffre, la putain de race des hommes, la putain de race des garçons gentils, des garçons beaux, des garçons tendres, même ceux-là, même ceux-là, ils finissent par nous blesser.

Le matin elle transpire mais c'est terminé, l'œuf est passé. Elles trouvent une rivière lugubre, alors qu'il fait à peine jour, pour nettoyer Onyx, elle ne veut rien laisser paraître, ne pas manifester de faiblesse, c'est une troupe, elle dit, une troupe d'enfants mais une troupe, il faut rester forte. Elle est soulagée, elle ne sent plus rien dans son ventre et c'est bien, elle se dit. Elle est encore une enfant. Elle n'est pas une enfant qui aura un enfant. Elle accepte quand même leurs mains, celle de Méduse et celle de Destiny-Bienaimée, pour rentrer au bivouac. À la lisière de la forêt elle détache ses mains, Espoir est réveillé, il a sa kalache dans les mains et il la pose, il court vers Onyx et il se retient, il se dit ça va l'énerver, si je montre trop, il lui sourit seulement, elle passe à côté, elle est froide, on n'a rien trouvé, elle dit, ni baies ni animaux.

Petite-Opaline aime bien Sixtine parce qu'elle est gentille avec Le Mat. Elle se dit c'est bien qu'elle n'ait pas que moi, ma sœur, on ne sait pas ce qui peut arriver, je ne veux pas qu'elle reste seule, moi je suis sa sœur et elle c'est sa go, chacune on lui fait du bien.

Elle l'aime Le Mat, elle a envie de ses baisers le matin, de sa main dans les cheveux, de ses câlins. Elle veut se poser sur ses genoux et ne pas bouger, elle veut jouer. Le Mat c'est son nid, elle, oisillon, aime s'envoler. Elle a ses copines, elle a aussi Onyx. Le Mat des fois on dirait elle n'a qu'elle, enfin on aurait dit jusqu'à Sixtine.

Elle sait des choses, Sixtine, elle parle gentiment à Petite-Opaline, elle lui explique. Elle lui raconte sa grande maison, avant, elle lui décrit ses anciens jouets, ses petits déjeuners délicieux, des fruits, des œufs, des gâteaux. C'était une princesse, elle se dit Petite-Opaline, elle avait de belles robes, elle avait une maison-château. Son assurance vient de là, sa façon tranquille d'aller droit, de voir devant. Sauf quand elle chante, elle chante bien, mais toujours en cachette, jamais devant les autres.

Le Mat aussi est sûre d'elle, mais sa certitude est tourmentée, elle est solitaire, elle est sombre.

Sixtine n'a pas peur de la lumière.

Elle est belle, Sixtine, elle a de longs cheveux et elle les met en couettes, elle les met en tresses, elle s'en fait des couronnes. Elle parle bien, elle a une belle voix.

Le soir quand elle s'endort au bivouac, Petite-Opaline passe dans sa tête toutes les personnes qu'elle aime bien. Elles font passer en elle un sentiment doux et triste, c'est agréable. Elle ne connaît pas le mot mélancolie. Elle commence par celles qui ont disparu, ce sont des souvenirs de plus en plus ténus et sans visages, il ne reste que des sensations. Puis ce sont toutes ses copines. Elle termine toujours par Onyx et par Le Mat, tantôt dans un sens, tantôt dans l'autre. Mais juste avant elles deux, dans sa tête d'enfant somnolente, dans sa rêverie de présommeil, il y a Sixtine.

Le Mat se prend les branches en pleine gueule, elle s'énerve, fais gaffe, elle dit à Mohamed-Ali, retiens les branches quand tu passes. Ils sont dans un petit bois, ils s'approchent d'un village, derrière il y a Chyen-Boul et Pichichi qui traînent. Mohamed-Ali ne dit même pas pardon, il se baisse, même baissé il est plus grand que les autres, il se tord en deux, il replie ses jambes, il ne sait pas où mettre ses angles, on dirait qu'il danse, heureusement sa touffe fait un buisson, camouflage, qu'est-ce que tu fous, elle dit Le Mat, il y a du monde, il répond Mohamed-Ali, c'est pas un village abandonné.

Ils sont à la lisière du bois, à l'entrée du village, et il y a des cris, une bagarre. Vous voyez quoi, il dit Chyen-Boul, regarde, toi, Mohamed-Ali, ta tête elle fait périscope, tes yeux ils font longue-vue, par rapport aux nôtres. Mohamed-Ali sait, il ne se vexe pas, on ne va pas se vexer d'être grand, il y a des gens du village, il dit, ils se battent avec d'autres en uniforme, c'est pas des soldats, c'est des miliciens, je dirais des miliciens du gouvernement provisoire.

Ils ne restent pas là, ils retournent au bivouac, sans livres. Ils informent Onyx et elle dit on se casse, faut pas rester là.

Ils montent dans les pick-up et ils roulent, en Grande-Caravane, ils s'éloignent.

Le soir ils sont en vue d'un autre village habité, on y va, elle dit Onyx, ils entrent, comme la fois d'avant, même cirque, armes visibles, mines fermées. En plus il y a Cane-Corso, il fait son petit effet. Ils se mettent sur la place, il y a une statue, ils attendent qu'on vienne les voir, ça se passe bien, un vieux qui bafouille et leur donne de la nourriture, du carburant. Ils rencontrent les autres villageois ensuite, ils discutent, ils jouent.

Ça pète de partout, il leur dit un vieux, dans tous les villages on se révolte contre le gouvernement provisoire, il envoie ses miliciens, c'est vous les jeunes que ça concerne, c'est pour vous tout ça, pas pour nous les vieux.

Nous on trace notre route, elle répond Onyx. Et ils repartent, le temps de rassembler tout le monde, ils disent à peine au revoir.

Ça ne lui plaît pas trop, au Mat, d'arriver comme ça dans les villages avec les armes, de faire peur, de partir sans dire au revoir. Il fait de nouveau très chaud, l'air est sec, elle transpire beaucoup et ça lui fait une petite odeur aigre désagréable dans le nez. Elle a Petite-Opaline qui dort contre elle, alors elle essaye de ne pas bouger. La petite se réveille quand même parce qu'Onyx fait arrêter les pick-up, elle monte sur le capot du numéro 3, Le Mat voit Tchernobyl à travers la fenêtre, il fait une drôle de tête, il doit avoir peur que le poids d'Onyx fasse une bosse sur la carrosserie. On arrive dans un village, elle dit Onyx, sortez les armes. Méduse est allée voir à moto, ça a l'air calme, on conduit prudemment quand même.

Le Mat a une boule au ventre, on lui a donné une kalache mais elle ne veut pas s'en servir, de toute façon. Autour du village ce sont des champs sans intérêt, des champs jaunes, quelques éoliennes, la route est pas mal mais les pick-up roulent au pas pour ne pas faire trop de bruit.

Dans le village ça a l'air mort, fenêtres fermées, personne dans les rues, il n'y a même pas de statue sur la place. Elle n'aime pas ça, Le Mat, c'est trop calme. Onyx non plus, heureusement elle a le sens du vice, on ne la lui fait pas, à leur cheffe, trop de calme c'est louche, alors elle dit on repart, ça leur sauve la vie, enfin pas à tous mais à la plupart, parce qu'ils sont déjà en demi-tour, sur le point de partir, quand les villageois sortent de leurs cachettes et canardent, ils ont quelques kalaches mais surtout des fusils, ils savent s'en servir, ils doivent chasser. Les motos devant filent vite, les pick-up 1 et 2 sont protégés par le troisième qui ferme la marche. Sa plate-forme, pour les villageois, c'est un stand de tir. Ils touchent Lumineuse en pleine tête, pas de chance, elle commençait juste à se tenir debout de nouveau, avec sa jambe cassée mal réparée, couchée elle aurait été cachée. Ils touchent Pichichi au bras et Cœur-Vaillant-Cœur-Mouillé dans le ventre, ça fait hyper mal, pour une fois il a une bonne raison de chialer. Heureusement Tchernobyl ne perd pas le contrôle, il conduit et il prie en même temps, c'est efficace il faut croire, ils sortent du village à toute trombe, ils n'ont même pas tiré une seule balle.

Les villageois ne les poursuivent pas, ils restent terrés dans leurs trous, ils n'ont rien dit, on n'a pas vu leurs faces, ni même entendu leurs voix sinon peut-être des cris de guerre, les enfants pleurent, ils ont l'odeur de la poudre à plein nez, ils secouent Lumineuse qui est morte, sinon elle aurait dit laissez-moi, elle aurait donné des coups de poing, ils essayent de remettre dans le ventre de Cœur-Vaillant-Cœur-Mouillé ce qui en est sorti, ils pansent Pichichi, il serre les dents, il est tellement maigre que c'est étonnant, et d'une que la balle l'ait touché, et de deux qu'elle n'ait pas coupé son bras en deux.

Tchernobyl regarde son pick-up, il y a des impacts de balles sur la carrosserie, les autres pick-up sont indemnes, c'est pas juste, il dit, ils ont tiré sur le plus beau, ils ont niqué mon pick-up. Ce n'est pas qu'il s'en fout des camarades morts mais il vérifie la mécanique, il ne peut pas s'empêcher, et c'est encore pire que prévu, le réservoir est percé, il faut le colmater avec des moyens de fortune.

Cœur-Vaillant-Cœur-Mouillé a mal et il a peur, il ne veut pas mourir tout seul, il ne veut pas mourir, il ne veut pas rester pour toujours un petit garçon, il n'aime pas dormir alors mourir c'est encore pire. Il prend la main de Rose-Bouledeneige et la main de Petite-Jolie, ça le rassure, il leur gratte le pouce et il leur tire l'oreille. Elles lui caressent les cheveux, ils sont humides car ils épongent son front. Ils s'endorment tous les enfants les uns contre les autres, ils mettent deux fois plus de gardes, Onyx ne dort pas, elle tourne autour du bivouac avec Cane-Corso, elle ne s'arrête pas de marcher et sans doute elle en profite pour penser, ou bien elle s'abrutit, pour ne plus penser. Pendant la nuit Cœur-Vaillant-Cœur-Mouillé meurt, il sent qu'il s'en va, il a froid, il tire encore un peu les oreilles de ses deux amies, il est bien entouré, il ne souffre plus, on lui tient les deux mains, chacun son tour, on lui confie ses lobes dans un demi-sommeil pour le rassurer, il est un peu rassuré, il gratte des pouces, puis il rêve d'oreilles tirées, de pouces tirés, il s'endort doucement, guère après les autres enfants, mais ne se réveille pas.

Au petit matin, Onyx les rassemble, elle tremble de colère, peut-être un peu de peur aussi, on va brûler nos morts, elle dit, on ne les enterre pas, on leur fait un bûcher, au milieu de ces champs jaunes, et on les brûle aussi, qu'ils en crèvent, ces villageois. Le Mat n'est pas d'accord, elle dit c'est trop dangereux, on peut se faire rattraper par le feu, et puis on ne peut pas faire ça au village, on ne sait pas s'ils étaient tous d'accord pour tirer. Ça discute un peu mais les enfants veulent se venger, brûler leurs morts ça leur fait bizarre mais ils n'ont pas le temps de les enterrer.

Ils rassemblent des branches qu'ils mettent au milieu d'un champ jaune, le tas monte et ils se débrouillent pour que le monticule soit plat. Ensuite ils allongent les corps, puis ils déposent tous quelque chose, une fleur, un objet. Trogne a dessiné une famille de papier pour chacun, il y a des papas et des mamans, des bébés, des grandes sœurs. Petite-Jolie a cueilli des fleurs roses et Rose-Bouledeneige des fleurs bleues. Elles se chamaillent au moment de les poser. Confidence a ramassé des cadavres d'araignées, d'abeilles, de cigales, les animaux sont très bien conservés, ce sont ses trésors alors elle les donne.

Ensuite ils disent tous adieu. Certains prient, d'autres ont seulement les yeux dans le vague, ils se prennent tous les mains. Personne n'a envie de faire un discours, Mohamed-Ali hésite à scander mais il faut faire vite, alors il se tait. Onyx prononce seulement quelques mots, on les a aimés, ils ont vécu moins longtemps qu'un chien ou un chat, elle dit. Elle met le feu, ensuite, ça prend bien, ils retournent tous dans les pick-up et ils démarrent, le feu se propage vite, bientôt les champs brûlent et eux ils filent.

Il semble au Mat qu'elle entend une sirène venue du village, elle imagine les villageois sortir de leurs trous pour tenter d'arrêter l'incendie, encombrés par leurs armes, inquiets. Elle est triste pour Lumineuse et Cœur-Vaillant-Cœur-Mouillé, de voir brûler les cultures ne la console pas, pas du tout.

Ils passent près de villages où il y a des troubles, ils ne s'approchent pas. Ils les dépassent et ils cherchent d'autres villages, malgré ce qui s'est passé il leur faut bien trouver de la nourriture, du carburant.

Ils sont fatigués. Ils ont faim. Ils sont tristes.

Ils prennent des petites routes pour éviter les troubles. Ils se retrouvent dans la forêt, dans la montagne, il y a des virages, certains vomissent. Personne du pick-up numéro 3 de Tchernobyl, il en est fier, il dit vous avez vu, moi j'ai la conduite souple. N'empêche que son pick-up troué perd du carburant et laisse tomber des gouttelettes noires.

Un soir ils font leur bivouac près d'une rivière, on entend l'eau qui coule, Onyx dit au moins on aura de l'eau demain. Le Mat dort mal, elle est gênée par le bruit de l'eau, elle se tourne et retourne dans son duvet. Petite-Opaline est avec ses copines et Sixtine est venue dormir près d'elle, ça la met un peu mal à l'aise, Le Mat, elle n'aime pas trop que son amoureuse l'embrasse devant les autres enfants, bisou dans le cou, morsure d'oreille, caresse sur l'épaule. Elle enlève sa main quand elle la lui prend, elle le fait gentiment, doucement, mais elle l'enlève. Cette nuit Sixtine lui tient chaud, elle transpire et Le Mat le sent, elle n'aime pas cette proximité aigrelette.

Au petit matin la lumière apparaît aux yeux grands ouverts du Mat, elle se dégage de son amoureuse sans la réveiller, elle se demande si c'est bien le mot qui convient, si c'est ça, et puis elle se lève pour marcher. Elle a des fourmis dans les jambes, c'est parce que je grandis, elle se dit. Elle va vers le bruit de l'eau, c'est superbe, c'est la rivière, il y a des rochers, un bassin bleu sombre, une cascade et derrière la cascade, encore des rochers pour se tenir debout, pour voir à travers un rideau de gouttes. C'est beau, elle lui dit Sixtine, elle l'a suivie, ça l'embête un peu mais ça lui fait aussi plaisir, de partager la vue avec elle, d'être les premières de la Grande-Caravane à voir ça. On a trouvé un bon coin, on l'a trouvé avant Onyx, elle dit Sixtine. C'est tant pis pour elle, elle dit Le Mat, elle avait qu'à se lever plus tôt. Elles rigolent. Sixtine se déshabille, je plonge, elle dit, elle enlève tous ses vêtements et elle est belle, elle le sait Le Mat qu'elle est belle, elle l'a déjà vue toute nue, à la Colonie, mais elle ne se l'était jamais dit. Elle a des grains de beauté dans le dos on dirait la Grande Ourse, on dirait une casserole, elle a des jambes de fusée et des cheveux qui mèchent partout. Elle court et elle saute du plus haut rocher, elle écarte les bras et les jambes dans les airs, elle crie, elle regroupe tout ensuite pour arriver à la surface en chandelle, elle coule profond et puis elle remonte, elle est froide, elle dit, elle est gelée, c'est pas de l'eau c'est de la glace, ça fait du bien. Alors Le Mat elle enlève ses habits elle aussi, elle court vers un rocher un peu moins haut et elle saute aussi, elle fait un demi-plat qui lui cuivre les cuisses, Sixtine l'enlace et l'embrasse, Le Mat hurle, je sens plus mes pieds, elle dit, c'est trop froid. Elles ressortent en rigolant et le sang recommence à circuler, alors elles y retournent, elles ressortent, et ainsi de suite. Ça dure un moment puis elles voient que toute la Grande-Caravane ou presque les regarde, enfin pas longtemps parce que tout le monde se déshabille, saute tout nu dans la vasque, ils s'éclaboussent, ils crient, ils s'écorchent les genoux ou les coudes, s'entaillent les pieds. Fini la tranquillité, et alors, pas grave.

Onyx et Destiny-Bienaimée s'éclaboussent comme au temps du bassin, à la Colonie. Méduse plonge et replonge, elle secoue ses cheveux et fait dans l'air de grandes traînées d'eau. Il n'y a que Mohamed-Ali qui rivalise. Furette et Féline tiennent par les bras Trogne, comme pendant leurs acrobaties, Trogne crie, me laissez pas boire la tasse, elle dit. Pichichi est si maigre, il fait la planche. C'est compliqué de faire une planche tranquille avec tous ces enfants qui s'agitent alors il se met sur un rocher au soleil et il s'endort malgré le bruit. Rose-Bouledeneige essaye d'attraper des araignées d'eau, toutes les petites l'imitent, elles font fuir les insectes. Elles trouvent des têtards, ils ne se transformeront jamais en grenouilles. Petite-Jolie fabrique une épuisette avec un bâton et un filet, elles chopent des petits poissons translucides, elles les gobent d'un coup sans les mâcher.

Un concours de sauts s'organise, Fukushima se manque, il saigne du front et c'est une chance que le rocher ne lui ait pas éclaté la tête. Il chancelle du choc, ça le fait rigoler bêtement. Moufle garde bien ses prothèses hors de l'eau et bien sûr c'est impossible, tout le monde joue et les lui mouille. Nagasaki s'est pris un ricochet de caillou lancé par Féline, ils se battent, elle glisse entre ses bras à la façon d'une anguille, elle attrape ses jambes sous l'eau, elle le déséquilibre et elle le coule, il pleure. Elle chope un galet pour lui taper l'oreille, Féline, certains lui disent d'arrêter, d'autres consolent Nagasaki.

Il y a trop de monde dans l'eau pour Le Mat, elle prend un peu Petite-Opaline sous le ventre, pour la faire nager, elle joue au requin-crocodile avec les petites, elle fait le requin-crocodile, c'est un animal terrible et invincible, mais elle a froid, elle n'a pas bien dormi de la nuit, alors elle sort, elle se met sur un gros rocher elle aussi, elle ferme les yeux au soleil. Sixtine la rejoint, elle lui met la main sur le ventre, elle touche ses tout petits seins, elle lui dit on sait pas si tu auras des gros seins de femme ou des petits seins d'homme, je peux aussi avoir des petits seins de femme, elle répond Le Mat, faut voir si j'arrive jusque-là. Ça serait bien, elle dit Sixtine. Je voudrais bien voir ce que tu seras, si tu grandis. Je serai une grande Mat, tu veux quoi d'autre ? Tu seras pas pareille, elle dit Sixtine, tous là on va disparaître, on n'existera plus que dans nos têtes, on ne sera plus nous on sera un autre, on sera un grand nous, mais ça sera plus vraiment nous. Si ça se trouve, elle dit, on fera nos routes chacune dans des coins différents, on en rencontrera d'autres, on sera les seules à savoir qu'il y a eu une enfant Mat, une enfant Sixtine, comment elles étaient. Le Mat n'aime pas trop cette discussion, on verra, elle dit. Toi, elle dit Sixtine, tu seras toujours dans ma tête, je me rappellerai cette baignade, tes bisous, ça sera un petit morceau de cœur tendre. Elle allume un spliff, elle a l'air bien, Le Mat répond pas mais ça lui fait plaisir, que Sixtine dise ça. Alors elle inspire bien fort et ça sent la fumée du spliff et la roche et l'odeur de la rivière et de la terre. Elle est bulle.

Cane-Corso les bouscule quand il se jette à l'eau, il arrose tout le monde avec sa queue, il ne sait pas nager, il bouge ses pattes et elles semblent petites dans l'eau, c'est ridicule, il panique, il cogne tous ceux qui sont dans l'eau, ils crient fais belek, mate le clebs il sait pas nager. Onyx n'aime pas qu'on se moque de son chien, elle l'attrape par le cou, elle le sort de l'eau, il se met sur le flanc, il se relève pour s'ébrouer et ça pue le clebs, il se remet sur le flanc et c'est un gros paquet de viande échoué. Onyx sort aussi, elle a froid, Destiny-Bienaimée se met à côté d'elle, il lui faudrait du rhum, mais la flemme de remonter, il lui faudrait un spliff mais la flemme de le rouler, l'eau froide ça rend mou une fois sorti au soleil, elles s'allongent toutes les deux, elles se parlent. Ça dure un bon moment, leur discussion, elles n'avaient pas parlé autant depuis le départ de la Colonie de Destiny-Bienaimée, elle a perdu le goût de parler, au couvent. Elles se disent qu'elles se kiffent, elles le savent mais ça faisait longtemps, ça fait du bien. À un moment Espoir essaye de venir avec elles, Onyx le remballe, elle lui dit laisse-moi c'est guez, il se vexe, il s'en va, elle le consolera après, elle se dit. Elle veut penser à des choses agréables, elle pense à de la brioche, celle qu'elles faisaient avec Marmite à la Colonie, elle pense aux discussions dans le dortoir, elle pense à la bataille contre les strongues, à la forêt, à la femme-arbre. Elle se rappelle le petit carnet qu'elle tenait après les cours de botanique, il a disparu. Tout ça c'est loin. C'est pas des souvenirs, c'est pas des objets, c'est du temps qui a passé, du temps compressé. Il est long ce temps des enfants, il s'écoule densément, il charrie de tout dans ses eaux, ça s'amalgame ou ça reste sur la rive, ça défile, ça crée des îles et des bras bizarres, il y a des inondations parce que ça déborde, ça tumulte dans un bruit féroce. Ça passe lentement même si le courant va vite. Un jour il arrive dans une mer, c'est l'âge des grands, une mer pas forcément plus tranquille, mais plus diluée, plus uniforme.

Onyx se met sur ses coudes, ça fait mal parce que la roche est rugueuse, mais c'est bien de sentir une sensation différente du froid engourdissant de l'eau glacée, qui persiste. J'ai peur, elle dit, elle regarde Destiny-Bienaimée bien dans les yeux, elle chuchote, j'ai peur d'un coup de me rendre compte : je suis grande, et c'est fini. J'ai peur et j'ai envie.

Le couteau tranche la poire, elle a la chair bien dure, Le Mat enlève la peau au plus près du fruit, elle enlève les pépins et la tige, elle fait des quartiers, elle coupe chacun en deux, elle met un morceau dans sa bouche, un dans celle de Petite-Opaline. Ça craque quand elle met les dents puis ça jute sucré. C'est trop bon. Ils les ont piquées dans un verger. Le Mat c'est son fruit préféré, la poire. Elle est sur la plate-forme du pick-up, elle jette les débris du fruit et elle s'amuse de les voir tomber à terre. Il y a du soleil, elle ferme les yeux.

Elle repense à la Colonie. Les éducateurs lui manquent, finalement. Elle se rappelle La-Femme-Quand-Elle-Rigole-C'est-Une-Cascade, L'Homme-Il-Sait-S'Amuser-Avec-Un-Bout-De-Craie, La-Femme-Quand-Elle-Parle-Elle-a-Les-Yeux-Qui-Brillent. Elle les aimait bien, elle se rend compte. Ils étaient d'une autre espèce, celle des adultes, ils ne les comprenaient pas, ils essayaient quelque peu. Ils étaient maladroits mais parfois ça marchait. Elle revoit leur terrible fin.

Elle se dit qu'elle en a marre. Elle ne veut plus de la Grande-Caravane, elle ne veut plus dormir à côté des autres, partager leur nourriture. Elle voudrait s'arrêter. Elle soupire.

Tchernobyl ne s'arrête pas de pleurer. Il est à côté d'Espoir dans le pick-up numéro 2, normalement il devrait le conduire mais il ne peut pas. Trop de chagrin. Espoir essaye tout en conduisant de le réconforter, il lui dit frérot, pleure pas, on était obligés, dès qu'on s'arrête je te laisse prendre le volant. On n'est pas en carriole, quand même, tu vois, ça pourrait être pire.

Tchernobyl ne répond même pas il pense à son beau pick-up numéro 3, il en veut à Onyx. Ils l'ont abandonné son beau véhicule, ils manquent de carburant et il avait des fuites, c'était le pick-up le plus gros, celui qui consommait le plus. Il a résisté, il a pleuré, ils ont dû s'y mettre à quatre pour le maîtriser, pour l'attacher, pendant qu'on s'éloignait. Direct Espoir lui a promis de lui laisser conduire son pick-up, mais il s'en foutait Tchernobyl, il voulait le sien. Il n'avait jamais rien eu de si beau, il disait, il voulait qu'on le laisse seul avec le pick-up.

Espoir a une idée, tu retourneras le chercher, il lui dit, où qu'on aille tu te souviendras, tu reviendras et tu boucheras les trous, tu laveras la carrosserie, tu lui mettras plein d'essence, à ton pick-up. Il sera content.

Tchernobyl ça l'énerve qu'il lui parle comme à un idiot, il sait bien qu'un pick-up ça n'a pas de cervelle, il ne sera pas content, mais ça le calme aussi parce qu'il se dit c'est ça, je reviendrai, je le conduirai de nouveau. Il se le dit tellement qu'il s'endort, un mauvais sommeil à cauchemars, au moins il ne chouine plus, il ferme sa gueule.

Maintenant Espoir est dans ses pensées, il se dit comment on va faire, plus de carburant, plus de nourriture, on est mal.

Au bivouac Onyx leur fait un discours, il faut aller dans un village, elle dit. Ils nous donneront ou on prendra. On n'a plus le choix, ou alors on abandonne encore un pick-up, c'est impossible. Ou alors on finit à pied. On n'est pas loin de Cordes-sur-Ciel, soyez patients.

Il y a un brouhaha, des pourquoi on va là, des c'est quand qu'on arrive, des on en a marre. Et la voix claire du Mat, on pourrait se poser, elle dit, se choisir un chouette village abandonné, une chouette maison pour chacun, on cultive, on se défend, on reste là.

En même temps qu'elle dit ça, Le Mat, elle pense que ça ne collerait pas, Onyx serait toujours la cheffe.

Elle la prend de volée, Onyx, moi je veux voir à Cordes-sur-Ciel si je retrouve les miens. Ceux qui veulent pas vous faites comme vous voulez, débrouillez-vous. Prends-toi une maison, un village que tu ne connais pas. Quand on viendra te déloger je serai pas là, mais je rigolerai. On reste ensemble c'est notre seule chance, elle dit. L'oubliez pas.

Le Mat elle ne répond pas parce qu'elle sait bien que quelques enfants dans tout un village, ça ne serait pas possible. Elle se dit, en dedans, faut pas qu'on reste seuls, faut pas qu'on reste nous autres de la Grande-Caravane et puis c'est tout. Faut aller avec d'autres. Elle pense ça mais elle ne dit rien, elle ne veut pas entendre Onyx se moquer d'elle, balancer ses arguments.

Mohamed-Ali n'aime pas la tension, la nuit tombe alors c'est le bon moment pour scander, il se lève, les autres guettent toujours ses mots, ils accrochent ses lèvres, ils sont avides de quoi remplir leur tête à défaut du ventre.

Nous sommes une bande d'enfants-gueux
Rassemblés en Grande-Caravane
Nous suivons notre cheffe
Onyx
Nous avons des ancêtres illustres
D'autres enfants-gueux qui marchaient
Aux temps d'antan
Des enfants et des miséreux
Ils étaient pauvres ou ils étaient enfants
Pueri
Partis en croisade, pensaient-ils
Ils ont arpenté les campagnes
Ils ont arpenté les villes
Récoltant nourritures et quolibets
Caresses et coups
Ils marchaient et ils avaient les pieds nus
Ou de mauvaises chaussures d'étoffe et de tissu
De cuir bouilli usé

Ils avaient des bâtons
Et ils avaient un chef qui parlait
Qui parlait de Dieu et de la croisade
De la nécessité de montrer aux grands
Ce que peuvent faire des enfants
Même des gueux
Même des miséreux
En marchant ils grandissaient sans doute
En marchant ils tombaient malades et ils mouraient
En marchant ils étaient tués et ils mouraient
En marchant ils étaient enferrés et vendus comme esclaves
Mis aux travaux forcés
Ceux des champs ou des villes
En marchant ils étaient frappés et ils frappaient
Ils volaient
Ils brûlaient
C'était dur
C'est dur de voler
C'est dur de frapper
Ou d'être frappé
Ils marchaient parce qu'il fallait marcher
Sans doute parfois ils jouaient et riaient
Une fois commencé ce périple
Ils ne sont jamais allés où ils voulaient aller
Ils ont marché et c'était un passage
Pour être grand
Pour être mort
Pour choisir la direction de leurs pas
Pour s'arrêter
Ils marchaient et ils priaient
Ils marchaient et ils volaient

Ils marchaient et ils frappaient
Ils étaient une volée d'oiseaux envoyée pour punir les hommes
Une volée d'oiseaux avide de grains
Et de vent.

Mohamed-Ali reprend sa respiration. Il semble changer de position. Il dit je vais prendre deux voix.

Et il a deux voix, une voix cruelle et une voix tendre, elles alternent, un vers chacune, il change à chaque fois de posture, tourne sa tête d'un côté ou de l'autre, et cette voix qui change, les enfants n'ont jamais vu ça, c'est inquiétant et beau :

Ils étaient des chenapans des misérables des gredins
Ils étaient habités par l'esprit-saint
Ils étaient de la vermine à supprimer
Ils étaient innocents
Ils étaient perdus
Eux seuls savaient où aller et que faire
Ils étaient commandés par des grands
Ils étaient libres
Ils ont péri les *pueri*
Ils ont traversé des montagnes
Ils étaient des pauvres, des paysans
Ils étaient des enfants
Ils voulaient manger
Ils voulaient libérer le tombeau du Christ
Ils mendiaient
Ils chantaient.

Mohamed-Ali reprend sa voix habituelle.

Ça a commencé par des litanies
Des processions
En temps de crise
Des gestes et des marches pour conjurer le sort
Pour affronter la misère et la guerre
Pour réclamer aux grands
Pour leur montrer
Pour être exemplaires à leur place
Ils connaissaient les gestes
Ils connaissaient les chants
Il ne manquait que des prophètes
Quand ils sont apparus ils ont marché
Ils sont partis
Ils ont quitté père et mère
Ils ont quitté seigneur et curé
Ils sont partis
Ils savaient les gestes et ils savaient les chants
Alors ils ont marché et ils ont chanté
Ils ont imploré
Ils étaient fiers de faire à la place des grands
Ils étaient plus près de Dieu que n'importe qui
Ils se déplaçaient et ils apportaient le trouble.

De nouveau Mohamed-Ali a deux voix :

Ils ne sont jamais allés où ils prétendaient
Ils sont morts ou ils se sont installés
Ils étaient des pauvres et non des enfants
Partis peupler la misère des villes
Prenant prétexte de leurs chants
De leurs gestes

Mais chassés simplement par la pauvreté
Ils n'étaient pas des anges.

Il y a une enfant qui a réussi
Une qui s'est crue désignée et qu'on a crue
Une bergère
Une meneuse d'âmes
Jeanne
Elle est allée voir le roi et les princes pour que la guerre cesse
Elle a été prophète
Elle a porté des habits d'homme
Elle a répondu à son roi
Elle a répondu à ses juges
Elle a porté par son courage les soldats
Galvanisés
Elle a dit plus de Bourguignons plus d'Anglais plus de guerre
La paix pour les pauvres de mon pays
Elle venait de la frontière
D'un lieu où on connaît la guerre
Et la mort
Elle était guidée par des voix
Les voix de ceux qui souffrent et qui étaient morts
Les voix des petits maltraités par les soudards
Oubliés par les princes et les nobles
Elle n'était pas des plus pauvres mais elle-même presque enfant encore
Elle fut en temps d'antan celle qui parla le mieux pour eux
Elle avait sans doute ses défauts
Elle était têtue

Elle parlait pour son Dieu pour ses saints et ses saintes
Mais elle parlait pour eux, les laborieux,
Elle était leur croisée leur prophétesse.

Ainsi les enfants portent-ils le malheur du peuple
Et ils en crient et ils en meurent.

Cane-Corso aboie. C'est le signal pour manger, eux et lui. Des racines, des baies, des petits animaux.

Pendant la nuit, les enfants dorment, ils rêvent d'autres enfants qui marchent. Entre les songes leurs estomacs couinent.

Dès qu'elle voit les remparts Destiny-Bienaimée se dit ici c'est pas un bon plan. Ici c'est un piège. On est obligées, elle dit Onyx, on n'a presque plus de carburant, on ne sait pas s'il y a d'autres villages habités, ou s'il n'y a pas des troubles, il faut entrer. On a nos pick-up, on a nos armes, il ne faut pas s'inquiéter.

Elle ne s'inquiète pas, Destiny-Bienaimée, quand Onyx décide, mais la dernière fois il y a eu des morts. Alors elle inspire-expire rapidement et elle dit tout bas *Oh my God*.

Sur leur plate-forme les enfants ont peur, ils se rappellent des tirs de la dernière fois, ils essayent d'avoir la figure fière avec leurs kalaches, mais ils doivent appuyer la crosse sur leurs genoux pour ne pas trembler.

Il est impressionnant, ce village. Depuis la route, dès qu'ils l'ont vu, les cœurs battaient. Ils sont arrivés en haut d'une petite colline, pas très haute mais suffisante pour leur dévoiler le village. Il y a les remparts, c'est rare, il y a les deux collines et les deux châteaux. Le village c'est des bicoques sans histoire, posées de bric et de broc, les châteaux c'est autre chose, chacun dans leur style. Ils sont assez différents. Leurs collines sont pourtant semblables, des falaises de roche blanche, ardues à grimper. Le premier a de grands pans de murs qui montent et qui lui font une allure lisse et rigide, il est compact, seule émerge sa tour unique, entourée par des contreforts pour la soutenir ou la surveiller, la corseter, veiller à ce qu'elle ne cherche pas à se dégager de l'ensemble, à faire sa tour toute seule qui toiserait le reste de l'architecture. Mohamed-Ali dès qu'il le voit dit c'est un château-cathédrale. L'autre château est plus foutraque, il est long, crénelé, dentelé, il fait des angles bizarres, des tours sur lui-même, il est plus bas, moins altier, mais il semble plus querelleur, c'est un château-guerre, il dit Mohamed-Ali. Plus tard les villageois leur donnent les noms, un nom de garçon, Valère, pour le château-cathédrale, un nom de phénomène, Tourbillon, pour le château-guerre. Ils sont chacun sur leur colline et ils ne se font pas d'ombre mais ils se regardent, ils se toisent, l'air ulcéré qu'un autre château ait poussé si près. Vers eux montent une route droite et une route tortueuse venues du village, dont ils n'occupent pas le centre mais un petit écart.

Voilà pourquoi ils hésitent à son abord, les enfants, un village à deux châteaux ça n'est pas banal, ça impressionne, ils hésitent, ils tremblent, mais Onyx n'hésite pas, elle ne tremble pas, elle tape sur la portière et elle dit sortez les armes, elle dit, on file, on y va. Destiny-Bienaimée n'étale pas plus ses craintes, aucun enfant ne conteste, mais ils ont tous en tête le dernier village hostile, celui où on leur a tiré dessus.

Les remparts ne sont pas fermés, il y a plusieurs portes et aucun barrage, ils font un petit tour et Onyx choisit la plus grande porte, elle dit on arrive autant arriver en grand, et les pick-up roulent au pas, les ruelles sont accidentées, elles font des tournants, ils trouvent enfin ce qui ressemble à la place principale, il n'y a pas de statue il y a une fontaine. Pendant un long moment rien ne bouge, personne n'arrive, comme si le village était désert, c'est sans doute la peur, et puis une vieille s'approche, elle a l'air inquiète, ils ont l'habitude.

Vous voulez quoi, elle dit, sa voix est claire, de près elle n'est pas si vieille, pas jeune non plus mais elle a les cheveux très blancs et ça la vieillit encore plus. À part ça, elle sourit quand même, c'est un sourire pas totalement certain d'être un sourire, mais il essaye.

On veut boire, on veut manger, on veut du carburant, elle dit Onyx, on vous veut pas de mal, mais on a faim.

Mes pauvres petits, elle dit la vieille pas si vieille, elle repart, elle revient avec d'autres adultes, les enfants descendent des pick-up, ils posent leurs armes, il y en a simplement un qui reste par pick-up, armé et vigilant, les autres discutent, les villageois sont vieux mais gentils, ils arrivent toujours plus nombreux, sympathiques, curieux, joyeux, il n'y a pas d'enfants, dans ce village.

Ça se passe bien, c'est l'heure du goûter alors les villageois leur amènent du goûter, les enfants auraient bien mangé un vrai repas vu leur faim mais un goûter c'est pas mal quand même. Il y a des pains d'épice, des brioches avec de gros grains de sucre, du miel et du lait, pour les enfants c'est le paradis.

Mohamed-Ali est content, il aime les sucreries, il est soulagé qu'il n'y ait pas de coups de feu, il scande un petit poème, improvisé, simplement pour les remercier, ces vieux villageois généreux.

Petit bonhomme en pain d'épice, tu souris tu es doré

Mais on sait tu peux t'animer, tu deviens vivant et ton sourire est cruel tu viens m'embêter me chatouiller

Je te croque un bras une jambe et tu bouges encore

Tu es souple tu es diabolique

Tu as l'air bien rangé avec tes boutons de redingote mais tu poursuis les enfants

Je te le dis bonhomme tu fais peur

Petit bonhomme en pain d'épice

Pain en anglais ça veut dire douleur

Je vais vite te croquer

Avant que tu puisses me manger.

Les villageois, on ne sait pas trop comment ils le prennent ce poème, la grande carcasse de Mohamed-Ali est inspirée, elle bouge tandis qu'il scande, c'est beau quoi qu'on en pense.

Le jour avance et ils changent de victuailles, ils installent les tables pour un banquet, tous les villageois ou presque sont dehors, ils sont tous vieux plus ou moins, très sympathiques. Ils interrogent les enfants, ils déplorent, il y en a même qui pleurent. La première vieille qu'ils ont vue est la mairesse, elle leur raconte son village et ses deux châteaux, ils ont pu se protéger lors des guerres, ils ont ce qu'il faut de réserves, des silos et des caves dans les châteaux, des bassins pour recueillir de l'eau. On ne risque pas de manquer, ici, elle dit, et elle insiste bien. La plupart des villageois sont des cultivateurs, il y a aussi des artisans. Et ça, c'était le bâtiment de l'école, elle montre en désignant une bâtisse allongée, décorée de personnages et d'animaux en mosaïque.

Les enfants et les villageois mangent et parlent, ils se relaient pour surveiller les pick-up et les motos, quand même, et puis à un moment Méduse fait un tour, c'est Onyx qui lui demande, elle se méfie, elle se méfie toujours. Elle revient son visage a couleur de lune, toutes les portes des remparts sont bloquées, elle lui dit, on ne peut plus sortir. Il y a beaucoup de bruit, les discussions et les rigolades du banquet, mais Onyx se lève, taisez-vous tous, elle dit, elle s'adresse directement à la mairesse, pourquoi on peut plus sortir ? pourquoi vous avez fermé les portes ?

La mairesse est bien embêtée, les autres villageois se taisent, il y a un long silence, simplement les yeux d'Onyx qui dardent l'autre, ils dardent tellement on dirait ça crépite, finalement la mairesse parle, elle explique. Il n'y a plus d'enfants dans ce village, les villageois sont stériles, ils s'étaient résignés à péricliter et mourir mais de voir tous ces enfants ça leur a donné une idée, ils veulent les recueillir, les garder dans leur village, vous serez des enfants-rois, elle leur dit, elle leur ressort le coup des silos et des réserves, vous ne manquerez de rien, vous aurez tout ce qu'on a et quand on sera morts vous aurez nos maisons, nos châteaux. De toute façon, elle dit, vous ne pouvez pas sortir, de toute façon on ne vous lâchera pas, si vous ne voulez pas rester vous partirez sans provisions, sans carburant, vous partirez à pied

Cane-Corso grogne. Onyx se tait.

Il y a des villageois qui pleurent, restez, ils chialent, vous êtes nos enfants désormais, vous êtes le sel de la terre, le sel de nos yeux, la joie de nos jours à venir. Ils prient tellement, il y en a qui joignent les mains, qui se prosternent. Je vous ferai tous les jours des brioches et du pain d'épice, elle dit une vioque, enfin, elle ne dit pas, elle chevrote.

Ça va péter, elle se dit Destiny-Bienaimée. Mais Onyx s'éclaircit la gorge, elle emploie des mots mesurés, nous allons considérer votre proposition, elle dit, Destiny-Bienaimée n'a jamais entendu un tel vocabulaire, ça l'étonne, qu'elle soit aussi calme, elle s'attendait à la voir brandir les armes, à crier, à dire laissez-nous partir ou on défonce tout, on vous défonce vous et vos maisons, on veut pas rester dans votre village, il pue la mort et les vieux.

Les villageois sont soulagés, les enfants perplexes, le banquet reprend, c'est plus mou, ça rigole moins. Peu à peu les villageois se retirent, ils s'excusent, ils sont vieux, ils vont se coucher. Les enfants restent seuls entre eux, ils discutent encore un peu, ils sortent du rhum arrangé, ils fument quelques spliffs. Le cœur n'y est pas, ils se posent trop de questions. Onyx ne dit rien, elle regarde vers le haut, vers les châteaux. Les enfants s'endorment eux aussi.

Destiny-Bienaimée rêve du couvent, elle a le corps recouvert de l'habit des vraies supermuslim et elle a chaud, elle étouffe, elle a envie de pisser mais pas le temps de tout enlever. On chuchote à son oreille. C'est Onyx. Réveille-toi, elle lui dit, réveille les autres, on bouge, on prend les armes. Destiny-Bienaimée ne comprend rien mais elle savait bien que ce n'était pas normal, le calme d'Onyx, alors elle fait ce qu'elle a à faire, elle réveille doucement les enfants, elle distribue les armes, elle organise des porteurs pour les invalides.

Ils se retrouvent tous mal réveillés, en file indienne, en silence, à monter le chemin qui mène vers Tourbillon, Onyx a choisi son château préféré. À l'entrée du château un vieux garde la porte et il dort, ils lui masquent la bouche, ils lui lient les bras, et ils l'envoient valdinguer dans le chemin, il trébuche, il roule, il grogne parce qu'il ne peut pas crier. Il se relève péniblement et il court pour descendre, il trébuche de nouveau et il retombe. Ils se mettent tous à rigoler, bruyamment, ça fait du bien après ce silence. Alors ils entrent vite dans le château, ils barricadent les portes, ils visitent. La mairesse n'a pas menti. Il y a des réserves de tout. Il y a même des canapés et des lits pour se poser, pour boire et fumer. Il manque seulement une console et une télé.

Il ne faut pas attendre longtemps pour voir débarquer les villageois, ils essayent de pousser la porte, Onyx se met sur les remparts, derrière les créneaux, elle balance vers le ciel, depuis le chemin de ronde, une bonne rafale de sa kalache, les autres courent, ils se cachent, ils paniquent. Tranche de rire. Pichichi simplement ça ne lui plaît pas trop, des jeunes avec des kalaches qui tirent sur des vieux, ça lui rappelle trop de mauvais souvenirs. J'ai tiré en l'air, elle dit Onyx, t'inquiète, pas de blessés.

Il y a quelques vieux qui reviennent, ils ne touchent plus à la porte, il y a la mairesse, ils disent on veut discuter.

Discuter de quoi, elle dit Onyx, on s'est tout dit. On veut de la bouffe et du carburant et puis on dégage.

Vous ne pouvez pas partir comme ça, elle dit la mairesse, vous êtes des gamins.

On est des gamins avec des kalaches, on n'est pas vraiment des gamins.

Pendant ce temps à l'intérieur ils s'empiffrent. Il y a des bouteilles de vin, les enfants préfèrent le rhum, c'est plus sucré, mais ils goûtent, ils se forcent un peu, ils y prennent goût. Ils balancent les bouteilles vides sur la mairesse, pour s'amuser, elle danse pour les éviter, ça fait des morceaux de verre partout sur la roche blanche.

Onyx calme les autres enfants, elle leur dit arrêtez avec vos bouteilles, salissez pas devant mon château. Elle provoque un peu la mairesse, je vais continuer à grandir ici, vous enlèverez les débris de verre, j'aime pas quand ça brille devant chez moi.

La mairesse fait comme si elle n'avait pas entendu. Elle tente tout, elle supplie, elle menace. Ça dure plusieurs jours comme ça, à l'intérieur les enfants ne manquent de rien.

Finalement elle ne sait plus quoi faire alors elle négocie.

Rose-Bouledeneige dit à Petite-Jolie je te raconte une histoire, une histoire de *Hello Kitty*. Il ne faut pas confondre *Hello Kitty* fille, *Hello Kitty* garçon. *Hello Kitty* fille n'a pas d'amoureux et c'est tant mieux. Elle met des robes. Elle n'a pas de maison mais elle a un camion. Elle roule. Elle fête son anniversaire, on sait exactement son âge. Son frère s'appelle Luke. Il vit dans un arbre.

Un jour elle a un enfant. On sait exactement son âge. Il a un gâteau avec des bougies et des copines.

Hello Kitty fille l'accroche dans son dos pour ne pas le perdre. Il grandit, il prend trop de place, il est trop lourd. *Hello Kitty* fille coupe les lanières, l'enfant se décroche, il tombe, le camion roule, elle pleure.

Rose-Bouledeneige pleure aussi en racontant, ça lui fait toujours cet effet, les histoires d'enfants perdus.

Il y a tellement de chambres dans le château, des lits à baldaquin, des lits de camp, une bibliothèque, des salons divers, des écuries avec de la paille mais pas de chevaux, deux cuisines. Les enfants passent de pièce en pièce, ils ne dorment jamais dans la même, ils se massent dans une seule chambre ou ils se dispersent pour être tranquilles.

Chyen-Boul organise une partie de foot dans la cour, il organise une partie de foot dans le plus grand des salons, la cheminée c'est les cages, après ces deux parties il a assez joué, il s'installe tranquillement, avec Pichichi, ils discutent.

Ils font une boum comme ils avaient fait à la Colonie, ils trouvent une chaîne et des disques, il y a aussi des instruments, alors ils mettent la musique et ils en font. Féline est contente parce qu'elle trouve un disque de La Féline, Rose-Bouledeneige ne veut mettre que des disques de filles, elle met Angèle, Rihanna, Beyoncé, Amy Winehouse, elle ne comprend pas les paroles mais elle chante *Shine like a Diamond,* elle boit une gorgée de rhum et elle chante *Rehab*, elle tire sur son spliff et elle embrasse sa licorne. Chien danse, c'est une étrange danse sans parler, sans regarder, tête baissée. Il sourit, même.

Il y a des enfants qui s'embrassent et ça va beaucoup plus loin que la boum précédente, ils ont grandi, ils ont pris un château. Moufle embrasse Furette, elle met ses coudes autour de son cou, elle fait attention, au début, de ne pas la toucher avec ses prothèses, puis elle s'en fiche, elle est emportée. Elle lui dit à l'oreille je te caresserai avec mes pieds, avec ma langue. Trogne appelle Nagasaki, elle aime comment il danse, il remue le bassin et les genoux, il se désarticule, il lance les bras vers le haut. Elle lui dit je t'aime bien, quand tu seras grand, je t'embrasserai. En attendant elle le prend sur ses genoux et elle fait tourner son fauteuil, ils finissent par se fracasser contre une table, ils se renversent, ils rient tellement qu'ils n'arrivent pas à se relever.

On dort ensemble une nuit, elle dit Sixtine à Le Mat, tu laisses Petite-Opaline avec ses copines et tu viens avec moi. Elle ne sait pas trop, Le Mat, elle est soucieuse, mais elle se laisse faire. Sixtine la déshabille et elle se met toute nue contre elle, elle lui fait des caresses, elle lui montre des caresses, elle lui dit touche-moi à tel ou tel endroit, Le Mat le fait, elle aussi elle la touche, je ne me connais pas si bien, elle se dit Le Mat, elle me connaît bien mieux, finalement.

Onyx prend une chambre pour elle et Espoir, il est content, elle est imprévisible, il ne sait jamais quand elle l'emmène et quand elle le rembarre, il prend ce qu'elle lui donne, il ne cherche plus. Ce soir elle est gentille avec lui, on est les maîtres du château, elle lui dit, on était à la Colonie et maintenant on est là.

Mohamed-Ali dort dans la bibliothèque, il lit autant qu'il peut. Il trouve l'histoire de la reine des neiges, il veut comprendre Rose-Bouledeneige et ses copines, il a les sourcils froncés de sérieux, il s'applique à tout déchiffrer.

D'autres dorment un peu n'importe où, là où ils tombent, Méduse avec Furette, Tchernobyl avec Peur-Prudence, il lui parle toute la nuit de son pick-up, il a trop bu, il pleure, elle s'enfuit, elle file dans une autre chambre.

Un matin la mairesse se présente sous les remparts, elle fait appeler Onyx au chemin de ronde,

Il faut qu'on se parle, elle dit,

J'ai pas de secret pour mes camarades, elle répond Onyx, et ça pète bien de dire ça, les autres enfants se sentent fiers qu'elle les associe, qu'elle ne leur cache rien.

Bon, elle dit la mairesse, c'est comme vous voulez, c'est pour vous dire qu'on accepte vos conditions, on vous donne de la nourriture, du carburant, vous partez. Ça peut être très rapide, mais s'il vous plaît arrêtez de casser des bouteilles, arrêtez de casser notre château.

Onyx est contente, elle ne montre rien, elle taquine.

Et si finalement il nous plaît, votre château, elle dit, si finalement on restait là.

Elle fait une drôle de tête, la mairesse, elle dit oh non oh non, c'est rigolo, puis elle essaye d'argumenter, c'est pas possible, elle dit, vous ne pouvez pas rester enfermés, elle dit s'il vous plaît, elle parle, elle parle.

Onyx n'écoute rien, elle se baisse sur le chemin de ronde parce qu'elle a un fou rire avec Destiny-Bienaimée, finalement elle ressort sa tête par un créneau, l'autre est obligée de crier, sa voix se casse et diminue, elle ne comprend pas qu'Onyx se moque d'elle, elle dit c'est bon madame la mairesse vous m'avez convaincue, mais on a quand même une dernière requête,

elle sait qu'elle a gagné, Onyx, et cette fois gagner ne lui suffit pas, elle vaevictise.

Elle dit vous les vieux, vous les cheveux blancs, c'est votre faute si on en est là, on a connu la guerre, on a connu la Colonie, on a connu les vrais supermuslim, on a connu la route et les rats,

C'est pas tout notre faute, elle dit la mairesse, la guerre on la subit aussi, on fait ce qu'on peut, on en a marre aussi, d'ailleurs il y a des choses qui se passent, on se met avec d'autres villages pour dire ça suffit,

Onyx elle la coupe, elle dit,

Vous étiez là quand nous on était pas là, c'est pas tout votre faute mais c'est un peu votre faute, et même là, vous vouliez nous retenir, faire de nous vos prisonniers, peut-être vos esclaves, comme on fait aux enfants perdus, alors vous allez chercher dix villageois, dix de plus que vous, et vous vous mettrez à genoux, sous nos remparts, pour demander pardon, et vous direz pardon, et si vous avez des larmes dans les yeux ça sera encore mieux.

C'est pas possible, elle dit la mairesse, mais elle a bien entendu, c'est possible, c'est tellement possible qu'elle le fait, elle descend chercher dix villageois, dix qui montent le chemin tortueux, ils ont dans des carrioles de la nourriture et du carburant, et ils se mettent à genoux, ils écorchent leurs articulations usées et ils demandent pardon, il y a des larmes exactement comme elle voulait Onyx

Et parmi les enfants tous massés derrière les créneaux,

il y en a qui rigolent, des qui jettent des bouteilles pour le plaisir de les voir éclater, de voir les dix villageois et leur mairesse trembler sous les éclats, être meurtris par le verre,

il y en a qui triomphent et sentent dans leur sang la victoire

il y en a qui sont gênés, même s'ils sourient,

il y en a qui regardent leurs pieds,

il y en a qui regardent Onyx et ils l'admirent,

et la mairesse relève la tête sous les quolibets, elle s'adresse à Onyx et elle la tutoie, profite bien, elle lui dit, de la certitude fière de ta jeunesse, car il est moins loin que tu ne crois, le moment où tu devras toi-même rendre des comptes, profite bien de ton innocence car c'est un état provisoire et instable, car c'est un rêve et il s'échappe déjà, profite bien et souviens-toi plus tard de nos corps à genoux.

Ça suffit, elle dit Onyx, relevez-vous, laissez-nous les victuailles et le carburant, nous allons charger nos pick-up, ensuite on partira. Restez dans vos maisons car on sera armés et on tirera.

Les vieux se relèvent péniblement et ils s'en vont, il y en a un qui boite, genou gonflé, soutenu par deux autres, ils ne demandent pas leur reste, ils n'osent pas se retourner,

Onyx déjà ne les regarde plus, elle désigne qui chargera et qui gardera le château, elle choisit Espoir, Méduse et elle-même pour surveiller le chargement, kalache à la main.

Ça ne dure pas très longtemps, ensuite on fait descendre les enfants restés au château, Méduse est allée vérifier à moto que les portes ne sont plus bloquées, le convoi est prêt.

Le Mat s'éclaircit la gorge, elle force sa voix, elle dit bien fort

Je ne pars pas.

Onyx se retourne, elle marche vers elle et front contre front elle demande de répéter.

Je ne pars pas, elle dit Le Mat, je reste ici. J'ai eu assez de Grande-Caravane, assez de route et de malheurs, je n'irai pas à Cordes-sur-Ciel, les miens sont partis et ne reviendront pas. Je reste dans ce village où on a besoin de moi, où je compterai, où il n'y aura pas de manque, sauf de vous.

Tu devrais pas nous quitter, elle dit Onyx, tu ne sais pas ce que tu vas devenir, ici.

Je suis pas un enfant tout-seul, ni un enfant-à-enfants, un enfant-en-bande, je suis un enfant-à-adultes, ils sont gentils, ces villageois, il me faut de la tendresse de vieux, des histoires de ceux qui ont vécu.

Enfant-sage, tu le regretteras, elle dit Onyx, tu n'auras pas notre liberté, tu n'auras pas la manière dont on trace notre chemin, sans besoin de personne.

Je veux devenir grand sous le regard de grands, petit à petit, je ne veux plus l'errance, je veux savoir où je dors.

C'est dangereux, elle dit Onyx.

Je suis prêt au danger si j'y gagne une place, je n'ai pas peur de me révolter avec les grands, de combattre avec eux le gouvernement provisoire, je ne veux plus être sur la route sans voir tout ce qu'il y a autour.

De toute façon fais ce que tu veux, tu n'as jamais vraiment été de la Colonie, elle dit Onyx, tu n'es pas plus de la Grande-Caravane, tu n'es pas vraiment une des nôtres.

Il y a d'autres enfants qui se mettent derrière Le Mat, il y a Pichichi, Sixtine, il y a Chyen-Boul, il y a Peur-Prudence. Petite-Opaline hésite, elle tourne la tête vers Onyx, vers Le Mat, elle a les joues humides de larmes, elle court, elle saute dans les bras d'Onyx, elle l'embrasse, elle lui dit pardon, pardon je t'aime mais je veux rester moi aussi, je reste avec ma sœur,

C'est triste comme scène, c'est déchirant, Onyx est gênée, elle a le seum contre Le Mat mais elle est attendrie par Petite-Opaline, ce sont des sentiments contradictoires, et les sentiments c'est pas son fort, alors elle lui dit à l'oreille, tu es ma tresseuse préférée, ma petite tresseuse, on se reverra, je suis sûre, et elle l'embrasse,

Et les enfants qui partent se jettent dans les bras des enfants qui restent, ils les embrassent, ils les câlinent, ils se font des déclarations et des promesses,

Et même Onyx finit par prendre Le Mat dans ses bras, ça n'est pas vraiment une franche accolade, plutôt une accolade respectueuse d'adversaires pas ennemies, disons, c'est déjà ça. Elle va être contente, la mairesse, elle dit, ils seront contents les villageois, de vous avoir au moins vous, ils auront leurs enfants, finalement. Tu sais, elle dit Le Mat, ils sont gentils, ils vont nous accueillir comme des rois et des reines, on n'a pas eu ça souvent, on aura des familles, on veut essayer, peut-être ça sera la vie belle. Elle ne répond rien, Onyx, elle a la gorge serrée.

Fukushima et Cramée rejoignent Le Mat, et ça sera tout, ils sont huit enfants qui restent, qui ne remontent pas dans leur pick-up. Le pick-up numéro 1 s'est vidé, pour équilibrer, Espoir change de véhicule. Il est dans celui d'Onyx, ça l'arrange.

Alors on vous laisse, elle dit Onyx, portez-vous bien, on se retrouvera peut-être. Les pick-up roulent, les enfants qui restent les suivent jusqu'à la porte, car leur vitesse est réduite par l'étroitesse des rues, les enfants sur les plates-formes les regardent qui leur font des signes, ils rapetissent, ils sont des points, ils sont un point, ils disparaissent.

Quand ils sont assez loin du village aux deux châteaux, Onyx fait arrêter les pick-up. À proximité un pré avec un seul arbre au milieu, ses branches sectionnent le ciel en toile d'araignée, elles en découpent nettement le bleu par leurs traits noirs et fins. Il y a une boule dans ces lignes, un nid d'oiseau ou peut-être du gui. Onyx s'allonge au pied de l'arbre, elle regarde vers le haut et il lui semble immense. Elle est venère depuis leur départ, les autres enfants n'osent pas lui parler, elle se relève soudain et marche à grands pas vers les pick-up, elle ouvre la malle aux armes et prend une kalache, deux chargeurs, elle retourne dans le pré, vers l'arbre, elle surveille bien qu'il n'y ait personne derrière et puis elle rafale, en mode automatique. Ça fait beaucoup de bruit, elle déchiquette le tronc, elle vide un chargeur puis un deuxième, c'est complètement idiot, ils devraient plutôt garder leurs munitions, ne pas faire de bruit, il porte loin sans doute par ce temps bleu et sec, mais les enfants comprennent, il faut bien qu'elle passe sa rage. Elle arrête enfin, ça n'a pas duré si longtemps mais ils sont tous pétrifiés, ils ne se sont pas égaillés joyeusement comme ils en ont coutume. Elle avance vers le moignon d'arbre qui reste, sa pointe dressée vers le ciel comme ses branches auparavant, il accuse.

Elle lui tourne le dos et elle revient vers les pick-up, kalache encore fumante.

Qu'est-ce que vous regardez, elle leur dit en remontant dans son pick-up.

Moufle ne veut pas mouiller ses prothèses mais elle veut profiter des bains néanmoins. Elle demande à Trogne de les lui enlever, elle se baisse pour se mettre à sa hauteur, elles sont dans le vestiaire des thermes, les enfants ont trouvé sur leur route ce petit hôtel désuet, abandonné, une ancienne pension de famille, un endroit où on vient soigner sa peau, ses rhumatismes, ses nerfs.

Onyx a dit on y va, ça nous fera du bien. Ils ont garé les pick-up et les motos, désigné deux gardes, Cane-Corso avec eux, puis ils sont entrés. De l'extérieur les thermes ne payent pas de mine, c'est un petit bâtiment surplombé par une falaise de pierre, vertigineuse. Il y a la route et de l'autre côté un vaste parc à l'ombre des arbres, envahi de mauvaises herbes, il est bordé encore par une rivière large, peu profonde, au cours faussement lent. Le pont a été bombardé. Dans le parc, il y a un gros rocher, détaché de la falaise, il y a longtemps, il est planté dans le sol. La falaise aussi, elle bombarde, elle dit Onyx.

À l'intérieur c'est étroit, il y a une moquette pourrie dans les escaliers, des chambres entre lesquelles les enfants se répartissent. Ils trouvent des peignoirs, des claquettes, des serviettes, c'est classe, ils s'habillent en tenue de bain, ils descendent à l'étage des thermes, on dirait une vulgaire piscine, avec des bassins plus petits.

Ici c'est bon pour la peau, il y a écrit, elle dit Onyx, dommage que Cramée ne soit plus avec nous, tant pis pour elle, heureusement il reste les irradiés, plongez-vous dans les bains, profitez. Les enfants enlèvent les peignoirs, ils se répartissent dans les bassins, ils se plongent, l'eau est chaude, elle est apaisante, elle a une odeur d'œuf pourri, c'est l'odeur du soufre. On place l'Ancêtre dans une bouée, elle a des seins, de vrais seins de grande, c'est pratique, ça permet de la maintenir, on reste à proximité, quand même, pour éviter la noyade. Trogne utilise une autre bouée, elle avance lentement en pagayant avec ses bras. Tous ces enfants dans l'eau font de la vapeur, une buée obscurcit l'air et les fait tousser. Ils sortent la chnouf et le rhum, il y a des joints et des bouteilles qui circulent.

Onyx est dans son bassin, en face d'elle il y a Féline, elles sont bulle toutes les deux, elles ont bien fumé et bien bu, il y a les vapeurs de soufre qui leur viennent dans la tête, elles somnolent,

Féline voit une fête du dieu-éléphant, il a un gros corps rouge d'enfant et quatre bras, une seule défense, à ses côtés une souris fidèle. À eux deux, le gros et la petite, ils sont indestructibles, ils surmontent tous les problèmes. Il porte une hache et un nœud coulant, autour de son cou un chapelet, les cinquante lettres de l'alphabet sanskrit, elle le voit assis et il danse sur deux jambes, elle entremêle deux souvenirs, deux visions. Autour du seigneur-éléphant sa famille, les parents et les sœurs de Féline, ils prient et ils scandent, Ganapati reviens-nous, Ganapati porte-nous chance, ils mettent sur la statue, ou est-ce le véritable Dieu, des paniers de fleurs et des fruits, ils dansent et ils chantent et ils prient, ils brisent des noix de coco, il y a du vert et du rose, de l'orange et du bleu, il y a des étoffes et des dorures, du bronze, Féline tournoie, elle chatoie, elle est portée par ses sœurs, par ses parents, elle touche le dieu-éléphant, elle lui parle. Elle est joyeuse, ça sent le camphre et sa mère a sur la tête un pot de terre rempli de parfum qui brûle, elle danse, elle est belle. Puis ils arrivent à la fontaine, ou est-ce un fleuve, et ils le noient, ils rendent le seigneur-éléphant à l'eau, ils le dissolvent, Féline sourit et elle ouvre les yeux, en face d'elle Onyx rêve aussi.

Elle voit un homme d'âge mûr, il fait plus jeune, il pousse une femme dans un fauteuil dans le parc de l'hôtel, elle est malade et il l'aime, il s'assoit sur un banc, il lui tient tendrement la main. Il l'aide à se soulever, il lui donne à manger, elle parle peu sinon dans un souffle. Il pousse le fauteuil et ils regardent les plantes qui sentent bon, des herbes à cuisine du temps où elle cuisinait. Elle a un grand manteau blanc de fausse fourrure, trop ample pour elle, amaigrie par la maladie, pourtant c'est l'été, elle a ce grand manteau blanc et il est taché de sang.

Onyx somnole et elle voit le même homme seul, entouré de ses enfants, des femmes de ses enfants, d'un bébé, au même endroit, dans le même jardin.

Ils se déplacent

Ils marchent ils sont tous ensemble c'est une randonnée

La femme dans le fauteuil n'est plus là

Ils sont tous ensemble, toute la famille

Ils sont ensemble pour elle

Ils pensent à elle
Dans la joie
Ils restent unis
Une famille
Comme quand elle était avec eux
Il y a une descente au milieu des montagnes
Une descente progressive
Pas violente du tout
C'est majestueux
Il y a un petit chemin au milieu des myrtilles
De grandes dalles de roches et elles finissent en précipice
L'un des randonneurs se détache
Face à lui un pan entier de falaise, de l'autre côté d'un gouffre
Il regarde le ciel
Il regarde la roche grise
La montagne
Il pense aux randonnées avec la femme en fauteuil, sa mère, quand il était petit
Il se tenait dans un siège accroché au dos de son père et désormais c'est lui qui porte son fils de cette manière
Il respire bien, il fait chaud,
Il est content, il a bien marché
Il a eu l'impression qu'elle était avec eux
Il ne croit pas à la vie après la mort
Ou plutôt il aimerait y croire, il y croit sans doute au fond de lui en forme d'espoir, parce qu'il ne peut pas imaginer que tout s'arrête
Même s'il sait très bien qu'avant il n'y avait rien
Et c'est sans doute pareil après
Donc il ne croit pas à la vie après la mort

Mais il se dit, elle est avec nous
C'est un espoir peut-être ridicule
Il appelle l'indulgence face à la tristesse
Face à la perte
C'est un sentiment doux.
Les pensées de ce personnage
Dans son rêve
Correspondent exactement à celles d'Onyx
Tandis qu'elle a ce rêve
Les yeux fermés
Elle tire des spliffs
Elle tise son rhum
La famille de randonneurs disparaît
Elle est dans un pick-up
Destiny-Bienaimée conduit
Onyx sur le siège passager
La route déroule ceux qu'elle aimait.

Quand ils ressortent les enfants ont mal à la tête, ils ont l'épiderme fripé. Il n'y a pas eu de miracle, les irradiés ont la peau tout autant abîmée, en plus elle sent le soufre, ça dure même plusieurs jours.

En revanche Chien dit une phrase, la première qu'on entend de lui, il dit simplement

C'était bien.

On est proches de Cordes-sur-Ciel, elle dit Onyx, elle est contente, elle avait promis de les emmener là et elle les a emmenés. Elle a pris Espoir par la main, elle l'a conduit à distance du bivouac, sous un pont d'autoroute bombardé, effondré en partie, il n'est plus utilisé. Ça leur fait une caverne lisse, une caverne grise. Un coin pour eux deux. De la végétation a poussé sous le pont, une trouée de lumière assure ce qu'il faut de soleil, ils sont assis dessus, ils l'écrasent, ils s'embrassent. Il la caresse, il la déshabille et il la lèche, ça lui plaît bien, elle sent quand elle l'embrasse l'odeur persistante du soufre sur sa peau, elle y colle son nez. Il met sa tête entre ses jambes et il la fait frissonner, ensuite il place sa tête au creux de son épaule, il lui caresse la nuque d'une main. Elle ferme les yeux, c'est une caresse-massage qui la détend. Le jour décline, il faut rejoindre le bivouac, elle dit. Il se relève, il est torse nu, il se tient de travers à cause de sa jambe folle.

Elle lui dit tu es beau, tu es vraiment beau.

Sa bouche fait une croix, ses yeux deviennent humides, on ne lui a jamais rien dit d'aussi gentil.

Mohamed-Ali a réuni les petites tout autour de lui, Onyx a annoncé ce soir au bivouac que c'est pour demain, Cordes-sur-Ciel. Elles sont tout excitées, elles sautent et elles se chamaillent, il leur dit je vous ai promis, j'ai fait des recherches, ce soir je scande pour vous la reine des neiges. Elles crient de joie, elles lui sautent au cou, elles l'étreignent, elles sont si petites et il est si grand, elles ont grandi pourtant. Rose-Bouledeneige fait valser ses cheveux avec ses mains, elle dégage son cou, son front, on ne sait pas, sûrement pour le plaisir du geste, de voir les mèches voler.

Quand Mohamed-Ali commence elles se taisent.

C'est l'histoire d'un miroir cassé dont les morceaux rendent dur

Indifférent aux autres et au monde

Ce sont des morceaux qui renvoient le reflet de ce monde et des autres et de soi, pourtant

Mais c'est un reflet qui éloigne, il attriste, il rétrécit
Il fige de désespoir.
Il y a deux sœurs et l'une aperçoit ce reflet
Elle a le cœur gelé, instantanément,
Et de ses mains elle glace ce qu'elle touche.
Elle en devient la reine des neiges.
L'autre est naïve, elle voit le monde avec des yeux d'enfant, d'enfant préservé du mal.
Pourtant ce mal il arrive, il déborde,
La première sœur le voit, elle en a peur, elle a peur d'elle-même
Elle a peur des misères et des limites
De ce qui saisit les filles
De ce qui les fige
Elle a peur de sa colère immense
Elle pourrait tout détruire
De ses mains glacées dévaster
Elle a dans les yeux le ravage
Alors elle part
Elle se rend trop bien compte
Alors elle fuit
Elle se construit un palais de glace et elle s'y terre
Elle s'y terre plutôt que l'ouragan
Plutôt que le froid
Elle est seule
Elle a de grandes possibilités et elle préfère s'en priver
Effrayée par toute la force qu'elles recèlent
Cette colère qu'elle a dans ses mains rassemblée
Elle ne sait pas qu'en faire
Elle peut s'en façonner un palais
Isolée

Ou bien dans le monde
Y déclencher des tempêtes.
Se retrancher ou se mettre dedans
Sûreté ou combat
Elle doit choisir
Elle ne sait pas.
Sa sœur vient la chercher
Car tandis qu'elle occupe son palais
La vie continue
Le malheur s'abat
Les injustices fauchent
La reine des neiges s'abstrait mais ça continue
Elle a dissimulé sa colère mais ça continue
Elle ne voit plus rien mais ça se déroule
Ça s'amplifie
Ça la rattrape
En la personne de sa sœur, donc
Sa sœur naïve
Sa sœur qui elle est restée
Sa sœur sans pouvoir sinon celui de se colleter les malheurs du monde
De se les prendre en pleine face
La sœur ne s'est pas enfuie
Si elle marche, c'est pour la retrouver
À force de s'éloigner, elle en a le cœur gelé, elle aussi, gelé de façon mortelle.
Elle se fige en statue.
La reine des neiges a un palais idéal
Et une sœur gelée
Elle a son lieu où se tenir à l'abri
Un endroit cependant de faible contenance

Il la préserve elle sans préserver les autres.
La reine des neiges ne reste pas dans son palais
Elle en sort pour sauver sa sœur,
Pour sauver ce qui peut être sauvé
Elle dit adieu au palais idéal
Adieu à son île déserte, splendide de solitude et de perfection
Adieu à cet endroit où tout est simple
Tout est juste
Tout est bon
Elle repart dans la neige boueuse qui fond
Elle en a plein les pattes
C'est salissant
C'est moche
C'est la vie dans le monde
Elle ne s'abstrait plus
Elle dirige sa colère
Elle aime
Elle aime sa sœur naïve
Si différente et si fraîche
Si énervante
Si différente
Si obtuse de n'avoir rien compris
Elle dégèle son cœur gelé
Il est question d'amour
Car il en faut pour la faire quitter son palais
Pour la faire retourner voir
Les sales affaires des vivants
Parler aimer écouter
Pour unir ce qui est divisé
Pour rassembler ce qui est épars
Pour voir le printemps et l'été succéder à l'hiver.

Les petites ont écouté jusqu'au bout, elles ne dorment pas, elles imaginent la reine des neiges avec des tresses, elles se voient autour d'elle, elles alternent les mèches pour bien la coiffer.

Le lendemain ils replient le dernier bivouac avant Cordes-sur-Ciel. La Grande-Caravane touche à son but, ils sont moins d'enfants que lors du départ, un clebs de plus. Cane-Corso aboie, il s'ébroue, il court, il feinte, il se précipite, il revient en arrière. Il est joyeux, il remue la queue, sa langue se coince entre ses deux mâchoires de bon chien, il cherche la caresse des enfants, surtout d'Onyx. Peut-être sent-il l'émotion qui les étreint, l'idée qu'ils y sont arrivés, où ils avaient prévu d'aller. C'est peu et c'est bien.

Ils se mettent en route et ils ne roulent pas vite, comme s'il fallait retarder le moment.

Cordes-sur-Ciel apparaît au détour d'un virage, c'est un village sur une colline, il sort des nuages qui l'entourent, ainsi il mérite bien son nom. Cordes-sur-Ciel traîne sur un versant de la colline, il y déverse ses maisons en amas, elles s'étalent.

Ils laissent les pick-up et les motos bien avant d'arriver, ils profitent d'un petit bois, ils les cachent. Ils mettent dessus des branchages, le camouflage est dérisoire.

Ils enterrent les armes. Pas très profondément, suffisamment pour les mettre en sécurité. Puis ils finissent à pied. Ils sont en procession, les uns derrière les autres. Trogne est poussée par Féline. L'Ancêtre est portée sur le dos par Méduse, accrochée par un harnais dont les bretelles sont entourées de mousse, pour ne pas la blesser. Espoir a pris sa béquille.

Ils avancent le long de la route et ils sont silencieux. Quand les petites rompent ce silence, pour se plaindre, parce que c'est long, ils les mettent sur les épaules, ils se relaient. Elles ne gigotent pas.

Ça monte, il faut pousser sur les jambes. Furette et Fouine viennent aider Féline pour pousser le fauteuil.

Il y a des remparts, ils s'arrêtent à leur pied et ils boivent, de l'eau seulement, il fait chaud.

Ils pénètrent dans la ville par une porte en forme de voûte, bordée de longues colonnes. Le sol est grossièrement pavé.

Ils avancent en petite troupe et les habitants qu'ils croisent sont loin, ou marchent vite et s'éloignent. Le village semble peu habité.

Les rues sont étroites et hautes, bordées par de grandes maisons, leurs longues parois montent vers le ciel. Des blasons sur les murs évoquent des temps révolus.

Ici tout tire vers le haut.

Elle ne sait pas à quoi elle s'attend, Onyx. Elle se dit avec ce nom, des cordes vont descendre du ciel, on pourra monter, voir parmi les étoiles et la lune ceux et celles qui ont disparu. En lieu et place elle croit apercevoir un fantôme, sa bouche fait comme une croix et il n'a pas de dents. Devant les yeux de la cheffe des taches dansent, elles ont diverses couleurs.

Elle les fait entrer dans des maisons de Dieu. Parcourir des petites rues puis revenir sur leurs pas. Boire aux fontaines.

Les enfants arrivent sur une enfilade de places, il y a plus d'espace, de longs préaux avec de fines colonnades.

Ils s'assoient sur des bancs de pierre, ils attendent, il ne se passe rien. Aucune corde ne descend du ciel.

Onyx a mal à la tête. Elle se demande.

Rose-Bouledeneige est troublée. Je reconnais, elle dit. Elle voit des choses familières, il lui semble. Elle pleurniche parce que ça lui fait peur, ce sont de petites larmes, elle renifle. Petite-Jolie lui tient la main.

Comme ils ne bougent plus, des habitants viennent les voir, ils ne s'inquiètent pas de cette troupe d'enfants désarmée, déguenillée, fatiguée. Ils leur donnent à manger, à boire et d'autres habits que leurs estrasses.

Il y en a qui viennent simplement en curieux, d'autres ont perdu des enfants et les cherchent, on ne sait jamais. Il y a eu tant d'occasions, tant de fuites précipitées, de bombardements inattendus, d'escarmouches. Tant de désordre à perdre son enfant, à l'abandonner, à se le faire voler.

Rose-Bouledeneige pleure franchement, ce sont des larmes plus grosses, elle a des hoquets de sanglot, elle essaye de les retenir et ils sortent plus rauques, elle ne parvient pas à expliquer, elle ne comprend pas elle-même, c'est au-delà de sa volonté.

Deux femmes arrivent, elles dévisagent avec attention les petites, elles se plantent devant Rose-Bouledeneige, elles la regardent intensément, d'espoir et d'effroi. La petite fille a un hoquet, il semble déclencher leur mouvement, chacune se saisit d'un bras, elles s'agenouillent, elles pleurent. On est tes mamans, elles lui disent, rappelle-toi, nous pensions t'avoir perdue, c'est un miracle. Elles sourient et elles pleurent, elles se regardent et elles s'aiment, elles sont admiratives et heureuses de la petite fille qu'elles ont sous les yeux, elles la trouvent magnifique, ce n'était pas possible et voilà qu'elles la retrouvent. Rose-Bouledeneige les regarde et elles lui sont presque inconnues, si ce n'est de douces réminiscences de voix et d'odeurs, ça la remue. Elle fixe leurs visages, leur souvenir est trop loin, elle s'imaginait des mamans aux longs cheveux, des mamans belles, elles le sont mais elles ont morflé, les mèches grises de l'une, elles tombent lasses sur son front, les rides du coin des yeux, l'autre a sur le visage des cicatrices terribles, elles partagent des morceaux de visage désaccordés, chacun semble mener sa vie. Elle a été torturée, ou elle a pris des éclats d'obus. Peut-être une grenade lacrymogène d'un milicien du gouvernement provisoire. Rose-Bouledeneige met ses yeux dans leurs yeux, elle voudrait se rappeler. Elle n'est pas sûre, Rose-Bouledeneige, mais elle les veut ces mamans. On peut tout recommencer, elles disent les daronnes, elles remercient les autres enfants, merci de nous l'avoir ramenée, elles embrassent Onyx dont les autres leur disent qu'elle est la cheffe.

Il y a aussi mes copines, elle dit Rose-Bouledeneige. Justement un autre couple observe Petite-Jolie, c'est notre fille, ils disent, notre petite fille perdue. Petite-Jolie a les yeux grands ouverts, bouche bée, elle ne se rappelle rien de ses parents, ces deux-là ne lui évoquent rien, mais prenez-moi, elle leur dit, emmenez-moi dans votre maison, je serai votre petite fille modèle, c'est moi, vous m'avez perdue mais je reviens, je suis là. Il y en a d'autres qui se disputent La-Plus-Sage, ils la tirent chacun par un bras en disant c'est notre fille, Petite-Rigolote a été choisie aussi, une femme seule, elle dit tu n'es pas morte, ce n'était pas ton corps, je savais bien que ça n'était pas toi, l'instinct d'une mère, ce visage détruit toi qui es si belle, merci mon Dieu, vous m'avez pris mon mari et mes parents, vous me rendez ma petite fille, même si longtemps après, merci mon Dieu. Elle lui prend les poignets, elle lui joint les mains et elle les embrasse. L'un des couples qui se la disputaient a pris La-Plus-Sage, ils disent encore c'est notre fille, elle devrait être un peu plus âgée mais ça correspond, ça colle presque, au bout de tant d'années on ne calcule plus, on ne regarde pas de trop près. Les autres se rabattent sur Confidence, ils en sont bien sûrs, finalement, ce sont ses yeux, sa forme de tout petit nez.

Les enfants et les parents s'éloignent, ils donnent à ceux qui restent de quoi boire et manger, ils les remercient avec effusion, ils les laissent.

On fait quoi, elle dit Destiny-Bienaimée.

Ils ont pris que les petites, les pas trop abîmées, elle dit Trogne, elle tient fort dans sa main sa famille de papier, elle ne pleure pas mais ça lui pèse dans la gorge.

On fait rien, elle dit Onyx, qu'est-ce que tu veux qu'on fasse, on est arrivées et il ne se passe rien. Si on veut les récupérer, on sait où elles sont.

Elle a l'air abattue. Vraiment abattue, et les autres, ça leur fait un choc. Ils étaient presque vingt et ils sont moins de quinze.

Les cordes ne tombent pas. Les cordes du ciel. Elles sont absentes. Le ciel est bleu et vide. Même à Cordes-sur-Ciel.

Venez voir, il crie Mohamed-Ali. Il était parti faire un tour. Venez voir ce jardin.

Les enfants le suivent, il les dépasse tous largement, il les entraîne dans les petites rues, vers le jardin qu'il a trouvé. Devant une pancarte défraîchie marquée Jardin des Paradis. Ils entrent, parcourent les petites allées. Il y a un potager, des plantes aromatiques, des saules et des grenadiers. Ce sont des herbes magnifiques, des fleurs. Elles sentent bon. Il y a des papillons et des abeilles. Deux grands bassins, des nénuphars posés à la surface, des tommettes rouges tout autour. L'eau coule et il fait plus frais.

Les enfants sont épuisés. Ils s'allongent, ils s'endorment ou ils discutent à voix basse. C'est beau ici.

Onyx se met avec Méduse, Destiny-Bienaimée, Mohamed-Ali, Moufle, Trogne, Espoir. Ils ne dorment pas, ils discutent.

On fait quoi, elle dit Onyx. On a vu la mer, on a vu Cordes-sur-Ciel. On est dans le Jardin des Paradis.

Je voulais qu'on reste ensemble, elle dit, libres des adultes, libres des autres. On finit par grandir, on passe de l'autre côté, faut croire.

Tu nous as maintenus vivants, elle dit Moufle, on est restés ensemble, unis, les enfants de la Colonie.

On est des enfants qui ne sont plus des enfants, elle dit Onyx. Je voulais unir, désormais tout est dispersé.

Tu peux encore unir, il dit Mohamed-Ali. On est treize à te suivre, plus un clebs. Tu peux unir les petits, tu peux unir les grands.

Il scande doucement, ça vient progressivement, il trouve son rythme.

On peut s'extraire ou on peut plonger
On peut rester entre nous
On est une commune d'enfants
On peut repartir en Petite-Caravane
Sillonner
Observer
On peut prendre
On peut piller

On peut rester ici et dire c'est notre famille
Ce sont nos petites
On peut retourner voir Le Mat
Et dire aux vieux c'est chez nous
On peut passer de l'autre côté
Faire chacun son chemin de grand
Son grand chemin ou son petit chemin
On peut rejoindre les émeutes
C'est plus ambitieux
Se mettre à la révolution
Tu peux parler et exalter les foules, Onyx
La-Petite-Elle-Veut-Tout-Faire-Toute-Seule
La cheffe des bitches
Victorieuse des strongues
Notre bergère
Notre bergère tatouée et tressée
Notre Jeanne
Notre Marie-Sara
Sara-Kâli dont on baise le pied ou le bas de la robe
Notre Aïcha
Dompteuse de Cane-Corso
Nous sommes tes combattants tes premiers fidèles
Tu feras de nous et nous ferons de toi
Ce n'est pas une question de croyance mais de confiance
Il ne s'est rien passé à Cordes-sur-Ciel
Pourtant on a trouvé le jardin et les paradis
L'eau et les herbes
Les plantes qui sentent bon.
On a aussi nos armes et nos pick-up.
Grâce à toi on est forts.
Ça ne finit pas ici, ça commence.

Elle ne sait pas si tout ça n'est pas fini et bien fini, Onyx. Il reste pas mal à parcourir, elle se dit. C'était une étape et une belle étape.

Elle marche un peu, toute seule. Elle prend dans ses doigts un brin de romarin, elle le froisse et ça sent bon.

Ça va mieux. Elle ne sait pas encore si c'est pour elle, les familles, les révoltes, elle ne sait pas si c'est pour eux. S'ils restent, envers et contre tout, les enfants de la Colonie. Même plus grands. Elle se dit on ne doit peut-être rien à personne, on peut continuer à marcher sur le muret, sans tomber d'un côté ou de l'autre. Sans proposer rien de plus que pour nous. Elle a quand même un peu envie d'aller voir les autres de plus près. Elle a sa colère, encore.

Ils sont au paradis. Ils ne sont pas pressés. Le choix peut encore rester suspendu, le temps file et décide.

Onyx a chaud. Elle se déshabille et elle s'allonge dans un bassin. Elle se met sur le dos, elle flotte à la surface. Elle plonge sa nuque au-delà des oreilles et tout est brouillé, les sons s'éloignent. Elle les ressort et il revient, le petit brouhaha. Si c'était aussi simple. Elle sourit. Elle s'endort sans doute un peu à la surface, elle a le visage au soleil donc elle ferme les yeux. Elle fait un demi-rêve, odeur de sève et d'humus, forêt, arbres moussus, terre mouillée, fougères aplaties, elle y rencontre la femme-arbre.

La femme-arbre met ses grosses mains difformes sur les épaules d'Onyx,

Elle l'exhorte, sa voix est caverneuse :

Le grand croît
Dévore l'avant
Inexorable.

Prends garde, il mange sa propre chair
Tu croques la tienne
Nourris sa faim
Apaise-la
Cantonne-la.

Le grand est charogne
Il mange ce qui est mort
L'enfant est son gibier
Ceux qui sont tombés, il s'en repaît
Il ingère puis il abandonne les restes
Il les recouvre salement.

Chemine tes morts
Paves-en ta route
Cisaille, fais-toi de leurs lambeaux des habits
Ils te tiendront chaud

Ne laisse pas l'enfant accrocher ton sein, déchiqueter ta gorge,
L'enfant est mort, ne l'enterre pas, ne le transforme pas en statue
Bouscule l'enfant
Garde-le tapi
Parle-lui quelquefois
Même si sa voix s'amenuise.

Garde tes ruines
N'oublie pas
Ce qui est enseveli
Est à toi.

N'oublie pas
Polis tes armes, nettoie-les, aiguise-les et range-les
L'assassin a toujours peur du couteau.

Quand Onyx émerge de sa somnolence elle sort de l'eau, elle se rhabille. Elle se relève, elle étire ses bras et ses jambes. Elle marche ensuite vers Destiny-Bienaimée, Méduse, Mohamed-Ali, Espoir et Moufle, elle les rejoint eux et les autres, sa Petite-Caravane, au-delà.

De nouveau son sang bat fort, il polit les rochers, emporte les cailloux. Il fait tourner le moulin.

Remerciements à la mode postface-patchwork, façon vaste champ de blé, de maïs, d'éoliennes et de tournesols.

C'est un processus étrange qui fait jaillir un livre, un mélange de lectures, de souvenirs, d'obsessions, de fantômes, de sentiments, d'événements, d'époques, d'expériences, d'images et de textes, de grandes douleurs et de grandes joies. Quand l'écriture dure plusieurs années, comme ce fut le cas pour ce livre, elle est traversée par plusieurs strates, le projet initial est recouvert, gratté, retourné, tanné, on lui applique des couleurs et ce sont d'autres qui passent, on laisse reposer, on reprend, on est pris par la vie qui court, par le temps, par les proches, on travaille quand on peut, on est parcouru, on est un réceptacle prêt à déverser ce qui nous remplit trop, tout ça finalement fait le livre. Celui-ci a connu plusieurs étapes, plusieurs rencontres et influences, plusieurs paysages et expériences, et tous, à leur manière, ont été déterminants.

L'origine de ce texte est une lecture musicale pour l'ouverture de ma résidence à la médiathèque de Bondy, le 3 octobre 2015, dans le cadre du dispositif écrivains en Seine-Saint-Denis.

Je l'avais placée sous le signe de la forêt. Parce qu'il y a eu la forêt de Bondy. Parce qu'on n'est pas obligé de parler seulement de béton dans le 93. À mes côtés Jakuta Alikavazovic, Manuel Candré, Yancouba Diémé, Mathilde Garcia-Sanz, Olivia Rosenthal, sur la musique d'Orso Jesenska. Un mois et dix jours plus tard mon ami Matthieu Giroud était assassiné au Bataclan au cours d'une triste soirée, ainsi que de nombreuses victimes à Paris et à Saint-Denis. Cet événement terrible a profondément influencé mon projet.

J'ai mis quatre ans pour écrire ce livre. Il doit beaucoup, d'abord, aux textes de deux étudiants du master de création littéraire, Yancouba Diémé et Mathilde Garcia-Sanz. Le premier pour sa façon de nommer, la seconde pour la forêt de ses mots. Les lire m'a donné un premier souffle, a déclenché mon imaginaire. De manière générale, le travail avec ces étudiants m'a influencé et ouvert l'esprit, particulièrement en lisant et relisant ceux et celles qui expérimentent des formes poétiques (je pense à Paul Ayme, Mélanie Yvon, Benoît Toqué, Laura Sellies, Margaux-Zoé Renaux, Louise Mutabazi, Marie Willaime, Amélie Durand, Stéphanie Vivier, Lena Buignet, Julie Menu, Eva Mulleras, Nicolas Attal, Florian Julien, Sara Bourre, Etaïnn Zwer, Amédine Sedes, Mathis Berchery, Tania Tchernio, Thomas Goguet).

Le livre est aussi l'aboutissement de cette résidence à Bondy, d'un travail de création qui a excédé le temps de ma résidence ; ou qui a précédé ma résidence en un autre sens, car si je n'y suis plus en résidence artistique, je réside désormais à Bondy, centre du monde de l'an I de l'ère Kylian Mbappé, ou plutôt juste à côté, à Noisy-le-Sec, à dix minutes de la médiathèque. Je suis infiniment reconnaissant à Blandine Fauré et Juliette Panossian qui l'ont initiée, à Pierre Sécher qui a contribué à la mettre en place, à ceux qui y travaillent et qui m'ont accueilli,

Adrien Solé, Béatrice Auclair, Annabelle Juin, Élisabeth, Maud Lavalley, Rose, Monique, Marc et tous les autres.

Au cœur de ce livre aussi l'expérience extraordinaire de voir grandir mes propres enfants, de les voir s'amuser avec leurs copains et copines de crèche et d'école, de voir ma nièce Uma, ma nièce Éloïse, les enfants de mes amis. Pêle-mêle, Jojo, Abel, Lila, Noé, Louison, Gaëtan, Zoé, Nina, Émile, Isidore, Léna, Suzie, Camille, Valentin, Elouen, Naël, Naïma, Coline, Zyed, Lounes, Lila-Simisola, Sila, Oumi, Tilio, Salomé, Nayir, Azahra, Hannah, Myrtille, Constant, Martin, Élias, Basile, Arthur, Samy, Thajaan, Thivijaa, Maéline, Kevin, Jean, Nahel, Sofia, Maïssa, Aïlyne, Lahna, Kloé, Léonie, Alyah, Lina B., Hind, Lina T., Noah-Isaac, Inaya, Assia, Elya, Neji, Mohamed-Ali, Nawel, Sara, Chloé, Adam, Ali, Éric, Veerenteran, Yasmin, Ilyes, Kaïl, Kayssie, Lorenzo. J'ai essayé de mettre un peu de leur redoutable énergie de vie dans ce livre.

Il est également composé à partir de paysages : ceux de Seine-Saint-Denis et particulièrement de Noisy-le-Sec et de Bondy, où je réside ; ceux d'Ariège où j'ai passé, dans les derniers temps de la vie de ma mère, des moments doux en famille, et où nous sommes retournés tous ensemble après sa mort (il reste un peu d'elle en ces lieux) ; ceux de Provence où j'ai grandi ; ceux du Tarn où j'ai passé des vacances en famille, à plusieurs reprises ; j'y ai visité notamment Cordes-sur-Ciel et son Jardin des Paradis, en pensant à ma mère ; ceux des Pyrénées ; ceux de Sion, en Suisse, dans le Valais, où je vais régulièrement donner des cours depuis de nombreuses années. Dans chacun de ces lieux, j'ai lu ou écouté des histoires. On retrouve Darnert dans les contes et légendes d'Ariège glanés aux Forges de Pyrène, ainsi que le récit du passionnant conflit social des Demoiselles, au XIXe siècle ; celles des loups à la Maison des Loups d'Orlu.

J'ai apprécié également, en Provence, à Mane, les chansons de bergers interprétées par Samuel. Merci à Henri Uzel de m'en avoir déniché les paroles. Je reproduis dans ce livre des paroles issues du répertoire populaire et patiemment récoltées : par Sylvette Béraud-Williams auprès de Mme Dumas, dans la commune de Chalancon en Ardèche, pour *Je suis fillette à plaindre*, et par la compagnie Cor'Alpes d'après des chansons de bergers de Tarentaise et de Maurienne pour *La Bergère aux champs*.

Ce livre est nourri de lectures.

J'ai dévoré de nombreux livres mettant en scène des enfants, des bandes d'enfants.

En tout premier lieu, *Sa Majesté des Mouches*, à tel point que pour présenter mon travail en cours, j'avais coutume de dire : c'est *Sa Majesté des Mouches* dans un monde postapocalyptique sur fond de PNL (le groupe de rap) et de contes et légendes d'Ariège. Je n'avais pas lu ce livre étant jeune, je le connaissais pourtant et il m'attirait. Dès que j'ai eu ce projet en tête je me suis donc attelé à réparer ce rendez-vous manqué, et j'ai été passionné par l'ouvrage.

Alors que mon projet était déjà entamé, j'ai eu l'immense bonheur de lire *La Maison dans laquelle*, de Maryam Petrosyan, aux éditions Monsieur Toussaint Louverture (traduction Raphaëlle Pache). J'ai adoré ce livre (offert par mon ami Sylvain Cherkaoui), il m'a fasciné, et j'ai bien failli en abandonner mon projet, avec l'impression qu'il me serait impossible d'arriver à la cheville de ce livre fou et impressionnant. Puis je me suis dit que mon travail était différent, et que j'allais me laisser porter par ce souffle plutôt qu'il ne me stoppe. Je recommande la lecture de cet ouvrage unique et tellement beau.

Autre expérience de lecture fascinante, *La Fabrique de violence*, de Jan Guillou (Agone, traduction Philippe Bouquet), roman suédois qui met en scène la résistance d'Erik, jeune garçon placé dans une institution disciplinaire religieuse dans laquelle les relations entre élèves et avec les professeurs sont marquées par une grande violence. C'est un livre oppressant et beau à la fois, un livre d'espoir aussi.

Les livres d'Hélène Gaudy, dont les personnages sont des enfants ou des adolescents, ont résonné pendant mon écriture : l'amitié émancipatrice et perturbatrice de deux jeunes filles dans *Si rien ne bouge* (Rouergue), la mystérieuse disparition et réapparition d'un adolescent dans *Plein hiver* (Actes Sud). Elle parvient à semer le trouble et l'ambiguïté. J'ai beaucoup aimé aussi *Grands Lieux* (Joca Seria) dans lequel elle joue sur la manière dont l'enfance magnifie et rend mystérieux les souvenirs.

J'ai apprécié également *Bénis soient les enfants et les bêtes* de Glendon Swarthout (Gallmeister, traduction Gisèle Bernier), prêté par mon ami Julien Rochedy et lu d'une traite à Marseille, récit de la fugue d'une bande de garçons d'un camp de vacances à la dure en Arizona. Ainsi que la cruelle bande d'enfants de *Midi* de Cloé Korman (Seuil). Et le frère et la sœur de Stéphane Servant dans *Sirius* (Rouergue), dans un monde postapocalyptique.

Alors que je terminais mon manuscrit, j'ai lu *Le Dernier Fleuve*, d'Hélène Frappat, dont je suis et j'apprécie le travail, sa façon d'instiller subtilement du fantastique, et ce livre a évoqué des échos en moi, cette histoire, très poétique, de deux frères arrivés au bout du monde, m'est apparue comme un conte merveilleux.

Lu *in extremis* également, *Home Sweet Home*, d'Antoine Philias et Alice Zeniter, édité à l'École des Loisirs par Maya Michalon, est une très belle histoire, celle d'une bande de jeunes, adolescents et enfants, qui investissent un lycée abandonné pour y vivre sans adultes, dans le contexte de la crise des *subprimes* aux États-Unis. La pièce d'Alice Zeniter en direction des enfants, *Hansel et Gretel, Le début de la faim*, jouée par sa compagnie L'Entente Cordiale, remue aussi ces mêmes thèmes.

Enfin des bandes dessinées m'ont marqué.

En premier lieu *Moi ce que j'aime, c'est les monstres*, livre génial d'Emil Ferris, chez Monsieur Toussaint Louverture (traduction Jean-Charles Khalifa), dans lequel une petite fille se représente en loup-garou détective et mène l'enquête sur la mort de sa voisine, dans le Chicago des années 1960. Ce livre est foisonnant, émouvant, il contient des histoires dans l'histoire, des fantômes et des *freaks*. Il m'a enthousiasmé.

J'ai beaucoup aimé aussi l'album de Chloé Cruchaudet, *La Croisade des innocents* (Soleil), qui imagine une des croisades des enfants que Mohamed-Ali évoque justement dans mon propre roman.

Ainsi que la série *Seuls* de Fabien Vehlmann (scénariste génial) et Bruno Gazzotti, chez Dupuis, qui met en scène des enfants qui se retrouvent dans une ville sans adultes. Et les *Bergères guerrières* d'Amélie Fléchais et Jonathan Garnier (Glénat).

Je voudrais citer pour terminer cette liste les histoires dessinées par Ilya Green dans sa série des aventures d'Olga et ses copines (Didier jeunesse). C'est une merveille de poésie, elle restitue l'enfance avec joie, fantaisie et cruauté.

Le terrain de l'histoire d'enfants est donc bien défriché par tous ces différents ouvrages, et j'ai essayé tout au long de mon livre de produire ma propre histoire, avec mes obsessions, ma langue, mes maladresses, pour l'arpenter à ma manière.

D'autres livres ont joué un rôle dans la genèse de mon projet, ou au cours de son écriture.

Mécanismes de survie en milieu hostile, d'Olivia Rosenthal, était dans mon esprit tandis que j'écrivais, tant ce livre est un mécanisme implacable, un piège dans lequel elle parvient à nous enfermer, c'est à la fois oppressant et beau. J'ai aussi aimé son spectacle, *Macadam Animal*, avec Éryck Abecassis.

La forêt de *Faune et Flore du dedans*, de Blandine Fauré (Arléa), qui dirigeait la médiathèque de Bondy quand j'y étais en résidence, déploie sa propre forêt et sa canopée dans une écriture méticuleuse et subtile.

Les ouvrages d'Antoine Volodine sont portés par son talent à imaginer un monde postapocalyptique. Merci encore à Stéphane Moulain et Lionel Ruffel de m'avoir poussé à le lire, je suis devenu un adepte. J'ai aussi lu avec un grand intérêt le livre d'Emmanuelle Bayamack-Tam, *Arcadie* (POL), qui retrace les inquiétudes et les émois d'un-e adolescent-e intersexué-e vivant dans une communauté isolée. J'ai apprécié également *Le Poids de la neige* de Christian Guay-Poliquin (éditions de l'Observatoire), roman postapocalyptique plein de poésie et de subtilité, à l'échelle d'un petit village envahi par la neige. Merci à Lisa Liautaud de me l'avoir fait connaître (et de l'avoir édité !). J'ai enfin été saisi, dans ce domaine, par l'originalité et le talent du roman d'Antoine Wauters, *Moi, Marthe et les autres* (Verdier). Merci à Pierre Sécher de me l'avoir conseillé. Dans un registre plus dystopique, la série *La Servante écarlate*, inspirée du livre de Margaret Atwood, m'a impressionné par la manière dont elle met en scène un monde pas si éloigné du nôtre et tellement oppressant. De même que la violence et le rythme de la première saison de *True Detective*.

Au cours de ces années d'écriture, d'autres livres aux thématiques très différentes m'ont emporté : *L'Art de perdre*, d'Alice Zeniter (Flammarion), par sa façon de naviguer avec subtilité dans l'épaisseur historique ; *Taba-Taba*, de Patrick Deville (Seuil), par la manière dont il démêle implacablement les fils du destin ; *Mais leurs yeux dardaient sur Dieu*, de Zora Neale Hurston (Zulma), traduit par Sika Fakambi, pour sa langue et cette émancipation pour laquelle il n'est jamais trop tard ; *À son image*, de Jérôme Ferrari (Actes Sud), requiem plein de verve, aux personnages sans caricature ; *L'Avancée de la nuit*, de Jakuta Alikavazovic (L'Olivier), pour la poésie de ses drones et de ses nuits d'hôtel ; *Ma dévotion*, de Julia Kerninon (Rouergue), pour la façon dont l'écriture l'habite ; *À la ligne*, de Joseph Ponthus (La Table Ronde), pour sa poésie de l'usine et du quotidien ; *Les Billes du Pachinko*, d'Elisa Shua Dusapin (Zoé) pour son écriture méticuleuse et subtile ; *Massacre des innocents*, de Marc Biancarelli (Actes Sud), pour sa noirceur sans misanthropie ; *14 juillet* ; *L'Ordre du jour* ; *La Guerre des pauvres* ; d'Éric Vuillard (Actes Sud), qui choisit de beaux et justes mots ; *Un Monde à portée de main*, de Maylis de Kerangal, pour le souffle jamais interrompu de son écriture ; *Leurs enfants après eux*, de Nicolas Mathieu (Actes Sud), pour l'émotion qui en reste ; *Le Sillon*, de Valérie Manteau (Le Tripode) pour son énergie malgré la tristesse ; *Ça raconte Sarah*, de Pauline Delabroy-Allard (Minuit), pour son rythme et son énergie ; *Légende* de Sylvain Prudhomme (L'Arbalète), histoire d'amitié et de frères dans les paysages de jeunesse de mes propres parents ; *Toutes les femmes sauf une*, de Maria Pourchet (Fayard), vibrante réflexion sur la transmission ; *Sigma* de Julia Deck (Minuit), mécanique parfaite et drôle ; *Rapatriés* de Néhémy Pierre-Dahomey (Seuil), truculent récit dans une langue superbe ; *Le Chagrin d'aimer*, de Geneviève

Brisac (Grasset), émouvante histoire de filiation ; *Tanguy Colère a disparu*, de Raphaëlle Riol (Rouergue), récit de révolte et d'émancipation ; *Presqu'île* de Vincent Jolit (Fayard), écriture toujours si précise de souvenirs d'enfance ; *Là où les chiens aboient par la queue*, d'Estelle-Sarah Bulle (Liana Levi), émouvant récit d'où ressort une femme puissante, Antoine ; *Désintégration* d'Emmanuelle Richard (L'Olivier) pour son énergie d'écriture ; *Fief*, de David Lopez (Seuil), qui sait jouer de l'oralité pour en faire de la littérature ; *Habiletés sociales*, de Camille Cornu (Flammarion), pour la beauté incongrue du monde qu'elle dessine ; *Un emploi sur mesure*, de Sven Hansen-Løve (Seuil), pour ses fausses pistes et son espièglerie ; *Dans l'eau je suis chez moi*, d'Aliona Gloukhova (Verticales), et *Un père à la plancha*, de Samuel Poisson-Quinton (l'Arbalète) pour l'émotion de ces histoires de pères. Enfin, j'ai été happé par *La Serpe* de Philippe Jaenada (Julliard) et impressionné par la manière dont il fait parler les archives.

Je me suis aussi beaucoup documenté et j'ai lu des ouvrages qui excèdent le champ littéraire. Un recueil universitaire a été déterminant dans l'idée même de ce livre, et de la Colonie, celui de Anne-Marie Châtelet, *Le Souffle du plein air, Histoire d'un projet pédagogique et architectural novateur (1904-1952)*, chez Métis Presse, qui retrace l'histoire des écoles de plein air imaginées au départ pour les enfants pré-tuberculeux, à partir de préoccupations hygiénistes et pédagogiques. Merci à Boris Bove de m'avoir demandé cette recension (rendue en retard mais profitable).

J'ai fait une moisson abondante de livres et d'articles sur l'histoire des religions : *Les Trois Piliers de l'islam, lecture anthropologique du Coran*, Jacqueline Chabbi (Seuil) est un passionnant ouvrage, qui permet de comprendre davantage la genèse de ce texte sacré, le contexte de l'Arabie saoudite du temps de Muhammad. Il fournit également des éléments précieux sur l'interprétation et la traduction de versets du Coran. Le livre est ardu, et j'ai profité de l'interview de Jacqueline Chabbi sur *Mediapart* pour approfondir ma compréhension de son propos. *Mais au fait, qui était vraiment Mahomet ?* d'Ismaël Saidi et Michaël Privot (Flammarion) a été pour moi un complément très utile pour mieux comprendre cette histoire. J'ai apprécié également les articles de mon collègue Didier Gazagnadou. Ainsi que *Jésus selon Mahomet* de Gérard Mordillat et Jérôme Prieur (Seuil).

Sur le christianisme, les discussions avec l'historien Benoit Rossignol lors des Cafés littéraires de Montélimar, en 2014, ont été fondamentales pour moi, ainsi que la lecture de l'article d'Yvon Thébert, « À propos du triomphe du christianisme », paru en 1988 dans la revue *Dialogues d'histoire ancienne*.

Sur le judaïsme, les ouvrages d'Israël Finkelstein et de Neil Asher Silberman, *La Bible dévoilée* et *Les rois sacrés de la Bible* (Gallimard), m'ont passionné.

J'ai lu aussi de nombreux livres sur le phénomène djihadiste. Parmi eux, celui de David Thomson, *Les Revenants* (Seuil, collection « Les Jours »), m'a permis de comprendre beaucoup de choses. Il en est de même de celui d'Édith Bouvier et Céline Martelet (*Un parfum de djihad*, Plon). Ces livres m'ont aidé à construire intrigue et personnages. C'est aussi le cas de ceux de Matthieu Suc (*Les Espions de la terreur*, HarperCollins, et *Femmes de djihadistes*, Fayard), ainsi que ses articles réguliers dans *Mediapart*. Le livre de Sofia Amara, *Baghdadi calife de la terreur* (Stock) est aussi intéressant. Celui de Cécile Hennion, *Le Fil de nos vies brisées* (Anne Carrière) est glaçant et impressionnant de talent littéraire. Les livres de Jean Birnbaum *Un silence religieux. La Gauche face au djihadisme* et *La Religion des faibles. Ce que le djihadisme dit de nous* (Seuil) m'ont semblé très intéressants, même s'il y aurait quelques points à discuter.

Dans une optique sociologique, le livre de Fabien Truong, *Loyautés radicales, l'islam et les « mauvais garçons » de la Nation* (La Découverte), fournit des pistes de réflexion très stimulantes.

Enfin les discussions avec mon ami Sylvain Cherkaoui, photojournaliste qui a couvert dans de nombreux pays les actions du groupe Boko Haram, ont été déterminantes. Ses reportages sont impressionnants. Ceux de Valérie Léonard sur les mines de charbon de Jharia en Inde m'ont aussi inspiré. Ainsi que des discussions avec Marie Kostrz.

Sur le djihadisme, ses effets, il y a peu de tentatives littéraires, sinon de victimes. J'ai trouvé très réussi *Le Livre que je ne voulais pas écrire* (Quidam), de mon ami Erwan Larher, dans lequel il revient avec la grande générosité qui est la sienne sur son expérience du Bataclan, où il a été blessé le 13 novembre 2015. J'ai trouvé très beau l'ouvrage de mon amie Aurélie Silvestre, *Nos 14 novembre* (JC Lattès) dans lequel elle raconte son compagnon, mon ami, Matthieu Giroud, assassiné lors de cette même soirée. *Le Lambeau* de Philippe Lançon (Gallimard) traite de l'après avec beaucoup de subtilité. Dans le domaine de la fiction, j'ai lu avec intérêt le livre de Fanny Taillandier, *Par les écrans du monde* (Seuil).

Les éléments de biologie ou d'éthologie du texte, déformés par mon imagination, doivent beaucoup au supplément sciences du *Monde*, à l'émission *Sur les épaules de Darwin* de Jean-Claude Ameisen sur France Inter, au musée des coquillages et de la mer des Trois-Îlets de Martinique, à l'article « L'acacia tueur en série » d'Anne-Marie Fèvre dans *Libération* (22 mars 2003).

Dernière source d'inspiration, un projet mené en commun, la participation à l'édition 2018 du festival Concordan(s)es. L'idée est d'associer un-e chorégraphe et un-e écrivain-e : l'écrivain-e produit un texte qui est ensuite dansé. Je remercie Jean-François

Munnier de m'avoir mis, pour notre espièglerie commune, avec Yvann Alexandre. Ce fut une belle découverte à la fois humaine et artistique, l'occasion de construire, ensemble, et avec Franck Ragueneau qui a été le troisième comparse de cette aventure, un spectacle dont je suis fier, *En Armes*. Cette expérience a été l'occasion pour moi d'explorer un territoire oublié depuis le cours de danse classique où j'étais inscrit, seul garçon, à cinq ans. J'ai pu, avec mes moyens limités par un certain manque de souplesse, danser. Je me suis engagé également, avec l'écriture de ce texte, dans de nouvelles voies littéraires, en composant mon texte comme un poème en prose plutôt qu'un récit. Ce chemin nouveau pour moi, pour lequel j'hésite à parler de poésie, tellement j'ai l'impression de mal maîtriser ce domaine, je l'avais expérimenté une première fois dans « Combien ça dure un visage », texte publié dans le n° 3 de la revue *La Moitié du Fourbi* (mars 2016) ; je l'ai arpenté de nouveau en écrivant des textes rapportés à une œuvre pour deux catalogues d'expositions, celle sur l'*Or* au MUCEM au printemps 2018 (Hazan) et celle de l'exposition *Zones blanches* (Le Bec en l'air) mise en place par Hélène Jagot et Hélène Gaudy à la Roche-sur-Yon en septembre 2018. Je suis infiniment reconnaissant à Valérie Manteau, Hélène Gaudy et Hélène Jagot de m'avoir fait ces propositions très stimulantes. Merci à Élodie Brémeau de m'avoir permis d'écrire à partir de son œuvre et désolé pour les petits malentendus du processus. Enfin j'ai poursuivi mes recherches vers ces formes littéraires en participant aux ateliers d'écriture poétique, après avoir moi-même composé un texte, avec une classe du collège Henri Matisse de Choisy-le-Roi. Merci à leur enseignante Céline Ferrier, à la Maison de la Poésie et au rectorat de Créteil pour ce travail mené en commun (et bravo aux élèves pour leur écoute et leur texte).

L'effet retour de ces tentatives littéraires nouvelles se retrouve ici dans les scansions de Mohamed-Ali.

Pour Concordan(s)es je remercie aussi Corinne Hadjadj, Louisiane Pasquier et tous les danseurs et danseuses de la compagnie Yvann Alexandre, indulgents et patients avec moi lors de notre représentation au château d'Angers dans le cadre de la journée Origami : Claire Pidoux, Emma Mouton, Lucie Garault, Lucile Cartreau, ainsi que le joueur de soubassophone. Je suis heureux d'avoir partagé cette édition 2018 avec Alice Zeniter, Orin Camus, Pascale Houbin, Carole Martinez, Gwenaëlle Aubry, Julie Nioche et Sir Alice. Merci au Centre chorégraphique national de Nantes d'avoir accueilli nos répétitions, au Théâtre Louis-Aragon de Tremblay-en-France, à la médiathèque d'Ivry-sur-Seine, à la médiathèque Charles-Gautier-Hermeland de Saint-Herblain de nous avoir soutenus.

Dans le prolongement de ce spectacle, nous avons assuré, avec Yvann Alexandre, quatre ateliers à destination d'enseignant-e-s au Louvre. C'était une expérience extraordinaire de conjuguer nos deux pratiques dans un lieu aussi impressionnant, de danser et d'écrire au milieu des sculptures mésopotamiennes ou des tapisseries de l'époque moderne. Merci à Patrick Souchon, Benoît Dercy et Jacques Bret d'avoir rendu cet atelier possible et de nous avoir guidés avec chaleur. Merci aux courageux enseignants qui ont osé danser et écrire : en espérant n'oublier personne, Mélanie, Marie-Laure, Laura, Alain, Stéphanie, Lucie, Justine, Agathe, Élodie, Juliette, Anne, Mathieu, Dylan, Pascale, Tristan, Cyrille, Frédérique, Amandine, Aurélien, Ludivine, Gilles.

J'ai beaucoup apprécié, toujours dans le cadre de Concordan(s)es, de travailler avec Aurore Tamarelle et sa classe au lycée Henri-Wallon d'Aubervilliers. Merci à elle et à ses élèves qui ont eu le courage d'écrire et de danser.

Être auteur est aussi l'occasion de nombreuses interventions et rencontres plus ponctuelles.

Je remercie Valérie Manteau, Joanne Journée, Élisabeth Cestor et Charlotte Gleize pour avoir eu la chance de faire une lecture musicale au MUCEM, plus beau musée de France, sinon du monde.

Merci à Hélène Jagot et Hélène Gaudy pour la lecture au vernissage de l'exposition *Zones Blanches*, en compagnie de Sylvain Prudhomme et Lucie Taïeb. J'ai passé au printemps 2018 une semaine de résidence à la Maison Gueffier, à La-Roche-sur-Yon, à l'invitation d'Hélène Gaudy, et je remercie Éloïse Guénègués pour la chaleur de son accueil, ainsi que ses acolytes de la *Dream team* culturelle et exclusivement féminine de la ville : Hélène Jagot, directrice du musée, et Florence Faivre, directrice de la scène nationale du Grand R. Merci à toute l'équipe de la Maison Gueffier et notamment Myrto Andrianakou et Jany Pineau. Je garde un très bon souvenir du spectacle *Sur les cendres en avant*, de Pierre Notte et la compagnie « Les gens qui tombent », présenté au Grand R pendant ma résidence. J'ai également beaucoup apprécié l'ambiance sympathique et studieuse de l'atelier d'écriture que j'ai animé à la Maison Gueffier pendant un week-end. Merci aux participantes (majoritaires) et aux participants de cet atelier, qui ont produit de beaux textes.

Je suis très fier du travail réalisé par les jeunes de la Mission locale de Bobigny en lien avec la médiathèque Elsa-Triolet. Nous avons animé des ateliers écriture-photo avec le photographe Lê Cuong et une exposition en a ensuite été tirée. Merci à tous les participants et participantes d'avoir joué le jeu avec les mots et les images, je crois qu'ils étaient contents, merci pour leur travail aux bibliothécaires et notamment à Michelle Dumeix qui a mis en place le projet, Julien Missioux, Khadija Tachfine, Élodie Alexander, Armel, qui l'ont accompagné.

Merci à Clémentine Pérol pour avoir organisé à la médiathèque de Montreuil un atelier d'écriture très intéressant, avec des élèves qui avaient des choses à écrire. Merci aussi à leurs enseignants.

Je suis heureux d'avoir pu travailler avec D' de Kabal durant le festival de littérature en Seine-Saint-Denis *Hors Limites*, avec les étudiants du master de création littéraire, pour une lecture musicale à la Maison de la poésie. J'ai beaucoup aimé son *Orestie, Opéra hip-hop* à la MC 93. Merci à toute l'équipe de *Hors Limites*, Sébastien Zaegel, Hélène Loupias, Angèle Prunenec, Sophie Joubert, Arno Bertina. Merci aussi à Penda Diouf qui fait vivre la littérature en Seine-Saint-Denis et ailleurs.

Je remercie Georges Peignard de m'avoir sollicité pour le jury des Beaux-Arts de Lorient. Le travail des étudiants du diplôme 2018 m'a passionné, et l'ambiance du jury a été chaleureuse et exigeante grâce à mes camarades de jury, et aussi grâce à la bienveillance de Georges. Merci pour ce moment d'intenses échanges artistiques.

Je suis fier d'avoir participé à l'édition du livre d'Audrey Célestine, *Une famille française* (Textuel), dans lequel elle retrace une destinée familiale qui passe par la Martinique, Dunkerque, Toulon, l'Espagne et l'Algérie. Merci à Marianne Théry, Alicia Mille, Manon Lenoir, Manuel Cervera-Marzal, Sébastien Chauvin, Milena Jaksic, Lilian Mathieu d'y avoir contribué aussi.

Merci à toute l'équipe de l'Escale du livre à Béziers et notamment à Lucie Escande. Merci aux bibliothécaires enthousiastes d'Aulnay-sous-Bois et Sevran, notamment Arnaud Le Mappian, Sonia Battiato, Cécile Bohet, Luis Catala, avec qui nous avons organisé les master class littéraires des étudiant-e-s du master de création littéraire. Merci à Sylvie Braibant pour son invitation au salon du livre de Montargis : j'ignorais le rôle de cette ville dans la révolution communiste en Chine. Merci aux bibliothécaires d'Ivry-sur-Seine pour l'atelier d'écriture que j'y ai animé pendant nos répétitions d'*En Armes*. Merci à la Comédie du livre de Montpellier et particulièrement à Alice Zeniter, qui m'a inclus dans sa carte blanche, Alain Damasio avec qui j'ai eu le plaisir de débattre, et Régis et Juliana qui ont tout bien organisé (jusqu'au karaoké, un grand moment !). Merci aussi aux sympathiques bénévoles du festival. Et quel plaisir d'y avoir revu Hélène et Samuel.

Merci aux organisateurs du prix du Deuxième Titre à Grignan et à la librairie Colophon de leur invitation au jury de l'édition 2018.

Merci aux organisateurs et au jury du concours « Écrire le travail », notamment Claire Edey, Patrick Souchon, Corinne Leenhardt, Olivier Combault, Sophie Prunier-Poulmaire, Aurore Labadie, Emelyn Weber, Laurent Quintreau, Thierry Beinstigel. C'est un plaisir de délibérer chaque année, de lire les écrits de classes souvent technologiques ou professionnelles qui montrent leur capacité à rendre compte avec émotion de leur vision, souvent informée par l'expérience, du monde du travail.

Remerciements à Sonia Gavory et à ses élèves du lycée Jean-Jaurès d'Argenteuil pour leur accueil.

Merci à la librairie Baz'art des Mots de Hauterives de m'avoir invité pour leur festival d'été. Ce lieu reste toujours associé pour moi aux derniers moments que j'y ai passé, en famille, avec ma mère, quand j'avais eu le prix du premier roman de la librairie pour *Des Impatientes*. Je pense fort à Alain qui nous a quittés et à Patricia qui continue le combat. Merci aussi à la librairie Envie de lire d'Ivry (Lola Baldo, Samiha Lafif, Hugues Calvet-Lauvin) pour leur soutien et leur engagement. Merci à la librairie Nordest (Paris 10e). Merci aux libraires de la librairie Au pain des quatre livres, à Yerre, en Essonne, et à la librairie Arthur, au Raincy, pour leur accueil lors de la Quinzaine de la librairie et des lycéens (ainsi qu'à Sophie Quetteville pour sa modération). Merci à Goulard à Aix-en-Provence, tous mes regrets pour la fermeture de la librairie de Provence (j'y avais fait mon stage en entreprise en troisième). Merci à la Carline à Forcalquier. À Poivre d'âne et au Petit Pois à Manosque. Bienvenue et bon vent à la librairie Les 2 Georges à Bondy. A Louise Lefaux et la librairie l'Autre Rive à Toulouse.

Merci à Mélanie Gautier de la médiathèque de Fuveau pour la lecture musicale en compagnie d'Orso Jesenska.

Merci à Vincent Huet pour l'invitation au salon populaire du livre de Saint-Denis.

Merci à Estelle Moreau, Lisa Sepel, Sandra Parthonnaud et Rudy Brindamour pour la journée pirate organisée à la médiathèque de Champigny.

Merci aux amis de Cesson pour leur fidélité.

Merci à Stéphanie Rossignol pour son invitation à la bibliothèque Méjanes de mon enfance, à Aix-en-Provence.

Merci à Florie Erzilbengoa qui m'a invité à la médiathèque de Gréoux-les-Bains, et à la dame qui avait fait un bon gâteau au chocolat en forme d'avion en l'honneur des pirates de l'air dont je parle dans *Nous avons arpenté un chemin caillouteux*.

Merci à Philippe Ginesy pour m'avoir invité à échanger avec les étudiants de l'IUT Métiers du livre de Saint-Cloud, et merci à leurs enseignants, notamment Julien Hage.

Merci à celles et ceux qui m'ont accompagné durant les rencontres du Prix Cezam, notamment Denise Stodel, Joëlle Nicolas et Yann Pignon.

Merci à Jean-Baptiste Gendarme de m'avoir proposé d'écrire dans *Décapage*.

Merci enfin à ce flibustier de Vincent Guigueno pour son soutien et pour les deux rencontres qu'il a organisé autour de mon roman de pirates *Et que celui qui a soif, vienne*, avec Marcus Rediker au musée de la Marine, puis avec David Chaunu au musée du quai Branly.

Je serai toujours reconnaissant à mes enseignants et enseignantes et notamment à Jean-Pierre Guilhembet à qui je dois d'avoir lu Xénophon et au regretté M. Lacroix, mon prof de philo de khâgne au lycée Cézanne d'Aix-en-Provence, qui m'a aidé, avec Héraclite, Spinoza, Hegel, Marx, à construire ma vision du monde.

Merci à mes collègues de l'université Paris 8, à mes étudiant-e-s. À Emmanuelle Sibeud, Tyler Stovall, Audrey Célestine, Sarah Fila-Bakabadio, Armelle Enders avec qui je coorganise le séminaire sur l'histoire des populations noires. À Jessica Oublié et Marie-Ange Rousseau, pour *Peyi an nou*, leur beau travail sur le BUMIDOM (Steinkis).

Merci au CNL, à la commission roman, à son directeur, Vincent Monadé, pour leur soutien. Merci à Laurence Torzo, porteuse de bonnes nouvelles.

Merci à toute l'équipe du Rouergue, en premier lieu mon éditrice Sylvie Gracia mais aussi Noémie Sauvage, les représentants. Une pensée pour Brigitte, Adèle et Pauline, voguez bien vers de nouvelles aventures. Merci à Julie Giroud et Françoise Letort pour les corrections, si méticuleuses ! Merci à Ghislaine Renaudie pour son travail en direction des libraires.

Merci à celles et ceux qui se battent, cheminot-e-s, gilets jaunes, ouvrier-e-s, fonctionnaires, artistes, militant-e-s des quartiers populaires, de l'écologie sociale, etc. pour remettre au centre les questions sociales.

Merci à mes premiers lecteurs et relecteurs, qui m'ont donné confiance pour poursuivre ce texte.

Mes gars et mes go sûres :

Orso Jesenska pour les lectures musicales

Julien Rochedy (sur son téléphone), Sylvain Cherkaoui (sur sa liseuse), Laureline Uzel (dans le RER et le tram), Alice Zeniter (devant un feu de cheminée), dont les retours réguliers à chaque étape de mon travail me sont indispensables.

Jean Krivine et Séverine Chauvel qui ont lu dans les Pyrénées mes premières quinze pages et qui ont aimé.

Gara Rodriguez Bolaño pour ses remarques et son enthousiasme sur la première partie.

Justine Bouzy et Thibault Pattieu qui se sont lu le manuscrit en voiture à haute voix.

Philippe Pattieu toujours étonné mais toujours précis et juste dans ses remarques.

Véronique Grandjacques pour ses remarques franches et perplexes.

Dans un deuxième temps d'autres go et gars non moins sûres m'ont fait des retours.

Je remercie Maya Michalon pour le temps qu'elle a passé et pour ses remarques toujours pertinentes. J'espère pouvoir un jour lui rendre la pareille.

Merci à Stéphane et Cécile Moulain pour leur lecture encourageante. Pour leur regard d'amis, de camarades, de grands lecteurs, et d'historien pour Stéphane !

Merci à Katia Le Rille pour ses remarques générales et minutieuses. Maintenant on attend son livre !

Merci à Seynabou Sonko et Stéphanie Vovor, étudiantes du master de création littéraire, de leur intérêt pour mon projet.

Merci à Charlotte de L'Escale dont l'œil acéré de secrétaire de rédaction tape toujours là où il faut.

Et je scande encore des mercis, ce sont mes versets, mes prières.

Merci pour leur soutien et leur amitié à Florence Johsua, Jalal Haddad, Carine Montarras, Elias Habchi, Emre Ongun, Fabien Villedieu, Nadia Betjic, j'espère que vous lirez celui-là ! Pour les mêmes raisons merci à Perrine Prévost, Coline Casanova, Tiphaine Liautaud, Nadia Crespin, Philippe Tuffet, Sylvain Dautelle, Angelina Valiavanos, Fred Falzon, Paul Pasquali, Marie-Pierre Pompon, Roland Grob, Sylvain Prudhomme, Sika Fakambi, Tristan Poullaouec, Wassim El Golli, Lénaïg Bredoux, Marion Cavallo, Jean-Michel Amitrano, Vanessa Caru, Anne Légier, Sophia Banoudi, Lynda Lugaro, Aurélie Silvestre, Minayo Nasiali, Jennifer Boittin, Grégory Ginot, Fabrice Ginot, les Ginot Gex, les Ginot Saint-Maximin, François et Sophie Prévost, Manuel Hubault, Tricote, Jean-Laurent Gardarein, Martine Casanova et Yves, Sarah Maugain et ses parents, Nadia Butaud, Lisa Liautaud, Emma Saudin, Yann Kindo, Simon Grivet, Jérémie Foa, Diane Roussel, Muriel Mille, Irène Favier, Marie-Pierre Dausse, Vincent Mespoulet, Pauline Peretz, Géraldine Poirier, Rodolphe Féger, Patrick Bousquet, Grégory Bekhtari, Barbara Prost, Pierre Puchot, Laurent Oxaran, Jean-Paul Castels, Héléna Pinna, Camille Joseph, Florence Kessler, Teimour Dali.

Merci à François Faure pour notre discussion littéraire en ramassant les olives (et en attendant son livre).

Merci pour ses lectures fidèles et engagées à Doriane Spruyt.

Merci aux amis d'enfance ou d'adolescence, aux collègues de foot, qui me lisent et me soutiennent : Pierre Rouzaud, Marie Berthelot, Clémentine Baert, Christelle Bes, Ezzedine Kada-Yahia, Barbara Mathevon, Marie et Manon Chevassut, Antoine de Raymond, Philippe Apariccio, François Leccia.

Merci à toute la famille Uzel et affiliés, de Marseille à Mauléon-Barousse en passant par Salernes, Dauphin, Murinais, Melun et l'Isle-Jourdain.

Merci à la famille Giroud.

Merci à la famille Bouzy.

Merci infiniment à mon père. À mon frère.

Merci à Laureline, Lucien et Alma. Vous me portez, vous supportez ces moments où j'écris. Et j'aime vos histoires.

(Noisy-le-Sec, 18 mars 2019).

Ouvrage réalisé par Cédric Cailhol Infographiste

Achevé d'imprimer en mai 2019
par l'Imprimerie Corlet à Condé-en-Normandie.

Dépôt légal : août 2019
N° d'impression : 204129

ISBN : 978-2-8126-1833-8

Imprimé en France